채털리 부인의 연인

Lady Chatterley's Lover

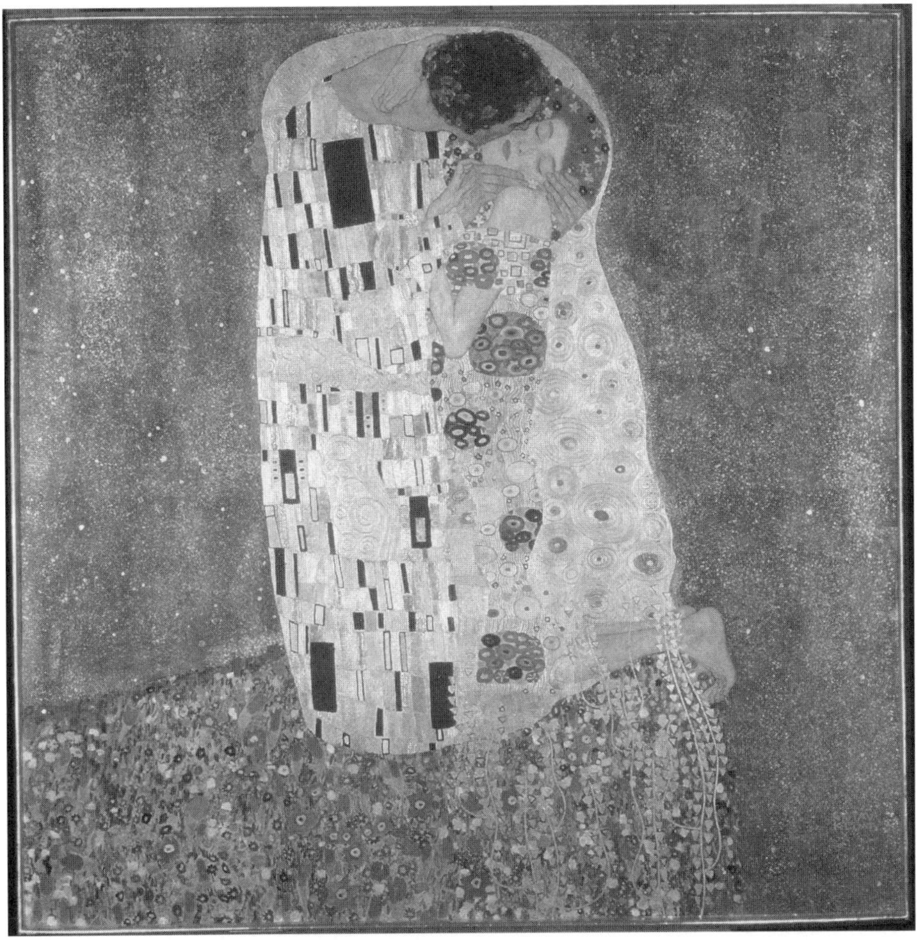

채털리 부인의 연인

Lady Chatterley's Lover

데이비드 허버트 로렌스 지음 | **이은경** 옮김

제1장

우리 시대는 본질적으로 비극의 시대다. 그렇기 때문에 우리는 이 시대를 비극적인 것으로 받아들이려 하지 않는다. 큰 재해는 이미 닥쳐왔다. 우리는 폐허 한가운데에 있으며, 조그마한 새 보금자리를 만들고 조그마한 새 희망을 품으려 하고 있지만 그것은 상당히 어려운 일이다.[1] 미래를 향하는 평탄한 길은 하나도 없다. 그러나 우리는 다른 길로 돌아가기도 하고 장애물을 넘어 기어오르기도 한다. 어떠한 재난이 닥치더라도 우리는 살아야만 한다.

콘스탄스 채털리가 처한 상황은 대체로 이러했다. 전쟁은 그녀의 머리 위에 있던 지붕이 무너져내리는 것과 같은 경험이었다. 그리고 그녀는, 사람에게는 살아서 배워야 할 것이 있다는 사실을 깨달았다.

그녀는 1917년에 클리퍼드 채털리와 결혼했다. 클리퍼드가 휴가를 얻어 한 달 동안 고향에 돌아와 있던 때였는데, 두 사람은 한 달 동안 밀월을 보내고 나서 클리퍼드는 플랑드르[2]로 되돌아갔다. 하

1) 제1차 세계대전 직후의 상황을 말하고 있다 – 옮긴이
2) Flanders. 현재의 벨기에 서부, 네덜란드 남서부 및 프랑스 북부를 포함한 북해에 면한 지역이다. 제1차 세계대전 당시 격전지 중 하나이다 – 옮긴이

지만 그로부터 여섯 달 뒤, 그는 온몸이 갈기갈기 찢기는 부상을 입고 영국으로 후송되어 왔다. 그때 콘스탄스는 스물세 살이었고, 클리퍼드는 스물아홉 살이었다.

클리퍼드의 생에 대한 집착력은 가히 놀랄 만했다. 그는 죽지 않았다. 심한 부상도 그럭저럭 아물어가는 듯싶었다. 2년 동안 의사의 치료를 받고 나서야 완치되었다는 선언을 받은 그는 다시 새로운 인생을 살아갈 수 있었다. 하지만 안타깝게도 허리 밑 하반신은 영영 마비된 채로 살아야만 했다.

그것은 1920년의 일이었다. 클리퍼드와 콘스탄스는, 클리퍼드의 고향이며 채털리 집안의 거주지인 라그비 저택으로 돌아왔다. 그의 아버지는 이미 세상을 떠났으므로 클리퍼드는 이제 준남작(準男爵) 클리퍼드 경(卿)이고 콘스탄스는 채털리 영부인이었다. 두 사람은 부족한 수입으로 세상에서 동떨어진 채털리 집안의 살림을 처리하고 라그비 저택에서 결혼 생활을 시작했다.

클리퍼드에게 남은 혈육이라고는 손위의 누이 한 분과 형이 전부였다. 하지만 누이는 오래 전에 집을 나갔고 형은 전사했다. 클리퍼드는 영원히 하반신을 자유롭게 움직일 수 없었고, 이제는 절대로 아이를 얻을 수 없다는 사실을 알면서도 힘닿는 데까지 채털리 가(家)의 이름을 지키기 위해 매연이 자욱한 중부지방의 고향으로 돌아온 것이다.

클리퍼드는 그다지 절망하지 않았다. 그는 소형 모터가 장착된 휠체어에 올라앉아 저택의 쓸쓸하고 훌륭한 정원 안을 천천히 몰고 다니곤 했다. 그는 이 정원을 매우 자랑스럽게 생각하고 있었지만 겉으로는 무관심한 체했다.

클리퍼드는 너무도 심한 고통을 겪어왔기 때문에 지금은 고통에 대한 감수성이 어느 정도 없어져 있었다. 그는 이상하리만큼 싱싱하고 쾌활하며, 혈색 좋은 얼굴과 도전하는 듯한 푸르고 빛나는 눈을 가지고 있어서 거의 활발하다고 해도 좋을 정도였다. 그의 어깨는 넓고 억세었으며 양팔은 튼튼했다. 또한 값비싼 옷차림을 했고, 본드 스트리트 제품의 멋진 넥타이를 매고 있었다. 그러나 그의 표정에는 경계하는 듯한 눈길과, 다리가 자유롭지 못한 사람이 지니는 가벼운 공허를 감출 수가 없었다.

그는 하마터면 생명을 잃을 뻔했던 것이다. 그 결과 그에게는 살아 있다는 사실이 한없이 귀중한 것이었다. 그처럼 끔찍한 타격을 받았는데도 여전히 살아 있다는 것을 얼마나 자랑스럽게 여기고 있는가는 그의 초조한 듯한 눈빛에 역력히 나타나 있었다. 그러나 그 심한 타격으로 그의 내부에 있던 것이 없어지고 말았다. 감정의 어느 한 부분이 없어져버린 것이다. 그곳에는 무기력한 공허감이 깃들어 있었다.

콘스탄스는 부드러운 갈색 머리에 건강한 몸을 지닌 혈색 좋은 시골 사람 같은 느낌을 주는 여자였다. 행동은 조용했지만 정력에 차 있었다. 그녀는 놀란 듯한 커다란 눈을 지니고 있었고, 목소리는 부드럽고 상냥했으며, 마치 시골 고향에서 갓 나온 여자 같았다.

그러나 사실은 그렇지 않았다. 그녀의 아버지는 한때 왕립 미술원(王立美術院)의 회원으로 유명했던 노(老) 맬컴 리드 경이었고, 어머니는 라파엘 전파적(前派的) 시대에 번성했던 페비안 협회[3]의 교양 있는 회원 중 한 사람이었다.

콘스탄스와 언니 힐더는 이처럼 예술가와 교양 있는 사회주의자와의 부모 사이에서 미적(美的), 반인습적(反因襲的)인 교육을 받으며 자랐다. 두 자매는 파리, 피렌체, 로마로 따라다니면서 예술의 분위기를 익혔고, 헤이그나 베를린에서는 연사들이 아무리 세련되고 교양 있는 말로 연설해도 청중들이 어리둥절해 하지 않는 사회주의자들의 대회에도 나갔다.

---

3) 1884년 영국에 창립된, 저명한 학자를 포함한 점진적 사회주의자의 한 파이다 – 옮긴이

이런 영향으로 두 자매는 어렸을 때부터 예술이니 이상적 정치니 하는 것에 조금도 질리지 않았다. 그런 것은 그녀들에게 있어 자연스러운 분위기에 지나지 않았다. 그녀들은 세계주의자인 동시에 지방주의자였다. 그리고 순수한 사회적 이상과 조화되는 예술상의 세계적 지방주의라는 것을 품고 있었다.

콘스탄스가 열다섯 살이 되었을 때 그녀들은 드레스덴으로 가서 여러 분야를 공부했는데, 특히 음악 공부에 열중했다. 또한 학생들 사이에서 자유로이 생활하며 남학생들과 철학이니 사회학이니 예술상의 문제를 토론하면서 유쾌하게 지냈다.

그녀들은 남자들과 대등한 위치에서 생활했다. 여학생이었던 만큼 오히려 유리했다. 그녀들은 건장한 청년들과 숲 속을 돌아다니며 기타를 켜고 분더 포겔의 노래를 부르곤 했다. 완전히 자유스러운 생활이었다. 자유! 그것은 참으로 위대한 말이었다. 드넓은 야외로 나가 활보하고, 아침 숲 속을 거닐고, 아름다운 목소리를 지닌 젊은 남자들과 함께 마음껏 행동할 수 있는 자유, 그중에서도 자신이 하고 싶은 말을 얼마든지 할 수 있다는 자유, 무엇보다도 중요한 것은 마구 재잘거린다는 것, 감격한 이야기를 마음껏 주고받는다는 것이었다. 사랑이란 단지 그다음의 부속물에 지나지 않았다.

콘스탄스가 열여덟 살이 되었을 때 힐더와 그녀는 이미 시험적인 연애 경험을 가지게 되었다. 정열적인 이야기를 주고받고, 힘차게 노래하고, 아무런 부담도 느끼지 않고 나무그늘 아래서 함께 캠프를 즐겼던 청년들은 그녀들과 연애 관계를 원했다. 그녀들은 마음을 정하지 못하고 망설였으나 연애에 대해서는 두 사람이 서로 여러 번 이야기를 주고받았던 터라서 연애는 무엇보다도 소중한 것으로 생각되었다. 남자들은 매우 겸손하게 그것을 열망했다. 처녀가 여왕처럼 뽐내며 스스로를 선물로 준다는 것이 어째서 나쁜 일이겠는가?

마침내 두 자매는 자신들과 가장 미묘하고 숨김없는 토론을 나눈 청년들에게 각각 자신들을 선물로 주었다. 토론이나 논쟁이라는 것들은 그야말로 위대한 것이었다. 그에 비해 연애나 육체간의 교섭은 원시로 돌아가는 한 방법에 불과한 것으로 중대한 토론에서 발을 약간 헛디디고 만 것에 지나지 않았다.

그런 일이 있은 뒤로 상대편 남자에게 품었던 그녀들의 애정은 엷어졌다. 그리고 남자가 자신의 비밀이나 내적 자유에 침입이라도 한 것처럼 느껴져 남자를 미워하게 되었다. 왜냐하면, 소녀로서는 절대적인 완전하고도 순수하고 고귀한 자유를 성취한다는 데에 개인의 권위와 일생에 있어서의 의미의 전부가 있다고 생각했기 때문이었다. 소녀에게 있어 인생이란 낡아 빠진 더러운 관계나 복종을 떨쳐버리는 것 외에 무엇을 의미했겠는가?

아무리 감상화하려 해도 이와 같은 사랑의 교섭은 태곳적부터 있는 더러운 관계라든가 예속이라든가 하는 것의 하나이다. 사랑을 찬미한 시인들은 대부분 남자였다. 여성들은 언제나 사랑보다 더 훌륭하고 더 고귀한 무언가가 존재하고 있다는 사실을 알고 있었다. 더욱이 현대 여성들은 더한층 결정적으로 그것을 알고 있다. 여성의 아름다운 순수한 자유란 어떠한 성적인 연애보다도 무한히 경탄할 만한 것이다. 단 한 가지 불행한 것이 있다면, 남성들이 이 문제에 있어서 여성보다 훨씬 뒤에 떨어져서 꾸물거리며 걷고 있다는 것이다. 남성은 마치 개처럼 성 문제에만 열중하고 있는 것이었다.

게다가 여자는 양보하지 않으면 안 되었던 것이다. 남자란 욕망을 안은 어린아이와 같고, 여자는 남자의 욕망에 양보하지 않을 수 없다. 그렇지 않으면 남자는 다룰 수 없이 되어 버리고 참을 수 없는 짓을 하게 되어, 이제까지의 즐거운 관계를 망쳐버리고 만다. 하지만 여자는 자신의 내부에 있는 자유로운 자아를 잃는 일 없이 남자에게 양보할 수가 있다. 성에 대해서 노래한 시인이나 글로 쓰는 작가들은 이 점을 충분히 고려하지 않았던 것이다.

여자는 사실 자신을 양보하는 일 없이 남자를 받아들일 수 있고, 남자의 힘에 지배당하지 않고 남자를 받아들일 수 있다. 오히려 여자는 남자를 지배하기 위해 성을 이용할 수 있는 것이다. 그것은 성교섭에 있어서 여자는 소극적으로 행동하여 자신은 절정에 달하지 않고 남자만을 만족시키면 된다. 그런 뒤에도 여자는 그 결합을 지속해서 남자를 한낱 도구로 삼아 자신의 흥분과 절정을 만들어낼 수 있다. 전쟁이 시작되기 전에 두 자매는 연애를 경험하고 있었다.

전쟁이 시작되자 그녀들은 서둘러 귀국했다. 서로 이야기를 주고받으며 상대에 대해 깊은 흥미를 느끼지 않았더라면 그녀들은 연애에 빠지는 일은 없었을 것이다. 두뇌가 명석한 청년과 몇 달 동안을 매일처럼 정열적으로 몇 시간씩 이야기를 나눈다는 사실에는 놀랍고도 깊은, 믿을 수도 없을 만큼의 기쁨이 있었다. 실제로 그러한 일을 경험하기 전에는 모르던 일이었다. '너희에게 이야기를 나눌 상대를 주리라!' 하는 천국의 약속 같은 말은 한 번도 들은 적이 없다. 그 약속이 어떤 것인가를 그녀들이 깨닫기도 전에 그것은 실행되고 말았던 것이다.

싱싱하고 영혼을 밝게 해주는 것 같은 토론에서 생겨난 친밀감의 연속으로서 육체적인 관계가 피할 수 없는 것이라면, 그것 역시 어쩔 수 없는 일이리라. 그것은 하나의 장(章)이 끝남과 같은 것이었다. 육체적 관계에는 그 나름의 특유한 기쁨이 있다. 그것은 자기의 존재를 확인하는 마지막 경련이며 육체의 내부에 기묘하게 퍼져 가는 전율적인 기쁨이었다. 그것은 하나의 문장의 결말을 나타내는 마지막 말과도 같은 주제가 끊겼다는 것을 표시하기 위해 삽입되는 별표의 줄과도 같은 자극적인 것이었다.

1913년 여름방학에 그녀들이 귀국했을 때 – 힐더는 스물이었고 코니(콘스탄스)는 열여덟이었다 – 아버지는 두 딸에게 연애 경험이 있다는 사실을 분명히 알아차렸다. 누군가가 말했듯이 〈사랑은 그곳을 스쳐갔노라(L'amour avait passe' par la')〉였다. 그러나 자신이 그런 경험을 지니고 있었던 만큼 그는 딸들의 생활을 구속하지 않았다. 어머니는 그때 죽음을 몇 달 앞둔 신경질적인 병자였는데, 다만 딸들이 '자유롭고', '자기 나름대로 사는' 것만을 바라고 있었다.

그녀 자신은 완전히 자기 자신이 되었던 적이 없었다. 그녀에게는 그것이 허용되지 않았던 것이다. 그 이유가 어디에 있었는지는 모른다. 왜냐하면, 그녀는 자기 개인의 재산을 가지고 있었던 데다가 자기의 힘만으로도 살아나갈 길이 있었기 때문이다.

그녀는 남편을 비난했다. 그러나 사실 그녀가 빠져나올 수 없이 괴로웠던 것은 그녀의 정신에 가해진 어떤 낡은 권위의 인상이었다. 맬컴 경은, 신경질적이고 적의에 차 있으며 몹시 성내기 쉬운 아내가 하고 싶은 대로 하도록 내버려둔 채 자기만의 길을 걷고 있었으므로 그것에 아무런 관계도 없었다. 그래서 딸들은 자유로웠다.

두 자매는 드레스덴으로, 그녀들의 음악과 대학과 청년들에게로 다시 돌아왔다. 그녀들은 각각 자기의 청년을 사랑했다. 청년들 또한 지적인 매혹과 기막힌 정열로 그녀들을 사랑했다. 다른 청년들이 생각하고 말하고 쓰고 하는 멋진 것을 그들도 그녀들을 위해 생각하고 이야기하고 쓰곤 했다.

코니의 애인은 음악을, 힐더의 애인은 공학을 공부하고 있었다. 그러나 그들은 오로지 자기 연인들을 위해서만 살고 있었다. 정신에 있어서 마음속의 흥분에 있어서도 그랬다. 하지만 그 밖의 면에 있어서는-그들 자신이 깨닫지 못했지만-그녀들로부터 약간 따돌림을 당하고 있었다.

이 청년들에게도 연애, 다시 말해 육체적 경험의 흔적을 뚜렷이 남겼다. 연애라는 것이 남녀의 육체에 표적을 남기고 미묘하고도 의심할 여지없는 변화를 주다니 이상한 일이다. 여자는 꽃이 핀 것처럼 미묘한 완숙함을 띠고, 어렸을 때의 고집은 부드러워지며, 불안해지기도 하고 의기양양해지기도 한다. 남자의 변화는 좀 더 내면적이어서 어깨와 궁둥이의 윤곽도 눈에 띄지 않게 되고 확신적인 것이 줄고 쉽게 망설이게 된다.

육체의 내부에 일어나는 성의 현실적 쾌감에 있어 그녀들은 남성의 이상한 힘에 거의 압도되었다. 하지만 그녀들은 재빨리 자기 자신을 되찾고는 '성의 쾌감은 감각에 지나지 않는다' 고 생각하여 그 자유를 잃지 않았다. 그러나 남자들은 성 경험에 대한 감사한 마음에서 자기의 영혼을 여자에게 바치는 것이었다. 그 뒤에는 어쩐지 손해 본 거래를 한 것 같은 표정을 짓곤 했다. 일이 끝난 뒤, 코니의 애인은 약간 시무룩해지고, 힐더의 애인은 조롱을 띤 듯했다. 그러나 그것이 남자라는 것이다! 은혜도 모르고 결코 만족하는 법이 없다. 그들은 여자를 받아들이지 않으면 여자도 자기를 받아들이지 않는다는 이유로 여자를 싫어한다. 그리고 그들은 여자가 자신을 받아들여도 무언가 다른 이유로 여자를 싫어하는 것이다. 혹은 이유가 전혀 없을 때도 있다. 말하자면, 그들은 언제까지나 만족할 줄 모르는 어린아이였다. 여자가 무슨 짓을 해줘도, 무엇을 손에 넣어도 만족하지 않는 어린아이일 따름이다.

힐더와 코니는 5월에 어머니 장례식에 참석하기 위해 귀국했다가 막 돌아왔지만, 다시 황급히 고국으로 돌아가야만 했다. 마침내 전쟁이 시작되었던 것이다. 1914년 크리스마스 전에 그녀들의 독일 청년들은 둘 다 전사했다. 그로 인해 두 자매는 슬피 울면서 그 청년들에 대한 정열적인 애착을 느꼈다. 그러나 마음속에서는 벌써 그들에 대한 일은 잊어져 가고 있었다. 이미 그들은 이 세상에 없는 사람이었던 것이다.

원래 두 자매는 어머니의 소유였던 켄싱턴의 아버지 집에 살면서 케임브리지의 청년 그룹과 사귀고 있었다. 그 그룹은 '자유' 를 내세우고, 플란넬 바지와 가슴이 벌어진 셔츠를 입고, 점잖으면서 정열적인 분방성(奔放姓)과 속삭이는 듯한 나직한 목소리와 너무 지나치게 민감할 정도의 예의를 지니고 있는 청년들이었다. 그런데 갑자기 힐더가 그 케임브리지 그룹 가운데에서 자기보다 열 살이나 많은 남자와 결혼을 한 것이다. 그 남자는 재산도 꽤 많았고, 상당히 실속 있는 정부의 일도 맡고 있었으며, 철학 논문도 쓰는 사람이었다. 힐더는 그 남자와 함께 웨스트민스터의 아담한 집에 살면서 정부에 관계되는 사람들의 모임인 훌륭한 사교계에 출입하고 있었다. 그 사교계의 사람들이 일류라고는 할 수 없지만 그래도 영국에서의 참다운 지식 계급이었으며, 또 당연히 그렇게 될 사람들이었다. 즉, 자기네들이 말하는 것을 잘 알고 있거나 혹은 알고 있는 것처럼 말하는 그런 사람들이었다.

코니는 전시(戰時)에 편한 일을 하면서 모든 것을 점잖게 조롱하는 듯한 플란넬 바지를 입은 케임브리지의 비타협파 사람들과 교제하고 있었다. 코니의 친구는 탄광의 특수 기술을 연구하고 있던 본 대학에서 급히 귀국한 스물두 살의 청년 클리퍼드 채털리였다. 본으로 가기 전에 케임브리지에 2년 동안 다니던 그는 지금 어느 뛰어난 군부대의 중위가 되어 있었다. 그는 군복을 입고 있었기 때문에 온갖 것에 대해 좀 더 근사하게 조롱할 수가 있었다.

클리퍼드 채털리는 코니보다 상류 계급에 속해 있었다. 코니는 살림이 넉넉한 지식 계급이었지만 그는 귀족이었다. 명문이라고까지는 할 수 없었지만 클리퍼드의 아버지는 준남작이었고 어머니는 자작의 딸이었으므로 아무튼 귀족이었다. 하지만 그는 그녀보다 오히려 시골티가 났고 더 겁쟁이였다. 그는 편협한 상류사회, 다시 말해 지주(地主)인 귀족 계급 속에서는 편하게 행동할 수 있지만 일단 많은 중류나 하류 계급의 사람들이나 외국사람 사이에 끼게 되면 당장 소심한 사람으로 변하고 말았다. 좀 더 솔직히 말하자면, 중류나 하류사회의 사람들이나 자기와 계급이 다른 외국인들 사이에 끼면 그는 약간 두려움을 느꼈다. 특권 계급의 온갖 비호를 받던 그는 자기 자신의 믿음직스럽지 못한 불안한 상태를 의식하는 순간, 마비되는 듯한 무기력한 기분에 사로잡히는 것이었다. 이상한 이야기지만 이것이 바로 현대의 현상인 것이다.

그러므로 콘스탄스 리드와 같은 이상하고도 조용한 확신이 그를 매혹하게 된 것이다. 이 외부 세계의 혼돈 속에서는 그보다도 오히려 그녀 편이 자기를 파악하는 힘이 훨씬 강했던 것이다. 그럼에도 불구하고 그는 또한 반항하였다. 그는 자기 계급에 대해서조차 반항했다. 반항이라고 하기엔 너무 의미가 강할지도 모르겠다. 그처럼 강한 뜻은 아니기 때문이다. 그는 다만 전통이나 진정한 권위라는 것에 반대하는 청년들의 일반적인 습관에 빠져 있었다. 아버지란 것에 대해 모두 우스꽝스럽게 여겨졌다. 그 자신의 완고한 아버지에 대해서는 특히 더 그랬다. 정부라는 것도 우스꽝스러워 보였다. 당시 영국의 '기다려 보자'는 식의 정부가 특히 그러했다. 군대라는 것도 우스꽝스럽게 여겨졌다. 고집스럽고 사리에 어두운 장군들이 그렇고, 특히 얼굴이 빨건 키치너 장군이 더욱 그랬다. 전쟁은 많은 사람을 죽이기도 하지만, 그런 전쟁마저도 우스꽝스럽게 여겨졌다.

사실 모든 것이 조금씩 또는 몹시 우스꽝스러웠다. 권위와 관련되는 것은 군대이건 정부이건 대학이건 모두 다 어느 정도 우스꽝스러웠다. 그리고 세상을 지배하고 있는 체하는 점에 있어서 지배 계급이라는 것도 우스꽝스러웠다. 클리퍼드의 아버지 제프리 경은 자기 소유의 숲을 벌목하기도 하고 자기 탄광에서 광부들을 뽑아 전쟁터로 내보내기도 하여 자신은 안전한 애국주의자가 돼 있었다. 그런데다가 또 자기 수입 이상의 돈을 국가에 바치고 있었다. 그에게는 그 또한 몹시 우스꽝스러웠다.

미스 채털리 엠마[4]는 부상병을 간호하기 위해 중부지방에서 런던

4) 클리퍼드의 누이이다 – 옮긴이

으로 나왔을 때 제프리 경의 열렬한 애국심에 대해 매우 부드럽게, 그러면서도 매우 재치 있게 이야기해 주었다. 그 말을 들었을 때 큰 아들이며 상속자인 허버트는 참호용으로 벌목되고 있는 나무가 자신의 소유였지만, 자기도 모르게 웃음을 터뜨리고 말았다. 그러나 클리퍼드는 약간 불안스러운 얼굴로 빙그레 웃었을 뿐이었다. 온갖 것이 우스꽝스럽다는 것은 사실이었다.

그러나 그것이 너무나도 자기와 가까운 일이 되어버려 자기 자신까지도 우스꽝스러운 존재로 여겨지지 않는가! 적어도 그와 다른 계급의 인간들, 이를테면 코니와 같은 사람은 무슨 일엔가 열중하고 있었다. 그 사람들은 무언가를 믿고 있는 것이다.

영국 병사에 대해서나 징병제에 대한 공포나 아이들에게 줄 사탕이나 과자가 모자라는 일에 대해 그들은 더욱 열심이다. 물론 그와 같은 일에 관한 당국의 조치는 우스꽝스러울 만큼 갈팡질팡이다. 그러나 클리퍼드에게는 그것이 마음을 움직이게 하는 일은 아니었다. 그에게 있어서는 당국이라는 것은 처음부터 우스꽝스런 존재였다. 사탕과자나 병사 때문이 아니었다. 그리고 또한 당국자 자신도 우스꽝스럽게 느끼고 있었고, 게다가 우스꽝스러운 짓까지 했다. 그 당장에는 그저 터무니없는 소란이었다. 이윽고 사태는 진전되어 로이드 조지가 시국을 수습하기 시작했다. 이렇게 되고 보니 이제는 더 이상 우스꽝스럽다고 할 수가 없었다. 건방진 청년들도 이제는 웃거나 하지 않았다.

1916년 허버트 채털리가 전사하자 클리퍼드는 상속자가 되었다. 그는 이 일에 대해서도 두려움을 느꼈다. 제프리 경의 아들로서 라그비 저택의 후계자라는 자기 존재의 중대한 의미가 마음속 깊이 스며들어 그는 이미 거기서 빠져나올 수가 없었다. 게다가 이것이, 역시 뒤끓고 있는 광대한 세계에서 보면 우스꽝스러운 일이라는 것을 그는 알고 있었다. 이제야말로 그는 후계자로서 라그비 저택에 대해 책임을 지기에 이르렀다. 그것은 엄청난 일이 아닐 수 없으며 동시에 멋있는 일이기도 하고 또한 실로 어리석은 일이 아닐 수 없었다.

제프리 경은 어리석은 일을 생각할 사람이 아니었다. 그는 창백하게 긴장하고 자신의 세계에 틀어박혀 모국과 자신의 입장을 구한다는 움직일 수 없는 굳은 결의를 하고 있었다. 당사자가 로이드 조지[5]건 누구건 그에게는 변함없었다. 그는 완전히 고립되고 가장 영국적인 모습에서 자기를 떼어내어 전혀 비판력을 잃고 호레이쇼 보텀리[6]를 훌륭하다고까지 생각했다. 제프리 경이 영국과 로이드 조지를 지지하는 태도는 그의 선조가 영국과 성 조지[7]를 지지했던 것과 똑같았다. 그에게는 그 사이에 구별이 있다고는 조금도 생각되지 않았다. 그래서 제프리 경은 벌목하여 로이드 조지 즉 영국을, 영국 즉 로이드 조지를 지지한 것이다. 그는 또한 클리퍼드가 결혼하여 후손을 낳을 것을 바라고 있었다.

클리퍼드는 아버지가 구제하기 어려운 아나크로니즘(시대착오)에 빠져 있다고 생각했다. 그러나 자신은 온갖 것을 우스꽝스럽다고 생각하고, 또 자신이 처해 있는 처지가 더없이 우스운 상황이라고 느끼며 망설이는 것 이외에 다소라도 아버지보다 앞서고 있는 것일까? 왜냐하면, 그는 조금의 진지함도 없이 싫거나 좋다는 말 한마디 없이 작위와 라그비 저택을 이어받았으니 말이다.

전쟁의 화려했던 감격도 얼마 가지 않아 사라졌다. 너무나 많은 죽음과 공포가 있었다. 남자는 자신을 받쳐줄 것과 위안이 필요했고 안전한 세계에 닻을 내릴 필요를 느꼈다. 남자는 아내를 갖고자 원했다.

---

5) David Lloyd George(1863~1945). 영국의 하원의원으로 1916~1922년 동안 수상을 지냈다 – 옮긴이

6) Horatio Bottomley(1860~1933). 영국 하원의원이며 재정가이자 언론인으로 애국주의적 선동과 투기로 축재를 했고 1922년 사기죄로 유죄를 선고받았다 – 옮긴이

7) St. George. 303년경에 순교한 영국의 수호성도(守護聖人)이다 – 옮긴이

채털리 집의 두 아들과 딸은 여러 사람들과 관계가 있음에도 불구하고 라그비 저택에 제각기 틀어박혀서 묘하게 고립된 생활을 보내고 있었다. 이 고립감이 영토와 작위가 있음에도 불구하고, 아니 그런 것이 있기 때문에 오히려 그들의 입장이 약하며 무방비라는 느낌이 가족들과의 관계를 더욱 굳게 하는 역할을 해줬다. 그들은 자기네들이 생활해 온 중부지방의 공업가들과도 떨어져서 살고 있었다. 또한 제프리 경의 우울하고 완고하며 고독한 기질로 인해 그들의 계급으로부터도 떨어져 있었다. 그들은 아버지를 우스꽝스럽게 보기도 했으나 그래도 역시 아버지에 대해 무척 마음을 쓰기도 했다.

세 남매는 언제까지나 함께 살아가자고 다짐해 왔었다. 그러나 허버트가 죽은 지금, 제프리 경은 클리퍼드가 결혼하기를 바랐다. 제프리 경이 그것을 분명히 말한 것은 아니었다. 그는 너무나 말이 없는 사람이었다. 하지만 그가 사려 깊은 듯이 고집하는 일에 대해서는 클리퍼드가 반항할 힘이 없었다.

그러나 엠마는 반대했다. 그녀는 클리퍼드보다 열 살 위였는데, 그의 결혼은 세 남매 사이의 약속을 깨뜨려버리고 그것을 배신하는 행위라고 말했다. 그럼에도 클리퍼드는 코니와 결혼해서 한 달 동안의 신혼여행을 떠난 것이다. 그것은 저 위기가 임박했던 1917년의 일이었다. 부부는 마치 침몰하는 배에 올라탄 사람들처럼 서로 단단히 의지하고 있었다. 결혼했을 때 클리퍼드는 아직 숫총각이었기 때문에 성(性)은 그에게 있어 큰 의미를 갖지 않았다. 그 점만 제외하면 부부 사이는 매우 좋았다. 코니는 '성 관계' 이상의 것이고 남자는 '만족' 이상의 것인 이 다정한 사이에서 꽤 감동하고 있었다.

아무튼 클리퍼드는 남성들보다도 '만족'을 요구하는 정도가 적었다. 아니, 그들의 다정함은 보다 인간적이고 보다 깊은 것이었다. 그리고 성이란 단순히 우연한 것이거나 부속적인 것이고, 묘하게 퇴화돼버린 진부한 하나의 기관에 지나지 않았다. 그런데도 아직 육체에 달라붙어 우리를 괴롭히는 것이나 사실은 필요 없는 것으로 생각되었다. 다만 코니는 시누이인 엠마에 대해 자신의 입장을 튼튼히 하기 위해서라는 이유였으나 아이를 갖고 싶어 했다.

그러나 1918년 초에 클리퍼드는 부상을 입고 송환되어 왔으며, 두 사람 사이에 아직 아이가 없었다. 제프리 경은 너무 상심이 큰 나머지 그만 세상을 떠나고 말았다.

제2장

코니와 클리퍼드가 라그비 저택으로 돌아온 것은 1920년 가을이었다. 동생의 배신에 아직도 화가 풀리지 않은 엠마는 이미 집을 나가 런던에서 조그마한 아파트를 빌려 살고 있었다.

18세기 중엽에 세워진 라그비 저택은 갈색 석조건물의 길고 나지막한 옛날식 집으로, 그 후에도 계속 증축되어서 별로 이렇다 할 특징도 없는 커다란 집이었다. 저택은 떡갈나무가 우거진 무척 아름다운 옛 정원 속의 언덕 위에 서 있었다. 그러나 슬프게도 그다지 멀지 않은 곳에는 테버셜 탄광의 굴뚝에서 증기와 연기가 피어오르는 것이 보였다. 그리고 축축한 안개가 끼어 있는 저 멀리 언덕에 조잡하게 흐트러진 테버셜 마을의 집들이 보였다. 마을은 거의 정원 문에서 바로 시작되어 아무렇게나 기다랗게 1마일 가량 몹시 처참하고 추악한 모습을 드러내고 있었다. 검은 슬레이트 지붕으로 뚜껑을 씌운 거칠고 공허함을 지닌 다 헐어 빠진 먼지투성이의 조그만 벽돌 건물이 그곳에 줄지어 서 있었다.

코니는 늘상 켄싱턴 공원이며 스코틀랜드의 산이며 서식스[8]의 언

8) Sussex. 영국 남동부의 구릉으로 이루어진 지대를 말한다 – 옮긴이

덕 등을 보아왔다. 그것이 그녀가 알고 있는 영국의 모습이었다. 젊은 여자의 냉정한 무관심으로, 석탄과 철밖에 없는 중부지방의 전혀 영혼이 없는 것 같은 추한 경치를 그녀는 흘끗 바라보았을 뿐 마음에 두지 않았다. 그것은 믿을 수 없는 정도의 것이었고, 또한 생각해서는 안 될 것이었다. 라그비 저택의 몹시 음침한 방에서 그녀는 탄광의 석탄을 치는 기계의 덜컹거리는 소리를, 기중기가 내뿜는 증기 소리를, 교차되는 석탄 운반차의 구르는 소리를, 운반 기관차의 쉬어 터진 듯한 조그만 기적 소리 등을 듣고 있었다.

테버셜의 석탄을 캐내고 돌을 쌓은 산은 수년 전부터 불타고 있었다. 그것을 끄려면 수천 파운드의 비용이 필요했다. 그러다 보니 불타는 대로 내버려두고 있었다. 바람은 종종 저택 쪽으로 불어왔고, 그때마다 집안은 유황을 머금은 지구의 배설물이 타는 악취로 가득 찼다. 그러나 바람이 없는 날에도 항상 공기 속에는 무언가 광물성 냄새가 섞여 있었다. 그것은 유황이라든가 철이라든가 석탄이라든가 산(酸) 같은 것들이었다. 그리고 크리스마스로즈[9] 위에조차 하늘에서 내리는 검은 만나[10]처럼 끊임없이 상상할 수 없을 만큼 그을음이 내려앉았다.

이처럼 여기는 여기 나름대로 기분 나쁜 일들이 귀찮게 따라다녔다. 그것도 꽤 심한 것이었지만 저항한들 무슨 소용이 있으랴. 그것을 제거하기란 불가능했다. 그것은 여전히 계속되어 갈 뿐이다. 어느 곳에서나 인생이란 매 한가지다. 밤은 얕은 천정처럼 드리운 구름 표면에 떨리는 붉은 빛으로 얼룩져 퍼졌다 오므라들었다 하면서 아픈 화상(火傷)처럼 불꽃을 비치고 있었다. 그것은 용광로의 불이었다. 처음에 그것은 일종의 공포로 코니를 매혹했다. 그녀는 지옥에서 살고 있는 듯한 느낌이었지만 얼마 되지 않아 익숙해졌다. 그리

9) Christmas roses. 미나리아 잿빛과의 식물로 크리스마스 무렵에 흰 꽃이 핀다 – 옮긴이
10) 이스라엘 민족이 광야에서 방랑 중에 하늘로부터 받은 양식을 말한다 – 옮긴이

고 아침이 되면 비가 내리는 것이다.

클리퍼드는 런던보다 라그비 저택이 마음에 든다고 솔직히 말했다. 이 지방에는 특유한 우울한 의지 같은 것이 감돌고 있어 사람들은 몹시 정력적이었다. 그러나 '그 밖에 이 지방 사람들에게 어떤 특색이 있을까?' 하고 코니는 생각했다.

그 사람들은 눈도 정신도 없는 것 같았다. 사람들은 이 지방의 풍물과 마찬가지로 메마르고 볼품없고 우울하고 게다가 무뚝뚝했다. 그러나 분명치 않게 입속에서 발음하는 그들의 사투리와 일을 마치고 아스팔트 길 위를 떼 지어 지나갈 때에 징 박은 탄광화(炭鑛靴)를 끄는 소리 가운데는 무언가 특수한 것이 있었다. 그것은 무섭기도 했고 약간 신비로운 것이기도 했다.

젊은 영주(領主)가 고향에 돌아왔는데도 아무런 환영도 떠들썩한 잔치도 대표자를 보내는 일도 없었고, 꽃 하나 보내오는 사람도 없었다. 다만 그들이 자동차로 그늘진 나무 사이의 어둡고 습기 많은 차도를 달려왔을 때, 정원의 비탈에는 축축하게 젖은 회색의 양 떼가 풀을 뜯고 있었고, 언덕 위에는 저택의 암갈색 정면이 펴져 보이고, 가정부와 그 남편이 땅 위에 우뚝 서 있는 불안한 소작인처럼 인사를 하려고 어물거리고 있었다.

라그비 저택과 테버셜 마을 사이에는 감정의 교류가 조금도 없었다. 모자에 손을 대어 인사하는 사람도, 허리를 굽히는 사람도 없었다. 광부들은 그저 물끄러미 지켜볼 따름이었고, 상인들만이 단골손님을 대하듯 코니에게 모자를 약간 벗어 보이고 클리퍼드에게 멋쩍게 고개를 숙일 뿐이었다. 거기에는 넘을 수 없는 도랑이 가로놓여 있었다.

처음에는 마을 쪽에서 끈질기게 접근하는 원한의 느낌이 코니를 매우 고통스럽게 했다. 하지만 그녀는 꿋꿋이 맞기로 했다. 그러자 그것은 일종의 자극제가 되어 사는 보람 같은 것이 되었다. 그렇다고 그녀와 클리퍼드에게 인기가 없었던 건 아니었다. 그들은 다만 광부들과 전혀 다른 인종에게 속하고 있었을 뿐이었다. 이 넘을 수 없는 도랑, 말할 수 없는 분열은 아마도 트렌트 강[11] 남쪽에는 존재하지 않을 것이다. 그러나 중부지방과 북부의 공업지대에는 이 넘을 수 없는 도랑을 넘어선 의사소통이란 전혀 없었다. '너는 너대로 고집해라, 나는 나대로 고집하겠다!' 그것은 인간의 공통적인 충동을 기묘하게 부정하는 것이었다.

그렇기는 해도 마을 사람들의 마음은 클리퍼드와 코니와 같은 마음이었다. 그러나 형식적으로는 내 일은 상관하지 말아 달라는 것이 그들 서로가 품고 있는 기분이었다.

교구목사(教區牧師)는 예순 살 가량의 의무감이 강하고 겸손해서 '내게는 상관 말아 달라!'라는 마을의 묵계를 위해 한없이 자신을 낮추는 선량한 사람이었다. 광부의 아내들은 거의 메더디스트였다. 광부들은 신앙이 없었다. 그럼에도 여기에선 목사가 정해진 법의를 입고 있더라도 보통 사람과 꼭 같다는 사실을 전혀 모르는 것이다. 뿐만 아니라 목사 아쉬비는 설교와 기도를 드리는 자동적인 기계처럼 보이고 있었다.

'설사 당신이 채털리 부인이라고 할지라도 우린 우리야!' 하는 완고하여 사리에 맞지 않는 본능적인 사람들의 태도가 처음에는 코니를 몹시 당황하고 난처하게 했다. 그녀가 먼저 말을 건네면 광부의 아내들은 뭔가 의심스러운 듯하면서도 일부러 상냥한 체 대했다. '어머나! 채털리 부인이 말을 다 걸어주다니! 나도 이만하면 상당한데! 하지만 내게 그럴 만한 가치가 없다고 그녀에게 느끼게 할 필요는 없어.' 하고 항거하는 듯한 어조가 언제나 여자들의 반 아첨하는 목소리 가운데 울리는 것을 가만히 참고 듣기란 그리 쉬운 일이 아니었다. 거기에는 절망적이고도 사람을 초조하게 하는, 불복종의 분위

---

11) the Trent. 더비와 노팅엄 등 영국 중부지방을 흐르는 강을 말한다 – 옮긴이

기가 깃들어 있었다.

클리퍼드는 그들을 상대하지 않았다. 어쩌다가 그들과 접하게 되어도 몹시 거만하고 모멸적인 태도로 대했다. 그래서 그녀는 그들을 거들떠보지도 않고 그냥 지나치곤 했다. 그러자 그들도 납인형처럼 그녀를 물끄러미 쳐다볼 뿐이었다. 클리퍼드는 친근감 따위를 보일 생각이 도무지 없었던 것이다. 실제로 그는 자기와 같은 계급이 아닌 사람에 대해서는 거만하게 굴었으며 멸시했다. 그는 그들에게 사랑도 미움도 받지 않았다. 그의 존재는 다만 석탄을 캐내고 돌을 쌓아 놓은 산이나 라그비 저택과 같은 하나의 사물에 지나지 않았다.

클리퍼드는 다리가 자유롭지 않게 되고부터 극단적으로 소심해지고 자의식이 강해졌다. 그는 하인들 외에 누구와도 만나기를 꺼렸는데 이유는 그가 휠체어를 타고 있어야 하기 때문이었다. 그럼에도 불구하고 그는 옷차림에 매우 세심한 주의를 기울였다. 고급 양복점에서 맞춘 양복에 예전처럼 본드 스트리트의 화려한 넥타이를 매고 있어 상반신은 여전히 세련된 인상을 주었다. 또한 혈색이 좋은 얼굴에 넓은 어깨가 오히려 야성적이라고 해도 좋을 정도였다. 그러나 망설이는 듯한 조용한 목소리와 대담한 듯하면서도 겁먹어 보이고, 확신 있는 듯하면서도 불안스러워 보이는 눈은 그의 기질을 나타내고 있었다. 그의 태도는 종종 사람을 불쾌하게 할 만큼 거만해질 때가 있었으나 곧 다시 자신을 억누르고 온화하면서도 거의 머뭇거린다고 할 태도를 취하는 것이었다.

코니와 클리퍼드는 초연한 현대적인 방법으로 결합되고 있었다. 그는 불구로 큰 충격을 받고 너무도 큰 상처를 가슴속에 지니고 있어 마음 가볍게 즐거워할 수가 없었다. 그는 상처 난 물건이었다. 그에게 코니는 정열적으로 애착을 느끼고 있었다.

그러나 그와 그 지방 사람들과의 교섭이 얼마나 드문가를 코니는 느끼지 않을 수가 없었다. 광부들은 그에게 있어 어떤 의미로는 부하와 같은 것이었다. 그러나 그는 그들을 인간으로보다는 하나의 물건으로, 생명 있는 것으로보다는 탄광의 일부분으로, 그리고 자기와 마찬가지의 인간으로보다는 조잡한 자연의 현상으로 보고 있었던 것이다. 어떤 면에서 그는 그들을 두려워했다. 다리의 자유를 잃은 지금의 자기 모습을 그들에게 보이게 되는 것은 견딜 수 없는 일이었다. 그리고 그들의 기묘하고도 거친 생활이 고슴도치의 생활인 양 부자연한 것으로 여겨졌다.

그는 멀리 떨어진 입장에서 흥미를 갖고 있었다. 그러나 그것은 현미경이나 망원경으로 들여다보는 사람의 태도였다. 그의 손에는 닿지 않는 것으로 라그비 저택과, 가족적인 방어 본능의 밀접한 인연에서 엠마와 접촉하고 있었을 뿐이었다. 그 이외에는 아무것도 실제적으로 그와 접촉하고 있는 것은 없었다. 코니는 자신도 정말로 그와 접촉한 적이 없는 것처럼 생각되었다. 아마 마지막에 가서도 접촉해야 할 것은 아무것도 없으리라. 다만 인간 접촉의 부정이라는 것이 있을 뿐이었다.

더욱이 그는 철저하게 그녀를 의지하고 있었다. 그는 1분이라도 그녀 없이는 지낼 수가 없었다. 몸집이 큰 건강한 남자이면서도 그는 무력한 존재였다. 휠체어를 타고 혼자 다닐 수는 있었다. 또한 모터 달린 앉은뱅이 차도 있어서 그는 그것을 타고 천천히 정원 안을 돌아다닐 수도 있었다. 그러나 혼자서의 그는 집 잃은 아이와도 같았다. 코니가 옆에 있어서 그의 존재를 확인해 주어야만 했다.

그러면서도 그는 야심을 품고 있었다. 그는 소설을 쓰는 데 열중했다. 그것은 그가 전에 알고 있던 사람들에 대해서 쓴 기묘하고 매우 사생활적인 작품이었다. 심술궂을 만큼 예리하게 썼지만, 그러면서도 오히려 이상하게 무의미한 점이 있었다. 관찰은 날카롭고 독특했다. 그러나 현실적인 손에 닿는 감촉이 없었다. 전부가 진공 속에서 일어난 것 같은 작품이었다. 그러나 인생 그 자체가 강한 인공 조명에 비추어진 것 같은 오늘날에 있어서 그의 소설은 기묘하게 현대 생활, 다시 말해서 현대의 심리에 충실한 것이었다.

클리퍼드는 자기 작품에 대해서 병적으로 민감했다. 그는 모든 사람이 그것을 훌륭하고 더 이상 견줄 것이 없는 작품이라고 생각해 주기를 바랐다. 그의 작품은 가장 현대적인 잡지에 실렸고, 평판은 칭찬 반 비난 반이었다. 그러나 혹평은 칼로 찌르는 듯한 고통을 주었다. 그의 모든 존재가 그 소설 가운데 있는 것 같았다.

코니는 온갖 힘을 다해 그를 위해 애썼다. 처음에는 재미있게 생각되었다. 그는 온갖 것에 대해 우울하게, 열심히, 집요하게 그녀에게 이야기해 주었기 때문에 거기에 코니도 있는 힘을 다해 응해야 했다. 그녀는 정신과 육체와 성과 모든 것을 불러일으켜 그의 이야기 속에 뛰어들어야만 했다. 그것이 그녀를 흥분케 하고 열중하게 했다.

그들은 육체적인 생활을 전혀 갖지 않았다. 코니는 집안 살림을 보살펴야 했다. 그러나 가정부라는 여자는 제프리 경을 오랫동안 시중 든 여자로, 무뚝뚝하고 나이가 많으나 나무랄 데 없이 빈틈없는 여자였다. 이제는 윗사람을 모시던 하녀라고도, 그저 여성이라고도 할 수 없는 그런 여자였다. 그 여자가 식사 시중을 들었는데, 그녀는 벌써 이 저택에 온 지 40년이나 되었다. 하녀조차도 젊은 사람이 없었다. 정말 대단한 집이었다! 이런 집에서는 전혀 손을 대지 않고 가만히 있을 수밖에 별다른 도리가 없었다. 아무도 쓰지 않은 수많은 방, 여러 가지 중부지방의 습관, 기계적인 청결함과 질서! 클리퍼드는 그가 런던 집에서 데리고 있던 익숙한 하녀를 새로운 요리사로 데려올 것을 주장했다.

집안은 오로지 기계적인 무질서에 맡겨져 있는 것처럼 보였다. 모든 것이 훌륭한 질서, 엄격한 청결, 정확한 시간 엄수, 빈틈없는 정직성으로 행해지고 있었다. 그러나 코니 편에서 보면 그것은 조직적인 무질서였다. 그것을 유기적으로 결합할 따뜻한 느낌이 없었다. 집안은 사람들이 지나다니지 않는 거리처럼 쓸쓸했다. 그것으로부터 손을 떼는 것 말고 무엇을 할 수 있겠는가.

결국 그녀는 아예 상관하지 않기로 했다. 귀족적인 여윈 얼굴의 엠마가 이따금 찾아왔지만 아무런 변화도 없는 것을 보고는 의기양양한 표정을 짓곤 했다. 코니가 엠마를 동생과의 결합으로부터 떼어 놓았다는 이유로 엠마는 결코 그녀를 용납하려 들지 않았다. 클리퍼드와 힘을 합쳐서 그러한 소설이나 저작을 낳게 하려던 사람은 엠마였다. 다소 새로운 소설이라 불리는 채털리의 소설은 그들, 즉 채털리 집안에 태어난 바로 그 사람들이 씨를 뿌려 놓았던 것이다. 그 밖에는 아무것도 없었다. 그것은 지금까지 세상에서 행해졌던 사고방식이나 표현법과는 조금도 유기적인 연관성이 없었다. 채털리의 작품은 오로지 그들만의 독자적인 것이었고, 세상에 존재하지 않았던 새로운 것이었다.

코니의 아버지가 라그비 저택에 며칠간 묵었을 때 그는 살짝 딸에게 말했다.

"클리퍼드의 작품은 스마트하지만 속은 텅 비어 있어서 도저히 오래 가지는 못할 거다!"

코니는 생애를 훌륭하게 처세해 온 스코틀랜드 태생의 건장한 기사(騎士)를 바라보았다. 그러자 그녀는 무언가를 의심하는 듯한 커다란 눈이 희미하게 흐려져 왔다. 비어 있다니! 텅 비었다는 것은 어떤 의미일까? 비평가가 칭찬하고 클리퍼드의 이름은 날로 유명해지고 돈까지 벌게 되었는데……. 아버지가 '클리퍼드의 작품은 속이 비었다'고 한 것은 어떤 의미일까? 그럼 다른 무엇이 있어야 한다는 말인가?

왜냐하면, 코니는 젊은이의 입장에서 보고 있었기 때문이다. 다시 말해서 지금 그 현재라는 것은 서로 연관성 없이 반드시 차례차례로 닥쳐오는 것이다.

라그비 저택에서의 두 번째 겨울이 되었을 때 그녀의 아버지는 말했다.

"코니, 네가 환경에 얽매여서 평생을 두고 반 처녀로 지낼 것을 나는 바라지 않는다."

"반 처녀라고요?"

코니는 애매한 대답을 했다.

"왜죠? 어째서 안 되는 거죠?"

"물론 너도 그게 싫다면 말이다!"

아버지는 서둘러 말했다.

그는 클리퍼드와 단 둘이 있을 때에도 그와 같은 말을 했다.

"코니가 반 처녀로 있는 것은 그 애를 위해 좋은 일이 아니라고 생각하네."

"반 처녀라니요!"

클리퍼드는 그 말을 확인하기 위해 영어로 고쳐 되물었다. 그리고 일순간 생각에 잠기더니 이내 얼굴이 빨개지면서 화를 냈다.

"어떤 면에서 나쁘다고 하시는 겁니까?"

그는 거칠게 반문했다.

"저 애는 점점 야위어서…… 앙상해졌어. 저 애는 본래 저런 몸매가 아닐세. 저 애는 청어처럼 가냘픈 애가 아니었어. 스코틀랜드 산(産)의 뼈대가 튼튼한 송어란 말일세."

"물론 반점[12]이 조금도 없는 송어죠!"

클리퍼드가 말했다.

그는 그 '반 처녀'라는 것, 그녀가 반 처녀로 지내고 있다는 것에 대해서 나중에 코니에게 이야기해 보려고 했다. 그러나 도저히 그 말을 먼저 꺼낼 수가 없었다. 그녀와 너무 다정했기 때문이었지만,

12) 송어의 반점을 말함과 동시에 추문을 의미한다 – 옮긴이

동시에 터놓고 이야기할 만큼 그렇게 친밀하지 않기 때문이기도 했다. 두 사람이 정신적으로는 하나였지만 육체적으로는 그렇지가 않았다. 그래서 어느 편도 죄의 주체에 대해 이야기를 꺼낼 수 없었다. 그들은 극히 친밀하면서도 아무런 접촉이 없었던 것이다.

하지만 아버지가 클리퍼드에게 무언가를 이야기했고, 클리퍼드가 무언가를 생각하고 있다는 것을 코니는 짐작했다. 그녀는 만약에 클리퍼드에게 절대로 모르는 일이고 그가 자기 눈으로 직접 보지 않는 한, 그녀가 반 처녀이든 타락한 여자이든 그에게 있어서 아무래도 상관없다는 것을 알고 있었다. 눈에 보이지 않는 것과 마음이 알지 못하는 것은 존재하지 않는다는 것이다.

코니와 클리퍼드는 벌써 2년 가까이 라그비 저택에서 클리퍼드의 건강과 그의 작품에 온 정신을 쏟으며 막연하게 생활하고 있었다. 그들의 흥미가 일치되어서 그의 작품에 소홀히 한 적은 한 번도 없었다. 두 사람은 서로 이야기를 나누면서 보다 나은 문장 구성을 위해 애쓰고 있었다. 하지만 공허함 속에서 무슨 일인가가 일어나려고 하는 것을 그들은 느끼고 있었다.

그리고 이런 것도 역시 하나의 생활이었다. 공허함 속에서의 생활이었지만 그 이외의 것은 실제로 존재하지 않았다. 라그비 저택도 하인들도 거기 있었다. 그러나 그것은 그림자뿐이었고 실제로 존재하지는 않았다. 코니는 정원이나 정원에 이어진 숲 속으로 산책하러 나가서 고독과 신비감을 맛보고 가을에는 단풍잎을 밟고 봄에는 앵초를 따기도 했다. 그러나 그것은 모두 꿈과 흡사했다. 아니, 오히려 실제로 존재하는 사물의 그림자와 같았다. 그녀에게 있어 떡갈나무 잎도 거울 속에서 떨어지는 것과 같았으며, 그녀 자신도 누군가가 읽고 있는 소설 가운데의 인물이고, 앵초를 딴다는 것도 단순한 그림자거나 기억 또는 말에 지나지 않는 것이었다. 그녀에겐 다른 모든 것이 실체를 갖고 있지 않았다. 촉감도 반응도 없다! 다만 그들의 생각 속에 실제로 존재하는 것이란 클리퍼드와의 생활, 그리고 맬컴 경이 '그 속은 비어 있어서 오래 가지 못하리라'는 소설, 의식을 상세하게 설명한 이야기의 그물을 끝없이 짜 나가는 일이었다. 어째서 그 속에 무엇인가 있어야만 하는가? 어째서 그것이 오래 계속 되어야만 하는가? '그날의 노고는 그날만으로 족한' 것이다. 겉으로만 번지르르하게 꾸민 현실만으로 순간은 채워질 수 있는 것이다.

클리퍼드에게는 친구라기보다 아는 사람들이 많았는데 비평가, 작가, 그리고 그의 작품에 좋은 평판을 붙여 내는 사람들이었다. 그는 그들을 라그비 저택에 곧잘 초대하곤 했다. 그들은 라그비 저택에 초대받는 것이 기분 좋아 그의 작품을 칭찬한다는 것을 코니는 잘 알 수 있었다. 그것은 괜찮은 일이 아니겠는가! 그것도 거울 속을 스쳐가는 하나의 영상이다. 무엇이 잘못이란 말인가?

그녀는 대부분이 남자들뿐인 이 손님들에게 여주인 노릇을 했다. 또한 클리퍼드가 이따금 베푸는 귀족 관계의 모임에서도 여주인 역을 했다. 그녀는 상냥한 혈색 좋은 시골 처녀 같은 얼굴에 약간의 주근깨가 있고, 파랗고 큰 눈과 물결치는 갈색 머리를 지니고, 조용한 목소리에 강하고도 여성적인 느낌을 갖게 하는 허리를 가지고 있었다. 그녀는 다소 고풍적인 '여자다운' 여자로 모든 사람에게 여겨졌다. 그녀는 납작한 가슴과 조그만 엉덩이를 가진 소년을 연상케 하는 작은 청어 같은 여자는 아니었다. 너무나도 단정하고 날씬한 여성적인 여자였다.

그런 이유로 남자들, 그중에서도 젊다고 할 수 없는 중년남자들은 그녀에게 극히 다정하게 대했다. 그러나 조금이라도 그녀가 남자들에게 정답게 굴면 불쌍한 클리퍼드가 얼마나 상심할 것인가를 생각하고 그녀는 필요 이상의 언동을 하지 않았다. 그녀는 조용했고 멍청했다. 남자들과 조금도 사귀지 않았고 또한 사귀려고도 하지 않았다. 클리퍼드는 유별나게 자부심이 강한 남자였다.

그의 친척들도 그녀에게 극히 친절했다. 그녀는 이러한 친절에는 조금도 두려워하는 마음이 포함되어 있지 않다는 것, 그리고 이러한 인간은 두려움을 느끼게 하는 것 같은 사람이 아니면 존경하지 않는다는 것을 알고 있었다. 그러나 그 사람들하고도 그녀는 교제하지 않았다. 그들이 친절하게 대하건 멸시하건, 그녀는 그들이 하는 대로 내버려두었다. 몸을 지키기 위해 항상 칼을 뽑을 필요는 없다는 것을 그들에게 느끼게 했다. 그녀는 그들과 조금도 진정한 교제를 갖지 않았다.

시간은 지나갔다. 무슨 일이 생겼어도 그건 아무 일도 생기지 않은 것과 마찬가지였다. 왜냐하면, 그녀는 참으로 훌륭하게 접촉에서 몸을 피하고 있었기 때문이다. 그녀와 클리퍼드는 상상과 작품 속에 묻혀 나날을 보내고 있었다.

그녀는 손님 접대를 했다. 언제나 손님은 끊일 새가 없었다. 시계가 7시 30분에서 8시 30분이 되듯 시간은 자꾸만 흘러갔다.

제3장

코니는 점점 침착성을 잃어 가는 자신을 느꼈다. 주위에서 떨어져 있다는 고립감에서 오는 광기와 같은 불안감이 그녀를 사로잡았다. 별로 움직일 생각도 없는데 팔다리가 꿈틀거리고, 몸을 일으킬 생각도 없이 가만히 앉아 있고 싶은데 등골이 굳어버리는 일이 있었다. 그것은 어딘가 그녀의 신체 내부, 자궁의 내부에 전율을 느끼게 하는 불안감이었고, 그것은 끝내 그 불안감에서 달아나기 위해 물속에라도 뛰어들어 헤엄치고 싶어지는 그런 불안감이었다. 이유도 없는데 가슴이 심하게 뛰기도 했다.

그것은 틀림없는 불안이었다. 그녀는 클리퍼드를 내버려둔 채 정원을 빠져나가 양치류(洋齒類)의 덤불 속에 종종 엎드리곤 했다. 그녀는 집에서, 그리고 누구로부터도 도망칠 수밖에 없었다. 숲은 유일한 피난처이며 성당이었다.

하지만 그것에 접촉하고 있지 않는 한 숲도 진정한 피난처나 진정한 성당은 아니었다. 그것은 다만 다른 것에서 빠져나왔을 때에 갈 수 있는 유일한 장소에 지나지 않았다. 그녀는 한 번도 숲이 지니고 있는 정신—그런 애매한 것이 숲에 있다고 한다면—을 확실하게 느껴본 적이 없었다.

그녀는 막연하게나마 어쩐지 자신이 산산조각이 되어 가는 느낌이 들었다. 자신은 외부와 끊어지고 실체와 생명 있는 세계와의 접촉을 잃고 있다는 것을 어렴풋이 깨닫고 있었다. 다만 접촉이 있다면 클리퍼드와 그의 작품이었다. 그러나 그것은 존재하고 있지 않은 것, 텅 빈 것이었다. 허무에 대한 허무였다. 그녀는 그러한 사실을 어렴풋이 깨달았지만 그것은 자신의 머리를 돌에 부딪치는 것 같은 기분이었다.

다시금 그녀의 아버지는 충고했다.

"코니, 너는 어째서 여가를 만들 생각을 않느냐? 무엇이라도 좋으니 마음 내키는 일을 해보는 게 좋을 거다."

그 해 겨울, 마이클리스가 와서 며칠 동안 머물렀다. 젊은 아일랜드인인 그는 희곡을 써서 미국에서 상당한 재산을 모은 사나이였다. 그는 재치 있는 사회극으로 한때 런던의 사교계로부터 열광적인 환영을 받기도 했다. 그러나 당시의 사교계가 이 비열한 더블린[13]의 시궁창 쥐의 손에 의해 익살맞게 그려져 희롱당하고 있다는 사실을 그들이 차츰 깨닫게 되자 이번에는 그 반동이 왔다. 마이클리스는 야비하고도 비천한 인간이 되고 말았다. 그가 반영(反英)주의자라는 것이 폭로되었고 그 사실을 안 사회는 그것을 가장 추악한 범죄보다 더 나쁘게 취급했다. 결국 그는 치명상을 입고 몸은 쓰레기통에 던져지게 된 셈이 되고 말았다.

그럼에도 불구하고 마이클리스는 메이페어[14]에 집을 갖고 신사로서의 체면을 유지하며 본드 스트리트를 돌아다녔다. 그것은 아무리 일류 양복점이라도 손님이 일단 돈만 지불하면 그 손님의 사회적 지위가 떨어졌다고 해도 거절할 수 없었기 때문이다.

클리퍼드는 이 서른 살의 작가를 그의 가장 불우한 시기에 초대하

---

13) 아일랜드의 수도이다 – 옮긴이
14) Mayfair. 런던 하이드파크(Hyde Park) 동쪽의 고급 주택지이다 – 옮긴이

기로 했다. 클리퍼드는 그런 일로 인해 망설이지 않았다. 마이클리스의 작품을 접하는 인간은 아마 수백 만에 이를 것이다. 게다가 희망 없는 국외자가 된 그가 전 사교계에서 버림받고 있는 지금, 라그비 저택에 초대받는 것을 감사하게 여기리라. 그것을 고맙게 생각해 준다면 그는 자기 나라인 미국으로 갔을 때 클리퍼드를 위해 마음을 써 줄 것이다. 명성! 그것도 그곳에서 적당한 평판만 얻으면 어찌되었든 명성이 생길 것이다. 클리퍼드는 이제부터다. 게다가 그가 인기에 대해 유달리 강한 본능을 지니고 있다는 것은 주목할 만한 일이었다. 그 후 마이클리스는 희곡 속에서 그를 훌륭하게 그려냈다. 그 때문에 클리퍼드는 일종의 인기 있는 영웅 취급을 받게 되었다. 그러나 다음에는 그가 그 반동으로서 우스꽝스럽게 희롱되고 있는 자신을 발견하기에 이르렀다.

클리퍼드의 맹목적이고 성급하게 유명해지고 싶다는 본능에 코니는 다소 놀랐다. 그것은 그 자신도 이해할 수 없는 불안을 안고 두려워하고 있는, 형태가 분명하지 않은 광대한 사회에서 유명해지는 것, 제일류의 현대 작가로서 유명해지는 것이다. 입신출세를 하고 나이가 든, 사람 좋고 허세부리기를 좋아하는 아버지 맬컴 경을 보아 왔기 때문에 코니는 예술가란 자기 선전을 하는 것, 자기 상품의 가치를 높이기에 애쓰는 것이라는 사실을 알고 있었다. 다만 그녀의 아버지는 기존 수단, 즉 예술원 회원들이 그림을 팔 때에 쓰는 수단을 썼던 것이다. 그러나 클리퍼드는 온갖 종류의 새로운 인기를 얻는 수단을 발견하고 있었다. 그는 자신을 낮추는 일 없이 조심하면서 각계 각층의 사람을 라그비 저택에 초대했다. 그는 인기라는 기념비를 하루 빨리 세울 것을 결심하고 알맞은 것이 있으면 무엇이든지 이용할 생각이었다.

마이클리스는 예상대로 운전수와 하인을 데리고 아주 산뜻한 자동차를 타고 왔다. 그는 완전히 본드 스트리트 형이었다. 그러나 그를 보자마자 오래된 집안에 태어난 클리퍼드의 마음속의 무엇이 움찔함을 느꼈다. 마이클리스는 사실 자신이 그렇게 나타내 보이는 것만큼 훌륭한 인간이 못되었다. 클리퍼드에게는 그것만으로 충분히 결정적인 것이었다. 그러나 그는 손님에 대해 매우 정중했다. 그것은 이 사나이의 놀라운 성공에 대해서였다. 성공이라는 암캐신[牝犬神]이 절반은 겸손하고 절반은 거만한 마이클리스의 발꿈치 뒤에서 으르렁대며 주인을 보호하는 것처럼 달라붙어 다녔다. 클리퍼드는 그것을 대하자 완전히 겁을 집어먹었다. 왜냐하면, 그 역시 만약에 성공의 암캐신이 원하기만 한다면 자기의 몸을 그 개에게 팔고 싶었기 때문이다.

마이클리스는 런던에서 일류 가는 고급 양복점이며 모자점이며 이발관이며 구두점의 손을 빌렸음에도 불구하고 영국인이 아닌 것은 분명했다. 그렇다. 그는 전혀 영국인이 아니었다. 그는 어울리지 않는 평범하고 창백한 얼굴과 태도, 그리고 어울리지 않는 우수를 지니고 있었다. 그가 우수와 사람을 싫어하는 버릇을 지니고 있다는 것은, 그런 것을 역력히 자기의 태도에 드러내기를 좋아하지 않는 순수한 영국 신사의 눈으로 본다면 명백하게 알아낼 수 있는 일이었다. 마이클리스는 너무나 온갖 고생을 겪어 왔기 때문에 지금도 역시 꼬리를 뒷다리 사이에 끼우고 걷는 개와도 같은 안타까운 모습에서 완전히 탈피하지 못한 것이었다.

그는 그 희곡을 가지고 두드러진 재능과 그 이상의 뻔뻔스러움으로 자신의 길을 타개하고 이윽고 무대로, 더욱이 그 무대의 정면으로 밀고 나간 사나이였다. 그는 대중의 마음을 사로잡았다. 그리고 이미 괴로운 시기는 지나갔다고 생각하고 있었다. 그러나 슬프게도 아직 끝나지 않았다. 언제까지라도 그것이 끝나는 때는 없으리라. 어떤 의미에서 그는 그 고생을 바라고 있었던 것이다. 그는 자기 이상의 계급, 즉 영국의 상류 사회에 들어가기를 바랐으나 그들은 얼마나 그를 괴롭히기를 즐겼던가! 그는 또 그러한 그들을 얼마나 증오했던가! 그럼에도 이 더블린 태생의 잡종 개는 하인을 데리고 아주 산뜻한 자동차를 타고 온 것이다.

코니는 어딘지 모르게 이 사나이가 좋았다. 그는 허세를 부리지 않았다. 자신에 대해 그는 알기 쉽도록 간단명료하게 실제적으로 이야기해 주었다. 그는 과장해서 말하거나 함부로 필요 이상의 말을 하지 않았다. 그는 자기가 이용되기 위해서 라그비 저택에 초대되었다는 것을 알고 있었다. 그래서 노련하고 거의 무관심한 실무가나 대실업가와 같은 태도로 질문을 받고, 될 수 있는 대로 자신의 감정을 낭비하지 않으며 그 질문에 대답하고 있었다.

"돈이란 일종의 본능이죠. 돈을 만드는 것은 일종의 천성입니다. 무슨 일을 한대도 상관없는 겁니다. 별로 책력을 쓰는 것도 아닙니다. 자기 가신의 천성이 끊임없이 불러일으키는 겁니다. 계기만 있으면 돈은 생깁니다. 그런 뒤에는 계속 들어올 뿐이죠. 어느 정도까지는 말입니다."

"그러나 그 계기를 만들어야 하지 않겠습니까?"

마이클리스가 말하자 클리퍼드가 물었다.

"그렇죠, 뛰어들어야죠. 바깥에 우두커니 서 있기만 해선 안 되죠. 용감하게 뛰어들어야 합니다. 그렇게만 하면 돈은 저절로 들어옵니다!"

"그렇지만 희곡을 쓰시지 않았다면 당신은 돈을 버실 수가 있었을까요?"

클리퍼드가 물었다.

"아마 벌지 못했을 겁니다! 내가 훌륭한 작가든 형편없는 작가든 작가라는 것이 나의 현재이고, 그렇게 될 수밖에 없었던 거죠. 거기에는 아무런 의심의 여지도 없습니다."

"그렇다면 당신은 통속 극작가가 되어야 했다고 생각하십니까?"

코니가 물었다.

"바로 그렇습니다."

그는 갑자기 몸을 그녀 쪽으로 돌렸다.

"극작가라는 것은 대단한 게 아닙니다. 인기라는 것도 아무것도 아닙니다! 대중들 역시 아무것도 아닙니다! 내 희곡에는 인기를 얻을 만한 건 전혀 없습니다. 문제는 그런 것이 아닙니다. 그런 것은 마치 날씨 같은 거지요. 다만 그렇게 될 수밖에 없는 겁니다. 현재로선 말입니다."

그는 깊은 환멸 속에 빠졌다. 조용하고 상당히 크게 열린 눈을 그는 코니 쪽으로 돌렸다. 그러자 그녀는 몸이 가볍게 떨렸다. 그는 마치 몹시 오래된 지층(地層)처럼 여러 세대에 걸쳐 쌓아올려진 여러 층의 환멸로 만들어진 인간 같았다. 동시에 어린아이처럼 불안해 보였다. 어떤 의미에서 그는 집 없는 사람이었다. 그러면서도 그는 그쥐 같은 생명에서 오는 필사적인 과감성을 지니고 있었다.

"적어도 그만한 나이에서 하신 일로는 놀라운 성공입니다."

클리퍼드는 생각에 잠긴 듯 말했다.

"나이 서른…… 그렇죠, 서른입니다!"

공허하고 의기양양하면서도 슬픔에 찬 쓴웃음을 지으며 날카롭고 당돌한 어조로 마이클리스가 말했다.

"혼자이신가요?"

코니가 물었다.

"어떤 의미지요? 혼자 사느냐고 물으시는 겁니까? 내겐 하인이 있습니다. 그리스 태생이라고 합니다만, 쓸모없는 녀석이죠. 그렇지만 난 데리고 있답니다. 그리고 결혼하려고 합니다. 정말 결혼은 해야겠습니다."

"어쩐지 편도선이라도 잘라낸다는 듯한 어조로군요. 결혼은 노력일까요?"

코니가 웃었다.

그는 감탄하는 듯한 표정으로 그녀를 보았다.

"그렇지요, 채털리 부인. 다소는 그렇기도 하죠! 난 도무지…… 실례되는 말씀입니다만, 영국 여성과는 결혼할 마음이 없습니다. 아일랜드 여자는 어쩐지……."

"미국 여성은 어떻습니까?"

클리퍼드가 물었다.

"아, 미국 여자 말입니까!"

그는 쓸쓸하게 웃으며 말을 이었다.

"전 하인에게 터키 여자나 동양인에 가까운 여자를 찾아봐 달라고 말해 뒀습니다."

엄청난 성공을 거둔 이 기묘하고 우울한 인간에게 코니는 정말로 놀라움을 느꼈다. 그는 미국에서만도 오만 달러의 수입이 있다고 했다. 그는 때로는 미남자로 보였다. 옆을 보거나 아래를 내려다볼 때 광선이 그의 얼굴에 떨어질 때는, 그의 상당히 큰 눈과 억세고 기묘한 활 모양이 된 눈썹과 꽉 다문 입 때문에 상아(象牙)로 조각된 흑인과도 흡사한 묵묵히 참고 견디는 듯한 아름다움이 나타났다. 순간적이었지만 그것은 부동성(不動性)을 지니고 있었다. 부처님이 바라던, 흑인들이 아무런 생각 없이 때로 나타내는 부동성과 영원성이 있었다. 그리고 오랜 옛날부터 그 무엇을 지닌 인종 특유의 것을 지니고 있었다. 우리의 개인적인 저항과는 다른 그 인종의 숙명적인 묵종(默從)의 영겁(永劫)이었다. 그것이 이윽고 다음에는 어두운 강을 헤엄쳐 건너는 쥐 같은 것이 되었다.

코니는 그에 대해 갑자기 묘한 동정심이 일었다. 그것은 동정심도 섞이고 혐오감도 섞인 거의 애정이라고 해도 좋을 만한 충동이었다. 이 사람은 국외자(局外者)다! 국외자! 그를 세상에서는 천하다고 한다. 그렇다면 클리퍼드는 얼마나 더 천하고 아집에 가득 차 있는가!

얼마나 훨씬 바보스러운가!

마이클리스는 자기가 그녀에게 어떤 인상을 주었는가를 곧 깨달았다. 그는 크게 뜬 갈색의 약간 튀어나온 눈을 전혀 관심을 갖지 않는 듯 그녀에게 던졌다. 그는 코니와, 그녀에게 준 자신의 인상의 깊이를 측량하고 있었던 것이다. 영국인을 대하고 있을 때에는 어떤 때라도, 사랑을 할 때라도 그는 영원한 국외자라는 느낌에서 벗어날 수가 없었다. 그러나 그는 종종 여자에게 사랑받았다, 영국의 여자에게도. 그는 클리퍼드와 자기와의 관계를 정확히 이해하고 있었다. 그들은 종자가 다른 두 마리의 개처럼 서로 으르렁거려야 하지만 억지로 미소 짓고 있는 것이다. 그러나 상대가 여자인 경우 그는 확실히 알지 못했다.

아침식사는 침실에서 하기로 되어 있어서 클리퍼드가 점심식사 때까지는 나오지 않으므로 식당은 쓸쓸한 편이었다. 커피를 마시고 나자 침착성 없어 가만히 앉아 있지 못하는 마이클리스가 이제부터 어떻게 할 것인가를 생각하고 있었다. 11월의 맑게 갠 날이었다. 라그비 저택으로서는 아주 좋은 날이었다. 그는 음침한 정원을 바라보았다. 정말 지독한 장소로군!

그는 셰필드에라도 드라이브할까 하고 하인을 보내서 채털리 부인의 형편을 묻도록 했다. 대답은 그녀의 거실로 와줄 수 없겠느냐는 것이었다.

코니의 거실은 건물 중앙의 맨 위층인 3층이었다. 클리퍼드의 방은 물론 1층에 있었다. 채털리 부인의 방으로 초대된 마이클리스는 흐뭇했다. 그는 무턱대고 하인을 따라갔다. 그는 사물을 차분히 관찰하거나 주위와 접촉하는 일이 없는 사나이였다. 그는 코니의 방에서 르누아르와 세잔의 훌륭한 독일판 복제 사진을 우두커니 돌아보았다.

"매우 기분이 좋은 방이군요. 위쪽에 방을 잡으신 것은 잘하셨습니다."

그는 치아를 드러내며 마치 아프기나 한 듯 미소 지었다.

"네, 저도 그렇게 생각해요."

코니가 대답했다.

그녀의 방은 이 집안에서 화려하고 현대적인 단 하나의 방이었다. 라그비 저택에서 그녀의 개성이 나타나 있는 단 하나뿐인 장소였다. 그곳은 클리퍼드도 가 본 적이 없었고 그녀도 절대로 남을 들여놓지 않는 곳이었다.

마이클리스와 그녀는 난로를 사이에 두고 앉아서 이야기를 나누었다. 그에 관한, 그의 부모에 관한, 형제에 관한 것을 코니는 물었다. 다른 사람의 일은 언제나 그녀에게 흥미가 있었다. 게다가 그녀는 누구에게 동정하게 되면 계급 관념 같은 것을 잃는 성미였다. 그는 자신의 일을 솔직히 털어놓았다. 그 솔직성에는 조금의 꾸밈도 없었다. 다만 그는 자신의 통렬하고 무관심한, 집 없는 개와도 같은 영혼을 열어 보이고 자신의 성공에 대해 어떤 복수적(復讐的)인 자랑을 느끼고 있음을 흘끗 내보였다.

"그런데 어째서 당신은 쓸쓸히 계시죠?"

코니의 질문에 그는 커다랗게 뜬, 더듬는 듯한 갈색 눈으로 그녀를 바라보았다.

"이런 인간도 더러 있지요."

그는 허물없는 빈정거림으로 말을 이었다.

"하지만 당신 자신은 어떻습니까? 쓸쓸한 처지가 아닙니까?"

코니는 한동안 생각에 잠긴 다음 말했다.

"저도 약간은 그래요! 하지만 당신처럼 심하지는 않아요!"

"저는 그렇게도 쓸쓸한 존재일까요?"

그는 치통이라도 앓는 사람처럼 빙글빙글 웃으면서 물었다. 그것은 몹시 심술궂어 보였고, 그의 눈길은 변함없이 우울하고 자신을 억제하고 있는 듯이, 또 환멸감에 사로잡히고 무언가를 두려워하고 있는 듯 보였다.

"하지만, 당신은 그래요. 틀렸나요?"

그녀는 그를 보고 약간 숨이 막힌 듯이 말했다.

그녀는 자기에게로 다가오는 두려운 호소를 느꼈다. 그것은 거의 그녀에게 자신을 잃게 할 정도의 것이었다.

"아, 네 그렇습니다. 말씀하신 대로입니다."

그는 고개를 돌려 주위를 둘러보면서 말했다. 오늘날의 서구에서는 거의 볼 수 없는 옛 민족의 기묘한 부동성이 거기에 나타났다. 코니가 그에게서 눈을 떼어 그를 쳐다볼 힘을 잃게 된 것은 그 표정 때문이었다.

온갖 것을 알아차리고 온갖 것을 마음 깊이 새기는 듯한 큰 눈길로 그는 그녀를 지켜보았다. 동시에 밤마다 울어대는 어린아이의 울음소리 같은 것이 그의 가슴속으로부터 그녀를 불러 댔다. 그것은 어느 의미에서 그녀의 자궁을 움직였다.

"저의 일을 생각해 주시니 감사합니다."

마이클리스가 짤막하게 말했다.

"제가 당신 일을 생각해서는 안 되나요?"

코니는 간신히 숨을 헐떡이며 되물었다.

"바로 그겁니다. 손을 잠깐 쥐어도 되겠습니까?"

마이클리스가 빈정거리는 목소리로 짧게 웃으며 말했다. 그리고 갑자기 마치 최면술을 걸 듯 그녀를 바라보며 그녀의 자궁에 곧바로 울려오게 호소하는 듯한 눈길을 보냈다.

코니는 아찔해져서 못에 박힌 듯 물끄러미 그를 지켜보았다. 그는 그녀 옆으로 바싹 다가와 무릎을 꿇었다. 그런 다음 그녀의 다리를 두 손으로 감싸 안고 무릎에 얼굴을 묻은 채 가만히 있었다. 그녀는 완전히 몽롱해지고 눈앞이 흐려졌다. 그러면서도 부드러운 그의 목덜미를 놀란 눈으로 내려다보면서 자신의 넓적다리를 지그시 누르고 있는 그의 얼굴을 느꼈다. 자신의 행동을 몹시 두려워하면서도 코니는 다정함과 연민의 정으로 저도 모르게 손을 내밀어 그의 목덜미를 어루만졌다. 그러자 그의 육체는 깊은 전율로 흔들리듯 부르르 떨었다. 이내 그는 크게 뜬, 타는 듯한 눈길에 무서운 호소를 담고 그녀를 올려다보았다. 그 시선에 저항할 힘이 그녀에게는 전혀 없었다. 그녀의 가슴에서 한없는 사모의 정이 흘러나와 그를 휩쌌다. 그녀는 무엇이든지 모든 것을 그에게 주어야만 했다.

그는 이상하고도 매우 얌전한 애인이었다. 여자에게는 매우 얌전했다. 그리고 걷잡을 수 없이 몸을 떨었다. 그러면서도 바깥에서 나는 온갖 소리를 모두 알아들으며 초연했다.

코니로서는 그에게 몸을 바쳤다는 것 이외에 아무런 의미도 없었다. 마침내 더 이상 떨림리 잦아들자 그는 죽은 듯이 가만히 누워 있었다. 코니는 동정어린 손길로 자기 가슴 위에 놓인 그의 머리칼을 가만히 쓰다듬었다. 이내 그녀가 일어서자 그는 두 손과 염소가죽으로 된 슬리퍼를 신은 그녀의 두 다리에 키스했다. 그리고 말없이 침실 한편 구석으로 걸어가 등을 돌리고 가만히 서 있었다.

몇 분 동안 침묵이 흘렀다. 이윽고 그는 되돌아서서 난로 옆에 앉아 있는 그녀에게로 되돌아왔다.

"이젠 당신이 나를 싫어하게 되지나 않을까 하는 마음이 듭니다!"

마이클리스는 말하지 않을 수 없다는 듯 조용히 입을 열었다.

"어떻게 제가 그런?"

코니는 흘끗 그를 올려다보며 물었다.

"대개 그러니까 말입니다."

마이클리스는 분명한 어조로 말했다.

"결국…… 여자란 그런 겁니다."

"이런 때에 제가 당신을 싫어하다니, 그렇지 않아요."

코니는 화나는 듯이 말했다.

"알고 있습니다! 잘 압니다! 당연히 그래야지요! 당신은 정말 내게 다정히 대해 주시는군요."

마이클리스는 비참한 어조로 외쳤다. 하지만 그녀는 왜 그가 이렇게 비참해 하는지 알 수 없었다.

"다시 앉으시지요."

코니가 말했다.

"클리퍼드 경이! 만약에 그분께서……."

마이클리스는 문 쪽으로 흘끗 눈길을 주며 말했다.

"아니……."

코니는 한동안 깊은 생각에 잠긴 듯하더니 그를 쳐다보며 말을 이었다.

"클리퍼드에겐 알리고 싶지 않아요. 의심을 품게 하고 싶지 않아요. 그분은 말할 수 없이 괴로워할 테니까요. 하지만 그게 나쁜 일이라곤 생각지 않아요. 당신은 모르겠지만."

"나쁘다니! 천만에요. 절대로 그렇지 않고말고요! 다만 당신이 너무나도 친절히 대해 주시기 때문에 그것이 괴롭습니다."

얼굴을 돌리는 마이클리스는 당장이라도 흐느껴 울 것 같았다.

"하지만 클리퍼드에게 알릴 필요는 없잖아요? 몹시 괴로워할 테니까요. 만약 그분이 모르고 있고, 의심을 품지 않는다면 아무도 괴로워할 일은 없을 거예요."

"나는! 나는 절대로 그분에게 들키지 않을 겁니다. 그것은 장담합니다. 내가 정체를 드러내다니! 하하하!"

마이클리스는 격한 어투로 말한 다음 그런 생각을 비웃기나 하듯 공허하게 웃었다. 그녀는 놀란 눈으로 그를 바라보았다.

"손에 키스하고 가도 괜찮겠습니까? 셰필드까지 드라이브하려고 생각합니다. 가능하면 그곳에서 점심식사를 하고 차 마시는 시간에

나 돌아올 작정입니다. 뭐 도와드릴 일은 없겠습니까? 당신께서 싫어하시지 않는다고 생각해도 좋겠습니까? 그리고 앞으로도?"

마이클리스는 자포자기하고 야유하는 투로 말했다.

"당신을 싫어하다니요. 당신은 훌륭한 분인걸요."

"아아, 나를 사랑해 주신다는 말씀보다 지금 하신 말씀을 듣고 싶었습니다. 그게 훨씬 좋습니다. 그럼 또 오후에 뵙겠습니다. 그때까지 나는 여러 가지 일을 생각해 두겠습니다."

마이클리스는 겸손하게 그녀의 손에 키스하고 나서 나갔다.

"아무래도 난 그 청년에게 견딜 수가 없어."

점심식사 때 클리퍼드가 말했다.

"왜요?"

코니가 물었다.

"그 자의 겉치레 말은 몹시 천해. 허풍만 떨어서 놀라게 하려고만 하니 말이야."

"너무나 사람들에게 시달린 탓이라고 생각돼요."

"그렇게 생각되오? 유명해지고 난 뒤에 그 사나이가 하고 있는 행동이 훌륭하다고 생각하오?"

"일종의 너그러움은 지니고 있다고 생각해요."

"누구에게?"

"모르겠어요."

"모를 거요. 당신은 무례하게 행동하는 것을 너그럽다고 잘못 생각하는 게 아니오?"

코니는 대답하지 않았다. 있을 법한 일이었지만 그녀에게는 마이클리스의 무례한 행동이 일종의 매력이었다. 클리퍼드라면 겁을 먹고 두어 걸음 조심조심 걸어갈 곳도 그는 성큼성큼 걸어가는 것이었다. 그는 그런 방법으로 세상을 정복한 것이다. 그것은 클리퍼드도 하고 싶어 하는 일이었다. 하지만 마이클리스의 방법과 수단이 클리퍼드의 방법과 수단보다 더 경멸해야 할 것인가? 저 가엾은 집 없는 사람이 빈 몸 하나로, 그것도 뒷문으로 들어와서 자신을 밀어내어 앞으로 뚫고 나간 그 방법이, 자신을 널리 광고해서 유명해지려는 클리퍼드의 방법보다 더 나쁜 것일까? 성공이라는 암캐신에게 무수한 수캐들이 혓바닥을 늘어뜨리고 귀찮게 따라다니고 있다. 적어도 성공이라는 것을 문제 삼는다면 암캐신을 제일 먼저 차지하는 수캐야말로 참다운 개인 것이다. 마이클리스는 바로 그 수캐이기에 꼿꼿하게 꼬리를 쳐들고 있을 수 있는 것이다.

하지만 이상한 점은 그가 그 꼬리를 쳐들지 않고 있다는 것이다. 차를 마시는 시간에 그는 제비꽃이며 백합꽃을 한 아름 안고 언제나 비참한 표정으로 되돌아왔다. 그 표정이 언제나 같았기 때문에 코니는 그것이 사람들의 저항을 피하기 위한 가면이 아닌가 하고 때로는 생각했다. 정말로 그는 그처럼 우수에 찬 인간일까?

마이클리스의 기운 빠진 듯하며 가엾은 개와 같은 모습은 저녁에도 줄곧 변함이 없었다. 클리퍼드는 그러한 표정에서 그의 속에 있는 뻔뻔스러움을 느끼고 있었으나 코니는 그렇게 느끼지 않았다. 아마도 그것은 여성에게 향해진 것이 아니고 다만 남성에게, 그것도 남성의 오만과 편견에서 향해진 것이기 때문이다. 이 깡마른 인간이 지니고 있는 깨뜨릴 수 없는 정신적 오만이 모든 사람들이 마이클리스를 싫어하는 원인이었다. 그가 같이 있다는 것만으로도, 설사 그가 아무리 예절을 꾸며서 감추려고 해도 그것은 사교계 사람들에게는 화나게 하기에 족한 것이 있었다.

코니는 그를 사랑하고 있는 마음을 들키지 않도록 짐짓 수만 놓으면서 남자들끼리 이야기하게 했다. 마이클리스의 행동에는 빈틈이 없었다. 전날 밤과 조금도 다름없는 우울하며 세심하고도 초연한 청년다움을 꾸미고 이 집의 부부와는 아득히 동떨어진 존재인 것처럼 보이고 있었다. 그는 다만 필요한 정도로 간단히 말 상대가 되어 주고 있었다. 일순간이라도 상대에게 가까이 다가가는 일이란 전혀 없었다. 코니는 그가 아침의 일을 잊은 게 아닐까 하고 생각했다. 그러나 잊은 게 아니었다. 다만 그는 자신의 입장을 알고 있었던 것이다. 여전한 국외자의 입장, 태어나면서부터 권외(圈外)에 있는 인간의 입장이었다. 그는 연애 문제도 오로지 개인적인 것이라고는 생각하지 않았다. 아무도 금빛 개목걸이를 걸어주려고 하지 않는 집 없는 개가 연애를 했다고 해서 기분 좋은 사교계의 개로 변할 리 없음을 알고 있었던 것이다.

마이클리스가 영혼 밑바닥에서부터 국외자이고 반사회적 인간이라는 것은 결정적인 사실이다. 겉보기에 제법 본드 스트리트 식으로 꾸몄더라도 마음속으로는 그 사실을 자인하고 있었던 것이다. 그에게는 고독이 필요한 것이다. 더불어 그는 세속적인 옷차림이나 현대적인 인간과 교제하는 것을 필요로 했던 것이다.

그러나 이따금 일어나는 연애 사건은 위안으로서 진정제로서 좋은 일이었다. 그는 냉혈한은 아니었다. 뿐만 아니라 자연적으로 다정하게 대해 주는 여자에게 열렬히 사무치게 감동하고 눈물을 흘리기까지 하는 것이었다. 창백하고 태연한 듯한 환멸감에 찬 얼굴 이면에 깃들어 있는 어린아이 같은 영혼은, 여성에 대한 감사한 마음에 흐느껴 울며 여성의 곁으로 돌아갈 것을 간절히 원했지만, 동시에 추방당한 그의 영혼은 자기가 사실은 여성과 인연이 없다는 것을 잘 알고 있었다.

각자 자기 방으로 들고 갈 초에 불을 붙이고 있을 때 마이클리스는 기회를 엿보아 그녀에게 말했다.

"방에 찾아가도 괜찮겠습니까?"

"제가 가겠어요."

그녀가 말했다.

"네, 좋습니다!"

그는 오랫동안 기다렸고, 드디어 그녀가 찾아왔다.

그는 흥분해서 금세 몸을 떠는 그런 형의 애인이었다. 그의 기쁨은 곧 높아졌다가 이내 끝나버리고 말았다. 그의 벌거벗은 육체에는 이상하게도 어린아이 같은 불안함이 있었다. 그가 자기를 방어하는 것은 다만 기지와 영리함, 그야말로 본능적인 영리함뿐이었다. 그것들이 쓸모없어질 때 그는 몸을 보호할 것을 이중으로 잃고, 아직 미숙하고 부드러운 육체를 가진 어린아이가 의지할 곳도 없이 몸부림치는 것처럼 보였다.

그는 여자에게 일종의 거센 동정과 동경을, 야생적이며 갈망적인 육체적 욕구를 불러일으켜 놓았다. 그러나 그는 그녀에게 육체적 욕구를 만족시켜 주지는 못했다. 그는 언제나 왔다가 이내 끝마쳐 버리고 그녀 가슴 위에서 오므라들고 말았다. 그녀가 어리벙벙하게 누워서 실망에 어쩔 줄 모르는 동안 그는 자신의 뻔뻔스러움을 다소나마 되찾는 것이었다. 그녀는 그의 기분이 절정을 지나간 뒤에는 곧 그를 붙들어 자기 몸 안에 머물러 있게 하는 것을 배웠다. 거기서는 이상하게도 그는 너그럽기도 했고 힘이 세기도 했다. 그러는 동안에 그녀 편이 능동적으로 미친 듯 열정적으로 움직여 그녀 자신이 절정에 이르는 동안 그는 꿋꿋이 그녀의 몸 안에 머무른 채 자기를 내맡기고 있었다. 그리하여 단단하고 꿋꿋한 수동 자세에서도 그녀 편이 자기의 성적 쾌감의 절정에 달해 흥분을 느꼈을 때 그는 이상야릇한 자만과 만족감을 맛보는 것이었다.

"아아, 좋아요!"

코니는 떨리는 목소리로 소곤거렸다. 그리고 그에게 매달린 채 조용해졌다. 그는 자신의 고독에 잠긴 채 누워 있었다. 그러나 어쩐지 자랑스러웠다.

마이클리스는 사흘밖에 머물지 않았다. 그는 클리퍼드에 대해서 맨 처음 밤과 똑같은 태도로 대하고 있었다. 그것은 코니에 대해서도 마찬가지였다. 그는 외모를 허물어뜨리는 것 같은 짓은 조금도 하지 않았다.

그는 언제나 가련하고 우울한 투로 코니에게 편지를 보냈다. 때로는 기지가 넘치는 것이어서 묘하게 성적 냄새를 풍기지 않는 애정이 담긴 편지였다. 그녀에 대해 그는 절망적인 애정을 품고 있는 듯했다. 그러나 근본적인 거리감은 여전히 남아 있었다. 그는 마음속 깊이 희망을 잃고 있었으며 또한 희망을 잃기를 바라고 있었다. 그는 희망이라는 것을 오히려 싫어했다. 그는 어딘가에서 '큰 희망은 지상을 찾아오지 않는다.' 라는 구절을 읽은 일이 있었는데, 거기에 덧붙인 그의 주석(註釋)은 이러했다.

'그리하여 그것은 어떠한 가치 있는 것도 모조리 말살하고 말았다.'

코니는 사실 그의 참다운 점은 조금도 이해하고 있지 않았다. 그러나 자기 나름대로 그를 사랑하고 있었다. 그런데도 그의 절망감이 그녀에게도 반영되어 오는 것을 느꼈다. 희망을 갖지 않고 도저히 그를 사랑할 수는 없었다. 그리고 절망에 빠진 그는 진정으로 사랑에 열중할 수가 없었다. 두 사람의 관계는 당분간 편지를 주고받거나 이따금 런던에서 만나면서 계속되고 있었다. 코니는 그와 함께 그의 성적 쾌감이 끝난 다음에라도 자기 자신의 능동적인 움직임에서 얻을 수 있는 육체적 성적 쾌감을 은근히 바라고 있었다. 그 역시 그런 쾌감을 그녀에게 주기를 원했다. 이것만으로도 그들의 관계를 계속하기엔 충분했다.

그리고 다소 맹목적이고 약간 거만하기도 한 그 어떤 기묘한 자신감 같은 것을 그녀에게 주는 데도 충분했다. 그것은 자기의 힘을 믿는 기계적인 자신감이었으며, 그것이 또한 크게 기운을 돋우었던 것이다.

코니는 라그비 저택에 와서도 매우 쾌활해졌다. 그녀는 자기 속에 만들어진 쾌활함과 만족감으로 클리퍼드를 자극했다. 이 시기에 그는 가장 좋은 작품을 쓰고, 기묘하게 맹목적인 상태 속에서 거의 행복까지 느끼고 있었다. 그는 그녀 속에 단단히 유지되어 있는 마이클리스의 수동적인 성(性)에서 그녀가 받는 만족감의 과일을 거둬들이고 있었다. 물론 그는 그러한 사실을 깨닫지 못했다. 만약 깨달았다면 그는 감사하지 않았을 것이다.

그녀의 기막힌 기쁨에 넘친 쾌활함과 흥분이 며칠 계속되다가 이윽고 사라져버리면 그녀는 자주 침울해지고 초조해졌다. 그러면 클리퍼드는 그녀에게 다시 쾌활함과 흥분이 나타나기를 몹시 고대하는 것이었다. 만약에 그가 알고 있었다 하더라도 그는 그녀에게 마이클리스와 만날 것을 바랐을지도 모른다고 생각될 정도였다.

제4장

코니는 끊임없이 믹(세상 사람들은 마이클리스를 그렇게 부르고 있었다)과의 관계는 희망이 없다는 것을 예감하고 있었지만 다른 남자들은 아무런 의미도 없었다. 그녀는 클리퍼드에 밀착되어 있었다. 그는 그녀의 생활에서 커다란 것을 요구했고 그녀는 그것을 주었던 것이다. 그녀 역시 남성의 생활에서 큰 것을 받아들이고 싶었다. 그러나 클리퍼드로에게는 되지 못할 일이었다. 가끔 마이클리스와의 밀회가 있었지만 그녀는 머지않아 그것이 끝나게 되리라는 것을 예상하고 있었다. 그는 어떤 일이고 오래 지속하지 못하는 인간이었다. 온갖 관계를 파괴하고 동떨어져서 고독해지고 예전대로 완전히 외톨이가 되는 것이 그의 천성의 일면이었던 것이다. 그는 언제나 여자 쪽에서 자신을 버렸다고 말했지만 그것은 그의 첫째 욕구였다.

세상은 온갖 가능성에 가득 차 있다고 생각되지만 가능성도 대개의 개인적 경험에 있어서는 극히 좁은 부분에 한정되어 있다. 바다에는 무수히 많은 훌륭한 고기 떼가 있지만 – 아마 그럴 것이다 – 그 대부분은 고등어나 청어이다. 그리고 만약 자신이 그 고등어나 청어가 아니라면 바다에서 훌륭한 고기를 만나기란 좀처럼 힘들 것이다.

클리퍼드는 점점 유명해졌고 돈도 벌게 되었으며, 그를 만나러 오는 사람이 많아졌다. 코니는 날마다 라그비 저택에 손님을 초대했고, 그 사람들은 고등어 아니면 청어였다. 간혹 메기와 붕장어도 섞여 있었다.

또한 정기적으로 찾아오는 몇 사람의 방문객이 있었는데, 케임브리지에서 클리퍼드와 동창이었던 친구들이었다. 군대에 계속 남아 있다가 여단장이 된 토미 듀크스는, 군대는 자기 자신에게 사색할 시간을 주고 생활에 그다지 애쓰지 않아도 되게 해준다고 했다. 별에 관한 과학적 연구서를 쓴 아일랜드 사람인 찰스 메이, 작가 해먼드도 있었다. 이들은 클리퍼드와 같은 연배인 현대의 젊은 지식 계급이었으며 모두 정신적인 생활을 믿고 있었다. 그것과 관계없는 것은 모두 사사로운 일에 지나지 않아 그다지 문제 삼지 않았다. 아무도 다른 사람에게 언제 화장실에 가는지를 물으려 하지 않았다. 그것은 당사자 이외의 사람에게는 아무런 흥미도 없는 일이니까.

따라서 일상생활의 대부분에 관해서도 마찬가지다. 돈을 어떻게 버는지, 아내를 사랑하고 있는지, 연애 경험을 가지고 있는지 하는 따위들은 모두 당사자에게만 관계된 일로, 화장실에 들어가는 것과 마찬가지로 다른 사람에겐 하등 관계가 없는 일이었다.

아내와 두 아이보다는 자신의 타이프라이터에 더 열중하고 있는 여위고 키가 큰 해먼드가 말했다.

"성 문제에 대한 근본적인 점은, 그것은 중심점이 없다는 거야. 사실은 문제라는 것이 없다는 거지. 우리는 화장실 안에 있는 사람에게까지 관심을 가질 수는 없네. 그와 마찬가지로 침대 속의 남자와 여자에게 관심을 가질 수도 없지. 문제는 바로 거기에 있는 것일세. 그러니까 만약 우리가 그 한쪽과 마찬가지로 다른 쪽에도 주의를 기울이지 않는다면 문제는 없는 걸세. 그것은 전혀 의미도 없고 요점도 없는, 말하자면 그릇된 호기심의 문제에 지나지 않는단 말일세."

"옳은 말이야, 해먼드. 그 말이 맞아! 그러나 만약 누군가가 줄리아를 사랑하기 시작했다면 자넨 당장 질투하기 시작할 걸세. 그리고 그 자가 계속 아내를 사랑한다면 자네는 대번에 끓는 물처럼 흥분의 도가니에 빠질 걸세."

줄리아는 해먼드의 아내였다.

"확실히 그래. 만약에 누구라도 우리 집 응접실 구석에서 용변을 본다면 나는 화가 날 걸세. 그런 짓을 하는 데는 장소가 따로 정해져 있는 법이니까."

"그렇다면 만약에 그 사나이가 어딘가 적당한 장소에서 줄리아와 사랑을 한다면 괜찮다는 건가?"

찰스 메이의 어조에는 가벼운 빈정거림이 있었다. 그는 한때 줄리아와 불장난을 한 일이 있었기 때문이다. 그리고 해먼드는 그 사실에 화가 나 있는 것이었다.

"물론 나는 싫네. 성 문제는 나와 줄리아의 개인적인 일이야. 그러니까 거기에 누가 끼어든다는 것은 누구라도 싫을 게 뻔해."

"실제로……."

토미 듀크스가 끼어들었다. 그는 얼굴에 주근깨가 있고, 여위었지만, 창백하고 뚱뚱한 메이보다 훨씬 아일랜드인 다웠다.

"해먼드, 자네는 소유 본능도 강하고 자신도 강해. 자네는 성공하기를 꿈꾸고 있네. 나는 군대에 들어간 뒤 세상과 동떨어지고 말았지만, 이제 알게 된 것은 자신을 가지고 성공을 바라는 인간의 욕망이 얼마나 강렬한가 하는 걸세. 이 관념은 너무 지나치게 발달되어 있어. 우리의 개성도 모두 그 길을 걸어온 걸세. 그리고 자네 같은 사람은 아내의 원조가 있으면 좀 더 훌륭하게 성공할 수 있다고 생각하고 있는 걸세. 그러니까 자네는 질투심이 강한 거야. 자네에게 성 문제란 그런 거야. 자네와 줄리아와의 사이의 성공을 가져다주는 조그마한 발전기겠지. 만약에 자네가 성공할 것 같지도 않다면 성공 따위와는 인연이 먼 찰리처럼 자네도 여자에게 추파를 던지게 될 거야. 자네나 줄리아처럼 결혼한 인간이란 마치 여행하는 사람의 트렁크처럼 꼬리표가 붙어 있는 걸세. 줄리아에게 붙여진 것은 '아널드 B. 해먼드 부인'이지. 마치 기차에 실려 있는 어느 여행자의 트렁크처럼 말일세. 그리고 자네의 것은 아널드 B. 해먼드 부인 댁(宅) 아널드 해먼드지. 정말 자네가 말한 대로야. 그 말이 옳아. 정신생활에는 안락한 가정과 맛있는 요리가 필요하지. 자네 말대로야. 게다가 자손까지 필요해. 그러나 그것은 모두 성공의 본능과 연결되어 있네. 그것은 모든 것이 위에서 회전하는 주축이란 말일세."

해먼드는 매우 불쾌한 것 같았다. 그는 자신이 정신적으로 결백하며 기회주의자가 아닌 것을 자랑삼고 있었다. 그렇지만 그는 역시 성공을 바라고 있었다.

"돈이 없으면 생활할 수 없다는 건 사실이야. 생활을 유지해 나가기 위해서는 어느 정도의 돈을 가져야 하지. 돈에 대한 집착을 갖지 않기 위해서도 돈이 필요하네. 뱃속이 용서하지 않을 테니까 말일세. 그러나 성에서는 그 꼬리표를 떼어버려도 괜찮겠어. 우리는 누구와 이야기하든 자유일세. 그러니까 우리의 마음을 끄는 여자와는 누구와 연애해도 좋다는 거지."

메이가 말했다.

"그건 호색적인 켈트 민족[15]의 말이군."

클리퍼드가 대꾸했다.

"호색적이라고? 그게 어떻다는 말인가? 나는 여자와 동침한다는 것은 함께 춤을 추거나 날씨에 관한 이야기를 하는 것과 마찬가지로 조금도 그녀에게 해를 미치지 않는다고 생각하네. 의견의 교환이냐 감각의 교환이냐 하는 것에 불과해."

"토끼처럼 닥치는 대로 하겠군."

해먼드가 끼어들었다.

15) 아일랜드의 토착민을 말한다 – 옮긴이

"왜, 나쁘단 말인가? 토끼의 어디가 나쁜가? 신경질적인 혐오감에 가득 찬 과민하고 혁명적인 인간보다 더 나쁘단 말인가?"

"그렇지만 우린 토끼가 아닐세."

해먼드가 말했다.

"물론! 내게는 정신세계가 있어. 내 일은 천문학상의 어떤 계산을 하는 일이고, 그건 내게 있어서 생사를 초월한 문제일세. 이따금 소화불량 때문에 그 일이 방해될 때가 있어. 굶주림은 더 심하게 방해되겠지. 그와 마찬가지로 성의 굶주림은 내 일을 방해하네. 그렇다면 어떻게 되지?"

"포식(飽食)에서 오는 성적 소화불량이 더 심각한 방해를 할 거라고 생각하는데."

해먼드가 빈정거리듯 말했다.

"그런 일은 없지! 나는 포식도 하지 않거니와 너무 사랑하지도 않아. 과식을 하건 말건 그건 각자 마음대로야. 그러나 자네는 나를 완전히 굶게 할 작정일세 그려."

"천만에, 그럴 리가 있나. 결혼하게나."

"어떻게 내가 결혼할 수 있다고 생각하나? 그건 아무래도 내 정신작용에 맞지 않는 모양이야. 결혼은 틀림없이 내 정신작용을 무력하게 만들어버릴 거야. 난 좀 전의 얘기처럼 주축에 잘 매여 있지 않아. 그렇다고 수도사처럼 은둔처에 매여 있어야 한다는 말인가? 이 사람아, 그런 바보 같은 짓은 싫네. 나는 일을 하기 위해서 살아 있단 말일세. 때로는 여자도 필요하지. 그러나 과장된 건 싫네. 또한 내가 하는 짓을 도덕적으로 비난하거나 못하게 하는 것도 거절하네. 마치 옷가방처럼 내 이름이며 주소며 도착할 역 이름을 써 붙인 여자를 데리고 다닌다는 건 난 부끄러워서 차마 못할 것 같네."

해먼드와 찰스 메이는 줄리아 문제로 서로 용서하지 않고 있었다.

듀크스가 말을 받았다.

"자네 생각은 재미있군, 찰리. 성이란 서로 형식을 달리하는 이야기를 하는 것과 같아서 다만 대화를 나눈다는 것과 서로 접촉한다는 차이밖에 없어. 정말 그렇다고 생각해. 우리가 날씨에 관해 이야기를 주고받듯 여성들과 감각과 흥분을 서로 교환한대도 괜찮다는 거지. 성이란 정상적인 남녀 간의 육체의 대화와 같은 거야. 우린 여자와의 대화에도 서로 공통적인 관념이 있어서 무언가 재미있는 일이라도 없다면 이야기하지 않지. 연애의 경우도 그와 마찬가지여서 공명이나 공감이 없으면 같이 잘 수 없네. 그러나 만약……."

"만약 여자와의 사이에 올바른 감정이나 공명을 느꼈을 때는 함께 자도 된다고 생각해. 그 여자와 자는 게 가장 옳은 길이야. 마치 어떤 사람과 이야기가 하고 싶다고 할 때 서로 마음껏 이야기하는 게 옳은 것처럼 말일세. 소극적인 생각으로 우물우물할 필요가 없어. 말하고 싶은 것을 하면 되는 거야. 그와 마찬가지야."

메이가 듀크스의 말을 자르고 나섰다.

"아니, 그건 그렇지 않아. 이를테면 자네 말일세. 자넨 자기 힘의 절반을 여성 때문에 낭비하고 있네. 자넨 매우 훌륭한 머리를 갖고 있는데도 자신이 해야 할 일도 다 못하게 되네. 자네 재능의 대부분을 너무 그쪽에 낭비하고 있어."

해먼드가 말했다.

"그럴지도 모르지. 하지만 해먼드, 결혼을 했던 안 했던 자네는 너무 그 방면에 무관심해. 그러면 자네가 정신의 순결이라든가 결벽은 지닐 수 있겠지. 하지만 그것은 바싹 메말라버리고 마네. 내가 보기에 자네의 순결한 정신은 아주 무미건조한 것이 되어 가고 있어. 자넨 자기의 정신을 너무 멸시하고 있네."

토미 듀크스가 웃기 시작했다.

"계속하게나, 이 정신주의자들아! 내 말을 들어 보게나. 나는 고상하고 순수한 정신적인 일 따위는 조금도 하지 않아. 생각한 것을 조금 적어둘 뿐이야. 결혼도 하지 않고 여자 뒤를 따라다니며 육체 관계를 그다지 자주 갖지 않는다 해서 문제될 것은 없다고 보네. 그것은 그의 자유니까 말일세. 그러나 나는 그걸 말리려고는 생각하지 않아. 해먼드는 소유 본능을 지니고 있어. 그러니까 당연히 똑바른 길과 좁은 문이 그에게 어울리는 걸세. 그는 살아 있는 동안에 문자 그대로 진짜 영국의 문학가가 되고 말 걸세. 그다음은 날세. 난 아무것도 아냐. 그저 기껏해야 풍자가일 뿐이야. 자넨 어떤가, 클리퍼드? 성(性)이 남자를 성공시키는 발전기라고 생각하나?"

클리퍼드는 자기의 의견을 말하지 않았다. 이런 일에 대해서는 그의 사고력이 부족했다. 지나치게 혼란되고 동요되는 것이었다. 그는 얼굴을 붉히며 침착성을 잃었다.

"글쎄! 난 비전투원이니까 거기에 관해서는 할 말이 없네."

클리퍼드가 말했다.

"천만에! 자네 상반신은 조금도 비전투원이 아닐세. 자네는 건전하고도 완전한 정신생활을 하고 있네. 자, 자네 의견을 들어보기로 하세."

듀크스가 말했다.

"글쎄, 그렇더라도 내겐 별로 생각이 없네. …… '결혼과 육체 관계에 대해선 이제 생각하지 않는다' 는 것이 내 마음을 이야기해 주는 말일세. 물론 서로 사랑하는 남녀 간에 있어서 성은 중대한 것이라고 생각하네."

클리퍼드는 우물우물했다.

"어떻게 중대한 것이지?"

토미가 물었다.

"그래…… 그건 친밀감을 완전하게 하는 거지."

클리퍼드는 여자가 그런 말을 할 때처럼 불안스럽게 말했다.

"그러나 나는 찰리처럼 성을 양성(兩性) 간의 의사소통의 한 방법이라고 여기지. 만약 내가 여자와 성에 대한 얘기를 시작한다면, 둘이서 함께 자고 적당할 때 끝을 내는 게 당연하다고 생각하네. 그러나 불행히도 나하고 그런 특수한 말을 나누고 싶어 하는 여성이 발견되지 않아서 나는 혼자 자는 걸세. 그렇다고 해서 그것을 경멸하지는 않네. 아무튼 나는 그것을 바라고 있어. 왜냐하면, 도무지 짐작할 수가 없기 때문이야. 내게는 그런 일을 하는 데 방해가 될 천문학의 계산이라든가 불멸의 작품이라든가 하는 일이 없네. 나는 다만 군대 속에 숨어 사는 인간일 뿐일세."

모두 입을 다물었다. 네 사나이는 담배를 피웠고, 그곳에 앉아 있던 코니는 다시 바느질을 계속했다. 그렇다. 그녀는 그곳에 앉아 있었던 것이다. 그녀는 잠자코 듣고 있을 수밖에 없었다. 그녀는 고상한 정신주의자들의 중대한 사색을 방해하지 않기 위해 완전한 침묵 속에 앉아 있었다. 그러나 그녀는 그 자리에 있어야 했다. 그녀가 없으면 그들의 이야기는 활기를 잃게 된다. 생각이 떠오르지 않았다. 코니가 없을 때 클리퍼드는 훨씬 서먹서먹하고 초초해 하고 이내 겁쟁이가 되어 이야기가 진행되지 않았다.

토미 듀크스가 가장 잘 지껄였다. 그는 코니가 있으면 약간 흥분하는 듯했다. 그녀는 해먼드를 그다지 좋아하지 않았다. 그는 정신적으로 몹시 이기적으로 보였다. 그리고 찰리 메이에게는 약간 호감은 갔으나 천문학자로서 약간 천하고 단정치 못한 점이 마음에 거슬렸다.

코니는 이들 네 사람의 대화에 귀를 기울이며 몇 밤을 앉아 보냈던가. 때로는 그 밖에도 한두 사람이 끼어들 때가 있었다. 그들의 이야기가 어떻게 돌아가건 그녀의 마음을 깊이 흩뜨리지는 않았다. 그녀는 특히 토미가 그곳에 있을 때 그들의 대화를 듣고 싶어 했다. 재미있었다. 키스하거나 육체로 접촉하거나 하는 대신 남자들은 자기 정신의 내부를 헤쳐 보이는 것이었다. 무척 재미있는 일이었다. 그러나 그 얼마나 차디찬 정신인가!

그러나 그것은 그녀를 다소 초조하게 했다. 그녀는 마이클리스를 그들보다 더 존경했는데, 그들은 그런 그에게, 가문도 알 수 없는 교양 없는 가장 열등한 속인이 출세한 놈이니 하며 차마 들을 수 없는 모욕을 가하는 것이었다. 가문이 좋지 않건 평민이건 간에 그는 자기가 생각하는 것만큼을 이루어 놓은 것이다. 정신생활의 배회를 위해서 무수한 말로 자기 생각의 주변을 빙빙 맴돌지는 않았다.

코니는 정신생활이 좋았고, 온 기쁨을 거기서 느끼고 있었다. 그러나 좀 지나치다고 생각했다. 그녀는 이 친구들의 담배 연기 자욱한 '굉장한 매일 밤의 모임(그녀는 그들의 모임을 이렇게 생각하고 있었다)' 자리에 함께 앉아 있는 것이 좋았다. 그녀가 잠자코 앉아 있지 않으면 그들은 이야기도 할 수 없다는 게 몹시 재미있게 여겨졌고 일종의 자부심마저 느꼈다.

그녀는 사상에 커다란 존경을 품고 있었다. 게다가 적어도 이 사나이들은 정직하게 생각하려고 애를 쓰고 있다. 그러나 토론에서 아무런 결론도 얻어 내지 못했다. 그들은 모두 한결같이 무언가에 대해서 이야기를 나누었다. 그러나 그것이 무엇인지는 도저히 알 수가 없었다. 그것은 또한 믹도 분명히 알지 못하는 일이었다.

그러나 믹은 무언가를 하려 하지 않았고 다만 단조롭게 생활하고 있었다. 그리고 남들이 그에게 강요하는 만큼 그도 남에게 강요했다. 그는 완전히 반사회적이었다. 클리퍼드와 그 친구들이 그를 좋아하지 않는 것도 그 때문이었다. 클리퍼드와 그 친구들은 반사회적이 아니었다. 그들은 많든 적든 간에 인류를 구한다든가 지도하는 것을 염두에 두고 있었다.

일요일 밤, 또다시 이야기가 연애 쪽으로 옮겨졌을 때 화제는 몹시 열을 띠어 갔다.

"우리를 더할 수 없이 다정하게 결합시키는 이 굴레에 행복 있으라."[16)]

토미 듀크스는 말을 이어 갔다.

"이 굴레란 도대체 무엇일까? 지금 우리를 연결 지어 주고 있는 이 굴레란 서로의 정신적인 알력인 걸세. 그것 이외에는 거의 우리를 연결하는 굴레란 없네. 우리가 서로 헤어진다면 세상의 모든 지식인들과 마찬가지로 서로 욕을 퍼붓는다네. 그 점에서는 모두 같네. 누구나 다 그러니까. 그렇지 않으면 서로 느끼고 있는 언짢은 점을 감추고 달콤한 이야기만 할 걸세. 정신생활이란 것이 지우기 어려운 깊은 증오 속에 뿌리박고 번성한다는 것은 참으로 기묘한 일이 아닐 수 없네. 그건 언제나 그랬었지. 플라톤이 그린 소크라테스와 그를 둘러싼 친구들을 보게나! 그야말로 험상궂은 증오야. 누군가 다른 인간을 산산조각으로 만들 때의 격렬한 기쁨뿐이야. 프로타고라스건 누구건! 그리고 알키비아데스[17)]라든가 그 밖에도 싸움에 가담한 여러 들개 같은 제자들, 나는 보리수 밑에 조용히 앉아 있는 부처나 어떤 정신적인 불꽃을 튀기지 않고 평화롭게 제자들에게 주일 설교를 하고 있는 예수가 좋아. 아니 정신생활은 근본적으로 무언가 잘못된 점이 있어. 그것은 증오와 질투에 뿌리박고 있는 것일세. '그대, 그 열매를 보고 나무를 알라.'[18)]라는 거야."

"우리가 그렇게 증오를 품고 있다고는 생각지 않는데."

클리퍼드가 반대 의견을 제시했다.

"여보게, 클리퍼드, 우리가 서로 상대편에 대해 말할 때의 어조를 생각해 보게. 나 자신이 누구보다 심한 편이지만 말일세. 나는 여러 가지를 뒤섞은 과자류보다도 자연스러운 증오 편을 훨씬 좋아하네. 달콤한 말에는 진짜로 독이 들어 있기 때문이야. 만약 내가 '클리퍼

16) 영국 목사 존 포셋(John Pawcett, 1740~1817)이 작사한 찬송가의 첫 부분이다 – 옮긴이
17) Alkibiades(B.C. 450~B.C. 404). 아테네의 정치가이자 군인이다 – 옮긴이
18) 〈마태복음〉 12:33 – 옮긴이

드는 참 좋은 녀석이야.' 하고 말했다면 클리퍼드가 가엾게 되는 걸세. 자네들도 모두 부탁이니 나를 욕해 주게. 그러면 나도 자네들에게 제법 의젓한 인물이 되고 있다는 게 명백해질 테니까. 달콤한 말을 듣게 되면 나는 이젠 끝장이야."

듀크스가 클리퍼드의 말을 받았다.

"그러나 우린 서로 마음속으로 좋아한다고 생각해."

해먼드가 말을 이었다.

"그래야 할 테지만…… 우리는 그 자리에 없는 사람에 대해서는 욕을 하고 있는 걸세. 그 와중에서도 내가 제일 심하지만."

"아니, 나는 자네가 정신생활과 비평 활동을 혼동하고 있다고 생각해. 소크라테스가 비평 활동에 커다란 출발점을 만들었다는 것엔 자네 의견에 동의하네. 그러나 그는 그 이상의 것을 했어."

찰스 메이가 자못 의기양양하게 말했다. 이들은 겉으로는 겸손했지만 그 내면으로는 묘한 오만심을 갖고 있었다. 그것은 대단한 권위적인 것이었다. 그런데 그것이 겉보기엔 겸손하게 행해지고 있었던 것이다.

듀크스는 소크라테스의 일에 끌려들고 싶지 않았다.

"비평과 지식이 동일한 것이 아니라는 건 옳은 말이야."

해먼드가 말했다.

"물론 그건 그래요."

베리가 말참견을 했다. 그는 검은 얼굴에 내성적인 청년으로, 듀크스를 만나러 왔다가 오늘 밤 머물게 된 것이다. 나귀가 말을 한 것처럼 모두가 그를 바라보았다.

"나는 지식에 대해서 말한 건 아냐. 정신생활에 대해 이야기하는 거야."

듀크스가 웃으며 계속 말을 이어 갔다.

"진정한 지식은 의식 전체에서 두뇌나 정신에서와 마찬가지로 배와 페니스에서 나오는 것일세. 정신이란 것은 다만 그것을 분석하고 합리화할 수 있을 뿐이야. 정신과 이성을 다른 것 위에 올려놓는다는 것은 다만 비평에 의해서 사물을 멸망케 한다는 것뿐일세. 할 수 있는 건 다만 그것뿐일세. 그것은 매우 중대한 일이야. 오늘날의 세계는 비평을 요구하고 있네. 비평에 의해서 멸망할 것을 말일세. 그러니까 정신생활을 더욱 왕성하게 하고 우리의 악의에 영광을 주어 썩어 빠진 낡은 구경거리의 정체를 폭로해야 하네. 그러나 주의할 것은 인간이 생활하고 있는 한 생활이라는 것 전체와 유기적으로 연결되어 있다는 것을 기억해 두게. 그런데 정신생활을 시작한 인간은 사과를 따는 것과 같은 격이 되지. 사과와 그 나무 사이에 있는 유기적인 연결을 끊어버리는 걸세. 그러니까 정신생활밖에 모르는 인간은 따버린 사과 같은 존재야. 나무에서 떨어진 걸세. 따버린 사과가 썩어 가듯이 그런 인간이 증오를 안게 되는 것 역시 이론상 당연한 일이야."

클리퍼드는 눈을 커다랗게 떴다. 그에게는 아무 의미도 없는 말이었다. 코니는 남몰래 혼자 웃었다.

"그렇다면 우리는 모두 따버린 사과군 그래."

해먼드가 몹시 불쾌한 표정으로 퉁명스럽게 말했다.

"그렇다면 우리를 재료로 해서 사과주를 만들게나 그려."

찰리가 거들었다.

"그러나 볼셰비즘에 대해서는 어떻게 생각하시나요?"

무슨 일이든 다 거기로 귀착시켜야 한다는 듯 베리가 끼어들었다.

"참 거창한데! 자! 자네들, 볼셰비즘에 대해선 어떻게 생각하나?"

찰리가 부르짖었다.

"자아, 볼셰비즘을 한번 뒤집어보세!"

듀크스가 말했다.

"그것 너무 거창한 문젠데."

해먼드가 고개를 흔들면서 진지한 표정으로 말했다.

"내가 생각하기에 볼셰비즘이란, 그들이 이른 바 부르주아라 부르는 것에 대한 최대의 증오 그거야. 그런데 부르주아란 또 뭔가 하는 것은 분명히 정의되어 있지 않아. 그것은 결국 자본주의지. 감정이니 열정이니 하는 것은 결정적으로 부르주아의 것이니까. 그런 것을 갖고 있지 않은 새로운 인간을 만들어내야만 하는 것일세. 그다음에 개인, 특히 인격 있는 개인은 부르주아적이야. 그런 것은 억압해야 하네. 소비에트 사회라는 위대한 것 속에 자기를 묻어버리지 않으면 안 되네. 유기체라는 것도 부르주아의 것일세. 그러니까 이상은 기계적인 것이어야 하네. 하나의 단위로서 유기체가 아니고 한 결같이 없어서는 안 될 여러 가지 부분으로 되어 있는 것은 기계밖엔 없네. 각자는 그 기계의 부분품일세. 그리고 그 기계의 동력은 증오…… 부르주아에 대한 증오일세. 나는 볼셰비즘이란 그런 거라고 생각하네."

찰리가 의견을 피력했다.

"정말 그대로야! 하지만 내 생각으로는, 그것은 산업적 이상(理想)의 전체를 완전히 설명한 것으로 보여. 그것은 간결하게 표현된 공장주의 이상일세. 다만 공장 주인은 동력이 증오라는 것은 부정하겠지. 그러나 역시 그것은 증오이며, 생명 그 자체에 대한 증오일세. 이 중부지방을 잘 보게나. 아직 증오는 확실하게 나타나 있지 않을지 모르지만 증오는 정신생활의 일부이며 또한 그것의 이론적 발전이지."

토미가 말했다.

"나는 볼셰비즘이 이론적이란 말에는 반대야. 그것은 대전제의 중요 부분을 거부하고 있으니까 말이야."

해먼드도 끼어들었다.

"그러나 여보게, 그건 물질적인 전제를 허용하네. 또 순수한 정신도…… 절대적으로."

토미가 해먼드의 말을 받았다.

"적어도 볼셰비즘은 바닥의 바위에까지 도달했어."

찰리가 말했다.

"바닥의 바위라고? 한없는 바닥이야! 볼셰비키는 가까운 장래에 세계 제일의 과학 장비를 갖춘 세계 제일의 군대를 갖게 될 걸세."

토미가 강조했다.

"그러나 그건 계속되지 못할 거야. 이 증오란 놈은 반드시 반동이 올 거야."

해먼드가 말했다.

"그러나 우리는 이미 오랫동안 그걸 기다려왔지. 지금도 기다리고 있는 걸세. 증오란 다른 것과 마찬가지로 성장하는 거야. 그건 생활에 어떤 생각을, 다시 말해서 인간의 가장 깊은 본능을 강요하는 데서 반드시 생겨나는 거지. 우리는 가장 깊은 감정을 어떤 생각에 따라서 강요하는 것일세. 우리는 기계처럼 일정한 방식에 따라 자신을 밀고 나가는 거야. 이론적 정신이 여러 가지의 것을 지배하고 있는 것처럼 보이지만 이윽고 그것도 순수한 증오로 변하고 마는 걸세. 그 점에서 우리도 그들과 마찬가지지만, 다만 우리가 위선자라는 것뿐일세. 러시아인은 위선이 없는 볼셰비키야."

토미가 말했다.

"그러나 소비에트 식으로 하지 않더라도 그 밖에 여러 가지 방법이 있네. 볼셰비키는 진정한 지식인이 아니야."

해먼드가 말했다.

"물론 아니지. 그러나 때로는 지식인이 오히려 저능일 때도 있어. 자네 말에 결론을 내린다면 말일세. 내 생각으론 볼셰비키는 얼빠진 거야. 그와 동시에 우리 서구의 사회생활도 얼빠진 것이야. 그리고 우리의 현대사회 생활도 얼빠진 거라고 생각해. 우리는 크레틴병 환자처럼 냉혹하고 얼간이처럼 정열이 없네. 우리는 자신을 신…… 신과 같은 인간이라고 생각하고 있어! 그것은 볼셰비즘과 같은 거야. 신도 볼셰비키도 되고 싶지 않다면 인간답게 심장과 페니스를 가져야 하는 걸세. 그것은 요컨대 같은 것이란 말일세. 양쪽 다 진짜라고 하기에는 너무나도 훌륭한 걸세."

토미의 의견에 모두들 찬성하지 않는 듯 말없이 있는 가운데 베리가 불안스럽게 물었다.

"그러면 연애를 믿는 게 아닙니까?"

"자넨 사랑스러운 청년이군 그래!"

토니는 계속해서 말을 이었다.

"아닐세, 내 천사 같은 친구여, 십중팔구는 부정일세! 연애는 현대의 저능한 흥행물의 하나야. 꼬마 재즈 소녀들과 엉덩이를 드러낸 소년들을 두 개의 칼라 단추로 세우고 허리를 흔들어대는 연기자들이 나오는 그런 우둔한 흥행물일세. 그래, 그런 종류의 연애 말인가? 아니면 공유재산이니 입신출세니 내 남편이니 내 아내니 하는 그런 종류의 연애 말인가? 아니, 나는 절대로 그런 것은 믿고 있지 않네!"

"하지만 무엇인가를 믿으시겠죠?"

"나 말인가? 나는 머릿속으로는 훌륭한 심장과 꿋꿋한 페니스와 팔팔한 지식, 그리고 부인네들 앞에서도 '제기랄!'이라고 말할 수 있을 만큼의 용기를 가진 것을 믿네."

"그렇다면 댁은 모두를 갖고 계시군요."

베리의 말에 토미 듀크스가 큰 소리로 웃기 시작했다.

"자네는 천사야. 내게 그것이 있다면 얼마나 좋겠나! 헌데 그것이 없다네. 내 마음은 감자처럼 입을 다물고 있고 나의 페니스는 축 늘어져서 고개를 들지 않는단 말일세. 나는 어머니나 백모님 앞에서 '제기랄!'이라고 말할 수 있을 정도라면 차라리 페니스를 잘라버리겠어. 그분들은 진정한 귀부인이야. 그런데 나는 진정한 지식인이 아니란 말일세. 그저 별것 아닌 '정신생활자'에 지나지 않아. 지식인이라는 것은 멋있는 걸세. 그것은 지금까지 언급된 부분이나 언급되지 않은 모든 부분에서 생생하게 살아 있을 걸세. 진정한 지식인들에겐 틀림없이 페니스가 머리를 쳐들고 '안녕하세요?' 하고 말할 걸세. 르누아르는 그림을 페니스로 그렸다고 하네. 정말로 그랬단 말일세, 그 아름다운 그림을 말이야. 나도 내 것으로 무언가를 하고 싶다네, 정말! 그런데 나는 말로밖에 지껄일 수가 없다니! 지옥에서 받을 고통이 한 가지는 있는 셈이지! 이건 소크라테스에서부터 시작된 고통이야."

"세상에는 좋은 여자도 있어요."

마침내 코니가 고개를 들며 입을 열었다. 하지만 남자들은 못마땅했다. ……그녀는 아무것도 들리지 않는 체했어야 했다. 이런 이야기를 그녀가 태연히 듣고 있었다는 것을 남자들은 싫어했다.

"아니!"

토미는 생각했다.

'아무리 좋은 여자라 할지라도 아무런 의미가 없지. 내게 다정하게 대해 주지 않는다면!'

"천만에, 절망일세! 나는 여자와의 결합에서 도무지 감동할 수가 없어. 마주 대하고 앉으면 어떤 여자라도 진정으로 갖고 싶은 여자가 없어. 게다가 나는 억지로 하고 싶지 않아, 절대로! 나는 이대로 정신생활을 계속할 뿐이야. 내가 정직하게 할 수 있는 방법은 그것뿐이야. 여자와 '대화를 나눌' 때는 행복하지만, 그것은 그야말로 순결이란 말일세! 절망적인 순결이지. 전혀 희망 없는 순결이야! 여보게, 힐데브란트, 자넨 어떻게 생각하나?"

"순결한 인간에겐 귀찮은 문제는 적겠지요."

베리가 말했다.

"그렇지, 인생이란 너무나도 단순해!"

제5장

태양이 희미하게 비치는 2월의 서리 내린 날 아침, 클리퍼드와 코니는 정원을 가로질러 숲으로 산책을 나섰다. 산책이라고 하지만 클리퍼드는 모터 달린 의자를 운전하고 그 옆에 코니가 붙어서 걷는 것이다.

냉랭한 대기는 여전히 유황 냄새를 풍기고 있었지만 두 사람 모두 그런 것에는 익숙해 있었다. 가깝게 보이는 지평선 주위로는 서리와 연기 때문에 뿌옇게 젖빛이 된 안개가 움직이고 있었다. 그 위쪽에 푸른 하늘이 조금 내다보였다. 그 때문에 무언가 울타리 속에 갇혀진 좁은 장소에 있는 듯한 기분이 들었다. 이곳의 생활은 언제나 울타리 안에서 꿈을 꾸고 있든가 착란된 듯한 생활이었다.

바삭바삭하게 메마른 정원의 풀숲에서 양이 기침을 하고 있었고, 풀숲의 움푹 패인 곳에는 서리가 파랗게 보였다. 정원을 가로질러 숲의 사잇문에 이르는 오솔길이 분홍빛 아름다운 리본처럼 이어져 있었다. 클리퍼드가 최근 석탄을 캐내고 돌을 쌓아 놓은 산에서 체로 친 자갈을 가져다 깔게 했던 것이다. 지하의 바위며 잔돌들은 불에 타서 유황이 없어져버리면 반짝반짝하는 분홍빛이 되었다. 건조한 날에는 새우 빛이 되고, 비가 오는 날에는 어두운 게의 등껍질과 같은 잿빛이 되었다. 오늘 아침의 자갈은 엷은 새우 빛이고 파르스름한 하얀 서릿발이 서 있었다. 발밑의 체로 친 붉은 자갈은 언제나 코니를 기쁘게 했다. 때로는 좋은 일도 궂은 일도 있게 마련이다.

클리퍼드는 저택에서 나와 언덕의 비탈을 주의 깊게 운전해 갔다. 코니는 그동안 내내 의자에 손을 대고 있었다. 눈앞에 숲이 보였다. 가까이에 개암나무 숲이 있고 그 뒤에는 떡갈나무의 보랏빛 숲이 보였다. 숲가에 토끼가 뛰어나와서 풀을 뜯어먹고 있었다. 까마귀 떼가 갑자기 검게 열을 지어 날면서 조그마한 언덕을 넘어갔다.

코니가 사잇문을 열었다. 클리퍼드는 말이 달리는 넓은 길로 모터 의자를 천천히 몰고 갔다. 그 길은 개암나무의 가지가 쭉 뻗은 숲 사이를 지나서 언덕을 올라가고 있었다. 그 숲은 옛날에 로빈 후드가 사냥을 했다는 큰 삼림의 남은 부분이고, 이 길도 옛날 이 지방을 가로질렀던 오래된 가도(街道)였다. 물론 지금은 단지 사유림의 차도가 되어 있을 뿐이다. 그 길은 맨스필드에서 오른쪽으로 돌아 북쪽으로 향하고 있었다.

숲 속은 모든 것이 조용하게 멈추어 있었다. 땅바닥에 떨어진 낙엽은 서릿발 위에 얼어붙어 있었다. 어치새가 날카로운 소리를 지르고 수많은 새들이 날고 있었다. 그러나 사냥할 새, 즉 꿩은 없었다. 전쟁 동안 숲에 산지기를 두지 않았기 때문에 모두 잡아버리고 만 것이다. 그러나 지금은 클리퍼드가 다시 산지기를 두고 있었다.

클리퍼드는 이 숲을 사랑했다. 그는 오래된 떡갈나무를 사랑했다. 그는 그것이 여러 세대 전부터 자기 것이었던 것 같은 마음이 들어 떡갈나무 숲을 보호해 두고 싶었다. 이 숲을 외계로부터 격리시켜 마구 짓밟히지 않도록 해두고 싶었던 것이다.

의자는 얼어붙은 흙덩이 위에서 덜커덩거리며 조용히 비탈을 올라갔다. 갑자기 왼쪽에 빈 터가 보였다. 거기에는 시든 양치류가 흩어져 있었고, 가느다란 어린 나무들이 여기저기 뻗어 있었다. 톱으로 잘린 커다란 그루터기의 생명 없는 머리와 널리 퍼진 뿌리가 보였고, 나무꾼이 잡목이며 나무 부스러기를 태운 흔적이 거뭇거뭇하게 남아 있었다.

이곳은 제프리 경이 전시(戰時)에 참호용 재목을 벌채하던 장소 중 하나였다. 길 오른쪽에 완만하게 부풀어 오른 언덕은 벌거숭이가 되어 기묘하면서도 쓸쓸해 보였다. 떡갈나무가 서 있던 언덕 꼭대기에는 나무가 한 그루도 없었다. 그래서 그곳에 서면 숲 저편에 있는 탄광 철도며 스택스 게이트의 새 공장들이 건너다 보였다. 코니는 전에 그곳에 서서 바라본 일이 있었다. 그것은 이 숲이 만들고 있는 완전히 격리된 갈라진 틈바귀였다. 여기가 외계로 드나드는 길목이다. 그러나 그녀는 그 사실을 클리퍼드에게 말하지 않았다.

이 벌채된 장소는 언제나 묘하게 클리퍼드를 화나게 했다. 그는 싸움터에 있었을 때 그것들이 어떻게 쓰이는지 보아왔다. 그러나 그는 이 벌거숭이의 언덕을 볼 때까지는 정말로 화를 내지 않았다. 그는 그곳에 새로이 나무를 심게 했다. 그리고 그 때문에 그는 아버지가 미워지고 말았다.

모터 의자가 천천히 비탈을 올라가는 동안 클리퍼드는 굳은 표정이었고, 고갯마루에 오르자 그는 모터 의자를 멈추었다. 그는 앞의 길고 울퉁불퉁한 비탈길을 내려가려 하지 않고, 녹색으로 덮인 내리받이 길을 바라보고 있었다. 그것은 양치류와 떡갈나무 사이에 선명하게 이어져 있었다. 그리고 언덕 기슭에서 그 길은 구부러져 보이지 않았다. 그러나 그 길의 편편하고도 완만한 곡선은 말등 위에 앉은 기사나 승마용 말을 탄 귀부인들을 연상케 했다.

"나는 이것이 정말 잉글랜드의 심장이라고 생각해."

그는 2월의 엷은 햇살을 받으면서 코니에게 말했다.

"그렇게 생각해요?"

파란 털실로 짠 옷을 입은 코니는 길가 그루터기에 걸터앉아서 말했다.

"정말이야. 이것이 옛날 그대로의 잉글랜드야. 여기가 바로 그 심장부란 말이야. 난 이 숲을 소중하게 보존할 생각이야."

"정말 그래요!"

코니가 대답했다. 그때 그녀는 스택스 게이트 탄광에서 11시를 알리는 기적 소리가 울리는 것을 들었다. 클리퍼드는 귀에 익숙한 그 소리에 아무런 주의도 기울이지 않았다.

"나는 이 숲을 이대로 완전하게 보존해서 아무도 손을 대게 하고 싶지 않아."

클리퍼드의 말에는 어떤 애수가 스며 있었다. 숲에는 원시적인 잉글랜드의 신비가 지금도 감돌고 있었다. 그러나 전쟁 중 제프리 경이 그것을 벌채한 것은 타격이었다. 그런데도 나무들은 구불구불한 작은 가지를 하늘로 뻗치고, 회색의 튼튼한 줄기는 양치류 사이에서 쭉 뻗고 그지없이 조용했다! 새들은 평화롭게 나무 사이를 날아다니고 있었다. 옛날에는 사슴이 달리고 포수가 달리고 수도자가 나귀를 타고 다녔던 곳이다. 숲은 그것을 기억하고, 지금 역시 그것을 잊지 않고 있는 것이다.

희미한 태양 빛 아래서 클리퍼드의 금발에 가까운 반드르르한 머리칼은 햇빛을 받아서 붉게 보였고, 그의 큼직한 얼굴은 알 수 없는 표정을 짓고 있었다.

"다른 때는 그렇지 않은데, 여기에 오면 어린아이가 없는 게 몹시 쓸쓸해서 견딜 수가 없어."

"하지만 이 숲은 당신 집보다 더 옛날부터 있었겠죠?"

코니가 조용히 말했다.

"맞아! 그러나 이 숲을 보호해 온 것은 우리 집이거든. 우리 집이 그렇게 보호하지 않았다면 벌써 없어졌을 거야. 숲의 다른 부분처럼 옛날에 없어져 버리고 말았을 거야. 낡은 잉글랜드를 보존해 둬야 하오!"

"그럴까요? 보존하는 일이 새로운 잉글랜드로부터 방해를 받는대도 해야 할까요? 그것은 슬픈 일이라고 생각해요."

"만약 옛 잉글랜드를 보존하지 않으면 잉글랜드라는 것은 없어져 버리고 말아. 그리고 이러한 재산을 가지고 있는 데다, 애정을 갖고 있는 우리는 그것을 보호할 의무가 있어."

슬픈 침묵이 흘렀다.

"당분간 당신이 하시겠군요."

코니가 말했다.

"잠깐 동안뿐이지! 우리는 그것밖엔 할 수가 없어. 우리는 다만 자신이 맡은 짧은 동안밖에 할 수 없는 거요. 나는 우리 선조가 여기에 살게 된 이래 한 사람 한 사람 자기가 맡은 몫을 완수해 왔다고 생각해. 인습엔 반대하지만 전통은 지켜야 한다고 생각해."

다시 침묵이 흘렀다.

"어떤 전통이죠?"

코니가 물었다.

"잉글랜드의 전통 말이오. 이 숲의 전통이야."

"그렇군요."

코니가 천천히 말했다.

"그래서 아이가 갖고 싶어지는 거야. 나는 다만 쇠사슬 고리의 하나에 불과하니까."

클리퍼드가 말했다.

'쇠사슬 같은 건 아무러면 어떤가.'

코니는 생각했다. 그러나 그녀는 아무 말도 하지 않았다. 그녀는 아이를 갖고 싶어 하는 그의 심정이 이상하게 몰아적(沒我的)인 점에 대해 마음을 쓰고 있었다.

"아이를 가질 수 없다니 참으로 유감이에요."

코니가 입을 열자 클리퍼드는 크게 뜬 푸르스름한 눈으로 가만히 그녀를 지켜보았다.

"당신이 다른 남자의 아이라도 가진다면 그것도 좋겠는데……. 만약 우리가 라그비 저택에서 기른다면 그것은 우리 아이가 될 것이고, 우리 집안의 아이인 거야. 나는 부성(父性)이라는 것을 그다지 믿지 않아. 만약 우리에게 키울 수 있는 아이가 있다면 그것은 우리 아이일 것이고, 그것으로 모든 게 잘 되어 나가리라 생각해. 어떨까? 한 번 생각해 볼 마음이 없겠소?"

코니는 얼굴을 들어 그를 바라보았다. 어린아이, 그녀의 아이가 그에게는 한낱 '그것'인 것이다. 그것…… 그것…… 그것!

"하지만 그 다른 남자의 아이를 갖다니요?"

코니가 물었다.

"그게 크게 문제되오? 그런 것이 우리 생활을 깊이 좌우할까? 예전에 당신은 독일에서 애인이 있었소. …… 그런데 그것이 지금은 어떻다는 거요? 아무것도 아니잖소? 우리 생활 가운데 사소한 행위나 그러한 관계는 조금도 실생활에서 중요한 문제가 된다고 생각 안 해. 다 지나가 버리는 거야. 지금 어디에 남아 있지? 어디에? …… 작년 눈이 어디에 남아 있소? 중요한 것은 생활 속에서 계속되어 가는 거요. 내게는 어디까지나 계속되고 발전해 가는 자기 생활이 소중한 거요. 가끔 생기는 결합 따위가 어떻다는 거요? 극히 드물게밖에는 생기지 않는 성적 결합은 특히 그래.

세상이 우스꽝스럽게 과장해서 생각하지 않는다면 그런 것은 새가 짝짓기를 하는 것과 마찬가지요. 그게 당연한 거지. 그게 어쨌단 말이오? 중대한 것은 일생의 반려라는 거요. 매일매일을 함께 산다는 것이지. 한두 번 함께 자는 것이 아니오. 나와 당신은 무슨 일이 있더라도 부부란 말이오. 우리는 서로의 습관을 잘 알고 있어. 습관은 이따금 생기는 어떠한 흥분보다도 더 생명이 있는 거요. 오랜 시

일을 두고 천천히 지속되어 가는 것…… 그것에 의해서 우리는 살아가는 거요. 간혹 일어나는 흥분 따위에 의해서가 아니오.

함께 살아가는 동안 두 사람은 차츰 연관을 갖게 되는 거요. 서로 복잡 미묘하게 공감하는 것이오. 그것이 결혼의 진정한 비밀이오. 결코 단순한 섹스에 있는 것이 아니오. 적어도 단순한 육체 관계에 있는 것이 아니란 말이오. 나와 당신과의 결혼이라는 것 속에 함께 짜여 있는 것이오. 만약 우리가 이런 생각에 충실하다면 그런 것은 이가 아플 때 치과의사한테 가서 치료하는 것처럼 쉽게 해결되고 말 거요. 운명의 신이 육체적으로 꼼짝 못하게 만들어 놓았으니 말이오."

가만히 듣고 있던 코니는 놀라움과 공포감을 느꼈다. 그의 말이 옳은지 그른지 알 수 없었다. 나는 마이클리스를 사랑하고 있다고 그녀는 자신에게 중얼거렸다. 그러나 그녀의 사랑은 클리퍼드와의 결혼생활, 몇 년 동안의 괴로움과 인내를 통해 형성되었으며, 오랜 세월을 거쳐 천천히 생겨진 친밀성에서 벗어져 나간 순간적인 행락(行樂)에 불과한 것이었다. 아마도 인간의 영혼은 행락을 필요로 하리라. 그것은 부정할 수 없다. 그러나 행락의 특질은 다시 가정으로 되돌아온다는 것이다.

"그러면 제가 어떤 사람의 아이를 낳을 거라고 생각하시죠?"

"하지만 코니, 나는 당신의 취미라든가 선택의 자연스러운 본능을 믿소. 당신은 잘못된 인간을 가까이 할 리가 없을 테니까."

코니는 마이클리스를 생각했다! 그는 진정 클리퍼드가 '잘못된 인간'이라고 생각하는 그런 사람이었다.

"하지만 어떤 것이 잘못된 인간인가 하는 것은 남자와 여자와는 차이가 있다고 생각해요."

코니가 말했다.

"그럴 리가 없소. 당신은 나를 고르지 않았소? 그러니까 내 마음에 전혀 맞지 않는 인간을 선택하리라는 것은 믿을 수가 없소. 당신의 기호가 그것을 허용치 않을 거요."

코니는 잠자코 있었다. 이렇게 의견이 다르다면 이론으로는 해결되지 않는다.

"그렇다면 그 일은 당신에게 알려드려야만 하나요?"

코니는 훔쳐보듯이 그를 올려다보면서 물었다.

"천만에, 나는 모르는 편이 좋겠지. 그렇지만 오랫동안 함께 생활한다는 데 비해 이따금 있는 성 문제는 아무것도 아니라는 내 의견에 동의하지 않소? 성은 오랜 생활의 자연스러움 속에서 종속되리라고 생각하지 않소? 그것은 해도 괜찮은 일이오, 자연의 명령이니까. 그러나 결국 그런 일시적인 흥분이 무엇이겠느냐 말이오. 생활의 모든 문제는 순결한 인격을 천천히 오랜동안의 완전한 생활에 의해서 쌓아올리는 게 아닐까? 산만한 생활에는 중심점이 없는 거요. 만약 성에 대한 불만이 지장을 초래한다면 연애를 해야겠고, 그와 마찬가지로 아이가 없는 게 지장을 초래한다면 어떻게든지 해서 아이를 가져야 할 거요. 그러나 그것은 영원히 지속될 조화를 만드는 완전한 생활을 얻기 위해서만 할 일일 거요. 나와 당신 사이에서는 그것이 가능하다고 생각하오. 그렇게 생각하지 않소?…… 만약 필요하다면 적응시키고, 동시에 그 적응을 오래 계속하는 우리의 생활 속에 짜 넣읍시다. 당신은 찬성하지 않소?"

코니는 다소 압도된 기분이었다. 그의 말이 이론적으로 옳다는 것은 알고 있었다. 그러나 그와 함께 살아온 계속적인 생활을 돌이켜 보면……. 그녀는 어쩐지 망설여졌다. 나머지 일생을 그의 생활 속에 짜 넣어야 한단 말인가? 그것이 과연 옳은 일인가? 그녀는 그와 계속적인 하나의 생활을 천으로 짜 가면서, 이따금의 연애가 도드라진 꽃무늬로 그 천 위에 짜여지는 것만으로 만족해야 한다는 것이다. 그러나 그 생각이 내년에도 반드시 그렇다고 어떻게 단언할 수 있겠는가? 몇 해 동안의 일을 말이다. '그렇다'는 짧은 말은 단숨에 할 수 있다. 그 한마디로 나비처럼 핀으로 눌려져야 한단 말인가? 물론 나비는 날아가야 한다. 그리고 '그렇다'라든가 '아니오'가 그 뒤에 와야 하는 것이다, 날아다니는 나비처럼.

"당신 말이 맞다고 생각해요, 클리퍼드. 그리고 제가 생각할 수 있는 범위에서는 저도 찬성이에요. 다만 그 때문에 생활에 새로운 면이 나타날지도 모르겠군요."

"생활에 새로운 면이 나타나지 않는 한 찬성이란 말이지?"

"그래요. 정말로 그렇게 생각해요."

그때 갈색의 스패니얼 종(種) 개가 옆길에서 달려 나와 두 사람 쪽으로 콧등을 쳐들고 작은 소리로 짖어대었고, 그 뒤를 총을 든 사나이가 소리 없이 빠른 걸음으로 나타나더니 달려들 듯 다가오고 있었다. 그러나 이내 걸음을 멈추어 고개를 숙이고 언덕을 내려갔다. 그는 새로 고용된 산지기였는데, 코니는 갑작스럽게 나타난 그 사나이를 보았을 때 가슴이 철렁했다. 예전에도 그 사나이는 갑자기 나타나 그녀를 놀라게 했던 일이 있었기 때문이었다.

그는 진초록의 벨벳 옷을 입고 각반을 차고 있었다. 그것은 낡아 빠진 복장이었다. 그는 붉은 얼굴에 붉은 수염을 기르고 있었으며, 먼 곳을 보는 듯한 눈초리를 하고 있었다.

"멜러즈!"

클리퍼드가 부르자 그 사나이는 가볍게 뒤돌아보고 재빠르게 인사를 했다. 완전히 군대식이었다.

"의자를 돌려서 좀 밀어주게나. 그렇게 하면 잘 나가니 말일세."

사나이는 곧 총을 어깨에 메고 재빠르게, 그러나 눈초리를 피하며 소리 없이 걷는 듯한 동작으로 다가왔다. 그는 깡마른 중키에 말수가 적은 사람으로, 코니 쪽은 전혀 쳐다보지도 않고 의자에만 마음을 쓰고 있었다.

"코니, 새로 온 산지기 멜러즈요. 자넨 아직 마님에게 인사를 드린 적이 없지, 멜러즈?"

"없습니다."

무관심한 말투로 대답한 사나이는 선 채로 모자를 벗었다. 그러자 금발에 가까운 숱 많은 머리가 보였다. 그는 조금도 두려워하는 빛이 없고, 전혀 개인적인 관심마저 갖지 않는 눈으로, 다만 그녀가 어떤 인간인가를 알아보려는 듯이 유심히 바라보았다.

코니는 약간 부끄러워졌다. 그녀는 겁먹은 듯 그에게 고개를 숙였다. 그러자 그는 모자를 왼손에 바꿔 들고 신사처럼 가볍게 허리를 굽혔다. 그러나 한마디도 하지 않았다. 그는 모자를 손에 든 채 잠시 가만히 서 있었다.

"여기 온 지 꽤 오래 되었나요?"

코니가 그에게 물었다.

"여덟 달 정도 됩니다, 부인 마님!"

그는 조금도 허둥대지 않고 말을 고쳤다.

"마음에 드나요?"

코니는 그의 눈을 들여다보았다. 그는 눈을 조금 가늘게 했다. 빈정거리는 거만한 태도였다.

"네, 덕분에요, 마님! 저는 여기서 자랐으니까요……."

그는 다시 한 번 허리를 숙이고 몸을 바로 하여 모자를 쓰고 의자를 붙들려고 다가왔다. 그가 마지막 말을 했을 때의 어감은 묵직한 사투리였다. 그것도 약간 놀리는 듯한 말투였다. 왜냐하면, 처음에는 조금도 사투리를 쓰지 않았으니까 말이다. 그는 거의 신사라고 해도 좋을 만한 태도를 지니고 있었다. 아무튼 그는 기묘하게 깨달음이 빠르고 사람을 가까이하지 않는 쓸쓸한 듯하면서도 자신이 만만해 보이는 사람이었다.

클리퍼드는 조그마한 엔진을 움직이기 시작했다. 그 사나이는 조심스럽게 의자를 회전시켜 깊은 개암나무 숲 쪽으로 천천히 굽어진 비탈길 쪽으로 돌려놓았다.

"이제 됐습니까?"

그가 물었다.

"아니, 도중에 서게 될지도 모르니까 따라와 주지 않겠나? 아무래도 언덕을 오르기엔 이 발동기가 너무 약하니까."

사나이는 개를 돌아다보았다. 주의 깊은 눈초리였다. 스패니엘은 주인을 쳐다보고 꼬리를 약간 흔들었다. 개를 놀리며 조롱하는 듯한 미소가 잠시 그의 눈 속에 감돌았으나 이내 사라져버리고 무표정한 얼굴로 돌아갔다.

세 사람은 빠른 속력으로 언덕을 내려갔다. 사나이는 내내 의자가 흔들리지 않도록 등 쪽에 손을 대고 있었다. 그는 고용인이라기보다 자유로운 병사와도 같았다. 코니는 어딘지 모르게 그가 토미 듀크스를 닮은 것 같다고 생각했다.

개암나무 숲까지 오자 갑자기 뛰어간 코니가 정원으로 나가는 사잇문을 열었다. 그녀가 문을 붙잡고 있는 사이에 두 사나이는 그녀의 얼굴을 바라보면서 지나갔다. 클리퍼드는 비판하는 듯한 얼굴이었고, 또 한 사람은 기묘하게 싸늘하면서도 의심하는 듯한 얼굴로 그녀가 어떤 인간인가를 알아내려는 눈길을 보내고 있었다. 그의 무관심한 파란 눈빛 속에는 일종의 괴로움과 고독, 그러면서도 어딘가 따스함이 깃들어 있음을 보았다. 그는 무엇 때문에 이렇게 초연하게 사람에게 접근하려고도 하지 않는 것일까?

사잇문을 지나자 클리퍼드는 의자를 세웠다. 사나이는 재빠르게 다가가 그 문을 공손히 닫았다.

"왜 그렇게 뛰어가서 문을 열었소? 그건 멜러즈가 할 일이오."

클리퍼드는 조용하면서 침착성 있는 목소리로 물었다. 클리퍼드의 얼굴에는 언짢은 기색이 엿보였다.

"당신이 곧장 가실 줄 알았어요."

코니가 대답했다.

"그리고 우리가 뒤에서 당신을 좇아가게 한단 말이오?"

"하지만 때로는 뛰는 걸 좋아해요!"

멜러즈는 조금도 눈치 채지 못한 얼굴로 다시 의자에 손을 댔으나 코니는 그가 줄곧 주의 깊게 모든 것을 알아챘음을 느꼈다. 정원의 약간 가파른 비탈에서 의자를 밀어 올리는 동안 그의 입술이 열리고 조금 숨이 가빠진 듯했다. 그는 약한 편이었다. 이상하게 생기에 차 보였으나 다소 연약하고 여위어 있었다. 코니는 여자다운 본능으로 그것을 알아챘다. 그녀는 뒤에 처지며 의자를 먼저 가게 했다.

주위를 둘러싼 안개 위에 나직이 보였던 조그만 푸른 하늘이 뚜껑을 덮은 듯 다시 닫히고, 구름이 잔뜩 끼었으며 찬 기운이 거칠게 느껴졌다. 하늘은 온통 잿빛으로 눈이 내릴 것 같았으며, 풍경은 지친 듯이 보였다.

의자는 분홍 길 위에서 기다리고 있었다. 클리퍼드는 코니 쪽을 돌아보았다.

"피곤하지 않소?"

"아뇨, 조금도!"

하지만 그녀는 지쳐 있었다. 알 수 없는 울적한 갈망과 어떤 불만이 가슴속에서 솟아올랐다. 그녀의 상태를 클리퍼드는 깨닫지 못했지만 처음 보는 사람이면 알 수 있는 일이었다. 코니에게 세계도 생활도 다 지쳐버려서 자신이 가지고 있는 불만이 이 언덕보다도 더 오래 전부터 있었던 것같이 느껴졌다.

저택에 다다른 세 사람은 계단이 없어서 들어가기 편한 뒤곁으로 돌았다. 클리퍼드는 낮은 실내용 휠체어에 옮겨 탔다. 클리퍼드의 팔은 억센 데다 잘 움직였다. 코니는 그의 묵직한 다리를 들어 올려서 옮겼다.

가도 좋다고 할 때까지 기다리고 있던 산지기는 그 사이 온갖 움직임을 주의 깊게 지켜보고 있었다. 코니가 클리퍼드의 죽은 것이나 다름없는 다리를 두 팔에 안아 올려, 클리퍼드가 몸을 돌리는 것과 동시에 옆 의자로 옮기는 것을 보았을 때 그는 어떤 공포에 사로잡혀서 창백한 얼굴이 되었다. 그는 몹시 놀랐던 것이다.

"멜러즈, 도와주어서 고맙네."

클리퍼드는 하인들의 숙소가 있는 쪽으로 의자를 몰면서 무심히 말했다.

"이제는 괜찮겠습니까?"

산지기는 멍청한 목소리로 꿈꾸듯이 말했다.

"이젠 됐네, 잘 가게!"

"안녕히 계십시오!"

"잘 가요! 의자를 밀어주어 고마워요. 하지만 무척 무거웠지요?"

코니는 문밖에 서 있는 산지기를 돌아보며 말했다.

산지기는 꿈에서 깬 듯 그녀를 보았다.

"아뇨, 조금도 무겁지 않았습니다!"

그는 서둘러 말했다. 이내 그의 목소리는 사투리로 변했다.

"마님, 안녕히 계십쇼!"

"산지기는 어떤 사람인가요?"

점심식사를 할 때 코니가 물었다.

"멜러즈 말이오? 당신도 보았잖소?"

클리퍼드가 말했다.

"네, 하지만 어디 사람이에요?"

"어디라니! 어릴 때부터 테버셜 마을에서 자랐지. 광부의 아들일 거요."

"그 사람도 광부였나요?"

"탄광 제철공 반장이었어. 그런데 전쟁 전에 2년가량 여기서 산지기를 했었지. 그러다가 군에 입대했었소. 아버지께선 늘 그를 칭찬했었소. 그래서 군대에서 돌아와 제철공 일하는 것을 내가 데려다가 산지기로 고용한 거요. 그를 채용해서 참 다행이오. 이 부근에서 저 친구만큼 산지기 노릇을 훌륭하게 해낼 사람은 좀처럼 없으니까 말이오. 게다가 이 고장 사람을 아는 사람이 아니면 곤란하거든."

"결혼은 안 했나요?"

"했었지. 그런데 마누라가 곧잘 여러 남자들과 어울리며 집을 나가곤 했지. 아마 스택스 게이트의 광부와 함께 살고 있을 거야."

"그럼 지금은 혼자군요?"

"그런 셈이지! 마을에 어머니가 있소. 또 어린애도 하나 있을 거요."

클리퍼드는 약간 튀어나온 푸른 눈으로 코니를 바라보았다. 그 눈 속에는 뭔가 걷잡을 수 없는 표정이 나타나 있었다. 그는 겉보기엔 발랄한 듯했으나 마음속은 중부지방의 공기처럼 안개와 자욱한 연기에 덮여 있었다. 그리고 그 안개가 점점 다가오는 듯했다. 그가 유다른 눈길로 바라보면서 특유하고도 정확한 기분을 전하면 코니는 안개에 닫힌 채 텅 비어 있는 그의 정신의 안쪽을 그대로 느꼈다. 그것이 그녀를 무섭게 했다. 또한 그것은 그를 거의 백치로 생각할 만큼 허탈한 인간으로 보이게 했다.

그러나 코니는 인간 영혼의 어떤 법칙을 희미하게나마 이해하기에 이르렀다. 즉, 느끼기 쉬운 영혼이 심한 상처를 입고 더욱이 육체가 사멸하지 않을 때에는 영혼도 육체가 회복함에 따라 회복되는 것 같다. 그러나 이것도 다만 겉보기에 불과하다. 그것은 예전의 습관을 되찾는다는 기계적인 일에 지나지 않는다. 영혼이 받은 상처는 천천히, 아주 천천히 알게 된다. 마치 조금씩 아픔이 깊어 가는 상처처럼 그것은 머지않아 영혼 전체에 퍼져 가는 것이다. 그리고 이미 회복되어서 잊어버렸다고 생각될 무렵, 무시무시한 여파는 좀 더 심한 해를 끼치는 것이다.

클리퍼드의 경우도 마찬가지였다. 그는 일단 '회복'되어 라그비 저택으로 돌아와 소설을 쓰고 생활을 확보했다고 생각했다. 과거의 온갖 일들을 그는 잊어버린 듯이 보였다. 그리고 그는 고요를 되찾았다고 생각했다. 그러나 몇 해가 지난 지금, 공포와 전율의 상처가 서서히 조금씩 솟아 나와 그의 속에 퍼져 가는 것을 코니는 느꼈다. 그것은 감득(感得)할 수 없을 만큼 깊은 데 있었던 것이다, 없다고 생각될 정도로. 그것이 지금은 거의 마비 증세와도 같은 공포로 퍼져서 뚜렷하게 나타나 왔다. 그는 지금도 정신적 활동이 활발했다. 그러나 너무 큰 충격에서 받은 상처인 그 마비증은 그의 가장된 자아 속에서 점점 퍼져 가고 있었다. 동시에 그녀의 내부에도 퍼져 오는 것을 코니는 느꼈다.

내부의 공포, 공허감, 온갖 것에 대한 무관심이 점점 그녀의 영혼 속에 퍼져 갔다. 클리퍼드는 기분이 활발해지기만 하면 명석한 대화도 하고 라그비 저택의 후계자에 대한 이야기 등을 하여 미래를 내다보고 있었다. 그러나 다음 날이 되면 그 명석한 이야기는 모조리 낙엽처럼 오므라들고 산산이 흩어져 아무런 의미도 없는 것이 되고, 바람만 스쳐도 날려가 버리고 마는 것이었다. 그것은 젊은 정력에 넘치는 나무에 자라난 무성한 잎과 같은 말들이 아니었다. 그것들은 모두 무력한 생활의 낙엽더미에 지나지 않았다.

어디를 둘러봐도 그녀에겐 그렇게 생각되었다. 테버셜 광부들은 또다시 파업 이야기를 시작했다. 그것도 코니에게는 힘의 표시가 아니라 전쟁 중에 받은 숨겨졌던 상처가 차츰 표면으로 나타나 커다란 불안의 고통이 되고, 이성을 잃은 불만이 되어 오고 있는 것으로 여겨졌다. 그 상처는 깊게 매우 깊게, 거짓된 비인간적인 전쟁의 그 상처는 깊은 바닥에 남아 있는 것이다. 그들의 영혼과 육체의 깊은 곳에 있는 상처의 크고 검은 핏덩어리를 없애버리기 위해서는 여러 세대에 걸친 생명 있는 피를 오랜 세월 필요로 할 것이다. 그리고 그 때문에 새로운 희망이 필요한 것이다.

가련한 코니! 세월이 흐름에 따라 그녀를 사로잡아 온 공포는 자신의 생활이 공허하다는 것이었다. 클리퍼드와 그녀의 정신생활은 점점 공허한 것으로 생각되어 왔다. 그들의 결혼생활, 완전한 생활이란 그가 말했듯이 습관적인 친밀감이라는 데에 기초를 두고 있었다. 그러나 그것이 전혀 공백이고 허무라고 생각되는 날이 있었다. 그것은 말, 단순한 말에 지나지 않는 것이었다. 사실은 다만 공허뿐이지만 그 표면이 거짓된 말로 덮여 있는 것이다.

클리퍼드의 성공! 암캐신이라는 것은 있었다! 그는 지금 유명해졌고, 그의 저서는 천 파운드가량의 돈을 벌게 했으며, 그의 사진도 여기저기에 나와 있었다. 어떤 미술관에는 그의 흉상이 있었고, 그의 초상이 나와 있는 미술관도 두 곳이나 있었다. 그는 현대 작가 중에서도 가장 현대적인 인물로 인정받고 있었다. 그는 인기를 얻으려는 장애인 특유의 언짢은 본능으로 4, 5년 동안에 젊은 지식 계급을 대표하는 가장 저명한 인물이 되었다. 지성이라는 것이 어디에서 오는 것인지 코니는 잘 알지 못했다.

온갖 것을 산산이 흩어지게 하는 약간의 풍자적인 동기니 인간이니 하는 것을 분석하는 데 있어 클리퍼드의 두뇌는 명석했다. 그러나 그것은 소파의 쿠션을 찢어버리는 강아지와도 같은 것이었다. 거기에는 어리광부리며 장난하는 젊음도 없고 다만 나이 먹고 완고한 기만에 가득 차 있는 것만 같았다. 신비롭기는 했지만 공허한 것이었다. 이것이 늘 코니의 영혼 깊은 바닥에서 울린 인상(印象)이었다. 모든 것이 무(無)인 것이다. 무의 멋진 연기다! 더욱이 확실한 연기인 것이다. 연기! 연기! 연기인 것이다!

마이클리스는 희곡의 주인공으로 클리퍼드를 등장시켰다. 그는 이미 이야기의 줄거리를 만들어 놓고, 제1막을 쓴 것이다. 허무에서 연기를 만들어내는 데는 마이클리스가 클리퍼드보다 한 수 위였다. 연기에 대한 정열만이 이 사람들에게 남아 있는 마지막 한 조각의 정열이었다. 성적으로는 그들이 정열 없는 죽은 물건과도 같았다. 그리고 지금 마이클리스가 구하고 있는 것은 금전 이외의 것이었다. 클리퍼드도 돈 때문에 움직인 적은 한 번도 없었다. 다만 돈은 성공의 상징이었으므로 될 수 있는 대로 취하기도 했지만 성공이야말로 그들이 노리는 바였다. 그들은 둘 다 이것을 노리고 있었다. 참다운 연기를 하는 것, 일시적인 거창한 인기를 움켜쥐기 위해 자기 자신을 재료로 연기하는 것을.

암캐신에 대한 매음(賣淫)은 이상한 것이었다. 코니는 그런 것에 대해서는 진정한 문외한이었다. 그런 감동에 대해서는 이미 마비되어 버렸기 때문에 이것 또한 그녀에게 허무한 것이었다. 남자들은 헤아릴 수 없을 만큼 여러 경우에 자기 몸을 팔고 있지만 이 암캐신에 대해 몸을 판다는 것 또한 허무였다. 이것 역시 허무한 것이었다.

마이클리스는 편지로 자신의 희곡에 대한 이야기를 클리퍼드에게 알려 왔다. 물론 코니는 훨씬 전부터 알고 있었다. 클리퍼드는 새삼스럽게 흥미를 느꼈다. 다시금 자신이 크게 표현되는 것이다. 그것도 다른 사람이 자기에 대해서 더욱 훌륭하게 표현해 주는 것이다. 그는 그 제 1막을 가지고 라그비 저택으로 오도록 청했다.

마이클리스는 여름철에 방문했다. 그는 푸르스름한 옷에 흰 양가죽 장갑을 끼고 코니에게 매우 아름다우며 선명한 보랏빛 난초를 가져다주었다. 그 제1막은 대단한 감동을 주었다. 코니 역시 감동했다. 그녀에게 얼마간의 신경이 남아 있다고 한다면 그 전부로써 감동했던 것이다. 그뿐 아니라 자신이 만들어낸 감동에 감동하고 있는 마이클리스는 참으로 훌륭한 인간으로 보였다. 코니의 눈에는 정말로 아름답게 보이기까지 했다. 그리고 환멸을 느낄 줄 모르는 고대 민족의 부동성과 더욱이 순수한 것에까지 이르는 불순한 극한점과도 같은 것을 그녀는 그의 속에서 발견했다. 암캐신에게 끝없이 몸을 팔면서도 그는 아프리카의 상아 세공(象牙細工)의 곡선에서 평면을 보듯이 불순한 것 속에서 순수를 꿈꾸는 듯한 그런 순수성을 지니고 있었다.

코니와 클리퍼드의 마음을 사로잡으면서 그가 느끼고 있던 순수한 감동은 마이클리스의 일생에서 가장 숭고한 순간의 하나였다. 그는 성공했다. 그는 두 사람을 열중시켰다. 클리퍼드조차도 ― 이렇게 말해도 좋다면 ― 그에게 일시적이나마 애정을 느낄 정도였다.

다음 날 아침, 믹은 몹시 초조해 있었다. 바지주머니에 손을 찌른 채 침착성을 잃고 안절부절 못하는 표정이었다. 전날 밤 코니가 그에게로 오지 않았던 것이다. 게다가 그는 그녀가 어느 방에서 자는지 가는 길을 알지 못했던 것이다. 속이는 짓이다. 그것도 그가 의기양양해 있을 때 그런 방법을 쓰다니!

아침이 되자 마이클리스는 그녀의 거실로 올라갔다. 코니는 그가 올 것을 알고 있었다. 그리고 그가 초조해 있는 것을 역력히 알았다. 그는 자신의 희곡에 대해서 그녀에게 물었다, 그녀의 마음에 들었는지 어떤지를. 그녀의 칭찬을 듣지 않고는 배길 수가 없었다. 칭찬을 듣자 그는 성적인 흥분과는 다른 마지막 정열의 감동을 약간 느꼈다. 그녀는 그 작품을 극구 칭찬했으나 그동안에도 그녀의 영혼 깊숙한 속에서는 그것이 텅 빈 것을 느끼고 있었다.

"그런데!"

마이클리스는 마지막에 갑자기 말했다.

"우리는 어째서 서로의 관계를 분명히 하지 않는가요? 어째서 결혼하지 않는 거죠?"

"하지만 전 결혼한 몸인 걸요."

코니는 놀랐지만 조금도 감정을 보이지 않고 말했다.

"아, 그것 말입니까? 그는 문제없이 이혼해 줄 겁니다. 나와 당신이 결혼해선 안 될 이유가 있을까요? 나는 결혼하고 싶습니다. 나는 그것이 자신에게 있어서 무엇보다도 좋은 일이라는 걸 알고 있습니다. 결혼해서 규칙적인 생활을 하는 것입니다. 나는 자신의 육체를 갈기갈기 찢는 듯한 지독한 생활을 하고 있습니다. 당신과 나는 서로를 위해서 만들어진 사람입니다. 마치 장갑과 손 같은 겁니다. 어째서 결혼하지 않는 걸까요? 해서는 안 되는 이유라도 있습니까?"

코니는 깜짝 놀라 그를 바라보았다. 그러면서도 조금도 감동하고 있지 않았다. 남자들은 모두 마찬가지다. 그들은 근본적인 것을 잊고 있다. 그들은 불꽃놀이와 꽃불처럼 머리로부터 날아오르고, 그들의 가느다란 다리와 함께 상대편도 하늘로 오를 수 있다고 생각한다.

"하지만 전 결혼한 몸이에요! 아시다시피 전 클리퍼드 곁을 떠날 수 없어요."

"어째서입니까? 정말 어째서일까요?"

마이클리스는 큰 소리로 외쳤다.

"앞으로 반 년 지나면 그도 당신이 없다는 것을 잊어버리고 말 겁니다. 그는 자기 이외에 누가 있다는 걸 모릅니다. 내 생각으로는 그 사람에게 있어 당신은 아무래도 좋은 겁니다. 그는 오로지 자기 속에만 틀어박혀 있으니 말입니다."

'이 말은 사실이다.'

코니는 생각했다. 그러나 그녀는 믹이 이타주의의 연기를 하고 있다는 것을 느끼고 있었다.

"남자란 모두 자기 속에 틀어박혀 있는 게 아닐까요?"

"네, 다소 인정합니다. 남자란 일을 하기 위해서는 그렇게 되지 않을 수 없습니다. 그러나 그게 중요한 게 아닙니다. 중요한 건 남자가 어떤 종류의 행복을 여자에게 주느냐 하는 일입니다. 그녀에게 행복을 줄 수 있는가 없는가, 만약 그것이 불가능하다면 그 남자는 그 여자에 대해서 하등의 권리가 없습니다."

마이클리스는 입을 다물고 최면술을 거는 듯한 커다랗고 막연한 눈으로 그녀를 지켜보았다.

"생각하건대……."

마이클리스는 덧붙여 말했다.

"나는 여자가 갖고 싶어 하는 진정한 행복을 줄 수 있습니다. 그것을 보증할 수 있습니다."

"어떤 행복이지요?"

코니는 놀라움으로 유심히 그를 지켜보면서 말했다. 그녀는 감동한 듯 보였지만 마음속은 조금도 동요하지 않았다.

"온갖 종류의 행복입니다. 정말 온갖 종류의 어느 정도의 의상과 보석, 기분 좋은 나이트클럽, 만나고 싶은 사람은 누구와도 만날 수 있는 유행적인 생활, 여행하는 곳마다 환대를 받는……. 그렇습니다. 온갖 종류의 즐거운 생활 말입니다."

마이클리스는 마치 승리에 취한 양 늘어놓았다. 코니는 어리둥절하여 그를 바라보고 있었으나 사실은 아무런 느낌도 없었다. 그가 이야기한 멋진 미래는 전혀 그녀 마음의 표면도 건드리지 못했다. 다른 경우라면 감동했을 테지만, 지금은 그녀 마음의 가장 바깥의 자아조차 반응을 나타내지 않았다. 그녀는 조금도 동요되지 않고 열중할 수도 없었다. 그저 앉은 채로 지켜볼 뿐, 현혹된 듯하면서도 아무것도 느끼지 않았다. 다만 어딘지 모르게 몹시 불쾌한 암캐신의 냄새를 느끼고 있을 뿐이었다.

믹은 초조해서 몸을 앞으로 내밀고 신경질적으로 그녀를 노려보았다. 그러나 그가 허영심을 위해서 그녀에게 승낙하게 하고 싶은 건지, 아니면 '승낙하지나 않을까' 하고 마음속으로 두려워하고 있는 건지 아무도 모르는 일이었다.

"그 일은 좀 생각해 봐야겠지요."

코니는 말을 이었다.

“지금 당장은 말할 수 없어요. 당신이 보기에 클리퍼드는 태연한 것 같지만, 그분은 절대로 그렇지 않아요. 그분이 어떻게 무능력한가를 당신이 아신다면…….”

“그것이 뭐란 말입니까! 만약 누구라도 자기 신체의 장애에 대한 곤란을 이야기한다면, 여태까지 내가 얼마나 쓸쓸하게 지내 왔으며, 또 지내고 있는지를 말해야겠군요. 만약에 장애라는 것이 유일한 항의라면 내 모든 슬픈 사정도 이야기해야겠습니다!”

마이클리스는 바지주머니에 찌른 손을 미친 듯이 놀리면서 옆으로 돌아섰다.

그날 저녁 마이클리스는 코니에게 말했다.

“오늘은 제 방에 찾아와 주시겠습니까? 난 당신 방이 어딘지 잘 모르겠으니까요.”

“그러겠어요!”

코니는 대답했다.

그날 밤의 마이클리스는 이상하게도 작은 소년과 같은 나체의 한층 흥분한 애인이었다. 코니는 그보다 먼저 자기가 성적 흥분에 도달할 수 없음을 알았다. 그러나 그는 작은 소년과 같은 부드러운 육체로 그녀 속에 애타는 정열의 불꽃을 불러일으켰다. 그녀는 그가 끝난 다음에도 거센 격정에 사로잡혀 허리를 들어 올리며 계속해야만 했다. 그동안 그는 온갖 의지와 자기 희생을 다 발휘하여 여자가 나직이 야릇한 신음 소리를 지르면서 절정에 이를 때까지 영웅적으로 그녀 속에 버티고 있었다.

드디어 그녀에게서 몸을 떼어 놓자 신랄하고도 비웃는 듯한 목소리로 나직하게 말했다.

“당신은 남자와 같은 시간에 끝날 수 없나 보군. 당신 스스로 끝내야 하니!”

순간 이 말은 적지 않은 충격을 주었다. 왜냐하면, 그처럼 수동적으로 몸을 내맡기는 것이 그의 유일한 성교 방식임이 너무나 분명했기 때문이다.

"무슨 뜻이죠?"

"무슨 뜻인지 알겠지요. 내가 다 끝난 뒤에도 당신은 몇 시간이고 계속해야 하니 말이오. 당신이 스스로 끝낼 때까지 나는 이를 악물고 그냥 버티고 있어야 하니 말이오."

말로는 이루 표현할 수 없는 일종의 쾌감에 불타고 있던 순간에, 일종의 사랑마저 느끼고 있던 순간에 이와 같은 잔인한 말을 듣고 코니는 어리둥절했다. 결국 그 역시 여러 현대인과 마찬가지로 사실상 시작도 하기 전에 끝마쳤기 때문이다. 그러기에 부득이 여자가 능동적으로 되지 않을 수 없었던 것이다.

"하지만 제 자신이 만족하도록 계속하게 당신이 바라지 않았어요?"

코니가 말했다.

"내가 바랐다고?"

마이클리스는 냉혹하게 웃으며 말을 이었다.

"좋아요! 그래, 당신이 자신을 위해 하고 있는 동안 나는 이를 악물고 버티고 있고 싶어 했다는 거군요?"

"그렇지 않았던가요?"

마이클리스는 이 질문에 대답하지 않았다.

"여자란 어처구니없게도 모두 그렇거든. 마치 죽은 것처럼 전혀 기분을 내지 못하거나 아니면 남자가 다 끝날 때까지 기다렸다가 그제야 비로소 혼자 기분을 내기 시작한단 말이오. 그래서 그동안 남자는 죽어라 버티고 있어야 하고 말이오. 난 아직 나와 동시에 끝마친 여자를 한 번도 만나지 못했거든."

코니는 이 신기한 남성의 이야기를 건성으로 듣고 있었다. 그녀는 다만 자기에 대한 감정에, 도무지 이해할 수 없는 그의 잔인성에 어리둥절할 따름이었다. 자신이 정말 어리석게 생각되었다.

"하지만, 당신은 내가 만족하기를 바라잖아요?"

코니는 같은 말을 되풀이했다.

"좋소! 정말 바랐소. 그러나 여자가 끝내기를 기다리면서 버티는 것이 남자가 맡은 일이라면 난 손들었어!"

이것도 코니에게 결정적인 타격을 주었다. 그 말은 그녀의 마음속의 무엇인가를 죽여버리고 말았다. 사실 그때까지도 코니는 마이클리스에게 그다지 큰 관심을 갖지 않았다. 그가 시작하기 전까지만 해도 그를 적극적으로 원하지는 않았다. 자기편에서 자발적으로 원한 적은 한 번도 없었다. 그러나 일단 일을 시작하면 자기도 그와 더불어 자신의 절정에 이르는 것은 너무나 당연하다고 생각했다. 그녀는 그것 때문에 마이클리스를 사랑했고 그날 밤도 그를 사랑했으며 결혼할 생각까지 한 것이다.

마이클리스는 본능적으로 그것을 알아챘다. 그러기에 모든 연극을, 모래 위에 세워진 누각을 단번에 허물고 만 것이다. 그녀의 그에 대한, 아니 모든 남성에 대한 성적 감정은 그날 밤 송두리째 무너지고 말았다. 그녀의 인생은 마치 그가 존재하지도 않았던 것처럼 그에게서 완전히 떨어져 나갔다.

코니는 우울한 나날을 보냈다. 같은 지붕 밑에 있는 습관을 갖게 된 두 사람의 생활, 클리퍼드가 말한 완전히 결합된 생활, 오랫동안 함께 꾸미는 생활에 텅 빈 단조로움이 있을 뿐 아무것도 없었다.

공허! 인생의 커다란 공허를 감수한다는 것은 삶의 종말처럼 느껴졌다. 분주하고 중요한 많은 자질구레한 일들이 쌓이고 합쳐져 공허의 총체를 이루고 있는 것이다.

제6장

"어째서 요즘 남녀는 진심으로 서로를 좋아하지 않을까요?"

코니는 토미 듀크스에게 물었다. 그녀는 그가 하는 말에 다소 계시적(啓示的)인 것을 느끼고 있었던 것이다.

"왜요, 좋아하고 있죠! 인류가 생긴 이래 지금처럼 남녀가 서로 좋아하는 시대는 없었다고 생각하는데요. 정말로 좋아들 하고 있습니다! 내 경우만 하더라도……. 난 사실 남자보다 여자가 더 좋습니다. 여자가 더 용감하고, 좀 더 솔직하게 이야기할 수 있습니다."

코니는 이 말을 곰곰이 생각했다.

"그렇군요. 하지만 당신은 여자와 아무런 교섭도 없잖아요?"

코니가 물었다.

"제가요? 하지만 지금이야말로 나는 완전한 성실성을 갖고 여성에게 이야기하고 있지 않습니까?"

"네, 그래요. 이야기는 하고 있어요."

"만약 당신이 남자라면 나는 당신께 정말 성실하게 이야기하는 것 이상 무엇을 할 수 있겠습니까?"

"아마, 아무것도 못할 거예요. 하지만 여자는……."

"여자는 상대가 좋아해 주고 이야기해 주기를 바라죠. 그 밖에 사랑해 주고 자기를 요구하기를 바랍니다. 제 생각으론 이 두 가지는 서로 다른 일입니다."

"하지만 서로 달라선 안 된다고 생각해요!"

"확실히 물이 너무 젖어서는 안 되죠. 그건 너무 젖어 있습니다. 그런데 바로 그겁니다! 나는 여성을 좋아하고 이야기하기를 좋아합니다. 그렇다고 해서 그녀를 사랑하거나 요구하거나 하지는 않습니다. 내 경우 그 두 가지는 동시에 일어나지 않습니다."

"하지만 그것은 동시에 일어나야 할 일이라고 생각해요."

"좋습니다. 어떤 사실이 현재 있는 그대로가 아니라, 다른 무엇이어야 한다면 그것은 내가 생각하는 것 외의 일입니다."

코니는 이 말을 생각해 보았다.

"그것은 진정한 말이 아니에요. 남자들은 여자를 사랑함으로써 얘기를 걸 수 있어요. 얘기도 하지 않고서야 어떻게 친밀해지고 사랑할 수 있는지 모르겠어요. 어떻게 사랑할 수 있겠어요?"

"글쎄요, 난 모르겠습니다. 일반론은 말하고 싶지 않습니다. 다만 자신의 경우를 알고 있을 뿐입니다. 난 여자를 좋아합니다만, 그녀들을 요구하지는 않습니다. 나는 이야기하기를 좋아합니다. 얘기를 함으로써 어느 정도 그녀들과 친밀해질 수는 있지만 키스에 관한 한 난 전혀 거리가 멉니다. 바로 그렇습니다. 내 경우를 일반적인 예로 생각할 수는 없습니다. 아마도 특수한 경우겠죠. 여성을 좋아하긴 해도 사랑하진 않죠. 더욱이 사랑하고 있는 듯한 동작을 강요하거나 사랑을 가슴에 안고 있는 듯한 모양을 하게 하는 여자는 싫어하기까지 하는 그런 남자 중의 한 사람입니다."

"하지만 그것으로 슬프지 않나요?"

"왜 슬프겠습니까? 조금도 그렇지 않습니다. 난 찰리 메이 씨 외에도 다른 연애 사건을 가진 사람들을 봅니다만, 조금도 부럽지 않습니다. 만약 운명이 내가 바라는 여자를 보내준다면 그야 고마운 일이죠. 그러나 열중할 수 있는 여자가 어떤 사람인지 여태까지 한 번도 만난 일이 없습니다. 어째서일까요? 내가 차디찬 인간인 모양입니다. 그러면서도 어떤 종류의 여성은 참으로 '좋아' 하거든요."

"저를 좋아하세요?"

"매우 좋아합니다. 그러면서도 우리 사이엔 키스 같은 문제는 없잖습니까?"

"전혀 없지요! 하지만 있어선 안 되는 것일까요?"

"도대체 무엇 때문입니까? 나는 클리퍼드를 좋아합니다. 그러나 내가 그에게로 가서 키스한다면 당신은 뭐라고 하시겠습니까?"

"하지만 거기에 차이가 있는 것 아니겠어요?"

"그러나 우리에게 관한 한 어디에 그 차이가 있다는 겁니까? 우리는 모두 지식인입니다. 그러니까 남자니 여자니 하는 것은 정지되어 버린 겁니다. 정말 정지 상태에 있는 겁니다. 만약 지금 내가 대륙의 남성들처럼 성에 대한 연습이라도 한다면 어떻게 생각하겠습니까?"

"그건 곤란해요."

"그러니까 말씀드립니다만, 어쨌든 나는 내게 어울리는 여성은 절대로 만날 수 없을 겁니다. 그렇지만 그건 슬픈 일이 아닙니다. 나는 여성이 좋은 것만으로 괜찮으니까요. 나를 연애나 연애의 기교나 성적 유희를 하도록 몰아댈 사람이 어디 있습니까?"

"아니, 저는 아니에요. 하지만 그렇다면 무언가 잘못되어 있지 않을까요?"

"당신이 보기엔 그렇게 느낄지 모르지만 나는 그렇게 느끼지 않습니다."

"그래요. 남자와 여자와의 사이에 무언가 잘못되어 있는 것 같아요. 여자는 이젠 남자에게 아무런 매력의 대상이 못 돼요."

"여자가 보기에 남자는 어떻습니까?"

코니는 그 질문의 다른 면을 생각해 보았다.

"그다지……."

코니는 진지하게 말했다.

"그럼 그 문제는 내버려두고, 서로 훌륭한 인간답게 점잖게 깨끗하게 지내는 겁니다. 기교적인 성의 강요는 그만두는 겁니다. 난 그런 건 거절합니다."

코니는 그의 말이 정말로 옳다고 느꼈다. 그러나 그 말을 듣고 보니 쓸쓸하고 허전해졌다. 마치 쓸쓸한 연못에 떠 있는 나뭇조각과도 같은 생각이었다. 그녀에게, 또한 다른 누구에게 있어서 도대체 무엇이 제일 중요한 것이겠는가?

그녀 속에 있는 젊음이 반항하고 있었다. 이 사나이들은 늙어 빠져서 냉담하게 보였다. 그리고 마이클리스는 그녀에게 비참한 생각을 갖게 했다. 그는 쓸데없었다. 남자들은 여자를 요구하고 있지 않다. 진심으로 여자를 요구하고 있지 않다. 마이클리스도 그랬다.

그리고 여자를 사랑하는 체하면서 성의 유희를 시작하는 남자들은 더욱 나빴다.

참으로 우울한 심정이었다. 그러나 견뎌야 했다. 남자란 여자 편에서 볼 때 아무 매력도 갖고 있지 않다는 것은 사실이었다. 마이클리스의 경우가 그랬듯이 남자들의 사고방식 속에 기어들어가 버리는 것이 가장 좋은 일이었다. 그러나 그동안 내내 여자는 참고 있어야 할 뿐, 그 생활은 공허한 것이다. 세상 사람들이 왜 칵테일을 마시거나 녹초가 되도록 재즈며 찰스턴 춤을 추는가를 그녀는 이해할 수 있었다.

젊음은 어떻게 해서든지 발산시켜야 하는 것이다. 그렇지 않으면 젊음은 자신의 육체를 먹어버리고 만다. 그렇다고는 해도 이 젊음이 어쩌면 이다지도 치열한 것일까! 자신은 므두셀라[19]처럼 늙은 것 같

---

19) Methuselah. 〈구약성서〉와 〈창세기〉에 기록된 구약시대의 족장으로, 노아의 조부(組父)이면서 969살까지 살았다고 한다 – 옮긴이

이 느껴지는데 젊음은 어디선가에서 소리를 지르며 끓어올라 조금도 침착성을 주려고 하지 않는다. 어쩌면 이다지도 야비한 생활이란 말인가! 희망은 아무 데도 없다! 그녀는 차라리 믹과 도망쳐 한평생 칵테일이나 재즈로 지내는 편이 좋겠다고 생각할 정도였다. 그 편이 어물거리다가 무덤으로 들어가기보다 나을 것 같았다.

이런 우울에 잠긴 어느 날, 코니는 아무것도 깨닫지 못하고 자기가 어디에 있는지조차 알지 못한 상태로 생각에 잠겨 숲 속을 거닐고 있었다. 그다지 멀지 않은 곳에서 총소리가 나자 몹시 놀라웠고 한편으로는 화가 났다.

걸어가는 동안 코니는 사람의 목소리를 듣고 움찔했다. 사람이다! 그녀는 사람을 만나고 싶지 않았다. 그러나 그녀의 밝은 귀는 또 하나의 목소리를 듣고 걸음을 멈추었다. 어린아이가 훌쩍거리며 우는 소리였다. 그녀는 곧 알아차렸다. 누군가 어린아이를 학대하고 있는 것이다. 그녀는 축축한 길을 서둘러 걸어 내려갔다. 화가 치밀어 견딜 수가 없었다. 마구 소란이라도 피우고 싶은 심정이었다. 모퉁이를 돌자 맞은편 길가에 두 사람이 있는 것이 보였다. 그것은 산지기와 보랏빛 옷을 입고 무늬를 넣어서 짠 모자를 쓰고 울고 있는 계집아이였다.

"그치지 않을 테냐? 정말이지 성가시게 구는구나!"

그가 말했다. 그럴수록 계집아이는 더 소리 높여 흐느껴 울었다. 코니는 노여움을 불태우며 가까이 다가갔다. 그는 되돌아보고 그녀를 발견하자 냉담하게 인사했다. 그는 화가 나서 창백한 얼굴을 하고 있었다.

"어쩐 일인가요! 왜 이 아이는 울고 있죠?"

코니가 명령적이지만 약간 숨찬 목소리로 물었다. 조소와도 흡사한 미소가 그의 얼굴을 스쳐 지나갔다.

"글쎄요, 이 애한테 물어보십쇼."

그는 사투리로 무감각하게 대답했다.

코니는 마치 한 대 얻어맞은 듯한 기분으로 낯빛이 변했다. 그러나 그녀는 가까스로 힘을 되찾아 깊고 푸른 그의 눈을 보았다.

"당신에게 물었어요!"

코니는 헐떡이며 말했다. 그는 모자를 벗고 묘하게 약간 머리를 숙였다.

"그렇군요. 그러나 말씀드릴 순 없습니다."

그는 군인 같은 알 수 없는 표정을 지었다. 다만 괴로운 듯이 창백한 얼굴을 하고 있었다.

코니는 계집아이 쪽으로 돌아섰다. 아이는 아홉 살이나 열 살쯤 되어 보였고 혈색 좋은 얼굴에 검은 머리칼을 가진 소녀였다.

"왜 그러지? 자, 어째서 우는지 내게 말해 주렴!"

코니는 이런 경우에 흔히 어머니들이 하는 달콤한 목소리로 말했다. 그러자 아이는 생각이 난 듯 더욱 심하게 흐느껴 울었다.

코니는 한층 상냥하게 물었다.

"자, 울지 마라! 어떻게 된 건지 내게 말해 주렴!"

그 목소리는 정말 다정했다. 그러면서 코니는 자신의 털실로 짠 재킷의 호주머니를 뒤져 6펜스짜리 하나를 찾았다.

"자, 울지 마! 자, 이거 줄게!"

코니는 허리를 굽히면서 말했다. 아이는 흐느끼고 훌쩍거리며 눈물로 얼룩진 얼굴에서 손을 떼고, 검고 빈틈없는 눈으로 흘끗 6펜스짜리 동전을 쳐다보았다. 그러고 나서 다시 흐느껴 울었으나 차츰 가라앉았다.

"자, 왜 그런지 얘기해 보렴!"

코니는 어린아이의 조그만 손에 동전을 쥐어주었다. 아이는 그것을 꼭 쥐었다.

"저…… 저…… 고양이!"

울음을 그친 뒤의 흐느낌이 나왔다.

"고양이가 어쨌는데, 응?"

이내 아이는 6펜스를 움켜쥔 손으로 가시덤불 사이를 가리켰다.

"저기요!"

코니가 보니 그곳에는 피가 약간 묻은 커다란 검은 고양이가 무시무시하게 뻗어서 내팽개쳐 있었다.

"어머나!"

코니는 놀랐다.

"도둑고양이랍니다, 마님."

산지기가 빈정대듯이 말했다.

"아이가 우는 건 당연해요. 어린애 앞에서 쐈다면 당연하지 뭐예요?"

코니는 화난 듯이 그를 보며 말했다. 사내는 자신의 감정을 감추려 하지 않고 경멸하듯이 코니의 눈을 똑바로 보았다. 코니는 또다시 얼굴이 빨개졌다. 자신이 턱없는 소란을 피웠으며, 이 사나이가 자기를 존경하지 않는다는 것을 느꼈다.

"이름이 뭐지? 이름을 가르쳐주지 않으련?"

코니는 장난삼아 아이에게 물었다.

아이는 코를 훌쩍거렸다. 그런 다음 일부러 피리 같은 목소리를 내며 말했다.

"코니 멜러즈."

"코니 멜러즈라고! 참 좋은 이름이구나! 아빠하고 함께 왔는데 아빠가 이 고양이를 총으로 쏜 거지? 하지만 이건 나쁜 고양이야!"

아이는 그녀를 올려다보고, 살피는 듯한 검은 눈으로 그녀의 위로의 말을 되새기고 있었다.

"난 할머니하고 같이 있고 싶어요."

아이가 말했다.

"그래? 하지만 할머니라니, 어디 계시지?"

아이는 팔을 들어 길 건너편을 가리켰다.

"저쪽 집에."

"저기 저 집? 그럼 넌 할머니 집에 가고 싶니?"

그러자 갑자기 생각난 듯이 흐느낌의 발작으로 몸부림을 쳤다.

"네!"

"그럼, 데려다 줄까, 할머니 계신 데로? 아빠께서는 하실 일이 있으니까."

코니는 산지기 쪽을 보았다.

"당신 아이죠?"

그는 그렇다는 뜻으로 고개를 약간 끄덕여 보였다.

"아이를 집에 데려다 줄까요?"

코니가 물었다.

"마님 뜻대로 하세요."

대답한 그는 침착하고도 더듬는 듯한 시선으로 그녀의 눈을 바라보았다. 분명히 그는 완전히 고독한, 그러면서도 자신을 잃지 않는 사람이었다.

"그럼 나하고 함께 할머니한테로 갈까?"

아이는 또다시 가느다란 목소리를 냈다.

"네!"

코니는 빙긋이 웃었지만 이 소녀가 싫었다. 응석받이로 자란 버릇없는 아이였다. 그녀는 아이의 얼굴을 닦아주고 나서 손을 잡았다. 산지기는 잠자코 고개를 숙였다.

"안녕히!"

코니가 말했다.

그 집까지는 거의 1마일이나 되었다. 조그마한 그림 같은 집이 보이기 시작할 때까지 손위 코니는 손아래 코니에게 완전히 진력이 나

버렸다. 이 아이는 원숭이 새끼처럼 교활하기만 한 데다가 자부심을 갖고 있었다.

집 출입문은 열려 있었고 안쪽에서 소리가 들렸다. 코니가 걸음을 멈추자 아이는 그녀의 손을 놓고 집안으로 뛰어 들어갔다.

"할머니! 할머니!"

"오냐, 벌써 돌아왔구나!"

아이의 할머니는 난로에 흑연을 칠하고 있었다. 토요일 아침이었다. 그녀는 거친 베로 만든 앞치마를 걸치고 흑연 솔을 들고 코끝에 검정 칠을 묻힌 채 나왔다. 그녀는 조그마한 몸집의 무뚝뚝한 여자였다.

"저런!"

그녀는 코니가 집 앞에 서 있는 것을 보자 앞치마로 자기 얼굴을 닦았다.

"안녕하세요?"

코니가 인사를 건넸다.

"아이가 울기에 데리고 왔어요."

노파는 흘끗 소녀를 돌아보았다.

"아니, 아빠는 어디 있니?"

아이는 할머니 치맛자락에 매달려서 빙글빙글 웃었다.

"같이 있었죠."

코니가 말했다.

"하지만 그분이 도둑고양이를 쐈기 때문에 아이가 그만 놀랐지 뭐예요."

"폐를 끼쳐 드려 죄송합니다. 채틀리 마님! 친절을 베풀어주셔서 정말 고맙습니다. 정말로 귀찮게 해드렸군요, 이런 일로!"

이내 노파는 아이 쪽으로 돌아섰다.

"너 정말 채틀리 마님께 폐를 끼쳐 드렸구나! 이렇게 마님을 성가시게 해서 되겠니!"

"귀찮지는 않았어요. 산책 좀 하는 거라고 생각했으니까요."

코니가 웃으면서 말했다.

"뭐라고 고마운 인사를 드려야 할지! 울고 있었던 모양이군요! 틀림없이 무슨 일이 일어나리라고 생각했었습니다. 제 아들이 하는 일에 놀란 모양이군요. 그 앤 정말 이 아이에겐 전혀 남이나 마찬가지랍니다. 그래서 도무지 서로 정이 들지를 않는답니다. 그 앤 이상한 애랍니다."

코니는 뭐라고 해야 할지 알 수 없었다.

"할머니, 이것 보세요."

아이는 뱅글거리면서 말했다. 노파는 아이의 손바닥 위에 놓인 6펜스짜리를 내려다보았다.

"게다가 6펜스씩이나 주시다니, 마님 정말 고맙습니다. 채틀리 마님께서 네게 은혜를 베푸셨구나. 너는 참 행복한 애구나!"

노파는 그 지방 사람들이 모두 그렇듯 '채틀리'라고 발음했다.

"채틀리 마님께서 너를 귀여워해 주신 거란다!"

코니는 노파의 코끝에 있는 검정 얼룩을 보고 있으려니 우스워서 참을 수가 없었다. 노파는 다시 아무렇게나 손등으로 얼굴을 문질렀지만 얼룩은 지워지지 않았다.

코니는 떠나려 했다.

"정말로 채틀리 마님, 고맙습니다. 채틀리 마님께 '고맙습니다' 해야지!"

노파가 아이에게 말했다.

"고맙습니다."

"어머, 착한 애구나!"

코니는 웃으며 "안녕" 하고 돌아서면서도 그 자리를 떠나게 된 것에 적이 마음이 놓였다.

야위고도 거만한 사나이에게 저런 몸집 작은 날카로운 어머니가 있다니, 참으로 이상한 일이라고 그녀는 생각했다.

노파는 코니가 가자마자 부엌에 있는 조그만 거울 앞으로 달려가서 자기 얼굴을 보았다. 거울에 비친 얼굴을 보는 순간 그녀는 참을 수가 없어서 발을 동동 굴었다.

"하필 이런 누더기 앞치마를 걸치고 이렇게 더러운 얼굴을 하고 있을 때 올 게 뭐람. 참 보기 흉한 꼴을 보이고 말았군!"

코니는 라그비 저택 쪽으로 천천히 걸어서 되돌아왔다.

'나의 집.'

이 커다랗고 쓸쓸한 저택에 대해 그 말을 쓰기에는 어울리지 않았다. 한때 그 말이 꼭 들어맞았던 적도 있었다. 그러나 이제 그것은 아무 의미도 없는 말이었다. 코니는 자기 시대의 사람에게서 온갖 위대한 말이 의미를 잃고 만 느낌이 들었다. 연애, 기쁨, 행복, 가정, 어머니, 아버지, 남편, 이 모든 힘찬 낱말들이 지금은 반사(半死)의 상태에 있고 날로 사멸되어 가고 있다. 가정이란 살아 있는 장소를 말하며, 연애란 자기를 잃을 만큼 열중되지 않는 것이고, 기쁨이란 훌륭한 찰스턴 춤에 적용되는 단어이고, 행복이란 다른 사람 앞에서 허세를 부리는 위선적인 말이고, 아버지란 자기 자신의 존재만을 향락하는 인간을 말하는 것이고, 남편이란 함께 살면서 정신적으로 교제하는 인간을 말했다. 그리고 섹스라는 마지막 위대한 말은, 어느 한순간만 사람을 부추기고 그런 뒤에는 다시금 처참한 생각을 하게 하는 흥분을 위해 사용되는 칵테일 이름이었다. 닳아 없어진 것, 사람의 육체를 조직하고 있는 재료는 모두 싼 것뿐이어서 대번에 닳아 없어져서 무로 돌아가는 것뿐이었다.

정말 남아 있는 것은 완고한 금욕주의뿐이었다. 그리고 그 속에 어떤 쾌락이 있었다. 공허한 생활의 경험 속에 차례로 나타나는 국면이나 경우에서도 어떤 무서운 만족이 있었다. 그러니까 그게 곧 그것이다! 가정, 연애, 결혼, 마이클리스 등의 말들, 이것들이 언제나 결정적인 것이 된다. 그러니까 그게 곧 그것이다. 사람이 죽을 때가 되어서 마지막에 이 세상에서 하는 말도, 그러니까 '그게 곧 그것이다!'라는 것이다.

돈은? 돈에 대해서는 그렇게 말할 수 없을지 모른다. 누구나 끊임없이 돈을 갖고 싶어 한다. 돈, 성공, 그리고 토미 듀크스가 헨리 제임스 식으로 말했던 암캐신, 이 세 가지는 영원히 필요한 것이다. 마지막 1페니를 써버린 뒤에 "그게 그것인 걸." 하고 말할 수는 없다. 아니, 만약 그러고 나서 십 분이라도 더 산다면 반드시 뭣에 쓸 몇 펜스의 돈이 필요하게 되는 것이다. 일을 그저 기계적으로 해 나가기 위해서 돈도 필요하다. 그것을 손에 넣어야 한다. 돈만은 가지고 있어야 하는 것이다. 그 밖에는 정말로 아무것도 가질 필요가 없다. 그러니까 "그게 그것인 걸." 하고 말할 수 있다.

물론 사람이 산다는 것은 그 사람의 탓은 아니다. 그러나 살고 있는 한 돈은 필요하다. 그리고 절대로 필요한 것은 그것뿐이다. 위급한 경우 다른 것은 없어도 된다. 그러나 돈만은 그렇지 않다. 참으로 '그게 그것'인 것이다.

코니는 마이클리스에 대해 생각했다. 그리고 그와 함께였다면 쓸 수 있었을 돈에 대해 생각했다. 그러나 그것도 갖고 싶지 않았다. 그녀는 자기가 도와주며 클리퍼드에게 원고를 쓰게 해서 벌어들이는 얼마 되지 않는 돈이 오히려 좋았다. 그것은 정말로 그녀가 도와주어서 번 돈이었다.

"나는 클리퍼드와 둘이서 일년에 원고료 1,200파운드를 번다."

코니는 혼잣말을 했다. 돈을 만들라, 돈을! 무에서, 투명한 공기 속에서 그것을 짜내라! 그것은 인간으로서 자랑할 수 있는 마지막 공적(功績)이다! 그 이외의 것은 모두 쓸모없는 것이다. 그래서 그녀는 다시 힘을 합해 무에서 소설을 만들어내기 위해 집으로 돌아갔다. 소설은 즉 돈을 의미하고 있었던 것이다. 클리퍼드는 자신의 작품이 제 일류의 문학으로 생각되는가 아닌가 하는 것에 몹시 마음 쓰는 것 같았다. 그녀는 전혀 관심 없었다. "텅 비었어."라고 그녀의 아버지가 말했을 때 "작년에는 1,200파운드 벌었어요." 하고 그녀는 담백하게 대답했었다.

만약 그대가 젊다면 바싹 매달려서 한 발짝도 떨어지지 않도록 버티는 게 좋다. 머지않아 보이지 않는 데서 돈이 흘러나오게 된다. 그것은 힘의 문제이다. 그것은 또한 의지의 문제이다. 육체에서 나가는 아주 미묘하고 힘 있는 분비물이 돈, 즉 종이쪽지 위에 쓰인 단 한마디의 신비로운 공허한 것이 되어 자기에게로 되돌아오는 것이다. 그것은 일종의 마술, 틀림없는 승리인 것이다. 그것이 암캐신이다! 다행한 일로는 그녀 암캐신에게 몸을 팔고 있는 동안에도 그녀를 경멸할 수만은 있는 것이다.

클리퍼드에게는 말할 나위 없이 아직도 여러 가지 어린애다운 금기(禁忌)며 우상 숭배적인 집착이 있었다. 그는 자신이 '진정한 훌륭한 작가'라고 다른 사람들이 생각해 주기를 바랐다. 그것은 허세뿐의 무의식한 일이었다. 정말로 훌륭한 작가란 실제적으로 인기를 얻고 있는 것이어야 한다. 진정한 작가라 해도 다만 그 '훌륭하다'는 평판만으로는 아무런 소용이 없다. 세상의 이른 바 훌륭한 작가라는 대부분의 사람은 버스를 놓친 사람과 같다. 결국 인간은 한 번밖엔 살지 못하는 것이므로 만약 버스를 놓쳤다면 다른 실패자들과 함께 보도 위에 서 있을 수밖에 없지 않은가?

코니는 이번 겨울을 클리퍼드와 런던에서 지내리라 마음먹고 있었다. 그와 그녀는 실제로 그 버스에 올라탄 것이니까 잠깐이라도 그 맨 윗자리에 앉아서 자랑을 해도 좋지 않겠는가?

그러나 불행하게도 클리퍼드는 멍청한 방심 상태에 빠지는가 하면 허탈과도 흡사한 발작에 사로잡히기 시작했다. 그의 영혼이 받은 상처가 밖으로 나온 것이다. 코니는 그것을 보자 소리를 지르고 싶어졌다. 아아, 신이여, 만약 의식의 기구(機構) 그 자체가 잘못된다면 어떡하면 좋단 말인가? 이미 할 수 있는 일은 다 한 것이다. 인간은 완전히 붕괴되게끔 만들어져 있는 것일까?

코니는 이따금 소리 없이 한없이 울었다. 그러나 울고 있는 동안에도 그녀는 자기에게 타일렀다.

'바보구나. 이렇게 눈물로 손수건을 적신다고 해서 무엇이 어떻게 된다는 건가! 운다면 어떻게든 되는 것처럼!'

마이클리스와의 사건 이래로 그녀는 아무것도 바라지 않으리라고 결심했다. 다른 방법으로 해결할 수 없는 일이라도 그렇게 하면 극히 간단하게 결말지어지는 것처럼 생각되었다. 그녀는 자기가 갖고 있는 것 이외에 아무것도 욕심 부리지 않았다. 다만 자기가 갖고 있는 것만으로 앞으로 나가려고 했다. 그것은 클리퍼드, 소설, 라그비 저택, 채털리 부인이라는 지위, 그리고 금전과 명성 등이었다.

코니는 그것들을 가지고 앞으로 나아가려 했다. 연애니 섹스니 하는 종류의 것은 얼음사탕과 같은 것에 지나지 않는다. 깨끗이 핥아 먹고 잊어버리는 것이 상책이다. 자기의 마음속에 머물러 있게 하지만 않는다면 그것은 아무것도 아니다. 특히 섹스 따위는 아무것도 아니다! 그것에 대한 마음만 정해지면 이미 해결한 것이나 마찬가지다. 섹스나 칵테일, 이 두 가지에 대해서는 꽤 오랫동안 구애를 받아왔지만 그 효과는 같은 것이어서 결국 같은 높이에 달할 뿐이다.

그러나 어린아이, 갓난아이! 이것은 역시 가슴 뛰는 감동이다. 아주 신중히 그녀는 그 실험을 해보고 싶었다. 그러나 문제는 상대되는 남자다. '이 사람이라면' 하고 생각되는 남성은 이상하게도 전혀 발견되지 않았다.

'믹의 아이는? 아아, 싫어! 차라리 토끼의 아이를 낳는 편이 낫겠다.'

'그럼 토미 듀크스는? 그 사람이라면 훌륭한 상대이다. 그러나 어린애라든가 다음 세대니 하는 것과 그 사람을 결부시킬 수는 없다. 그는 자기 자신으로 끝나 있다.'

꽤나 광범위한 클리퍼드의 아는 사람 가운데서 그녀가 그 사나이의 아이를 낳는다고 생각해 볼 때 경멸감을 일으키지 않는 남자는 단 한 사람도 없었다. 애인으로서 훌륭한 사람은 몇 사람 있었다. 듀크스 역시 그러했다. 그러나 아이를 갖는 상대로선 그야말로 굴욕과 공포밖에 느껴지지 않았다.

그러니까 '그게 그것' 이었다.

그러나 여전히 코니는 마음속 깊이 어린애를 생각하고 있었다.

'기다려라! 기다려라! 무수한 사나이를 내 자신의 체에 쳐보기로 하자. 그러면 한 사람쯤 발견될 수도 있을 것이다. 그대 예루살렘의 거리거리로 가서 그 사람을 찾으라.'

남성들은 수없이 많지만 예언자가 말하는 사나이를 예루살렘에서 발견할 수는 없었다. 그러나 그저 평범한 남자라면? 그것은 이야기가 다르다.

코니는 그 상대가 틀림없이 외국사람일 거라는 생각이 들었다. 영국 사람도 아니고 더구나 아일랜드 사람도 아니다. 정말 진짜 외국사람이다.

'그러나 기다려 보자! 기다려라! 이번 겨울에는 클리퍼드를 런던으로 데리고 가자. 내년 겨울에는 남 프랑스나 이탈리아로 데리고 가자. 기다리자!'

코니는 그 일에 대해서는 조금도 서두르지 않았다. 그것은 그녀의 개인 문제였다. 특히 자기 나름대로의 여자다운 사고방식으로 마음속에서 진지하게 생각했던 것이다. 우연한 기회에 만나게 되는, 그러한 줄타기만은 절대로 하지 않으리라. 그저 단순한 연인이라면 언제라도 만들 수 있다. 그러나 그 역할을 해낼 사람은…….

'기다리자, 기다리자! 이것은 전혀 다른 문제다. 그대 예루살렘 거리거리로……'

그것은 연애 문제가 아니라 상대가 될 남성의 문제였다. 그러니까 개인적으로는 그가 좋아질 수 없는 사나이일지도 모른다. 그러나 그가 상대자라면 개인적인 혐오감인들 다 무엇이겠는가? 이것은 자기의 전혀 다른 면에 관한 일이다.

여전히 비가 내리고 있다. 길이 너무 질어서 클리퍼드의 휠체어는 다니지 못했다. 그러나 코니가 밖으로 나가는 데는 아무런 지장이 없었다. 지금 그녀는 매일 나가 다녔다. 대부분 정말 혼자 숲 속에서 지냈다. 그곳에서는 아무도 만나지 않았다.

그러나 그날 코니는 산지기에게 말을 전해야 했다. 심부름하는 소년이 마침 감기에 걸렸던 것이다. 라그비 저택에서는 항상 누군가가 감기에 걸려 있었다. 그래서 코니가 산지기의 집에 가겠다고 했던 것이다.

온 세계가 서서히 죽어 가고 있기라도 한 양 공기는 쥐죽은 듯 고요했다. 잿빛의 뿌연 습기 속에 아무런 소리도 나지 않는 날이었다. 탄광의 기계 소리마저 들리지 않았다. 탄광은 작업을 단축하여 오늘 하루 종일 쉬었다. 그것은 모든 것의 종말과도 같았다!

숲 속에서는 모든 것이 꼼짝도 하지 않았다. 다만 이따금 공허한 작은 소리를 내면서 벌거벗은 나뭇가지에서 커다란 물방울이 떨어질 뿐이었다. 그 밖에는 고목 사이에 깊게 겹쳐진 잿빛의 무기력한 정지(靜止)와 적막, 그리고 허무가 있었다.

코니는 소리 없이 걸었다. 옛 숲 속에서는 옛 그대로의 우수가 느껴졌다. 그것은 외계의 거친 무감각보다 훨씬 그녀의 마음을 가라앉혀 주었다. 그녀는 이 살아남은 숲이 주는 '내면성'이, 고목의 말없는 침묵이 좋았다. 그 나무들은 침묵의 힘 그 자체이고, 더욱이 정력에 넘친 존재 같았다. 그들도 또한 기다리고 있는 것이다. 집요하게,

그리고 금욕적으로 기다리면서 침묵의 권위를 나타내고 있었다. 아마도 그들이 기다리고 있는 것은 그 종말뿐이리라, 베어지고 헤쳐지는 온갖 것의 종말인 숲의 최후를. 더욱이 그들의 강한 귀족적인 침묵은 무언가 다른 것을 의미하고 있었다.

숲의 북쪽으로 가자 산지기의 집이 보였다. 아담한 굴뚝이 달렸지만 꽤 어두운 갈색의 돌집은 인기척이 전혀 없는 듯했다. 쥐죽은 듯 고요했다. 그러나 가는 연기가 굴뚝에서 솟아오르고 있었고, 집 앞 울타리에 둘러싸인 조그마한 정원은 삽질을 하여 깨끗이 손질되어 있었다. 문은 닫혀 있었다.

여기까지 오자 묘하게 사물을 꿰뚫어보는 듯한 산지기의 눈이 떠오르자 코니는 약간 기가 죽었다. 그에게 명령을 전한다는 것이 싫어진 그녀는 되돌아갈까 하고 생각했다. 이내 가만히 문을 두드려 보았으나 아무도 나오지 않았다. 그다지 세게는 아니었지만 그녀는 다시 한 번 두드려 보았다. 그래도 아무 대꾸가 없었다. 창문으로 들여다보았으나 마치 타인의 침입을 거절하는 듯한 기분 나쁘고 고즈넉하며 어둡고 조그만 방이 보일 뿐이었다.

코니는 우뚝 선 채 귀를 기울였다. 집 뒤꼍에서 소리가 들린 것 같았다. 문 두드린 소리가 저편에 들리지 않은 데에 용기가 솟았다. 망설일 일이 없다고 생각했다. 그녀는 집 옆으로 돌아갔다. 뒤꼍의 땅은 비탈져 있어 뒤뜰은 움푹 패었고, 낮은 돌담으로 둘러싸여 있었다. 그녀는 집 모퉁이를 돌아서 걸음을 멈추었다. 그곳에서 불과 두어 걸음 되는 저쪽에서 남자는 아무것도 모르고 몸을 씻고 있었다. 그는 엉덩이까지 드러내고, 벨벳 바지는 가냘픈 허리에서 미끄러져 나가 떨어져 있었다. 그는 등을 구부리고 거품이 이는 대야물 속에 머리를 담그고 기묘할 정도로 재빠르게 흔들어대고 있었다. 그리고 미끈한 흰 팔로 비눗물을 양쪽 귓가에서 닦아냈다. 그것은 족제비가 물장난을 하듯 재빠르고 뛰어난 솜씨였고, 그러면서도 몹시 고독해 보였다.

코니는 집 모퉁이에서 물러나 숲 쪽으로 도망쳤다. 자기도 모르게 충격을 받았던 것이다. 그러나 결국 한 사나이가 몸을 씻고 있었을 뿐이다. 극히 평범한 일이 아니겠는가? 그런데도 그 광경은 그녀의 눈에 묘하게 새겨져 오래도록 사라지지 않았다. 그녀는 몸의 한가운데를 꿰뚫린 듯한 기분이었다. 누추한 바지가 흘러내려 순수하고 가냘픈 흰 엉덩이가 그 뼈가 튀어나온 데까지 조금 보이고 있었다. 그리고 그의 고독감이, 완전히 고독한 인간이라는 느낌이 그녀를 압도해 버렸다. 정신적으로 완전히 고독하게 살고 있는 인간의 완전하고 하얀 외로운 육체, 게다가 순결한 인간이 갖는 순결한 저 아름다움, 그것은 미(美)의 재료도 미의 실체도 아닌 하나의 영롱한 광채, 손으로 만질 수 있는 윤곽 속에 표현된 한 생명의 따뜻하고 하얀 불꽃, 하나의 육체인 것이다!

코니는 눈으로 들어온 그 충격을 자궁 속에서 받았다. 스스로 그것을 알았다. 그것은 육체의 내부에 남겨졌다. 그러나 정신적으로는 그것을 우스꽝스러운 것으로 생각하려 했다. 뒤뜰에서 몸을 씻고 있는 사나이! 역한 냄새가 나는 누런 비누를 쓸 게 뻔하다!

코니는 조금 초조해졌다. 어째서 이런 속된 남의 비밀스러운 일로 허둥거려야 한단 말인가! 그녀는 자기 자신으로부터 도망치듯 나갔다. 그러나 조금 뒤에 그녀는 잘라낸 나무 그루터기에 걸터앉았다. 혼란되어 생각을 가다듬을 수가 없었다. 그러나 혼란된 가운데서도 그녀는 그에게 말을 전달해야겠다고 결심했다. 도중에서 그만둘 수는 없는 것이다. 그가 옷을 갈아입고 밖으로 나가기 전에 가야만 했다. 아마 어딘가로 갈 차비를 하던 참이었을 것이다.

코니는 귀를 기울이면서 천천히 되돌아갔다. 가까이 다가가니 오두막집은 아까 그대로였다. 개가 짖었다. 그녀는 문을 두드렸다. 그녀는 자신도 모르게 가슴이 두근거리기 시작했다.

2층에서 내려오는 가벼운 발소리를 들었다. 그가 갑자기 문을 열었기 때문에 그녀는 깜짝 놀랐다. 그는 불안스러운 표정을 지었으나 곧 웃음을 띠었다.

"채털리 부인이시군요! 들어오시지요."

그의 태도는 어떤 구애됨도 없이 점잖았다. 코니는 자기도 모르게 몹시 쓸쓸해 보이는 조그만 방으로 들어갔다.

"클리퍼드 경의 전갈을 갖고 왔어요."

코니는 조용하게 가쁜 듯한 목소리로 말했다. 그가 꿰뚫어보는 듯한 파란 눈으로 쳐다보자 그녀는 얼굴을 약간 돌렸다. 그는 그녀의 부끄럼 타는 모습이 귀엽고 심지어 아름답다고까지 생각했다. 그녀가 서 있는 것을 보고 그는 먼저 말을 꺼냈다. 문은 열린 채였다.

"앉으시지요."

"아뇨, 괜찮아요! 클리퍼드 경이 당신에게……."

코니는 자신도 모르게 다시 그의 눈을 들여다보면서 말을 전했다. 오늘 그의 눈은 따뜻하고 친절하게 보였다. 특히 여성에게는 놀라울 만큼 따뜻하고 친절하고 너그러워 보였다.

"알았습니다, 마님. 곧 그렇게 하겠습니다."

명령을 받은 그의 행동이 변해서 딱딱함과 거리감으로 얼어붙은 듯했다.

코니는 망설였다. 나가야만 했다. 그러나 그녀는 무언가 놀라움 같은 느낌으로 다소 쓸쓸하지만 청결하게 손질된 작은 거실을 둘러보았다.

"여기 혼자서 사시나요?"

"네, 혼잡니다, 마님."

"그런데 어머님은?"

"마을의 집에 계십니다."

"어린애하고요?"

코니가 물었다.

"네, 아이하고 함께."

약간은 피로한 듯한 그의 수수한 얼굴에 의미를 잡아내기 어려운 냉소가 떠올랐다. 그의 얼굴은 줄곧 짐작할 수 없게 변했다.

"그렇습니다만……."

코니가 뭐라고 해야 좋을지 몰라 하는 것을 보고 그는 말했다.

"어머님이 토요일마다 청소를 해주러 오십니다. 그 외의 일은 제가 합니다."

코니는 다시 그를 바라보았다. 그의 눈은 약간 장난기가 섞여 있었지만 그래도 미소를 띠고 있었다. 따뜻하고 파란 빛이 감돌아 어딘지 모르게 친절한 느낌을 주었다.

'대관절 어떤 사람일까?'

코니는 생각했다. 그는 바지에 플란넬 셔츠와 회색 넥타이를 매고 있었다. 머리는 축축하여 부드러웠으며 얼굴은 창백했고 피로한 듯한 표정이었다. 웃음이 사라졌을 때의 그의 눈은, 비록 한때 큰 고통을 겪었으나 그래도 따뜻함을 잃지 않고 있는 모습이었다. 그럴 때 그에게 있어서 그녀는 거기에 없는 것이나 다름이 없었다.

코니는 왠지 여러 가지 말을 하고 싶었으나 아무 말도 할 수가 없었다. 그녀는 단지 그를 쳐다보며 다시 한 번 말했다.

"방해가 되지 않았을까요?"

그는 비웃는 듯 가볍게 미소 지으며 눈을 가늘게 떴다.

"아니, 머리를 빗던 참이었습니다. 윗도리를 입지 못해서 실례했습니다. 그러나 누가 왔는지 몰랐습니다. 그동안 이렇게 문을 두드리는 사람이라곤 없어서 혹시 무슨 일이 나지 않았나 싶어 불안했습니다."

그는 마당으로 앞장서 내려가 나무로 된 문을 밀었다. 모양 사나운 벨벳 웃옷을 벗고 셔츠만 입은 걸 보니 그가 매우 늘씬하고 여윈 데다 약간 몸이 굽은 것을 알았다. 그러나 그의 곁을 지날 때 금발 머리와 날카로운 눈에는 젊고 발랄한 것이 있었다. 그는 서른일곱에서 여덟로 보였다.

코니는 그가 뒤에서 바라보고 있다는 것을 느끼면서 숲 속으로 걸어갔다. 하지만 그녀는 침착성을 잃고 있었다.

'좋은 여자야. 정말 좋은 여자야! 게다가 그 여자는 자기가 그렇게 좋다는 것을 모르고 있어.'

멜러즈는 집안으로 들어가면서 생각했다.

코니는 '그가 어떤 사나일까?' 하고 생각했다. 그는 조금도 산지기답지 않았다. 또한 노동자 같아 보이지도 않았다. 다만 이 지방 사람과 공통된 점을 지니고 있었으나 한편 매우 다른 데가 있었다.

"산지기 멜러즈는 이상한 사람이더군요. 어쩐지 신사 같잖아요?"

코니는 클리퍼드에게 말했다.

"그런가? 난 모르겠는데……."

"하지만 좀 별난 사람 아니에요?"

코니는 주장했다.

"매우 좋은 사나이라고 생각하지만, 난 그 자에 대해 아무것도 몰라. 작년에 군대에서 제대했지. 그러니까 아직 일년이 못 됐어. 그때까지는 아마 인도에 있었을 거야. 인도에서 뭔가 재주를 배운 모양이더군. 장교의 연락병인가를 하다가 승진한 모양이야. 그렇지만 그건 아무 소용도 없어. 제대하면 다시 옛날의 지위로 떨어지고 마니까."

코니는 유심히 클리퍼드를 바라보며 생각에 잠겼다. 하층계급에서 올라오는 인간들에 대해 그는 외고집스러운 반감을 품고 있었다. 그것은 그의 계급이 갖는 종족적(種族的)인 특징이었다.

"하지만 그 사람에게는 뭔가 색다른 데가 있다고 생각하지 않으세요?"

코니가 물었다.

"솔직히 말해서 없다고 생각하오. 내게는 생각나는 게 하나도 없소."

클리퍼드는 뭔가 불안한 듯 의심스러운 표정으로 그녀를 바라보았다. 코니는 그가 진실을 말하지 않는 것처럼 생각되었다. 그는 자기 자신에게도 진실을 말하지 않는다. 분명 그렇다. 그는 특별한 인간이라는 말을 정말로 싫어했다. 인간이란 아무튼 그 자신과 같은 정도이든가, 그 이하가 아니면 안 되는 것이었다.

코니는 다시 한 번 자신과 같은 시대에 사는 남성들의 옹졸함과 인색함을 깊게 느꼈다. 어떤 인간이든 모두 겁을 내면서 여유 없이 틀에 박혀 살아가고 있는 것이다.

제7장

침실로 들어간 코니는 오랫동안 하지 않던 짓을 해보았다. 그녀는 옷을 다 벗고 큰 거울 앞에 섰다. 무엇을 찾으려고 하는지, 무엇을 보려고 하는지는 자신도 몰랐다. 그녀는 몸 전체가 잘 보이도록 램프의 위치를 바꾸어 놓았다. 그런 다음 예전에도 종종 생각했던 것을 다시 생각했다. 인간의 육체는 벌거벗고 보면 얼마나 가냘프고 약하며 상처 나기 쉽고 애처로운 것인가! 그것은 어쩐지 미완성의 불완전한 것으로 보였다.

예전의 그녀는 몸매가 좋다는 말을 들었으나 지금은 유행에 뒤떨어진 몸매가 되고 말았다. 너무 여성적이어서 사내아이와 같은 느낌이 모자랐다. 그녀의 키는 큰 편은 아니었고, 약간 스코틀랜드 사람답게 작은 편이고 통통했다. 그러나 아름답다고 해도 좋을 정도로 완만하게 처진 어깨의 우아한 자태를 지니고 있었다. 살갗은 약간 노르스름하고 팔다리에는 일종의 조용함이 깃들어 있었다.

그녀의 육체는 좀 더 탐스럽고 풍부한 것이어야 했다. 그러나 지금 보니 무언가 모자라는 데가 있었다. 단단하고 완만한 곡선은 성숙하다기보다는 여위어서 약간 거칠어져 있었다. 햇볕이나 열을 충분히 받지 못한 것처럼 윤기가 없고 거칠었다. 참다운 여자다움을 잃어버린, 그렇다고 해서 소년다운 늘씬한 투명한 몸매도 되어 있지 않았다. 그뿐 아니라 광택을 잃은 느낌이었다.

유방은 작은 편이고 배[梨] 모양으로 늘어져 있었지만 완전히 무르익지 않아 떨떠름한 맛이 날 것 같아서 그곳에 붙어 있을 아무런 의미도 지니지 있지 않았다. 예전에 그녀를 진심으로 사랑해 주었던 그 독일 청년과 연애하던 무렵의 신선하고 동그스름하며 윤기 있는 빛을 잃고 있었다. 그 무렵에 그것은 젊고 팽팽하게 무언가를 기다리는 듯 참다운 모양을 지니고 있었다. 그런데 지금은 축 처지고 편편하고 여위어서 힘없는 것이 되었다. 또한 싱싱하고 여자답게 토실토실해서 빛나는 것 같았던 넓적다리는 다소 살이 빠져 가늘고 약하게 보였다.

그녀의 육체는 이처럼 무의미한 것이 되어버렸고, 생기 없고 윤기 잃은 보잘것없는 물체로 되어버린 것이다. 일순 그녀는 한없이 우울해졌다. 절망을 느꼈다. 무슨 희망이 있겠는가? 그녀는 불과 스물일곱 살에 육체의 아름다움과 광택을 잃고 늙어버리고 만 것이다. 그것은 육체를 무시하고 거부했기 때문이다. 그렇다, 거부했기 때문이다. 유행을 따르는 부인들의 육체는 외부로부터의 주의를 받음으로써 섬세한 사기그릇처럼 반들반들하게 닦여진다. 그 사기그릇 속은 텅 비어 있다. 그러나 그녀는 그 정도의 빛도 없었다. 정신생활! 갑자기 그녀는 이 정신생활이라는 것에 미칠 듯한 증오를 느꼈다. 기만(欺滿)이다!

그녀는 뒤에 있는 다른 거울에 비친 허리와 엉덩이를 보았다. 여위기는 했어도 보기 싫게 생각되지는 않았다. 뒤돌아볼 때 허리께의 피부에 생긴 구김살이 약간 쓸쓸해 보였다. 예전에는 훌륭한 모양이었으나 옆구리에서 엉덩이에 걸친 완만한 곡선은 광택과 풍만함을 잃고 있었다. 없어졌다! 그것을 사랑한 것은 독일 청년뿐이었다. 그가 죽은 지 벌써 십 년이나 된다. 세월은 흘러간다. 십 년이 지났다.

그녀는 아직 스물일곱. 신선하고 어설픈 욕망을 보이던 건강에 넘친 그 청년. 그 욕망을 그녀는 몹시 싫어했지만 지금은 어디에서 그런 것을 발견할 수 있겠는가? 그것은 사나이들 가운데 없는 것이다. 그들은 마이클리스와 같은 성급한 2초 동안의 기쁨을 지니고 있을 뿐이다. 그러므로 피를 뜨겁게 해주고 모든 존재를 신선하게 해주는 건강한 인간다운 욕망은 없는 것이다.

그녀는 자기 육체의 가장 아름다운 곳이 잔등의 오목한 곳으로부터 완만하게 내려간 옆구리를 지나 조용하게 동그스름한 엉덩이에 이르는 부분이라고 생각했다. 그것은 아라비아 사람들이 말하는 모래 언덕처럼 긴 비탈을 이루고 부드럽게 밑으로 뻗어 있었다. 거기에 아직 생명이 무언가를 갈망하며 감돌고 있었다. 그러나 그 부분에서도 그녀는 여위어서 성숙하지 못하고 시들어 가는 듯이 보였다.

게다가 육체의 앞부분은 그녀를 슬프게 했다. 그것은 이미 여위어서 늘어지기 시작하고 있었다. 그곳은 여태까지 생활다운 생활을 했던 일이 없는데도 벌써 늙어서 시들어 가고 있다. 그녀는 어떻게 해서든지 낳으려고 하는 아이를 생각했다. 과연 이 몸으로 낳을 수 있을까?

그녀는 잠옷을 입고 침대에 들어가 쓰디쓴 눈물을 흘렸다. 그 쓰라림 속에서 그녀는 클리퍼드와 그의 저작(著作)과 그의 대화에 대해 차디찬 분노가 치밀어 오르는 것을 느꼈다. 그것은 또한 여자에게서 육체의 힘마저 빼앗아 가려는 그와 똑같은 모든 다른 남성에게 대한 분노였다. 부정(不正)이다! 부정! 깊은 육체의 밑바닥에서 나오는 부정에 대한 부르짖음은 그녀의 영혼을 불태웠다.

그러나 아침이 되면 언제나 마찬가지였다. 7시에는 잠이 깨어서 클리퍼드에게로 내려갔다. 온갖 사사로운 일로 그녀는 그의 시중을 들어주어야 한다. 소년 시절부터 그를 잘 아는 가정부의 남편이 힘든 일은 대신 도와주곤 했다. 그러나 그의 주변의 일은 코니가 스스로 시중들기로 작정했다. 그것은 의무이기도 했지만 그녀 스스로 될 수 있는 대로 해주려 생각했던 것이다.

그 때문에 그녀는 거의 라그비 저택 밖을 나간 일이 없었다. 때로는 집을 비운다고 해도 하루나 기껏해야 이틀 정도였다. 그동안에는 가정부인 베츠 부인이 그의 시중을 들었다. 그는 습관이 되어 감에 따라 그런 시중을 모두 당연한 것으로 받아들였다. 그럴 수밖에 없었다.

그러나 마음속에서 부정한 대우를 받고, 속고 있다는 느낌이 코니의 마음을 불태우기 시작했다. 부당한 취급을 받고 있다는 육체에서 솟는 느낌은 일단 눈뜨기만 하면 위험한 것이다. 그것은 출구를 요구하는 것이다. 그렇지 않으면 그것을 안고 있는 인간을 잡아먹는다. 불쌍한 클리퍼드, 그를 나무랄 수는 없다. 그는 훨씬 더 불행한 것이다. 그것은 모두 커다란 파국(破局)의 일부분인 것이다.

그러나 그에게 어떤 의미로는 비난할 점이 없을까? 따뜻함의 결핍, 단순하고 따뜻한 육체적 접촉의 결핍이라는 점에서 그에겐 죄가 없을까? 그에게는 조금도 따뜻한 데가 없다. 친절이라는 것조차도 없었다. 다만 가문이 좋고 냉정할 만큼 사려 깊고 면밀한 데가 있을 뿐이다. 코니의 아버지가 보여준 만큼의 따뜻함도 없고, 남자가 여자에게 품은 따뜻한 마음도 그는 절대로 지니지 않았다. 그녀의 아버지가 보여준 따스함은 남자로서 할 수 있는, 또한 이제부터 하려고 하는 남성의 남은 일부분의 힘이었으나 그렇더라도 한 여자를 위로하기엔 족한 것이었다.

그러나 클리퍼드는 그와는 달랐다. 그의 친척들은 모두 그러했다. 내면적으로 쌀쌀하고 고립되어 있으며 따뜻한 온정이니 하는 건 악취미라고 생각하고 있었다. 그녀는 그 따뜻함 없이 살아가며 자신을 지켜 나가야 했다. 자기와 같은 계급의 사람들이나 그의 가족이라면 그런 것 없이도 잘해 나갈 수 있으리라. 그런 경우 자신을 냉연하게 높이 받들고 자신을 잃지 않고 그것들을 즐길 수도 있다. 그러나 다른 계급의 사람, 다른 가족에게 있어서 그것은 통용되지 않는 일이었다. 자기를 지키면서 자기가 지배 계급에 속하고 있다고 생각하는 것은 아무런 의미도 없다. 귀족이 당당한 풍채를 지녔다 해도 자기의 것으로 적극적으로 파악할 것이 아무것도 없고, 그들의 지배력이 사실은 지배력이 아니라 일종의 희극에 지나지 않을 때 그것이 무슨 의미가 있겠는가? 무슨 의미가 있겠는가 말이다. 아무 재미도 없는 난센스에 지나지 않는다.

코니의 마음속에는 일종의 반발이 꿈틀거리고 있었다. 대체 무슨 소용이 있겠는가? 그녀가 치르는 희생, 클리퍼드에게 일생을 바친다는 것이 무슨 소용이 있겠는가? 결국 무엇을 위해 애를 쓰고 있는 것인가? 그것도 따뜻한 인간미가 조금도 없는, 비천하게 태어난 유태인처럼 썩어 빠진 성공이라는 암캐신에게 몸을 파는 데만 초조한 차디찬 허영의 정신이 아니겠는가? 자기가 지배 계급에 속해 있다는 냉정하고도 의기양양한 확신을 안고 있음에도 클리퍼드는 암캐신을 좇다가 숨이 가빠오면 혓바닥을 축 늘어뜨리고, 그러고도 부끄러움을 느끼지 않는 것이었다. 그 점에 있어서는 마이클리스가 더 훨씬 당당하게 해치우고, 훨씬 큰 성공을 거두고 있다. 사실이지 클리퍼드를 자세히 관찰해 본다면 그는 어릿광대였다. 그리고 비천한 사람보다도 어릿광대가 훨씬 굴욕적인 존재다.

두 사나이 중에서 마이클리스가 클리퍼드보다 훨씬 더 그녀를 필요로 하고 있었다. 다리가 자유롭지 못한 사람의 시중을 드는 데는 훌륭한 간호사로 족하다. 또한 영웅적인 노력에 대해서 말하면, 마이클리스는 영웅적인 쥐와도 같고 클리퍼드는 자랑스러움을 다투는 복슬강아지라고 할 수 있었다.

그 무렵, 라그비 저택에 몇 사람의 손님들이 머물고 있었다. 그중에는 클리퍼드의 백모인 베널리 부인 에바가 있었다. 그녀는 예순 살가량의 여위고 코가 빨간 미망인으로 귀부인다운 풍모가 있었다. 그녀는 훌륭한 가문의 출신이고 거기에 어울리는 품격을 갖추고 있었다.

코니는 이 부인을 좋아했다. 그 부인은 매우 단순했으며 솔직했다. 무엇이나 남에게 들려주고, 보기에도 친절했다. 그녀는 자신을 잃지 않았으며 남을 얕보기도 하는 구식 여자였지만 결코 난 체하는 여자는 아니었다. 그렇게 되기에는 너무나 자기 의식이 강했다. 그녀는 냉정하게 자기를 지키고 또한 다른 사람에겐 자기를 존경하게 하는 사회적인 유희를 완전무결하게 해치우고 있었다.

그녀는 코니에게 매우 부드럽게 대했다. 자신이 태어날 때부터 지니고 있는 송곳과 같이 날카로운 훌륭한 관찰력으로 코니의 여성적인 영혼 속에까지 파고들려 했다.

"너는 참 훌륭한 여자라고 생각돼."

그녀는 코니에게 말했다.

"네가 클리퍼드에게 기적을 낳게 한 거다. 내가 보기에 그에게 특히 이렇다 할 재능이 있을 것 같지도 않았어. 그런데 저렇게 훌륭해졌으니 말이다."

에바 백모는 클리퍼드의 성공을 진심으로 만족해 하며 자랑하고 있었다. 이로써 가족의 자랑거리가 한 가지 더 느는 셈이었다. 그녀는 클리퍼드의 작품이 어떻건 상관없었다. 그런 게 무슨 필요가 있겠는가?

"어머, 하지만 제가 한 일이 아닌 걸요."

코니가 말했다.

"아니다, 네가 한 거야. 다른 아무도 한 일이 아니다. 그런데도 너는 아무런 보상도 받지 못한 것 같구나."

"왜요?"

"이런 데 틀어박혀서 사니 말이야. 나는 클리퍼드에게 말해 주었다. 그러다가 저애가 배반이라도 하게 되면 너는 그제야 비로소 고마움을 알 거라고 말이다."

"하지만 그이는 저를 조금도 속박하지 않아요."

코니가 말했다.

"들어 보렴, 얘야."

베널리 부인은 코니의 팔에 자신의 여윈 팔을 올려놓았다.

"여자란 자기 생활을 하든가 또는 그것을 하지 않은 것을 후회하며 생활하든가 둘 중의 하나란다. 내가 한 말을 기억해 둬라!"

그녀는 다시 브랜디를 한 모금 마셨다. 그것은 아마 그녀의 후회하는 형식인 듯했다.

"하지만 전 저의 생활을 하는 게 아닐까요?"

"그렇지 않아! 클리퍼드는 너를 런던으로 데리고 가서 여러 곳에 돌아다니게 해야 해. 그의 친구들은 모두 그에겐 재미있는 사람들일 테지만 네게 무슨 가치가 있겠니? 만약 내가 너라면 만족하지 않아. 너는 젊음을 놓쳐버리고 늙어서, 아니 중년이 되면 그것을 후회하면서 살 거다."

브랜디에 위로를 받아서인지 베널리 부인은 깊은 생각에 잠겨서 잠자코 있었다.

코니는 베널리 부인에게 끌려다니며 런던의 사교계에 출입하고 싶은 생각은 없었다. 그녀는 자기가 사교계에 어울린다고 생각하지 않았고 재미있게 여겨지지도 않았다. 사교계는 래브라도 반도의 땅처럼 표면에는 아름다운 꽃이 피어 있더라도 한 자 땅 밑은 얼어붙어서 밑바닥을 감도는 접근하기 어려운 냉랭함이라고 그녀는 생각하고 있었다.

라그비 저택에는 토미 듀크스, 해리 윈터슬로우, 그리고 잭 스트레인지웨이즈와 그의 아내 올리브가 함께 머물고 있었다. 그래서 그의 친구들끼리 있을 때와는 달리 이야기는 더욱 종잡을 수 없게 되고 모두가 조금 지루해 했다. 게다가 날씨도 좋지 않아 당구를 치거나 피아노에 맞추어 춤을 출 정도밖에 할 수가 없었다.

올리브는 미래 사회의 생활에 대해 쓴 책을 읽고 있었다. 그 사회에서는 갓난아이는 병 속에서 키우고, 여자는 해산의 고통에서 벗어날 수 있다는 것이다.

"이것 참 재미있는 생각이군요! 그렇게 되면 여자도 자기 생활을 할 수 있겠군요."

올리브가 말했다.

스트레인지웨이즈는 아이를 갖고 싶어 했으나 올리브는 바라지 않았다.

"왜 아기를 낳지 않으려는 겁니까?"

윈터슬로우가 보기 싫게 웃으면서 그녀에게 물었다.

"그것을 바라는 것은 자연스러운 거예요. 아무튼 미래 사회의 사람들은 더 영리해질 거예요. 그리고 여자도 그 기능 때문에 속박받는 일은 없어질 거예요."

올리브가 말했다.

"아마 여성들은 하늘 높이 날아오르겠군요."

듀크스가 말했다.

"문명이 극도로 발달하면 여러 가지 육체적인 무능도 제거될 거야. 이를테면 연애 문제에서의 여러 가지 일들 말이야. 그런 건 반드시 없어질 거야. 만약 갓난아이를 병 속에서 키울 수 있게 된다면 그건 해결되리라고 생각해."

클리퍼드가 말했다.

"아니에요! 그렇게 되면 향락할 여지가 더 많아져요."

올리브가 외쳤다.

"난 이렇게 생각해."

베널리 부인이 생각에 잠긴 듯한 표정으로 말을 이었다.

"만약 연애 문제가 없어지면 그것에 대치되는 무언가가 나올 거야. 이를테면, 모르핀 같은 것이 말이야. 공기 속에 소량의 모르핀이 있으면 누구나 다 기분이 좋아질 거야."

"정부가 주말을 즐겁게 보내기 위해 공중에 에테르를 뿌린다? 참으로 멋진 얘기지만 수요일쯤엔 우리가 어떻게 되어 있을까요?"

잭이 끼어들었다.

"자신의 육체를 잊어버릴 수 있다면 사람은 행복한 거란다. 그리고 자신의 육체를 의식하는 순간 불행은 시작되는 거야. 그러니까 문명이 어떤 도움이 되는 거라면 우리의 육체를 잊도록 해주는 것이라야 해. 그렇게 되면 우리는 자신의 육체를 의식하지 않고 행복하게 살 수 있을 거야."

베널리 부인이 말했다.

"우리 육체를 아주 없애버리게 해줬으면 좋겠어. 인간이 자기의 본성, 특히 육체적인 면을 개량하기 시작한 것은 당연한 일이야."

윈터슬로우가 말했다.

"우리가 담배 연기처럼 둥실둥실 떠오른다면 어떨까요?"

코니가 말했다.

"그런 일은 없을 겁니다. 우리 인류의 낡아 빠진 연극은 실패하고 말 겁니다. 우리 문명은 내리막길입니다. 그것은 밑바닥을 알 수 없는 구렁텅이, 끝없는 나락의 틈바구니로 떨어져 가는 겁니다. 그리고 제 말을 믿어주신다면, 이 틈바구니에 걸리는 유일한 다리는 페니스일 겁니다."

듀크스가 말했다.

"장군님! 설사 불가능하더라도 한번 해 보세요!"

올리브가 말했다.

"나도 문명이 무너져 가고 있다고 믿어."

에바 백모가 말했다.

"그럼 그다음엔 어떻게 됩니까?"
클리퍼드가 물었다.
"나야 모르지만 하여튼 무언가가 일어날 거야."
에바 백모가 대답했다.
"코니는 인간이 담배 연기처럼 된다고 하고, 올리브는 해산의 고통에서 해방된 여자니 병 속에서 기른다는 갓난아이 얘기를 했고, 듀크스는 다음에 일어날 것에 걸 다리는 페니스라고 하는데, 도대체 어떻게 될까?"
클리퍼드가 말했다.
"어머, 아무려면 어때요! 그날 그날 살아가면 그만 아니겠어요? 그저 갓난애를 키우는 병만은 빨리 만들어서 우리 여성들을 고통으로부터 벗어나게 해줬으면 좋겠어요."
올리브가 말했다.
"다음 시대에는 진정한 인류가 나타날지도 모르지."
토미는 말을 이었다.
"진정으로 지적이고 건전한 남성과 건강한 아름다운 여성이지. 그렇게 된다면 확실히 큰 변화라고 할 만하지 않은가? 지금의 우리는 남자가 아니야. 그리고 여자도 진짜 여자가 아니지. 우리는 두뇌를 갖고 있는 아무것도 아닌 임시변통에 지나지 않아. 기계적이고 지적인 실험인 거야. 우리처럼 지능 연령이 겨우 만 일곱 살에 달한 약삭빠른 사람의 무리와는 다른 참다운 남성과 여성의 문명이 올지도 모르지. 그 편이 연기와 같은 인간이니 병 속에 든 갓난아이니 하는 것보다 훨씬 경탄할 만한 일일 거야"
"진정한 여성에 대한 이야기가 나오면 난 말하지 않겠어요."
올리브가 말했다.
"정말 우리에겐 영혼 이외에는 가질 만한 가치가 하나도 없어."
윈터슬로우가 말했다.

"영혼뿐일세!"

위스키소다를 마시면서 잭이 말했다.

"그렇게들 생각하나? 나는 육체의 부활을 바라네! 그러나 우리 머릿속에 있는 금전이나 그 밖의 무거운 짐을 없애버린다면 그때는 머지않아 올 걸세. 그렇게 되면 우리에겐 금전상의 민주주의가 아니라 연애의 민주주의가 시작될 걸세."

듀크스가 말했다. 이 말에 코니의 마음속에서 무언가가 공감하여 울려왔다.

'연애의 민주주의, 육체의 부활을 다오!'

코니는 그 말의 의미를 전혀 몰랐지만 그것은 무의미한 대로 그녀의 마음을 위로했다.

어쨌든 온갖 것이 무서울 만큼 하찮았다. 온갖 것이 참을 수 없을 만큼 그녀를 지루하게 했다. 클리퍼드도, 에바 백모도, 올리브도, 잭도, 윈터슬로우도, 듀크스까지도. 떠들고 지껄이고, 그리고 또 계속 지껄여 댄다! 이렇게 쉬지 않고 떠들어대는, 도대체 이것이 뭐란 말인가!

손님들이 모두 돌아가 버린 뒤에도 역시 마찬가지였다. 코니는 터덜터덜 걷기를 계속했다. 그러나 분노와 초조는 그녀의 육체에 깊이 파고들어서 이제는 빠져나갈 수가 없었다. 하루 하루가 기묘한 고통에 싸인 채 느릿느릿 지나갔다. 그러나 아무 일도 일어나지 않았다. 다만 그녀는 점점 야위어 갔다. 가정부까지도 어디가 불편하냐고 물었다. 토미 듀크스마저도, 그녀는 불편한 데가 없다고 하는데도 그럴 리 없다고 우겼다.

다만 코니는 소름끼치는 묘석(墓石)을 두려워했다. 그것은 정원에서 보이는 테버셜 교회의 언덕 비탈에 있었는데, 매우 음침하고 불쾌하며 하얀 카라라 산의 대리석으로 만들어져 있어서 어쩐지 틀니처럼 언짢은 것이었다. 틀니를 연상케 하는 소름끼치는 언덕의 비탈에 서 있는 묘석은 형용할 수 없을 만큼 그녀에게는 무시무시한 것이었다. 그녀는 자신이 그곳에 묻혀서 이 더러운 중부지방의 묘석이나 기념비 밑에 누울 주검 중의 하나가 되는 것이 그다지 먼 날의 일이 아닌 것처럼 느껴졌다.

코니에게는 구원이 필요했다. 스스로도 그런 사실을 알고 있었다. 그녀는 짤막하게 '마음의 부르짖음'을 언니인 힐더에게 써 보냈다.

'요즈음 몸이 좋지 않아요. 게다가 나 자신도 어찌 되어 가는지 모르겠어요.'

3월의 어느 날, 힐더는 그 무렵 살고 있던 스코틀랜드에서 경쾌한 2인승 자동차를 몰고 혼자서 찾아왔다. 그녀는 차도를 곧장 달려 클랙슨을 울리면서 언덕의 비탈을 올라왔다. 그러고 나서 야생의 거대한 너도밤나무 두 그루가 서 있는 타원형의 잔디밭을 뼁 돌아 저택 앞 평지에 닿았다.

코니는 층계로 뛰어나갔다. 차를 세운 힐더는 내려서서 동생에게 키스했다.

"어머나, 코니! 도대체 어찌된 거냐?"

힐더가 외쳤다.

"아무것도 아니에요!"

부끄러운 듯이 코니가 말했다. 그러나 힐더에 비해 자신이 얼마나 허약해졌는가를 그녀는 깨달았다. 자매는 윤기 있는 황금빛 살결에 부드러운 갈색 머리칼에 날 때부터 튼튼하고 풍만한 육체를 지니고 있었다. 그러나 지금의 코니는 여위어서 얼굴이 흙빛이 되고, 점퍼 속에서 나와 있는 목은 뼈가 앙상한 데다 누르스름했다.

"너 아주 건강이 나쁜 것 같구나!"

힐더는 이들 자매에게 공통된 조용하고도 숨찬 목소리로 말했다. 힐더는 두 살가량 코니보다 위였다.

"아니, 앓고 있진 않아요. 그저 마음이 울적할 뿐이에요."

코니는 약간 가슴이 답답한 듯 말했다.

힐더의 얼굴에는 전투적인 의식이 넘치고 있었다. 그녀는 매우 조용하고 차분했지만 옛날의 아마존[20] 같은 형이어서 남자에게 고분고분 순종하는 성격은 아니었다.

"지독한 집이구나!"

힐더는 아주 오래되었으며 방대한 라그비 저택을 보고 진심에서 우러나는 증오를 담아 조용히 말했다. 겉보기에 그녀는 무르익은 배처럼 부드럽고 따뜻한 여자 같았지만 실은 예로부터 아마존이었던 것이다.

힐더는 조용히 클리퍼드에게 다가갔다. 그는 그녀를 아름답다고 생각한 동시에 두려움을 느꼈다. 처가 사람들은 그와 같은 풍습이나 예의범절을 갖고 있지 않았기에 그는 처가 식구들을 서먹서먹하게 다루었다. 그러나 일단 그들이 개입하게 되면 어떻게든지 그곳을 빠져나갈 수밖에 없었다.

클리퍼드는 자기 의자에 예의 바르게 앉아 있었다. 그의 반지르르한 금발머리, 생기 있는 얼굴, 밝고 푸른 눈은 약간 튀어나온 듯했고, 표정은 고상했지만 무언지 모르게 걷잡을 수 없는 모습이었다.

힐더는 그의 얼굴을 얼빠지고 무뚝뚝하다고 생각했다. 그는 기다리고 있었다. 그의 태도에는 강직하고 굳은 데가 있었다. 그러나 그가 어떤 태도이든 힐더는 조금도 아랑곳하지 않았다. 그녀는 싸울 준비를 하고 왔던 것이다. 상대가 법왕이든 황제든 조금도 다를 바 없었다.

"코니가 몸이 몹시 안 좋은가 보군요."

힐더는 무섭게 타는 잿빛 눈으로 그를 지켜보면서 조용히 말했다. 그녀에게는 세상 물정이 익숙하지 않은 순진한 데가 있었다. 그것은 코니도 마찬가지였다. 그러나 그는 그 그늘에 감추어져 있는 스코틀

---

20) Amazon. 그리스 신화에 나오는 용감한 여전사(女戰士) 부족이다 – 옮긴이

랜드인의 돌 같은 고집이 있다는 사실을 잘 알고 있었다.

"좀 야윈 것 같습니다."

클리퍼드가 대답했다.

"아무 치료도 하지 않으셨나요?"

"그럴 필요가 있습니까?"

클리퍼드는 가장 부드러운 잉글랜드인 특유의 고집스러움을 가지고 말했다. 이 부드러움과 고집스러운 기질은 곧잘 함께 존재할 수 있는 것이다.

힐더는 대꾸하지 않고 다만 그를 쳐다보고 있었다. 임기응변의 대답은 그녀의 특기가 아니었다. 그것은 코니도 마찬가지였다. 그녀는 그저 쳐다보기만 할 뿐이었다. 갖가지 말을 지껄이는 것보다 그것이 그에게는 훨씬 불쾌했다.

"전 동생을 의사에게 보이려고 해요. 이 근처에 훌륭한 의사가 있나요?"

드디어 힐더가 입을 열었다.

"잘 모르겠는데요."

"그렇다면 런던으로 데리고 가겠어요. 거기엔 믿을 만한 의사가 있을 테니까요."

클리퍼드는 속이 끓을 만큼 화가 났지만 아무 대답도 하지 않았다.

"오늘밤은 여기서 폐를 끼치고……."

힐더가 장갑을 벗으면서 말을 이었다.

"내일 런던으로 데리고 가겠어요."

클리퍼드는 분노로 얼굴이 새파래졌다. 밤이 되자 흰자위까지 노랗게 보였다. 그는 자제할 수 없을 만큼 되어 있었다. 그러나 힐더는 여전히 정중하고 얌전하게 굴었다.

"당신의 시중은 간호사라든가 다른 누구에게 들게 해야겠군요. 실은 하인이 좋겠지만……."

힐더는 식사를 하고 함께 커피를 마시는 자리에서 조용한 얼굴로 말했다. 얼핏 보기에 매우 부드럽고 얌전하게 말했으나 그 말을 들은 클리퍼드는 몽둥이로 한 대 얻어맞은 것 같았다.

"그렇게 생각하십니까?"

클리퍼드는 냉연히 말했다.

"그럼요! 그렇게라도 하지 않으면 안 되겠어요. 그렇게 해주시지 않는다면 저와 아버지가 코니를 서너 달 동안 어디로 데리고 가야겠어요. 이런 상태로는 오래 견딜 것 같지 않아요."

"뭐가 견딜 것 같지 않습니까?"

"저 아이의 얼굴을 보신 일이 없나요?"

그를 물끄러미 지켜보면서 힐더가 말했다. 그때 그의 얼굴이 삶은 왕새우 같은 얼굴이 되었다고 힐더는 생각했다.

"코니와 의논해 보지요."

"거기에 대해서는 코니와 벌써 의논했어요."

힐더가 말했다.

클리퍼드는 진력이 날 만큼 오랫동안 간호사의 신세를 졌던 일이 있었다. 그는 간호사가 싫었다. 그녀들은 남의 비밀을 전혀 지키지 않기 때문이다. 그리고 하인은……. 그는 남자가 자기 주변에서 어물거리며 돌아다니는 것은 질색이었다. 차라리 어떤 여자건 여자가 나았다. 그러나 왜 코니는 안 된다는 것일까?

아침에 두 자매는 자동차로 떠났다. 운전을 하는 힐더 옆에 웅크리고 앉아 있는 코니는 마치 도살장으로 끌려가는 양과도 같았다. 맬컴 경은 런던을 떠나 있었으나 켄싱턴 집은 닫혀 있지 않았다.

의사는 코니의 몸을 자세히 진찰했다. 그리고 그녀에게 생활 사정을 일일이 물었다.

"난 몇 번인가 당신과 클리퍼드 경의 사진을 잡지에서 보았습니다. 꽤 명성이 자자하더군요. 얌전하신 아가씨들은 이렇게 되게 마련입니다. 즉 그 사진 잡지가 무엇을 보도하든 당신은 아직도 얌전한 아가씨에 지나지 않습니다. 아니! 아무 데도 나쁜 데는 없군요. 그러나 이대로는 안 됩니다! 안 되지요! 기분 전환을 위해 부인을 런던이나 외국으로 가시도록 클리퍼드 경에게 부탁하십시오. 당신께는 정말로 기분 전환이 필요합니다. 당신의 생활력은 매우 저하되어 있습니다. 남아 있는 힘이란 조금도 없습니다. 지금도 이미 심장 부근의 신경이 약간 이상합니다, 신경만의 일입니다만. 칸이나 비아리츠라면 한 달 안에 치료될 겁니다. 그러나 지금과 같은 생활로는 안 되겠는데요. 정말이지 이대로라면 어떤 결과가 될지 보증 못하겠습니다. 당신은 그저 생명을 소모시킬 뿐, 그것을 새롭게 하는 신진대사가 없습니다. 당신에겐 적당하고 건전한 오락이 필요합니다. 당신은 조금도 새로운 생명을 보충하지 않고 소모시킬 뿐입니다. 정말입니다. 그래서는 안 됩니다. 우울증, 우울증을 피해야 합니다!"

힐더는 입을 꽉 다물었다. 이것은 한바탕 소동이 시작될 전조였다.

마이클리스는 그들이 런던에 와 있다는 소식을 듣고 장미꽃을 들고 달려왔다.

"아니, 어디가 편찮으십니까?"

마이클리스가 외쳤다.

"당신은 마치 그림자처럼 되어버렸군요. 아니, 몹시 변하셨습니다! 어째서 내게 알려주시지 않으셨습니까? 함께 니스로 갑시다! 시칠리아로 갑시다! 자, 함께 시칠리아로 갑시다. 지금쯤은 참 좋을 겁니다. 당신은 햇빛을 쏘이지 못했던 겁니다. 생활이 부족했어요. 자신을 소모해 버리고 말게 됩니다! 나와 함께 갑시다! 그리고 나를 따라 오십시오! 그와 이혼한다면 당장 당신과 결혼하겠소! 가서 생활해 봅시다! 부탁입니다! 그 라그비 저택에 있으면 누구라도 죽고 말 겁니다! 더러운 곳이에요! 가축들이 살 집입니다! 누구라도 죽고 말 거요! 태양이 비치는 나라로 갑시다! 당신에게 필요한 것은 태양과

정상적인 생활입니다!"

하지만 클리퍼드를 그대로 남겨둘 것을 생각하자 코니는 심장이 딱 멈추는 것만 같았다. 그렇게 할 수는 없었다. 안 돼……, 안 돼! 도저히 그렇게는 할 수 없었다. 그녀는 라그비 저택으로 되돌아갈 수밖에 별다른 도리가 없었다.

마이클리스는 실망감을 감추지 못했다. 힐더는 그를 좋아하지 않았지만 클리퍼드보다는 이 사나이가 낫다고 생각했다. 자매는 중부 지방으로 되돌아갔다.

자매가 돌아왔을 때 아직도 마음이 안정되지 않은 클리퍼드에게 힐더는 이야기를 해주었다. 그는 이러한 소란에 지쳐 있었지만 힐더가 말하는 모든 것을, 그리고 의사가 한 말을 듣지 않으면 안 되었다. 물론 마이클리스가 한 말은 빼놓았다. 그는 잠자코 마지막 통첩을 듣고 있었다.

"여기 주소가 적혀 있는데, 매우 좋은 남자 간호사라는군요. 그 의사가 맡은 환자가 한 달 전에 죽었다는데, 그때까지 간호해 주었대요. 정말 좋은 사람이래요. 부탁하면 틀림없이 와줄 거예요."

"그러나 나는 환자가 아니니 남자 간호사는 필요 없습니다."

클리퍼드가 심술이 나서 말했다.

"여기 두 간호사 주소가 있어요. 이 둘 중의 한 사람은 만나봤는데 사람이 아주 좋아 보이더군요. 쉰 살가량 된 여잔데 차분하고 건강하고 친절하고 다소 교양도 있어 보였어요."

클리퍼드는 얼굴을 찡그릴 뿐 대답하지 않았다.

"하지만 클리퍼드, 내일까지 결정해 주시지 않으면 아버지께 전보를 쳐서 코니를 데려가겠어요."

"코니가 가겠답니까?"

클리퍼드가 물었다.

"가겠다고는 하지 않지만 갈 수밖에 없다는 것은 자기도 알고 있어요. 저희 어머님께서도 너무 속을 태우며 지내시다가 결국은 암에 걸려 돌아가셨으니까요. 너무 위태로운 짓은 시키고 싶지 않아요."

이튿날 클리퍼드는 테버셜의 교구 간호사인 볼턴 부인의 이야기를 꺼냈다. 틀림없이 가정부 베츠 부인의 생각인 듯했다. 볼턴 부인은 교구 간호사를 그만두고 앞으로는 개인적으로 간호사 일을 하려던 참이었다. 클리퍼드는 낯선 사람에게 자기의 시중을 들게 하는 것을 특히 두려워하고 있었다. 그러나 볼턴 부인은 옛날에 그가 성홍열에 걸렸을 때 간호해 준 일이 있어서 알고 있던 터였다.

자매는 곧 테버셜로서는 제법 깨끗한 거리에 있고 아직 낡지 않은 볼턴 부인의 집을 찾아갔다. 그녀는 마흔 살가량의 꽤 맵시가 훌륭한 여자로, 간호사 복장에 흰 칼라와 앞치마를 입고 손님들이 모인 조그만 거실에서 차를 내놓고 있는 중이었다.

볼턴 부인은 조심성 있고 정중하며 애교가 있는 여자였다. 말씨는 약간 지방 사투리가 섞여 있었으나 차근차근 정확한 영어를 쓰고 있었다. 그리고 이제까지 오랜 동안 병든 광부들의 시중을 들어 왔기 때문인지 자신을 상당히 높이 받들고 있는 자신만만한 태도였다. 그녀는 좁은 마을에서 그녀 나름대로 존경받고 있는 주요인물의 한 사람이었던 것이다.

"네, 채털리 부인께서는 그다지 안색이 좋지 않으시군요. 왜 그러실까요? 예전에는 참으로 건강하셨는데……. 아마 겨울 동안 건강이 좋지 않아지신 모양이군요. 이곳 겨울은 지독하니까요. 불쌍한 클리퍼드 경! 전쟁이란 어쩌면 이다지도 참혹할까!"

볼턴 부인은 샤들로 박사가 놓아주는 대로 곧장 라그비 저택으로 오기로 했다. 규칙으로는 앞으로 두 주일 동안을 더 교구 간호사로 머물러 있어야 했으나 이것은 대신할 사람만 구하면 문제될 일도 아니었다.

힐더는 샤들로 의사를 만나러 갔다.

다음 일요일, 트렁크 두 개를 든 볼턴 부인은 리버의 마차를 타고 라그비 저택으로 왔다. 힐더는 그녀와 이야기했다. 볼턴 부인은 언제나 이야기 상대가 되어 주었다. 그녀는 마흔일곱 살이었지만 창백한 뺨에 발그레 홍조를 띨 때에는 매우 젊게 보였다.

볼턴 부인의 남편 테드 볼턴은 22년 전 크리스마스에 탄광에서 죽었다. 그때 그녀에게는 아이가 둘 있었는데, 한 아이는 아직 젖먹이였다. 그때의 젖먹이였던 이디스가 지금은 셰필드의 부츠 캐슈 약국에 근무하는 남자의 아내가 되어 있었다. 또 한 딸은 체스터필드의 학교 교사가 되었다. 그 딸은 데이트가 없을 때에는 주말에 집에 돌아왔다. 요즈음의 젊은이들은 어머니 아이비 볼턴이 젊었던 때와는 달리 인생을 마음껏 즐기고 있었다.

탄광이 폭발했을 때 그곳에는 네 사람의 광부가 있었는데 앞쪽에 있던 동료가 "엎드려!" 하고 소리치자 모두 재빠르게 엎드렸다. 그런데 테드만 엎드리지 않아서 그만 죽고 말았던 것이다. 그의 나이 스물여덟이었다. 나중에 조사가 이루어졌는데, 테드는 너무 무서워서 달아나려고 명령에 복종하지 않았으므로 그의 과실이라는 것이 고용주 측의 주장이었다. 그래서 배상금은 단 300파운드밖에 받지 못했다. 그것도 본인의 과실로 죽은 것이기 때문에 법률상의 배상이라기보다 특별히 주는 조의금으로서 주었던 것이다. 그녀는 조그마한 가게라도 차리고 싶었으나, 회사에서는 그녀가 자포자기하여 술로 그 돈을 다 써버릴 거라며 한 번에 내주지 않았다. 그녀는 매주 30실링씩을 받았을 뿐이다. 그녀는 월요일마다 사무소에 찾아가두 시간 동안이나 차례가 오기를 기다려야만 했다.

그녀는 4년 동안 월요일마다 사무소에 찾아갔다. 조그만 아이들을 거느리고 그녀가 무엇을 할 수 있었겠는가? 그러나 테드의 어머니는 아이들을 잘 돌봐주었다. 갓난아이가 아장아장 걷기 시작하게 되자 노모는 두 아이를 낮 동안 보살펴주었다. 그 사이에 아이비 볼턴은 셰필드에 가서 병원 강습을 받고 4년째 되던 해에 간호사 강습을 받아 자격을 얻었다.

그녀는 독립하여 아이를 키울 결심으로 잠시 동안 조그마한 유스웨이트 병원 일을 도왔다. 그러나 테버셜 탄광회사는 – 그것은 제프리 경의 일이었지만 – 그녀가 자립해 나갈 수 있음을 알자 그녀를 특별히 취급하여 교구 간호사의 지위를 주었다. 그녀는 그것을 늘 고마워했다.

그 후 그녀는 줄곧 그곳에서 일해 왔다. 요즘은 일이 좀 고된 것 같아 좀 더 편한 일을 바라고 있었다. 교구 간호사란 그야말로 항상 뛰어다녀야 하는 것이다.

"네, 회사에선 참 고맙게 해주셨지요. 난 언제나 그렇게 말하고 있어요. 하지만 회사 사람들이 테드에 대해 말한 것만은 잊을 수가 없어요. 테드는 일단 갱 안에 들어가면 그야말로 침착하고 아무것도 두려워하지 않는 사람이었답니다. 그런데 모두들 그렇게 말하니까 이제 겁쟁이라는 낙인이 찍힌 거나 다름없어요. 하지만 그 사람은 죽어버렸으니까 누구에게도 뭐라 하소연할 수 없군요."

부인의 얘기 속에 묘한 감정이 얽혀 있는 것을 보았다. 오랫동안 간호해 온 광부들을 그녀는 좋아했지만 그들보다는 자기가 훨씬 뛰어난 사람이라고 생각했다. 거의 상류 계급이라고 생각하고 있었다. 그와 동시에 지배 계급에 대한 분노가 그녀 속에 들끓고 있었다. 고용주! 고용주들과 광부들의 싸움에서 그녀는 항상 광부 편이었다. 그러나 그러한 투쟁이 없을 때 그녀는 언제나 우월한 사람이 되리라, 상류 계급이 되리라고 바랐다. 상류 계급은 그녀를 매혹하고, 그녀의 기묘한 영국적인 우월감에 호소했다.

그녀는 라그비 저택에 와서 채털리 부인과 이야기하는 것에 전율적인 기쁨을 느꼈다. 정말로 광부의 아낙네들과는 하늘과 땅 차이라고 그녀는 몇 번이나 말했다. 그러나 채털리 집안사람들과 융화하기 어려운 것이나 고용주에 대한 풀리기 힘든 원한 감정이 역시 그녀에게 있었다.

"그렇고말고요. 마님께서는 너무 짐이 과합니다. 언니가 계셔서 신경을 써주시니 참 다행이에요. 남자들이란 미처 생각지 못하니까요. 그것은 신분이 높은 사람이건 낮은 사람이건 자기를 위해 여자가 해주는 것을 당연하다고 생각하니까요. 광부들에게도 그런 충고를 언제나 해준답니다. 하지만 클리퍼드님께서는 다리가 불편하시니 말하기가 어렵지요. 이 댁 분들은 대대로 기품이 높으신 분들이다 보니, 당연한 일이지만, 냉정한 분들이었습니다. 그런데 저렇게 되시다니! 그러니 채털리 부인께서는 얼마나 괴로우시겠어요. 부인께서 더했을 거예요. 정말 슬픈 일이군요! 나는 테드와 단 3년밖에 생활하지 못했어요. 하지만 그 사람하고 함께 살았을 때는 잊을 수 없는 남편이었어요. 참 좋은 사람이었지요. 게다가 성격도 명랑했어요. 그런 그가 죽을 줄이야 꿈엔들 생각이나 했겠어요? 어쩐지 지금도 믿어지지 않아요. 난 내 손으로 그 사람의 시체를 씻어주었는데도 도무지 죽었다고 믿어지지 않는답니다. 내게 있어 그이는 단 하루도 죽은 사람이 아니에요. 난 지금도 그것을 믿을 수가 없어요."

그녀의 말은 라그비 저택에서는 들어보지 못한 말이었다. 코니에게는 매우 새롭게 들리는 말이었다. 그녀는 몹시 흥미를 느끼기 시작했다.

처음 일주일 동안 볼턴 부인은 라그비 저택에서 매우 조용하게 지냈다. 그녀는 지금까지의 자신만만하며 명령적인 태도를 잃고 약간 신경질적이 되었다. 클리퍼드를 대할 때 그녀는 겁을 먹고 기가 꺾이기라도 한 것 같아 제대로 말도 하지 못했다. 그에게는 그것이 마음에 들었다. 그는 곧 침착성을 되찾고 볼턴 부인을 무시하는 가운데 여러 가지 시중을 들게 했다.

"저 여자는 쓸모 있는 물건 같더군."

클리퍼드의 말에 깜짝 놀란 코니는 눈을 둥그렇게 떴다. 그러나 그 의견에 반대하지 않았다. 두 사람이 받은 인상은 그처럼 전혀 달랐던 것이다.

얼마 후 클리퍼드는 이 간호사에 대해 매우 거만하고 멸시하는 태도를 취했다. 간호사는 그것을 예측한 듯했지만 그는 무의식중에 그렇게 했던 것이다. 정말로 인간이란 예측한 일들은 곧 하고 싶어 하는 법이다! 광부들은 그녀가 붕대를 감아주거나 시중을 들어주거나 할 때 그야말로 어린아이처럼 그녀에게 말을 걸거나 고통을 호소했다. 그러면 그녀는 몹시 우쭐해져서 초인간적인 태도로 그들을 대했다. 그러나 클리퍼드 앞에서 그녀는 하녀처럼 자신이 보잘것없이 느껴졌다. 그녀는 한마디 말없이 그것을 받아들이고 상류사회라는 것에 자기 자신을 적응시켜 갔다.

클리퍼드의 시중을 들 때 그녀는 자주 말수가 적어지고, 갸름하고 아름다운 얼굴에 눈썹을 내리깔곤 했다. 그리고 매우 겸손한 어조로, '이렇게 할까요, 저렇게 할까요?' 하는 것이었다.

"아니, 그건 아직 괜찮아. 나중에 하지."

"알겠습니다, 나리!"

"30분 뒤에 와줘."

"알겠습니다, 나리!"

"거기 있는 낡은 신문은 가져가지."

"알겠습니다, 나리!"

그녀는 조용히 나가서 30분이 지나면 다시 들어온다. 그녀는 완전히 기가 눌려 있었으나 그런대로 상관없었다. '상류사회란 이런 것인가 보다'라고 생각했다. 그녀는 클리퍼드에게 화도 내지 않았고 그를 싫어하지도 않았다. 그는 하나의 현상이었다. 여태까지는 그녀의 손이 미치지 않는 높은 데에 있었으나 지금은 자신이 들어가 있는 상류사회라는 현상의 한 사람이었던 것이다. 그녀는 채털리 부인을 대하기가 더 마음 편했다. 주부가 좋은 사람이면 그것이 무엇보다도 다행한 일이니까.

볼턴 부인은 밤엔 클리퍼드를 침대에 들게 하고, 자신은 그의 방과 복도를 사이에 둔 방에서 거처했다. 밤에라도 초인종을 울리면 오게 되어 있었다. 또한 그녀는 아침에 일어나는 그의 시중을 들고, 솜씨 있게 수염을 깎아주었다. 그것도 그녀의 부드럽고 겁먹은 듯한 여자다운 태도로 했다. 그녀는 매우 쓸모 있었다.

그리고 얼마 가지 않아 그녀는 완전히 그를 다룰 요령을 터득했다. 턱에 비누칠을 하고 수염을 더듬어 가면서 깎을 때, 그도 광부들과 조금도 다른 데가 없다는 것을 알았다. 그의 거만한 태도며 입이 무거운 것을 그다지 마음에 두지 않았다. 그런 것이라고 그녀는 생각하고 있었다.

그러나 클리퍼드는 마음속으로 코니가 자기 시중들기를 그만두고 아무런 인연도 없는 고용인에게 자기를 내맡겨버린 것을 절대로 용서하지 않았다. 그것은 그들의 정다움 속에서 생겨나는 꽃과도 같은 것을 시들게 했다고 그는 생각하고 있었다. 그러나 코니는 마음 쓰지 않았다. 그녀에게 있어 이 다정함 속에서 생겨나는 꽃이란 그녀의 생명의 나무에 붙어살며 거기에 뿌리를 내리고 있는 난초꽃이며, 그녀의 눈에는 몹시 초라한 꽃으로밖에 보이지 않았다.

시간이 많아진 코니는 자기 방에서 조용히 피아노를 치며 노래를 부르기도 했다.

"쐐기풀을 건드리지 말라…….
사랑의 굴레 풀기 어려우니."

코니가 사랑의 굴레를 풀기 어렵다는 사실을 깨달은 것은 최근의 일이었다. 그러나 다행스럽게도 그녀는 용케 그것을 풀어 헤쳐버렸다. 혼자 있게 되고 그에게 줄곧 이야기를 걸지 않아도 된 것을 그녀는 몹시 기뻐했다. 그는 혼자 있을 때에는 잠시도 쉬지 않고 계속해서 타이프라이터만 두드리고 있었다. 그러나 그가 '일'을 하지 않고 그녀가 거기에 있으면 그는 끊임없이 지껄이는 것이었다. 인간이라든가 동기라든가 결말이라든가 개성이라든가 하는 따위를 한없이 작게 분석하는 것이다. 그녀가 싫증날 때까지 계속하는 것이었다.

처음에 코니는 그것이 좋았다. 그러나 몇 해를 계속하는 동안 갑자기 싫증이 나서 참을 수가 없었다. 혼자 있다는 것이 말할 수 없이 좋았다. 그것은 마치, 그와 그녀 사이에 의식의 모세근이 수없이 발생해서 하나의 헝클어진 덩어리가 되고, 그들의 뿌리가 너무 치밀하게 서로 얽혀 있기 때문에 식물이 시들어 가는 것과 같았다.

이번에는 코니가 조용히 그리고 세심하게 두 사람 사이에 있는 얽힌 의식을 정성스럽고 참을성 있게 한 오라기씩 풀어 나갔다. 그러나 이런 사랑의 굴레는 다른 굴레보다 풀기가 어려웠다, 볼턴 부인이 와준 것은 큰 도움이 되었지만.

그러나 클리퍼드는 아직도 저녁이 되면 예전처럼 코니와 다정하게 이야기를 나누기도 하고, 소리 내서 책을 읽기를 바랐다. 그러나 코니는 10시에는 볼턴 부인이 와서 잘 차비를 하도록 정할 수가 있었다. 10시 30분만 되면 코니는 자기 방에 올라가서 혼자 있을 수가 있었다. 클리퍼드는 볼턴 부인에게 맡겨두면 아무 근심도 없었다.

볼턴 부인은 베츠 부인과 마음이 맞아 가정부의 방에서 식사를 했다. 그리고 묘한 것은 고용인들의 방이 점점 집 한복판으로 밀고 들어오는 것같이 느껴진 것이다. 예전에는 훨씬 떨어진 곳에 있었던 것이 지금은 클리퍼드의 서재 바로 옆에 있었다. 베츠 부인은 이따금 볼턴 부인의 방에 앉아 있었다. 코니는 클리퍼드와 있을 때 그들이 나직이 소곤거리는 것을 듣다 보면, 마치 외부의 노동자 계급의 힘찬 소리가 이 집 거실에까지 들어온 것같이 느껴졌다. 볼턴 부인이 단 한 사람 보태졌다는 것만으로 라그비 저택은 매우 변해 갔다.

코니는 자기가 별개의 세계로 해방된 듯한 기분이 들었다. 자기만이 별개 세계의 공기를 마시는 듯했다. 그러나 자기 뿌리의 대부분, 특히 생명에 관계되는 뿌리가 클리퍼드의 것과 얽혀 있는 것이 아닌가 하고 두려워했다. 그러나 이제 그녀는 훨씬 편하게 숨을 쉴 수가 있었다. 새로운 면이 그녀의 생활 속에서 열리려 하고 있었다.

제8장

볼턴 부인은 여성으로서 또한 직업상으로도 보호의 손길을 코니에게도 뻗쳐야 한다는 생각에서 코니를 보살펴주었다. 언제나 코니에게 산책할 것과 유스웨이트로 드라이브를 하면서 바람을 쏘일 것을 권했다. 코니는 책을 읽거나 아니면 바느질을 한다면서 난롯가에 앉아 있는 버릇이 생겨 밖에 나다니는 일이 별로 없었던 것이다.

힐더가 떠난 후 어느 바람 부는 날, 볼턴 부인이 말했다.

"마님, 어째서 산지기의 집 뒤에 있는 수선화를 보러 숲으로 산책하시지 않으십니까? 그렇게 아름다운 꽃은 이 근처에서 보실 수 없을 거예요. 몇 송이를 마님 방에 꽂아둘 수도 있잖아요. 야생 수선화는 언제나 기분 좋은 볼거리잖아요."

코니는 그녀의 말을 호의적으로 받아들였다. 수선화(daffodils)를 수선(daffs)이라고 말하는 것까지도. 야생의 수선화! 게다가 혼자 우울하게 썩고 있어야 별 수도 없었다. 벌써 봄이었다.

'계절은 다시 돌아오건만 나에게는 한낮도, 달콤한 저녁이나 아침도 돌아오지 않는구나.'[21)]

---

21) 17세기 영국 시인 존 밀턴(John Milton, 1608~1674)의 〈실락원〉 제3권 41~42행에 나오는 구절이다 – 옮긴이

그리고 산지기의 화사하고 흰 육체는 눈에 보이지 않는 꽃의 가느다란 암술과도 같았다. 요즈음의 표현할 수 없이 우울한 생활 속에서 그녀는 그를 잊어버리고 있었다. 그러나 지금 무언가가 마음속에 떠올라 왔다.

'입구와 문 저 너머는 창백하여'[22)]

문제는 입구의 문을 열고 나가는 일이었다.

그녀는 전보다 건강해졌다. 좀 더 잘 걸을 수 있었다. 그리고 숲 속에 들어가자 정원 속처럼 바람결이 부드럽고 피로하지도 않았다. 그녀는 세계를, 저 끔찍스러운 고기가 썩은 것 같은 사람들을 잊고 싶었다.

'그대들은 다시 태어나리라![23)] 나는 육체의 부활을 믿는다![24)] 한 알의 밀알이 땅에 떨어져 죽지 않고서는 결코 싹을 틔울 수 없으리라![25)] 크로커스[26)]가 싹틀 때, 나 또한 나와서 태양을 우러르리라!'[27)]

3월 바람 속을 걸어가는 그녀의 의식 속에 여러 가지 말이 끝없이 스치고 지나갔다.

흔들리는 약한 햇빛이 반짝반짝 빛나면서 숲가의 개암나무 우거진 속의 셀란다인 풀을 비추었다. 그러자 그것은 밝은 황금빛으로 빛났다. 숲은 뭐라고 말할 수 없이 고요했으며 햇빛이 빛나고 있을 뿐이었다. 아네모네가 맨 먼저 피기 시작하고 있었다. 그리고 끝없이 피어 있는 작은 아네모네 꽃무더기가 햇빛을 반사하기 때문에 숲 속은 창백하게 빛나고 있었다.

---

22) 영국 시인 스윈번(Algernon Charles Swinburne, 1837~1909)의 시 〈페르세포네의 정원〉의 한 구절이다 – 옮긴이
23) 〈요한복음〉 3:7 – 옮긴이
24) 〈사도신경〉의 한 구절이다 – 옮긴이
25) 〈요한복음〉 12:24 – 옮긴이
26) 봄에 제일 일찍 피는 꽃이다 – 옮긴이
27) 〈요한복음〉 3:7과 12:24에 나오는 내용을 바꿔 쓴 것이다 – 옮긴이

'세상은 그대 숨결 때문에 창백하게 되었다'[28)]

그것은 바로 페르세포네[29)]의 숨결인 것이다. 페르세포네가 추운 날 아침 지옥에서 나온 것이다. 찬바람이 일었다. 머리 위에서는 가지 사이에 바람이 뒤얽혀 미쳐 날뛰고 있었다. 바람 또한 압살롬[30)]처럼 붙잡혀서 달아나려 몸부림치고 있었다. 녹색 크리놀린 스커트에서 흰 어깨를 드러내고 있는 아네모네는 무척이나 춥게 보였다. 그래도 아네모네는 꾹 참고 있다. 조그맣고 하얗게 바랜 앵초 몇 송이가 길에 얼굴을 내밀고 노란 봉오리를 벌리려 하고 있었다.

바람에 나부끼는 것은 머리 위뿐이고 발밑에서는 차가운 공기가 흘렀다. 코니는 숲 속에서 이상하게 흥분했다. 그녀의 뺨은 홍조를 띠고 눈은 파랗게 불타고 있었다. 달콤하고 싸늘한 향기를 풍기는 앵초며 갓 피기 시작한 제비꽃을 꺾으면서 그녀는 천천히 걸어갔다. 그리고 자기가 지금 어디에 있는지도 생각지 않고 발길 가는 대로 맡겨두고 있었다.

드디어 그녀는 숲 저쪽에 있는 빈터로 나왔다. 이끼가 낀 돌집이 보였는데, 땅 속에 파묻힌 버섯의 살처럼 따뜻하게 햇빛을 담뿍 받아 장밋빛으로 보였다. 그리고 문 옆에는 노란 재스민 꽃이 빛나고 있었다. 문은 닫혀 있었다. 아무 소리도 들리지 않았다. 굴뚝에서 연기도 나지 않았다. 개 짖는 소리도 들리지 않았다.

코니는 조용히 뒤꼍으로 돌았다. 그곳에는 벼랑이 있었다. 그녀는 오늘 수선화를 보러 왔다는 구실을 가지고 있었다. 수선화는 거기에

---

28) 스윈번의 시 〈페르세포네의 정원〉의 한 구절이다 – 옮긴이

29) Persephone. 그리스 신화에 나오는 저승의 여신으로 꽃을 꺾다가 지하세계의 신 하데스에게 붙잡혀 그의 아내가 되었다. 매년 봄이 되면 지상으로 돌아와 여름까지 지내다가 지하세계로 돌아간다. 곡물과 초목 등 자연계의 순환에 바탕을 두어, 생명의 죽음과 부활을 상징하는 메소포타미아 지역의 오랜 신화에 기원한다 – 옮긴이

30) Absalom. 〈구약성서〉에 나오는 다윗 왕의 셋째아들이다. 아버지에 대한 반란이 실패하여 말을 타고 달아나다 긴 머리칼이 나뭇가지에 걸려 다윗 왕의 장수에 의해 죽임을 당했다. 〈사무엘 하〉 18~19장 참조 – 옮긴이

있었다. 줄기가 짧은 꽃은 바람에 나부껴 떨며 빛나고 싱싱했다. 바람이 불 때마다 흔들렸지만 아무 데도 그 얼굴을 감출 수가 없었다. 그들은 빛나는 빛에 가득 찬 꽃잎을 당황해서 어쩔 줄 몰라 하며 흔들어대고 있었다. 그런 동요를 그들은 좋아하는 모양이었다.

코니는 어린 소나무에 기대어 앉았다. 소나무는 생명의 탄력 있는 강한 반동으로 그녀의 몸을 흔들었다. 그것은 꼭대기를 햇빛 쪽으로 뻗치고 꼿꼿이 선 생명에 넘치는 나무였다. 그녀는 자신의 손과 무릎에 비치는 햇빛 속에서 수선화의 색깔이 금빛으로 변하는 것을 지켜보고 있었다. 그러다 희미한 콜타르의 냄새 비슷한 꽃의 향기를 맡을 수 있었다. 그때 홀로 가만히 앉아 있던 그녀는 자기 자신의 운명 그 자체의 물결 속으로 떨어진 것 같이 느꼈다. 그때까지의 그녀는 밧줄에 묶인 채 매어져 있는 보트처럼 흔들리기도 하고 서로 부딪히기도 했지만, 이제는 거기서 풀려나와 떠돌아다니기 시작한 것을 느꼈다.

햇빛이 가려져서 추워졌다. 수선화는 가만히 그늘에 잠겨 있었다. 그들은 낮에도, 길고 추운 밤에도 그렇게 잠겨 있는 것이다. 연약해 보이면서도 강하다!

코니는 다리가 조금 아파오자 일어섰다. 수선화를 서너 송이 꺾어 들고 그곳을 내려왔다. 꽃을 꺾는 것을 좋아하지 않았지만 한두 송이 가져가고 싶었다. 그녀는 라그비 저택과 그 육중한 벽 속으로 돌아가야만 했다. 하지만 그 저택이 지금은 정말로 진저리가 났다. 특히 그 두꺼운 벽이 그랬다. 벽! 온갖 경우의 벽! 그러나 이 바람 속에서는 그런 벽도 필요한 것이리라.

저택으로 돌아오자 클리퍼드가 말했다.

"어디 갔다 왔소?"

"숲 속을 걷다가 왔어요! 보세요. 이 수선화 예쁘죠? 이런 것이 땅속에서 나오다니!"

"공기나 햇빛 때문이기도 하지."

"하지만 땅 속에서 만들어지지 않았어요?"

코니는 재빨리 응수했다. 그리고 스스로 그런 태도에 놀랐다.

이튿날 코니는 다시 숲 속으로 나갔다. 그녀는 '존의 우물'이라고 불리는 샘물 쪽으로 낙엽송 사이를 굽이굽이 돌아 이어지고 있는 넓은 길을 따라갔다. 그 부근의 언덕 비탈은 추웠다. 그리고 낙엽송 밑의 그늘에는 꽃이 한 송이도 피어 있지 않았다. 그러나 얼음처럼 차가운 샘은 깨끗한 분홍빛 자갈이 깔린 좁은 밑바닥에서 조용히 솟아오르고 있었다. 그것은 말할 수도 없이 차고 맑았다! 보석처럼 빛나고! 새로 온 산지기가 깨끗한 자갈을 깔아 놓았을 게 분명했다. 조금씩 넘치는 물이 비탈을 흘러 떨어지면서 가느다란 물소리를 내는 것을 그녀는 들었다. 언덕 비탈에 우뚝 서서 잎도 없이 무섭게 어두움을 펼치고 있는 낙엽송의 흔들리는 소리를 통해서도 그 물의 방울 같은 소리를 그녀는 들을 수가 있었다.

그곳은 약간 기분 나쁘고 춥고 젖어 있었다. 더욱이 이 샘은 수백 년 동안 물을 마시는 곳이었겠지만 지금은 그렇지 않았다. 손질이 잘 되어 있는 이 조그만 곳은 나무가 빽빽하고 춥고 쓸쓸했다.

코니는 일어서서 조용히 집 쪽으로 걷기 시작했다. 걸어갈 때 오른쪽에서 희미하게 무언가를 두드리는 소리가 나서 걸음을 멈추고 귀를 기울였다. 망치 소리일까? 딱따구리 소리일까? 분명히 망치 소리였다.

코니는 귀를 기울이면서 걸어갔다. 그러자 어린 전나무 숲 사이에 나 있는 좁은 오솔길이 눈에 띄었다. 그 길은 어디로도 나갈 수 없을 듯한 길이기도 했으나 누군가가 자주 다닌 길 같기도 했다. 그녀는 대담하게 그 길을 따라갔다. 가지가 얽혀 있는 어린 전나무 사이를 헤치고 가자 이윽고 오래 된 가시나무 사이로 나왔다. 그 길을 따라가자 호젓한 숲 속에서 망치 소리가 점점 가까워졌다. 나무들은 바람 소리가 날 때에도 죽은 듯이 고요했다.

잠잠하고 소리도 없는 조그마한 빈터와 작은 통나무로 만든 조용한 오두막이 거기에 있었다. 이곳은 한 번도 온 일이 없던 곳이었다. 그것이 새끼 꿩을 기르기 위한 조용한 장소라는 것을 그녀는 알았다. 산지기가 셔츠 바람으로 무릎을 꿇고 망치를 두드리고 있었다. 개가 짧고 날카로운 소리로 짖으면서 달려왔다.

산지기는 갑자기 얼굴을 들고 그녀를 바라보았다. 그는 몹시 놀란 표정이었지만 이내 일어나서 그녀를 말없이 바라보며 인사했다. 그녀는 지친 듯한 걸음걸이로 다가갔다. 그는 코니의 침입에 화를 내고 있었다. 그는 자기에게 주어진 고독을 그의 생활에 주어진 단 하나의 마지막 자유로서 소중히 간직하고 있었다.

"무슨 소린가 했어요."

코니는 약하디약하게 숨이 가쁜 것을 느끼며 말했다. 그가 너무 똑바로 바라보기 때문에 그녀는 다소 무서웠다.

"새끼 꿩을 넣을 둥지를 만드는 참예요."

그는 사투리로 말했다. 코니는 뭐라고 말해야 할지 몰랐다. 자신은 피로해 있다는 것을 느꼈다.

"조금 쉬어 가고 싶어요."

"안에 들어가서 쉬십시오."

그는 재목 등을 밀어 놓으며 앞장서서 오두막으로 들어가더니 개암나무로 만든 촌스러운 의자 하나를 내왔다.

"불을 좀 때 드릴까요?"

그는 묘하고도 소박한 사투리로 물었다.

"괜찮아요."

그는 코니의 손을 바라보았다. 손이 꽤 창백했다. 그가 구석의 조그마한 벽돌 난로에 낙엽송 나뭇가지를 넣자 조금 뒤에 노란 불꽃이 굴뚝으로 솟아올랐다. 그는 난로 옆에 자리를 만들었다.

"좀 앉아서 몸을 녹이십시오."

그에게는 보호자나 되는 듯한 권위가 풍기고 있어서 코니는 그가 하라는 대로 했다. 그녀는 앉아서 손을 녹이고 장작에 불을 지폈다. 그는 밖으로 나가서 다시 망치질을 하고 있었다. 사실 그녀는 난로 구석에 처박혀 있고 싶지 않았다. 그러나 폐를 끼쳤기 때문에 하라는 대로 따를 수밖에 없었다.

오두막집은 아담했다. 칠하지 않은 전나무 판자를 치고 시골에서나 볼 수 있는 자그마한 테이블과 그녀가 앉아 있는 의자 외에 또 다른 둥근 의자가 있었다. 그리고 목수용 작업대가 있고 커다란 상자와 갖가지 연장과 새로운 나무판이며 못 등이 있었다. 또 도끼며 덫, 물건 넣는 자루, 그의 윗도리 같은 것들이 못에 걸려 있었다. 창문은 없었다. 빛이 열린 문으로 들어오고 있었다. 그야말로 잡동사니 천지였으나 일종의 은둔처이기도 했다.

코니는 사나이의 망치 소리에 귀를 기울였다. 그것은 그다지 행복한 소리가 아니었다. 그는 압박감을 느끼고 있었다. 지금 여기에 자신의 은밀한 생활을 침범한 사람이 있다. 더욱이 위험한 인간이다. 여자다! 그는 여태까지 이 세상에서 바란 것은 단 하나, 고독밖에는 없다는 생각을 갖고 있었다. 그런데도 그는 자신의 비밀 생활을 지킬 힘이 없었다. 그는 고용된 사람이고, 그 생활에 침범한 사람은 다름 아닌 고용주인 것이다.

그는 특히 이제는 여성과 접촉하기를 바라지 않았다. 그는 그것을 두려워했다. 예전에 여자 관계로 깊은 상처를 받았기 때문이다. 만약 혼자 있을 수 없게 되고 남의 간섭을 받아야 한다면 살아갈 것 같지도 않다고 생각하고 있었다. 그는 철두철미하게 바깥 세계로부터 도피하고 있었다. 이 숲은 그의 마지막 피난처였다. 이곳에 그는 자신을 감추려고 했다!

코니는 난롯불로 인해 몸이 따뜻해졌다. 그녀가 난로에 장작을 너무 많이 넣었기 때문에 난롯불은 곁에 있기가 뜨거울 정도였다. 그녀는 일어나 입구의 의자로 옮겨 앉아서 그가 일하는 모습을 바라보았다. 그는 그녀에게 무심한 체했지만 그것을 알고 있었다. 그러나 그는 열심히 일을 계속하고 있었다. 그의 갈색 개가 그 옆에서 꼬리를 깔고 앉아 방심하지 않고 바깥세상을 경계하고 있었다.

그는 늘씬한 몸을 조용하고도 재빠르게 놀려 만들기 시작한 새장을 완성하자 이번에는 그것을 거꾸로 해서 문이 잘 미끄러져서 열리는지를 시험해 본 다음 옆에 놓았다. 그러고 나서 그는 일어서서 낡은 새장 있는 데로 가더니 그것을 이제껏 일하던 통나무가 있는 데에 놓았다. 그는 웅크리고 앉아서 가름한 나무를 손으로 밀어 몇 개를 부러뜨렸다. 그런 다음 그곳에 박힌 못을 뽑기 시작했다. 그런 뒤 새장을 뒤집어서 자세히 살폈다. 그동안 그는 옆에 코니가 있다는 것을 의식하고 있다는 눈치를 조금도 내비치지 않았다.

코니는 그를 유심히 응시했다. 그러자 전에 벌거벗은 그에게서 보았던 쓸쓸한 고독이 지금 옷을 걸친 그에게서 다시 느껴졌다. 그것은 혼자 일하면서 사람과의 온갖 접촉에서 달아나려는 동물처럼 외로이 일에 열중하고 있는 모습이었다. 지금도 역시 그는 말없이 참을성 있게 그녀로부터 피하고 있었다. 성급한 정열적인 인간이 어디까지나 꾹 참아내고 있는 듯이 보이는 그 모습이 코니의 자궁에 울리는 듯했다. 앞으로 숙인 머리, 조용하고 재빠른 손짓, 쪼그리고 앉은 가냘프고도 섬세한 허리에서 그녀는 그것을 본 것이다.

무언가 성급하다, 그러면서도 망설이는 태도였다.

'그의 과거의 경험은 자신보다 훨씬 복잡하고 미묘한 것이리라. 더욱이 훨씬 깊고 넓고 더욱 심각하고 치명적인 것이리라.'

이렇게 생각하자 코니는 자신의 고통을 던 듯한 홀가분함을 느꼈다. 자기에게는 책임이 없다는 기분이었다. 그래서 그녀는 시간을 잊고 기묘한 주위 속에 있는 것도 잊고 꿈을 꾸듯 멍하니 오두막집

입구에 앉아 있었다.

코니가 깊은 생각에 잠겨 있을 때 그는 흘끗 돌아보았다. 그러자 차분하게 앉아 무언가를 기다리고 있는 듯한 표정이 그녀의 얼굴에 떠 있는 것을 보았다. 그것은 기다리고 있는 사람의 표정이었다. 돌연 그의 허리 부분과 그의 등뼈 아래쪽에서 엷은 불꽃이 일며 조그마한 혀가 날름거리기 시작했다.

그는 영혼 속에서 신음했다. 그는 이미 인간 상호의 접촉을 되풀이하는 것을 죽음과 같은 소름이 오싹 끼칠 일처럼 두려워하고 있었다. 그는 무엇보다도 그녀가 여기서 떠나 자기 혼자 있게 해줄 것을 갈망했다. 그는 그녀의 의지, 그녀의 여성으로서의 의지, 현대적인 여성의 아집을 두려워했다. 그리고 무엇보다도 그는 그녀의 차디찬 상류 계급적인 오만한 태도를 두려워했다. 그는 결국 고용된 사람에 지나지 않았기 때문이다. 그는 그녀가 거기에 있는 것이 싫었다.

코니는 갑자기 불안을 느끼고 제정신으로 돌아왔다. 그녀는 자리에서 일어섰다. 오후의 햇살도 이미 기울어져 있었다. 그러나 그녀는 자리를 떠날 수가 없었다. 그녀는 그가 있는 쪽으로 다가갔다. 그는 피로해 보이는 얼굴을 우울하게 굳힌 채 그녀를 바라보면서 명령을 기다리는 듯 서 있었다.

"이곳은 조용해서 좋군요. 여기엔 와 본 적이 없었어요."

코니가 입을 열었다.

"그렇습니까?"

"앞으로는 가끔 오려고 해요."

"좋겠지요."

"당신이 여기에 없을 때는 열쇠를 채우나요?"

"그렇습죠."

"나도 가끔 여기에 와서 쉴 수 있도록 열쇠를 가질 수 없을까요? 다른 열쇠는 없어요?"

"없는 줄로 아는데요."

그의 말은 사투리로 변했다. 코니는 당황했다. 그가 싫어하는 것이다. 그러나 오두막은 이 사나이의 것이 아닐 것이다.

"열쇠를 하나 얻을 수 없을까요?"

코니는 조용한 목소리로 물었다. 그러나 그 그늘에는 자기의 고집을 끝까지 내세우려고 결심한 여자의 어조가 스며 있었다.

"또 하나 말씀입니까?"

그는 비웃는 듯한 어조를 담고 화나는 듯한 눈초리로 흘끗 바라보았다.

"네, 또 하나요."

코니는 얼굴을 붉히면서 말했다.

"어쩌면 클리퍼드 경께서 갖고 계실지도 모릅니다."

그는 슬쩍 회피하듯이 말했다.

"그렇군요. 또 하나가 있을지도 모르겠군요. 없으면 당신이 가지고 있는 것으로 똑같이 하나 더 만들게 하죠. 하루나 이틀이면 될 거라고 생각해요. 그 사이에 열쇠를 빌려주시겠어요?"

"글쎄요. 마님! 이 근처에는 열쇠를 만드는 사람도 없는데요."

코니는 갑자기 화가 나서 얼굴이 새빨개졌다.

"좋아요. 내가 어떻게 해보겠어요."

"그렇습니까, 마님?"

일순 두 사람의 눈이 마주쳤다. 그의 눈은 차디찬 혐오와 경멸로 일그러졌는데, 무슨 일이 일어나더라도 아랑곳없다는 태도였다. 그녀의 눈은 자기의 의지가 거절당한 것으로 활활 타고 있었다. 그러나 그녀는 마음이 울적해졌다. 그에게 다가갔을 때 그가 얼마나 자신을 싫어하는가를 알았다. 그녀는 자포자기한 기분으로 그를 바라보았다.

"잘 있어요!"

"안녕히 가십시오, 마님."

그는 인사를 하고 황급히 가버렸다. 그녀 덕분에 그의 몸속에 잠들어 있던 오만한 여성에 대한 참을 수 없는 증오감과 분노가 눈을 뜬 것이다. 그러나 그는 무력했다. 그는 자신이 무력하다는 사실을 알고 있었다.

코니도 거만한 남성에게 화를 내고 있었다.

'고용인까지 저렇다니!'

코니는 불쾌한 표정을 지으며 집으로 돌아갔다. 볼턴 부인이 자기를 찾느라고 언덕의 큰 너도밤나무 밑에 서 있는 것을 보았다.

"지금쯤 돌아오실 줄 알고 기다렸지요, 마님."

코니를 보자 볼턴 부인이 쾌활하게 말했다.

"그렇게 늦었어요?"

코니가 물었다.

"네, 클리퍼드 나리께서 차를 기다리고 계시기 때문예요."

"왜 당신이 차를 드리지 않았죠?"

"하지만 그런 일까지 해서야 되나요. 클리퍼드 나리께서 좋아하시지 않을 겁니다."

"괜찮을 텐데."

코니는 클리퍼드의 서재로 들어갔다. 거기에는 펄펄 끓는 낡은 주전자가 쟁반에 놓여 있었다.

"늦었어요, 클리퍼드!"

코니는 모자와 스카프를 두른 채 쟁반 앞에 서서 꺾어 온 꽃을 놓고 찻잔을 집어 들면서 말했다.

"미안해요! 하지만 왜 볼턴 부인에게 차를 끓이라고 하지 않았어요?"

"미처 생각 못했어. 그 여자가 차 마시는 시간에 여주인 역할을 하리라곤 생각 못했는걸."

클리퍼드가 빈정대듯 말했다.

"그 여자가 손댈 수 없을 만큼 이 은찻잔에 신성함이 있는 건 아니잖아요."

클리퍼드는 이상하다는 듯 그녀를 쳐다보았다.

"오후 내내 뭘 했소?"

"나도 그늘에 가만히 앉아 있었어요. 커다란 호랑가시나무에는 지금도 열매가 달려 있는 걸 아세요?"

코니는 스카프를 벗었으나 모자는 그대로 쓴 채 앉아서 차를 따르기 시작했다. 토스트는 이미 굳어버렸을 것 같았다. 그녀는 찻잔에 덮개를 덮은 다음 일어나서 제비꽃을 꽂으려고 컵을 집어 들었다. 가엾게도 제비꽃은 시든 줄기 위에 축 늘어져 있었다.

"곧 살아날 거예요!"

코니가 꽃을 컵에 꽂아 그의 앞으로 밀어주며 향기를 맡게 했다.

"'주노의 눈꺼풀보다도 아름다워라'[31]로군."

"진짜 제비꽃하고는 아무런 관계도 없는 것 같군요. 엘리자베스 왕조 사람들은 좀 수식이 지나쳐요."

코니가 말하면서 차를 따랐다.

"새끼 꿩을 기르는 저 '존의 우물' 가까이에 있는 오두막집에 말예요. 열쇠가 또 하나 없을까요?"

"아마 없을 거야. 그런데 왜?"

"오늘 우연히 그곳을 발견했어요. 여태까지 본 일이 없었어요. 그곳이 무척 마음에 들어요. 이따금 그곳에 가서 앉아 있어도 괜찮을까요?"

"멜러즈가 있습디까?"

"네, 그 사람의 망치 소리가 나서 찾게 된 거예요. 그 사람은 내가

31) 셰익스피어의 〈겨울이야기〉 4막 4장에 나오는 구절이다 – 옮긴이

거기에 가는 것을 싫어하는 것 같아요. 열쇠가 또 하나 없느냐고 물었더니 아주 무례할 정도였어요."

"뭐랍디까?"

"별 것 아니에요. 열쇠에 대해서 모른다고 하더군요."

"아버지 서재에 하나 있을지도 몰라. 베츠가 그런 건 모조리 알아요. 그런 것은 모두 거기에 있어. 한번 찾아보도록 하지."

"네, 그렇게 해주세요."

"그래, 멜러즈가 무례한 말을 합디까?"

"아니, 아무것도 아니에요. 정말! 하지만 내가 그 사람의 영토 안에 들어가는 것을 그다지 좋아하지 않는 것 같았어요."

"그럴 리가 있나."

"하지만 그 사람이 왜 그런 데 마음을 쓰는지 모르겠어요. 결국 자기 집이 아니잖아요! 그건 그 사람의 집이 아닐 텐데, 나도 가고 싶을 때 가서 앉아 있어도 괜찮지 않겠어요?"

"그건 그렇지! 멜러즈는 뭐든지 자기 본위로 생각하는 모양이야."

"정말 그래요?"

"정말이야! 그 자는 자기를 특수한 인간이라고 생각하고 있어. 언젠가 얘기했지만, 그 자는 아내와 다정히 지내지 못하고, 1915년 군대에 들어가서 아마 분명히 인도로 돌아가지 못하는가 봐. 그자는 어쩔 줄을 모르게 된 거야. 그렇지만 내가 명령한 것은 빠짐없이 의무를 완수하거든. 내게는 별로 멜러즈 중위라는 티를 보이지 않아."

"그렇게 심한 더비셔 사투리를 쓰는 데도 용케 장교가 되었군요."

"그렇지도 않아. 다만 간간이 생각난 듯이 놀랐을 때 엉겁결에 쓸 뿐이야. 그 자는 제법 훌륭한 영어를 구사할 줄 알지. 하지만 하층 계급의 사회에서는 그 나름의 말을 쓰는 게 낫다는 생각을 하는 것 같더군."

"왜 좀 더 일찍 그런 이야기를 해주시지 않았어요?"

"아니, 난 그런 출세담이라는 게 싫어. 그것이 모든 질서를 파괴하는 근본이니까. 그런 일이 생긴다면 유감스러운 일이야."

코니는 그의 말에 동의해도 좋다고 생각했다. 아무 데도 속하지 않고 잔뜩 불만만 지니고 있는 인간이란 무슨 소용이 있겠는가?

맑은 날씨가 계속되자 클리퍼드는 숲으로 가자고 했다. 바람은 아직 차가웠지만 대단하지는 않았다. 그리고 태양은 따뜻하게 가득히 비쳐서 생명 그 자체인 듯했다.

"기막히게 좋죠? 정말 날씨가 좋은 날에는 마음까지도 완전히 달라져버려요. 평소에는 공기까지도 어쩐지 죽은 것 같고, 모두가 공기의 힘을 죽이고 있는 것 같아요."

코니가 말했다.

"모두가 그렇게 하는 것 같이 생각되오?"

클리퍼드가 물었다.

"네, 심한 권태라든가 모두가 갖고 있는 불만이나 노여움이 공기 속에 있는 생활력을 죽여버리는 것 같아요. 그건 사실이에요."

"대기의 상태가 나쁘면 인간의 생활력을 저하시킨다는 것은 아마 맞는 말이겠지."

"아녜요, 사람이 세계를 해치고 있는 거예요."

코니가 말을 가로챘다.

"자기의 보금자리를 스스로 더럽힌다는 말이군."

클리퍼드가 앉아 있는 바퀴 달린 의자가 천천히 앞으로 나아갔다. 개암나무 숲 속에는 버드나무의 꽃이 엷은 황금빛을 띠며 매달려 있고, 햇빛이 닿는 부근에는 아네모네가 활짝 피어서, 인간이 옛날에 그 꽃을 보았을 때 꽃과 더불어 삶의 기쁨을 외칠 수 있었던 때처럼 아네모네의 무더기가 생명의 환희를 외치고 있는 것 같았다. 그것은 희미하게 사과꽃 향기를 풍기고 있었다. 코니는 클리퍼드에게 서너 송이 꺾어주었다. 그는 그것을 받아들자 신기한 듯이 들여다보았다.

"그대 아직 더럽혀지지 않은 고요한 신부여[32]."

클리퍼드는 시 구절을 인용해서 말했다.

"그리스의 낡은 항아리보다는 훨씬 이 꽃에 어울리는 구절이군."

"더럽혀지다니, 참으로 끔찍한 말이에요! 여러 가지를 더럽히는 것은 사람뿐이에요."

"글쎄, 난 모르겠어. 달팽이나 그 밖의 것은."

"달팽이는 먹기만 할 뿐이고, 꿀벌도 더럽히진 않아요."

코니는 무엇에고 시 구절을 인용하는 그에게 화를 내고 있었다. 제비꽃이 주노의 눈꺼풀이니, 아네모네는 더럽혀지지 않은 신부니 하는 그런 식이다. 그 말들이 그녀와 그녀의 생활 사이에 끼어드는 것이 참으로 싫었다. 그 말의 작용은 그저 범하는 것뿐이다. 이 기성품의 명문구는 온갖 생물로부터 생명의 즙을 빨아먹는 것이었다.

클리퍼드와의 산책은 그다지 재미있지 않았다. 둘 사이에는 일종의 긴장이 흐르고 있었지만 서로 모르는 척할 뿐이었다. 돌연 코니는 자기에게 있는 여성 본능의 모든 힘으로 그를 밀어젖혀 버리고 싶었다. 그녀는 그를 떼어버리고 특히 그의 의식, 그의 명문구, 그의 아집, 끝없이 도는 수레바퀴 같은 아집, 그리고 그 자신의 말을 모조리 밀어젖히고 싶다고 생각했다.

다시 비오는 날씨가 되었다. 그러나 하루 이틀 지나면 코니는 빗속에도 다시 숲으로 나갔다. 숲 속으로 들어가자 곧 꿩을 기르는 오두막집을 향해 걸음을 옮겼다. 비가 촉촉이 내리고 있었으나 차가울 정도는 아니었다. 죽은 듯 고요한 숲 속은 연한 잿빛의 빗발 속에 전혀 인기척이 없고 이 세상과 동떨어진 느낌이었다.

코니는 빈터에 나섰다. 아무도 없었다. 오두막집은 자물쇠가 걸려 있었다. 그녀는 허술한 현관의 계단으로 되어 있는 통나무에 앉은

---

32) 영국의 낭만파 시인 키츠(John Keats, 1795~1821)의 시 〈그리스의 낡은 항아리〉에 나오는 구절이다 – 옮긴이

채 내리는 비를 보고 조용하게 울리는 빗소리에 귀를 기울이며, 바람이 조금도 불지 않는데도 흔들리고 있는 나뭇가지의 웅성거리는 소리에 귀를 기울이고 있었다. 묵은 떡갈나무가 주위에 빽빽이 들어서고 비에 젖어서 둥글고 힘에 차 있는 잿빛 줄기에서 여기저기 마구 가지를 뻗치고 있었다. 땅바닥에는 잡초라곤 별로 없었고, 뿌린 듯이 아네모네가 피어 있고, 작은 나무 덤불이 여기저기에 있었다. 딱총나무며 갈퀴덩굴이며 자색이 도는 덤불이었다. 양치류의 불그스름한 마른 잎은 녹색의 아네모네 무더기 밑에 숨겨져 있었다. 여기만은 더럽혀지지 않은 장소의 하나인 듯했다. 더럽혀질 수 없는 곳도 있다. 이를테면, 정어리 통조림은 더럽힐 수 없다. 그와 흡사한 여자들이 많다. 남자도 그렇다. 그러나 대지는……!

비가 개이기 시작하며 떡갈나무 사이의 어두움이 엷어져 갔다. 코니는 돌아가려고 생각하면서도 앉아 있었다. 점점 추워졌다. 그러나 가슴속에 솟구치는 분노가 몸을 나른하게 만들어 그녀는 마비된 듯이 꼼짝도 하지 않았다.

더럽혀지고 있다! 사람은 접촉하지 않아도 얼마나 더럽혀져 버리는 것인가! 죽은 말로 더럽혀지면 비루해지고, 죽은 관념에 더럽혀지면 아집이 생긴다.

그때 비에 젖은 갈색 개 한 마리가 달려와. 젖은 꼬리를 흔들었다. 그 뒤에서 산지기가 비에 젖은 검은 유포재킷을 입고 얼굴이 다소 상기되어서 따라왔다. 그녀를 보았을 때 그의 빠른 걸음이 조금 늦춰졌다. 그녀는 허술한 현관의 좁고 마른땅 위에 서 있었다. 그는 조용히 다가와서 말없이 인사했다. 그녀는 조금 뒤로 물러섰다.

"난 이제 가겠어요."

"집 안에 들어가고 싶으셨습니까?"

그는 그녀 쪽이 아니라 오두막 쪽을 바라보면서 물었다.

"아뇨, 잠깐 비를 피하고 있었을 뿐예요."

코니는 조용했지만 위엄을 갖추고 말했다.

그는 그녀를 바라보았다. 그녀는 냉담한 표정을 짓고 있었다.

"그럼 클리퍼드님께선 열쇠를 또 하나 갖고 계시지 않습니까?"

"네, 하지만 그건 괜찮아요. 이 현관에 있으면 조금도 젖지 않으니까. 그럼 잘 있어요!"

코니는 그의 어조에 섞여 있는 강한 사투리가 싫었다. 그녀가 가려고 하자 그는 유심히 그녀를 지켜봤다. 이내 그는 바지 주머니에 손을 넣어 오두막집의 열쇠를 꺼냈다.

"이 열쇠는 마님께서 갖고 계시는 게 좋겠습니다. 전 따로 집을 마련하지요."

"어떻게 할 작정이죠?"

"꿩을 기르기에 적당한 장소를 따로 찾아보겠습니다. 여기 오실 때 제가 옆에서 서성거리며 일하면 방해가 될 테니까요."

코니는 그를 보면서 강한 사투리로 발음된 이 말의 의미를 찾아내려 애쓰고 있었다.

"어째서 보통영어로 말하지 않죠?"

코니의 어조는 싸늘했다.

"이게 보통언어라고 생각합니다만."

화가 치밀어올라 코니는 잠깐 동안 잠자코 있었다.

"그러니까 열쇠를 갖고 싶으시면 받으십시오. 그렇지 않으면 제가 우선 여기서 옮기고 나서 내일 열쇠를 드릴까요? 그러는 게 좋겠습니까?"

코니는 점점 더 화가 났다.

"당신 열쇠를 갖고 싶진 않아요. 구태여 여기를 비워달라고도 하지 않아요. 당신을 여기서 쫓아낼 생각은 조금도 없어요. 다만 오늘처럼 이따금 여기에 와서 앉아 있고 싶을 뿐이에요. 나는 앉아 있는 것만으로 정말 족하니까, 이제 그런 말은 하지 말아요."

그는 또 심술궂고 고집 센 푸른 눈으로 그녀를 바라보았다.

"그러나……."

그는 사투리를 드러내며 느릿느릿 말하기 시작했다.

"마님께서 오신다면 오두막이고 열쇠뿐만 아니라 진심으로 무슨 일이고 해드리겠습니다. 겨울에는 내내 이곳에 아무 볼일이 없습니다만, 요즈음은 마침 봄이어서 클리퍼드 나리께서 꿩을 기르라고 말씀하셨기 때문입니다. 마님께서 오셨을 때, 제가 늘 주위에서 서성거린다면 언짢으시리라 생각됩니다."

코니는 막연한 놀라움으로 그 말을 듣고 있었다.

"서성거리는 걸 내가 어째서 마음을 쓴다는 거죠?"

그는 이상한 듯이 그녀를 보았다.

"전 마음이 쓰입니다!"

그는 짧게, 그러나 뜻 있게 말했다. 코니는 얼굴이 확 달아올랐다.

"알겠어요! 난 방해하지 않겠어요. 하지만 당신이 방해된다면 방해 안 되도록 하겠어요. 안심해요. 당신은 클리퍼드 경의 산지기지 내 산지기는 아니니까요."

그 말은 좀 묘했지만 그녀는 깨닫지 못했다. 무심히 지껄이고 말았던 것이다.

"아닙니다, 마님. 이건 마님의 오두막입니다. 언제라도 필요하실 때 쓰십시오. 마님께서는 일주일 전의 예고로 저를 그만두게 하실 수가 있습니다. 다만……."

"다만 뭐죠?"

코니가 어리둥절하여 물었다. 그는 모자를 뒤로 젖혔다.

"다만 여기에 오셨을 때 제가 옆에 서성거리지 않고 혼자 계시고 싶다면 이 집은 혼자서 쓰셔도 좋습니다."

"그건 무엇 때문이죠?"

코니는 화를 내며 말을 이었다.

"당신은 문명인이잖아요? 내가 당신을 두려워하리라고 생각하나요? 당신이 여기에 있건 없건 어째서 내가 마음을 써야 하죠? 어째서 그게 그렇게 중대한 일이죠?"

그는 그녀를 보고 온 얼굴에 심술궂은 웃음을 띠었다.

"그렇지 않습니다, 마님. 절대로."

"그럼 어째서죠?"

"그렇다면 마님을 위해서 열쇠를 하나 더 마련하겠습니다."

"아뇨, 그럴 필요 없어요! 난 갖고 싶지 않으니까."

"아무튼 그렇게 하겠습니다. 열쇠는 두 개가 있는 편이 더 좋으니까요."

"하지만 당신은 좀 거만하다고 생각해요."

코니는 얼굴을 붉히고 약간 숨 가쁘게 말했다.

"아닙니다. 절대로 그렇지 않습니다."

그는 서둘러 말을 이었다.

"그런 말씀은 마십시오. 절대로 그런 일은 없습니다! 저는 조금도 악의가 없습니다. 다만 마님께서 여기 오셔서 제가 옮겨야 한다면 다른 사육장을 만드는 것이 큰 일거리인 것뿐입니다. 그러나 마님께서 제가 있어도 상관없다고 하신다면…… 이 집은 클리퍼드 나리의 것이니까, 마님께서 마음대로 쓰실 일입니다. 그야말로 마음대로입니다, 제가 서성거리는 것만 괜찮으시다면."

코니는 뭐가 뭔지 알 수 없어서 그곳을 떠났다. 자기가 멸시와 모욕을 당했는지, 그렇지 않은 건지 도무지 알 수가 없었다. 다만 그는 그녀가 자기를 귀찮게 여기리라는 생각을 그대로 말했을 뿐일 것이다. 그런 것을 꿈엔들 생각했을까? 그의 존재, 저 어리석은 그의 존재가 그렇게 큰 것일까?

자신이 무엇을 생각하고 무엇을 느끼는지도 모른 채 그녀는 머릿속에 혼란을 가득 담고 집으로 돌아갔다.

제9장

코니는 자신의 마음이 클리퍼드에게서 차츰 멀어져 가는 데 놀랐다. 무엇보다도 그녀는 자신이 그를 싫어해 왔다는 것을 깨달았다. 그것은 증오라고 할 만큼 심한 것은 아니었다. 다만 육체적인 깊은 혐오감이었다. 그리고 자기가 그와 결혼한 것도 남모르는 육체적 혐오감을 그에게 느꼈기 때문이라고 생각됐다. 그러나 자기가 그에게 정신적인 매력과 자극을 느끼고 결혼했다는 것 또한 사실이었다. 그는 어떤 의미에서 그녀보다 뛰어난 지도자였던 것이다.

그러나 지금은 정신적인 흥분도 사라지고 허물어져 버렸다. 다만 육체적 반감만 느낄 뿐이다. 그 반감이 그녀의 마음속에서 솟아나왔다. 그리고 자기의 생활을 그것이 얼마나 좀먹는가를 깨달았다. 그녀는 자신을 약하고 불안하게 느꼈다. 무언가 바깥의 도움이 있으면 좋겠다고 생각했다. 그러나 이 세상 어디에서도 도움은 나타날 것 같지 않았다. 사회는 미쳐버린 끔찍스런 것이었다. 문명사회라는 것은 미쳐 돌아가고 있다. 돈과 연애가 사회의 두 가지 마니아[狂]였다. 그중에도 돈이 훨씬 심했다.

개인은 제각기 떨어져서 미친 정신으로 이 두 가지에 열중하고 있다. 마이클리스가 그렇다! 그의 생활과 활동은 바로 광기(狂氣)이다. 그의 연애도 일종의 광기이다. 클리퍼드도 마찬가지였다. 그 대화의 전부가 그렇다! 그 저작의 전부가 그렇다! 그것은 모두 자신을 밀어내기 위한 쓸데없는 발버둥에 지나지 않는 것이다! 그것은 그야말로 광기이다. 더욱이 그것은 점점 더 고조되어서 광란적이다.

코니는 공포로 마비되어 감각이 없어지는 것처럼 생각되었다. 그러나 다행스런 것은 클리퍼드의 마수가 그녀에게서 떠나 볼턴 부인에게로 옮겨진 것이었다. 하지만 그 자신은 깨닫지 못했다. 대부분의 광기 있는 사람들이 그렇듯이 그의 광기는 자신이 의식하지 못하는 여러 가지 일, 다시 말해 클리퍼드 자신의 의식이 광대한 불모지로 측정될 수가 있는 것이었다.

볼턴 부인은 무엇을 시켜도 훌륭하게 해냈다. 그러나 그녀 역시 현대 여성들의 광기의 특징인 지배욕과 끝없는 아집을 가지고 있었다. 자신은 오로지 남을 위해서 희생적인 생활을 하고 있다고 생각했다. 클리퍼드는 그녀를 매혹했던 것이다. 그것은 클리퍼드는 그녀보다도 날카로운 본능을 갖고 있는 것처럼 그녀의 생각을 말살해 버리기 때문이다. 그는 그녀보다도 좀 더 세련되고 섬세한 아집을 가지고 있었던 것이다. 그것은 그녀가 보기엔 기막힌 매력이었다.

아마도 코니에게도 매력이었을 것이다.

"오늘 날씨가 아주 좋군요."

볼턴 부인이 타이르는 듯한 목소리로 말했다.

"오늘은 휠체어로 산책을 하시는 게 좋겠습니다. 아주 햇볕이 따뜻합니다."

"그래? 그 책을 좀 집어줘. 그 노란 책 말이야. 그리고 그 히아신스는 내어가면 좋겠군."

"어머, 참 아름다운데요?"

볼턴 부인은 아름답다는 말에 힘을 주어 말했다.

"그리고 향기도 매우 좋아요."

"그 냄새가 싫어. 좀 침울해."

"그렇게 생각되세요?"

볼턴 부인은 뿌루퉁해서 외쳤다. 그녀는 한층 뛰어난 그의 섬세한 감각에 탄복하면서 히아신스를 방에서 내갔다.

"오늘 아침에는 면도를 해드릴까요? 아니면 손수 하시겠어요?"

볼턴 부인의 목소리는 언제나처럼 부드럽고 애무적이며 또한 지배적이었다.

"아직 생각하지 않았어. 좀 기다려줘, 그때가 되면 부를 테니까."

"알겠습니다, 나리!"

볼턴 부인은 부드럽게 복종하는 듯이 대답하고 물러갔다. 그러나 이렇게 거절당할 때마다 그녀는 새로운 의지력을 자신의 마음속에 저축하는 것이었다.

잠시 후 클리퍼드가 초인종을 울리자 그녀는 바로 들어왔다.

"오늘 아침에는 당신한테 면도를 부탁할까?"

그 말을 들은 볼턴 부인의 마음은 다소 흥분에 휩싸여 고동쳤다. 그녀는 한층 더 조용하게 말했다.

"알겠습니다, 나리."

볼턴 부인은 부드럽고 만지작거리는 듯한 손가락 끝으로, 다소 느리기는 했지만 솜씨 있게 면도를 했다. 처음에는 너무 촉감이 부드러운 그녀의 손끝에 그는 다소 초조했다. 그러나 점점 기분이 좋아졌고, 그녀의 면도 솜씨 또한 좋아하게 되었다. 그는 거의 매일같이 그녀에게 면도하게 했다. 자기의 얼굴 바로 옆에 그녀의 얼굴이 있고 조심하는 그녀의 눈이 빛나고 있다. 이윽고 그녀는 손끝으로 그의 뺨, 입술, 턱, 목 등을 완전히 분간할 수 있게 되었다. 그는 영양도 좋고 손질도 잘 되어 있고 얼굴이나 목덜미도 매우 아름다워서 더할 나위 없는 신사였다.

그녀 또한 아름다운 여성이었다. 갸름한 얼굴은 창백하고 조용했으며 눈은 빛났고 아무런 표정도 담지 않았다. 그녀는 거의 사랑이라고 할 만큼 천천히 부드럽게 그의 목을 더듬어 갔고, 그 또한 그녀에게 모든 것을 맡기게 되었다.

지금 그녀는 그를 위해 온갖 일을 다 해주었다. 그리고 코니에게 해달라는 것보다 훨씬 마음 편하고, 몸을 보살펴주어도 부끄럽게 생각되지 않았다. 그녀는 그의 몸을 다루기를 좋아했다. 그의 육체를 완전히 자기가 맡아서 배설물 시중까지 하는 것을 그녀는 좋아했다.

어느 날 볼턴 부인이 코니에게 말했다.

"남자란 누구든 모든 것을 다 알고 보면 어린애란 말이에요. 테버셜 탄광으로 일하러 가는 제일 거친 남자도 다루어 보았지만, 어디 아픈 데라도 생겨서 돌봐주면 모두 어린애가 되죠. 그래요, 남자란 모두 마찬가지예요."

처음에는 클리퍼드와 같은 신사 중에서도 진정한 신사에게는 틀림없이 무언가 다른 데가 있을 거라고 볼턴 부인은 생각했다. 그래서 클리퍼드는 그녀를 마음대로 다룰 수 있었던 것이다. 그러나 점점 클리퍼드도 - 그녀의 말을 빌면 - 역시 다른 남자와 마찬가지로 어른의 육체를 지닌 어린아이에 지나지 않았다. 다만 이 어린아이에게는 묘한 기질과 점잖은 예의와 자제력과 지금까지 그녀가 상상조차 할 수 없었던 여러 가지 색다른 지식이 있었다. 그런 것으로 그는 아직 그녀를 누를 수가 있었다.

코니는 이따금 그에게 말하고 싶을 때가 있었다.

"제발 부탁이니 너무 저 여자에게 뭐든지 맡기지 않도록 하세요!"

그러나 결국 그렇게 말할 수 있을 만큼 그의 시중을 들어주지 않은 자신을 인정하지 않을 수가 없었다.

지금도 밤 10시까지 그와 저녁 한때를 보내는 것은 그녀의 습관이었다. 그때 그들은 말을 나누기도 하고 함께 책을 읽기도 하고 그의 원고에 대한 의논을 하기도 했다. 그러나 그런 일에는 이제 조금도 흥미가 없었다. 그의 원고는 지루했다. 그래도 그녀는 의무적으로 타이프라이터를 쳐주었다. 그러나 얼마 뒤에는 그것마저도 볼턴 부인이 하게 되었다.

그것은 코니가 그녀에게 '타이프라이터를 배우면 어떻겠느냐'고 넌지시 말했기 때문이었다. 그리고 무엇이든 해보고 싶었던 볼턴 부인은 당장 배우기 시작해서 열심히 연습했다. 그래서 이제 클리퍼드는 그녀에게 편지글 정도는 말로 불러줄 수 있게 되었다. 그녀의 타이프라이터 솜씨는 좀 느렸지만 정확했다. 그도 어려운 단어라든가 이따금 나오는 프랑스어의 철자를 참을성 있게 가르쳐주었다. 가르쳐주는 편이 재미를 느낄 만큼 그녀는 그것을 기뻐했다.

요즈음 코니는 저녁식사 후에도 두통이 난다는 구실로 위층 자기 방으로 올라갔다.

"볼턴 부인이 피켓[33] 상대를 해드릴 거예요."

코니가 클리퍼드에게 말했다.

"아니, 괜찮아. 당신은 방에 가서 좀 쉬도록 하지."

그러나 그녀가 사라지면 곧 볼턴 부인을 불러 피켓이나 베지크[34]를 하고 때로는 체스의 놀이 상대를 시켰다. 그는 그러한 놀이를 일일이 그녀에게 가르쳐주었던 것이다. 볼턴 부인이 소녀처럼 얼굴을 붉히고 자신 없이 떨면서 퀸(여왕)이나 나이트(기사)에 손을 댔다 뗐다 하는 것을 보기란 코니에게는 말할 수 없이 싫은 것이었다.

클리퍼드는 얼마간은 놀리는 어조로 엷은 웃음을 띠고 말했다.

"자드브[35]라고 해야지."

볼턴 부인은 놀란 눈을 빛내며 그를 쳐다본 다음 얌전하고 조그맣게 말했다.

---

33) 두 사람이 두 장의 카드를 가지고 하는 트럼프 놀이이다 – 옮긴이
34) 64장의 카드로 하는 트럼프 놀이이다 – 옮긴이
35) J'adoube : 기다리다 – 옮긴이

"자드브."

클리퍼드가 그녀를 교육시키고 있다고 하는 것이 옳았다. 그것이 자신의 힘을 느끼게 하기 때문에 재미있었던 것이다. 그리고 그녀는 전율적인 흥미를 느꼈다. 그녀는 이른 바 신사 숙녀가 알고 있는 것, 돈 이외에 그들을 상류 계급 사람답게 하는 자격을 조금씩 몸에 익혀 갔다. 그것이 그녀를 기쁘게 했다. 동시에 그가 그녀를 곁에 두고 싶어 하도록 만드는 일이었다. 그녀의 마음에서 우러나는 진정한 흥분은 깊은 곳에서부터 미묘하게 그의 마음에 아첨하는 것이었다.

코니의 눈에는 클리퍼드가 차츰 그의 본성을 드러내는 것처럼 느껴졌다. 보다 속되고 짓궂고 평범해지고 날카로움이 없어지고 약간 뚱뚱해졌다. 아이비 볼턴의 기교와 지배력 또한 속이 빤히 들여다보였다. 그러나 이 부인이 클리퍼드를 대할 때 진정으로 흥분하는 것은 코니를 매우 놀라게 했다. 그녀가 그에게 사랑을 느끼고 있다고 말하는 것은 잘못이리라. 그녀는 이 상류 계급의 남자며 작위를 갖고 있는 신사며 책이나 시를 쓰는 문학자며 신문에도 사진이 실리는 그런 류의 사람과 접촉하는 데에 마음이 동요되고 있었던 것이다. 그런데 그 감동은 기묘한 격동이라고 할 만한 것을 느끼고 있었다. 그리고 그녀가 받는 이 '교육'은 어떤 연애 사건보다도 훨씬 깊은 흥분과 반응을 그녀에게 느끼게 했다. 사실을 말하면 둘 사이에 연애가 '생길 수 없다'는 엄연한 사실 때문에, 지식을 갖춘다는 것과 그가 갖추고 있는 지식을 안다는 것에 대한 정열을 그녀는 마음껏 사무치도록 향락할 수가 있었다.

어느 의미에서 이 부인은 그와 사랑에 빠져 있는 것이 틀림없었다, 사랑이라는 말에 우리가 어떤 의미를 주더라도. 그녀는 참으로 아름답고 젊으며, 그녀의 잿빛 눈은 때로는 기막히게 매력 있게 보였다. 더불어 그녀에게는 남모르는 은밀한 만족감이 엿보이고 있었다. 그것은 승리감이라고도 할 만한 자기 만족이었다. 정말이지 자기 만족은 싫다! 코니는 그것을 얼마나 혐오했던가!

그러나 클리퍼드가 이 부인의 포로가 된 것도 당연한 일이었다. 그녀는 자기 나름의 집요한 방법으로 그를 숭배하고 있었다. 오로지 그의 마음이 요구하는 대로 자신의 모든 것을 바쳐 헌신적으로 봉사했다. 그가 몹시 만족감을 느낀 것도 당연한 일이었다.

그들 사이에 오랜 대화가 오가는 것을 코니는 자주 들었다. 서로 주고받는다기보다 많이 이야기하는 편은 볼턴 부인이었다. 그녀는 테버셜 마을의 여러 가지 소문을 그에게 들려주었다. 그것은 소문 이상의 마치 개스켈 부인[36]과 조지 엘리엇[37]과 미트퍼드 여사[38]를 함께 뭉쳐서, 그들 여류 작가들이 묘사한 것보다도 더 많은 것을 덧붙인 것 같은 것이었다. 볼턴 부인이 마을의 생활에 대해 일단 말하기 시작하면 어떠한 작품보다도 훌륭했다. 그들의 사사건건에 대해 깊은 곳까지 상세한 이야기를 불꽃처럼 열성적으로 알고 있는 것이다.

볼턴 부인의 이야기에 귀를 기울이는 것은 점잖지 못한 일이었지만 참 흥미진진한 것이었다. 처음엔 그녀가 말하는, 소위 '테버셜 이야기'를 클리퍼드에게 들려주고 싶어 하지 않았다. 그러나 일단 지껄이기 시작하면 끝이 없었다. 클리퍼드 쪽에서는 소재(素材)가 곧잘 발견되기 때문에 그녀의 이야기를 들었다.

그의 천재라는 것이 이런 것인가 하고 코니는 생각했다. 결국 그것은 소문에 대한 이해성 있는, 그리고 분명하고 공평하고 명석하게 판단하는 통찰력이었다. 물론 볼턴 부인은 '테버셜 이야기'를 할 때는 매우 열중했다. 정말 자기를 잊고 이야기했다. 그리고 놀라운 것은 마을에서 무슨 일이 생기기만 하면 곧 그녀가 그 사실을 안다는

---

36) Elizabeth Cleghom Gaskell(1810~1865). 뛰어난 전원생활의 작품을 남긴 영국의 여류 작가이다 – 옮긴이

37) George Eliot(1819~1880). 영국의 가장 저명한 여류 작가 중 한 사람이다 – 옮긴이

38) Mary Russell Mitford(1787~1855). 경쾌한 극작이나 소설을 많이 남긴 영국의 여류 작가이다 – 옮긴이

것이었다. 그녀가 한 이야기는 몇 십 권의 책이 될 수 있었다.

코니는 볼턴 부인의 이야기를 듣는 것이 재미있었다. 그러나 나중에는 부끄럽게 느껴졌다. 그렇게 열광적인 호기심으로 들을 일이 아니었다. 요컨대, 모든 사람이 진정으로 동정할 만한 괴로움에 찬 짓눌린 사람에 대한 존경심과, 세심한 주의를 갖고 있다면 사람은 다른 사람의 가장 사적인 사정을 들어도 좋은 것이다. 그것은 풍자일지라도 동정의 일종이기 때문이다. 동정이 흐르거나 멈추거나 하는 그 상태가 우리의 생활을 결정짓는 것이다. 그리고 바로 이 점에 적절하게 형성된 소설의 중요성이 있다. 그것은 우리의 동정심에서 새로운 영역을 깨닫게 하거나, 그것으로 이끌어 감과 동시에 또한 못 쓰게 된 것에 대해서는 우리의 동정심을 움츠리게도 하는 것이다. 그렇기 때문에 소설은 적절히 취급되기만 하면 인생의 가장 은밀한 부분도 표현할 수가 있다. 민감한 지각이 흘렀다 물러갔다 하는 동안 깨끗하게 씻겼다 생기를 불어넣었다 하는 것이 필요한 것은 특히 인생의 애정에 관한 비밀 부분에서이기 때문이다.

그러나 소설은 소문과 마찬가지로 기계적인 심리에 치우친 거짓 동정이나 반감을 사는 수가 있다. 소설이 통속적인 결벽성을 특징으로 하는 것인 한 극히 부패한 감정도 미화할 수가 있다. 그런 소설은 소문과 마찬가지로 타락한 것이 된다. 그리고 또한 소문과 마찬가지로 외면상으로는 천사 쪽을 편들고 있어 한층 더 타락한 것이 된다. 볼턴 부인의 소문은 언제나 천사 쪽을 편들고 있다.

"그리고 남자들은 매우 혹독한 사람이었지만 그 여자는 좋은 사람이었어요."

볼턴 부인은 이렇게 말하는 것이었다.

코니는—볼턴 부인의 이야기로 판단한 바에 의하면—여자는 다만 말로만 교묘한 방법을 쓸 뿐 남자 편이 성급하지만 정직하다는 것을 이해할 수 있었다. 그러나 볼턴 부인의 악의에 찬 인습적인 동정의 흐름 속에는 '성급한 정직함'이 언제나 남자를 '나쁜 사람'으로 만들고, '말로만 교묘한 것'이 여자를 '훌륭한 여성'으로 만든 것이었다.

이런 이유 때문에 소문을 듣는 것은 굴욕적인 것이다. 그리고 이와 같은 이유로 대부분의 소설, 특히 통속소설을 읽는 것 또한 굴욕적이다. 현대사회는 다만 그 악덕에 호소할 때에만 반응을 주고 있다.

그러나 볼턴 부인의 이야기를 듣고 난 뒤 테버셜 마을의 모습이 꽤 명료해졌다. 그것은 밖에서 보이는 것처럼 단조롭고 우둔한 것이 아니라 추악하고 진흙투성이의 무시무시한 것이었다. 그 이야기 속에 나오는 대개의 사람들 얼굴을 클리퍼드는 알고 있었다. 코니는 그중 한두 사람밖에 몰랐다. 그 이야기는 영국의 마을 이야기가 아니라 중앙아프리카의 밀림지대 이야기처럼 들렸다.

"미스 올솝 양이 지난주에 결혼한 이야기는 아마 들으셨을 겁니다. 구둣방 제임스 올솝 영감의 딸 말입니다. 그 사람들은 파이 크로프트에 집을 지었답니다. 영감은 작년에 넘어진 게 원인이 되어서 돌아가셨죠. 여든세 살이었는데도 젊은이처럼 정정했답니다. 그 영감이 작년 겨울, 아이들이 만들어놓은 베스트우드 언덕의 미끄럼판에서 발을 헛디뎌 넓적다리가 부러졌어요. 그런 불미스런 일로 그 영감은 불쌍하게도 돌아가셨지요. 그런데 영감은 자기의 재산을 모조리 딸인 테티에게 물려주고 아들에게는 한 푼도 남겨주지 않았답니다. 테티는 쉰…… 그래요, 작년 가을에 쉰셋이었으니까요.

그 집안은 모두 신앙심이 깊은 사람들이지요. 테티만 하더라도 아버지가 돌아가실 때까지 30년 동안 교회 주일학교에서 아이들을 가르치고 있었으니까요. 그런데 테티가 킨브룩에서 온 남자와 관계를 가졌다지 뭡니까. 그 사나이는 잘은 모르지만 윌콕이라든가 하는 꽤 나이 지긋한, 코가 빨간 멋쟁이인데, 해리슨 목공장에서 일하죠. 아무리 봐도 그 사나이는 예순 댓 살 났을 겁니다. 하지만 둘이서 팔짱을 끼고 다니기도 하고, 문 옆에서 키스하는 것을 보면 마치 한 쌍의 젊은 연인 같아요.

그리고 그 여자는 파이 크로프트 거리의 누구나 들여다볼 수 있는 창가에서 남자의 무릎에 앉아 있거나 한답니다. 그 남자에게 이미 마흔이 넘은 아들들이 있다나 봐요. 2년 전에 아내를 잃었죠. 제임스 올솝도 살아생전엔 그 딸을 무척이나 견실하게 키워왔지만, 이제 죽어버렸으니 무덤에서 나올 수도 없는 일 아니겠어요?

그들은 결혼해서 킨브룩에서 살고 있어요. 사람들의 말에 의하면, 그 여자가 아침부터 저녁까지 온종일 옷을 차려입고 돌아다니는 것이 대단한 구경거리라는군요. 정말이에요. 그 나이에 말예요. 젊은이라면 또 모르겠지만, 꼴불견일 거예요. 그런 것도 모두 영화의 영향을 받은 거라고 생각합니다만, 그렇다고 영화를 못 보게 할 수도 없죠. 그러니까 전 언제나 말한답니다. 훌륭한 교육 영화를 보러 가는 것은 좋지만, 멜로드라마니 연애니 하는 것은 제발 보러 가지 말라고 말입니다. 아무튼 아이들에게는 이런 것들을 보이지 않는 게 제일이에요!

하지만 보세요. 이렇게 되면 어른들이 아이들보다 더 나쁘단 말입니다. 늙은이들이 제일 나빠요. 도덕이니 뭐니 해도 귀를 기울이는 사람도 없어요. 모두 자기 좋은 대로 지내기만 하면 마음이 편한 모양이에요. 요즈음은 탄광 경기가 좋지 않아 주머니 사정이 나쁘니까 그렇게 화려하게 지내지는 못하게 되었답니다. 그래서 모두들 불평이죠. 여자가 특히 더 심하죠. 남자들은 묵묵히 꾹 참는답니다! 그들로선 어쩔 수도 없으니까요. 하지만 여자들에게는 허영심이 있으니까 자랑을 하고 돌아다니고, 메리 공주의 결혼식을 축하하는 선물을 보낸다는 둥 하며, 사방에서 보내 온 기막힌 축하 선물에 관한 말을 들으면 자기 자신을 잊고, '그분은 다른 사람들과 어디가 다르단 말인가' 라느니, '스완 앤드 에드거[39]'에서는 그분에게 모피 코트를 여

39) Swan & Edgar. 당시 런던의 유명한 백화점이다 – 옮긴이

섯 벌씩이나 드렸다는데 내게도 한 벌쯤 주면 안 되나'라느니, '그분은 내게 아무것도 주실 리가 없는데 10실링 손해를 보았지 뭐야'라느니, '우리 집 아버지는 도무지 벌이가 없어서 내게 스프링코트 한 벌도 사주지 못하는데 그분은 몇 마차 분이나 선물을 받는다'느니, '이제 부자들은 돈에 진절머리가 났을 테니 우리 가난뱅이들도 필요한 돈쯤은 가져도 좋지 않겠어? 난 정말 새 스프링코트가 갖고 싶지만 어떻게 마련하면 좋을지 모르겠어!'라는 둥 한답니다.

그래서 나는 그 사람들에게 말해 주었지요. 예쁘게 차려입을 수는 없더라도 입고 먹고 사는 데 불편하지 않는 것만도 고맙게 생각하라고요. 그러면 그 사람들은 곧 내게 덤벼든답니다.

'어머, 그렇다면 누더기를 걸치고 아무것도 갖지 않은 채 시집을 가게 되면 기분 좋을까요? 그런 사람들이 마차에 몇 대 분이나 갖고 있는데 나는 봄옷 한 벌도 없단 말예요. 부끄럽기 짝이 없어요. 공주는 참 행복하겠어요! 결국은 돈 문제예요. 잔뜩 가지고 있는데도 더 많아진단 말예요! 나도 똑같은 사람인데 내게는 아무것도 주지 않아요! 교육 같은 것은 아무것도 아녜요! 결국 돈 문제예요. 내가 봄옷 한 벌을 갖고 싶어 하면서도 마련하지 못하는 것은 돈이 없기 때문이에요.'

그 사람들은 옷에 대한 것밖에는 생각하지 않아요. 겨울옷 한 벌을 구입하는 데 팔구십 파운드씩이나 돈을 쓰고도 아무렇지도 않게 생각한답니다. 그것도 광부의 딸이 말입니다. 그리고 어린애 여름 모자 하나에도 2파운드나 주고 산답니다. 우리가 어렸을 땐 3실링 6펜스짜리 여름 모자를 쓰고도 기뻐했는데, 요즘은 2파운드나 준 모자를 쓰고 예배를 보러 간답니다. 금년 교회의 기념제에는 주일학교 학생들을 위해서 천정에 닿을 만한 굉장한 대(臺)를 만들었는데, 마침 그때 주일학교의 일학년 여학생을 가르치는 톰슨 양이 이렇게 말하더군요.

'저 대 위에 앉아 있는 아이들의 새로 만든 나들이옷만 해도 천 파운드 이상일 거예요.'

이런 세상이랍니다! 어쩔 수 없는걸요. 젊은 애들은 또, 옷이니 담배니 조합 매점에서 술을 마신다든가 일주일에 두세 번씩 셰필드로 놀러 간다든가 해서, 갖고 있는 돈은 다 써버리는 형편이에요. 전혀 세상이 달라졌어요. 게다가 젊은이들은 아무것도 존경할 줄도 두려워할 줄도 몰라요. 나이 먹은 남자 분들은 저토록 참을성 있고 마음이 좋아서 여자들에게 멋대로 하게 내버려둔답니다. 그러니까 그렇게 되는 거예요. 정말 여자들은 마물이에요. 하지만 젊은 남자들도 아버지 같지 않게 되어버리고 말았어요. 조금도 남을 위해 희생할 생각이 없거든요. 다만 자기 일밖에 몰라요. 집을 마련하기 위해 다소라도 저축하면 어떻겠느냐고 하면 이런답니다.

'그런 것은 어떻게 되겠지, 아무튼 즐길 수 있는 동안에 즐겨 두는 거야, 그 밖의 일은 어떻게 되겠지.'

모두 난폭하고 이기주의자라고나 할까? 나이 많은 사람들이 무엇이든지 다 떠맡고 있으니까 어디를 보나 형편없답니다."

클리퍼드는 자기 마을에 대해 생각을 달리했다. 마을은 언제나 그를 위협하고 있고, 그 위협이 어쩐지 변함이 없을 것 같다는 생각이 들었던 것이었다. 그러나 지금은?

"그 사람들 사이에는 사회주의니 볼셰비즘이니 하는 게 많소?"

클리퍼드가 묻자 볼턴 부인이 대답했다.

"천만에요! 누가 그런 말씀을 드렸나 보군요. 하지만 빚지고 있는 건 대개 여자들뿐이에요. 남자들은 조금도 생각지 않아요. 남자들은 전혀 아랑곳하지 않는답니다. 테버셜 마을이 적화(赤化)한다고는 도저히 믿을 수 없어요. 그렇게 되기엔 너무 점잖아요. 하지만 젊은이들은 쓸데없는 이야기를 하기도 한답니다. 그러나 그런 말을 정말로 하는 건 아니죠. 다만 소비조합에서 쓸 돈이나 셰필드로 놀러 갈 돈이 조금 더 있었으면 할 뿐이에요. 그것밖엔 생각지 않습니다. 돈이 한 푼도 없을 땐 빨갱이의 선동에 귀를 기울이겠지만, 그걸 진짜로 곧이듣는 사람은 없어요."

"그렇다면 위험한 일은 없겠군?"

"절대로 없어요. 일만 계속해서 잘 되어 간다면 그런 걱정은 조금도 없습니다. 하지만 불경기가 너무 오래 계속되면 젊은이들은 이상한 생각을 하게 될지도 모르겠어요. 그들은 멋대로 자란 이기주의자들임에 틀림없으니까요. 하지만 무슨 일을 저지르리라는 건 생각할 수도 없는 일입니다. 다만 오토바이를 타고 우쭐대거나 셰필드의 무도장에 출입하거나 하는 것 외에는 조금도 진지하게 생각하지 않는답니다. 어떤 짓을 하건 절대로 진지해지지 않는답니다. 예복을 입고 무도장에 가서 여러 여자들 앞에서 우쭐대며 찰스턴인가 무언가를 추는 편이 진실된 편입니다. 정말로 때로는 무도장에 가는 예복을 입은 광부의 아이들로 버스가 가득 차는 일이 있죠. 또 자기 여자를 자동차나 오토바이에 태우고 가는 젊은이들도 있지만 그 사람들은 던커스더나 경마에 관한 일이 아니면 진지하게 생각하지 않는답니다. 다만 경마라면 돈까지 건답니다. 그리고 축구! 하지만 축구도 옛날같이 열중하지 않아요. 어쩐지 그것은 노동하는 듯한 기분이라고 하더군요. 그보다는 토요일 오후에 노팅엄이나 셰필드에서 오토바이로 달리는 것을 더 좋아한답니다."

"그러나 그런 데 가서 무엇을 하지?"

"그냥 돌아다니고, 미타도 같은 화려한 곳에서 차를 마시거나 여자와 함께 무도장이나 영화관이나 엠파이어로 가거나 하는 거죠. 여자들도 남자 애들과 조금도 다를 바가 없고, 하고 싶은 짓을 멋대로 한답니다."

"그렇게 할 만한 돈이 없을 땐 무얼 하지?"

"어떻게 해서든지 마련하는가 봐요. 그렇지 않으면 추잡한 이야기를 주고받곤 한답니다. 이렇게 남자들은 모두 유흥비를 갖고 싶어하고, 여자도 옷에만 열중해서 도저히 볼셰비즘 같은 것은 생길 나위도 없습니다. 그들에게는 사회주의자가 될 정도의 머리도 없습니다. 어떤 일이고 진지하게 받아들일 진지함도 전혀 없고, 도저히 그렇게 될 가망성도 없습니다."

코니는 하층 계급도 다른 계급과 조금도 다름없다는 생각이 들었다. 테버셜이든 메이페어이든 켄싱턴이건 똑같은 짓을 하고 있을 따름이다. 현대에는 단 하나의 계급, 즉 '돈 있는 사람'이 있을 뿐이다. '돈 있는 남자'와 '돈 있는 여자', 다만 다른 것은 얼마를 갖고 싶고 얼마를 갖고 있는가 하는 것뿐이다.

볼턴 부인의 영향을 받은 클리퍼드는 탄광에 새로운 흥미를 갖기 시작했다. 그 책임이 자기에게 있다는 것을 느끼기 시작한 것이다. 일종의 새로운 자신감이 그에게서 솟아올랐다. 결국 그가 진정한 테버셜의 군주이고, 클리퍼드 자신이 탄광이었다. 그것은 그가 여태까지 공포를 느끼고 망설이던 새로운 권력감이었다.

테버셜 탄광은 점점 쇠퇴해 가고 있었다. 탄갱은 옛날부터 있던 테버셜과 뉴런던 두 개밖에 없었다. 예전에 테버셜 탄갱은 유명했으며 또한 막대한 이익을 올렸었다. 그러나 지금은 그런 모습을 잃고 말았다. 뉴런던은 매우 흥성했던 일도 없지만 평상시는 그럭저럭 수지를 맞춰 가고 있다. 다만 요즈음 같은 불경기에는 뉴런던 같은 탄갱도 폐쇄할 수밖에 없었다.

볼턴 부인이 말했다.

"테버셜 마을 사람 중에 스택스 게이트나 화이트오버로 옮겨간 사람이 많아요. 전쟁 뒤에 지은 스택스 게이트의 새 공장을 보신 일이 있으십니까, 나리? 꼭 한번 보시는 게 좋을 겁니다. 아주 최신식 공장이에요. 탄갱 입구에 커다란 화학 공장이 있는데 얼핏 보면 탄갱 같지 않아요. 말을 들으니, 석탄에서보다 그 공장에서 생산되는 부산물이 훨씬 돈을 번다나 봐요, 그 부산물이 뭐였는지는 잊었습니다만. 그리고 광부들을 위해서 굉장히 큰 건물이 서 있어요! 마치 왕궁 같은 집이에요. 테버셜 사람들도 거기에 가는 편이 마을에 있는 것보다 훨씬 편하게 될 것 같다는군요. 그들은 '테버셜은 이젠 마지막이다, 앞으로 3, 4년이 지나면 폐쇄될 거다.' 라고 말한답니다. 그리고 뉴런던이 그 시초라고요. 정말 테버셜 탄광이 문을 닫게 되면 어떻게 되겠습니까? 파업이 있을 동안에도 정말 큰일 났다고 했는데, 아예 폐쇄되고 만다면 이 세상 마지막처럼 될 겁니다. 제 처녀 시절엔 이곳이 전국에서 가장 좋은 탄갱이고, 여기서 일하는 사람이 행복하다고 저 자신이 생각했었습니다. 테버셜은 참으로 경기가 좋았습니다. 그것이 지금은 모두들, '침몰되어 가는 배에서 모조리 도망갈 때다.' 하고 말한단 말입니다. 기막힌 일이 아닐 수 없어요!

물론 마지막 순간이 닥칠 때까지 떠나지 않을 사람도 많습니다. 그처럼 신식 광산의 깊은 갱이나 기계로 해치우기를 그들은 좋아하지 않아요. 그들은 채굴 기계가 인간이 하던 일을 대신해서 하는 것을 철인이라고 하며 무서워하고 있답니다. 그것도 돈이 드는 일이라고 합니다만, 그래도 거기에 든 돈은 노임보다 훨씬 싸게 먹히니 경제적이죠. 이제 얼마 가지 않아 땅 위의 일은 사람의 손이 조금도 필요치 않게 되고 모두 기계가 하게 될 겁니다. 그렇지만 그 사람들은 옛날의 양말 제조기를 내버릴 때 했던 말을 되풀이한답니다. 전 지금도 한두 마디는 기억하고 있지요. 하지만 사실은 기계가 많아질수록 사람도 필요하게 마련이에요. 스택스 게이트의 석탄에서 채취되는 화학약품은 테버셜 석탄에서 채취되지 않는다고 말하지만 불과 5킬로미터밖에 떨어져 있지 않으니 묘한 얘기지요. 하지만 모두들 그렇게 말하고 있어요. 조금 더 개량해서 남자들의 급료를 올려주거나 여자를 고용하지 못하는 것은 부끄러운 일이라고 한답니다.

그래, 젊은 처녀들은 매일처럼 셰필드에 나가는 겁니다. 모두가 이렇게 테버셜 탄광은 이제 마지막이어서 침몰하기 시작한 배라느니 어쩌느니 하면서 침몰선에서 달아나는 쥐처럼 도망하기 시작하니까, 만약 이제부터 테버셜 탄광이 새 생명을 불러일으켜서 움직이기 시작하면 세상이 깜짝 놀랄 겁니다! 하지만 벌써 여러 가지 이야기들을 한답니다. 물론 전쟁 중엔 아주 경기가 좋았답니다. 그 무렵 제프리 경께선 트러스트(기업합동)를 만들어서 수입을 엄청나게 올렸다고 하는 이야기였던 것 같았습니다. 하지만 세상 소문으로는 지금 경영자나 소유자나 상당히 수입을 올리지 못한다고 하더군요. 이런 것은 믿을 수도 없었어요. 저는 탄광이란 언제까지라도 계속되는 걸로 생각했었으니까 제 소녀 시절에는 상상도 할 수 없던 일이 지금 되어버리고 만 겁니다.

하지만 뉴런던도 콜윅 우드도 폐쇄되었잖아요. 정말 저 숲을 지나갈 때 콜윅 우드 탄광의 폐허가 숲 속에 서 있는 것을 보면 등골이 오싹합니다. 갱구 주위에 덤불이 우거져 있고 선로는 빨갛게 녹슬어 버렸으며, 정말로 죽은 시체와도 같아요. 멸망한 탄광이에요. 만약 테버셜이 폐쇄된다면 우린 어떻게 하겠어요? 정말이지 생각만 해도 끔찍해요. 파업이 있기 전에는 저렇게 늘 떠들썩했고, 파업할 때에도 망아지를 데려가 버리지 않는 한 송풍기는 돌았습니다. 정말 묘한 세상이군요. 해마다 자기들이 어떻게 될 것인지 자기도 알 수 없게 되어 가는군요."

클리퍼드에게 새로운 전투 의식을 심어준 것은 볼턴 부인의 이야기였다. 그의 수입은 볼턴 부인이 지적했듯이 아버지가 만든 트러스트 덕분으로 금액은 많지 않았지만 확실한 것이었다. 탄광은 정말로 그의 관심 밖의 일이었다. 그가 차지하려고 생각한 것은 문학과 명성의 세계요, 인기의 세계였지 노동의 세계는 아니었다.

그는 지금 인기의 성공과 일의 성공을 구별할 수가 있었다. 그것은 기쁨을 추구하는 세상과 노동을 추구하는 세상과의 차이였다. 그는 개인적으로 소설을 씀으로써 기쁨을 추구하는 민중들의 요구를 찾고 있었다. 그리고 그것을 움켜쥐었다. 그러나 기쁨을 추구하는 민중 아래에는 노동을 추구하는 민중들이 있었다. 그것은 음울하고 지저분하고 무시무시한 것이었다. 그들 또한 자기가 추구하는 노동의 요구를 들어줄 공급자를 얻어야 했다. 그런데 노동을 추구하는 민중의 요구를 채우는 노력은 기쁨을 추구하는 민중을 위해서 하는 것보다 훨씬 음울한 것이었다. 그가 소설을 써서 세상에 진출하고 있는 사이에 테버셜은 궁지에 떨어지고 있었다.

성공의 암캐신에게는 두 가지 커다란 욕망이 있음을 그는 깨달았다. 작가나 미술가가 그녀에게 주는 하나의 아첨이고 추종이며 애무나 아양이었다. 그리고 또 하나는 고기나 뼈를 요구하는 좀 더 음울한 식욕이었다. 암캐신이 먹는 고기며 뼈다귀는 실업계에서 돈을 버는 사람들이 공급하는 것이다.

이 암캐신 때문에 서로 욕지거리를 하는 수캐의 무리에는 두 가지 그룹이 있었다. 그녀에게 오락을 주고 소설이나 영화나 연극을 제공하는 추종자의 무리와, 이에 비하면 훨씬 조촐하지만 그녀에게 고기, 다시 말해 실제적인 돈을 주는 보다 야만적인 사람들이다. 오락을 주는 쪽의 화려한 멋쟁이 수캐들은 이 암캐신의 사랑을 차지하려고 서로 다투며 으르렁거리고 있다. 그러나 그것도 필수품인 피와 고기를 공급하는 사람 사이에 행해지는, 소리 없이 쓰러질 때까지 해내는 전투에 비하면 아무것도 아니었다.

클리퍼드는 볼턴 부인의 영향을 받아 이 다른 하나의 생산 사업이라는 생생한 수단에 의해서 암캐신을 사로잡을 전투에 종군하고 싶어졌다. 그녀는 그의 용기를 흔들어 일으켰다. 어느 의미에서 볼턴 부인은 그를 남성적으로 만든 것이다. 그것은 코니가 하지 못했던 일이었다. 코니는 그를 혼자 내버려둠으로써 그 자신과 그의 정신을 민감하게 의식하게 했다. 볼턴 부인은 다만 외계의 것을 의식하게 했다. 내면적으로 그는 펄프처럼 얼간이가 되었지만, 외면적으로는 쓸모 있는 사람이 되었다.

클리퍼드는 자진해서 탄광으로 나갔다. 그곳에 도착한 그는 운반기를 타고 갱내로 내려가서 현장을 돌아보았다. 전쟁 전에 배워 알고 있었으나 지금은 까맣게 잊어버렸을 것 같았던 일이 다시 생각났다. 일어설 수 없는 그가 운반기에 앉아 있을 때 갱내의 지배인이 강한 불빛으로 탄층을 비추어 보였다. 그는 별로 말하지 않았지만 그의 정신은 활동을 시작했다.

클리퍼드는 전에 자신이 쓴 채탄 공업의 기술적 연구를 다시 읽어보았다. 정부의 보고서도 읽고 또한 독일어로 쓰인 최신 채탄법이라든가 석탄과 이판암의 화학 조작에 관한 것들을 주의 깊게 읽었다. 물론 무엇보다도 유익한 발견은 되도록 비밀로 간직했다. 그러나 일단 채탄에 대해 연구하고 그 방법론과 부산물이나 석탄의 화학 조작에 대해서 조사하기 시작한다면 현대 공업 기술자들의 명석한 두뇌와 예민성은 악마가 기술자에게 지혜를 빌려준 것은 아닌가 하고 생각될 만큼 놀라운 것이었다. 미술이나 문학이라는 빈약하고 감정적인 얼빠진 일보다는 공업상의 기술적 연구는 훨씬 재미있는 것이었다. 그 영역에서 인간은 새로운 발견을 하고, 그것을 실천하려는 신이나 악마 같았다. 이런 연구에서 인간은 헤아릴 수 없을 만큼 높은 지능 연령에 달하는 것이다. 그러나 이들 자제(自製) 인간은 감정적인 인간적 생활에 관해선 열세 살 정도의 지능 연령이어서 아주 어린아이라는 것을 클리퍼드는 알고 있었다. 그 모순이야말로 거대하고 생각도 미치지 못하는 정도의 것이다.

그러나 그것은 그렇다고 하자. 인간이 감정이라든가 '인간다운' 정신면에서 바보든 간에 클리퍼드는 조금도 상관하지 않았다. '그런 것은 될 대로 되어도 좋다'는 생각이었다. 그가 흥미를 갖고 있는 것은 현대의 탄광 기술이고 테베셜을 궁지에서 구출하는 일이었다.

클리퍼드는 매일 갱내로 내려갔다. 그는 연구했다. 그는 총지배인이니 갱의 감독이니 갱내 감독이니 기사들에게 그들이 꿈에도 생각지 못했던 일들을 시켰다. 그것은 모든 사람들, 몇 백 명인지도 알 수 없는 갱부들에게 미치는 힘이었다. 그는 이해하고 모든 것을 생각대로 해나가기 시작했다.

클리퍼드는 다시 태어난 것 같았다. 새로운 생명이 그의 속에 용솟음쳤다. 그는 코니와 함께 매우 동떨어진 생활을 보내는 예술가로서, 의식적인 존재로서는 점점 자멸해 가고 있었던 것이다. 이미 그러한 것은 모두 놓아주고 그것을 잠드는 대로 잠들게 하라, 하는 심정이었다. 그는 다만 생명이 석탄에서, 탄광에서 그의 몸속에 뛰어드는 것처럼 느끼고 있었다. 갱내의 썩은 공기조차 그에게 있어서는 산소보다 더 좋았다. 그것은 그에게 힘을, 힘의 의식을 주었다. 그는 무슨 일인가를 하고 있는 것이고, 또한 하려고 하는 것이다. 그는 진정코 이기려 하고 있었다. 그것은 정력과 악의가 얽힌 혼잡 속에서, 소설에 의해서 그가 얻은 단순한 인기가 아니었다. 그것은 남자로서의 승리였다.

처음에 그는 전기로 해결할 수 있다고 생각했다. 석탄을 전력화하면 된다고 생각했다. 그러나 다시 생각이 바뀌었다. 독일인은 화부(火夫)를 필요로 하지 않으며 자동적으로 연료를 보급하는 장치를 가진 새로운 기관차를 발명했다. 그것은 특수한 조건 아래 소량으로 열량이 많은 새로운 연료를 사용하는 것이었다.

무서운 열을 내면서 서서히 타들어 가는 새로이 압착된 연료라는 생각이 우선 클리퍼드를 매혹했다. 이 종류의 연료가 연소되기 위해서는 단순한 공기의 공급 이외에 어떤 외적인 자극이 필요했다. 그는 실험을 시작했다. 그리고 화학에 뛰어난 재능을 가진 두뇌가 명석한 청년을 조수로 고용했다.

그는 이긴 듯한 기분이었다. 그는 드디어 자기의 밖으로 탈출했다. 자기 밖으로 나가려는 생애의 은밀한 소망을 그는 만족시켰다. 예술은 그것을 성취시켜 주지 않았다. 그것을 좀 더 심하게 내면으로 몰았을 뿐이었다. 그러나 이제는, 이제야말로 성취했던 것이다.

그는 볼턴 부인이 얼마나 뒷받침해 주었는가를 깨닫지 못했다. 그녀를 자기가 얼마나 의지하고 있는가를 깨닫지 못했다. 그러면서도 그녀와 함께 있을 때에 그의 목소리는 다소 속되다고 해도 좋을 만큼 친근한 어조가 되어버린 것은 분명했다.

코니를 대할 때 그는 약간 딱딱해졌다. 자신이 온갖 짐을 그녀에게 주고 있는 것 같아서 그녀가 외면상의 존경을 보여주기만 하면 그는 더없는 존경과 세심한 염려를 그녀에게 보냈다. 그러나 그가 은근히 그녀를 두려워하고 있는 것만은 분명했다. 그의 마음속에 생긴 새로운 아킬레스[40]에도 발꿈치가 있었다. 그리고 여자, 그의 아내인 코니와 같은 여자만이 그 발꿈치로 그를 치명적인 절름발이로 만들어버릴 수 있었다. 그는 거의 아첨하는 듯한 공포감을 그녀에게 품고 한없이 다정한 태도로 대하고 있었다. 그러나 그녀에게 말을 걸 때의 목소리는 다소 여유를 잃고, 그녀 앞에서는 언제나 침묵을 지키게 되었다.

볼턴 부인과 있을 때만 그는 마치 군주와 같이 생각되어서 그녀와 마찬가지의 마음 편하고 말 많은 어조로 지껄이는 것이었다. 그리고 그는 어린애처럼 그녀에게 수염을 깎게도 하고 몸을 씻게도 했다.

---

40) Achilles. 그리스의 고대 영웅으로 불사신의 육체를 갖고 있었으나, 그의 유일한 약점인 발꿈치를 맞아 쓰러졌다는 신화에서 아킬레스의 발꿈치란 '약점'이라는 뜻으로 아킬레스건이라는 말이 생겼다 – 옮긴이

제10장

코니는 혼자 있는 시간이 많아졌다. 라그비 저택을 찾아오는 사람도 예전보다 훨씬 줄었다. 이미 클리퍼드는 그들을 필요로 하지 않게 되었기 때문이다. 그는 친구들에게서도 멀어질 만큼 변해 있었다. 그는 오히려 라디오를 더 좋아했다. 처음에 상당한 돈을 들여 라디오를 설치했다. 그는 불편한 중부지방에 있으면서도 마드리드나 프랑크푸르트의 방송을 들을 수 있었다.

클리퍼드는 크게 울려나오는 확성기 앞에서 몇 시간이고 앉아 있었다. 이런 모습에 코니도 몹시 놀랐다. 그러나 그는 넋을 잃은 듯 어리둥절해 하며 하늘에서 오는 소리를 듣든지, 혹은 듣는 체하고 있을 때처럼 공허하고 망연한 표정을 짓고 앉아 있었다.

그는 정말로 듣고 있는 것일까? 아니면 무언가 다른 것이 그의 내부에 일어나는 동안 취하는 수면제일까? 코니로선 알 수 없었다. 그녀는 자기 방에 올라가 있거나 숲 속을 산책했다. 일종의 공포였다. 온 문명인에게 걸리기 시작한 광기에 대한 공포가 그녀를 꼼짝 못하게 했다.

클리퍼드는 공업상의 불가사의한 활동에 열중했다. 외부는 거의 딱딱하고 억센 껍질에 싸여 있고, 내부의 살은 부드럽고 연한 하나의 생물이 되어 있었다. 그것은 공업 사회와 경제 사회에 있는 갑각류의 무척추 동물인 현대의 놀라운 게나 새우의 일종이며, 그 껍질은 기계 같은 강철이며, 안쪽의 육체는 부드러운 펄프질이었다. 여기에 이르고 보니 코니는 완전히 자신의 방향을 잃어버리고 말았다.

코니는 자유롭지 않았다. 혹 자기를 버리는 건 아닌가 하는 신경질적인 공포감을 품고 있는 클리퍼드가 그녀를 놓아주려고 하지 않았기 때문이었다. 그의 기묘하고도 펄프질 같은 부분이, 그리고 그 감정적이고 인간적이며 개성적인 부분이 어린아이나 백치와 같은 공포심을 갖고 그녀에게 매달려 있었다. 그녀, 그의 아내 채털리 부인은 그곳에, 다시 말해 라그비 저택에 있어야만 했다. 그렇지 않으면 그는 들판에 서 있는 백치처럼 헤맬 것이다.

이 놀라운 의뢰심을 생각하자 코니는 온몸이 오싹했다. 클리퍼드가 탄광 지배인들이며 위원회 사람들이며 젊은 과학자들과 이야기하는 것을 들으면 코니는 그의 날카로운 통찰력과 이른 바 실무자라고 하는 그의 무시무시한 물질적인 힘에 놀랐다. 그럴 때 그는 남 못지않은 실무자이고, 더욱이 주인이라는 빈틈없고 힘 있는 실무자였다. 코니는 그것을 그가 마침 생의 위기에 처했을 때 볼턴 부인에게서 받은 영향 탓이라고 생각했다.

하지만 이 빈틈없고 실제적인 사람도 혼자 감정적인 인생 문제에 내맡겨질 때는 거의 천치와 같았다. 그는 코니를 숭배하고 있었다. 그녀는 자기의 아내인 동시에 보다 높은 존재였다. 그는 야만인이 우상을 숭배하듯, 비록 더없는 공포와 증오를 이 우상에 대해 느끼면서도 기묘하게 그녀를 숭배했다. 그리고 코니가 그의 곁을 떠나지 않을 것과 그를 버리지 않을 것을 맹세하기를 바라는 것이었다.

코니가 숲의 오두막집 열쇠를 얻은 뒤의 일이었다.

"클리퍼드, 당신은 정말로 내가 아이를 가졌으면 하나요?"

코니가 말했다.

클리퍼드는 약간 튀어나온 푸른 눈으로 겁먹은 듯 그녀를 쳐다보았다.

"그런 일로 인해 우리 사이에 변화만 없다면 그래도 괜찮아."

"변화라니, 무슨?"

"나하고 당신 사이 말이오. 우리 서로의 애정이 변함없다면 말이오. 만약 애정을 변화시키는 거라면 나는 반대야. 왜냐하면 머지않아 어쩌면 내 자신도 아이가 생기게 되지 않는다고는 할 수 없으니까 말이지."

코니는 깜짝 놀라 그를 바라보았다.

"그건 가까운 장래에 내게 그 능력이 되돌아올지도 모른다는 얘기요."

그녀가 여전히 놀란 눈으로 지켜보고 있었기 때문에 그는 불쾌해졌다.

"그럼 당신은 내가 아이 갖는 걸 좋아하지 않는 거죠?"

"분명히 말해 두겠는데……."

클리퍼드는 쫓기는 개처럼 재빠르게 말했다.

"나에 대한 당신의 애정에 변함이 없다면 나도 그것을 바라오. 하지만 그 일로 인해 당신의 애정이 변한다면 절대로 반대란 말이오."

코니는 다만 차디찬 공포와 모욕을 느끼고 잠자코 있을 뿐이었다. 이런 이야기는 그야말로 어리석은 잔소리에 지나지 않는다. 그는 지금 자기가 무슨 말을 하고 있는지조차 모르고 있는 것이다.

"그런 일로 당신에 대한 애정이 변할 리 있겠어요?"

코니는 불쾌한 어조로 말했다.

"그렇지! 그게 중요한 점이야! 그렇기만 하다면 나는 조금도 상관없어. 어린애가 집 안을 뛰어다니고 그 아이를 위해서 장래의 이것저것을 마련한다고 생각하는 것은 매우 즐거운 일이야. 그렇다면 나도 애쓸 보람이 생기는 셈이지. 그리고 나는 그 아이가 당신의 아이라고 생각하게 될 것이 아니겠소? 그것은 내 아이라는 것과 같은 것이 아니겠냐 말이오. 왜냐하면, 그런 일로 가장 중요한 것은 당신이니까 말이오. 그렇게 생각하지 않소? 난 조금도 중요치 않아. 그저 기호에 지나지 않아. 아무튼 생활에 관한 한 당신이 위대한 '존재'인 거요. 그것은 알겠지? 그것은 내게 관하여는 그렇다는 뜻이오. 결국 당신 없이는 '나'라는 존재가 없는 것과 마찬가지요. 나는 당신을 위해서, 당신의 장래를 위해서 살아 있는 거요. 나 자신에게 있어서 나는 아무것도 아니란 말이오."

클리퍼드의 말을 듣자 코니의 놀라움과 혐오감은 더욱 깊어 갈 따름이었다. 그것은 인간의 존재를 해치는 끔찍스러운 '반 진심'의 하나에 지나지 않았다. 옳은 사고방식을 지닌 사람이라면 어떻게 이런 말을 함부로 여자에게 할 수 있겠는가! 그러나 남자들이란 올바른 생각을 지니고 있지 않다. 다소라도 명예심을 가진 남자라면 이토록 끔찍스러운 생애의 책임을 지운 채 여자를 허무 속에 팽개쳐 둘 수가 있겠는가?

그뿐 아니라 반 시간도 못 되어 클리퍼드가 볼턴 부인에게 충동적이며 열띤 목소리로 감정 없는 감정을 드러내어 마치 정부나 유모에게 하는 것처럼 이야기하는 것을 코니는 들었다. 그리고 중대한 사업상의 손님이 와 있었기에 볼턴 부인은 그에게 정성껏 야회복을 입혀 주고 있었다.

정말로 이런 때 코니는 '죽었으면' 하는 생각이 들기도 했다. 불쾌한 허위와 놀라운 바보 같은 잔인성 때문에 코니는 죽을 것 같은 비참한 생각을 했다. 클리퍼드의 신기한 사업상의 능력은 어떤 의미에서 그녀를 위압하고 있었고, 그가 그녀를 숭배한다는 분명한 말은 그녀를 어쩔 줄 모르게 만들었다. 그들 사이에는 아무것도 없었다. 그녀가 요즈음은 그에게 접근하지도 않았고, 그 역시 그녀에게 절대로 접근하지 않았다. 그녀의 손을 잡고 그것을 다정하게 쥐어주는 일조차 그는 하지 않았다. 이처럼 사람이 전혀 접촉을 잃고 있을 때에 그가 이런 우상 숭배의 선언을 했다는 것이 그녀를 괴롭혔다. 그것은 완전한 무능에서 오는 잔혹성이었다. 그리고 그녀는 자기의 이성을 잃어버리든지 죽든지 둘 중의 하나라고 생각했다. 코니는 될 수 있는 대로 숲으로 도피했다.

어느 날 오후, 그녀가 존의 우물가에서 차갑게 솟아오르는 물을 우두커니 바라보며 생각에 잠겨 앉아 있을 때 산지기가 다가왔다.

"마님, 열쇠를 만들었습니다."

그는 인사하면서 열쇠를 내밀었다.

"아, 고마워요!"

코니는 놀라서 말했다.

"오두막이 그다지 깨끗하지는 않습니다만 대강 치워놓았습니다."

"그렇게까지 하지 않아도 괜찮은데 그랬군요!"

"뭐, 별로 힘이 든 건 아닙니다. 일주일가량 지나면 암탉에게 알을 품게 하려고 합니다만, 그놈들도 마님을 무서워하지 않을 겁니다. 아침저녁 돌봐야 하지만, 그 밖에는 방해하지 않을 생각입니다."

"하지만 방해될 일은 없을 거예요. 오히려 내가 방해가 된다면 차라리 오두막에 가지 않겠어요."

그는 날카로운 푸른 눈으로 그녀를 바라보았다. 그는 다정스러운 표정이었지만 훨씬 떨어진 기분으로 있는 듯했다. 그러나 적어도 이 사나이만은 옳은 정신이고 건전했다, 비록 몸은 마르고 연약해 보이기는 했지만. 그는 기침을 하고 있었다.

"기침을 하는군요."

"아뇨, 대수롭지 않습니다. 감기입니다! 전에 폐렴을 앓은 뒤로 아직 기침을 좀 합니다만, 아무것도 아닙니다."

그는 그녀에게 떨어져서 그 이상 가까이 오려 하지 않았다.

코니는 꽤 빈번히 오두막을 찾아갔다. 아침에도 갔고 오후에도 갔지만, 그 뒤에는 한 번도 그를 보지 못했다. 분명히 그가 일부러 그녀를 피하고 있음에 틀림없다. 그는 자기 혼자 있고 싶은 것이다.

오두막은 그가 깨끗이 치워주곤 했다. 난로 옆에는 조그마한 테이블과 의자가 있었다. 그 밖에도 불쏘시개와 장작이 한 무더기 있고, 그가 가까이 놓고 쓰는 물건이나 도구들은 그의 존재가 눈에 뜨이지 않는 것과 마찬가지로 치워져 있었다. 그는 바깥 빈터에 새가 들어가도록 나뭇가지와 짚으로 얕고 작은 지붕 덮개를 만들고 그 밑에 다섯 개의 새집을 만들어주었다.

그리고 어느 날, 그녀가 찾아오자 두 마리의 암탉이 꿩알을 품고 날카롭게 경계하는 눈초리로 앉아 있는 것을 발견했다. 암탉은 알을 품은 암컷이 갖는 뜨거운 혈액에 깊숙이 파묻혀 자랑스레 몸을 부풀리고 있었다. 그 모습을 본 코니의 가슴은 찢어질 듯이 아파 왔다. 그녀는 완전히 외톨박이의, 여자의 역할을 다하지 못하는, 전혀 여성이라고 할 수 없는 한낱 무서운 존재에 지나지 않는 것이었다.

얼마 뒤, 다섯 개의 새집에 암탉 다섯 마리가 들어갔다. 세 마리는 갈색이고 한 마리는 회색이며 나머지 한 마리는 검은색이었다. 암탉들은 모두 한결같이 여성적인 흥분, 여성적인 본능으로 깃털을 부풀게 하고는 부드럽고 무게 있는 모습으로 둥지에 틀어박혀 알을 품고 있었다. 코니가 암탉들 앞에 웅크리고 앉자 암탉들은 번뜩이며 빛나는 눈으로 코니를 지켜보았다. 그러고는 성을 내며 자기 몸 가까이 다가오는 것에 대한 노여움과 경계의 신호로 짧고 날카로운 울음소리를 지르는 것이었다.

오두막의 모이통에 밀이 들어 있는 것이 보였다. 그것을 손바닥에 올려놓고 암탉에게 내밀어주었다. 그러나 암탉은 먹지 않았다. 그 중 한 마리가 사나운 기세로 그녀의 손바닥을 쪼았다. 코니는 몹시 놀랐다. 그러나 먹으려고도 마시려고도 하지 않고 알을 품고 있는 이 모성에게 그녀는 무언가를 해주고 싶었다. 조그마한 빈 통에 물을 담아주었다. 그중 한 마리가 그것을 마시는 것을 보고 그녀는 기뻐했다.

요즈음 그녀는 매일 암탉에게로 갔다. 그것만이 이 세상에서 그녀의 마음을 따뜻하게 녹여주는 유일한 것이었다. 클리퍼드의 항의는 그녀를 머리끝에서 발끝까지 얼어붙게 했다. 또한 볼턴 부인이나 찾아오는 실업가들의 목소리도 오한을 느끼게 했다. 이따금 마이클리스에게서 오는 편지도 그녀에게 한결같은 오한을 느끼게 했다. 이런 일이 좀 더 계속되면 반드시 자신은 죽고 말리라고 그녀는 생각했다.

그러나 때는 봄이다. 히아신스가 숲 속에 피기 시작하고, 개암나무의 새싹은 녹색의 빗방울처럼 움트고 있었다. 이런 봄 속에서도 온갖 것이 싸늘한 마음만을 품고 있다니 얼마나 무서운 일이겠는가? 다만 저토록 훌륭하게 알을 품고 있는 암탉의 뜨거운 여성의 몸만이 따뜻했다! 코니는 끊임없이 지금 당장에라도 기절하는 것이 아닌가 하는 아슬아슬한 마음으로 살고 있었다.

개암나무 밑에 앵초가 큰 무리를 이루어 피고, 길가에는 제비꽃이 아름답게 잔뜩 피어 있는 맑은 어느 날 오후, 코니가 새집에 와 보니 아주 작은 새끼 꿩이 가슴을 젖히고 소리를 내며 새둥지 주위를 돌아다니고 있었다. 암탉은 몹시 놀라 울음소리를 내고 있었다. 가냘픈 새끼 꿩은 회갈색에 조그만 검은 얼룩이 섞여 있었다. 그리고 그 새끼 꿩이 이 순간에 있어서는 온 세상에서 가장 싱싱하고 조그마한 한 점의 생명이었다. 생명이다. 새 생명이다! 맑고 빛나는, 두려움을 모르는 새로운 생명이다. 새로운 생명! 이렇게 작고, 더욱이 전혀 두려움을 지니지 않았다!

미친 듯이 울부짖는 어미 닭의 소리를 듣고 서둘러 다시 새집으로 돌아가 암탉 날개 밑으로 들어갔지만 그것은 조금도 공포를 느끼고 한 일이 아니었다. 새끼 꿩은 그것을 일종의 장난, 생활의 장난이라고 생각하고 있다. 그러니까 또 금세 그 조그맣고 뾰족한 머리를 암탉의 금갈색 깃털 사이에서 내밀어 이 우주를 살펴보는 것이었다.

코니는 완전히 매혹되어 버렸다. 그와 동시에 자기 속의 여성이 내팽개쳐져 있다는 고뇌를 지금처럼 날카롭게 의식한 적도 없었다. 그것은 이미 참을 수 없을 정도에 이르고 있었다.

지금 그녀의 욕망은 그저 숲의 빈터에 가보는 일뿐이었다. 그 이외의 것은 모두 괴로운 꿈에 지나지 않았다. 그러나 때로는 주부로서의 의무에 얽매여 온종일 저택에 처박혀 있어야 할 때도 있었다. 그럴 때에는 자신까지도 공허하며, 오르지 공허하기 짝이 없는 광증(狂症)에 빠지는 것 같았다.

어느 날 저녁, 코니는 손님이 있건 없건 상관하지 않고 차를 마신 뒤에 저택을 빠져나왔다. 이미 시간은 늦었다. 그녀는 다시 불려 들어가는 것을 두려워하는 것처럼 정원을 지나 뛰어갔다. 숲 속에 들어가자 이미 태양은 장밋빛으로 넘어가고 있었다. 그러나 그녀는 꽃이 피어 있는 길을 서둘러 걸어갔다. 저녁놀은 아직도 한동안 머리위에 남아 있으리라.

코니는 흥분된 마음으로 거의 무의식적으로 빈터에 닿았다. 마침 그곳에는 셔츠 바람의 산지기가 조그마한 새끼 꿩들이 밤새 안전하게 지낼 수 있도록 둥지를 덮어주고 있었다. 그러나 아직 세 마리의 새끼 꿩이 조그만 발로 아장거리며 돌아다니고 있었다. 그 날랜 황갈색 새끼 꿩은 근심하는 어미 닭이 부르는 것도 듣지 않고 여전히 짚 덮개 밑을 서성거렸다.

"새끼 꿩을 보고 싶었어요!"

코니는 가쁜 숨을 몰아쉬면서 전혀 그를 깨닫지 못한 체하며 겁먹은 듯이 흘끗 그를 바라보며 말했다.

"더 낳았어요?"

"모두 서른여섯 마리입니다. 아주 좋은 성적입니다!"

그도 새끼 꿩이 나오는 것을 보면서 신기하다는 듯 기쁨을 느끼고 있었다.

코니는 맨 끝의 새집 앞에 웅크리고 앉았다. 세 마리의 새끼 꿩도 둥지 안에 들어갔다. 그래도 아직 그들의 기승스러운 머리가 노란 깃털 사이로 날카롭게 내다보고 다시 기어 들어갔다. 이번에는 구슬 같은 조그만 머리 하나가 커다란 어미닭의 몸에서 밖을 내다보았다.

"한번 만져 보고 싶어요!"

코니는 창살 사이로 살그머니 손가락을 집어넣었다. 그러나 어미닭이 무서운 기세로 그녀의 손을 쪼아서 코니는 깜짝 놀라 얼른 손을 움츠렸다.

"어머, 나를 쪼는군요! 내가 싫은가 보죠?"

코니는 신기한 듯 말했다.

"하지만 해치려고 그런 건 아니었는데……."

코니 위에 서 있던 산지기가 웃었다. 그리고 그녀 곁에 무릎을 벌리고 쭈그려 앉아 차분한 태도로 둥지 속에 손을 들이밀었다. 암탉은 그의 손을 쪼았으나 그렇게 심하게 굴지는 않았다. 천천히 그리고 확실하고 부드러운 솜씨로 그는 암탉의 깃털 속을 더듬어 희미하게 울고 있는 새끼 꿩을 잡아 끌어냈다.

"자아!"

그는 자기 손을 그녀 쪽으로 내밀었다.

코니는 조그마한 황갈색의 새끼 꿩을 손에 받아 쥐었다. 그러자 새끼 꿩은 가늘고 작은 다리로 손바닥 위에 섰다. 균형을 유지하고 있는 조그만 생명의 떨림이 무게라고는 거의 없는 그 다리를 통해 코니의 손바닥에 전해져 왔다. 새끼 꿩은 조그만 머리를 대담하게 쳐들어 날카롭게 주위를 둘러보더니 조그맣게 '삐악' 하고 울었다.

"어쩌면 이렇게 귀여울까! 깜찍스러워라!"

코니는 부드럽게 말했다. 그녀 옆에 쭈그리고 앉았던 산지기도 그녀 손 안의 대담한 새끼 꿩을 재미나듯이 보고 있었다. 그러다가 갑자기 그는 한 방울의 눈물이 그녀의 손목에 떨어지는 것을 보았다.

자리에서 일어난 그는 다른 둥지 쪽으로 걸어갔다. 이미 영원히 꺼져버린 것으로 생각했던 옛날의 불꽃이 그의 허리께에서 힘차게 솟구치고 튀어 오른 것을 깨달았기 때문이다. 그는 그녀 쪽으로 등을 돌리고 그것과 싸웠다. 하지만 그것은 튀고 또 튀어 올라 그의 무릎 주위를 맴돌며 아래도 내려갔다.

그는 다시 코니에게로 돌아섰다. 그녀는 무릎을 꿇고 두 손을 조용히 앞으로 내밀고 새끼 꿩을 다시 어미 닭에게로 돌려보내려 하고 있었다. 그녀의 행동에서 어떤 무언의 서글픔을 느끼자 그의 내부에 그녀에 대한 연민이 솟구쳤다.

그는 자신도 모르게 재빨리 다가가 다시 그녀의 옆에 쭈그리고 앉아, 어미 닭을 무서워하는 그녀의 손에서 새끼 꿩을 받아 새장 속으로 돌려보내 주었다. 그때 그의 허리께에서 갑자기 좀 더 세찬 불이 튀었다.

그는 불안스럽게 그녀를 바라보았다. 코니는 얼굴을 돌리고, 그녀가 살고 있는 시대의 모든 비참한 고통을 괴로워하듯 무턱대고 하염없이 울었다. 돌연 그의 마음이 녹아서 한 줄기 불꽃처럼 되었다. 그는 손을 뻗어 그녀의 무릎에 놓았다.

"울지 마십시오."

그가 조용히 말했다. 그때 그녀는 두 손에 얼굴을 묻었다. 그리고 자기의 마음은 완전히 찢어져버렸으므로 이제는 어떻게 되든 상관없다고 생각했다.

그는 그녀의 어깨 위에 손을 얹었다. 그 손은 부드럽게 그녀 등의 곡선을 따라 거침없이 애무하는 동작을 계속하면서 밑으로 내려가 쪼그리고 앉은 그녀의 허리께에 이르렀다. 다음 순간 그의 손은 본능적인 애무 속에서 부드럽게 그녀의 옆구리의 곡선을 어루만지고 있었다.

코니는 손수건을 꺼내서 얼굴을 닦았다.

"안으로 들어가시겠습니까?"

그가 조용한 감동을 억누른 목소리로 말했다. 그리고 그녀의 팔을 부드럽게 붙잡아 일으키고 오두막 안으로 데리고 갔다. 그녀가 완전히 들어갈 때까지 그는 손을 놓지 않았다. 그러고 나서 그는 의자와 테이블을 치우고 군대용 갈색 담요를 도구 상자에서 꺼내 천천히 폈다. 그녀는 꼼짝도 하지 않고 선 채 그의 얼굴을 흘끗 바라보았다. 그의 얼굴은 창백하고 아무런 표정도 없었다. 마치 운명을 따르는 사람처럼 보였다.

"여기 누우십시오."

그는 부드럽게 말하고 문을 닫았다. 방안은 어두워지는 듯하더니 아주 캄캄해졌다.

야릇하게도 순순히 하라는 대로 그녀는 담요 위에 누웠다. 이윽고 부드럽고도 더듬는 듯한, 욕망을 누르지 못하는 듯한 손길이 그녀의 얼굴을 매만지고 육체에 닿는 것을 느꼈다. 그 손은 그녀의 얼굴을 부드럽게 아주 부드럽게 어루만졌다. 그것은 무한한 위로와 구원이었다. 그리고 마지막에 그녀의 뺨에 부드러운 키스를 느꼈다.

코니는 가만히 누워 있었다. 잠에 취한 듯, 꿈속을 헤매는 듯 꼼짝도 않고 누워 있었다. 그녀는 어색한 손길이 자신의 옷 속을 더듬는 것을 느끼자 바르르 몸이 떨렸다. 그러나 그 손은 어디서 옷을 벗기면 되는가를 알고 있었다. 그는 명주옷을 조심스럽게 끌어내려 발에서 벗겨냈다. 그리고 말할 수 없는 절묘한 기쁨에 떨면서 그녀의 따뜻하고 부드러운 몸을 어루만지며 키스를 퍼부었다. 잠깐 동안 그녀의 배꼽에 입을 맞추고 그녀에게로 바싹 다가갔다. 이제 그는 곧장 그녀의 부드럽고 잔잔한 몸 안의 평화 속으로 들어가지 않을 수 없었다. 여자의 몸 안으로 들어간다는 것은 그에게 있어 순수한 평화의 순간이었다.

코니는 여전히 잠에 취한 듯 가만히 누워 있었다. 처음부터 끝까지 움직인 것도 그였고, 먼저 황홀경에 이른 것도 그였다. 코니는 자기를 위해 어떻게도 할 수가 없었다. 자기의 몸을 단단히 팔에 조이고 있는 힘도, 그의 격렬한 육체의 동작도, 그녀의 몸 안으로 쏟아 넣는 그의 정액도, 이런 모든 것이 다 일종의 잠이었다.

그가 끝마친 다음 가쁜 숨을 몰아쉬며 가슴 위에 가만히 엎드릴 때까지 그녀는 이 잠 속에서 깨어나지 않았다.

코니는 이상하면서도 그저 희미하게 야릇한 생각을 느꼈다. 도대체 왜 이런 일이 필요하단 말인가? 어째서 이것이 그녀 위에 덮여 있던 커다란 구름을 걷어치우고 평화로움을 주는 것일까? 정말 이게 사실일까? 그것은 진정한 것이었을까?

현대 여성으로서 시달려 온 그녀의 두뇌는 아직 휴식을 얻지 못했다. 그것은 정말일까? 만일 자기가 이 남자에게 모든 것을 주었다면 그것은 사실이다. 그러나 그녀가 자기를 잃지 않았다면 그것은 아무것도 아니다.

코니는 자기가 몇 백만 년이나 나이가 들어 있는 것처럼 느꼈다. 그리하여 끝내 그녀는 무거운 짐을 더 이상 짊어질 수 없었다. 그녀는 그 짐을 누구에게 맡기지 않으면 안 되었다. 누군가가 맡아주어야만 했다.

사나이는 신비로울 정도로 가만히 엎드려 있었다. 그는 무엇을 느끼고 있는 것일까? 무엇을 생각하고 있는 것일까? 그녀는 알 수가 없었다. 그는 그녀에게 낯선 사람이며 알지 못하는 사람이었다. 그녀는 그저 기다려야만 했다. 그녀는 그의 신비적인 조용함을 깨뜨릴 수가 없었기 때문이다. 그는 그녀의 육체 위에 엎드려서 그 축축하게 젖은 육체를 찰싹 그녀의 육체에 붙이고 그의 팔로 그녀를 안고 있었다. 그런데도 그에 대해서 그녀는 전혀 알 수 없는 것이다. 그러나 불안하지 않았다. 그가 그렇게 하고 가만히 있는 것 그 자체가 평화로움이었다.

이윽고 그가 몸을 일으켜 떨어져 나갔을 때 그녀는 그것을 알았다. 그것은 마치 내버림당한 것과 흡사했다. 그는 어두움 속에서 그녀의 옷을 무릎까지 내리고 잠깐 동안 서 있었다. 그는 자기 옷을 입는 것 같았다. 그러고 나서 조용히 문을 열고 밖으로 나갔다.

조그마한 달이 떡갈나무 가지 부근에 남아 있는 저녁놀 위에서 빛나고 있는 것을 그녀는 보았다. 그녀는 재빨리 몸을 일으켜 옷을 입고 매무새를 고쳤다. 그리고 오두막 문 쪽으로 걸어갔다.

숲 속의 작은 나무들은 캄캄하다고 할 만큼 그림자 속에 갇혀 있었다. 그러나 머리 위의 하늘은 수정 같았다. 하지만 빛이 비추어 오지는 않았다. 그 나무 그늘 밑의 어두움 속에서 그는 그녀에게로 다가갔다. 그의 얼굴은 창백한 반점처럼 어두움 속에 떠올라 보였다.

"그럼 가실까요?"

그가 말했다.

"어디로?"

"사잇문 있는 데까지 바래다 드리지요."

그는 자기 나름대로 결정한 것이다. 그는 오두막에 자물쇠를 걸고 그녀 뒤에서 따라왔다.

"후회하시지 않습니까?"

그는 그녀와 나란히 걸으면서 말했다.

"아뇨, 아뇨! 당신은?"

"후회하지 않습니다!"

그가 말했다. 그리고 잠시 후 덧붙였다.

"그러나 다른 여러 가지 일이 있으니까요."

"다른 어떤 일?"

코니가 물었다.

"클리퍼드 나리입니다. 그리고 다른 사람들도. 여러 가지 복잡한 관계가 있습니다."

"복잡한 관계라뇨?"

코니가 실망하여 말했다.

"반드시 그렇게 됩니다."

그는 어두움 속을 단단한 걸음으로 걷고 있었다.

"그래서 후회하고 있군요!"

코니가 말했다.

"어떤 의미에선!"

그는 이렇게 대답하고 하늘을 올려다보았다.

"이미 그런 일은 끝나버렸다고 생각했는데 다시 시작되고 말았군요."

"무엇을 시작했다는 거죠?"

"생활입니다."

"생활이군요!"

코니는 그 말에 야릇한 기쁨을 느끼면서 그가 한 말을 되풀이했다.

"그것은 생활입니다."

그가 말을 이었다.

"도저히 피할 수가 없는 겁니다. 그리고 만약 그것을 피하면 죽은 거나 마찬가집니다. 그러니까 다시 시작해야 한다면 하는 수밖에 없습니다."

코니는 완전히 그렇게 생각했던 것은 아니었다. 그러나…….

"이것은 연애예요."

코니는 즐거운 듯이 말했다.

"그것이 무엇이건 간에 말입니다."

그가 대답했다.

두 사람은 잠자코 저물어 가는 숲 속을 걸었다. 이윽고 나무 사잇문 가까이에 이르렀다.

"하지만 내가 싫지는 않아요?"

코니는 깊은 생각에 잠기면서 물었다.

"천만에요."

그는 대답했다. 그리고 돌연 인간이 옛날부터 지녀온 양성간의 결합되는 감정의 충동을 받아 그녀를 가슴에 끌어안았다.

"난 이것으로 좋습니다. 부인께선?"

"네, 나도."

코니는 조금 거짓으로 말했다. 그녀는 그다지 분명한 의식을 갖고 있지 않았기 때문이다.

그는 따뜻하게 다정하게 그녀에게 키스했다.

"다만 이 세상에 다른 사람들이 많지 않았으면 좋겠군요."

그는 서글픈 어조로 말했다. 코니는 웃었다.

그들은 정원으로 나가는 사잇문 있는 데까지 왔다. 그는 문을 열어주었다.

"더는 가지 않겠습니다."

그가 말했다.

"네!"

코니는 악수할 때처럼 그에게 손을 내밀었다. 그러자 그 손을 그는 두 손으로 움켜쥐었다.

"또 찾아와도 괜찮겠어요?"

코니는 애수에 찬 목소리로 말했다.

"그럼요! 그럼요!"

코니는 그와 헤어져서 정원을 지나갔다. 그는 그곳에 남아 우두커니 선 채 그녀가 푸르스름한 구름이 덮인 지평선을 등지고 어두움 속에서 사라져 가는 모습을 지켜보고 있었다. 그녀가 사라져 가는 것을 그는 가슴이 쓰린 듯한 기분으로 지켜보았다. 또한 자신은 혼자 있고 싶어 했는데 그 여자가 나타나 자기와 연관성을 만들었다.

혼자 있기를 갈망했던 사나이의 통절한 고독을 그녀는 그에게서 빼앗은 것이었다.

이내 몸을 돌린 그는 어두운 숲 속으로 들어갔다. 주위는 고요했다. 달은 이미 지고 없었다. 그러나 그의 귀에는 밤의 소리, 스탭스 게이트의 엔진 소리, 국도를 지나가는 자동차 소리가 들려 왔다. 그는 벌채된 언덕을 천천히 올라갔다. 언덕 꼭대기에 서자 이 지방이 훤히 내려다보였다. 스탭스 게이트의 반짝이는 불의 행렬, 그보다 작은 테버셜 탄광의 불빛, 그리고 테버셜 마을의 노란 불빛, 또 어두운 국도의 여기저기에 불빛이 보였다. 그 밖에 저 멀리 용광로의 빨간 불빛이 희미하게 장밋빛을 띠고 있었다. 그것은 맑은 밤 속에 흘러나온 백열된 금속의 엷은 장밋빛이었다. 날카롭고 심술궂은 전깃불이 보이는 것은 스탭스 게이트였다. 그 빛 속에는 무엇이라고 형용할 수 없는 악의 낌새가 있었다. 그리고 그것들은 모두 중부지방 공업 지대의 밤이 갖는 불안하고도 끊임없이 동요되는 공포였다. 교체하는 광부들을 갱내로 들여보내는 스탭스 게이트의 기중기 소리가 들렸다. 이 탄광에서는 하루에 세 번 교대하고 있었다.

그는 다시금 숲의 어두움과 은둔 속으로 들어갔다. 그러나 그는 숲 속의 은둔이라는 것이 환상에 지나지 않는 것임을 알고 있었다. 공장의 소음은 고독의 적막함을 깨뜨리고 있고, 여기서는 보이지 않지만 그곳에서 나오는 날카로운 광선이 그것을 조롱하고 있는 것이다. 사람이 외톨이가 되어서 세상을 떠나 있는 것은 이제 불가능한 것이다. 이 세계는 은둔자라는 존재를 허용하지 않는다. 그리하여 그는 지금 여성과 관련지어져서 새로운 고통과 운명에 이어진 쇠사슬을 스스로 짊어지게 된 것이다. 그는 경험상 그것이 무엇을 의미하는가를 알고 있었던 것이다.

그것은 여자의 죄가 아니었다. 연애의 죄도 아니다. 섹스의 죄도 아니었다. 죄는 저편 쪽에 있는 사악한 전등불과 악마적인 기계의 소음이었다. 기계적인 탐욕스러운 기구와 기계화된 탐욕의 세계 속에 빛을 발하고, 뜨거운 금속을 흘려내고 운반차의 소음을 내면서 누워 있는 거대한 사악물이 자기에게 순응치 않는 것은 모두 허물어버리려고 하는 것이다. 그것은 머지않아 숲을 허물어버릴 것이다. 그리고 히아신스도 피지 않게 되리라. 상처 입기 쉬운 것은 모두 쇳덩어리가 뒹굴며 달리는 곳, 그곳에선 비참하게 허물어질 수밖에 없는 것이다.

그는 그 여자를 한없이 다정한 마음으로 생각했다. 의지할 곳 없는 불쌍한 여자, 그녀는 자기가 생각했던 것보다 훨씬 뛰어난 여자다. 그뿐만 아니라 지금 그녀가 가까이하고 있는 저 딱딱하고 무정한 사람들에게는 지나치게 훌륭한 여자다. 가련하게도 그녀에게는 저 야생의 히아신스처럼 상처받기 쉬운 데가 있다. 그녀는 결코 현대 여성처럼 견고한 고무제품이나 백금 같은 그런 종류의 여자가 아니다. 그들은 그녀를 멸망케 하고 말 것이다! 태어날 때부터 부드러운 온갖 생명을 못 살게 했듯이 그들은 결단코 그녀를 멸망케 할 것이다! 부드러운, 그렇다. 그녀에게는 어딘지 부드러운 것, 자라나는 히아신스와 흡사한 부드러움, 오늘날의 셀룰로이드제의 여성에게는 잃어버려지고 있는 부드러운 무엇이 있었다. 잠시 동안은 내 심장으로 그녀를 보호할 수 있으리라. 그것도 냉혹한 철의 세계와 기계화된 탐욕스러운 돈의 신이 머지않아 자신과 그녀를 둘 다 멸망케 하기까지의 극히 짧은 동안의 일이다.

그는 총을 메고 개와 함께 자신의 어두운 집으로 돌아갔다. 램프에 불을 켜고 난로에 불을 지폈다. 빵과 치즈와 새 양파와 맥주로 저녁식사를 했다. 그는 자기가 사랑하는 침묵 속에 그저 홀로 잠겨 있었다. 그의 방은 청결하고 잘 정돈되어 있었지만 다소 딱딱하게 느껴졌다. 그러나 불은 활활 타고 있었고 석유램프는 흰 유포를 덮은 테이블 바로 위에 걸려 있다. 그는 인도에 관한 책을 읽으려 했으나 오늘밤은 어쩐 일인지 읽을 수가 없었다. 그는 셔츠 바람으로 난롯가에 앉아서 담배도 피우지 않고 손이 닿는 부근에 맥주가 담긴 컵을 놓았다. 그리고 코니를 생각했다.

사실 그는 좀 전의 사건을 후회하고 있었다. 그것도 거의 그녀를 위해서였다. 그는 일종의 예감력을 지니고 있었다. 그것은 부정이나 죄악이라는 감각이 아니었다. 그 점에서는 조금도 양심에 가책되는 바가 없었다. 양심이란 사회를 두려워한다든지 자기 자신을 두려워하는 것임을 알고 있었다. 그는 자기 자신을 두려워하지는 않았다. 그러나 그는 분명히 사회라는 것을 두려워했다. 사회가 악의 있는 반미치광이의 짐승이라는 것을 그는 본능적으로 알고 있었다.

그 여자! 만약 그녀가 나와 단둘이 여기에 있고, 그 밖의 아무도 이 세상에 없다고 한다면! 다시금 욕망이 솟았다. 그의 페니스가 살아 있는 새처럼 움직이기 시작했다. 그와 동시에 어떤 압박감이, 자기와 그녀를 저 전광을 발하여 밉살스럽게 빛나고 있는 외계의 '물질'에 드러내어질 두려움이 그의 어깨를 무겁게 눌렀다. 저 가련한 여자는 그에게 있어 틀림없이 젊은 한 여성이었으나, 동시에 그녀는 그가 그 육체 속에 들어간, 그리고 지금 그가 간절히 바라고 있는 젊은 여성인 것이다.

욕구에서 생기는 이상야릇한 하품을 하면서 그는 기지개를 켰다. 그는 4년 동안을 남자로부터는 물론 여자로부터도 떨어져서 홀로 살아왔다. 그는 일어나서 다시 옷을 주워 입고 총을 들고 램프의 불을 낮춘 다음 개를 데리고 별이 총총한 밤 속으로 나갔다. 욕망과 심술궂은 물질에 대한 공포감에 충동되어서 그는 천천히 조용하게 숲 속을 돌아다녔다. 그는 어두움을 사랑하고 그 속에 자신을 파묻고 있었다. 일종의 부와도 같은 그의 부풀어 오른 욕망에 밤의 어두움은 적합한 것이었다. 그것은 그의 페니스가 차분하게 가라앉지 못하고 움직이는 것, 그의 허리께의 불꽃이 꿈틀거리는 것이었다. 아아,

만약 저 외계의 불꽃 튀기는 전기를 물리치고 생활의 부드러움, 여성의 다정함, 욕망의 자연스러운 풍부함을 보호하기 위하여 함께 싸우는 사람만 있다면! 함께 싸워줄 사람만 있다면! 그러나 인간은 모두 저 세계의 '물질' 속에 득의만만하게 들어가 있든가 어떤 사람은 의기양양하고 어떤 사람은 기계화된 탐욕이나 탐욕스러운 기계화의 물질 속에 짓밟혀져 있다.

한편 코니는 아무것도 생각하지 않고 정원을 지나 급히 집으로 돌아왔다. 아직 그녀에게는 좀 전의 사건을 생각해 볼 여유도 없었다. 저녁 시간에는 늦지 않을 테지.

그러나 문이 닫혀 있어 그녀는 난처했다. 종을 울려야만 했다. 볼턴 부인이 문을 열어주었다.

"어머, 마님이시군요! 길을 잃으신 게 아닌가 했어요!"

볼턴 부인은 약간 심술궂게 말했다.

"하지만 클리퍼드 나리께서 마님을 찾지는 않으셨습니다. 린리 씨가 오셔서 지금 무슨 말씀을 하시는 중입니다. 저녁까지 남아 계실 모양인가 봅니다, 마님."

"그렇겠지."

코니가 말했다.

"저녁을 15분가량 늦출까요? 그러면 천천히 옷을 갈아입으실 수 있을 테니까요."

"그렇게 해줘요."

린리 씨는 탄광의 총지배인인 북부지방 출신의 늙수그레한 사람으로 클리퍼드에게는 너무 점잖기만 한 사람이었다. 그는 전후의 경영 상태, 전후 광부의 실태에 어울리는, 세심하고 냉혹한 신조에는 맞지 않는 사람이었다. 그러나 코니는 린리 씨가 좋았다. 다만 그녀는 아첨을 잘하는 린리 부인은 만나고 싶지 않았다.

린리는 저녁식사 때까지 머물고 있었다. 사려 깊은 코니는 겸손하고, 조심성 있고, 남자들로부터 호감을 받는 여주인이었다. 그녀의 크게 뜬 파란 눈과 상냥한 대답은 그녀가 진정으로 생각하는 것을 완전히 감추고 있었다. 코니는 언제나 여성다운 태도를 취하고 있었으므로 그것은 제2의 천성이라고 해도 좋을 정도였다. 그러면서도 그것은 어디까지나 그녀의 제2의 것일 수밖에 없었다. 그런 태도를 취하고 있는 동안만은 이상하게도 그녀의 의식에서 온갖 것이 사라져버리는데, 이는 흥미로운 일이었다.

코니는 자기 방으로 올라가서 혼자 생각에 잠길 수 있게 될 때까지 참을성 있게 기다렸다. 그녀는 무슨 일이건 꾸준하게 기다렸다. 기다린다는 것은 그녀의 특기인 성싶었다.

자기 방에 들어서자 코니는 아직도 망연해서 머릿속이 혼란스러웠다. 무엇을 생각하면 좋을지 몰랐다. 정말 그는 어떤 종류의 인간일까? 나를 정말로 사랑하고 있는 것일까? 그다지 사랑하지 않는 것 같았다. 그러나 그는 친절했다. 그에게는 그녀의 자궁을 열게 하는 이상하면서도 따뜻하고 순진한 친절과 같은 무엇이 있었다. 그러나 그는 어느 여자에게도 그런 친절을 베풀 수 있는 사람은 아닐까? 설사 그렇더라도 그것은 이상하게 평화로움과 위로를 주는 것이었다. 게다가 그는 정열적인 사람이었다. 착실하고 열정적이었다. 그러나 그는 개인적으로 깊이 들어가서 생각하지 않았는지도 모른다. 그는 과거에 관계한 여자에 대한 것과 같은 태도로 자기를 다루었는지도 모른다. 그것은 특히 그녀만을 다루는 태도는 아니었다. 다만 그녀는 그에게 참다운 여자로서 취급되었을 뿐이다.

그러나 그 편이 더 나았다. 결국 그는 그녀 속에 있는 여성에 대해서 다정하게 해준 것이다. 그것은 어떤 남성도 그녀에게 해주지 않았던 것이었다. 남자들은 그녀라는 인간에 대해서는 부드럽게 대해주었다. 그러나 여성으로서의 그녀에 대해서는 잔인했으며 때로는 완전히 경멸하고 무시했다. 그들은 콘스탄스 리드라든가 채털리 부인에 대해서는 매우 부드럽게 대해 주었지만 그녀의 자궁에 대해서는 다정하게 굴어주지 않았다. 그러나 그는 콘스탄스니 채털리 부인이니 하는 것에는 아랑곳하지 않고 다만 허리와 가슴을 부드럽게 애무했을 뿐이다.

이튿날 그녀는 숲으로 갔다. 흐린 조용한 오후였다. 암녹색의 산쪽풀이 개암나무 덤불 밑으로 퍼져 있었다. 모든 나무들은 소리도 내지 않고 싹을 내밀려 애쓰고 있었다. 거대한 떡갈나무 수액이 무시무시한 힘으로 끌려 올라가서 마침내 새싹이 끝에 이르러 피와 같은 적동색(赤銅色)의 조그만 불꽃과 같은 새 잎이 되어 나오려 하는 힘을 그녀는 오늘 따라 자신의 육체 속에서 느낄 수가 있었다. 그것은 위로 위로 부풀어 올라 하늘에까지 퍼지는 조수(潮水)와도 같은 것이었다.

코니는 빈터에 가 보았다. 그러나 그는 없었다. 그녀는 기대하지 않았다. 새끼 꿩은 암탉이 걱정스럽게 울어대는 새둥지에서 곤충처럼 가볍게 밖으로 나와 뛰어다니고 있었다. 코니는 앉아서 그것을 지켜보면서 기다렸다. 그녀는 그저 기다리고 있었다. 새끼 꿩에게 그다지 시선을 던지지 않았다. 그녀는 기다리고 있었다.

시간은 꿈속처럼 서서히 지나갔지만 그는 오지 않았다. 그녀는 그가 어쩌면 오지 않을지도 모른다고 생각했다. 그는 그날 오후에 끝내 나타나지 않았다. 차를 마시는 시간에 그녀는 돌아가야 했다. 그러나 그곳을 떠나려면 자신을 몰아세우지 않으면 안 되었다.

집으로 돌아오는 길에 가랑비가 내리고 있었다.

"비가 또 옵니까?"

코니가 모자의 빗방울을 터는 것을 보고 클리퍼드가 말했다.

"가랑비예요."

코니는 말없이 생각에 잠긴 채 차를 따랐다. 그녀는 그것이 정말이었던가를 확인하기 위해 오늘 꼭 산지기를 만나고 싶었던 것이다,

정말로 진실이었는지를.

"나중에 책이라도 좀 읽어줄까?"

클리퍼드가 말했다. 코니는 그를 보았다. 무슨 낌새를 맡았을까?

"왜 그런지 봄엔 기분이 좋지 않아요. 좀 쉬고 싶군요."

코니가 말했다.

"당신 좋을 대로 하지. 정말 어디가 좋지 않은 거 아니오?"

"그렇지 않아요! 그저 어쩐지 자꾸 피로해요, 봄엔. 볼턴 부인과 무슨 놀이라도 하세요."

"괜찮아, 라디오를 듣지."

클리퍼드의 목소리에 묘한 만족감이 담겨 있는 것을 코니는 들었다. 그녀는 침실로 올라갔다. 그러자 확성기에서 울부짖는 소리가 들렸다. 그것은 백치 같고 벨벳과도 같은 감촉의 고상한 목소리였다. 그것은 거리에서 손님을 부르는 목소리에 대한 방송인데, 옛날의 행상인들의 물건 파는 소리를 흉내 낸 점잔을 뺀 목소리였다.

코니는 보랏빛 우의를 걸치고 옆문으로 집을 살짝 빠져나왔다. 가랑비는 베일처럼 신비롭고 훈훈하게 고요히 내리고 있었다. 정원을 빠른 걸음으로 지나갔다. 몸이 후끈하여 가벼운 우의 앞자락을 열어 젖혀야 했다.

숲은 곤충의 알이며 반쯤 열린 봉오리며 절반가량 핀 꽃의 신비로 가득 차서 해질 녘의 가랑비 속에 소리 없이 비밀에 싸여 있었다. 희미한 어둠 속에서 나무들은 옷을 벗은 듯 거무스름한 살갗을 드러내고, 땅 위의 푸른 풀은 녹색의 콧노래를 흥얼거리고 있는 듯했다.

빈터에는 아무도 보이지 않았다. 새끼 꿩은 거의 어미닭의 품속에 들어가 버리고 미처 들어가지 못한 한두 마리의 대담한 새끼들이 짚 지붕 밑 마른땅을 돌아다니고 있었다. 불안한 모습이었다.

그래! 아직도 그는 오지 않았다. 그는 일부러 오지 않은 것일 게다. 아니면 무슨 일이 생긴 것일까? 그렇다면 그의 집까지 가 보는 게 좋을 것이다. 그러나 그녀는 날 때부터 기다린다는 성격을 타고났기 때문에 오두막집 문을 자기 열쇠로 열었다. 모든 것이 잘 정돈되어 있었다. 밀은 밀 상자 속에 들어 있었고, 담요는 개서 선반 위에 놓여 있었으며, 짚은 한쪽 구석에 깨끗이 치워져 있었다. 그 짚 다발은 새것이었다. 바람막이 램프는 못에 걸려 있었고, 테이블과 의자는 본래 위치대로 놓여 있었다.

코니는 문 앞 의자에 앉았다. 모든 것이 쥐죽은 듯 조용했다! 가랑비는 소리도 없이 엷은 안개처럼 날리듯 내리고 있었다. 그러나 바람 소리는 조금도 나지 않았다. 아무 소리도 없었다. 나무들은 어두컴컴한 황혼 속에 소리 없이, 그러나 싱싱한 군센 생물처럼 서 있었다. 온갖 것이 아주 생생해 보였다.

다시 밤이 다가왔다. 돌아가지 않으면 안 된다. 그는 피하고 있는 것이다.

그때 갑자기 운전수 같은 검은 방수 재킷이 비에 젖어 번쩍이면서 그가 성큼성큼 빈터로 걸어왔다. 그는 흘끗 오두막 쪽에 눈길을 주고는 가볍게 인사한 뒤, 방향을 바꾸어 새집 쪽으로 걸어갔다. 그리고 그곳에 쭈그리고 앉아 하나하나를 주의 깊게 살핀 다음 암탉과 새끼 꿩이 밤에도 걱정 없도록 문을 닫았다.

드디어 그는 조용하게 그녀에게로 다가왔다. 그녀는 여전히 의자에 앉아 있었다. 그는 그녀 앞 현관 아래쪽에 섰다.

"와 계셨군요."

그가 사투리의 억양으로 말했다.

"네, 늦었군요."

코니는 그를 쳐다보며 말했다.

"네."

그는 숲 쪽을 보면서 대답했다. 코니는 의자를 한쪽으로 치우며 조용히 일어섰다.

"들어오시겠어요?"
코니가 묻자 그는 날카로운 시선으로 그녀를 내려다보았다.
"부인께서 매일 밤 여기에 오시는 걸 다른 사람들이 이상하게 생각하진 않을까요?"
"왜요?"
코니는 당황하여 그를 쳐다보았다.
"여기 온다고 안 했으니까 아무도 모를 거예요."
"그러나 곧 알게 될 겁니다. 그렇게 되면 어떻게 하시겠습니까?"
코니는 어떻게 대답해야 좋을지 몰랐다.
"어떻게 안단 말이죠?"
"반드시 알게 됩니다."
그는 절망적인 어조로 말했다.
"그럼 하는 수 없죠, 뭐……."
코니의 입술이 약간 떨리며 더듬거렸다.
"아닙니다! 여기에 오지만 않으시면 그것은 어떻게 됩니다. 부인께서 그럴 생각만 있으시다면."
그는 낮은 어조로 말했다.
"하지만 그러고 싶지 않아요."
코니가 중얼거렸지만 그는 숲 속으로 눈길을 돌리고 말없이 서 있었다.
"그러나 모두가 알게 되면 어쩌시겠습니까?"
마침내 그가 입을 열었다.
"그 점을 생각하십시오, 부인! 남편의 고용인인 내가 부인의 상대라는 사실을 알게 되면 부인께서 어떤 굴욕적인 꼴을 당하시게 될까를 한번 생각해 보십시오."
코니는 외면한 그의 얼굴을 쳐다보았다.
"그건…… 그건 당신은 내가 필요치 않다는 말인가요?"

코니는 말을 더듬었다.

"생각해 보십시오! 만약 모두가 알게 되면…… 클리퍼드 경과 그 밖의 여러 가지 소문과……."

"그럼 난 집을 나가겠어요."

"어디로 말입니까?"

"어디라도! 내게는 내 재산이 있어요. 우리 어머니는 나를 위해 2만 파운드를 맡겨두었어요. 그것은 클리퍼드도 손댈 수 없는 돈이에요. 난 나갈 수 있어요."

"그러나 만약 나가고 싶다는 생각이 들지 않게 된다면?"

"그렇지 않아요! 어떤 일이 생긴대도 난 괜찮아요."

"네, 지금은 그렇게 생각하시겠죠! 그러나 자연히 마음이 쓰이게 됩니다! 그렇게 되지 않을 수가 없어요. 부인이 산지기와 관계를 맺고 있다는 사실을 생각해야 합니다. 내가 신사인 경우와는 다릅니다. 틀림없이 부인은 후회할 겁니다, 틀림없이."

"절대로 그렇지 않아요. 체면 따위를 무엇 때문에 걱정하겠어요? 난 정말로 그게 싫어졌단 말예요. 그런 말을 들을 때마다 난 조롱당하는 것 같아요. 정말이에요. 놀림을 받고 있는 거예요! 당신만 해도 그 말을 할 때는 날 놀리고 있는 거예요."

"내가?"

그는 그제야 비로소 똑바로 그녀의 눈을 쳐다보았다.

"난 부인을 놀리거나 하지 않습니다."

그가 그녀의 눈을 들여다보고 있었을 때 코니는 그의 눈동자가 크게 확대되며 어둡게, 정말 어두워지는 것을 보았다.

"정말, 부인은 그 위험을 조금도 상관 않으시겠습니까?"

그는 메마른 목소리로 물었다.

"그것은 신중히 생각해 볼 문제입니다. 나중에는 때를 놓치게 됩니다!"

그의 목소리에는 충고하는 듯하면서 이상하게 애원하는 데가 있었다.

"그래도 난 잃을 게 아무것도 없는걸요."

코니의 목소리는 초조한 듯했다.

"만약 그것이 어떤 것인가를 안다면, 내가 그것을 버리고 싶어 하는 걸 알게 될 거예요. 당신은 두려워하는 건가요?"

"네! 나는 그렇습니다. 두렵습니다. 매우 두려워요. 여러 가지 일을 두려워합니다."

"무엇이 두렵다는 거죠?"

코니가 물었을 때 그는 머리를 자기 뒤쪽으로 젖혀 보였다. 그것은 바깥세상을 의미하는 것이었다.

"여러 가지 것! 여러 사람들! 저 수많은 사람들입니다."

그러고 나서 몸을 굽힌 그는 갑자기 슬픈 표정을 짓고 있는 그녀의 얼굴에 키스했다.

"아니 상관 않겠습니다. 끝까지 해 나갑시다. 다른 것은 어떻게 되든 상관없습니다. 그러나 부인께서 나중에 후회라도 한다면……."

"나를 버리지 말아요."

코니는 애원했다. 손가락으로 그녀의 볼을 어루만지던 그는 갑자기 그녀에게 뜨겁게 키스했다.

"그럼 들어갑시다. 자, 우의를 벗으십시오."

그는 총을 못에 걸고 젖은 재킷을 벗었다. 그러고는 담요 쪽을 향해 손을 내밀었다.

"덮을 수 있게 담요를 한 장 더 가져왔습니다."

"난 오래 있을 수 없어요. 저녁식사가 7시 30분이니까요."

코니가 말하자 그는 흘끗 그녀를 보고 나서 손목시계를 보았다.

"좋습니다."

이내 문을 닫은 그는 매달려 있는 바람막이 램프에 불을 붙였다.

"언제 한번 오랜 시간을 가져봅시다."

그는 조심스럽게 담요를 끌어내려 그녀가 벨 수 있도록 하나로 접었다. 잠시 의자에 앉은 그는 그녀를 끌어당겨 한 팔로 꼭 껴안으며 다른 한 팔로 그녀의 육체를 더듬기 시작했다. 코니는 그의 손이 자기의 육체에 닿았을 때 숨이 막힐 듯한 소리를 들었다. 그녀의 얇은 페티코트 밑은 완전한 알몸이었다.

"아아! 당신 몸을 만지니 황홀하군요!"

그는 그녀의 허리와 엉덩이의 섬세하고도 따스한 아무도 모르는 비밀의 살결을 손가락으로 애무했다. 그는 얼굴을 아래로 숙이고 그녀의 배와 넓적다리에 자신의 뺨을 문질러 댔다. 그녀는 자신의 알몸이 그에게 그토록 황홀감을 주는가 하고 좀 의아해 했다. 그가 자신의 육체에서 발견한 황홀한 아름다움–자기의 싱싱하게 약동하는 비밀의 육체를 어루만짐으로써 발견한 아름다움–이 과연 어떤 것인지 그녀는 이해할 수 없었다. 오직 정열만이 이 황홀한 아름다움에 눈을 뜰 것이다. 정열이 식었거나 없어질 때 그 훌륭하게 율동하는 아름다움을 이해하기 어렵게 되고 심지어는 다소 비열한 것이 되고 만다. 따뜻하고 생생한 접촉의 아름다움은 환상적 아름다움보다 훨씬 더 깊은 것이다.

코니는 그의 뺨이 자기의 넓적다리로, 배로, 그리고 엉덩이로 미끄러지며 애무하고, 그의 숱 많고 부드러운 머리와 수염이 마치 솔질하듯 스쳐가는 것도 느꼈다. 그러자 그녀의 두 무릎이 바르르 떨리기 시작했다. 그녀의 내부 깊숙한 곳에서 새로운 흥분의 진동을 느끼고 새로운 적나라한 감정이 이는 것을 느꼈다. 그러자 절반쯤 두려운 생각이 들었다. 자기를 그처럼 애무해 주지 말기를 바라는 마음도 절반쯤 일어났다. 그는 그녀가 꼼짝도 하지 못하게 둘러싸고 있었다. 그러나 그녀는 애타게 기다리고 있었다.

그리고 그에겐 순수한 평화였던 애무와 쾌락의 절정을 느끼면서 그가 그녀 속으로 힘차게 들어왔을 때에도 그녀는 여전히 기다리고 있었다. 그녀는 자기가 좀 무시되고 있는 게 아닌가 생각했다. 그러나 이것은 자기 자신의 잘못임을 알고 있었다. 그녀가 원해서 고독을 찾은 것이다. 아마도 이제는 코니 자신을 나무랄 수밖에 없다. 그녀는 가만히 누워 있었다. 그녀의 몸속에 담긴 그의 동작을 느끼고 깊숙이 잠긴 그의 격정을 느끼고 사정을 할 때의 부르르 떨던 경련을, 그리고 무섭게 내리누르던 힘이 점점 줄어드는 것을 느꼈다. 엉덩이의 내리미는 동작, 그것은 확실히 우스꽝스러운 것이었다. 만약 당신이 여자이고, 이 모든 작업의 일부를 맡고 있다면, 남자가 엉덩이를 내리누르는 동작은 지극히 우스꽝스러울 것이다. 하기야 이런 자세로 그런 행동을 하고 있는 남자 자체가 한없이 우스꽝스러운 것이지만!

그러나 그녀는 꼼짝도 않고 가만히 누워 있었다. 그가 끝마쳤을 때에도 마이클리스에게 그랬듯이 자기 만족을 얻으려고 기를 쓰지는 않았다. 그녀는 그저 가만히 누워 있었다. 눈에 서서히 눈물이 고이더니 주르르 흘러내렸다.

그도 가만히 누워 있었다. 그러나 그녀를 꼭 껴안고 가엾게도 발가벗은 그녀의 두 다리를 자기 다리로 따뜻하게 감싸주며 덮어주려 했다. 그는 착 달라붙은 따뜻한 체온을 분명하게 느끼며 그녀 위에 엎드려 있었다.

"춥지 않습니까?"

그는 부드럽고 작은 목소리로 나직하게 마치 가까이, 아주 가까이 있는 것처럼 속삭였다. 그러나 그녀는 저 멀리 내버려진 듯한 심정이었다.

"아뇨, 이제 가 봐야겠어요!"

코니의 목소리는 조용했다. 그는 크게 한숨을 쉬고 그녀를 더욱 바짝 껴안았다가 다시 힘을 풀었다.

그는 코니의 눈물을 눈치 채지 못했다.

"가 봐야 해요."

코니가 되풀이했다. 그는 몸을 일으켜 잠시 코니 앞에서 무릎을 꿇은 다음 그녀의 양쪽 넓적다리 안쪽에 키스하고 그녀의 스커트를 내려주었다. 그리고 나서 희미하고 어슴푸레한 램프 불빛의 빛을 받으며, 옆으로 돌아서지 않고 아무런 생각도 없는 듯 웃옷 단추를 끼웠다.

그는 다정하고 너그러운 표정으로 그녀를 내려다보며 말했다.

"언제 한번 우리 집에 오셔야겠습니다."

코니는 맥없이 누워 있었다. 그리고 생각에 잠긴 듯 그를 빤히 올려다보고 있었다. 낯선 사람! 전혀 알지 못하는 남자! 그녀는 그가 다소 원망스럽기도 했다.

코트를 걸친 그는 마룻바닥에 떨어져 있는 모자를 찾아 쓰고 총을 메었다.

"자, 가십시다!"

그는 따뜻하고 평화로운 눈으로 그녀를 내려다보며 말했다. 코니는 천천히 몸을 일으켰다. 가고 싶지 않았다. 하지만 어쩐지 이곳에 있는 것도 싫었다. 그는 그녀가 얇은 비옷을 입는 걸 도와주고 단정한가를 살펴주었다. 그리고 문을 열었다. 바깥은 아주 캄캄했다. 현관 아래서 기다리고 있던 그의 충실한 개는 그를 보자 기뻐서 벌떡 일어났다. 가랑비는 칠흑처럼 어두운 속에서 어슴푸레 구슬프게 내리고 있었다.

"램프를 가지고 갑시다. 오두막엔 필요 없을 테니까."

그는 앞장서서 걸어가며 램프를 흔들었다. 비에 젖은 풀이며 뱀처럼 보이는 시꺼멓게 빛나는 나무뿌리며 침침한 잡초 꽃들이 불빛에 훤히 드러났다. 그 나머지 세계는 온통 비와 안개로 완전히 암흑의 바다를 이루고 있었다.

"언젠가는 우리 집에 와 봐야죠. 이미 일은 저질러진 거니까, 어린 양으로 목이 매달리거나 큰 양으로 매달리거나 목이 매달리는 건 마찬가지겠죠."

코니는 이 말을 이해할 수가 없었다. 그들 사이에 아무것도 없으면서, 한 번도 진실을 털어놓고 말한 적도 없으면서도 그가 자기를 끈덕지게 욕구하고 있는 것은 도무지 모를 일이었다. "한번 와 봐야죠." 하는 사투리가 자기도 모르게 싫었다. 그 말은 자기에게 한 말이 아니고 보통 여자에게 한 말처럼 생각되었다. 코니는 지금 걷고 있는 길에 디기탈리스 잎이 있는 것을 보고 어디쯤 걷고 있는지를 짐작할 수 있었다.

그가 입을 열었다.

"7시 15분이군요. 서둘러야 되겠습니다."

이내 그의 어조가 달라졌다. 그녀와의 거리감을 느끼고 있는 모양이었다. 그들이 마차 길 맨 마지막 모퉁이를 돌아 개암나무 담장과 사잇문을 향하게 되자 그는 램프불을 꺼버렸다.

"여기서부터는 조심해야 합니다."

그는 부드럽게 코니의 팔을 잡았다. 그러나 걷기가 힘들었다. 발밑 대지는 신비로웠다. 무엇이 있는지 발밑의 촉감으로 길을 더듬었다. 그러나 그는 이 길을 잘 아는 듯 성큼성큼 발을 내디뎠다. 이 길에 익숙한 것이었다.

사잇문에 다다르자 그는 회중전등을 그녀에게 주었다.

"정원 안은 좀 밝지만 그래도 길을 잃을지 모르니까 가지고 가세요."

사실 그랬다. 넓게 트인 정원의 빈터에는 유령이라도 나올 것처럼 온통 희미한 회색으로 덮여 있었다. 그는 갑자기 그녀를 앞으로 끌어당기더니 또다시 그녀의 옷 속으로 손을 들이밀어 비에 젖은 싸늘한 손으로 그녀의 따스한 몸을 더듬었다.

"난 당신 같은 여자의 몸을 만지기만 하면 죽을 것만 같소. 설사 한순간일지라도."

그의 목소리는 목구멍 속 깊은 곳에서 나오는 듯했다. 코니는 또 다시 자기를 요구하는 남자의 갑작스런 욕망이 치솟는 것을 느꼈다.

"아니에요, 이젠 가야 해요."

코니는 다소 사납게 말했다.

"그렇습니까?"

그는 갑자기 태도를 바꾸어 코니를 놓아주었다. 몸을 돌리던 그녀는 다시 그에게로 되돌아서면서 말했다.

"키스!"

그는 그녀 몸 위로 몸을 굽혀 왼쪽 눈에 키스했다. 그녀가 입을 내밀자 그는 부드럽게 키스하고 곧 떨어졌다. 그는 입술에 키스하기를 싫어했다.

"내일 가겠어요!"

코니는 그와 떨어지면서 덧붙였다.

"될 수 있는 대로."

"아! 너무 늦게는 말고요."

그는 어둠 속에서 대답했다. 이미 그의 모습은 보이지 않았다.

"안녕!"

코니가 말했다.

"안녕히 가십시오, 마님!"

코니는 걸음을 멈추고 비에 젖은 어둠 속을 되돌아보았다. 간신히 그의 몸 형체만 분간할 수 있었다.

"왜 그런 말을 하죠?"

코니가 물었다.

"아닙니다. 안녕히 가시오. 어서 뛰어가시오."

그가 말했다.

코니는 회색이 감도는 어둡고 캄캄한 밤 속을 달렸다. 옆문이 열려 있었다. 그녀는 들키지 않고 자기 침실로 몰래 들어갔다. 문을 닫을 때 식사 종이 울렸다. 그러나 여느 때와 마찬가지로 목욕은 해야 했다.

"그래, 꼭 목욕을 해야지. 이제부터 이렇게 늦지 말아야지, 너무 애가 타니까."

코니는 속으로 중얼거렸다.

다음 날 코니는 숲에 가지 않았다. 대신 클리퍼드와 함께 유스웨이트에 갔다. 그는 이따금 자동차로 외출을 할 수 있게 되었다. 힘센 젊은 운전수를 고용했다. 필요할 경우 그를 자동차에서 내리기 위해서였다.

클리퍼드는 유스웨이트에서 그리 멀지 않은 시플리 저택에 살고 있는 그의 교부 레슬리 윈터 씨를 만나보고 싶어 했다. 윈터는 에드워드 왕조[41] 시대에 전성기를 지낸 부요한 탄광주의 한 사람으로 꽤 나이 든 노신사였다.

그 무렵 에드워드 왕도 사냥을 하기 위해 시플리 저택에 자주 머문 적이 있었다. 시플리 저택은 아름다운 고풍에 횟가루 반죽을 칠한 집으로 매우 아취 있게 꾸며져 있었다. 윈터는 독신이며 자기 나름의 스타일을 자랑으로 삼고 있었다. 그러나 그 부근은 탄광이 둘러싸고 있었다.

레슬리 윈터는 클리퍼드를 사랑하고 있었다. 그러나 사진 잡지에 나오는 사진이나 문학작품이 마음에 들지 않기 때문에 그다지 존경은 하지 않았다. 그 노인은 에드워드 왕조 풍의 멋쟁이로 생활은 생활답게 해야 한다는 생각으로 글을 쓴다든가 하는 사람은 다른 인종

41) 빅토리아 여왕을 계승하여 영국을 통치한 에드워드 7세의 재위 기간(1901~1910)이다 – 옮긴이

이라고 생각하고 있었다.

노인은 코니에게 매우 정중했다. 그는 그녀를 '매력 있는 착실한 여자인데 클리퍼드 때문에 매우 약해졌다' 고 생각하고 있었다. 그리고 그녀가 라그비 저택의 후계자를 낳을 기회를 갖지 못한 것을 섭섭하게 여기고 있었다. 그 또한 후계자가 없었던 것이다.

만약 클리퍼드의 산지기가 그녀와 관계를 맺고 '당신은 우리 집에 한번 오셔야 할 거요.' 했다는 사실을 안다면 이 노인이 과연 뭐라고 할 것인지 코니는 생각했다. 그는 그녀를 미워하고 경멸할 것이다. 왜냐하면, 그는 노동자 계급이 사회의 상층으로 뚫고 나오는 것을 거의 증오할 만큼 싫어했기 때문이다. 만약 상대가 그녀와 같은 계급이라면 그는 아무렇지도 않게 생각할지 모른다. 그것은 코니의 표정에는 천성적으로 착실하고, 온순하고, 순진한 데가 있어 그녀의 성질의 일부로 보였던 것이다. 윈터는 그녀를 '내 아가' 라고 부르며, 그녀가 갖고 싶다고 하지도 않았는데 18세기 귀부인의 아름다운 세밀화(細密畵)를 주었다.

그러나 코니는 산지기와의 연애를 생각하며 멍해 있었다. 참다운 신사이며 사교인이었던 윈터 씨는 그녀를 한 인간으로, 사려 깊은 개인으로 다루었다. 그녀를 다른 여자들과 같게 취급하여 '너' 니 '그대' 니 하지 않았다.

코니는 그날도, 그다음 날도, 또 그다음 날도 숲으로 가지 않았다. 그녀는 그가 자기를 기다리고 욕구하고 있다고 느낄수록 가지 않기로 했다.

그러나 나흘째가 되자 코니는 무서울 정도로 침착성을 잃고 불안해졌다. 그래도 그녀는 숲에 가서 그 사나이를 위해 다시 한 번 자기의 넓적다리를 벌리기를 거부했다. 그녀는 그것을 얼버무릴 온갖 수단을 생각했다. 셰필드로 드라이브를 하거나 방문하는 등……. 그러나 그 착상은 모두 마음에 들지 않았다. 드디어 그녀는 산책을 하기로 했다. 숲 쪽이 아니라 그 반대쪽으로, 그녀는 정원 반대쪽에 있는 철문을 지나 메어헤이로 가기로 했다.

구름이 끼었지만 온화한 봄날이었다. 코니는 생각에 잠겨 발길 닿는 대로 걸어갔다. 주위에 대해서는 조금도 의식하지 않고 걸었다. 그러나 메어헤이 농장의 개가 크게 짖는 소리에 깜짝 놀라 걸음을 멈추었다. 메어헤이 농장이다! 그곳 목장은 라그비 저택 정원 울타리와 이어져 있어 이웃끼리였지만 코니는 오랫동안 찾아오지 않았었다.

"벨!"

코니는 커다란 흰 불테리어에게 소리쳤다.

"벨! 나를 잊었니? 나를 모르겠어?"

코니는 개가 무서웠다. 벨은 뒷걸음치며 짖어 댔다. 그녀는 농장을 지나서 사냥 금지 구역의 도로 쪽으로 나가고 싶었다.

그때 플린트 부인이 나왔다. 그녀는 코니와 같은 또래로 예전에 학교 교사를 하던 여자였다. 코니는 그녀를 교활한 데가 있는 여자라고 생각하고 있었다.

"어머나! 채털리 부인 아니세요!"

새삼스럽게 플린트 부인은 눈을 빛내며 소녀처럼 얼굴을 붉혔다.

"벨, 이게 무슨 짓이야! 채털리 부인께 짖어대다니, 벨! 그만둬!"

플린트 부인이 달려가 손에 들고 있던 흰 헝겊으로 개를 치면서 코니에게로 다가왔다.

"전에는 나를 알아봤는데."

코니는 악수를 하면서 말했다. 플린트 부인은 채털리네의 토지를 세내고 있었던 것이다.

"물론 부인을 알아보죠. 장난을 하는 거예요. 그렇지만 뵌 지가 너무 오래 돼서요. 그동안 별고 없으셨지요?"

플린트 부인은 낯을 붉히고 혼란된 눈빛으로 흘끗 쳐다보았다.

"네, 덕분에 잘 있어요."

"겨우내 못 뵈었습니다. 잠깐 들어오셔서 갓난아이를 봐주시지 않겠어요?"

"그래요?"

코니는 망설였다.

"그럼 잠깐……."

플린트 부인은 방을 치우려고 집 안으로 뛰어 들어갔다. 코니는 그 뒤에서 천천히 따라 들어갔으나, 불에 얹은 쇠주전자의 물이 펄펄 끓고 있는 어두운 부엌에서 망설였다.

플린트 부인이 다시 나왔다.

"죄송합니다. 어서 이리로 들어오세요."

그들은 거실로 들어갔다. 난로 앞에 있는 누더기 깔개 위에 갓난아이가 앉아 있었고 식탁 위에는 차가 준비되어 있었다. 어린 하녀가 부끄러운 듯이 우물거리면서 복도를 뛰어갔다.

갓난아이는 한 살가량 된 듯한 깜찍하게 생긴 계집아이였다. 머리카락은 아버지를 닮아 붉고 또렷한 푸른 눈을 가지고 있었다. 아이는 겁도 없이 몇 개의 쿠션 사이에 앉아 있고 그 주위에는 그 시대의 헝겊 인형이며 그 밖의 장난감으로 가득했다.

"어머, 참 예쁜 아기군요! 어쩌면 이렇게도 컸을까! 정말 많이 컸군요. 아주 큰 아인데요!"

코니가 말했다. 그녀는 갓난아이가 태어났을 때 숄을 선물로 보냈고, 크리스마스에는 셀룰로이드로 만든 오리를 보냈었다.

"얘야, 조세핀! 지금 오신 분은 누구지? 누구지? 어떤 분일까, 조세핀? 채털리 부인이시란다. 알지? 채털리 부인이시야."

깜찍한 꼬마는 건방진 표정을 짓고 코니를 지켜보았다. 귀부인 따위는 아직 그 아이에게 있어 아무것도 아니었다.

"이리 온! 내게로 온."

코니는 갓난아이에게 말했다. 갓난아이는 사람을 가리지 않았다. 코니는 갓난아이를 안아 올려 무릎 위에 앉혔다. 무릎 위에 갓난아이를 앉히고 있으니 부드럽고 작은 팔이며 무의식적으로 제멋대로 버둥거리는 조그만 발이 몹시도 귀여웠다.

"전 지금 혼자서 차를 마시려던 참이었어요. 루크는 시장에 나갔기 때문에 이렇게 아무 때나 마신답니다. 채털리 부인, 함께 드시겠어요? 늘 댁에서 마시는 것과는 다를 테지만요. 그렇지만 저……."

코니는 승낙했다. 다만 그녀가 집에서 언제나 마시는 차 얘기를 꺼낸 것은 싫었다. 그녀가 차를 준비하는 데는 오랜 시간이 걸렸다. 그리고 제일 좋은 찻잔과 찻주전자를 들고 나왔다.

"너무 수고를 끼쳐 드려서 죄송해요."

코니가 말했다.

"수고스럽긴요."

그러나 플린트 부인의 수고가 없을 리 없다. 코니는 갓난아이를 데리고 놀아주었다. 갓난아이의 악의 없는 순진성을 즐기고, 부드럽고 순진한 따뜻함에서 깊은 육체적인 기쁨을 맛보았다. 순진한 생명! 이처럼 두려움을 모르며 방비할 힘을 지니지 않고, 그러면서도 조금도 무서워하지 않는 것이다. 그런데 성숙한 인간들은 모두 두려움에 가슴을 조이고 있는 것이다.

코니는 차를 마셨다. 꽤 짙은 차였다. 버터를 바른 빵은 맛이 있었다. 병에 들은 자두도 나왔다. 플린트 부인은 코니가 멋진 기사(騎士)라도 되는 것처럼 상기되고 흥분하여 침착성을 잃고 있었다.

그들은 여자들 사이에서 주고받는 이야기를 늘어놓으며 즐겼다.

"아무것도 없어서요."

플린트 부인이 말했다.

"집에서 먹는 것보다 훨씬 맛있어요."

코니는 진심을 담아 대답했다.

"어머, 그래요?"

물론 플린트 부인은 믿지 않으며 대꾸했다.

마침내 코니는 자리에서 일어섰다.

"가야겠어요. 내가 어디 갔는지 주인은 모르세요. 도대체 어떻게 된 걸까 생각하고 있을 거예요."

코니가 말했다.

"설마 여기에 계시리라곤 생각지 않으시겠죠?"

플린트 부인이 기쁜 듯이 웃었다.

"틀림없이 사람을 내보내서 찾을 거예요."

"안녕, 조세핀."

코니는 갓난아이에게 키스하면서 성기고 붉은 머리를 쓰다듬으며 말했다.

플린트 부인은 열쇠로 잠그고 빗장을 건 현관문을 열어주면서 나가라고 했다.

코니는 쥐똥나무 울타리로 둘러싸인 농장의 조그마한 정원으로 나왔다. 오솔길 양쪽에는 벨벳 같은 빛깔의 짙은 앵초가 두 줄로 피어 있었다.

"예쁜 앵초군요."

코니가 말했다.

"제멋대로 피었다고 루크는 말한답니다."

플린트 부인은 웃었다.

"조금만 가지고 가세요."

그녀는 벨벳 같은 노르스름한 꽃을 열심히 땄다.

"됐어요, 이젠 됐어요."

코니가 말했다.

그들은 정원의 조그마한 문이 있는 데까지 왔다.

"어느 길로 가시겠어요?"

플린트 부인이 물었다.

"수렵 금지 구역으로 해서 가겠어요."

"그러세요! 소는 울 안에 들어가 있어요. 아직 나오지 않았어요. 하지만 문이 잠겨 있으니 넘어가야 해요."

"넘을 수 있어요."

코니가 말했다.

"그럼 울타리까지 모셔다 드리겠어요."

그녀들은 토끼들이 마구 짓밟아 빈약해진 목장을 지나갔다. 숲 속에서는 새들이 해질 무렵의 시끄러운 울음소리를 내며 지저귀고 있었다. 소는 짓밟힌 목장을 어슬렁어슬렁 걸어오고 있었다.

"오늘 저녁은 젖 짜기가 늦어지는군요. 루크가 어두울 때까지 돌아오지 않는다는 걸 알고 있어서 그래요."

플린트 부인이 딱딱하게 말했다.

그녀들은 울타리까지 왔다. 저편에는 어린 전나무가 빽빽이 우거져 있었다. 조그마한 문이 있었지만 잠겨 있었다. 그 안쪽 잔디 위에 빈 병이 놓여 있었다.

"저건 산지기의 빈 우유병이랍니다. 여기에 갖다 놓으면 그 사람이 와서 가져가죠."

플린트 부인이 설명했다.

"언제 오죠?"

코니가 물었다.

"언제나 순찰할 때 오죠. 아침에 자주 와요. 그럼 채털리 부인, 안녕히 가세요. 또 오세요. 들러주셔서 정말 기뻤습니다."

코니는 울타리를 넘어 깊이 우거진 어린 전나무 사이에 있는 좁은 오솔길로 접어들었다. 햇빛 가리는 모자를 쓴 플린트 부인은 목장을 뛰어서 돌아갔다. 그녀는 정말로 학교 교사다운 데가 있는 여자였다. 나뭇가지가 빽빽한 숲의 이 부근을 코니는 그다지 좋아하지 않았다. 갑갑하고 숨이 막힐 듯했기 때문이다.

코니는 플린트네 갓난아이 생각을 하면서 고개를 숙이고 걸었다. 귀엽게 생긴 아이였다. 그러나 아버지처럼 '안짱다리'가 될 것 같았다. 벌써 그럴 기미가 보이니, 그렇지만 크게 자라면 혹시 나아질지도 모른다. 갓난아이를 갖는다는 건 얼마나 마음 따뜻하고 흐뭇한 일일까? 플린트 부인은 그토록 자랑스럽게 내보이지 않았던가! 아무튼 그녀는 코니가 가지고 있지 않는, 가질 수 없을 것 같은 무엇을 가지고 있는 것이다. 그렇다, 플린트 부인은 자신의 모성을 자랑했던 것이다. 코니는 조금 질투를 느꼈다. 그것은 누를 수 없는 감정이었다.

돌연 몽상에서 깨어난 코니는 짧은 외마디 소리를 질렀다. 그곳에 한 남자가 있었던 것이다. 남자는 산지기였다. 그는 발람의 나귀[42]처럼 길을 가로막았다.

"도대체 어떻게 된 겁니까?"

그가 물었다.

"어떻게 오셨어요?"

코니는 숨가쁘게 말했다.

"당신이야말로 어쩐 일이오? 오두막에 갔었소?"

"아뇨! 아뇨! 난 메어헤이에 갔다 왔어요."

그는 이상하다는 듯이 그녀를 살펴보았다. 코니는 나쁜 짓이라도 한 것처럼 약간 고개를 숙였다.

"그래, 지금 오두막으로 가는 길입니까?"

그는 강한 어조로 물었다.

"아뇨! 갈 수 없어요. 메어헤이에 여태까지 있었어요. 말도 않고

---

42) 〈민수기〉 22장에 등장하는 메소포타미아의 예언자인 발람의 나귀로, 이스라엘을 저주하는 일에 나선 발람을 경고하기 위해 여호와 신이 보낸 사자를 보고 피하려고 길을 벗어나 꼼짝하지 않고 서 있었다고 한다 – 옮긴이

나왔는걸요. 늦어서 이제 뛰어가야만 해요."

"내게서 달아나는 거요. 그럼?"

그는 가볍게 비웃는 웃음을 띠면서 말했다.

"아뇨! 그런 게 아니에요. 다만……."

"그럼 뭡니까?"

그는 그녀에게 바싹 다가와 그녀의 몸에 손을 돌렸다. 코니는 그의 육체 앞부분이 무섭게 접해 오며 생동하고 있는 것을 느꼈다.

"아니, 지금은 안 돼요, 지금은 안 된다니까요."

코니는 외치며 그를 밀쳐냈다.

"왜, 왜 안 됩니까? 아직 6시밖에 안 됐는데, 30분이나 있잖소? 아니, 난 당신이 꼭 필요해."

그는 그녀를 꽉 끌어안았다. 코니는 그가 초조해서 성급히 구는 것을 알 수 있었다. 그녀의 본능은 자유를 추구해서 싸우려 하고 있었다. 그러나 이상스럽게도 마음속에 있는 무언가 다른 것이 나른하고 묵직하게 느껴졌다. 그의 몸은 초조하게 그녀를 요구해 왔다. 그녀는 그 이상 싸울 기력을 잃었다. 그는 주위를 둘러보았다.

"여기를 빠져나가 이리로 갑시다."

그는 빽빽하게 뒤얽힌 반쯤 자란 어린 전나무 사이를 들여다보면서 말했다. 이내 그는 그녀 쪽을 돌아보았다. 그의 눈이 날카롭게 번쩍였다. 애정 이외의 무언가를 나타내고 있는 것을 코니는 보았다. 그러나 이미 그녀는 의지를 잃고 있었다. 팔다리에는 이상한 무거움이 느껴졌다. 그녀는 차츰 양보하고 굴복해 갔다.

그는 가시덤불이 얽혀서 빠져나가기 힘든 곳을 헤치고 그녀를 끌고 들어가 마른나무 가지가 떨어져 쌓여 있는 조그만 빈터로 갔다. 두어 개의 죽은 나뭇가지를 집어 던지고 코트와 조끼를 벗어 그 위에 깔았다. 셔츠와 짧은 바지만 걸친 그가 먹이를 노리는 짐승과도 흡사한 눈으로 지켜보고 있는 앞에서 코니는 나뭇가지 아래에 동물처럼 눕지 않으면 안 되었다. 그러나 그는 여전히 조심스럽고 신중했다. 그는 그녀가 거북하지 않게 편안히 눕도록 해주었다. 그런데도 코니가 죽은 듯이 꼼짝 하지 않고 누워 있었기 때문에 그는 그녀의 속옷 끈을 직접 풀지 않을 수 없었다.

그 또한 자기 육체의 앞부분을 드러냈다. 그가 몸속으로 들어올 때 코니는 그의 벌거벗은 맨살이 와 닿는 것을 느꼈다. 그는 잠시 동안 그녀 속에서 몸을 부풀리며 가만히 있었다. 어쩔 수 없는 흥분에 사로잡혀 갑자기 그가 움직이기 시작하자 이상야릇한 흥분이 그녀의 체내에서 물결처럼 퍼졌다. 마치 보들보들한 깃털처럼, 피어오를 듯한 불꽃이 너울거리며 겹쳐 포개지듯, 정묘하고도 아름다운 광채의 초점으로 줄달음쳐서 그녀의 온통 녹아버린 내부를 다시금 녹이며 물결쳐 갔다. 마치 종소리가 잔물결처럼 허공으로 울려 퍼지며 절정에 이르는 것과 같았다. 그녀는 마지막 황홀경에서 자기도 모르게 부르짖은 가냘프면서 거친 신음 소리도 의식하지 못한 채 누워 있었다.

너무도 빨리 끝나버리고 말았다. 너무나 순간적이었다. 그러나 코니는 이 이상 자기 자신을 움직여서 자신의 결말을 맺을 수가 없었다. 전과는 달랐다. 아주 딴판이었다. 어찌할 도리가 없었다. 이 이상 더 자신의 만족을 위해 그를 잡고 늘어질 수는 없었다. 다만 기다리고 기다릴 뿐이었다. 그리고 그가 점점 오므라들며 마침내 자기에게서 슬쩍 빠져나가는 무서운 순간이 이른 것을 느꼈을 땐 마음속으로 신음했다. 그녀는 어서 되돌아와 자신의 욕구를 채워주기를 기다리고 있었다. 그런데 그는 가버리려 하는 것이다.

코니는 정열에 넘쳐 자기도 모르게 그에게 매달렸다. 그는 아직 완전히 미끄러져 나가지 않았다. 그녀는 흥분된 자신의 몸 안에서 그의 부드러운 봉오리가 움직이고 있는 것을 느꼈다. 율동적인 세찬 힘으로 그녀 속에 달아오르는 야릇한 리듬이 부풀고 커져서 산산이

쪼개진 그녀의 의식을 완전히 채웠다. 그러자 정말로 움직이는 것이 아닌 형용할 수 없는 동작이 모든 육체 조직과 의식 속으로 깊이깊이 파고드는 순수한 홍분의 소용돌이로 일어나기 시작하자, 마침내 그는 하나의 완전무결한 격정의 불덩어리가 되어버렸다. 그녀는 거의 알아들을 수 없는 소리를 무의식적으로 토해냈다. 심야에 울려나오는 소리! 생명의 소리였다. 사나이는 자기 밑에서 나는 소리를 들었다. 그의 생명이 여자에게 뛰어들자, 두려운 듯한 마음을 느끼면서 이 소리를 들었다.

그 소리가 가라앉음에 따라 그도 차츰 가라앉아 갔다. 그를 꼭 움켜잡고 있던 그녀의 손이 서서히 풀어지며 그녀 역시 힘없이 누웠다. 그들은 아무것도 모른 채 누워 있었다. 정신 나간 사람처럼 서로의 존재조차 모르고 누워 있었다.

드디어 그가 몸을 움직이기 시작했다. 아무런 방비도 없이 벌거벗은 알몸을 의식했다. 그녀는 자기를 포옹했던 사나이의 육체가 힘을 늦추며 떨어져 나가는 것을 느꼈다. 그러나 자기를 감싸서 덮어주지 않고 내버려두려는 그를 도저히 참을 수가 없을 것처럼 느껴졌다. 그는 이제부터 영원토록 자신을 감싸주지 않으면 안 된다.

그러나 끝내 떨어져 나간 그는 키스를 하고 그녀를 덮어주고 옷을 입기 시작했다. 그녀는 누운 채 나뭇가지를 쳐다보았다. 아직도 몸을 움직일 수가 없었다. 그는 일어나서 주위를 두리번거리며 바지의 혁대를 맸다. 주위는 나무가 우거지고 조용했다. 개가 움츠린 듯 앞발을 코끝에 대고 자고 있었다. 그는 다시 작은 가지 위에 앉아서 잠자코 코니의 손을 잡았다.

그녀는 고개를 돌려 그를 쳐다보았다.

"이번엔 둘이 함께 끝났군요!"

그가 말했다. 그녀는 대답하지 않았다.

"그런 때는 말할 수 없이 좋지요. 대개의 사람은 한평생을 함께 살아도 그런 걸 모르고 살거든."

무언가 꿈을 꾸는 듯한 목소리였다.

코니는 생각에 잠겨 있는 그의 얼굴을 들여다보았다.

"그래요? 만족했어요?"

그는 그녀의 눈 속을 들여다보았다.

"만족했느냐고? 그렇고말고, 그런 건 염려 마요."

그는 코니가 얘기하는 것을 원치 않았다. 그는 몸을 굽혀 키스했다. 그러자 그녀는 그가 영원히 그렇게 자기에게 키스해 줘야 한다고 느꼈다.

드디어 코니가 일어나 앉았다.

"그렇게 같이 끝나지 못할 때가 자주 있을까요?"

코니는 순진한 호기심에서 물었다.

"많은 사람들이 그렇지요. 그 사람들의 미련에 찬 표정으로 알 수 있어요."

일순 그는 공연한 말을 꺼냈다고 후회했다.

"다른 여자하고도 그렇게 같이 끝났어요?"

그는 재미있다는 표정으로 그녀를 쳐다보았다.

"모르겠는걸."

그는 자신이 말하고 싶지 않은 것은 절대로 말하지 않는다는 사실을 코니는 알고 있었다. 그녀는 그의 표정을 살폈다. 그를 소유하고 싶은 정열이 그녀의 육체 속에서 다시 꿈틀거렸다. 그러나 스스로에 대한 자신의 손실이기 때문에 그녀는 될 수 있는 대로 억제했다.

조끼와 코트를 입은 그는 오솔길로 나갔다. 석양의 마지막 햇살이 수평으로 숲을 비추고 있었다.

"배웅하지 않겠소. 그 편이 좋을 것 같소."

코니는 아쉬운 듯 그를 유심히 지켜보고 나서 돌아섰다. 개는 주인이 걷기를 기다리고 있는 것 같았다. 그리고 그는 이미 아무것도 할 말이 없는 것 같았다, 전혀 아무것도.

코니는 자기 속에 있는 새로운 것의 깊이를 확실하게 느끼면서 천천히 돌아갔다. 그녀 속에 또 하나의 자신이 살아 있어 그녀의 자궁과 내장 속에서 부드럽게 녹아 불타고 있었다. 이러한 자기에 의하여 그녀는 그를 찬미하고 있었다. 찬미하는 마음이 고조되자 그녀는 걸으면서 무릎에 힘이 빠져나가는 것을 느꼈다. 그녀의 자궁과 내장 속은 다시 생기를 되찾아 살아 있으며, 그를 감탄하면서 안타까운 마음에 어쩔 바를 모르는 순진한 여자가 되어 있는 기분이 들었다.

'아기가 아닐까? 내 속에 갓난아이가 있는 것 같아.'

코니는 마음속으로 말해 보았다. 그것은 사실인 것처럼 생각되었다. 지금까지 닫혀 있던 그녀의 자궁이 열려서 새로운 생명, 무거운 짐이면서도 사랑스러운 생명으로 가득 찬 것 같았다.

'만약 내게 아이가 생긴다면!'

그녀는 생각해 보았다.

'만약 내가 그 사람의 아이를 몸 안에 가지고 있다면!'

순간 그녀의 사지는 맥이 풀려 나가는 듯한 기분이었다. 그녀는 자기만의 아이를 낳는다는 것과 자신이 사모하는 사람을 위해 아이를 낳는다는 것과의 사이에는 절대적으로 큰 차이가 있다는 것을 알았다. 전자는 어떤 의미에서 보통 일이었다. 그러나 자신이 찬탄하고 있는 사람의 아이를 낳는다는 것은 지금까지의 자기와 전혀 다른 자기가 되는 일이고, 또한 자신이 깊이깊이 여자라는 성의 모든 중심으로, 창조적 수면의 중심에까지 가라앉는 듯한 느낌이 들었다.

그녀 속에 새로 생겨난 것은 욕정이 아니었다. 그것은 사모하는 찬탄의 마음이었다. 그녀는 그것을 늘 두려워했던 것을 알고 있었다. 그것은 자신을 무력하게 만드는 것이었으니까. 그녀는 지금도 역시 그것이 너무 고조되어서 자기 자신을 잃고 자기의 존재마저 말살되어 버리는 건 아닌가 하고 두려워했다.

그녀는 노예처럼, 야만적인 여인처럼 자신이 무시돼 버리는 것은 싫었다. 노예가 되어서는 안 된다고 생각했다. 자신이 품고 있는 찬탄하는 마음이 두려웠지만 그에 대해서 즉시 도전하기를 원치 않았다. 그것은 싸울 수 있다고 생각했다. 그녀는 가슴속에 강열한 자아의식을 품고 있으므로 자기의 자궁 속에서 고조되어 부풀어 오르는 그 부드러운 찬탄하는 마음에 도전하여 무찌를 수 있는 것이다. 하려고만 하면 지금 당장에라도 할 수 있다. 그렇게 되면 자기 감정을 자기 의지대로 움직일 수 있을 것이다.

아아! 그렇다. 바쿠스[43]의 여사제처럼처럼 빛을 발하며 쏜살같이 뛰어다니면서 열정적이 되는 것이다. 하등의 독립된 인격을 갖지 않고 다만 여성에게 봉사하는 순수한 하인인 남근을 찾으면 되는 것이다. 남성, 한 개인, 그런 것의 침입을 거부하라. 남자란 다만 그 신전(神殿)의 하인이며, 그녀의 것인 빛나는 남근의 소유자이며 수호자에 지나지 않는 것이다.

그러한 새로운 자각의 조류 속에서 한동안 그녀 속에 있는 옛날의 견고한 열정이 불타올랐다. 남성은 경멸할 만한 형편없는 존재로 생각되고, 그 임무가 끝난 뒤에는 갈기갈기 찢기고 마는 단순한 남근 소유자가 되었다. 그녀는 자신의 팔다리에, 육체에, 바쿠스의 힘을 느꼈다. 여성이 빛나며 질풍처럼 남성을 넘어뜨리는 것이었다.

그러나 이런 것을 느끼는 때에도 그녀의 마음은 답답했다. 그녀는 그런 것을 바라지 않았다. 그것은 너무나 잘 알려진 결실이 없는 불모인 것이다. 찬탄하는 마음이야말로 그녀에겐 보물과 같은 것이다. 그것은 실로 측량하기 어려운 부드럽고 깊고 신비로운 것이었다. 아니, 그녀는 자신의 견고하고 빛나는 여성의 힘을 내던지고 싶었다. 이미 그것에는 싫증이 나서 온몸이 딱딱하게 굳어버리는 것같이 느

43) Bacchus. 로마 신화에서는 바쿠스라고 하며 그리스 신화에서는 디오니소스(Dionysus)라고 한다. 풍작과 식물의 성장을 담당하는 자연신이다 – 옮긴이

껴졌다. 자신의 새로운 생명의 탄생 속에 소리도 내지 않고 찬탄의 노래를 부르는 자신의 자궁과 내장 속에 그녀는 가라앉고 싶었다. 남성을 무서워하기에는 아직 좀 일렀다.

"메어헤이까지 산책하고, 플린트 부인과 차를 마시고 왔어요."

코니는 클리퍼드에게 말했다.

"갓난아이가 보고 싶었어요. 머리가 빨간 거미줄 같은 귀여운 아이더군요. 정말 귀여운 아이예요. 플린트는 시장에 가고 없어서 플린트 부인하고 아이하고 셋이서 차를 마셨어요. 어디 갔을까 하고 궁금하셨죠?"

"그랬어. 궁금했지만, 어디에서 차라도 마시나 보다 했지."

클리퍼드는 다소 질투 섞인 어조로 말했다. 일종의 투시력으로 그녀 속에 새로운 무엇이 있다는 것을, 그녀에게는 이해하기 어려운 무엇이 있다는 것을 그는 직감하고 있었다. 그러나 그것은 어린애 탓이라고 생각했다. 코니를 괴롭히는 것은 다만 그녀에게 아이가 없는 일이라고 그는 생각했다. 말하자면, 그것이 자연스럽게 생기지 않는 점에 있다고.

"철문 쪽으로 정원을 지나가시는 것을 보았기 때문에 목사관에 가셨나 했답니다."

볼턴 부인이 말했다. 그녀의 번쩍하면서 더듬는 회색빛 눈과 코니의 푸르고 막연한 아름다운 눈이 서로 부딪쳤다.

코니에게 애인이 생겼다는 사실을 볼턴 부인은 거의 확신했다. 그러나 어떻게 해서 생겼으며, 상대자는 누구며, 도대체 어디에 살고 있는 남자일까?

"정말로 이따금 세상 사람들을 만나시는 게 좋을 거예요. 저도 마님께서 좀 더 세상 사람들을 사귀시게 되면 틀림없이 좋은 결과가 나타나게 될 거라고 나리께 말씀드렸습니다."

볼턴 부인이 말했다.

"그래요, 나도 가길 잘했다고 생각해요. 정말 귀엽고 사랑스러운 아이였어요, 클리퍼드."

코니는 계속 말을 이었다.

"그 머리칼은 어쩌면 그렇게 거미줄 같고 반짝반짝 빛나는 오렌지 빛인지! 게다가 눈은 참 이상해요. 좀 고집이 센 것 같은 푸른 유리알 같았어요. 물론 계집아이여서 그럴 거예요. 참으로 깜찍하더군요. 어렸을 적 프랜시스 드레이크[44]보다도 더 깜직해 보였어요."

"마님 말씀대롭니다. 플린트 아이들은 모두 그렇더군요. 모두 성벽이 대단하고 오렌지 빛 머리예요."

볼턴 부인이 거들었다.

"한번 보시지 않으시겠어요, 클리퍼드? 당신께 보여드릴까 하고 차 마시는 데 초대했는데요."

코니가 말했다.

"누구를?"

클리퍼드는 매우 불안스럽게 코니를 바라보면서 물었다.

"이번 월요일에, 플린트 부인과 그 아이를 오라고 했어요."

"당신 방에서 차를 대접하구려."

"어머, 아기를 보고 싶지 않으세요?"

코니가 외쳤다.

"아니, 그야 보고말고. 그러나 함께 차 마시는 시간 내내 앉아 있지는 못하겠는걸."

"어머나!"

코니가 커다랗게 뜬 막연한 눈초리로 그를 쳐다보았다. 그녀는 정말로 그를 보고 있지 않았다. 그는 인연이 없는 낯선 사람 같았다.

---

44) Sir Francis Drake(1543~1596). 세계 일주 항해에 성공한 영국 함대의 사령관으로, 스페인 무적함대를 무찌르는 데 공을 세웠다 – 옮긴이

"마님 방에서 차를 드시는 게 더 차분할 거예요. 게다가 플린트 부인도 나리께서 계시지 않는 편이 더 마음 편할 거예요."

볼턴 부인이 말했다. 그녀는 코니에게 애인이 생겼다는 것을 확신하고 있었기 때문에 그녀의 영혼 속의 무언가가 환희에 날뛰는 것처럼 느껴졌다. 그러나 그 상대편은 누구일까? 과연 누구란 말인가? 아마도 플린트 부인이 그 실마리를 알려줄지도 모른다.

코니는 그날 밤 목욕을 하려 하지 않았다. 그의 맨살이 닿았던 느낌, 그가 그녀 위에 밀착하고 있었던 느낌은 귀중한 것으로 느껴졌고, 어떤 의미로는 신성한 것이었기 때문이다.

클리퍼드는 매우 불안해했다. 그녀는 혼자 있게 되기를 갈망했지만 그는 저녁식사 후에도 코니를 놓아주려 하지 않았다.

코니는 그를 바라보았다. 어쩐 일인지 이상할 만큼 온순했다.

"무슨 놀이라도 할까? 그렇지 않으면 책이라도 읽어줄까?"

클리퍼드는 불안한 듯 물었다.

"뭐든지 읽어주세요."

코니가 말했다.

"뭘 읽어줄까? 시? 산문? 아니면 희곡?"

"라신[45]이 좋겠어요."

라신을 순 프랑스식의 장중한 어조로 읽는 것이 그의 특기였다. 그러나 지금은 목소리가 쉬어서 너무 의식적이 되어 있었다. 그는 사실은 라디오가 듣고 싶었던 것이다. 그러나 코니는 바느질을 하고 있었다. 그것은 플린트 부인의 갓난아이에게 주기 위해 그녀의 옷을 뜯는 것인데, 조그마한 앵초빛 웃옷을 만들고 있었다. 집에 돌아와서 저녁 시간까지 그녀는 그 옷을 재단해 놓았던 것이다. 그리고 책 읽는 소리가 들려오는 동안 그녀는 조용하고 부드러운 자기 도취에

45) Jean-Baptiste Racine(1639~1699). 프랑스 고전주의의 비극 시인이다 - 옮긴이

잠긴 채 바느질을 하며 앉아 있었다.

코니는 자기 내부에 울려 퍼지는 정열의 소리를 들을 수 있었다. 그것은 깊은 종소리의 여운과도 같았다.

클리퍼드는 라신의 작품에 관해 그녀에게 무언가 이야기했다. 그 말이 끝난 뒤에야 코니는 무슨 말이었는지 겨우 알아챘다.

"네! 네!"

코니는 그를 올려다보며 말했다.

"참 멋진 구절이에요!"

그때 클리퍼드는 그렇게 앉아 있는 코니의 깊고 푸르게 빛나는 눈의 광채와 부드러운 평온에 놀랐다. 그녀가 이처럼 부드럽고 조용한 적은 없었다. 무언가 그녀의 몸에 지니고 있는 향수에 매혹된 듯 그는 이겨낼 수 없는 매력을 그녀에게서 느꼈다. 그래서 그는 힘없이 낭독을 계속했다. 프랑스어를 말할 때의 목구멍 소리가 그녀에게는 굴뚝에서 빠져나가는 바람 소리처럼 들렸다. 그녀는 라신의 구절의 한 음절도 귀에 들어오지 않았다.

코니는 싹트려는 숲이 봄의 희미하고도 즐거운 한숨을 품고 살랑대듯 자신의 부드러운 황홀감 속에 잦아들어 갔다. 자기와 꼭 같은 세계 속에 사나이가, 이름도 알지 못하는 사나이가 아름다운 다리로 남근의 신비감을 풍기며 아름답게 돌아다니는 것을 느꼈다. 그리고 자기 속에, 자기의 혈관 속에, 그녀는 그 사람과 그 사람의 아이를 느낄 수 있었다. 그 사람의 아이는 황혼빛처럼 그녀의 혈관 속에 가득히 퍼져 있는 것이었다.

'손도 없고, 눈도 없고, 발도 없고 금발 머리도 없는 여인…….'[46]

그녀는 숲과도 같은 것이었다. 수없이 많은 싹이 트려 하고, 희미한 소리를 내고 있는 떡갈나무 숲의 어두운 덤불과 흡사했다. 그리고 욕망의 작은 새는 그녀의 육체의 깊이를 알 수 없는 나뭇가지 속

46) 스윈번의 〈해 뜨기 전의 노래〉에 나오는 구절이다 – 옮긴이

에 잠들고 있는 것이다.

그러나 클리퍼드의 목소리는 날개 치듯 목을 울리는 듯한 생소한 소리를 내면서 계속되고 있었다. 참으로 이상했다! 책 위에 몸을 구부리고 있는 이 사나이는 색다르고 탐욕스러운 문화인이며, 넓은 어깨와 모양만을 갖춘 다리를 지니고 있다. 얼마나 이상한 존재란 말인가! 날짐승 같은 날카롭고 냉혹한 불굴의 의지를 지닌, 따뜻함이라곤 전혀 없다는 것은 얼마나 이상스런 생물이란 말인가! 영혼이 없는, 다만 이상하게도 날카로운 의지, 냉혹한 의지를 지니고 있는 말세의 생물의 하나인 것이다.

코니는 그가 무서워서 몸을 약간 떨었다. 그러나 부드럽고 따뜻한 생명의 불꽃은 클리퍼드보다 더 강한 것이었다. 그리고 진실은 그에게는 이해될 수 없는 것이었다.

마침내 낭독이 끝났을 때 코니는 깜짝 놀랐다. 클리퍼드가 창백하고 무서운 증오가 서린 눈길로 그녀를 응시하고 있었기 때문이었다.

"정말 고마웠어요! 당신의 라신 낭독은 참으로 훌륭해요!"

코니가 부드럽게 말했다.

"당신이 듣는 것만큼이나 훌륭하겠지."

클리퍼드가 잔인하게 말했다.

"무얼 만들고 있소?"

"플린트의 갓난아이에게 줄 옷을 만들고 있어요."

클리퍼드는 얼굴을 돌렸다. 아이, 어린아이! 그녀는 단지 어린아이에게만 사로잡혀 있다.

"요컨대……."

클리퍼드는 연설조로 말했다.

"라신에서는 우리가 바라는 어떤 것이라도 발견할 수 있소. 질서가 유지되고 형태가 이루어진 정열은 무질서한 열정보다도 중요한 거요."

코니는 베일에 덮인 듯한 멍청한 눈으로 그를 쳐다보았다.

"네, 나도 그렇게 생각해요."

"현대 세계에 있는 것은 다만 제멋대로 내버려둔 속된 정열뿐이야. 우리에게는 고전적인 억제가 필요한 거요."

"그래요."

코니는 라디오의 정열적인 헛소리를 공허한 표정으로 듣고 있는 그를 생각하면서 천천히 말했다.

"사람들은 곧잘 정열을 지닌 체하지만 사실은 아무것도 느끼고 있지 않아요. 이건 참 재미있는 일이에요."

"맞는 말이야."

사실 클리퍼드는 피곤했다. 오늘밤 그는 지쳐 있었다. 차라리 기술에 관한 책이나 탄광 지배인이나 라디오와 마주 앉아 있고 싶었던 것이다.

볼턴 부인이 맥아를 넣은 우유를 두 잔 들고 들어왔다. 클리퍼드에게는 수면제 역할을 하는 것이고 코니에게는 건강을 위한 보약이었다. 이것은 볼턴 부인이 말을 꺼내고 나서부터 반드시 마시게 된 일종의 술이었다.

우유를 마시고 나서 코니는 이제 클리퍼드의 잠자리 시중을 들지 않고 자기 방에 올라갈 수 있는 걸 기쁘게 생각했다. 그녀는 컵을 쟁반 위에 놓고 가져가도록 밀어 놓았다.

"클리퍼드, 편안히 주무세요! 라신은 꿈처럼 기분이 좋았어요!"

코니는 벌써 문께로 가 있었다. 그에게 밤의 키스도 하지 않고 가버리려는 것이었다. 클리퍼드는 날카롭고 냉랭한 눈으로 그녀를 노려보았다. 그런가! 지금까지 줄곧 책을 읽어주었는데도 키스도 하지 않는다는 말인가! 그녀 속의 무정함이 이렇게도 깊은 것이란 말인가! 설사 키스가 단순한 형식에 지나지 않는다 하더라도 생활이란 형식에 의해 이루어진 것이 아니겠는가. 그녀의 태도는 그야말로 볼셰비키적이었다. 그녀의 본능이 볼셰비키식인 것이다. 그녀가 나간 문을 그는 성난 눈으로 차갑게 노려보았다. 분노, 바로 그것이었다!

밤의 공포가 다시 클리퍼드를 덮쳐 왔다. 그의 체질은 마치 신경으로 만들어진 것 같았다. 일에 몰두할 때에는 그야말로 정력적이고, 라디오를 들을 때에는 온화한 사람이 되곤 했지만 그렇지 않을 때의 그는 불안과 위험으로 당장에 허물어질 듯한 허탈감에 쫓기는 것이었다.

클리퍼드는 무서웠다. 만약 코니가 그 공포를 제거해 주려고 한다면 그것은 가능했다. 그러나 이제는 분명히 그것을 해줄 것 같지 않았다. 그녀의 마음은 단단하게 굳어 있었다. 그가 마음을 써준다 해도 그녀는 단단하고 차디찬 여자일 뿐이었다. 그는 자기 생명을 그녀에게 바치고 있었다. 그런데도 그녀는 그에게 냉정하다. 다만 자기의 길을 개척할 것만을 바라고 있다. '숙녀는 자기의 의지를 사랑한다.' 바로 그것이었다.

그녀가 지금 사로잡혀 있는 것은 갓난아이였다. 그것도 그녀 자신의, 오로지 그녀 자신의 것이고, 그의 것이 아니라는 것이었다!

클리퍼드는 신체가 자유롭지 못함에도 불구하고 건강했다. 얼굴은 혈색이 좋고, 튼튼하고 폭넓은 어깨에다 가슴은 두툼하게 살집이 좋았다. 그러면서도 그는 죽음을 두려워했다. 무서운 공허가 어디에선가 그를 위협하고 있었다. 그리고 이 텅 빈 공허 속으로 그의 정력이 헛되이 허물어져 들어가는 것 같았다. 정력이 없어졌을 때 그는 곧잘 죽은 듯한, 정말로 죽은 듯한 느낌이 드는 때가 종종 있었다. 그 때문에 그의 약간 튀어나온 푸른 눈은 이상하게 경계하는 듯한, 그러면서도 다소 잔인하고 쌀쌀한 눈길이 되었다. 동시에 그것은 뻔뻔스러운 표정이었다. 이 뻔뻔스러운 눈길은 매우 이상스런 표정이어서 그것은 그의 실생활이 어떻든 간에 그 생활을 이기고 있는 빛이 있었다. '의지의 신비로움을 누가 측량할 수 있겠는가, 그것은 천

사와 싸워도 이길 수 있는 것이어늘.'

그러나 잠 못 이루는 밤이 두려웠다. 그럴 때에는 사방에서 파멸이 그를 덮쳐 와 그야말로 무서운 것이었다. 그럴 때 자신은 생명을 지니지 않고 살고 있다는 것을 무서울 정도로 느끼는 것이었다. 밤중에, 생명을 갖지 않고 살아 있다는 바로 그것이.

그러나 이제는 언제든지 볼턴 부인을 부를 수 있었다. 그녀는 어느 때라도 와주었다. 그것이 커다란 위안이었다. 그녀는 화장옷을 입고 머리를 땋아 등에 늘어뜨린 채로 오곤 했는데, 그것은 이상하게 아련한 소녀다운 모습이었다, 땋아 늘인 갈색의 머리칼에는 군데군데 흰 머리칼이 섞여 있긴 했지만. 그녀는 커피나 카밀러 즙을 만들어주거나, 그를 상대로 체스나 카드놀이를 했다. 그녀는 여성 특유의 능력으로 거의 졸고 있을 때에도 훌륭하게 체스의 상대가 되어주고 꽤 만만치 않은 솜씨를 보이기까지 했다. 깊은 밤에 말없이 마주 앉아 있는 친밀감 속에 잠겨 둘 다 앉거나 아니면 그녀는 앉고 그는 누운 채 독서용 램프의 쓸쓸한 불빛 아래 그녀는 꾸벅꾸벅 졸며 그는 공포에 사로잡힌 것처럼 되어 게임을 하는 것이었다. 그것이 끝나면 그들은 거의 입을 다문 채 함께 커피와 비스킷을 먹으며, 쥐 죽은 듯 고요한 밤에 서로 상대편의 기분에 의지하는 것이었다.

오늘밤 그녀는 '채털리 부인의 애인은 도대체 누구일까?' 생각하고 있었다. 그리고 죽은 지 오래 되었으나 지금도 그녀에겐 결코 죽었다고 단념할 수 없는 남편 테드를 생각했다. 그를 생각하면 또다시 세상에 대한, 전과 마찬가지의 원한이 치솟아 올랐다. 그것도 특히 그를 죽인 고용주에 대한 것이었다. 그들이 실제로 그를 죽인 것은 아니었다. 그러나 그녀에게 있어서는 감정적으로 그들이 죽인 것처럼 생각되었다. 때문에 그녀의 마음속은 허무주의적이고 무정부주의적이었다.

그녀의 꿈꾸는 듯한 머릿속에는 테드에 대한 생각과 누군지도 모르는 채털리 부인의 애인에 대한 생각이 뒤엉켰다. 그러자 그녀는 자신이 클리퍼드와 그가 대표하는 모든 것에 대한 커다란 원한을 코니와 함께 품고 있다는 것을 느꼈다. 그러나 그러는 동안에도 그녀는 6펜스의 내기를 걸고 그와 카드놀이를 하고 있다. 준남작과 카드놀이를 한다는 것은 설사 6펜스를 잃는 한이 있더라도 한없이 만족스러운 일이었다.

카드놀이를 할 때 반드시 그들은 내기를 걸었다. 그러면 그는 자신을 잊을 수가 있었다. 대부분의 경우 그가 이겼다. 오늘밤도 그가 이기고 있었다. 그래서 새벽녘까지 그는 자려고 하지 않았다. 다행히 4시쯤엔 날이 밝는 것이었다.

코니는 그 사이 내내 깊이 잠들었다.

산지기는 잠을 이루지 못했다. 그는 새집을 돌아보고 숲을 한 바퀴 돈 뒤 집에 돌아와 저녁식사를 했다. 그러나 그는 잠들지 못하고 난롯가에 앉아 생각에 잠겨 있었다.

그는 테버셜에서 자란 소년 시절과 5, 6년 계속된 결혼생활을 생각했다. 아내를 생각하면 언제나 쓰디쓴 기분이었다. 그녀는 매우 야비한 여자였다. 1915년 봄 군대에 들어간 이래 그는 아내를 만나지 않았다. 아내는 지금 5킬로미터도 떨어지지 않는 곳에 옛날보다 더 야비한 여자가 되어 살고 있다. 살아 있는 한 그녀를 만나고 싶지 않다고 그는 생각했다.

그는 병사로서 외국에서 지낸 생활을 생각했다. 인도, 이집트, 그리고 다시 인도로 갔던 일, 말과 함께 생활했던 맹목적이고 사고 없는 생활, 그를 사랑했던 대령의 일과 그 덕분에 중위로 임관되고 머지않아 대위로 승진할 가망이 충분히 있었던 일, 그리고 대령이 폐렴에 걸려 죽고 그 또한 가까스로 죽음의 손길을 빠져나온 일, 상처 입은 그의 건강, 영국으로 돌아온 후의 심각한 불안감, 제대, 다시 노동자가 된 자기.

그는 그때그때 일시적으로 생활하고 있었다. 적어도 한동안은 이 숲 속에서 안전하게 지낼 수 있다고 생각했다. 아직 밀렵은 없었다. 꿩 기르는 게 그의 일이었다. 총이 도움될 일은 있을 것 같지도 않았다. 그는 혼자 인간 세상에서 떨어져 있고 싶었다. 다만 그것만을 바랐다. 그는 어디든지 편안히 살 수 있는 땅을 구해야만 했다. 그런데 여기는 그가 태어난 고향, 거기에는 어머니도 있었다, 그가 어머니에 대해 그다지 관심을 갖고 있지 않았지만. 그리고 그는 다른 사람과 아무런 관련도 없고, 희망 없이 그날 그날 그럭저럭 보낼 수가 있었다. 왜냐하면 그는 자기 자신을 어떻게 해야 할지 몰랐기 때문이다.

정말 그는 자신을 어떻게 해야 할지 몰랐다. 수년 동안 장교 생활을 하면서 아내나 가족들을 거느린 다른 장교와 문관들 사이에서 지낸 결과 '출세' 한다는 야심을 전혀 잊어버리고 말았다. 그가 아는 중류 계급이나 상류 계급에는 어떤 완고함이, 이상하게 따지고 캐기를 좋아하는 완고함이 있었고, 생명감이 결여되어 있었다. 그것은 그의 마음을 냉정하게 만들고 그가 그들과 다르다는 것을 역력히 느끼게 했다. 그래서 자기 자신의 계급으로 다시 돌아온 것이다.

그런데 거기에는 수년 동안 떠나 있던 사이에 그는 잊어버렸지만, 그야말로 혐오감을 갖게 하는 우열하고도 속된 응어리가 있었던 것이다. 그는 이제야 풍습이라는 것이 얼마나 소중한 것인지 알았다. 그는 또한 생활상의 자질구레하고 하찮은 일들에 상관 않는 체하는 것마저도 얼마나 중대한 일인가를 알았다. 하층 사회에서는 '하는 체' 하는 일이 없었다. 베이컨이 1페니 싼가 비싼가 하는 것이 복음서보다도 중요한 일이었다. 그는 그것을 참을 수가 없었던 것이다.

게다가 또 임금 문제가 있었다. 유산 계급 가운데서 생활해 온 그는 임금 문제에 대해 어떠한 해결을 기대한다는 것은 전혀 무익한 일이라는 것을 알고 있었다. 죽음 이외에는 아무런 해결책도 없는 것이었다. 단 하나의 길은 상관하지 않는 일, 임금에 대해서 일체 상관하지 않는다는 것이다.

그러나 자기가 가난하고 곤궁한 지경에 이르면 그것을 근심하지 않을 수가 없다. 아무튼 그들이 마음 쓰는 것은 오직 그 하나뿐이다. 금전에 대해 맘 쓰는 것은 커다란 암과도 같은 것, 그것은 온갖 계급의 개개인을 잡아먹는 것이다. 그는 돈에 '구애받기'를 거부했다. 그럼 무엇이 있겠는가? 금전에 대한 근심 이외에 인생은 무엇을 주려고 하는가? 아무것도 없다.

그러나 그는 다만 혼자서 생활할 수 있었다. 그는 다만 혼자 있다는 외로운 만족 속에서 머지않아 비만한 신사들에게 아침식사 후 총에 맞아 죽을 운명의 꿩을 기르고 있는 것이다. 무익한 일, 어디까지나 무익한 일이었다.

그러나 무엇 때문에 근심하며 고민하는 것일까? 그 여자가 그의 생활 속에 들어오기 전에는 아무 근심도 없고 마음을 괴롭히지도 않았다. 그는 거의 열 살이나 그녀보다 위였다. 그러나 경험에 있어 최하층 출신인 그는 그녀보다 일천 년이나 위였다. 둘 사이의 관계는 점점 긴밀해 가고 있었다. 머지않아 그것이 한껏 매어져서 함께 생활하지 않으면 안 될 날이 오리라는 것을 그는 예측할 수 있었다.

'사랑의 굴레란 풀기 어려운 거니까.'

그럼 다음은 어떻게 되는 걸까? 어찌 된단 말인가? 의지할 만한 것도 전혀 없이 또다시 생활을 시작해야 한단 말인가? 이 여자를 끌어들여야 하나? 그녀의 장애인 남편과 무서운 투쟁을 하지 않으면 안 된단 말인가? 그리고 또 자기를 증오하는 자기의 야비한 아내와도 무서운 투쟁을 해야 한단 말인가? 비참한 일이다! 너무나도 비참한 이야기뿐이다. 게다가 그는 이미 젊은 나이도 아니고 탄력 있는 생활력도 없다. 그리고 또 그는 태평스러운 성질도 아니다. 온갖 괴로움과 쓰라림이 그를 해칠 것이며 그녀를 해칠 것이다!

만약 두 사람이 클리퍼드 경으로부터, 그의 아내로부터 모두 놓여날 수 있다 하더라도, 거기서 빠져나올 수 있다 해도 두 사람은 그 후 무엇을 할 것인가? 그 자신은 어쩌려는 건가? 자기의 생활을 어떻게 해나갈 작정인가? 아무튼 무엇이든 해야만 될 것이다. 다만 그녀의 돈과 자신의 얼마 되지 않는 극히 작은 연금만을 믿는 그러한 생활을 할 생각은 절대로 없었다.

그것은 좀처럼 해결하기 어려운 문제였다. '미국에라도 건너가서 새로운 것을 해보리라.' 하는 생각만은 할 수 있었다. 미국 달러는 별로 탐탁지 않다. 그러나 아마 다른 무엇이 그곳에 있을 것이다.

그는 가만히 앉아서 쉴 수도 없었다. 괴로운 번민에 사로잡혀 있던 그는 갑자기 의자에서 일어나 코트와 총을 집어 들었다.

"자, 나가자. 밖으로 나가는 게 좋겠다."

그는 개에게 말했다.

별이 총총한 밤이었다. 그러나 달은 없었다. 그는 신중하고 부드러운 걸음으로 천천히 숲 속을 살필 겸 돌아봤다. 그가 주의하는 것은 다만 메어헤이의 스택스 게이트의 광부들이 곧잘 놓았던 토끼 덫뿐이었다. 그러나 지금은 토끼의 번식기였기 때문에 광부들도 조금은 그것을 소중히 여겼다. 그런데도 밀렵자들의 자취를 찾아 몰래 돌아보고 있으려니 신경이 다소 진정되고 여러 가지 망상을 잊게 해주었다.

맡은 구역을 천천히 주의 깊게 순찰했다. 약 오 마일가량의 걸음이었다. 피로를 느낀 그는 언덕 꼭대기에 서서 바라보았다. 한 번도 쉬어 본 일이 없는 스택스 게이트 탄광의 희미한 기계의 소음을 제외하고는 아무런 소리도 들려오지 않았다. 그리고 공장의 번쩍이는 전등불 행렬을 빼놓고는 전혀 불빛이 보이지 않았다. 온 세계가 어둡고 연기가 자욱한 듯 누워 있었다. 2시 30분이었다. 그러나 잠들어 있으면서도 불안하고 참혹한 세계여서 기차 소리며 도로를 달리는 커다란 화물차 소리로 동요하고, 용광로의 장밋빛 불빛이 번쩍이고 있었다. 그것은 철과 석탄과의 세계, 철의 잔인성과 석탄 연기, 그 모든 것을 몰아대며, 어디까지나 지칠 줄 모르는 탐욕의 세계였다. 다만 탐욕, 잠을 자면서도 꿈틀거리는 탐욕이었다.

추웠다. 그는 기침을 했다. 상쾌하고 차가운 바람이 언덕 위로 불었다. 그는 그 여자를 생각했다. 그녀를 포근하게 껴안고 둘이서 한 담요에 덮여 잘 수 있다면, 그는 자신이 갖고 있는 것을, 그리고 이제부터 가질 수 있을지도 모르는 모든 것을 주어도 좋다고 생각했다. 그녀와 한 장의 담요에 포근하게 싸여 자면, 그저 잘 수만 있다면 영원성 있는 온갖 희망도 지금까지 얻은 모든 이득도 다 내버려도 좋다고 생각했다. 여자를 안고 자는 것만이 유일하게 필요한 일로 생각됐다.

그는 오두막으로 가서 혼자 담요를 덮고 자려고 마루에 누웠다. 그러나 잘 수가 없었다. 추웠다. 게다가 그는 자기만으로는 육체가 불완전하다는 것을 참혹할 만큼 느꼈다. 혼자 있다는 불완전한 상태를 무참하게 느꼈다. 그는 그녀를 갖고 싶었고, 그녀에게 닿고 싶었고, 그녀를 일순간이나마 완전히 꼭 껴안고 자고 싶었다.

그는 다시 일어나서 밖으로 나갔다. 정원으로 나가는 사잇문 쪽으로 나간 그는 천천히 길을 따라 저택 쪽을 향했다. 이미 4시가 가까웠다. 아직 대기는 맑고 싸늘했다. 날이 밝는 기색은 없었다. 그는 어두움에 익숙했으므로 사물을 잘 구별해 볼 수 있었다.

커다란 저택은 자석처럼 천천히 그를 끌어당겼다. 그는 그녀 옆에 가까이 가고 싶었다. 그것은 결코 욕정이 아니었다. 다만 말없는 부인을 자기 품안에 끌어안고 싶은 불완전한 고독을 그가 잔인하게 느끼고 있었기 때문이다. 그녀를 발견할 수 있을지도 모른다. 자기에게로 불러낼 수 있을지도 모른다. 그렇지 않으면 그녀에게로 갈 길을 찾게 될지도 모른다. 그것은 그의 욕구가 절대적인 것이었기 때문이었다.

그는 차츰 조용히 저택으로 올라가는 비탈길을 더듬어 가고 있었다. 그는 현관 앞에 있는 마름모꼴의 잔디밭 주위를 빙 돌고 있는 찻길까지 언덕 위의 큰 나무를 지나서 걸어왔다. 집 앞의 커다랗고 평평한 마름모꼴의 정원 안에 서 있는 두 그루의 거대한 너도밤나무가 어두운 하늘 속에 우뚝 모습을 나타내고 있는 것을 볼 수 있었다.

저택은 낮고 길게 뻗쳐 망막하게 서 있었다. 아래층 클리퍼드의 방에만 불이 켜져 있었다. 그러나 그를 이토록 무자비하게 끌어당긴 가느다란 한 가닥 실의 저쪽 끝을 쥐고 있는 여성은 어느 방에 있는지, 그는 그것을 알 수 없었다.

그는 총을 한쪽 손에 들고 조금 가까이 다가갔다. 그리고 저택을 지켜보면서 찻길 위에 가만히 서 있었다. 어쩌면 지금이라도 그녀를 발견해서 어떻게 만나게 될지도 모른다. 이 저택은 경계가 단단하지는 않았다. 게다가 그는 밤도둑처럼 민첩하게 움직일 수 있다. 어째서 그녀에게로 갈 수 없단 말인가?

그는 기다리면서 가만히 서 있었다. 그 사이 새벽은 분간하기 어려울 정도로 희미하게 그의 등 뒤에서 밝아 왔다. 저택에 켜져 있던 불이 꺼지는 것을 보았다. 그러나 그는 몰랐지만, 그때 볼턴 부인은 창문으로 다가가서 짙푸른 비단의 낡은 커튼을 젖히고 어두운 방에 선 채 날이 밝아 오는 어슴푸레한 빛을 바라보고 있었다. 그녀는 클리퍼드가 아침이 된 것을 확인할 만큼 환해지기를 기다렸다. 클리퍼드는 새벽이 됐다고 생각하면 곧 잠들기 때문이다.

볼턴 부인은 창가에 서서 졸린 눈으로 아침이 되기를 기다리고 있었다. 그러나 그녀는 깜짝 놀라 하마터면 소리를 지를 뻔했다. 차를 세우는 곳의 희끄무레한 빛 속에 한 사나이가 서 있었기 때문이었다. 그녀는 졸리던 눈을 번쩍 뜨고 살펴보았다. 그러나 클리퍼드 경을 놀라게 하지 않으려고 소리는 지르지 않았다.

햇빛이 주위에 비치기 시작했기 때문에 그 검은 모습은 점점 작게 좀 더 또렷하게 보였다. 그녀는 총과 각반과 헐렁한 재킷을 분간할 수 있었다. 그것은 산지기 올리버 멜러즈인 듯했다. 그렇다, 개가 그림자처럼 그를 기다리면서 냄새를 맡으며 주위를 돌아다니지 않는가! 거기서 그는 무엇을 하려는 것일까? 집사람을 불러 깨우려는 것일까? 거기에 가만히 선 채, 암캐 있는 집 밖을 서성거리는 상사병에 걸린 수캐처럼 왜 저택을 올려다보고 있는 것일까?

그렇구나! 볼턴 부인의 뇌리를 마치 총알처럼 스쳐가는 것이 있었다. '그는 채털리 부인의 애인이다! 그가! 그가!'

이 무슨 일이람! 그래, 그 사나이라면 아이비 볼턴 자신도 한때 조금은 사랑했었지 않았던가! 그때 그는 열여섯 살의 소년이고 그녀는 스물여섯 살이었다. 그때는 그녀가 공부하던 무렵으로, 그는 해부학이며 그 밖의 알아야 할 여러 가지를 그녀에게 가르쳐주어 그녀를 도왔던 것이다. 그는 총명한 소년이어서 셰필드 중학교의 장학생이었다. 그리고 프랑스어와 그 밖의 무언가를 공부했다. 그러나 결국 제철공의 감독이 되었다. 그러나 사실은 그가 스스로 그것을 자인하지는 않았지만, 세상에 나가서 맞부딪쳐 싸우기가 무서웠던 것이다.

그러나 그는 훌륭한 젊은이였다. 그녀를 여러 모로 도와서 여러 가지 학문을 재치 있게 이해시킬 줄 아는 젊은이였다. 그는 클리퍼드 경만큼의 훌륭한 두뇌를 가지고 있었다. 그리고 언제나 여성에 대해서는 친절했다. 남자보다도 여자에 대해서 더 친절하다는 평판이었다.

얼마 뒤 그러한 그가 자기 자신을 포기하듯 버사 쿠츠와 결혼했다. 어떤 종류의 인간은 무언가에 실망하게 되면 자포자기해서 결혼하고 만다. 그 결혼이 실패인 것은 당연한 일이다.

그는 전쟁 중 내내 집에 돌아오지 않았다. 중위까지 승진했다. 그리고 진정한 신사라고 할 만큼 진짜 신사였다. 그러한 그가 테버셜로 돌아와서 산지기가 된 것이다! 기회가 찾아와도 그것을 잡지 않는 사람이 있다! 그가 실제로 신사로서의 훌륭한 말을 할 수 있는 것을 아이비 볼턴도 알고 있지만, 그런데도 옛날 그대로의 더비셔 사투리를 하층민처럼 쓰고 있다.

그래! 그렇다면 마님은 저 사람과 사랑에 빠진 것이다! 그래, 저 사람의 매력에 걸린 것은 마님뿐이 아닌 것이다. 저 사람에게는 매력이 있다. 하지만 이게 무슨 일이람! 테버셜에서 태어나 자란 사나이와 라그비 저택의 영부인이 말이다! 정말로 이건 명문인 채털리 집안에 있어서의 커다란 굴욕이다.

한편 산지기는 주위가 밝아오자 불가능함을 깨달았다. 자신의 고독을 쫓아버리려 한들 아무 소용없다. 한평생 따라다니게 마련인 것이다. 다만 이따금 그 틈바구니가 메꿔질 뿐이다. 이따금! 한평생 자신의 고독을 받아들여 그것을 지켜야 하는 것이다. 그리고 다시 때가 와서 그 틈바구니가 메꿔지는 것도 받아들여야 한다. 그러나 그것은 저절로 찾아오는 것이지 무리하게 오게 할 수는 없다.

거기서 별안간 그를 그녀 쪽으로 끌어당기던 피 끓는 듯한 욕망이 끊어졌다. 그래야 한다고 생각해서 끊어버린 것이다. 양쪽에서 다가와서 만나야 하는 것이다. 그리고 그녀가 찾아오지 않을 때 그가 억지로 끌어낼 것은 아니었다. 그래선 안 된다. 돌아가서 그녀가 오기를 기다려야 한다.

그는 다시 고독을 받아들이고 조용히 생각에 잠겨서 그곳을 떠났다. 그 편이 좋다고 생각했던 것이다. 그녀 쪽에서 와야 할 일이고, 그가 그녀를 쫓아다닐 일이 아니다. 소용없는 일이다.

그가 사라지고 그 뒤를 개가 달려가는 것을 볼턴 부인은 보고 있었다.

"원 저런!"

볼턴 부인은 혼잣말로 중얼거렸다.

"설마 저 사람이라곤 생각지도 못했어. 하지만 저 사람이라고 생각할 수밖에 없어. 저 사람은 내가 테드를 잃은 뒤 내게 다정하게 대해 주었어. 그런데 저를 어째! 만약 나리께서 눈치라도 채시는 날이면 뭐라고 하실까!"

볼턴 부인은 잠들어버린 클리퍼드의 얼굴을 의기양양하게 흘끗 바라보고는 살며시 방을 빠져나갔다.

제11장

코니는 라그비 저택의 헛간 하나를 치우고 있었다. 이런 헛간은 몇 개인가 있었다. 이 건물은 원래 많은 가족들이 살았던 데다가 그들은 집안의 물건들은 아무것도 팔아버리는 일을 하지 않았다.

제프리 경의 부친은 그림 애호가였고, 모친은 16세기 가구류의 애호가였다. 제프리 경 자신은 교회에서 법의를 넣는 데 쓰는 옛날식 조각이 있는 떡갈나무로 만든 상자를 좋아했다. 이렇게 몇 대나 이어져 온 것이다. 클리퍼드는 매우 값이 싼 극히 현대적인 그림을 수집하고 있었다.

헛간에는 에드윈 랜시어 경[47]의 실패작이라든가, 윌리엄 헨리 헌트[48]의 감상적인 새둥지라든가, 그 밖에 이 미술원 회원의 딸을 깜짝 놀라게 하는 다른 미술원 회원들의 작품이 있었다. 그녀는 그것을 잘 조사해서 치워버리려고 마음을 먹고 있었다. 그리고 괴상하게 생긴 가구가 그녀에게 흥미를 주었다.

이 집안에 대대로 내려온 향나무 요람은 파손되거나 벌레 먹지 않

---

47) Sir Edwin Landseer(1802~1873). 영국의 동물화가로서 인간과 동물과의 애정의 조화를 그리는 데 탁월했다 – 옮긴이

48) William Henry Hunt(1827~1910). 정물화로 유명한 영국의 종교화가이다 – 옮긴이

도록 잘 포장되어 있어서 그것을 보려면 포장을 풀어야만 했다. 그것에는 일종의 매력이 깃들어 있었다. 한동안 그녀는 그것을 보고 있었다.

"그게 소용없다니 참 유감이에요. 이런 요람은 이미 시대에 뒤떨어진 것이긴 하지만……."

옆에서 거들고 있던 볼턴 부인이 한숨을 쉬며 말했다.

"필요하게 될지도 몰라. 아기를 갖게 될지도 모르니까."

코니는 새로운 모자라도 사는 듯한 어조로 불쑥 말했다.

"만약 나리께 어……어떤 일이 일어난다면 말입니까?"

볼턴 부인이 더듬거리며 말했다.

"아니! 지금 그대로라도! 그분은 그저 근육이 마비되어 있을 뿐이니까 전적으로 영향을 미치게 된 건 아니거든요."

코니는 숨을 내뱉듯 서슴지 않고 거짓말을 했다.

예전에 클리퍼드가 코니에게 이렇게 암시했었다.

"물론 나도 아이가 생길지 몰라, 완전 불구가 된 건 아니니까. 허리와 가슴의 마비는 낫지 않더라도 능력은 간간히 회복될지도 모르니까. 그러면 임신이 가능해질 수도 있을 거야."

그리고 사실 그가 탄광 문제에 온 전력을 쏟아 일하는 정력적인 때에는 그의 성 능력이 되돌아온 것 같기도 했었다. 코니는 두려움을 안고 그런 그를 보아 왔다. 그러나 그녀는 재치 있게 그의 암시를 자신을 지키는 수단으로 이용했다. 그녀는 될 수 있으면 어떻게든지 아이를 낳고 싶었던 것이다. 그러나 그의 아이는 아니었다.

일순간 볼턴 부인은 어안이 벙벙했다. 숨도 제대로 쉴 수가 없었다. 그녀는 믿지 않았다. 그 말에는 책략이 있다는 것을 알아차렸다. 그런데 현대 의사들은 그러한 수단도 이용할 수가 있다. 인공 임신도 가능하니까.

"어머 마님, 그렇다면 얼마나 기쁘겠어요. 마님뿐이겠어요? 모두가 기뻐할 겁니다. 정말로 라그비 저택에 아기가 생긴다면 얼마나 달라지겠어요."

"그럴 거야."

코니가 대답하면서 쇼틀랜즈 공작부인이 개최하는 자선 바자회에 보내기 위해 60년 전의 미술원 회원의 그림 석 점을 골라냈다. 이 공작부인은 '바자 공작부인'이라 불리고 있으며, 팔 물건을 보내달라고 언제나 군내(郡內)의 사람들에게 부탁하곤 했었다. 석 점의 미술원 회원의 작품은 틀림없이 그녀를 기쁘게 해줄 것이다. 어쩌면 그 답례로 방문을 해올지도 몰랐다. 전에 그녀가 찾아왔을 때 클리퍼드는 화를 냈었다.

그러나 볼턴 부인은 '아아!' 하고 마음속으로 생각했다. 부인이 우리에게 기다리게 하는 것은 올리버 멜러즈의 아이가 아닌가! 정말 놀라운 일이다. 라그비 저택의 요람에서 자라는 아이는 테버셜 마을의 아이가 되겠지! 이 무슨 수치란 말인가!

헛간에는 검은 옻칠을 한 다소 큰 상자 하나가 다른 갖가지 진기한 물건에 섞여 있었다. 그것은 60~70년 전에 만든 것으로 훌륭하고 정묘한 세공을 해서 어떤 물건을 넣어도 좋도록 되어 있었다.

맨 위에는 화장 세트가 있었다. 솔, 병, 거울, 빗, 작은 상자, 칼집에 들어 있는 아름다운 소형 면도칼이며, 면도용 물그릇까지 들어 있었다. 그 밑에는 압지(押紙), 펜, 잉크병, 종이, 봉투, 비망록 등의 문방구가 들어 있었다. 다음에는 재봉용구가 완전히 갖추어져 있었다. 세 가지의 가위, 골무, 바늘, 명주실, 무명실, 받침대 등 모두 최고급품들이었다. 그다음에는 약품이 들어 있었다. 아편(阿片) 팅크, 몰약(沒藥) 팅크, 말린 정향(丁香), 그 밖에 레테르를 붙인 병이 있었다. 그러나 모두 비어 있었다.

모든 것이 새로운 물건처럼 보였다. 모두 함께 넣으니까 소형 가방에 주말여행용 물건을 채운 정도의 크기였다. 그리고 안쪽은 신기하게도 모든 것이 꼭 들어맞았다. 병 속에 든 것이 엎질러질 틈 하나 없었다. 그것은 놀랍게도 교묘하게 고안되어 만들어진 것으로 빅토리아 왕조 양식의 기교의 극치를 이룬 것이었다. 그러나 어쩐지 괴물처럼 느껴졌다. 이것을 사용한 흔적이 전혀 없는 걸 보니 손에 넣은 채털리 집안 사람들도 역시 그렇게 생각한 모양이다. 어딘지 모르게 영혼이 없는 듯한 느낌이었다.

그러나 볼턴 부인은 이에 감탄했다.

"어머, 어쩌면 솔이 이렇게 아름다울까요? 비싼 물건이겠죠? 면도할 때 쓰는 솔이 세 개나 있고, 모두 훌륭한 것뿐이군요! 그리고 이 가위는 또 어쩌면! 얼마나 비쌀까요? 정말 훌륭한 물건들이군요!"

"그래요? 그럼 당신에게 주겠어요."

코니가 말했다.

"원, 당치도 않으십니다, 마님!"

"주겠어요. 여기 내버려두면 마지막 심판날까지 그냥 굴러다닐 뿐인 걸요. 만약 당신이 받지 않으면 이 그림과 함께 공작부인에게 보내주겠지만, 그렇게 줄 필요는 없거든요. 가져요!"

"어머, 마님! 뭐라고 감사해야 할지 모르겠어요."

"그럴 것도 없어요."

볼트 부인은 흥분으로 얼굴에 홍조를 띠며 커다랗고 새까만 상자를 껴안고 설레는 마음으로 내려갔다.

베츠가 그녀와 상자를 이륜마차에 싣고 마을에 있는 그녀의 집까지 운반해 주었다. 그녀는 그것을 보여주기 위해 몇몇 친구들을 초대했다. 여교사, 약제사 부인, 출납계 차장의 아내인 위든 부인 등이었다. 모두들 감탄했다. 눈요기가 끝나자 이번에는 채털리 부인이 아이를 낳는다고 소곤거리기 시작했다.

"이상한 일도 다 있군요!"

위든 부인이 말했다.

그러나 볼턴 부인은 만약 아이를 낳는다면 클리퍼드 경의 아이로 확신한다고 말했다.

그런 일이 있은 뒤, 얼마 되지 않아 목사가 조용히 클리퍼드에게 말했다.

"정말로 라그비 저택의 후계자가 태어난다는 희망을 가져도 괜찮겠습니까? 이건 그야말로 하느님의 은총이 내리신 겁니다."

"그렇소! 희망을 가져도 괜찮겠지요."

클리퍼드는 희미한 조소와 동시에 일종의 확신을 갖고 말했다. 그리고 그는 자신의 아이가 정말로 생길 수도 있다고 믿기 시작했다.

그 후 어느 날 오후, 레슬리 윈터 – 세상 사람들이 부르는 대로 따르자면 – 영주가 찾아왔다. 호리호리하고 청렴하기 이를 데 없는 – 볼턴 부인이 베츠 부인에게 말했듯이 – 온몸 어느 구석을 살펴보아도 일흔 살의 철저한 신사였다. 게다가 그 옛날 사람 같은 말씨는 가발을 쓰던 그 옛날보다도 더 시대에 뒤떨어진 듯했다. 시간은 날아가는 듯이 가면서도 이런 훌륭한 옛날식 깃털을 떨어뜨리고 가는 법이다.

탄광에 관한 이야기가 오갔다. 클리퍼드의 생각은 그의 탄광에서 나는 탄은 가장 질이 나쁜 탄일지라도 만약 어느 종류의 축축한 산성의 공기를 상당히 강한 힘으로 불어넣으면 고열로 타는 단단한 압축 연료를 만들 수 있다는 것이었다. 오랫동안 관찰한 결과 탄광의 불은 특히 강하고, 습기 찬 바람이 부는 날에는 매우 기세 좋게 타며, 거의 연기도 내지 않고, 뒤에 남은 재도 서서히 생기는 불그스름한 자갈이 아니라 자디잔 회색 가루가 된다는 것이다.

"그러나 그 연료를 쓰기에 적당한 기계가 어디 있을까?"

윈터 씨가 물었다.

"그것을 제가 만들 작정입니다. 그리고 그 연료를 저 자신이 쓰겠습니다. 거기서 생기는 전력을 파는 겁니다. 틀림없이 될 거라고 생각합니다.”

“만약 그게 가능하다면 그야말로 얼마나 훌륭하겠나. 굉장한 일이지. 아! 참으로 굉장한 일일세! 나도 도와줄 수 있다면 좋겠네만, 난 이미 옛날 사람이 돼버린 것 같아. 그리고 또 우리 광부들까지도 나를 닮아 시대에 뒤떨어져 있어. 그러나 내가 죽은 뒤에 자네 같은 인물이 나올지도 모르지. 참으로 좋은 일일세! 그렇게 되면 갱부들도 다시 다 고용하게 되고, 석탄을 팔 필요도 없어지고, 팔다 남거나 하는 일도 없어지겠지. 참 훌륭한 생각일세. 부디 성공하기 바라네. 만약 내게도 아들이 있었다면 틀림없이 시플리 탄광에 알맞은 새로운 것을 착안했을 테지, 확실히! 그런데 말일세. 라그비 집안에 후계자가 태어날지도 모른다는 소문이 있는데 근거 있는 말인가?”

“그런 소문이 있습니까?”

클리퍼드가 물었다.

“그것도 필링우드의 마셜이 내게 편지를 보냈기 때문에 그것밖에는 모르네만. 물론 근거 없는 일이라면 다시는 입 밖에 내지 않겠네.”

“그건 말입니다.”

클리퍼드는 묘하게 번쩍이는 눈으로 불안하게 말했다.

“희망은 있습니다. 희망은 있어요.”

윈터는 다가와서 클리퍼드의 손을 잡았다.

“자네의 그 말을 듣고 내가 얼마나 흐뭇한지 자네는 상상도 못할 걸세! 그리고 또 자네가 자식을 갖는다는 희망에서 열심히 일한다는 말을 들으니 말일세. 게다가 다시 테버셜 마을 사람들을 전부 고용할 가망도 있을 테니 말일세. 아아, 여보게, 인간의 생활 수준을 확보하고, 일하고 싶은 사람은 누구나 고용할 수 있는 사업을 갖는다는 것은!”

노인은 정말로 감동한 것이었다.

다음 날, 코니는 키가 큰 노란 튤립을 유리병에 꽂고 있었다.

"코니, 당신이 라그비 저택의 후계자가 될 아들을 낳는다는 소문이 파다하다는 사실을 알고 있소?"

일순 코니는 눈앞이 캄캄해지는 듯한 공포를 느꼈다. 그러나 극히 조용하게 꽃을 만지작거리며 서 있었다.

"모르는데요! 그건 농담일까, 아니면 중상일까요?"

클리퍼드는 대답하기 전에 잠시 말없이 있었다.

"그 어느 쪽도 아니면 좋겠군. 그것이 예언이 되었으면 해."

코니는 여전히 꽃을 만지작거리고 있었다.

"오늘 아침 아버지에게서 온 편지를 받았어요. 알렉산더 쿠퍼 경께서 7~8월 중에 저를 베네치아의 에스메랄다 별장으로 초대한 것을 아버지께서 승낙하셨다고 알려왔더군요."

"7월과 8월에?"

"어머, 그동안 줄곧 머물 생각은 없어요. 당신, 정말로 안 가시겠어요?"

"난 외국여행은 하고 싶지 않아."

클리퍼드가 곧바로 대답했다.

"나 가도 괜찮겠어요? 올 여름에 가기로 약속한걸요."

코니는 병에 꽂은 꽃을 창가로 가져가며 말했다.

"얼마 동안 머물 작정이오?"

"한 3주 동안."

잠시 침묵이 흘렀다.

"그럼……."

클리퍼드가 다소 우울한 목소리로 천천히 말했다.

"3주 정도라면 참을 수 있겠지. 다만 당신이 정말로 되돌아와 준다면 말이야."

"전 틀림없이 돌아와요."

코니는 확신을 갖고 온순하게 말했다. 그녀는 클리퍼드가 아닌 다른 사람을 생각하고 있었던 것이다.

그 확신을 클리퍼드는 알았다. 그는 아무튼 그녀를 믿었다. 그것이 자기를 위한 것이라고 믿었다. 그러자 그는 한없이 살아난 듯한 마음이 되고 동시에 즐겁기도 했다.

"그렇다면 좋다고 생각하는데 당신은 어떻소?"

"저도 그래요."

"색다른 걸 보는 건 즐겁겠지."

코니는 푸른 눈으로 이상스런 표정을 지으며 그를 쳐다보았다.

"전 다시 한 번 베네치아를 보고 싶어요. 만(灣) 저쪽의 모래섬에서 헤엄치고 싶어요. 그렇지만 전 리드 섬[49]은 정말 싫어요. 게다가 알렉산더 쿠퍼 부인도 마음에 들 것 같지 않아요. 그러나 만약 힐더 언니가 함께 가서 우리끼리만의 곤돌라를 갖게 된다면 아마 즐거울 거예요. 당신도 함께 가시면 정말 좋을 텐데……."

코니의 마음은 진심이었다. 그런 방법으로 그를 행복하게 해주고 싶었던 것이다.

"하지만 북부역[50]이나 칼레의 부두에서의 나를 생각해 보구려."

클리퍼드가 말했다.

"그렇지만 왜 안 되죠? 전쟁 때 부상을 입어 휠체어를 타고 다니는 사람을 본 일이 있어요. 그리고 우린 줄곧 자동차로 여행할 수 있잖아요."

"남자가 둘 필요할 거야."

"그렇지 않아요! 필드가 어떻게 잘할 거예요. 그리고 또 한 사람의 남자쯤은 가는 데마다 있을 거예요."

클리퍼드는 머리를 흔들었다.

---

49) 베네치아 입구에 있는 모래섬이다 – 옮긴이
50) 파리의 북쪽 정류장을 말한다 – 옮긴이

"아니, 올해는 그만둡시다! 올해는 안 되겠어! 내년이라면 한 번 가 보도록 하지."

코니는 우울한 기분으로 방을 나왔다. 내년! 내년엔 어떻게 될까? 사실 그녀도 베네치아에 가고 싶지 않았다. 특히 지금 그 사람이 있기 때문이었다. 그러나 그녀는 일종의 시련으로써 가려고 했다. 그리고 또 만약 아이라도 생긴다면 클리퍼드는 그녀가 베네치아에서 애인을 만들었다고 생각할 것이다.

벌써 5월이었다. 6월에 출발할 예정이었다. 다시 그 절차에 얽힌 소동이 시작되었다. 사람의 생활은 언제나 이것저것 순서를 정해 놓아야만 한다. 그러한 수레바퀴가 있어서 사람을 움직이고 몰아댄다. 그러나 사람은 스스로 그 수레바퀴를 지배할 수는 없다.

5월이었지만 다시 춥고 축축하고 음산한 날씨가 시작되었다. 5월에 비가 오고 추우면 보리나 목장 풀에는 매우 좋다. 오늘날에도 보리라든가 목장의 풀은 소중한 것이다. 코니는 유스웨이트에 갈 일이 있었다. 그곳은 그들의 영지(領地)인 작은 도시로, 그곳에서는 지금도 여전히 채털리 집안은 엄연히 채털리 집안으로 존재하고 있었다. 그녀는 혼자서 갔다. 필드가 차를 운전했다.

5월이라 신록의 계절임에도 이 고장은 음울했다. 다소 쌀쌀한 데다가 빗속을 연기가 흐르고 있고, 엔진의 배기가 공중에 감돌고 있는 느낌이었다. 인간은 오로지 자신의 저항력에 의해서 살아 있었다. 이 고장 사람들이 모두 추하고 고집 센 것도 무리가 아니었다.

자동차는 테버셜 마을의 시커먼 벽돌 건물, 끝이 뾰족하고 빛나 보이는 검은 슬레이트 지붕, 석탄재로 시커먼 진흙, 그리고 검고 축축한 포장도로 등이 이어진 길고 지저분한 집들이 늘어선 사이를 흔들리면서 올라갔다. 암담 그 자체가 구석구석까지 스며들고 있는 듯싶었다. 자연적인 아름다움은 전혀 사라지고, 인생의 기쁨은 전혀 부정되고, 모든 새며 짐승들이 지니고 있는 자태의 아름다움에 대한 본능도 완전히 사라지고, 인간의 직감력도 온통 상실되고 있다. 그러한 것들이 끔찍하게도 강하게 느껴졌다.

잡화상 가게에 쌓여 있는 비누, 야채 가게 앞에 있는 대황근(大黃根)이며 레몬, 양장점에 걸려 있는 소름이 끼칠 듯한 모자 등 모든 것이 밉고 추악하고 초라하게 눈앞을 스쳐갔다.

이번에는 무시무시하게 황금빛으로 칠한 젖은 영화 광고판에 '어느 여자의 사랑'이라고 쓰여 있었다. 그리고 새로 지은 커다란 감리교 파(派)의 교회당이 보였다. 그대로 노출된 벽돌, 녹색과 짙은 자줏빛의 커다란 창문 유리는 참으로 원시적이었다. 웨슬리 파의 교회는 철책과 검은 관목숲 뒤쪽에 훨씬 높고 거무스름한 벽돌로 세워져 있었다. 조합 교회당은 초연한 모습으로 조잡한 사암(砂岩)으로 지어졌고, 그다지 높지 않은 첨탑을 가지고 있었다.

그 바로 저쪽에는 새로 지은 학교가 있었다. 비싼 붉은 벽돌로 지어졌고 철책 너머에 자갈을 깐 운동장이 있었다. 그것은 당당하게 보였으나 교회인지 감옥인지 분간할 수 없는 인상을 주었다. 음악 공부를 하고 있던 5학년 여학생들이 마침 라 미 도 라의 연습을 마치고 '즐거운 어린이 노래'를 부르기 시작했다. 이보다 더 노래답지 않은 노래, 제멋대로 부르는 노래를 생각하기란 어려웠다. 반주에 이어서 나온 노래 소리는 기묘한 외침이었다. 야만인의 그것과도 달랐다. 야만인들의 노래엔 그래도 미묘한 리듬이 있다. 동물의 그것과도 다르다. 동물들의 외침 소리엔 무슨 의미가 있다. 이와 흡사한 것은 이 땅 위에 아무것도 없다. 그런데 그것을 노래라고 자꾸 부르는 것이다. 코니는 필드가 가솔린을 넣는 동안 앉아서 맥이 탁 풀리는 마음으로 그것을 들었다. 이런 인간은 어떻게 되어 가는 것일까? 생생한 직감력이 전혀 사멸되어 버리고 다만 묘한 기계적인 외침과 무시무시한 의지의 힘만이 남아 있는 인간이란?

석탄 운반차가 빗속을 뚫고 쇳소리를 내면서 언덕을 내려갔다. 필드는 차를 언덕 위로 몰았다. 볼품없는 커다란 양복점과 우체국을 지나 외딴 곳에 있는 시장에 왔다. 그곳의 '태양'이라는, 흔히들 선술집이 아니라 여관이라고 부르며 행상인들이 숙박하는 여관 겸 선술집 문에서 샘 블랙이 얼굴을 내밀고 채털리 부인의 차를 향해 인사했다.

교회는 훨씬 왼쪽의 검은 숲 속에 있었다. 차는 내리막길에 접어들어 술집 '갱부의 무기' 앞을 지나갔다. 지금까지 지나온 술집만 해도 '웰링턴', '넬슨', '통집', '태양'이 있고, 지금 막 지나온 '갱부의 무기' 다음에는 '기계관'이 있고 신축된 요란한 '갱부의 행복'이 있었다. 그리고 최근에 지은 너댓 집의 소위 '별장'이 있고, 이윽고 거무스름한 울타리와 짙은 녹색의 야채밭 사이를 지나서 스택스 게이트로 향하는 검은 길이 나왔다.

테버셜 마을! 이것이 테버셜 마을이다! 쾌활한 잉글랜드 지방! 셰익스피어가 그려낸 잉글랜드 지방! 아니, 그것은 코니가 처음으로 여기 와서 살게 되면서 알게 된 잉글랜드의 모습인 것이다. 거기서 태어나는 사람은 금전이니 사회니 정치 문제에 있어서는 지나치게 신경과민이고, 자연스럽고 직감적인 면은 사멸되고 있다. 다만 사멸되고 있는 새로운 인종인 것이다! 그 사람들은 모두 거의 시체나 마찬가지다. 그러면서도 다른 절반은 무서운 아집을 지니고 있다. 거기에는 기분 나쁘고 지옥 같은 데가 있었다. 그래, 바로 지옥이었다. 짐작도 할 수 없는 것이었다. 반 주검인 인간의 반응을 어떻게 이해할 수 있겠는가?

셰필드에서 매틀록으로 소풍가기 위해 커다란 화물 자동차 몇 대에 탄 제철공들을 코니가 보았을 때, 그 지쳐서 일그러진 사람을 닮은 조그마한 생물의 모습에 그녀는 마음속으로 현기증을 느꼈다. 그녀는 생각에 잠겼다.

'아아, 신이여! 인간이 인간에게 이 무슨 짓을 했단 말인가? 지도

자들은 대체 그 부하들에게 무엇을 했단 말인가? 그들을 인간 이하로 끌어내리고 만 지금은 이미 사람끼리의 교류란 없어졌다!'

정말 악몽과도 같은 세상이다.

코니는 다시 덮쳐 오는 공포 속에서 그런 모든 것에 잿빛 모래와 같은 절망을 느꼈다. 노동자 계급이 이런 상태이고 상층 계급도 그녀가 알고 있는 그런 상태라면 이젠 더 이상 아무런 희망도 남아 있지 않다. 더욱이 그녀는 갓난아이, 즉 라그비 저택의 후계자를 낳으려는 것이다! 라그비 저택의 후계자! 그녀는 두려움에 부르르 몸을 떨었다.

더욱이 멜러즈는 바로 이런 것 속에서 나온 것이다! 그러나 멜러즈는 그녀처럼 이 모든 것들과는 다르다. 그러한 그의 속에도 인간의 교류라는 관념은 없어져 있다. 그것은 사멸되어 버린 것이다. 인간의 교류라는 것은 사멸된 것이다. 그리고 이 문제에 관한 한 서먹서먹함과 절망만이 있을 뿐이었다. 이것이 잉글랜드인 것이다. 거대한 잉글랜드의 실체인 것이다. 그 중심부를 자동차로 달려오는 도중에 코니는 그것을 깨달았다.

자동차는 스택스 게이트를 향하여 오르고 있었다. 비는 멎었고 공중에는 맑은 5월의 미광이 감돌고 있었다. 그리고 긴 기복을 이루고 있는 전망이 남쪽은 피크 지방으로 동쪽은 맨스필드와 노팅엄으로 펼쳐졌다. 코니가 가는 곳은 남쪽이었다.

이윽고 높은 지대에 올라서자, 그녀의 왼쪽에 물결치고 있는 지면에서 빠져나온 높은 곳에 그늘이 많은 늠름한 워숍성(城)의 윤곽이 암회색으로 보였다. 그 기슭 부근에는 아직도 갱부들의 새로운 주택인 불그스름한 벽이 보이고, 다시 그 아래쪽에는 탄광에서 내뿜는 검은 연기와 흰 증기가 솟아오르고 있었다. 이 탄광은 공작과 그 밖의 주주에게 매년 수천 수만 파운드나 되는 수익을 가져다주고 있었다. 이 우람한 고성은 폐허가 되어 있었다. 더욱이 그 성은 아래쪽의 축축한 공중에 감돌고 있는 희고 검은 연기를 배경으로 낮은 지평선에 우뚝 그 큰 모습을 보이고 있었다.

한 바퀴를 돈 차는 계속해서 스택스 게이트로 통하는 고지를 달렸다. 이 간선도로에서 보면 스택스 게이트는 단 한 채의 크고 호화로운, 야만적인 느낌을 주는 붉은색과 흰색으로 칠해져 한길에서 떨어져 서 있는 '커닝스비의 무기'[51]라고 불리는 새로운 호텔밖에 보이지 않았다. 그러나 주의해서 살펴보면 왼쪽에 도미노 놀이처럼 빈터와 정원이 나란히 딸린 아름다운 현대식 주택이 서 있었다. 그것은 도미노라지만 어쩐지 기분이 언짢은 '노름꾼'들이 시작한 이상야릇한 놀이여서 그 때문에 대지는 놀라고 있는 것이다.

그리고 이들 주택이 모여 있는 저편에는 정말 현대식 탄광, 여태까지 사람이 본 일이 없는 거대한 모양의 화학공장이며 긴 회랑이 달린 웅장한 건물들이 솟아 있었다. 탄광의 승강기라는 갱구(坑口) 같은 것은 이 새롭고 거대한 건물 사이에서는 조금도 눈에 띄지 않았다. 그리고 이 전면에는 도미노 놀이에 흡사한 주택이 깜짝 놀란 듯한 모습으로 움직여주기를 언제까지나 기다리는 듯 서 있었다.

이것이 전쟁 후 새로 지상에 나타난 스택스 게이트였다. 그러나 코니는 모르는 사실이지만, 예전의 스택스 게이트는 '호텔'에서 900미터가량 아래쪽에 있는 조그마한 낡은 탄광과 거무스름하게 그을은 옛날식 집들과 한두 개의 교회와 가게와 술집이 있던 고장이었다.

그러나 그것은 이미 문제도 되지 않았다. 고지에 있는 새 공장에서 거대한 깃털 같은 연기와 수증기를 토해내어 뭉게뭉게 하늘로 떠올라 가는 바로 그곳이 지금의 스택스 게이트인 것이다. 거기에는 교회도 가게도 없으며, 있는 것이라곤 큰 '공장'뿐이고, 그곳이 온갖 신들의 교회가 있는 현대의 올림피아였다. 그리고 모범 주택과 호텔이었다. 이 호텔은 얼핏 보기에 일류 같은 외관을 갖추고 있었지만

---

51) 술집 겸 여관에는 그 지방 영주의 이름을 붙이고 그 무기를 장식하는 풍습이 있다 – 옮긴이

사실은 광부들의 술집에 지나지 않았다.

이 새 도시가 지상에 나타난 것은 코니가 라그비 저택으로 온 뒤의 일이다. 그리고 그 모범 주택에는 어디선지도 모르게 모여 온 하층 계급의 사람들이 살며 못된 짓들도 하는데, 클리퍼드의 토끼를 몰래 잡아 가는 것도 이들이었다.

자동차는 고장을 주욱 바라보면서 고지를 따라 달렸다. 한때 이 고장은 영광과 위엄을 갖춘 곳이었다. 저 앞 지평선 부근에 거대하고 호화롭고 장대한 차드위크 저택이 나타났다. 그것은 벽보다도 창문이 더 많은 유명한 엘리자베스 왕조식 저택의 하나로, 커다란 정원 위에 높이 그 고귀한 모습을 보이고 있었다. 그러나 이미 시대에 뒤떨어진 과거의 모습을 보이고 있었다. 그곳은 아직 보존되어 있기는 했지만 다만 구경하는 명소로서였다. '우리 조상의 호화로운 생활 모습을 보십시오!' 하고.

그것이 과거라는 것이다. 현대는 저 아래쪽에 가로놓여 있다. 미래가 어디에 있는가는 신만이 아는 것이다. 자동차는 조그맣고 그을은 광부들의 오두막 사이를 천천히 돌아서 유스웨이트로 내려가고 있었다. 유스웨이트는 습기 찬 날에 어떤 신을 위해서인지 향을 사르듯 연기와 수증기를 나란히 뿜어내고 있었다. 낮은 골짜기 속에 있는 셰필드로 가는 철도가 모두 그곳을 지나고 있으며, 또한 탄광과 철공장이 긴 관에서 연기와 불꽃을 뿜어내고 있다. 그리고 가련함을 느끼게 하는 작은 코르크 병마개 따개와도 같은 교회의 나선형 철탑이 허물어질 듯하면서도 여전히 성난 듯 우뚝 서 있는 유스웨이트의 풍경은 언제나 코니에게 이상한 감동을 주었다.

그곳은 이 골짜기의 중심이 되는 옛날부터의 시장터였다. 거기서 제일 큰 여관은 '채털리의 무기'였다. 다른 지방 사람들과 달라서 이 고장 사람들은 라그비라면 한 채의 저택이 아니라 라그비라는 하나의 토지로 간주하고 있었다. 테버셜 마을의 라그비 저택이라고 할 때의 라그비는 하나의 중심지에 지나지 않는다.

광부가 사는 조그만 집들은 백 년 전이나 다름없이 다닥다닥 붙어서 포장도로를 따라 즐비하게 이어져 있었다. 그러다 보니 도로는 집들이 늘어선 거리가 되고 말았다. 이 낮은 땅에 내려오면 지금도 성이며 대저택이 유령처럼 여전히 우뚝 솟아 있는 넓고 기복이 있는 이 지방 풍경은 마음속에서 사라져버리는 것이다. 거기에는 뒤엉킨 철도가 있고 너무나 우람해서 다만 벽밖에 보이지 않는 주물공장이니 그 밖의 공장이 있었다. 그리고 강철은 무섭게 울리는 쇳소리를 내고 큰 화물 자동차가 대지를 흔들며 기적 소리가 울리는 것이다. 그러나 꼬불꼬불한 길을 지나 교회 뒤쪽, 이 도시의 중심지로 들어가면 그곳에는 이 세기 이전의 세계가 전개된다. '채털리의 무기'나 낡은 약국이 서 있는 기복 있는 가로는 성곽이니 당당한 저택이 서 있는 외계로 나가는 통로다.

길모퉁이에 순경이 서 있었다. 철을 가득 실은 세 대의 화물 자동차가 낡은 교회를 뒤흔들면서 지나가는 동안 손을 들고 있었다. 그리고 그 화물 자동차가 지나갈 때까지 그는 채털리 부인에게 인사를 할 수가 없었다.

생각했던 대로였다. 시꺼먼 광부의 오래된 집들이 구불구불한 옛 마을의 길 양쪽에 다닥다닥 붙어 있었다. 이 거리를 지나자 이번에는 꽤 크고 새로운 핑크빛의 집들이 골짜기를 뒤덮고 있었다. 그것은 직공들의 현대식 주택이었다. 또 그곳을 지나면 성곽이 보이는 넓은 들판이 나오며, 연기와 수증기가 서로 부딪혀 흔들리고 있었다. 그곳에는 새로운 채탄장 건물인 거칠고 붉은 벽돌집이 여기저기, 때로는 움푹한 곳에, 때로는 비탈진 지평선에 음울한 추태를 보이고 서 있었다. 그 사이사이에는 옛날에 마차로 여행을 하거나 시골집에 살던 무렵의 잉글랜드, 로빈 후드 시대의 잉글랜드의 몰락한 모습이 남아 있었다. 거기에는 일 없는 광부들이 억압된 수렵 본능을 몸에 지니고 음울한 표정으로 돌아다니고 있었다.

잉글랜드, 나의 잉글랜드여! 그러나 그 잉글랜드는 어디에 있는가? 잉글랜드의 당당한 저택은 사진을 찍으면 아름다운 것이어서 엘리자베스 여왕 시대의 사람들과 상대하고 있다는 환상을 만들어준다. 선량한 앤 여왕[52] 시대 이래 아름답고 고풍스러운 저택은 남아 있다. 그러나 황금빛 광채를 잃은 지 오래된 그을은 회반죽 세공 위에는 시커멓게 그을음이 덮여 있다. 그리고 저 당당한 저택과 마찬가지로 그것들은 하나하나 없어져 간다. 오늘날 그것들은 파괴되어 가고 있는 것이다. 저기 보이는 절망적인 언덕 비탈에 가득히 서 있는 벽돌 건물이 바로 잉글랜드의 시골집이다.

요즈음에는 저 훌륭한 주택들도 헐리어 가고 있다. 조지 왕조 시대의 주택도 점점 사라진다. 코니가 자동차로 지나가던 날엔 완전히 고풍인 조지 왕조의 건축물인 프리츨리 저택도 헐리고 있었다. 그것은 손질도 잘 되어 있었고 전쟁 당시까지는 웨덜리 집안 사람들이 그곳에서 호화롭게 생활하고 있었다. 그러나 요즘에는 그것이 너무나 커 유지비가 많이 들고, 게다가 이 고장은 그들 취미에 맞지 않게 되어버렸다. 상류 계급의 인사들은 자신들의 돈의 출처를 직접 보지 않고도 돈을 쓸 수 있는 좀 더 즐거운 곳으로 옮겨 가는 것이다.

이것이 역사다. 하나의 잉글랜드가 그때까지의 잉글랜드를 말살하는 것이다. 일찍이 탄광은 이들 대저택의 사람들을 부유하게 만들었다. 지금 그 탄광은 여태까지의 잉글랜드식 시골집들을 말살하듯이 저택도 말살하는 것이다. 공업국 잉글랜드가 농업국 잉글랜드를 말살하고 있다. 하나의 의미가 다른 의미를 지워버리고 만다. 새로운 잉글랜드가 낡은 잉글랜드를 말살한다. 그리고 그 연쇄작용은 유기적인 것이 아니고 기계적이다.

유한계급에 속해 있는 코니는 옛 잉글랜드의 모습에 애착을 느끼

52) Queen Anne(1665~1714). 영국 스튜어트 왕조 최후의 여왕이다 – 옮긴이

고 있었다. 그러나 그것이 새로운, 무섭게 암담함 잉글랜드 때문에 말살되었으며, 완전히 소멸되어 버리기까지 그 말살이 중지되지 않으리라는 것을 이해하기까지는 몇 년이 걸렸다. 프리츨리 저택이 사라진 지 이미 오래고, 이스트우드 저택도 그렇고, 지주 윈터 씨가 사랑하는 시플리 저택 또한 멸망에 임박하고 있었다.

코니는 잠깐 시플리 저택을 방문했다. 뒤편에 있는 정원 입구 바로 옆에 탄광 철도의 교차점이 있었다. 시플리 탄광은 숲을 지나 바로 저편에 있었다. 문은 열려 있었다. 정원을 가로질러 광부들이 지나다니는 길이 있기 때문이다. 그들은 정원 안을 자유로이 오갔다.

광부들이 내버린 신문지 조각이 떠 있는 아취 있는 연못가를 지난 자동차는 저택으로 가는 찻길로 들어섰다. 그 저택은 18세기 중엽부터 있던 쾌적한 스타코 회반죽으로 칠한 건물로 높은 지대에 쏙 들어가 세워져 있었다. 상수리나무가 아름답게 우거진 오솔길을 들어가자 좀 더 고풍스러운 집 앞에 이르렀다. 저택은 산뜻하고 맵시 있는 모습을 보이고 조지 왕조식의 창문 유리를 즐거운 양 반짝이며 있었다. 그 뒤쪽에는 정말 아름다운 정원이 있었다.

코니는 이 저택 내부가 라그비 저택보다 더 마음에 들었다. 그것은 훨씬 밝고 활기가 넘치고 상쾌하고 우아한 데가 있었다. 방의 벽은 크림빛으로 칠해졌고 천정은 금빛으로 칠해졌으며 온갖 것이 훌륭하게 질서가 잡히고 모든 시설이 비용을 아끼지 않고 고루 갖추어져 있었다. 복도는 넉넉하게 넓고, 부드러운 곡선을 이루고 활기가 있었다.

독신인 레슬리 윈터는 자기 집에 매우 애착을 가지고 있었다. 그의 소유인 정원은 그의 세 개의 탄광에 둘러싸여 있었다. 그는 마음이 너그러운 사람이었다. 그는 기꺼이 광부들을 정원 안에 들어오게 했다. 그를 부유하게 만든 것은 광부들이 아닌가? 때문에 몰골사나운 사람들이 떼를 지어 연못가를 서성거리는 것을 보면 – 그것은 정원의 '개인용' 부분이 아니어서 엄연히 경계가 되어 있었다 - 그는 이렇게 말하곤 했다.

"광부들은 사슴만큼 그렇게 풍취를 돕는 것은 아니지만 그들이 훨씬 돈벌이가 됩니다."

그러나 그것도 빅토리아 여왕 시대의 후반기인 황금시대 - 금전 상의 - 의 일이었다. 그 무렵은 광부도 선량한 노동자였다.

그는 이 저택에 들렀던 손님, 그 당시의 웨일즈 황태자에게 변명 비슷하게 이 말을 했던 것이다. 그러자 황태자는 약간 후음(喉音)이 섞인 영어로 대답했다.

"그렇겠군. 만약 센드링엄[53) 정원의 땅 밑에 석탄이 매장돼 있다면, 나도 잔디밭에 탄광을 파고 그것이 제일가는 아름다운 정원이라고 생각할 거야. 나도 가치만 있다면 기꺼이 사슴과 광부를 바꾸겠어. 그리고 당신네 광부들은 모두 선량한 사람들이라고 하더군요."

아마도 그때의 황태자는 금전의 아름다움이나 산업주의에 대한 은총을 너무 과장해서 생각했던 것으로 생각된다.

그러나 그 황태자는 국왕이 되고 그 국왕은 서거했다. 지금은 다른 왕이 즉위했는데, 그의 주요한 일은 무료 급식소를 운영하는 데 있는 것 같았다.

그리하여 선량한 노동자들이 시플리 저택을 둘러싸게 되었다. 새로운 탄광촌이 정원 안에 생겼다. 영주는 도무지 그 주민들이 자기와는 아무런 관계도 없는 사람같이 생각되었다. 지금까지 그는 호인다운 대범한 생각으로 자기를 영지와 광부들을 지배하는 군주라고 느끼고 있었다. 그러나 이즈음에는 귀찮기 짝이 없는 새로운 사상이 일반적으로 퍼져서 그는 따돌린 것처럼 되었다. 이 영지에 속하지 않은 사람은 바로 그 자신인 듯했다. 그건 틀림없는 사실이었다. 탄

---

53) Sandringham. 영국 노퍽 주 북서부의 마을로 에드워드 7세가 사랑한 왕실 별장이 있는 곳이다 - 옮긴이

광 즉 광업은 그 자신의 의지를 지니고 있고 그 의지가 신분이 높은 영주에게 반항하는 것이었다. 광부들이 모두 그 의지 쪽에 편들고 있었다. 거기에 대항하기란 힘들었다. 그것은 그를 그 자리에서 밀어내든가 또는 생명 그 자체에서 밀어내는 것이다.

군인인 윈터 씨는 그것에 견디어 왔다. 그러나 이미 그는 저녁식사 후에 정원을 산책하려 하지 않았다. 그는 거의 집안에 갇혀 있었다. 언젠가 그는 모자를 쓰지 않고 에나멜 구두와 자색 명주양말을 신고 점잖은 어조로 이야기하면서 샛문께까지 코니를 배웅했던 일이 있었다. 그러나 몇 사람의 광부와 만났을 때 그들이 인사도 하지 않고 서서 천천히 그들을 바라보자, 마치 우리 안에 있는 점잖은 영양(羚羊)이 악랄한 시선을 받아 겁을 먹고 움츠러들 듯이, 이 깡마른 점잖은 노인이 얼마나 겁을 먹고 움츠러들었는가를 코니는 느꼈다.

광부들은 조금도 개인적인 원한을 품고 있는 것은 아니었다. 다만 그들의 차디찬 정신이 그를 압박하는 것이었다. 그들의 마음속 깊이 원한이 서려 있는 것이다. 그들은 '그를 위해서 일하는' 것이다. 그리고 추악한 몰골인 그들은 그 점잖고 훌륭한 복장을 차려입은 고상한 존재에 대해 화를 내고 있는 것이었다. '이 사나이는 도대체 뭐란 말인가?' 하고 화를 내고 있는 것은 그 '신분의 차이'에 대해서였다.

그는 군인이었으므로, 영국인다운 은밀한 마음 한구석에서는 그들이 그 차이에 대해 화를 내고 있는 것을 당연하다고도 생각하고 있었다. 자신이 온갖 특권을 지니고 있는 것은 아무래도 잘못이라고 느끼고 있었다. 그러나 자신은 한 조직의 대표로서 쉽게 밀려나갈 수는 없다고 생각했다.

죽지 않는 한 그렇다. 그러나 코니가 방문한 뒤 곧 그 죽음이 갑자기 그를 덮쳐 왔다. 그리고 그는 유언장에서 클리퍼드에게 상당한 재산을 물려준다는 뜻을 밝혔다.

후계자들은 곧 시플리 저택을 헐도록 했다. 유지하기에는 너무나도 비용이 많이 들었기 때문이다. 그곳에서 살려는 사람도 없었다. 마침내 저택은 헐렸다. 상수리나무 가로수도 베어졌다. 정원의 나무들은 잘리고 땅은 분양되었다. 유스웨이트의 인접지였기 때문이다. 이 '또 하나의 지주 없는' 땅, 이상하게 벌거벗은 땅에는 두 채씩 이어 붙은 주택이 나란히 지어진 매우 훌륭한 새 시가지가 생겼다. 이것이 시플리 저택의 주택지이다.

코니가 마지막으로 방문한 지 1년 뒤에 이런 변화가 일어났다. 시플리 저택 주택지엔 두 채씩 벽돌로 이어 지은 '별장'이 새로운 가로에 나란히 세워지고 있었다. 열두 달 전 그곳에 스타코 회반죽을 칠한 저택이 서 있었다고는 상상도 할 수 없었다.

그러나 이것이 에드워드 왕조 말기의 조원술(造園術), 즉 잔디밭에 풍치(風致) 탄광을 설치한다는 그런 종류의 것이었다.

하나의 잉글랜드가 그때까지의 잉글랜드를 말살한다. 지주 윈터나 라그비 저택의 잉글랜드는 이미 사라지고 사멸된 것이었다. 그 말살이 아직 완전히 끝나지 않았을 뿐이다.

그 뒤에 오는 것은 무엇일까? 코니는 상상할 수가 없었다. 다만 새로운 벽돌 건물이 들판에까지 퍼지고 새 건물이 탄광지대에 세워지고 새 여자들이 명주양말을 신고 새 광부의 자식들이 '팔리'나 '행복' 같은 술집에서 빈들거리는 것을 볼 뿐이었다. 젊은 세대는 전연 옛 잉글랜드를 의식하지 않았다. 그런 의식의 연면에는 미국인들과 같은 간격이 있었다. 말하자면 공업적인 간격이었다.

'다음에 올 것은 무엇일까?'

코니는 언제나 이제는 다음에 올 것은 아무것도 없다고 느꼈다. 그녀는 모래 속에 자기 머리를 감추고 싶었다. 그렇지 않으면 살아 있는 인간의 가슴속에 그것을 파묻고 싶었다.

세계는 그야말로 복잡하고 불쾌하고 암담하다! 하층민이 너무도 많아서 무서울 정도였다. 코니는 돌아오는 길에 그런 생각을 했다.

그녀는 광부들이 검은 잿빛 얼굴에 몸을 구부리고 한쪽 어깨만을 높이 쳐들고 무거운 징을 박은 구두를 끌면서 탄광에서 돌아오는 것을 보았다. 지하 생활을 하는 사람들의 잿빛 얼굴, 흰 눈이 번들거리고, 갱도의 천정을 피하기 위해 목덜미를 움츠려서 어깨가 볼꼴사납게 되어 있다. 인간! 인간! 슬프게도 어느 의미에선 참을성 있는 선량한 인간. 그러나 다른 의미에선 존재하지 않는 인간. 인간이 지니고 있어야 할 무언가가 그들로부터 착취되어서 말살되어 버린 것이다.

그래도 그들은 인간이었다. 그들은 아이를 낳는다. 여자가 그들의 아이를 낳아줄 수도 있다. 끔찍한 일이다! 생각만 해도 끔찍하다! 그들은 선량하고 친절했다. 그러나 그들은 절반에 지나지 않는다. 잿빛을 띤 인간의 절반일 따름이다. 지금까지의 그들은 '선량' 했다. 그러나 그것도 그들이 절반밖에 존재하지 않는다는 데서 생기는 선량함이다. 만약 그들 중에 사멸된 것이 일어난다면! 그러나, 아니 그것은 생각만 해도 끔찍스러운 일이다. 공업에 종사하는 노동자의 집단을 생각하는 것은 코니에게는 참으로 무서운 일이었다. 그것은 코니에게는 '불쾌' 하게 생각되었다. 아무런 아름다움도 직감도 전혀 없는 생활. 그런 인간에게서 태어난 아이들. 신이여! 아아, 신이여!

그런데 멜러즈는 이러한 인간의 자식으로 태어난 것이다. 그렇다고 낳아준 아버지와 꼭 같다는 것은 아니다. 40년이란 세월은 어떤 차이를 만들어냈다. 놀랄 만큼 인간을 변하게 했다. 철과 석탄이 인간의 육체와 영혼 속에 깊이 파고들어간 것이다.

살아 있는 추악한 화신! 그들은 어떻게 될 것인가? 아마도 석탄의 소멸과 동시에 그들 또한 지구상에서 모습을 감출 것이다. 석탄이 그들을 불러 냈을 때 어디선지 모르게 그들은 수천 수만으로 나타났다. 아마도 그들은 탄층과 함께 나타났다가 그와 함께 사라져 갈 불길한 생명일 것이다. 이 세상의 현실과는 다른 생물로서 마치 금속공이 철의 원소를 위해 일하는 정령(精靈)인 것처럼 그들은 석탄의 원소에 봉사하는 정령일 것이다. 인간이면서도 인간이 아니고 석탄과 철과 진흙의 영혼인 것이다. 다시 말해 탄소, 철, 규소라는 원소에서 생긴 동물상의 정령인 것이다. 아마도 그들은 석탄의 광택이니 철의 중량이니 푸른빛이니 저항력이니 유리의 투명성이니 하는 광물이 갖는 비인간적인 아름다움을 지니고 있을 것이다. 광물계의 야릇하고도 비틀린 정령적인 생물! 물고기가 바다에서 살고 벌레가 썩은 나무에서 살 듯이 그들은 석탄과 철과 흙 속에 살고 있는 것이다. 광석의 분해 과정에서 생긴 일시적인 것이다.

코니는 집으로 돌아와 다시 자기의 보금자리 속에 들어간 것을 기뻐했다. 클리퍼드와 이야기를 나누는 것조차 기뻤다. 탄광과 철의 중부지방에 대해서 그녀가 느낀 공포는 유행성 감기처럼 야릇한 감정을 그녀의 온몸에 느끼게 했다.

"그래요, 미스 벤틀리네 집에서 차를 마셔야만 했어요."

"참 그렇군! 윈터 씨가 계셨다면 차를 마시게 해주었을 텐데."

"정말 그래요, 하지만 미스 벤틀리를 실망시키고 싶지 않았어요."

미스 벤틀리는 코가 엄청나게 큰 낭만적인 기질을 지닌 창백한 노처녀로, 마치 성찬식에서처럼 긴장하여 조심스럽게 차를 내주었다.

"내 안부를 묻습디까?"

"묻고말고요! '부인, 실례입니다만 클리퍼드 경께선 좀 어떠십니까?' 하고 묻더군요. 그분은 당신을 캐벌 간호사[54]보다도 더 훌륭하게 생각하더군요."

"그래, 더욱 건강해졌다고 해주었고?"

"네! 그랬더니 그분은 당신에게 천국의 문이 열린다는 말이라도 들은 것처럼 기쁜 표정이더군요. 그래서 만약 테버셜 마을에 올 일이 있게 되면 당신을 만나러 오라고 했어요."

54) Edith Cavell(1866~1915). 제1차 세계대전 중 독일에 점령당한 벨기에로부터 연합군 병사들이 네덜란드로 탈출하는 것을 도운 영국 간호사로, 독일군에 의해 처형당했다 – 옮긴이

"나를? 뭣 때문에? 나를 만나다니!"

"네 그래요, 클리퍼드. 그렇게 숭배하는데 조금이라도 보답을 해 줘야죠. 그분의 눈에는 카파도키아의 성(聖) 조지[55]도 당신에 비하면 아무것도 아니에요."

"그래, 그 여자가 올 것 같습디까?"

"그 여자는 얼굴을 붉혔어요! 한순간 귀여울 만큼 아주 아름다운 얼굴이 되더군요! 왜 남자들은 진정으로 자신을 숭배하는 부인과 결혼하지 않는 걸까요?"

"여자의 숭배란 언제나 너무 늦는 거지. 여하튼 온다고 합디까?"

코니는 미스 벤틀리의 숨 막힌 목소리를 흉내 내어 말했다.

"어머나, 부인! 전 도저히 그런 염치없는 짓을 할 수는 없습니다."

"염치없다니! 어리석게도! 그러나 안 오는 게 좋겠는걸. 그래, 차 맛은 어떻습디까?"

"짙은 립턴이었어요! 그렇지만 클리퍼드, 당신은 미스 벤틀리 같은 여성들의 '장미꽃 이야기'[56]가 되어 있다는 걸 아세요?"

"그런 이야기를 들어도 그다지 좋은 줄 모르겠는걸?"

"아마 그런 사람들은 사진 잡지에 나오는 당신 사진을 한 장도 남김없이 간직해 두고 매일 밤 당신을 위해 기도드리고 있을 거예요. 굉장한 일 아니겠어요?"

이내 코니는 옷을 갈아입으러 자기 방으로 올라갔다.

그날 밤 클리퍼드가 코니에게 말했다.

"당신은 결혼에 무슨 영원성이 있다고 생각하오?"

코니는 그를 쳐다보았다.

"그렇지만 클리퍼드, 당신의 그 영원이란 마치 무슨 뚜껑이나 어

---

55) Saint George Cappadocia. 코니는 지금 서기 361년에 사망한 알렉산드리아의 주교와 영국의 수호성인인 성 조지를 혼동하도 있다 – 옮긴이

56) roman de la rose. 13세기에 최초로 기욤 드로리가 쓰고, 장 드묑이 완성한 궁정사회의 대표적인 연애 우화이다 – 옮긴이

디를 가건 뒤에 끌려 다니는 길고 긴 쇠사슬 같은 것으로 생각되는군요."

클리퍼드는 난처한 표정으로 그녀를 바라보며 말했다.

"내가 말하는 뜻은, 만약 당신이 베네치아에 간다 하더라도 '설마 진지한 연애를 하러 가는 건 아닐 테지.' 하는 말이오."

"베네치아에서 그런 연애를 한다고요? 아뇨, 결단코 그런 일은 없어요! 베네치아에서의 연애 따위는 '극히 사소한 일' 이상으로는 생각지 않을 거예요."

코니는 경멸하는 어조로 이야기했다. 클리퍼드는 그녀를 보면서 눈썹을 찌푸렸다.

아침에 아래층으로 내려가자 산지기의 개 플로시가 클리퍼드의 침실 밖 복도에 앉아서 낑낑거리고 있었다.

"어머, 플로시! 여기서 무얼 하지?"

코니가 조용히 말하며 클리퍼드의 방문을 열었다. 클리퍼드는 침대에서 일어나 앉아 침대용 책상과 타이프라이터를 옆으로 밀어 놓고, 산지기는 침대 발치에서 명령을 기다리고 있었다. 플로시가 뛰어들어 왔다. 멜러즈가 약간 머리를 흔들며 눈짓으로 나가도록 명령하자 개는 다시 밖으로 나갔다.

"안녕히 주무셨나요, 클리퍼드? 이렇게 바쁘실 줄은 몰랐군요."

그런 다음 코니는 산지기 쪽을 바라보며 아침 인사를 했다. 그는 멍청한 표정으로 그녀를 보며 입속에서 중얼거리며 인사했다. 그러나 그가 거기 서 있다는 것만으로도 그녀는 열정의 숨결이 자기 몸에 와 닿는 것 같았다.

"방해되나요, 클리퍼드? 미안해요."

"아니, 뭐 대단한 일은 아니오."

코니는 다시 방에서 나와 2층의 푸른빛 도는 자기 내실로 올라갔다. 창가에 앉아 있노라니, 그가 여전히 기묘하게 조용한 동작으로 길을 내려가는 것이 보였다. 그에게는 날 때부터의 조용한 특징과 초연한 자부심이 있고, 동시에 일종의 허약해 보이는 데가 있었다. 한낱 고용인이다! 클리퍼드의 고용인의 한 사람이다!

'브루투스여, 우리가 하찮은 하인인 것은 운명의 탓이 아니라 우리 자신의 탓일세.'[57]

그가 하인이란 말인가, 그가? 그는 그녀를 어떻게 생각하고 있을까?

화창한 날이었다. 코니는 볼턴 부인과 정원 일을 하고 있었다. 어찌된 까닭인지 이 두 여인은, 사람 사이에서 흔히 볼 수 있는 뭐라 설명할 수 없는 놓았다 당겼다 하는 이상한 동정의 조수에 흘러가고 있는 동안 서로 가까이 다가서고 있었다. 그녀들은 카네이션의 팻말을 세우고 여름 화초를 심었다. 둘 다 그런 일을 좋아했다. 코니는 묘목의 부드러운 뿌리를 검은 진흙 속에 꽂아 깊이 묻는 것에 큰 기쁨을 느꼈다. 이 봄날 아침, 그녀는 자기의 자궁에도 햇빛이 비쳐서 따뜻하게 해주는 듯한 전율을 느끼고 있는 중이었다.

"남편을 잃은 지도 벌써 오래 되겠군요?"

코니는 다시 묘목을 집어 구멍 속에 심으면서 말했다.

"23년이 되죠! 그이가 집으로 떠메어져 온 지 23년이 지났어요."

매발톱꽃의 묘목 한 다발을 조심스럽게 갈라놓으면서 볼턴 부인이 말했다.

'집으로 떠메어져 왔다'는 끔찍한 말을 듣자, 코니의 심장은 갑자기 뒤흔들리기 시작했다.

"남편께서 어떻게 돌아가셨는지 아시나요? 당신과의 생활은 행복했었나요?"

코니가 물었다.

이것은 여자만이 여자에게 할 수 있는 질문이다. 볼턴 부인은 얼

57) 셰익스피어의 〈줄리어스 시저〉의 1막 2장에 나오는 구절이다 – 옮긴이

굴에 흐트러진 머리를 손등으로 쓸어 올렸다.

"전 모르겠어요, 마님. 그인 무엇이든 양보를 모르는 사람이었어요. 게다가 다른 사람들과 전혀 어울리려 하지 않았답니다. 그리고 이 세상 누구에게도 머리 숙이기를 싫어했어요. 일종의 고집이었죠. 그것이 결국 죽음을 가져오게 한 거죠. 마님께선 그가 조심성이 없다고 생각하시겠죠. 전 탄광이 그에게 좋지 않았다고 생각해요. 결코 탄광에 들어가는 게 아니었는데……. 그렇지만 그이의 부친께서 어렸을 적부터 탄광에 들어가게 했었지요. 그러니까 스무 살이 넘어서는 거기를 빠져나오기란 쉬운 일이 아니었죠."

"그가 탄광을 싫다고 말했던가요?"

"아뇨, 한 번도 그런 말은 하지 않았어요! 무엇이 싫다고도 한 일조차 없었답니다. 그저 이상한 표정을 지을 뿐이었죠. 모든 일에 주의하지 않는 성질이었지요. 정말로 기꺼이 용감하게 전쟁터에 나가서 제일 먼저 죽고 마는 청년과 같았습니다. 사물을 어렵게 생각한다든가 하는 그런 사람도 아니고, 그저 아무것도 상관 않는 사람이었어요. 전 항상 이렇게 말했어요. '당신이란 사람은 아무것에도, 누구에게도 무관심한 사람'이라고요. 그런데 그런 사람이 신경을 쓰기 시작했어요! 제가 첫아이를 낳고 만사가 별 탈 없이 끝났을 때, 그이가 꼼짝도 하지 않고 유심히 저를 숙명적인 눈길로 지켜보지 않겠어요? 전 해산하는 데 무척 고생했지만 오히려 제가 그이를 위로해야만 했답니다. '걱정 없어요. 당신은 걱정할 일이 조금도 없어요.' 하고 말예요. 그랬더니 그이는 묘한 웃음을 띠면서 저를 바라보더군요. 그리고 아무 말도 하지 않았어요.

그렇지만 그 뒤부터는 밤에 같이 잠을 자도 즐거움을 갖지 못하더군요. 그이는 끝까지 저에게 접근하지 않았어요. 그래서 전 곧잘 말해 주었어요. 전 그이에게 '평상시대로 하세요.'라고 분명히 말하곤 했답니다. 그이는 아무 말도 하지 않고 끝까지 저와 성 관계를 하려

하지 않았습니다. 아니, 할 수 없었던 거죠. 더 이상 제게 아이를 낳게 하고 싶지 않았던 것 같아요. 전 그이의 어머니에게 그이를 산실(産室)에 있게 한 것을 비난했어요. 그런 데에 있을 것이 아니었죠. 남자란 한 번 근심하기 시작하면 필요 이상으로 한없이 걱정을 하는가 봐요."

"그렇게도 걱정을 했던가요?"

코니가 놀라서 물었다.

"네, 그이에게는 해산의 고통이 당연한 일이라고 생각되지 않았던 모양이에요. 그 때문에 그이는 결혼 생활에 기쁨을 느끼지 못하게 되었어요. 저는 '제가 괜찮다는데 당신이 걱정할 까닭이 없잖아요? 그건 제가 할 일인 걸요.' 하고 말해 주었는데도 그이는 '그렇지 않아!' 하고 말할 뿐이었어요."

"너무 민감했던 모양이군요."

코니가 말했다.

"그래요! 남자란 알고 보면 정말 그렇답니다. 하찮은 일에 너무 민감해요. 그리고 그이는 느끼지 못했지만, 그이가 탄광을 정말로 싫어했던 것을 저는 알고 있었어요. 죽었을 때엔 마치 자유로운 몸이 된 것처럼 아주 조용한 얼굴이었답니다. 그리고 잘생긴 사람이었죠. 어쩐지 죽고 싶어서 죽은 것 같은 그런 조용하고 깨끗한 표정을 보고 전 가슴이 찢어질 것 같았어요. 네, 정말로 제 가슴은 찢어져버렸답니다. 모두 탄광 탓이었죠."

볼턴 부인은 괴로운 듯 잠시 눈물을 흘렸지만, 그녀보다 코니는 더 많은 눈물을 흘렸다. 따뜻한 봄날이었다. 흙냄새와 노란빛 꽃향기가 주위에 감돌고 갖가지 초목의 싹이 돋고 정원은 햇빛의 생기에 가득 찬 채 고요했다.

"당신에겐 무척 끔찍한 일이었겠어요!"

"네, 마님! 처음엔 도저히 믿어지지 않았어요. 그저 '무엇 때문에 당신은 나를 남겨 놓고 갔나요?' 하고 울부짖을 따름이었어요. 그렇게 말하면서 울 수밖에 없었어요. 그런데 어쩐지 그이가 돌아올 것만 같았답니다."

"그렇지만 남편도 당신 혼자만을 남겨둔 채 가고 싶진 않았을 거예요."

"네, 마님! 무심코 그런 넋두리가 나왔을 뿐이에요. 그리고 전 줄곧 그이가 돌아오기만을 기다렸죠. 특히 밤이 되면 더욱 그랬죠. 전 잠 못 이루고 생각했답니다. '어째서 그이는 나하고 잠자리에 함께 들지 않는 걸까?' 하고 말입니다! 제 감정이 그이가 죽은 것을 믿지 않으려 한 거죠. 다만 그이는 다시 제 곁으로 돌아와 누워 제가 손으로 어루만지거나 하게 될 거라고 느끼고 있을 뿐이었죠. 그이가 내 곁에 있다는 따뜻한 느낌만이 제가 바라던 일이었습니다. 그리고 그이는 이제 절대로 돌아오지 않는다고 믿게 될 때까지 무척 괴로웠습니다. 오래오래 그렇게 생각되지 않더군요."

"그분의 촉감 말이죠?"

코니가 물었다.

"그렇습니다, 마님. 그이의 촉감입니다! 지금도 아직 그것을 잊지 못합니다. 그건 언제까지나 계속되리라고 생각해요. 그리고 만약 천국이라는 것이 있다면 그이는 거기서 제가 잠들 수 있도록 제 곁에 누워 있을 겁니다."

부인의 아름답고 추억에 깊이 잠긴 얼굴을 코니는 공포를 느끼면서 흘끗 보았다. 이 여자도 테버셜에서 태어난 또 한 사람의 정열적인 인간이다! 그의 촉감! 사랑의 굴레는 풀기 어려운 것이니까!

"일단 남자를 자신의 피 속에 들어오게 한다는 건 무서운 일인가 보군요!"

코니가 말했다.

"네, 마님! 그 때문에 괴로워하는 겁니다. 모두들 그이가 죽기를 바란 것이 아닌가 하는 생각이 들더군요. 탄광이 그이를 죽이려고 했던 것처럼 느껴졌어요. '만약 탄광이 없고 그것을 경영하는 사람이 없었다면 내가 혼자 남게 될 일도 없을 텐데.' 하는 생각이 들었어요. 그렇지만 남자와 여자가 함께 있게 되면 그걸 모두가 덤벼들어서 떼어 놓으려고 하는 겁니다."

"육체적으로 함께 되었을 때 말이죠?"

코니가 물었다.

"그래요, 마님! 세상에는 냉혹한 사람들이 많답니다. 매일 그이가 일어나서 탄광으로 나갈 때마다 전 '이건 잘못 되어 있어, 잘못 되었고말고.' 하고 생각했답니다. 그렇지만 그이는 그 외에 무엇을 할 수 있었겠어요? 남자란 아무것도 할 수 없는 거랍니다."

이상스러운 증오가 부인의 마음속에 불타올랐다.

"그러나 그 촉감이 그처럼 오래 계속되는 걸까요? 그렇게 오랫동안 주인을 느낄 수 있었던가요?"

코니가 갑자기 물었다.

"어머, 마님, 그 밖에 오래 계속될 것이 뭐가 있겠어요? 아이들은 자라면 모두 제 곁을 떠나갑니다. 다만 남자만은 다르죠! 그래도 자기 속에 있는 그이의 촉감마저 세상 사람들은 죽이려고 한답니다. 자기 자신의 아이들까지도 그렇답니다! 네, 그렇다니까요! 그야 우리도 헤어져 있었는지도 모르죠. 하지만 그 느낌은 좀 다른 것입니다. 그렇지만 그런 것은 모르고 있는 편이 행복할지도 모릅니다. 그리고 정말로 남자의 따뜻함을 이해하지 못하는 여자를 보면, 아무리 화려하게 차려입고 돌아다니더라도 그저 불쌍한 올빼미 인형으로밖에는 보이지 않아요. 전 이대로도 괜찮습니다. 전 세상을 그다지 중하게 여기지 않습니다."

제12장

코니는 점심식사를 마치자마자 숲 속으로 갔다. 정말 화창한 날씨였다. 맨 처음에 핀 민들레가 태양처럼 빛나고 첫 데이지꽃이 하얗게 피어 있었다. 개암나무 숲은 반쯤 열린 잎과 작년의 먼지가 뿌옇게 쌓인 냇버들이 똑바로 늘어져 있어 마치 레이스 세공처럼 보였다. 노란 아네모네는 큰 무리를 이루고 활짝 피어 노란 빛을 빛내고 있었다. 그것은 노란, 초여름의 강렬한 노란 빛이었다. 그리고 앵초가 파르스름한 꽃을 주위에 가득히 뿌리고 있었다. 빽빽이 밀집한 앵초에는 이미 수줍은 티를 찾아 볼 수 없었다. 싱싱한 진초록 히아신스는 바다 같고, 거기서 꽃봉오리가 엷은 푸른빛의 열매처럼 고개를 쳐들고 있었다. 그리고 마찻길에는 물망초가 가득히 피어 있고 참매발톱꽃이 보랏빛 잉크와도 같은 요염한 자태를 보이고 있었다. 덤불 속에는 파란 새알 껍질 조각이 여기저기 흩어져 있었다. 어디로 가나 무리지어 있는 꽃봉오리와 생명의 힘찬 약동이 있었다.

산지기는 오두막에 없었다. 모든 것이 깨끗하게 정돈되고, 갈색 새끼 꿩은 활발하게 뛰어다니고 있었다.

코니는 그를 보려고 집 쪽으로 걸어갔다.

집은 숲가에 햇빛을 받고 서 있었다. 조그마한 뜰과 열어젖힌 현관 가까이에 겹수선화가 피어 있고, 오솔길 양쪽에는 빨간 데이지가 피어 있었다. 개 짖는 소리가 들리나 싶더니 플로시가 달려 나왔다.

문이 열려 있다! 그가 있는 것이다. 그리고 햇빛이 빨간 벽돌 바닥 위에까지 비치고 있다. 오솔길을 걸어가자 그가 셔츠바람으로 식탁에 앉아 식사를 하는 것이 보였다. 개는 조용히 꼬리를 흔들면서 부드럽게 짖고 있었다.

그는 일어나서 입을 우물거리면서 빨간 손수건으로 입술을 닦으며 문께로 다가왔다.

"들어가도 괜찮아요?"

"어서 들어오십시오."

햇빛이 들이비치는 깔개 없는 방안은 난로 옆에 있는 고기 굽는 냄비에서 나는 구운 양고기 냄새로 가득 차 있었다. 펜더[58] 위에 아직도 고기 굽는 냄비가 놓여 있고, 그 옆의 하얀 난로 위에 놓여 있는 종이 위에는 까만 소스 냄비가 여전히 놓여 있었다. 불은 붉게 타고 있었으나 이미 기운이 떨어져 가고 있었다. 갈고리에 걸린 쇠주전자는 소리를 내며 끓고 있었다. 식탁 위의 접시에는 감자와 양고기 남은 것이 담겨 있었다. 그리고 바구니에 들어 있는 빵과 소금, 맥주가 담긴 파란 큰 컵이 놓여 있었다. 식탁보는 하얀 유포(油布)였다. 그는 그늘 쪽에 서 있었다.

"식사가 늦군요. 어서 드세요!"

말을 마친 코니는 문 옆의 해가 비치는 나무의자에 앉았다.

"유스웨이트에 갔다 오는 길이죠."

그는 식탁 앞에 앉았으나 식사는 하지 않고 대답했다.

"어서 드세요."

코니가 말했지만 그는 음식에 손을 대지 않았다.

"뭘 좀 드시겠습니까? 차는 어떻습니까? 지금 물이 펄펄 끓고 있

---

58) 벽난로 앞에 두어 석탄이 밖으로 튀어나오는 것을 막기 위한 장치이다 – 옮긴이

으니까요."
그는 이렇게 묻고 나서 다시 일어나려 했다.
"그럼 내가 준비하겠어요."
코니가 일어섰다. 그는 어쩐지 서글픈 듯한 표정을 짓고 있었다. 그녀는 그가 귀찮아하는 거라고 생각했다.
"그럼, 찻주전자는 저기에 있습니다."
그는 방구석의 조그마한 다갈색 찬장을 가리켰다.
"찻잔도요. 그리고 차는 당신 머리 위의 선반에 있습니다."
코니는 검은 찻주전자를 가지고 왔다. 그리고 선반 위에서 차 항아리를 집었다. 찻주전자를 끓는 물에 헹구고 물을 어디에 버릴까 망설이며 잠깐 서 있었다.
"밖에다 뿌리시오. 깨끗하니까요."
문 쪽으로 움직인 코니는 오솔길에 물을 뿌렸다. 말할 수 없이 기분이 상쾌했다. 정말로 조용한 숲 속이었다. 떡갈나무는 적황색 잎이 피어나고 있었다. 마당에 핀 빨간 데이지는 마치 빨간 플러시 양복바지의 단추와도 같았다. 그녀는 드나드는 사람이 적은 문지방의 움푹 패인 큰 사암판(砂岩板)을 보았다.
"참 기분이 좋은 곳이군요. 모든 것이 활기 있고 조용하고 아름다워요!"
코니가 말했다. 그는 천천히 마음이 내키지 않는 듯 식사를 시작했다. 그녀는 그가 무엇인가 실망하고 있음을 느꼈다. 그녀는 잠자코 차를 넣었다. 그리고 이 근처 사람들이 하는 것을 알고 있었기 때문에 그 방법에 따라 찻주전자를 난로 선반에 놓았다.
그는 접시를 밀어 놓고 안으로 들어갔다. 자물쇠가 덜컥 소리를 냈다. 그는 접시에 치즈와 버터를 담아 들고 왔다.
코니는 찻잔 두 개를 식탁 위에 놓았다. 찻잔은 두 개밖에 없었다.
"차 드시겠어요?"

코니가 말했다.

"그럼 그럴까요? 설탕은 식기실에 있죠. 그리고 조그만 크림 항아리도. 우유는 찬장 항아리 속에 있습니다."

"접시를 치울까요?"

코니가 묻자 그는 희미하게 비웃는 듯한 웃음을 띠며 그녀를 쳐다보았다.

"글쎄요……. 좋으시다면."

짧게 대답한 그는 천천히 빵과 치즈를 먹었다. 그녀는 뒤편의 펌프가 있는 곁채의 부엌으로 갔다. 그곳 왼편에 문이 있었다. 식기실 문임에 틀림없었다. 그녀는 문고리를 벗겼다. 그리고 식기실이라고 말한 방을 보며 웃음을 터뜨릴 뻔했다. 그곳은 그저 길다랗고 깨끗하게 청소된 벽장에 지나지 않았던 것이다. 그래도 그 속에는 맥주통도 있는가 하면 접시도 몇 개 있고 먹을 것도 조금 있었다. 그녀는 노란 항아리에서 우유를 조금 떠냈다.

"우유는 어디서 가져오나요?"

이내 식탁으로 돌아온 코니가 물었다.

"플린트네서 가져옵니다. 언제나 양토장(養兎場) 끝에 병을 놓아두죠. 당신과 만났던 바로 거기 말입니다!"

여전히 그는 기운이 없었다. 코니는 차를 따르고 크림 항아리를 내밀었다.

"필요 없소."

그가 말했다. 그때 그는 어떤 소리를 들은 듯 날카롭게 문 쪽으로 눈길을 보냈다.

"문을 닫는 게 좋겠습니다."

"유감이군요. 아무도 오지 않겠지요, 누가 올까요?"

코니가 대답했다.

"거의 염려 없지만 그래도 알 수 없으니까요."

"설사 온다 해도 무슨 상관이에요."

코니가 말했다. 그는 팔을 뻗어 식탁 서랍을 열었다. 그녀는 문으로 들어오는 햇살을 받으면서 식탁에 마주 앉았다.

"쉿! 플로시, 조심해!"

그는 계단 밑의 조그만 멍석 위에 누워 있는 개를 향해서 말했다. 그가 손가락을 들고 '쉿!' 하는 소리는 매우 활기 있었다. 개는 부근을 냄새 맡기 위해서 달려 나갔다.

"오늘은 무슨 슬픈 일이라도 있었나요?"

그는 재빨리 푸른 눈을 돌려 똑바로 그녀를 바라보았다.

"슬프지요. 아니, 마음이 울적합니다! 밀렵한 사람 두 명을 고소하러 가야만 했습니다. 난 도무지 세상 사람들이 싫습니다."

그의 영어는 훌륭했지만 냉정했다. 그의 목소리에는 노여움이 담겨 있었다.

"산지기 일이 싫은가요?"

"산지기 노릇 말이오? 아니, 그렇지 않습니다! 혼자 있을 수만 있다면 말이오. 그러나 경찰서나 그 밖의 여러 곳을 돌아다니거나 바보 같은 인간들을 만나거나 하려면 정말 미칠 것 같습니다."

그는 가벼운 유머를 보이고 미소를 띠었다.

"당신은 정말로 자립할 수 없나요?"

코니가 물었다.

"나 말이오? 살 수 있다고 생각하오. 어떻든 연금만으로도 먹고 살 수는 있어요! 그러나 나는 일을 하지 않으면 죽을 것 같소. 그러니까 무엇이든지 항상 열중할 일이 있어야 합니다. 또 자기 자신의 일을 할 만큼 참을성도 없습니다. 다른 사람을 위한 일이 좋습니다. 그렇지 않으면 한 달도 못 가죠. 그만 화를 내고 만답니다. 여기 있는 것이 형편이 좋습니다. 특히 요즈음에는……."

그는 그녀에게 놀리는 듯한 웃음을 던졌다.

"그렇지만 왜 그렇게 기분이 나쁘시죠? 그건 '언제나' 화를 내고 계시다는 건가요?"

"거의 그렇죠. 도무지 화가 나서요."

그가 웃으면서 말했다.

"무슨 화죠?"

"화란 말이오! 화라는 게 뭔지 모르십니까?"

코니는 실망하여 잠자코 있었다. 그는 조금도 진지하게 상대해 주지 않았다.

"다음 달에 잠시 여행을 떠나려고 해요."

"당신이? 어디로 말이오?"

"베네치아."

"베네치아라고요? 클리퍼드 경과 함께입니까! 몇 달 동안이나?"

"한 달가량. 클리퍼드는 가지 않아요."

코니가 대답했다.

"그분은 여기에 남습니까?"

"네! 그이는 그런 몸으로 여행하기를 싫어하거든요."

"가엾군요."

그가 동정하여 말했다. 잠시 침묵이 흘렀다

"내가 없더라도 날 잊진 않으시겠죠?"

코니가 물었다. 그는 다시 눈을 들어 그녀를 빤히 바라보았다.

"잊는다고요? 잊을 수가 있겠습니까? 그건 기억의 문제가 아닙니다."

코니는 '그럼 뭐예요?' 하고 묻고 싶었지만 그러지 않았다. 대신 입속으로 우물거리며 말했다.

"난 클리퍼드에게 아이를 낳을지도 모른다고 했어요."

그의 날카로운 더듬는 듯한 눈이 긴장을 하고 그녀를 바라보았다.

"그랬습니까? 그분은 뭐라고 하던가요?"

"그이는 상관없어요. 자기 아이인 것처럼 보이기만 하면 그이는 좋아할 거예요."

코니는 감히 그를 마주 볼 수가 없었다. 오랫동안 말없이 있다가 그는 다시 그녀의 얼굴을 응시했다.

"물론 '내 말'은 하지 않았겠지요?"

"네, 말하지 않았어요."

"그분은 대신 씨를 뿌려준 사람이 나라고는 생각하지 않을 겁니다. 그럼 당신은 어디서 임신한 것으로 하겠습니까?"

"베네치아에서 연애 사건이 생겼다고 해도 좋을 테니까요."

"그렇겠군요."

그는 천천히 물었다.

"그래서 가는 겁니까?"

"연애하기 위해서가 아녜요."

코니는 호소하듯이 그를 쳐다보면서 말했다.

"그럼 그렇게 보이도록 하는 겁니까?"

침묵이 흘렀다. 그는 반은 놀리는 듯, 반은 괴로운 듯 엷은 웃음을 띠며 창 밖을 내다보았다. 코니는 그 엷은 웃음이 싫었다.

"그렇다면 당신은 임신에 대한 조심은 하지 않은 거군요. 이런 결과를 가져오지 않을 그런 수단 말이오! 하기야 나도 조심하지 않았지만……."

"아뇨, 그런 건 싫어요."

그는 그녀를 바라보았다. 그런 다음 다시 묘하고 복잡한 웃음을 띠며 창 밖을 바라보았다. 긴장된 침묵이 흘렀다.

마침내 그는 그녀를 향해서 야유조로 말했다.

"그렇다면 당신에게 내가 필요했던 것은 그 때문이었군요. 단지 아이를 낳는다는?"

코니는 고개를 숙였다.

"아뇨, 정말로 그렇지 않아요."
"그럼 뭡니까, '정말'은?"
그는 매섭게 몰아붙였다. 코니는 원망스러운 듯 그를 쳐다보았다.
"모르겠어요."
"그걸 내가 안다면 재미있겠군요."
그가 웃음을 터뜨리며 말했다. 이후 오랜 침묵이 계속되었다. 차디찬 침묵이었다.
"글쎄요."
마침내 그가 입을 열었다.
"마님 뜻대로겠죠. 만약 대를 이을 아이를 갖게 된다면 클리퍼드 경도 기뻐하시겠죠. 나는 아무것도 잃은 게 없소. 그뿐이겠소? 난 매우 좋은 경험을 했소. 정말 기막힌 경험이오!"
그는 하품을 입속으로 깨물며 기지개를 켜면서 말을 이었다.
"당신이 나를 이용했다고 치더라도, 이용한 것은 이것이 처음은 아닙니다. 게다가 이번처럼 유쾌하게 이용된 일도 없습니다. 물론 아주 점잖은 짓을 했다고는 생각지 않습니다만."
그는 다시 묘하게 기지개를 켰다. 근육이 떨려서 턱이 이상하게 움직였다.
"그렇지만 난 당신을 이용하지 않았어요."
코니는 항변했다.
"그렇다면 귀부인의 서비스였군요."
그가 대답했다.
"아뇨. 난 당신의 몸이 마음에 들었어요."
코니가 말했다.
"그랬던가요? 그렇다면 우린 서로 마찬가지군요. 나도 당신의 몸이 좋았으니까요."
그는 이렇게 말한 다음 웃었다. 그는 이상하게 어두워진 눈길로 그녀를 바라보았다.
"2층으로 올라가시겠습니까?"
무언가 목에 걸린 듯한 목소리로 그가 물었다.
"아뇨, 지금은 안 돼요."
대답하는 코니의 마음은 무겁웠다. 만약 그가 강요했다면 그녀는 따를 수밖에 없었을 것이다. 그녀는 그에게 저항할 힘이 없었기 때문이었다.
그는 다시 얼굴을 돌렸다. 그녀의 일은 잊어버린 듯이 보였다.
"당신이 나를 만지듯이 나도 당신을 만지고 싶어요. 나는 당신의 몸을 진정으로 만져본 적이 없어요."
코니가 말했다.
"지금 말이오?"
그는 그녀를 바라보고 다시 미소를 지으며 말했다.
"아뇨, 아뇨! 여기서는 안 돼요. 오두막에서요. 지금 갈까요?"
"내가 어떤 식으로 당신 몸을 만지지요? 당신이 내 몸을 어루만질 때 말예요."
그는 코니를 바라보았다. 그녀의 눈은 무겁고 불안스러운 듯했다.
"내가 당신을 어루만지는 게 그렇게도 좋습니까?"
그는 여전히 웃으면서 물었다.
"네, 그래요. 당신은?"
"나 말이오?"
이내 그는 말투를 바꾸어서 말했다.
"그야 묻지 않아도 아시겠죠."
그것은 사실이었다. 코니는 일어나서 모자를 들었다.
"난 가야겠어요."
"가시겠습니까?"
그가 정중하게 물었다.

코니는 그가 자기의 몸을 어루만져 주고 뭐라고 속삭여 주기를 바랐다. 그러나 그는 아무 말도 하지 않고 정중하게 기다리고 있었다.

"차 잘 마셨어요."

"부인께 차를 대접할 영광을 얻게 된 데 대한 감사의 말을 잊었습니다."

코니는 오솔길을 내려갔다. 그는 엷은 웃음을 띤 채 문 앞에 서 있었다. 플로시가 꼬리를 흔들며 그녀의 뒤를 따랐다. 코니는 그가 거기에 서서 알 수 없는 냉소를 띠고 자기 모습을 보고 있다는 것을 알면서도 벙어리처럼 잠자코 숲 속으로 걸어가야만 했다.

코니는 몹시 풀이 죽어서 괴로움을 안고 집으로 돌아갔다. 이용당했다고 한 그의 말은 어떤 의미로는 사실이었던 만큼 그녀에게는 거슬리는 말이었다. 그러나 그는 그런 말을 해서는 안 되는 것이었다. 그녀는 두 가지 모순된 감정에 사로잡혔다. 그에 대한 분노와 그와 화해하고 싶다는 욕망이었다.

차를 마시는 동안 내내 코니는 불안하고 초조했다. 그녀는 곧 자기 방으로 올라갔다. 그러나 방에 있어도 어떻게 할 수가 없어 안절부절 못했다. 어떻게든 해결하지 않으면 안 되었다. 오두막으로 가봐야 할 것 같았다, 만약 그가 그곳에 없다면 할 수 없지만.

코니는 옆문을 빠져나갔다. 그리고 약간 불쾌한 표정으로 곧장 오두막으로 향했다. 빈터에 이르자 그녀는 매우 불안해졌다. 그러나 그는 거기에 있었다. 셔츠 바람인 그는 쭈그리고 앉아서 암탉을 둥우리에서 새끼 꿩들 사이로 꺼내주었다. 새끼 꿩은 매 새끼처럼 용맹스럽게 자라서 암탉보다도 훨씬 미끈한 모습이었다.

코니는 곧장 그에게로 다가갔다.

"나 왔어요!"

"네, 알았습니다!"

그는 몸을 일으키면서 재미있다는 듯이 그녀를 바라보며 말했다.

"이번엔 암탉을 내놓나요?"

코니가 물었다.

"오랫동안 둥지 안에만 있어서 뼈와 가죽만 남았군요. 그런데도 뭘 좀 먹으려고 하지 않는군요. 알을 품는 어미닭에게는 전혀 자기라는 게 없습니다. 그저 알과 병아리에 열중할 뿐이죠."

불쌍한 어미닭. 그렇게 맹목적인 희생을 하다니, 그것이 자기의 알도 아닌데! 코니는 동정을 느끼며 암탉을 바라보았다. 어떻게 할 수 없는 침묵이 두 사람 사이를 가로막았다.

"안으로 들어가시겠습니까?"

그가 물었다.

"당신은 내가 필요한가요?"

코니가 믿을 수 없다는 듯이 물었다.

"네, 들어가시겠다면."

코니는 잠자코 있었다.

"그럼 들어오시오."

코니는 그를 따라 안으로 들어갔다. 그가 문을 닫아버리자 방안은 꽤 어두웠다. 그는 램프에 조그맣게 불을 켰다.

"속옷을 벗고 왔소?"

"네!"

"그럼 나도 벗어야겠군."

그는 담요를 폈다. 한 장은 덮으려고 옆으로 내놓았다. 코니는 모자를 벗고 머리를 흔들어 흘러내리게 했다. 그는 앉아서 구두와 각반을 풀고 코듀로이 바지를 벗었다.

"자, 누우시죠!"

그는 셔츠 바람으로 서서 말했다. 코니는 말 없이 하라는 대로 순순히 따랐다. 그는 그녀와 나란히 누워 담요를 당겨 함께 덮었다.

"자아!"

그는 그녀의 옷을 젖가슴 위에까지 치켜 올린 다음 부드럽게 키스하고 젖꼭지를 입술로 깨물며 애무했다.

"아아! 좋군요."

그는 갑자기 그녀의 따뜻한 배에 얼굴을 문지르며 말했다.

코니는 두 팔을 그의 셔츠 밑으로 넣어 끌어안았다. 그러나 힘차 보이는 가늘고도 미끈한 알몸이 두려웠다. 일순 그녀는 주춤했다. 그리고 그가 한숨 쉬듯 "아아! 좋군요." 했을 때 그녀 몸의 내부에서 무언가가 부르르 떨렸고 정신적으로도 저항하듯 굳었다. 육체적으로는 무섭도록 가까이 밀접하였으나 그가 유달리 서두르는 소유욕 때문에 굳어진 것이다.

그리고 이번에는 그녀 자신의 열정에서 솟아난 날카로운 황홀감도 그녀를 마비시킬 수 없었다. 그녀는 그의 몸부림치는 뜨거운 몸 위에 힘없이 팔을 올려놓은 채 누워 있었다. 아무리 애를 써도 그녀의 정신은 그녀의 머리 위에서 냉정히 내려다보고 있는 듯이 여겨졌고, 그의 엉덩이를 놀리는 모양은 우스꽝스럽게 보이기만 했다. 그리고 빨리 배설의 순간에 이르려고 초조하게 갈망하는 그의 조그마한 페니스도 우스꽝스럽게 보이기만 했다.

그렇다, 이것이 사랑인 것이다. 이 어이없는 엉덩이의 율동, 초라하기 짝이 없는 축축하게 젖은 조그마한 페니스가 시들어 가는 바로 이것이 성스러운 사랑이다! 결국 여기에 경멸감을 느낀 현대인은 옳은 것이다. 그것은 어디까지나 하나의 행위에 불과한 것이기 때문이다. 어떤 시인이 말했듯이, 인간을 창조하신 신은 인간을 이성적인 존재로 만들면서도 인간에게 이런 우스꽝스럽기 짝이 없는 자세를 강요하고 이 우스꽝스러운 행위를 갈망하지 않을 수 없게 만든 것을 보면 고약한 짓궂음을 가졌음에 틀림없다는 것이 사실일 것이다. 모파상조차도 이것을 굴욕적인 용두사미라고 했다. 인간은 성교 행위를 경멸하면서도 여전히 하고 있는 것이다.

코니의 기묘한 여성적인 차디찬 마음은 비웃으며 외따로 떨어져 있었다. 그녀는 꼼짝 않고 가만히 누워 있었으나 충동대로 한다면 허리를 쳐들어 남자를 밀쳐내고 그의 추악한 포옹과 우스꽝스러운 엉덩이의 율동에서 빠져나오고 싶었다. 그의 육체는 하나의 따분하고 뻔뻔스럽고 불완전한 것이었다. 그것이 세련되지 못해서 불쾌감을 주었다. 왜냐하면, 하나의 완전한 진화는 이런 행위나 '기능'을 확실히 제거할 것이기 때문이다.

그러나 그가 이내 끝내고 침묵에 빠져 그녀 의식의 수평선보다 더 머나먼, 이상스럽게도 움직임이 없는 거리로 물러나서 가만히 누워 있을 때 그녀의 가슴속은 울음으로 차오르기 시작했다. 그녀도 그가 차츰차츰 시들며 마치 바닷가에 뒹구는 돌멩이처럼 자기를 뒤에 남기고 썰물처럼 물러가는 것을 느꼈다. 그는 물러가고 있었다. 그의 정신도 그녀를 버리고 있었다. 그도 알고 있었다.

코니는 자신의 이중적인 의식과 반응에 의한 괴로움으로 슬픔에 잠겨 울음을 터뜨렸다. 그는 아랑곳하지 않았다. 심지어 알지도 못했다. 폭풍우와도 같은 울음이 치밀어 오르자 그녀를 뒤흔들고 그를 흔들었다.

"아!"

그가 말했다.

"이번엔 잘 안 됐구려. 당신 마음이 아직도……."

그렇다. 그는 알고 있었던 것이다! 그녀는 점점 더 심하게 흐느꼈다.

"그러나 그게 어쨌다는 겁니까? 간혹 가다 한 번씩은 그럴 수도 있는 거 아니겠습니까?"

"난…… 난 당신을 사랑할 수 없어요."

코니는 흐느끼면서 갑자기 가슴이 찢어지는 아픔을 느꼈다.

"사랑할 수 없다고요? 그렇게 속 태우지 마시오. 꼭 그래야 한다는 법은 없으니까. 이럴 수도 있는 겁니다."

그는 그녀의 가슴에 손을 얹고 가만히 있었다. 코니는 자기 손을 그에게서 떼었다. 그의 말은 위로가 되지 않았다. 그녀는 소리 내어 흐느꼈다.

"아닙니다."

그는 말했다.

"이런 때도 있고 저런 때도 있습니다. 이번엔 좀 언짢았지만 말입니다."

"그렇지만 난 당신을 사랑하고 싶었는데 잘 되지 않아요. 무섭기만 해요."

코니는 마구 흐느껴 울며 말했다. 그는 괴로운 듯하면서도 재미있는 듯한 웃음을 조금 띠었다.

"무서울 게 뭐 있습니까?"

그는 계속해서 말했다.

"그렇지 않습니다. 무섭게 할 수도 없지요. 그리고 나를 사랑하려고 너무 신경 쓰지 마시오. 억지로 되지 않는 겁니다. 바구니에 가득 담긴 밤 속에는 나쁜 밤도 섞여 있게 마련입니다. 그러니 이것저것 너무 생각하지 마십시오."

그는 어루만지지 않고 그녀의 가슴 위에 얹었던 손을 떼었다. 그가 몸에서 손을 떼자 코니는 이제 거의 심술스러운 만족감을 느꼈다. 그녀는 그가 사용하는 사투리가 도무지 싫었다. 그는 맘대로 곧장 일어나서 그녀 앞에 똑바로 선 채 코듀로이 바지의 단추를 채울 수도 있었다. 뭐니 뭐니 해도 마이클리스는 그래도 뒤로 돌아설 만한 점잖은 체면은 지니고 있었다. 이 사나이는 너무나도 자신만만해서 다른 사람들이 얼마나 자기를 촌뜨기나 어리석은 녀석으로 보는가를 모르고 있었다.

그러나 그가 조용히 일어나 곁을 떠나려고 몸을 떼어낼 때 그녀는 공포에 질려 그에게 매달렸다.

"가지 말아요! 제발 떠나지 말아요! 화내지 말아요! 안아줘요! 꼭 안아줘요!"

코니는 자기가 무슨 말을 하는지도 모르고 미친 사람처럼 속삭였다. 그리고 이상하게 강한 힘으로 그에게 매달렸다. 그녀는 자기 자신으로부터 자기의 마음속 분노와 저항에서 구원받고 싶었다. 그러나 그녀를 사로잡은 내부의 저항은 이만저만 강렬한 것이 아니었다.

그는 그녀를 다시 꼭 끌어안았다. 그러자 갑자기 그녀는 그의 품속에서 존재가 희미해져 가듯이 안겼다. 이미 저항은 사라지고 그녀의 신기한 평화 속에 전신이 녹아들었다.

그녀를 팔에 안은 그는 조그맣게 녹아서 그녀에게 무한한 욕망을 주었다. 그의 혈관은 온통 그녀에 대해, 그녀의 따뜻한 부드러움에 대해서 그의 핏속에까지 스며드는, 팔에 안긴 그녀의 아름다움에 대하여 격렬하지만 부드러운 욕망에 불타 끓어오르는 것 같았다. 그리고 오묘해서 까무러칠 듯한 애무의 손으로 순수하고도 부드러운 욕망을 따라 그녀의 비단같이 고운 비스듬한 허리의 굴곡을 쓰다듬으며 따뜻한 엉덩이 사이로 깊숙이 더듬어 내려가자, 바로 그녀의 연약한 살갗이 있는 곳에 이르렀다.

코니는 욕망의 불길과 부드러운 불길로 그를 느끼고, 그 불길 속에서 녹아 가는 것을 느꼈다. 그녀는 자제를 잃고 말았다. 그의 페니스가 말없이 무섭도록 자신 있게 일어나는 것을 느꼈다. 그녀는 열중했다. 그녀는 죽음과도 같은 전율을 느끼며 자신을 온통 내맡긴 채 그에게 매달렸다. 그런데 오오! 지금 그가 만약 부드럽게 대해 주지 않는다면 그에게 열어젖힌 채 모든 것을 내맡긴 그녀에게 그것은 얼마나 잔인한 일이겠는가!

코니는 이상하고도 무섭게 자기 체내로 사정없이 힘차게 들어오는 것을 느끼면서 몸을 떨었다. 그것은 부드럽게 열린 몸 안으로 마치 칼을 내밀 듯 쑥 들어와 죽음을 의미하는 것일지도 모른다.

코니는 갑자기 엄습하는 괴로움과 공포 속에서 그에게 매달렸다. 그러나 그것은 이상하게도 평화스럽게 암흑 속에 평화를 밀어 넣듯, 태초에 세계를 만든 것과 같은 묵직하고도 최초의 부드러움을 지니며 천천히 다가왔다. 그러자 가슴속의 공포도 가라앉고 그녀의 가슴은 차차 평화 속에 잠겨 갔다. 아무것에도 매달리지 않았다. 그녀는 모든 것을 놓아버린 채 완전히 자기만이 되어 그 물결 속에 휩쓸리고 말았다.

코니는 마치 자기가 바다 같다고 느꼈다. 다만 이 바다는 검푸른 파도가 일고, 무섭게 팽창하여 부풀어 올라 온 전신의 암흑이 천천히 움직여 검고 말없는 물결이 굽이치는 듯했다.

오오! 그녀의 몸속 깊은 곳에서 심연은 갈라지고 멀리까지 달리는 긴 물결이 되어 몸부림치고 있었다. 돌입물이 닿으면서 점점 더 깊이 들어오자 그녀의 심연은 부드럽게 돌입한 중심에서 갈라지며 굽이쳤다. 그것은 점점 더 깊이 들어왔다. 그리고 그녀의 물결이 그녀를 더 깊이 들추어내고 어느 바닷가로 밀고 가서 그녀를 노출시키면 시킬수록 그 감촉할 수 있는 미지의 것이 점점 더 가까이 돌입해 오며 그녀 자신의 파도는 그녀를 버린 채 그녀에게서 더 멀리 굽이쳐 갔다.

갑자기 부드럽게 몸부림치는 경련을 일으키며 그녀의 원형질의 핵심에 감촉을 느끼자, 격정의 절정에 이른 것을 알았다. 그러자 정신이 나갔다. 정신이 나가자 그녀는 존재하지 않았다. 그리고 그녀는 하나의 여성으로서 탄생한 것이다.

오, 너무나 황홀한! 힘이 빠져나갈 때 모든 아름다움을 깨달았다. 이제 그녀의 몸은 온통 부드러운 사랑에 가득 차 이 미지의 남성에게 매달렸다. 그리고 그렇게 힘차게 돌입한 뒤 매우 부드럽게, 연약하게, 자기도 모르는 사이에 물러갈 때의 그 시들어 가는 페니스에 미친 듯이 매달렸다. 그것이 비밀의 감각적인 그녀의 육체에서 빠져 나가자 완전히 잃었다고 무의식적인 비명을 지르며 그것을 도로 찾으려 애썼다. 그야말로 탓할 수 없을 만큼 흐뭇했다! 그리고 그것을 말할 수 없이 사랑했다!

그제야 남근의 조그만 꽃봉오리 같은 침묵과 부드러움을 의식했다. 그러자 놀라움과 괴로움이 뒤섞인 조그마한 울부짖음이 새어 나왔다. 그녀의 여성적인 가슴은 그때까지 힘 그 자체였던 것이 부드럽게 연약해지는 데 대해 부르짖었다.

"아아, 정말 좋았어요! 참 좋았어요!"

코니는 신음했다. 그는 아무 말도 하지 않고 그녀 위에 가만히 몸을 포갠 채 부드럽게 키스했다. 그리고 그녀는 하나의 희생물로서, 하나의 새로 탄생한 생명으로서 더할 나위 없는 행복감에 잠겨 신음했다.

이제 그녀의 마음속에는 그에 대한 기묘한 놀라움이 눈뜨고 있었다. 남자! 자기를 지배한 남성의 신비로운 힘! 아직 두려워하면서도 그녀의 손은 그의 몸을 더듬고 있었다. 그때까진 이상하고, 적의를 느끼고, 다소 냉랭한 존재였던 무서운 한 사나이였다. 그러나 만져 보니 그것은 신의 아들과 인간의 딸이 함께 있는 것이었다. 형용할 수 없이 아름다웠고 세포의 순수함을 느꼈다. 그 감각적인 육체의 고요함이란 말할 나위 없이 사랑스럽고 아름답고 강하고 민감했다. 이토록 우아하고 힘찬 육체의 고요함이라니! 얼마나 아름다운 것인가! 그녀의 손은 그의 잔등을 머뭇거리듯 쓰다듬으면서 보드랍고 조그만 엉덩이의 곡선을 미끄러져 갔다.

아름답다! 참으로 너무나 아름답다! 이 아름다움에 대한 새로운 의식의 작은 불꽃이 갑자기 그녀의 온몸을 스쳤다. 조금 전만 하더라도 그처럼 반발하고 혐오감을 느낀 곳이 이처럼 아름답게 느껴지다니, 이것이 있을 수 있는 일일까? 그 따뜻하고 발랄한 엉덩이의 감촉, 말할 수 없는 아름다움이여! 생명 속의 생명, 그야말로 따뜻한 힘, 참다운 생명의 약동, 그리고 그의 두 다리 사이에 끼어 있는 남근의 야릇한 중량감! 얼마나 신비로운가! 손으로 만지면 부드러우면서도 묵직한 신비로운 중량감! 그것은 바로 근원, 사랑스러운 모든 것의 근원, 완전한 아름다움의 태곳적부터의 근원인 것이다!

코니는 거의 두려움에 가까운 놀라움으로 가쁜 숨을 몰아쉬며 그에게 매달렸다. 그는 말없이 그녀를 꼭 껴안았다. 어떤 말도 하려 하지 않았다. 그녀는 다만 정감적인 놀라움에 접근하기 위해 그에게로 바싹 기어들었다. 그러자 정말 이해할 수 없는 고요 속에서 남근이 다시 서서히 힘차게 물결치듯 일어나는 또 다른 힘을 느낄 수 있었다. 그리고 그녀의 가슴은 어떤 두려움을 느끼며 녹아버렸다.

이번에 그녀 내부에서의 그의 존재는 그야말로 부드럽고 무지갯빛, 어떠한 의식의 힘으로도 헤아릴 수 없는 순수하고도 부드러운 무지갯빛이었다. 그녀 전체가 경련처럼 무의식중에 활기 있게 약동했다. 그것이 무엇인지 그녀는 알 수 없었다. 그것이 무엇이었는지도 기억할 수 없었다. 다만 기억하는 것은 다른 무엇보다도 더 좋았다는 것이었다. 그것뿐이었다. 그것이 끝난 뒤 그녀는 완전한 고요 속에 정말로 무아의 경지에 이르러 얼마 동안을 그러고 있었는지 알 수 없었다. 그도 아직 헤아릴 수 없는 침묵에 사로잡힌 채 그녀와 나란히 누워 있었다. 그리고 이에 대해선 서로 말하려 하지 않았다.

외계의 의식이 되살아오자 코니는 그의 가슴에 매달리면서 소곤거렸다.

"오오! 내 사랑! 내 사랑!"

그는 아무 말도 하지 않고 그녀를 꼭 껴안았다. 그리고 그녀는 그의 가슴에 몸을 옴츠렸다. 모든 것이 그저 완전하기만 했다. 그러나 그의 침묵은 깊이를 잴 수가 없었다. 그의 손은 조용하게 한 송이의 사랑스런 꽃처럼 그녀를 떠받들고 있었다.

"당신 어디 계세요? 어디 있죠? 말해 줘요! 무슨 말이건 해줘요!"
코니는 속삭였다.
"아아, 내 아기!"
그는 부드럽게 키스하면서 나직이 말했다. 하지만 코니는 그의 말의 의미를 알지 못했고, 그가 어디에 있는지도 몰랐다. 그가 잠자코 있기 때문에 그를 잃어버린 것처럼 느껴졌다.
"나를 사랑하나요?"
코니는 중얼거렸다.
"다 알면서 뭐 그러오."
그는 말했다.
"그래도 그렇다고 말해 줘요."
코니는 애원했다.
"그래! 그래! 당신은 그렇게 느끼지 않았소?"
그는 희미하지만 부드럽고 자신 있게 말했다. 코니는 그에게 더 바싹 매달렸다. 그는 사랑할 땐 그녀보다 훨씬 더 고요했다.
코니는 그에게 다짐을 얻고 싶었다.
"나를 사랑하나요?"
코니는 다짐하는 어조로 속삭였다. 그러자 그의 손은 욕망의 떨림은 없지만 섬세한 친밀감을 지니고, 마치 한 송이의 꽃을 다루듯 그녀의 몸을 부드럽게 어루만졌다. 그래도 사랑을 단단히 움켜잡고 싶은 욕망이 초조하게 그녀를 떠나지 않았다.
"언제나 저를 사랑한다고 말해 줘요."
코니는 호소했다.
"네!"
그는 망연하게 대답했다. 코니는 자기가 던진 질문이 그를 멀리 떨어져 가게 하고 있다는 것을 느꼈다.
"이제 일어나야겠지요?"

드디어 그가 물었다.

"싫어요!"

코니가 대답했다. 그러나 그녀는 그의 의식이 바깥 소리에 귀를 기울이면서 방황하는 것을 느꼈다.

"어두워졌소."

코니는 그의 목소리에서 환경의 압력을 알아냈다. 그녀는 자기의 시간을 양보해야 하는 여자의 슬픔을 안고 그에게 키스했다.

그는 일어나서 램프의 불을 돋우고 옷을 입기 시작했다. 그의 몸은 재빨리 옷 속으로 들어가 버렸다. 그는 그녀 앞에 선 채 바지를 채우며 크게 뜬 어두운 눈으로 그녀를 내려다보았다. 그의 얼굴은 다소 상기되었고 머리는 헝클어져 있었다. 희미한 램프의 불빛에 비친 그의 모습은 이상하게도 따뜻하고 조용하고 아름다웠다. 형용할 수 없을 만큼 아름다웠다. 그녀는 그에게 꼭 매달려 있고 싶었다. 그녀로 하여금, 비명을 지르며 그를 움켜잡고 소유하고 싶다는 욕망을 갖게 하는 그의 아름다움에는 따뜻하고 반쯤 졸린 듯한 거리감이 있었기 때문이다.

그러나 다시 소유할 수 없는 일이었다. 코니는 부드러운 곡선을 그리는 엉덩이를 드러낸 채 누워 있었다. 그는 그녀가 무슨 생각을 하는지 통 알지 못했다. 그러나 그에게 있어 그녀는 다른 무엇보다도 아름다웠다. 어쨌든 그가 들어갈 수 있는 부드럽고 놀랄 만큼 신기한 존재였다.

"당신 속에 들어갈 수 있으니 당신을 사랑하오."

"나를 좋아하나요?"

코니는 설레는 가슴을 느끼면서 물었다.

"당신 속에 들어갈 수 있으니 모든 것과 화해한 셈이오. 당신이 내게 당신을 열어주었으니 당신이 좋은 거요. 당신을 사랑하니까 당신 속에 들어가지 않았겠소?"

그는 몸을 굽혀 그녀의 부드러운 옆구리에 키스하고 뺨을 그곳에 비빈 다음 덮어주었다.

"내게서 절대로 떠나지 않을 거죠?"

"그런 말은 아예 꺼내지도 마시오."

"그렇지만 당신을 사랑한다는 것은 믿죠?"

"방금 나를 사랑하지 않았소? 어느 때보다도 더. 그러나 당신도 생각해 보시오. 앞으로 어떻게 될지 누가 알겠소?"

"그런 말은 싫어요! 그리고 당신을 이용하려고 했다고는 생각하지 않죠?"

"어떻게 말이오?"

"아기를 갖기 위해서."

"어린애야 누구나 가질 수 있지요."

그는 앉아서 각반을 치며 말했다.

"아니에요!"

코니는 외쳤다.

"진정으로 하는 말은 아니겠죠?"

"글쎄요!"

그는 눈썹을 모아 그녀를 바라보며 말했다.

"당신이 제일 좋소."

코니는 가만히 누워 있었다. 그는 살며시 문을 열었다. 하늘은 투명한 청록색으로 가장자리를 두른 짙은 청색이었다. 그는 밖에 나가 암탉을 우리 안에 몰아넣었다. 그리고 개를 불렀다.

코니는 누운 채 생명과 존재의 기이함을 새삼스럽게 생각했다. 그가 돌아왔을 때에도 그녀는 집시처럼 빛나는 눈동자로 여전히 누워 있었다.

그는 그녀 곁에 있는 의자에 와 앉았다.

"떠나기 전에 밤에 한 번 오십시오. 그러시겠소?"

그는 그녀를 쳐다볼 때 눈썹을 치켜 올리고 두 손을 무릎 밑으로 늘어뜨리면서 물었다.

"그러시겠소."

코니는 그의 말을 흉내내면서 그를 놀렸다. 그는 빙긋이 웃었다.

"그래, 오겠소?"

그는 같은 말을 되풀이했다.

"네! 오겠소."

코니는 또 그의 사투리의 억양을 흉내내면서 대답했다.

"그래요!"

"그래요!"

코니가 그의 말을 되풀이했다.

"와서 함께 밤을 지냅시다. 그래야 하오. 언제 오시겠소?"

"언제 올까요?"

"아니, 그렇게 묻지 말고, 언제 오시겠소?"

"일요일쯤."

코니가 대답했다.

"일요일쯤? 알겠소."

그는 그녀에게 짤막한 웃음을 던졌다.

"그럴 수 없을 겁니다."

그가 말했다.

"왜 없나요?"

코니가 물었다. 그는 웃었다. 그녀의 사투리 흉내가 우스웠던 것이다.

"그럼 이제 가야겠군요!"

그가 말했다.

"가야 하나요?"

"'가야겠나요?' 해야죠."

그가 말을 고쳐주었다.

"왜 사투리를 써야 하죠?"

코니가 따지고 들었다.

"사투리는 좋지 않아요."

"그게 어떻소?"

그는 몸을 앞으로 기울여 그녀의 얼굴을 부드럽게 쓰다듬으면서 말했다.

"당신은 그것이 참 좋더군. 이 세상에 남아 있는 것 중에서 가장 좋은 것이던걸? 그렇게 할 생각이 있을 땐 말이오! 당신이 그러기를 원할 땐 말이오."

"그거라니 뭐예요?"

"그걸 모르겠소? 바로 그것 말이오. 내가 당신 속에 들어갈 때 얻는 그것 말이오. 그리고 내가 당신 속에 있을 때 당신이 얻는 바로 그것 말이오."

"아, 그런 거 말이군요!"

코니는 놀려 댔다.

"성교 말이군요."

"아니, 천만에! 성교란 그저 그 행동을 말하는 데 지나지 않소. 동물도 성교는 하지요. 그러나 그것은 그 이상의 것을 말하오. 그건 당신 자신을 말하는 거요. 당신을 동물과 비교할 수는 없지 않겠소? 아무리 당신이 성교를 한대도 말이오. 당신의 아름다움은 바로 그거란 말이오."

코니는 일어나서 그의 두 눈 사이에 키스했다. 그의 눈은 부드럽게, 그리고 말할 수 없이 아름답게 그녀를 들여다보고 있었다.

"그래요? 그래, 제 생각을 하시나요?"

코니의 말에 그는 대답 대신 키스를 했다.

"이젠 가야지요. 먼지를 털어드리지요."

그의 손이 곡선을 이룬 그녀의 몸을 쓰다듬었다. 욕망은 사라져 없지만 부드럽고 친밀한 이해심을 지니고 있었다.

코니는 집으로 땅거미 진 길을 총총히 달릴 때 세상은 그녀에게 하나의 꿈의 세계로 느껴졌다. 정원의 나무들은 밀물에 닻을 내리고 출렁이는 듯했고, 집에 이르기까지의 기복 있는 언덕은 생명에 넘쳐 있었다.

제13장

일요일에 클리퍼드는 숲으로 산책을 가고 싶어 했다. 아름다운 아침이었다. 배꽃과 자두꽃이 이 세상에 나타난 하얀 기적처럼 놀랄 만큼 여기저기 피기 시작했다.

온 세계가 꽃피고 있는데 남의 힘을 빌려 의자에서 휠체어로 옮겨 앉아야만 하는 클리퍼드는 불쌍했다. 그러나 그는 그러한 사실을 깨닫지 못하고 있었다. 자신의 다리가 자유스럽지 못하다는 것을 잊고 있는 것처럼 보였다. 코니는 움직이지 않는 그의 다리를 들어 올려 옮겨주는 것이 가슴 아팠다. 그러나 지금은 볼턴 부인이나 필드가 그 일을 대신 해주고 있다.

코니는 너도밤나무가 늘어선 찻길 맨 꼭대기에서 그를 기다리고 있었다. 그의 휠체어는 자유롭지 못한 몸을 염려하는 듯 조심스러운 속도로 헐떡이며 올라갔다. 아내가 있는 데까지 오자 그는 말했다.

"거품을 내뿜는 준마에 올라탄 클리퍼드 경 같지 않소?"

"적어도 콧바람만은 내고 있군요!"

코니가 웃으면서 말했다. 그는 휠체어를 멈추고 길고 낮은 낡은 갈색 저택의 전면을 둘러보았다.

"라그비 저택은 '눈도 깜짝하지 않도다.'로군 그래! 그러나 그게 당연하지. 나는 인간의 지혜가 만들어낸 기계에 타고 있고, 그것은 준마보다도 훨씬 훌륭한 거니까."

클리퍼드가 말했다.

"분명히 그래요. 그리고 말 두 필이 끄는 전차를 타고 승천했다는 플라톤의 영혼도 오늘날이라면 포드 자동차를 타고 갔을 거예요."

"그렇지 않으면 롤스로이스겠지. 플라톤은 귀족이었으니까!"

"그렇군요! 그러면 검은 말을 채찍질해서 혼을 내지 않아도 되겠네요. 플라톤은 우리가 검은 말이나 백마 없이도 더 교묘하게 엔진만으로 달리리라는 것은 생각지도 못했을 거예요!"

"엔진과 가솔린만으로지! 내년에는 이 낡은 건물을 좀 손질해야겠어. 거기에 쓸 천 파운드쯤은 남겨두어야겠어. 그러나 노임이 너무 비싸서 말이오."

"그게 좋겠어요. 이제는 파업이 좀 없으면 좋겠어요!"

코니가 말했다.

"또 파업을 했댔자 어쩌겠소? 그 결과는 다만 사업을 못 쓰게 할 뿐이지. 영리한 사람들은 그걸 깨닫고 있소."

"아마 사업이 엉망이 되어도 상관없는가 보죠."

"어린애 같은 소리 말아요! 호주머니가 두툼하게 부풀 정도는 아니더라도 일을 해야만 그들도 먹고 살 수가 있는 거니까."

그 말투는 묘하게 볼턴 부인의 냄새를 풍겼다.

"그렇지만 당신은 언젠가, 당신이 보수적인 무정부주의자라고 하잖았어요?"

코니가 순진하게 물었다.

"그럼 당신은 내가 한 말의 뜻을 알고 있었단 말이오?"

클리퍼드가 물었다.

"내가 말한 의미는 인간의 생활의 '형식'과 기구(機構)를 망가뜨리지 않고 유지하기만 하면 맘대로 될 수 있고, 좋은 대로 느낄 수 있고, 하고 싶은 일을 해도 좋다는 거요."

코니는 잠자코 몇 걸음을 걸었다. 그런 다음 완강하게 말했다.

"그렇다면 달걀은 그 껍질만 그대로 보전하고 있으면 그 속은 아무리 썩어도 상관없다는 말씀인가요? 하지만 달걀은 썩으면 저절로 부서지고 말아요."

"나는 인간이 달걀과 같다고는 생각지 않아. 그리고 또 인간이 천사의 달걀이라고도 생각하지 않아요, 나의 귀여운 복음 전도사님."

화창한 아침인 탓인지 클리퍼드는 퍽 기분이 좋았다. 종달새는 정원 상공에서 기쁜 듯 지저귀고, 멀리 움푹 들어간 골짜기에 보이는 탄광에서는 조용히 수증기가 피어오르고 있었다. 그 정경은 전쟁 전과 조금도 다르지 않았다. 코니는 전혀 논쟁할 마음이 없었다. 게다가 그녀는 클리퍼드와 함께 숲으로 가고 싶지도 않았다. 그녀는 뭔지 모를 딱딱한 기분으로 그의 휠체어 곁을 따라 걸어갔다.

"없을 거야. 일을 잘 처리해 나가면 이제 파업 같은 건 없을 거요."

클리퍼드가 말했다.

"어째서죠?"

"아예 파업을 불가능하게 만들어버리는 거야."

"그렇지만 광부들이 가만있겠어요?"

코니가 물었다.

"그들에게 물어보고 하는 게 아니지. 그들에게 눈치 채지 않도록 하는 거야. 그것도 사업을 엉망으로 만들지 않도록, 그리고 그들의 이익도 되도록 말이야."

"그것은 당신 자신의 이익도 되는 거겠죠?"

"물론! 그러니까 모든 사람의 이익을 위해서요. 그것도 나 자신을 위해서보다 그들을 위해서지. 난 탄광 없이도 생활할 수 있소. 그러나 그들은 안 된단 말이오. 그들은 탄광이 없으면 굶어 죽게 되오. 그러나 내겐 다른 생활 수단이 있소."

그들은 탄광이 있는 낮은 골짜기와 그 너머로 뱀처럼 언덕을 기어 올라간 테버셜 마을의 검은 지붕의 집들이 늘어서 있는 것을 바라보았다. 갈색의 오래된 교회에서 종이 울리고 있었다. 일요일, 일요일, 일요일이라!

"그렇지만 광부들이 당신의 조건을 받아들일까요?"

코니가 물었다.

"그야 받아들일 수밖에 없겠지. 이쪽에서 부드럽게만 한다면 말이오."

"그렇지만 서로 이해하도록 할 수는 없을까요?"

"되고말고. 다만 사업이 개인보다도 더 소중하다는 것을 이해해준다면 말이지."

"그러나 당신이 사업의 소유주가 되어야 하나요?"

"반드시 그렇지는 않아. 그러나 내가 소유하고 있는 한 그것은 결정적으로 내 것이어야 하지. 재산의 소유권이란 것이 오늘날에는 종교상의 문제가 되고 있어. 예수와 성 프랜시스[59] 이래 내내 그랬지만 말이오. 그러나 그것은 '그대가 가지고 있는 것을 가난한 자에게 베풀어주라'[60]는 것이 아니라, '그대가 가지고 있는 것을 투자해서 사업을 발전시키고 가난한 자에게 일자리를 주라'는 것이오. 모든 사람의 먹을 것과 입을 것을 마련하는 방법은 단지 그것뿐이오. 우리가 가지고 있는 것을 모조리 가난한 사람에게 베푼다는 것은 우리도 가난한 사람들과 함께 굶주린다는 결과가 될 뿐이오. 게다가 온 세계가 함께 굶주린다는 것은 최고의 목적이 아니오. 일반적인 빈궁이라는 것도 좋은 게 아니오. 빈곤은 추악한 거지."

"그럼 불균등이라는 건?"

---

59) St. Francisco. 부와 가족을 포기하고 청빈한 신앙 생활을 한 이탈리아의 수도사 성 프랜시스코를 말한다 – 옮긴이

60) 〈누가복음〉 18:22 – 옮긴이

"그건 운명이야. 목성은 어째서 해왕성보다도 크지? 이미 정해진 사실을 바꿀 수는 없는 거야!"

"그러나 이런 질시나 선망이나 불만이 일시에 폭발한다면?"

코니는 말을 꺼내기 시작했다.

"전력을 다해 막아야지. 사업에는 우두머리가 있어야 해."

그가 이렇게 말하자 코니가 물었다.

"그럼 누가 우두머리가 되죠?"

"사업을 소유하고 경영하는 사람이지."

오랜 침묵이 흘렀다.

"아무래도 내겐 나쁜 우두머리 같은데요."

마침내 코니가 입을 열었다.

"그럼 그 우두머리가 어떻게 하면 좋겠다는 거지?"

"어쩐지 그 지배권을 진지하게 다루지 않는 것 같아요."

"그러나 그것은 당신이 귀부인이라는 지위를 다루는 방법보다는 훨씬 진지하게 다루어지고 있어."

"그렇지만 그것은 제게 억지로 떠맡겨진 거예요. 사실은 나는 바라지 않아요."

코니는 자기도 모르게 불쑥 말해 버리고 말았다. 그는 휠체어를 멈추고 그녀를 쳐다보았다.

"자기의 책임을 회피하는 기업가가 있을까? 이제 와서 자기의 책임에서 도피하려는 당신의 이른 바 우두머리가 어디에 있겠소?"

"그렇지만 난 우두머리 같은 입장은 바라지 않아요."

코니가 항의조로 말했다.

"아! 그러나 그건 비겁한데, 그건 당신의 몸에 붙은 것, 운명 지어진 거요. 그리고 당신은 거기에 어울리는 생활을 해야 하오. 다소나마 가치 있는 것을 광부들에게 준 사람은 누구란 말이오? 지금 같은 정치적 자유니 교육이니 하는 것을 말이오. 위생이니 보건 시설이니

책이니 음악이니 온갖 것을 그들에게 준 것은 누구요? 광부들이 스스로 얻은 걸까? 아니오! 잉글랜드 지방의 라그비 저택이나 시플리 저택이 그들의 몫을 나누어준 것이오. 그리고 앞으로도 계속 주어야 하는 거요. 그것이 당신이 지닌 책임이란 말이오."

코니는 그 말을 듣고 얼굴이 새빨개졌다.

"나는 무언가 주고 싶지만 그게 허용되어 있지 않아요. 지금은 어떤 것이나 다 팔아서 그 대가를 받고 있는 거예요. 당신이 지금 말씀하신 것도 모두 라그비 저택이나 시플리 저택이 상당한 이익을 취하고 광부들에게 '판' 거예요. 온갖 것이 다 팔리고 있어요. 당신은 진정한 동정이라곤 한 방울도 그 사람들에게 주지 않았어요. 게다가 그 사람들의 자연스러운 생활과 인간성을 빼앗고 산업에의 공포를 준 것은 누구일까요?"

"그럼 난 어떻게 해야 한단 말이오?"

클리퍼드는 얼굴이 창백해지며 말을 이었다.

"그들을 불러다가 내 것을 약탈하게 해야 하나?"

"테버셜은 왜 이처럼 더럽고 추할까요? 어째서 저 사람들의 생활은 이렇게 절망적일까요?"

"그들이 맘대로 테버셜을 만든 거지. 그것은 그들의 자유로운 행동의 일부분이오. 그들은 자신이 아름다운 테버셜을 만들고 자신이 아름다운 생활을 하는 거야. 내가 그들 대신 생활을 할 까닭은 없어. 딱정벌레일지라도 자신의 생활을 영위해야 할 테니까."

"그렇지만 당신이 그 사람들로 하여금 당신을 위해 일하도록 만든 거예요. 그 사람들은 당신의 탄광에서 생활하고 있으니까요."

"천만에, 어떤 딱정벌레도 모두 자기 먹을 것을 찾게 마련이야. 한 사람도 나를 위해 일하도록 강요된 사람은 없어."

"그들의 생활은 산업화되어서 어떻게도 할 수 없게 되어 있어요. 우리 생활도 마찬가지예요."

코니가 큰 소리로 외쳤다.

"난 그렇게 생각지 않아. 그것은 단순한 낭만적인 말버릇에 지나지 않아. 정신을 잃거나 생명을 잃거나 하는 낭만주의의 유물이야. 코니, 당신이 그렇게 서 있는 모습에는 조금도 절망적인 데가 없지 않소?"

그것은 사실이었다. 그녀의 푸른 눈은 빛나고, 뺨은 빨갛게 달아오르고, 절망의 우울은커녕 반역적인 정열에 불타고 있었다. 그녀는 풀숲 속에 솜 같은 어린 구륜앵초가 아직도 솜털에 싸인 채 서 있는 것을 보았다. 그리고 그녀는 화가 나는 중에도 자신이 클리퍼드를 '나쁘다'고 생각한 것은 어째서일까 하고 이상하게 여겼다. 그러나 그 이유를 그녀는 분명하게 말할 수가 없었다. 분명하게 그의 '어디'가 나쁜 건지 알지 못했다.

"모두 당신을 싫어하는 것도 무리가 아니에요."

"나를 싫어하진 않소! 잘못 생각해선 안 돼. 당신이 말하는 식으로 그들이 생각한다면 사람이 아니야. 그들은 당신이 도저히 이해할 수 없는 동물이야. 다른 사람들에게까지 당신의 꿈을 덮어씌워서는 안 되오. 사회 대중이란 언제나 마찬가지였고, 앞으로도 달라지진 않아요. 네로의 노예는 지금의 탄광부나 포드 자동차 공장의 직공과 거의 다를 바 없는 거요. 이를테면 네로의 광산에서 부리던 노예나 밭에서 부리던 노예 말이지만 말이오. 이것이 대중이란 것이고 거기엔 변화가 없는 거요. 어떤 개인이 대중 가운데서 나오는 수는 있소. 그러나 대중은 변화될 수 없는 거요. 그것은 사회과학상의 가장 중요한 사실 중의 하나요. '먹을 것과 오락을 주라!'[61]란 말이오. 현대의 교육이라는 것은 단지 오락의 부적당한 대용품에 지나지 않아. 현대

61) Panem et circenses. 유베날리스의 풍자시에 나오는 구절이다. 한때 세계를 제패한 로마인들은 유베날리스의 시대에 이르러 구경거리에만 관심을 기울였다고 유베날리스는 풍자했다 – 옮긴이

의 나쁜 점은 다만 우리가 이 프로그램의 오락 부분을 엉망으로 만들고 약간의 교육으로 대중을 해쳐 버렸다는 거요."

클리퍼드가 하층 계층에 관한 자신의 진정한 감정을 이처럼 노골적으로 말하자 코니는 공포감을 느꼈다. 그의 말에는 포학성을 띤 진리가 있었다. 그러나 그것은 잔인한 진리였다. 그녀가 창백한 얼굴로 입을 다무는 것을 보자 클리퍼드는 다시 휠체어를 움직이기 시작했다. 그리고 숲의 사잇문에 휠체어를 멈출 때까지 그는 말을 하지 않았다.

코니가 사잇문을 열었다. 그러자 클리퍼드가 드디어 입을 열었다.

"그리고 우리가 지금 가질 필요가 있는 것은 칼이 아니라 채찍이오. 대중은 역사가 시작된 이래 통치되어 왔고, 또한 이 인류의 종말까지 통치되어 가야 할 거요. 그들에게 자치능력이 있다는 것은 정말로 위선이 아니면 희극이오."

"그렇지만 당신이 그 통치를 할 수 있어요?"

"나 말이오? 그럼 할 수 있지! 나는 정신도 의지도 불구가 아니오. 나는 이 다리로 통치하는 게 아니란 말이오. 내가 맡고 있는 것만큼은 통치할 수 있소. 완전히 내 몫만은 말이오. 그리고 내게 자식이 있다면 내 뒤를 이어서 또 자기 몫을 통치할 수 있을 거요."

"그렇지만 그것이 당신의 친자식이 아니고 당신 같은 지배 계급의 사람의 아이가 아니라면…… 아니, 아마 그럴지도 모르죠."

코니는 순간 더듬거렸다.

"난 그 애의 아버지가 누구건 상관없소. 다만 그 아이가 건강하고 보통 수준의 지능을 갖고 있기만 하면 말이오. 어쨌든 건강하고 정상적인 두뇌를 가진 사람의 자식이었으면 하오. 그러면 나는 완전히 유능한 채털리 집안의 사람으로 키워 내겠소. 그 아버지보다도 어떤 환경에서 자라느냐 하는 게 문제인 거요. 어떤 아이라도 지배 계급 가운데서 자라 보구려. 틀림없이 자신의 능력이 허용하는 범위 내에서 지배자가 될 거요. 왕의 아들이건 공작의 아들이건 간에 하층 계급에서 자라면 결국 대량 생산의 천민이 되고 말 거요. 그것이 환경의 절대적인 압력이오."

"그렇다면, 하층 계급이란 따로 인종이 있는 게 아니잖아요. 귀족이란 것도 피가 따로 있는 게 아니고요."

"아니, 그렇지 않아! 그것은 모두 로맨틱한 꿈이오. 귀족이란 하나의 직능(職能)이고 일종의 운명이오. 그리고 대중이란 다른 운명의 역할을 해내는 거요. 개인은 전혀 문제가 되지 않아. 어떤 직능을 갖도록 자라났으며 거기에 적합한가가 문제요. 귀족 계급을 만드는 것은 개인이 아니오. 귀족사회 전체의 직능이 만드는 거요. 그리고 대중 전체의 직능이 현재와 같은 평민을 만들어내는 거요."

"그럼 우리들 전체에 공통되는 인간성이란 없단 말이군요."

"좋도록 생각해요. 우리는 모두 살아나가야 하오. 그러나 표면적인 직능이나 실천적인 직능에 관해선 통치 계급과 근로 계급과의 사이에는 간격이, 절대적인 간격이 있다고 믿지. 두 가지 직능은 서로 상대적인 거요. 그리고 그 직능이 개인을 결정하는 거요."

코니는 어리둥절한 눈으로 그를 바라보았다.

"더 안 가시겠어요?"

코니가 묻자 클리퍼드는 휠체어를 움직였다. 그는 말할 것을 다 말해 버렸다는 듯 공허한 무감각 상태로 빠져들었다. 코니는 견디기 어려웠다. 그래서 숲 속에서는 이 이상 그와 논쟁하지 않기로 했다.

눈앞에는 벽처럼 되어 있는 개암나무의 싱싱한 회색빛 나무 사이에 마차 길이 갈라진 틈처럼 달리고 있었다. 휠체어는 엔진 소리를 내면서 마차 길에 던져져 있는 개암나무의 그림자를 넘어 우유 거품처럼 싹트고 있는 물망초 사이를 조용히 헤치며 나갔다.

뒤따라오던 코니는 휠체어 바퀴에 선갈퀴가 짓밟히고, 기는줄기 식물의 조그맣고 노란 화관(花冠)이 짓밟히는 것을 지켜보았다. 휠체어는 물망초 사이에 자국을 남기며 유유히 앞으로 나아갔다. 거기엔 온갖 꽃들이 피어 있었다.

"당신이 아름답다고 한 그대로군! 정말 놀라운데. 잉글랜드의 봄처럼 '비할 데 없이' 아름다운 데가 또 있을까!"

클리퍼드가 말했다. 코니에게는 그 말이 의회 법안에 의해서 봄이 찾아왔다고 하는 것처럼 울렸다. 잉글랜드의 봄! 어째서 아일랜드의 봄도 아니고 유태의 봄도 아닐까?

조용히 앞으로 나간 휠체어는 밀처럼 똑바로 서 있는 불루벨 풀숲을 가로질러 회색빛 산우엉의 잎을 밟았다. 그러고 나서 수목이 잘린 빈터에 이르렀다. 햇빛이 꽤 강하게 비치고 있었다. 히아신스는 한 장의 빛나는 푸른빛이 되어 여기저기 등꽃빛이나 보랏빛으로 변해 보였다. 그 사이사이에는 고사리가 갈색 소용돌이 모양의 머리를 쳐들어 마치 이브에게 새로운 비밀을 속삭이려고 하는 어린 뱀의 무리처럼 보였다.

클리퍼드는 계속해서 의자를 움직여 언덕 끝까지 갔다. 코니는 조용히 뒤를 따랐다. 떡갈나무의 새싹은 갈색으로 부드럽게 돋아 있었다. 온갖 것이 낡고 단단한 속에서부터 부드럽게 빠져나오고 있었다. 혹이며 마디가 많은 떡갈나무에서조차 더없이 부드러운 어린잎을 싹트게 하고, 박쥐의 날개처럼 엷은 갈색의 작은 날개를 햇빛 속에 펴고 있었다. 어째서 사람만이 자신 속에 새로움을 갖지 못하고, 싹터야 할 신선함을 갖지 못한단 말인가! 썩어 빠진 인간들!

클리퍼드는 언덕 꼭대기에 이르자 휠체어를 멈추고 주위를 둘러보았다. 히아신스는 넓은 길에 가득히 홍수처럼 푸른빛을 흐르게 하고 언덕의 비탈을 따뜻한 푸른빛으로 비추고 있었다.

"이것만 보면 아름답지만, 그림으로 그릴 수는 없겠군."

클리퍼드가 말했다.

"그래요!"

코니는 전혀 흥미를 갖지 않고 말했다.

"샘 있는 데까지 내려가 볼까?"

"돌아갈 때 휠체어가 언덕을 올라갈 수 있을까요?"

"해봅시다. 모험 없이는 얻는 것도 없는 법이니까."

다시 천천히 움직이기 시작한 휠체어는 주위에 파란 히아신스가 가득히 피어 있는 넓고 아름다운 길을 흔들거리면서 내려갔다.

오오, 히아신스의 얕은 여울을 지나는 마지막 배여! 오오, 우리 문명의 마지막 여행길에 나서는 거친 바다 위에 버려진 작은 배여! 오오, 바퀴 달린 야릇한 배여, 어디를 향하여 천천히 항해하려 하는가!

고풍의 검은 모자를 쓴 클리퍼드는 스카치 나사(羅紗)의 재킷을 입고 꿈짝도 하지 않은 채 침착하게 모험의 차에 타고 있었다.

오, 선장이여, 나의 선장이여! 찬란한 우리의 항해는 끝났다! 아니, 아직 끝난 것이 아니다!

회색 옷을 입은 코니는 그 배가 지나간 자국을 더듬어 흔들리면서 미끄러져 내려가는 휠체어를 지켜보며 언덕을 내려갔다.

그들은 오두막으로 굽어지는 오솔길에 이르렀다. 그 길은 휠체어가 지나갈 만큼 넓지 않았다. 간신히 사람 한 명이 지나갈 정도의 넓이였다. 휠체어는 비탈 아래에 이르자 거기서 옆길로 돌아 사라졌다. 그때 코니는 뒤에서 들려오는 낮은 휘파람 소리를 들었다. 그녀는 깜짝 놀라 뒤를 돌아보았다. 산지기가 개를 데리고 그녀 쪽을 향해 비탈을 내려오고 있었다.

"클리퍼드 경께선 오두막에 가시는 건가요?"

산지기는 그녀의 눈을 들여다보며 물었다.

"아뇨, 샘이 있는 곳이요."

"네, 좋습니다! 그분을 만나지 않아도 되겠군요. 오늘밤에 만납시다. 정원 사잇문에서 열 시에 기다리겠습니다."

그는 다시 그녀의 눈 속을 똑바로 쳐다보며 말했다.

"아, 네……!"

코니가 우물쭈물하는 사이 클리퍼드가 경적 소리를 내며 그녀를 불렀다. 코니는 재빨리 "네" 하고 대답했다.

산지기의 얼굴에 잠시 당황한 표정이 역력했다. 이내 코니의 옆으로 성큼 다가선 그는 그녀의 가슴을 부드럽게 손으로 쓸어 올렸다. 코니는 깜짝 놀라서 그를 바라보았다. 그리고 언덕을 뛰어 내려오면서 또 한 번 클리퍼드를 향해 "네" 하고 대답했다. 위쪽에 서서 뛰어가는 그녀를 지켜보고 있던 산지기는 곧 엷은 웃음을 띠며 오던 길로 돌아갔다.

클리퍼드는 낙엽송이 우거진 비탈 중간쯤에 있는 샘 쪽으로 천천히 올라가고 있었다. 코니가 뛰어갔을 때 그는 이미 샘가에 멈춰 있었다.

"참 수고했어."

클리퍼드는 휠체어를 향해 말했다.

코니는 낙엽송 숲가에 기괴한 모양으로 자라 있는 커다란 회색 산우엉 잎을 바라보았다. 사람들이 '로빈 후드의 대황(大黃)'이라 부르고 있는 그것은 음침하기 짝이 없는 모양으로 샘 옆에 조용하게 나 있었다. 그러나 샘물은 놀랄 만큼 맑게 빛나며 솟아나고 있었다. 근처에는 싸라기꽃이 조금 있고 몹시 푸른 꽃 풀이 피어 있었다. 문득 둑 아래를 보니 누런 땅이 움직이고 있었다. 두더지였다! 두더지는 붉은 손으로 흙을 헤치고 조그맣게 빨간 코끝을 쳐들면서 눈이 보이지 않는 송곳 같은 얼굴을 내흔들고 있었다.

"두더지는 코끝으로 사물을 보는 것 같아요."

코니가 말했다.

"눈보다도 잘 보이는 모양이지! 당신 물 마시겠소?"

"당신도 마시겠어요?"

코니는 나뭇가지에 걸려 있는 에나멜 컵을 들고 허리를 굽혀 그에게 물을 떠주었다. 그는 빨아들이듯 물을 마셨다. 그녀는 다시 몸을 굽혀 자신도 조금 마셨다.

"얼음 같아요!"

코니가 가쁜 듯이 말했다.

"참 맛있는 물이야! 지금 당신은 어떤 소원을 빌었소?"

"당신은?"

"응, 나도 소원을 빌었지. 하지만 내용은 말 않겠어."

딱따구리가 나무를 쪼는 소리와 낙엽을 스쳐가는 부드럽고 기분 나쁜 바람 소리가 들려 왔다. 그녀는 위를 올려다보았다. 흰 구름이 푸른 하늘에 흘러가고 있었다.

"구름이 나왔어요!"

"흰 어린 양 같군."

그곳 작은 빈터를 구름의 그림자가 스쳐갔다. 두더지가 부드러운 누런 흙 위에 기어 나왔다.

"저런 불길한 동물은 죽여버려야 해."

클리퍼드가 말했다.

"저것 좀 보세요! 설교단의 목사 같지 않아요?"

코니는 선갈퀴 가시를 몇 개 꺾어서 그에게 내밀었다.

"방금 벤 풀이군! 이 냄새에는 행실이 발랐던 19세기의 로맨틱한 부인다운 데가 있어!"

코니는 물끄러미 흰 구름을 바라보고 있었다.

"비가 오지 않을까요?"

"비라고? 왜, 오는 게 좋겠소?"

이내 두 사람은 귀로에 올랐다. 클리퍼드는 조심스럽게 내려갔다. 어둑한 낮은 곳에 이르자 길이 오른쪽으로 굽어졌다. 그곳에서 90미터 남짓 더 가서 히아신스가 피어 있는 비탈을 오르기 시작했다.

"자아, 부탁한다."

클리퍼드가 휠체어를 비탈길로 돌리며 말했다. 비탈은 꽤 가파르고 울퉁불퉁한 길이었다. 휠체어는 마지못한 괴로운 모습으로 천천히 길을 더듬어 올라갔다. 가까스로 히아신스가 여기저기 피어 있는 곳까지 기어 올라갔다. 그러나 그곳에서 바퀴가 걸려 헐떡이더니 꽃밭에서 조금 흔들려 나오자 딱 멈춰버리고 말았다.

"산지기가 올지도 모르니까 경적을 울려 보세요. 조금 밀어달라고 하죠. 그리고 나도 밀어 보겠어요. 그러면 어떻게 되겠죠."

"잠깐 휠체어를 쉬게 합시다. 바퀴 밑에 돌을 괴어줘."

코니는 돌을 찾았다. 그리고 두 사람은 기다렸다. 잠시 후 클리퍼드는 다시 엔진을 걸고 휠체어를 움직였다. 묘한 소리를 내던 휠체어는 마치 몸부림치며 앓는 동물처럼 헐떡였다.

"내가 밀겠어요!"

코니가 뒤로 돌아가며 말했다.

"괜찮아! 밀지 마! 밀어야만 움직인다면 이게 무슨 소용이겠어! 돌을 괴어줘!"

클리퍼드는 화가 난 듯했다. 잠시 쉬었다가 다시 움직여 보았다. 그러나 좀 전보다 상황이 더 나빴다.

"밀어야겠어요. 아니면 경적을 울려서 산지기를 부르세요."

"잠깐!"

코니는 기다렸다. 클리퍼드는 다시 한 번 해보았으나 상황은 점점 더 나빠져만 갔다.

"만약 내가 미는 게 안 좋다면 경적을 울리는 게 좋겠어요."

"참! 당신은 좀 잠자코 있어요!"

코니는 입을 다물었다. 그는 작은 모터에 힘을 가해 보았다.

"그렇게 하면 엉망진창이 되고 말겠어요, 클리퍼드!"

코니는 충고했다.

"그리고 너무 지나치게 신경을 쓰시면 안 돼요."

"내가 내려가서 기계를 살펴볼 수 있다면 좋으련만……."

클리퍼드는 화를 내며 말했다. 이내 그는 요란하게 경적을 울려 댔다.

"멜러즈가 고장 난 데를 알아낼 수 있겠지."

차츰 구름이 짙어져 오는 하늘 아래 두 사람은 마구 짓밟힌 꽃밭 사이에 서 있었다. 정적 속에서 산비둘기가 '꾸르륵 꾸꾸!' 하고 울기 시작했다. 클리퍼드는 경적을 요란하게 울려서 산비둘기의 울음소리를 막았다.

곧 산지기가 나타났다. 그는 모퉁이를 돌아 주위를 둘러보며 걸어왔다. 그는 인사했다.

"자넨 모터에 대해 좀 아는가?"

클리퍼드가 날카로운 목소리로 물었다.

"잘 모릅니다. 고장이 났습니까?"

"그런 것 같군!"

클리퍼드가 무뚝뚝한 어투로 대꾸했다. 멜러즈는 휠체어 옆에 꾸부리고 앉아서 열심히 작은 엔진을 들여다보았다.

"도무지 이런 기계는 모르겠습니다. 가솔린하고 기름이 충분하다면……."

그는 조용히 말했다.

"어디 부서진 데가 없는지 잘 살펴보게."

클리퍼드가 다시 말했다. 멜러즈는 총을 나무에 기대어 놓고 웃옷을 벗어 그 옆에 던졌다. 갈색 개는 앉아서 주위를 살폈다. 멜러즈는 다시 쭈그리고 앉아 휠체어 밑을 들여다보았다. 기름투성이의 조그만 엔진을 손가락으로 만지면서 깨끗한 셔츠에 기름이 묻는 것을 못마땅해 했다.

"부서진 데는 없는 것 같습니다만……."

모자를 뒤로 젖혀 땀을 닦아낸 멜러즈가 엔진을 살피면서 말했다.

"그 밑의 연간(連桿)은 보았나? 그곳에 고장이 나지 않았는지 한번 보게나!"

클리퍼드가 말했다. 멜러즈는 엎드려서 목을 비틀며 엔진 밑의 여기저기를 만지작거렸다. 그 모양을 보고 코니는 '사나이가 땅바닥에 엎드린 모습은 너무나 불쌍하고 연약하고 조그맣게 보이는구나.' 생각했다.

"제가 보기엔 이상이 없는 것 같습니다."

멜러즈의 중얼거리는 목소리가 들렸다.

"아무래도 자네가 못 고칠 것 같군."

클리퍼드가 말했다.

"아무래도 고칠 수 없을 것 같습니다! 망가진 데는 확실히 없는 것 같습니다."

멜러즈는 몸을 일으켜 광부들이 하듯 쭈그리고 앉으며 말했다. 클리퍼드는 엔진을 걸고 기어를 넣었다. 하지만 여전히 휠체어는 움직이려고 하지 않았다.

"좀 더 세게 해보시면 어떻겠습니까?"

멜러즈가 말했다. 클리퍼드는 그의 참견이 불쾌했다. 그는 엔진을 청파리처럼 붕붕 울렸다. 그러자 휠체어는 쿨룩거리고 으르렁거리는 소리를 내며 좀 나아지는 듯했다.

"소리가 좋아지는 것 같습니다."

멜러즈가 말했다. 그때 클리퍼드는 이미 기어를 넣고 있었다. 휠체어는 힘없이 비틀거리더니 앞으로 조금씩 움직여 나갔다.

"조금 밀면 잘 나갈 것 같습니다."

멜러즈가 뒤에서 걸어오며 말했다.

"저만큼 있게나, 혼자 갈 테니까!"

클리퍼드가 그를 저지했다.

"그렇지만 클리퍼드! 이 기계에게는 너무 무리예요. 당신은 왜 그렇게 고집을 부리시죠!"

코니가 끼어들자 클리퍼드는 새파랗게 질려서 화를 냈다. 그는 레버를 이리저리 움직였다. 휠체어는 몇 미터 앞으로 달렸으나 히아신스가 피어 있는 풀숲까지 오자 다시 약속이라도 한 듯 멈춰버리고 말았다.

"이젠 틀렸습니다. 엔진의 힘이 모자랍니다."

"전에도 올라갔어."

"이번엔 안 될 것 같습니다."

클리퍼드는 대꾸하지 않았다. 그는 엔진을 빨리 돌리기도 하고 천천히 돌리기도 하여 엔진 상태를 알아보려고 애썼다. 그 불쾌한 소리가 숲에 메아리쳤다. 그러자 그는 갑자기 브레이크를 늦추고 기어를 넣었다.

"그러다간 망가지겠습니다."

멜러즈가 중얼거리고 있을 때 휠체어는 병적으로 옆의 도랑까지 비틀거리며 나아갔다.

"클리퍼드!"

놀란 코니가 뛰어갔고, 멜러즈가 휠체어의 가름대를 붙잡았다. 클리퍼드는 상관하지 않고 전력을 기울여 휠체어를 길 쪽으로 올려놓자 휠체어는 야릇한 소리를 내면서 언덕을 기어 올라갔다. 그때까지 멜러즈는 줄곧 뒤에서 휠체어를 밀고 있었다.

"보게, 되지 않는가!"

클리퍼드는 의기양양하게 말하며 어깨 너머로 뒤를 돌아보았다. 그러자 그의 눈이 산지기 얼굴과 마주쳤다.

"자네가 밀었나?"

"밀지 않으면 안 됩니다."

"손을 놓게, 정말이야."

"도저히 안 될 겁니다."

"손을 놓으라니까!"

클리퍼드는 강한 어조로 고함을 쳤다. 이내 손을 놓은 멜러즈는 벗어놓았던 웃옷과 총을 가지러 되돌아갔다. 동시에 휠체어는 마치 질식할 것 같은 소리를 내고 멈추더니 꼼짝도 하지 않았다.

꼼짝도 못하고 앉아 있는 클리퍼드는 창백하게 질려 어쩔 줄 몰라 했다. 다리를 움직일 수 없는 그는 손으로 이리저리 레버를 움직이고 있었다. 엔진이 이상한 소리를 냈다. 어떻게 할 수 없을 만큼 화가 치민 그는 조그만 핸들을 움직여 더욱 요란한 폭음을 내게 했다. 그래도 꿈쩍하지 않았다. 아무리 해도 움직이려 하지 않았다. 그는 엔진을 끄고 노여움에 꼼짝도 않고 앉아 있었다.

코니는 둑에 앉아서 짓밟혀 마구 흐트러진 히아신스를 내려다보았다.

'잉글랜드의 봄처럼 아름다운 것은 없을 거야.' '내 몫만은 통치할 수 있어.' '우리가 지금 손에 잡을 필요가 있는 것은 칼이 아니라 채찍이야.' '지배계급이야!'

웃옷과 총을 들고 올라오는 멜러즈의 뒤를 플로시가 조심스럽게 따라왔다. 클리퍼드는 멜러즈에게 엔진의 여기저기를 봐달라고 했다. 모터의 기술상 일은 조금도 모르는 데다 비참한 일을 여러 번 당한 코니는 별 쓸모없는 사람처럼 참을성 있게 둑 위에 앉아 있었다.

멜러즈는 다시 엎드렸다.

'지배계급과 근로계급!'

이내 다시 일어난 멜러즈는 참을성 있게 말했다.

"자아, 한 번 더 시동을 걸어 보십시오."

마치 어린아이를 타이르는 듯한 조용한 어조였다.

휠체어가 조금씩 움직이기 시작하자 멜러즈는 얼른 뒤로 돌아가서 밀기 시작했다. 엔진의 힘이 반, 사람의 힘이 반으로 합쳐지자 휠체어는 움직이기 시작했다.

클리퍼드는 뒤를 돌아보고 화를 내며 얼굴빛이 달라졌다.

"거길 놓게!"

멜러즈는 얼른 손을 놓았다. 그러자 클리퍼드는 덧붙여 말했다.

"밀면 휠체어의 힘을 알 수가 없잖아!"

멜러즈는 총을 놓고 웃옷을 입기 시작했다. 이제 자신이 할 일은 없는 듯했다.

그때 휠체어가 조용히 뒷걸음질치기 시작했다.

"클리퍼드, 브레이크!"

깜짝 놀란 코니가 큰소리로 외쳤다. 멜러즈도 클리퍼드도 모두 깜짝 놀랐다. 휠체어가 있는 곳으로 달려갈 때 코니와 멜러즈의 몸이 가볍게 서로 부딪쳤다. 휠체어가 멈춘 순간 모두 잠자코 있었다.

"아무래도 손을 빌려야겠어!"

클리퍼드가 새파랗게 질려 화를 내며 말했다. 아무도 대답하지 않았다. 멜러즈는 총을 어깨에 메고 그저 자신을 억누르는 표정을 보일 뿐 별다른 표정 없는 얼굴이었다. 플로시는 주인의 두 다리 사이를 불안한 듯 맴돌며, 짙은 혐오감과 의혹을 갖고 휠체어를 바라보면서 세 사람 사이에서 어떻게 해야 할지 모르는 것 같았다. 이 한 폭의 활인화(活人畵)는 짓밟힌 히아신스 속에 그대로 남아 있을 뿐 아무도 입을 열지 않았다.

"밀 수밖에 없겠어."

마침내 클리퍼드가 일부러 '냉정'을 가장한 어조로 입을 열었다. 하지만 아무 대답이 없었다. 방심한 듯한 표정의 멜러즈 얼굴은 아무것도 듣지 않은 것처럼 보였다. 코니는 걱정스럽게 그를 보았다.

클리퍼드는 다시 돌아보았다.

"멜러즈, 집까지 밀어다 주게나!"

냉랭하면서도 오만한 말투였다. 클리퍼드는 혐오감이 깃든 어조로 덧붙였다.

"자네에게 불쾌한 말을 내가 했던가?"

"천만에요! 이 휠체어를 밀라는 겁니까?"

"그래."

멜러즈는 휠체어에 다가갔다. 그러나 이번에는 밀어도 꿈쩍 하지 않았다. 브레이크가 단단히 박힌 것이다. 밀고 당기기를 계속하던 멜러즈는 다시 총과 웃옷을 벗었다. 클리퍼드는 아무 말도 하지 않았다. 결국 멜러즈는 의자 등받이를 들어 올리는 동시에 발에 힘을 주어 바퀴를 떼어내려 했다. 그러나 실패였다. 휠체어는 다시 덜컹 하고 한쪽으로 기울어졌다. 클리퍼드는 휠체어의 옆 채를 잡았다. 너무 무거워서 멜러즈는 헐떡였다.

"그렇게 하지 말아요!"

코니가 그에게 말했다.

"이렇게 이쪽으로 바퀴를 당겨주시면……."

멜러즈가 손짓으로 바퀴를 가르쳤다.

"아니에요, 이걸 들어 올리는 것은 그만두세요! 무리예요."

코니는 발끈 화를 내며 얼굴이 새빨개져서 말했다. 그러나 멜러즈는 그녀의 눈을 들여다보며 눈짓을 했다. 어쩔 수 없이 다가온 그녀는 바퀴를 잡아주었다. 그가 휠체어를 들어 올리자 그녀가 바퀴를 확 당겼다. 그제야 의자가 움직였다.

"아아, 이게 무슨 짓이람."

클리퍼드가 공포에 잠긴 외침소리를 토해냈다. 그래도 브레이크가 떨어져 나와 상태가 좋아졌다. 멜러즈는 바퀴 밑에 돌을 괴고 둑에 앉아 쉬었다. 너무 힘을 썼기 때문에 심장이 세게 고동치고 얼굴이 창백해서 약간 어질어질했다. 그를 보았을 때 코니는 울고 싶도록 화가 치밀었다. 그 사이에 쥐 죽은 듯한 고요가 깔렸다. 그의 손이 넓적다리 위에서 바르르 떨리고 있는 것을 그녀는 보았다.

"어디서 다쳤어요?"

코니가 그에게로 다가가서 물었다.

"아닙니다, 아닙니다."

멜러즈는 화난 듯 얼굴을 돌렸다.

숨 막히는 듯한 침묵이 흘렀다. 클리퍼드의 금발 뒷머리는 움직이지 않았다. 하늘은 온통 구름에 뒤덮여 있었다.

마침내 멜러즈가 한숨을 쉬고 빨간 손수건으로 코를 풀었다.

"폐렴에 걸린 뒤로는 몹시 약해졌습니다."

멜러즈가 말했지만 아무도 대답하지 않았다. 코니는 휠체어와 몸집 큰 클리퍼드의 몸을 들어 올리는 데 필요한 힘의 양을 생각했다. 그것은 과중한 일이었다. 너무나도 과중한 일이었다! 몸이나 다치지 않았으면 좋으련만!

자리에서 일어난 멜러즈는 옷을 집어 들고 그것을 의자 핸들 사이에 걸쳤다.

"그럼 시작할까요?"

"언제든지!"

멜러즈는 바퀴에 괸 돌을 치운 다음 휠체어를 몸으로 밀었다. 그의 얼굴은 이제껏 코니가 본 적이 없을 정도로 창백했고 무표정했다. 클리퍼드는 무거웠고 비탈은 가파랐다. 코니는 멜러즈와 나란히 걸음을 옮겼다.

"나도 밀겠어요!"

코니는 화난 여자의 거친 힘으로 휠체어를 밀기 시작했다. 휠체어는 전보다 빨라졌다. 클리퍼드가 돌아다보며 말했다.

"그럴 필요가 있소?"

"물론이죠! 당신은 이 사람을 죽일 작정인가요? 시동을 걸어주시면……."

코니가 말을 끝내기도 전에 엔진은 폭음을 냈다. 그녀는 조금 힘을 늦추었다. 너무도 힘이 들었다.

"아! 좀 더 천천히 하십시오."

코니 옆에 있던 멜러즈가 눈에 희미한 웃음을 띠면서 말했다.

"정말로 어디 다치지는 않았나요?"

코니가 묻자 그는 고개를 저었다.

코니는 햇볕에 그을은 자그마하고 짤막하고 힘찬 그의 손을 바라보았다. 그녀를 애무한 손이었다. 지금까지 그녀는 그 손을 자세히 본 일이 없었다. 그 손은 그처럼 조용하고, 어쩐지 그녀의 손이 닿지 않는 곳에 있는 것처럼 그것을 쥐어보고 싶은 생각이 일어날 만큼 내적인 고요함을 나타내고 있었다. 그러자 그녀의 영혼은 갑자기 그에게로 흐르기 시작했다. 그는 묵묵히 그녀의 손이 미치지 않는 곳에 있는 것이다. 그 또한 갑자기 사지에 활기가 도는 것을 느꼈다. 그는 왼손으로 밀면서 오른손을 그녀의 하얀 손목에 얹고, 그 손목을 조용히 애무하면서 꼭 쥐었다. 그러자 힘의 불꽃이 그의 잔등과 허리에 고루 퍼져서 그를 활기 있게 했다. 그녀는 갑자기 몸을 굽혀 그의 손에 키스했다. 그사이 클리퍼드의 뒷머리는 그들 바로 앞에서 꼼짝도 하지 않았다.

언덕 꼭대기에 이르자 그들은 잠시 숨을 골랐다. 코니는 멜러즈의 손을 놓을 수 있어 마음을 놓았다. 그녀는 이 두 사나이 사이에 일어날지도 모르는 우정을 멋대로 몽상했던 일이 있었다. 한 사람은 그녀의 남편이고, 또 한 사람은 그녀 자식의 아버지다. 그러나 지금 그녀는 자기의 꿈이 놀랄 만큼 불합리한 일임을 알았다. 두 사나이는 불과 물 같은 적의를 품고 있는 것이다. 그들은 서로 상대를 밀어내고 있었다. 그리고 그녀는 증오라는 것이 얼마나 미묘한 것인가를 비로소 깨달았다. 또한 그녀는 처음으로 클리퍼드를 이 땅 위에서 말살해 버리고 싶을 만큼 의식적으로 움직이기 어려운 증오를 품었다. 그리고 그를 증오하고 또 그것을 자신이 확신한다는 것이 얼마나 자유로운 생명에 찬 느낌을 그녀에게 품게 했는지 참으로 이상할 정도였다.

'이제 나는 저이를 증오하게 됐으니 저이와 함께 살아갈 수는 없어.'

평지에서는 멜러즈 혼자 휠체어를 밀 수 있었다. 클리퍼드는 자신이 조금도 당황하지 않았다는 것을 나타내기 위해 그녀와 가벼운 이야기를 나누었다. 디에프에 있는 에바 백모님의 이야기, 그리고 맬컴 경에게서 코니가 그의 소형 자동차로 함께 베네치아까지 타고 가겠는지 아니면 코니와 힐더가 기차로 가겠는지를 물어왔더라는 것들에 대해서.

"기차로 가는 게 훨씬 좋겠어요."

코니는 말을 이었다.

"먼지가 많을 때 특히 오랜 시간 자동차 여행을 하긴 싫어요. 그렇지만 힐더가 어떻게 하려는지 물어보겠어요."

"그분은 자기 자동차에 당신을 태우고 함께 가고 싶은가 봐."

클리퍼드가 말했다.

"그렇겠죠! 여기는 밀어야겠군요. 이 휠체어가 얼마나 무거운지 당신은 몰라요."

코니는 의자 뒤로 돌아가 핑크빛의 자갈길을 멜러즈와 나란히 밀었다. 그녀는 누가 보아도 상관없다고 생각했다.

"내가 기다릴 테니 필드를 불러 와요. 그는 건장하니까 이런 일에는 아주 잘 맞을 거야."

클리퍼드가 말했다.

"바로 요긴 걸요."

코니가 헐떡이며 대답했다. 그러나 꼭대기까지 갔을 때 그녀도 멜러즈도 얼굴의 땀을 닦았다. 함께 일을 했기 때문인지 그들은 어떤 때보다도 더욱 밀접하게 느껴졌다.

"멜러즈, 참 고맙네. 아무튼 다른 모터를 마련해야겠어. 그래야 되겠어. 부엌에 가서 식사하고 가게. 마침 식사 때니까."

저택 문께까지 왔을 때 클리퍼드가 말했다.

"고맙습니다. 오늘은 일요일이라서 어머니와 식사하기로 되어 있습니다."

"그럼 좋도록 하게나."

멜러즈는 웃옷을 입고 코니를 흘끗 보고 나서 인사하고 물러갔다. 코니는 몹시 화가 나서 자기 방으로 올라갔다.

점심식사 때, 그녀는 감정을 억누르고 있을 수가 없었다.

"당신은 어쩌면 그렇게도 동정심이 없나요, 클리퍼드?"

"누구에게?"

"산지기에게 말예요. 만약 그런 것이 당신의 소위 지배 계급이라는 것이라면 난 정말 유감스럽게 생각해요!"

"왜?"

"그 사람은 앓고 난 뒤여서 몸이 약하거든요! 정말 내가 만약 근로 계급의 사람이었다면 난 그 노동을 당신에게 시키겠어요. 당신에게 헛수고를 시켜드리겠어요."

"나도 그렇게 믿어."

"만약 그 사람이 다리가 불편해서 휠체어를 타고 앉아 당신이 한 것 같은 행동을 했다면, 당신은 그 사람에게 어떻게 했을까요?"

"이봐요, 복음 전도사님, 그렇게 인물과 인격을 혼동하는 건 악취미요."

"그렇지만 당신처럼 그렇게 치사하고 메마르며 연민이라고는 눈꼽만큼도 없는 그런 악취미가 어딨어요? 노블레스 오블리주[62]! 당신네들 지배 계급에는 말예요!"

"그럼 어떻게 해야 한다는 거요? 그건 거절하겠어. 그런 건 모두 복음 전도사님에게 맡기지."

62) Noblesse Oblige. 높은 신분에는 도덕적 의무가 따른다는 뜻이다 – 옮긴이

"마치 그 사람은 당신과 같은 인간이 아니라는 것 같군요!"

"게다가 그가 일주일에 2파운드씩 돈을 주고 집까지 준 내 산지기라면 더욱 그렇지."

"돈을 준다고요? 그 일주일에 2파운드와 집은 대체 무슨 대가로 제공하고 있나요?"

"그의 노동에 대해서지."

"어머나! 나 같으면 일주일에 2파운드의 돈과 집을 제발 거두어 달라고 하겠어요."

"아마 그 사내도 그러고 싶을 거요. 그러나 그런 사치스러운 짓은 할 수 없지!"

"그게 당신의 '지배' 방식이로군요! 지배한다고 우쭐거리지 마세요. 당신은 당연히 차지할 몫 이상으로 돈을 가지고 있을 뿐이고, 그것으로 일주일에 2파운드를 받고 자신을 위해 일을 하겠는가, 아니면 굶겠는가 하고 협박하고 있는 거예요. 지배한다고? 그래, 그 지배로 무엇을 할 수 있다는 거죠? 그저 지독한 짓을 할 뿐 아닌가 말예요! 당신은 유태인이나 쉬버처럼 오로지 돈으로 약한 가람을 학대할 뿐예요."

"채털리 부인으로선 매우 점잖은 말이군!"

"분명히 말씀드리지만, 당신은 오늘 숲 속에서 너무 점잖은 행동을 하시더군요. 난 옆에서 정말 부끄러웠어요. 우리 아버님은 당신보다 열 배나 인간다워요. 당신은 '신사'지만."

클리퍼드는 손을 뻗어 초인종을 눌러서 볼턴 부인을 불렀다. 이번에야말로 그는 정말로 화가 난 것이다.

코니도 격노하여 자기 방으로 올라가면서 중얼거렸다.

"저들은 뭐든지 돈으로 사려고 해! 그러나 나를 살 수는 없어. 그러니까 다시는 함께 있을 필요가 없겠지. 신사라고 해도 고작 셀룰로이드로 만든 영혼을 지닌 죽은 물고기! 그런 주제에 예의범절이니

허위의 지혜니 우아함 따위로 마구 사람을 속이고 있어, 감수성이라곤 셀룰로이드와 마찬가지면서."

코니는 오늘밤 계획을 세워 클리퍼드를 자기 마음속에서 떠밀어내기로 결심했다. 이미 그녀는 그를 증오하고 싶지도 않았다. 어떤 감정으로는 그와 깊이 관계하고 싶지도 않았다. 무슨 일이 있어도 자신의 생각, 특히 산지기에 대한 자신의 감정을 그에게 알리고 싶지 않았다.

고용인에 대한 태도 때문에 코니가 그와 말다툼을 한 것은 지금에야 비롯된 것은 아니었다. 그가 보기엔 그녀가 너무 친근하게 군다는 것이고, 그녀가 보기엔 그가 남에게 관한 한 어리석을 정도로 냉담하고 고집스럽고 사리에 어두웠던 것이다.

저녁식사 때 코니는 언제나처럼 시치미 뗀 태도로 조용히 내려갔다. 클리퍼드는 아직도 화가 풀리지 않았다. 그가 화를 내고 있을 때에는 참으로 묘하게 변하는 것이었다.

그는 프랑스어 책을 읽고 있었다.

"당신 프루스트를 읽어본 적이 있소?"

"읽어 봤지만 지루하더군요."

"아니야, 프루스트는 정말 놀라운 작가야."

"그럴지도 모르죠! 그렇지만 난 지루했어요. 그 궤변이란 정말! 프루스트에게는 감정이 없고, 다만 감정에 관한 언어의 흐름이 있을 뿐예요. 오만한 지능에 싫증났어요."

"당신은 오만한 야성이 더 좋단 말이오?"

"그럴지도 몰라요! 그렇지만 잘난 체하지 않는 것이 무언가 나을지도 모르죠."

"글쎄, 난 프루스트의 정묘함과 아취 있는 혼란이 좋던걸."

"그렇지만 정말로 생명 없는 세계같이 여겨져요."

"그게 나의 아내, 복음전도사의 말이군."

또 시작되었다. 또다시 시작된 것이다! 그러나 코니는 그와 다투지 않을 수가 없었다. 그가 거기에 해골처럼 앉아 있었다. 해골 특유의 차디찬, 회색빛 '의지'를 그녀에게 전해 주는 것같이 여겨졌다. 그 해골이 그녀에게 달려들어 갈빗대께를 꽉 끌어안는 것 같았다. 그도 정말로 싸울 작정으로 있었다. 그런 그를 보자 그녀는 다소 무서웠다.

코니는 재빨리 자기 방으로 올라가 곧바로 잤다. 그러나 9시 30분이 되자 다시 일어나서 방 밖으로 나와 귀를 기울였다. 아무런 소리도 나지 않았다. 그녀는 화장옷을 입고 아래층으로 내려갔다. 클리퍼드는 볼턴 부인을 상대로 내기를 건 카드놀이를 하고 있었다. 아마도 밤중까지 계속될 것이 틀림없었다.

코니는 방에 돌아와 흐트러진 침대 위에 잠옷을 벗어던지고 엷은 테니스용 옷을 입고 그 위에 옷을 걸쳤다. 그리고 고무로 만든 테니스용 구두를 신은 다음 가벼운 코트를 걸쳤다. 그것으로 준비는 갖추어졌다. 누구든지 만나면 잠깐 산책하는 것이라고, 아침에 돌아올 때는 곧잘 아침식사 전에 하는 산책을 했노라고 하면 된다. 다만 밤중에 누구든지 그녀의 방에 온다면? 그러나 그것은 만에 하나도 거의 있을 수 없는 일이다.

아직 베츠는 문을 잠그지 않았다. 그는 10시에 문을 잠그고 아침 7시에 문을 열었다. 그녀는 소리 없이 아무에게도 들키지 않고 집 밖으로 빠져나왔다. 반달이 비치고 있어서 주위는 희끄무레하게 밝았지만 짙은 회색 옷을 입은 그녀를 비출 정도는 아니었다. 그녀는 밀회의 기쁨보다는 가슴속에서 불타오는 분노와 반항을 안고 빠른 걸음으로 정원을 지나갔다. 그것은 애인을 만날 때에 품는 감정으로는 어울리지 않는 것이었다. 그러나 '싸움은 싸움답게'였다.

제14장

정원 사잇문 가까이에 오자 '딸가닥' 하고 빗장이 열리는 소리가 들렸다. 벌써 그는 숲 속 어두움 속으로 그녀를 지켜보고 있었던 것이다.

"빠르시군요. 아무 일도 없었소?"

멜러즈가 어두움 속에서 말했다.

"아무 일도 없었어요."

코니가 들어가자 그는 사잇문을 조용히 닫고 땅을 향해 등불을 비추었다. 그러자 어둠 속에서도 파르스름한 꽃이 피어 있는 게 보였다. 그들은 떨어져서 잠자코 걸어갔다.

"오늘 아침 그 휠체어 때문에 어디 다치지 않았나요?"

먼저 코니가 입을 열었다.

"네, 아무 데도!"

"폐렴을 앓았을 땐 어땠나요?"

"별 것 아닙니다. 심장이 좀 약해진 것 하고 폐의 저항력이 줄었을 뿐이죠. 폐렴을 앓으면 그렇게 되죠."

"그럼, 너무 무리해선 안 되겠군요."

"너무 오래 계속해선 안 되죠."

코니는 분노에 싸인 듯 다시 잠자코 걸음을 옮겼다.

"클리퍼드를 미워하나요?"

다시 코니가 입을 열었다.

"미워하지는 않습니다. 그런 사람들을 보아왔지요. 그런 사람을 좋아할 수 없는 것을 알고 있기 때문에 그저 하는 대로 내버려둘 뿐이오."

"그 사람은 어떤 종류의 사람인가요?"

"그건 당신이 더 잘 아실 겁니다. 구슬을 갖지 않은, 부인처럼 생긴 젊은 신사."

"무슨 구슬을?"

"남자의 고환 말입니다."

코니는 이 말을 듣고 생각에 잠겼다.

"그렇지만 그것이 이것과 무슨 관계가 있을까요?"

코니는 다소 당황하여 물었다.

"바보 같은 사나이를 두고 쓸모가 없다고 하죠. 비열한 사람은 인정이 없다고 하고, 겁 많은 사나이는 배짱이 없다고 하지 않습니까? 용기다운 것을 갖지 못한 사나이는 구슬이 없다는 거죠. 먹여서 길들인 사나이란 말이지요."

코니는 이 말을 곰곰이 생각했다.

"그럼 클리퍼드는 길들여진 사람인가요?"

코니가 물었다.

"길들여지고 더럽혀진 겁니다. 그런 사람은 가까이 다가가 보면 모두 마찬가지입니다."

"그럼 당신 자신은 길들여져 있지 않다고 생각하나요?"

"글쎄, 그다지 완전하진 못하지만……."

코니는 저 멀리 노란 불빛을 발견하자 걸음을 멈추었다.

"불빛이 보이는군요!"

"언제나 집에 불을 켜 놓습니다."

코니는 다시 멜러즈와 나란히 걸었지만 그와 닿지 않도록 신경을 쓰며 걸었다. 그러면서도 그녀는 '도대체 무엇 때문에 그와 함께 걷고 있는 것일까?' 하고 이상하게 여겼다.

멜러즈가 집의 자물쇠를 열었다. 두 사람이 들어가자 그는 곧 문을 잠갔다. 감옥에라도 들어온 듯 느껴졌다. 물주전자가 끓고 있는 식탁에는 찻잔이 놓여 있었다.

코니는 난로 옆 나무로 만든 팔걸이의자에 앉았다. 싸늘한 밖에 있다가 들어오니 따뜻했다.

"구두가 젖었으니 벗겠어요."

코니는 번쩍거리는 난로의 철책 위에 양말을 신은 발을 올려놓았다. 그는 식기실로 가서 먹을 것을 가지고 왔다. 빵과 버터와 압축한 설육(舌肉). 그녀는 몸이 따뜻해지자 코트를 벗었고, 그는 그것을 받아들어 문에 걸었다.

"코코아와 커피 중 어느 것이 좋겠소?"

멜러즈가 물었다.

"아무것도 생각 없어요. 그렇지만 당신은 드세요."

코니가 식탁을 보면서 말했다.

"아니, 난 마시고 싶지 않습니다. 개에게나 먹을 것을 줍시다."

멜러즈는 조용히 벽돌 바닥을 밟으며 갈색 그릇에다 개의 먹이를 주었다.

스패니얼 개는 불안스럽게 그를 올려다보았다.

"그래, 이게 네 저녁이다. 신통찮은 표정을 보이지 마라."

멜러즈는 그릇을 계단 밑의 매트 위에 놓고 벽 앞 의자에 앉아 각반과 장화를 벗기 시작했다. 개는 음식을 먹지 않고 다시 그에게로 와서 난처한 듯이 앉아 쳐다보고 있었다.

멜러즈는 천천히 각반을 풀었다. 개는 더 바싹 다가왔다.

"왜 그래? 다른 사람이 있어서 차분해지지 않니? 딴은 너도 여자라고. 자, 어서 가서 먹어."

멜러즈는 개의 머리에 손을 얹었다. 그러자 암캐는 비스듬히 그에게 목을 뻗었다. 비단 같은 길다란 귀를 그는 부드럽게 잡아당겼다.

"자아! 자아, 가서 저녁을 먹어, 어서!"

멜러즈는 매트 위에 있던 그릇 쪽으로 의자를 기울였다. 그러나 개는 얌전하게 이르는 대로 따라서 먹기 시작했다.

"개가 좋으세요?"

코니가 물었다.

"아뇨, 정말로 좋은 건 아닙니다. 너무나 잘 따르니까요."

멜러즈는 각반을 풀고 무거운 구두를 벗고 있는 중이었다. 코니는 난로에서 눈길을 돌렸다. 어쩌면 이다지도 꾸밈새 없는 방일까! 그의 머리 위쪽 벽에 크게 확대된 젊은 부부의 사진이 걸려 있었다. 그와 그의 아내인 듯했다.

"이거 당신인가요?"

코니가 묻자 그는 몸을 돌려 머리 위에 있는 사진을 쳐다보았다.

"맞습니다. 스물한 살 때인데, 결혼하기 얼마 전에 찍은 사집입니다."

"마음에 드나요?"

코니가 물었다.

"마음에 드느냐고요? 아니오! 전혀 마음에 들지 않소. 그 여자가 모두 이렇게 걸어놓은 거요."

멜러즈는 다시 구두를 벗기 시작했다.

"마음에 안 든다면 왜 저기에 걸어두나요? 아마 부인이 걸어두고 싶었던 모양이지요?"

멜러즈는 갑자기 빙그레 웃으면서 그녀를 쳐다보았다.

"그 여자는 가져갈 만한 물건을 모두 가져갔습니다만, 저것만 남겨둔 셈이오."

"그럼 어째서 그냥 두고 계시나요? 감상적인 마음에선가요?"

"아뇨, 난 이걸 전혀 보지 않소. 거기 있는 줄도 거의 몰랐습니다. 여기 온 이래 내내 걸려 있었지요."

"그럼 왜 태워버리지 않나요?"

멜러즈는 다시 고개를 돌려 사진에 눈길을 주었다. 사진은 금빛과 갈색이 섞인 액자에 넣어져 있었다. 꽤 높은 칼라에 면도를 하고 쾌활해 보이는 젊은 청년과 검은 새틴 웃옷을 입고 고수머리를 부풀게 빗어 넘긴 약간 뚱뚱해 보이는 기승스러운 얼굴의 여자가 거기에 있었다.

"그것도 나쁘지 않군요. 그럼 그렇게 할까요?"

멜러즈는 신발을 벗고 슬리퍼를 신었다. 그리고 의자에 올라서서 사진을 떼어 내렸다. 그 뒤에는 엷은 녹색 벽지에 커다랗고 흰 흔적이 남아 있었다.

"지금 먼지를 털 수는 없군요."

멜러즈는 그것을 벽에 기대 세우며 말했다. 이내 그는 부엌에 가서 망치와 장도리를 가지고 왔다. 그리고 조금 전에 앉았던 자리에 앉아 커다란 액자에서 뒤에 바른 종이를 뜯어내고, 뒤판을 고정시킨 못을 뽑았다. 그 일을 할 때에도 그는 이내 열중해서 말도 하지 않는 버릇이 나오는 것이었다. 그러고 나서 그는 뒤판을 뜯어낸 다음 튼튼한 흰 대지(臺紙)에 붙여진 사진을 꺼냈다. 그는 재미있다는 듯이 그것을 들여다보았다.

"젊었을 때는 이랬습니다. 젊은 목사 같죠. 그리고 이 여자 역시 이렇게 보는 바대로 거만했었지요. 잘난 체하고 뻔뻔했어요."

"한번 봐요."

그는 수염 없는 말끔한 얼굴로 20년 전의 순진한 청년답게 보였다. 그러나 사진으로 보아도 그의 눈은 날카롭고 겁이 없어 보였다.

그리고 턱이 좀 단단해 보였지만 여자도 그렇게 뻔뻔해 보이지는 않았다. 어딘지 사람의 마음을 끄는 데가 있었다.

"그런 건 보관해 두는 게 아니에요."

코니가 말했다.

"보관할 게 못 되죠. 그리고 이런 걸 만들 것도 아니죠!"

멜러즈는 사진을 대지에 붙은 그대로 무릎 위에서 갈기갈기 찢은 다음 차례로 난롯불에 던졌다.

"이런 걸 넣으면 불이 잘 안 탈 텐데……."

이내 멜러즈는 유리와 뒤판을 가지고 2층으로 올라갔다.

그는 사진틀을 망치로 두서너 번 두드려서 부수었다. 석고가 사방으로 튀었다. 그는 파편을 식기실로 가지고 갔다.

"저건 내일 태워야겠소. 석고가 너무 두껍게 붙어 있는 것 같아서."

멜러즈는 주위를 깨끗이 치우고 나서 자리에 앉았다.

"부인을 사랑했나요?"

"사랑했느냐고요? 당신은 클리퍼드 경을 사랑했습니까?"

코니는 그가 말을 슬쩍 돌리는 것이 싫었다.

"그렇지만 당신은 그 여자에 대해서 마음을 썼을 테죠?"

"마음을 썼을 거라고?"

멜러즈는 쓴웃음을 지었다.

"아마 지금도 마음이 쓰일 거예요."

"내가 말이오?"

멜러즈는 눈을 크게 뜨며 조용히 말을 이었다.

"아니, 난 그 여자를 생각할 수가 없습니다."

"어째서죠?"

멜러즈는 고개를 저을 뿐이었다.

"그럼, 어째서 당신은 이혼하지 않는 거죠? 언젠가는 당신에게로 돌아올 테죠."

일순 멜러즈는 날카롭게 그녀를 쳐다보았다.

"여기서 1킬로미터 가까이에도 안 올 겁니다. 내가 그 여자를 싫어하는 것 이상으로 그 여자 역시 나를 싫어하니까요."

"두고봐요, 반드시 돌아올 테니."

"절대로 그렇지 않습니다. 이미 끝난 겁니다. 그 여자를 보기만 해도 난 구역질이 날 거요."

"반드시 만나게 될 거예요. 게다가 당신네들은 법률상으로 이혼을 하지는 않았잖아요?"

"그렇소."

"그렇다면 그 여자가 돌아오면 당신은 그녀를 집에 들여야 할 거예요."

멜러즈는 코니를 빤히 쳐다보았다. 그런 다음 묘하게 고개를 흔들었다.

"당신 말이 옳을지도 모르겠소. 내가 여기에 되돌아오다니, 어리석었던 거지요. 그러나 나는 어쩔 수 없게 되어 버려서 어디든지 가야 했었소. 떠돌아다니는 부랑아 신세였으니까. 당신이 말하는 게 옳은지 모르오. 깨끗이 이혼해 버리겠소. 나는 관청이니 법정이니 재판관이니 하는 것이 도무지 싫소. 그렇지만 참고해야겠소. 이혼하리다."

코니는 멜러즈가 입술을 꽉 다무는 것을 보았다. 그녀는 마음속으로 기뻤다.

"차를 한 잔 들고 싶군요."

멜러즈는 일어나서 침통한 표정을 지으며 차를 따랐다.

식탁에 마주 앉았을 때 코니가 물었다.

"왜 그 여자와 결혼했었나요? 당신에게는 어울리지 않을 텐데. 볼턴 부인이 그 여자 얘기를 들려주었어요. 당신이 어째서 그 여자와 결혼했는지 아무래도 모르겠다고 말하더군요."

멜러즈는 빤히 그녀를 바라보았다.

"그럼 얘기하지요."

이내 멜러즈가 말을 이었다.

"내가 맨 처음 여자를 안 것은 열여섯 살 때였소. 올러턴의 교장 딸인데 정말 귀엽고 아름다운 소녀였지요. 나는 셰필드 중학교를 나와서 다소 프랑스어와 독일어를 알았고, 의기양양한 점도 있어서 다른 머리가 좋은 청년이라고 생각했죠. 그 소녀는 통속적인 것을 싫어하는 로맨틱한 여자였습니다. 시(詩)니 독서니 하는 데 대해서 그 소녀가 나를 교육해 주었소. 어떤 점으로는 나를 어엿한 한 사나이로 만든 것은 그 소녀였습니다. 나는 그 소녀를 위해 불이 붙은 것처럼 맹렬히 책을 읽고 사색을 했소. 나는 버털리 군청의 서기였는데, 야위고 창백하고 책에서 읽은 여러 가지 일로 정신이 달뜬 상태였소. 그리고 온갖 것에 대해서, 정말 모든 것에 대해서 나는 그 소녀와 이야기를 나누곤 했습니다. 페르세폴리스[63]나 팀벅투[64]에 대해서까지 얘기했지요. 이 근처 가까운 주를 열흘 동안 뒤진다 해도 아마 우리처럼 많은 것을 아는 사람은 없었을 겁니다.

나는 황홀해서, 정말 황홀해서 그녀에게 마구 지껄여대곤 했지요. 나는 열중했었습니다. 그리고 그녀는 나를 찬미했지요. 그런데 성(性)이라는 뱀이 풀 속에 숨어 있었소. 그러나 어쩐 일인지 그 소녀에게는 그런 마음이 조금도 없더란 말이오. 나는 점점 여위어 미쳐 갔죠. 그래서 연인이 되어야 한다고 내가 말을 꺼냈소. 그 소녀를 간신히 타일러 가르쳤지요. 그녀가 조금 허락했지만, 내가 흥분했는데도 그녀는 조금도 그것을 바라지 않더군요. 전혀 그런 마음이 없는 겁니다. 나를 존경하고, 얘기를 하거나 키스하는 걸 좋아했고, 나에 대

63) Persepolis. 고대 페르시아 왕국의 수도이다 – 옮긴이

64) Timbuctoo. 아프리카 서부의 사하라 사막 근처에 있는 오래된 도시이다 – 옮긴이

한 정열도 가지고 있었소. 그러나 다른 점에서는 조금도 욕망이 없더란 말이오. 그런 여자가 흔히 있지요. 그런데 나는 다른 것을 바라고 있었던 거요. 그것이 헤어진 원인이 되었소. 나는 잔혹하게 그 여자를 버렸지요. 그리고 다른 여자와 가까워졌소. 여교사였는데, 어떤 유부남이 그 여자에게 반해서 거의 미칠 지경이 되었다는 소문이 있는 여자였소. 나보다 나이가 위였으며 매우 조용하고 살결이 흰 바이올린을 켜는 여자였지요. 그 여자 또한 묘한 여자더군요. 연애에 대한 온갖 것을 다 좋아하면서도 성에 대해서만은 흥미가 전혀 없는 여자였지요. 매달리고 애무하고 휘감기고 그야말로 온갖 짓을 다하더군요. 그러나 성교를 강요하면 그 여자는 이를 악물고 혐오감을 드러내었소. 나는 억지로 그걸 강요했죠. 그러자 그녀는 그 일로 나를 싫어하기 시작했소. 그래서 나는 또 실패했죠. 정말 지긋지긋하더군요. 나는 그쪽에서도 그걸 원하는 여자를 바랐던 거요."

멜러즈는 침착한 어조로 이야기를 계속했다.

"그다음에 만난 여자가 지금의 아내인 버사 쿠츠였지요. 그녀의 집은 내가 어렸을 적에 이웃지간이어서 잘 알던 사이로 무척이나 가난했소. 버사는 버밍엄 어딘가에 일하러 다니고 있었어요. 귀부인을 상대하는 일을 한다고 그녀는 말했지만, 다른 사람의 얘기로는 호텔의 급사인지 뭔지 그런 비슷한 일을 한다더군요. 내가 스물한 살이 되어, 아까 말했듯이 그런 여자와의 경험을 한 뒤에, 버사가 유행하는 옷을 차려입고 옷에 꽃인지 뭔지를 달고 잔뜩 뽐낸 태도로 돌아왔소. 전차에서 가끔 보는 여자들이 달고 있는 그런 육감적인 꽃이었소. 나는 서기로서는 아무런 가망도 없다고 생각하고 버털리의 직장을 그만두었지요. 그리고 테버셜의 철공 감독이 되었소. 아버지가 제철공이어서 늘 함께 있으면서 배웠던 거요. 나는 말을 다루는 것을 좋아해서 드디어 그것이 내게 손 익은 일이 되고 말았지요. 그래서 나는 모든 사람들이 말하는 이른 바 '훌륭한 말씨'인 영어 쓰기를 그만두고 사투리를 쓰기 시작했소. 그래도 집에 있을 때는 책을 읽었소. 그리고 제철공 노릇을 해서 조랑말이 끄는 마차를 가지고 있었지요. 그 마차 위에서 제법 지주인 체했었소.

아버지는 돌아가실 때 내게 300파운드를 남겨주었습니다. 그래서 나는 버사와 가까워지기 시작했고, 그 여자가 가난한 집 딸이라는 것을 기뻐했지요. 가난한 사람의 딸이 오히려 좋았소. 나 자신이 평범하길 바랐으니까. 그 여자는 나무랄 데가 없었소. 그 여자는 나를 원했고, 조금도 나를 귀찮게 하지 않았소. 그래서 나는 기뻐했소. 이 여자야말로 내가 찾던 여자였으니까 말이오. 나와 그걸 '하고 싶어' 하는 여자였던 거요. 그래서 좋은 여자라 생각하고 그녀와 함께 욕망을 채웠소. 그런데 내가 그것을 기뻐하고 이따금 그녀를 위해서 침대에 아침식사를 가져다주곤 했더니 그 여자는 나를 경멸하기 시작하더군요. 내가 일을 하고 돌아와도 제대로 식사 준비도 해주지 않는 것이었소. 그리고 내가 뭐라고 하면 마구 덤벼들었습니다. 그래서 나 또한 난폭하게 해주곤 했소. 그 여자가 내게 찻잔을 던지면 난 목덜미를 잡아서 마구 졸라주었지요. 그런 형편이었소!

그 여자는 나를 경멸하고 있었지요. 내가 몸을 요구할 때 그녀는 거절하였소. 잔인하게도 나를 초조하게 하기 위해 질질 끄는 것이었지요. 그러다가 내가 바라지 않을 때 그 여자는 마구 내게 덤벼들어 못 살게 굴고 아양을 떨곤 하더군요. 그럴 때마다 언제나 나는 지곤 했소. 그런데 내가 다 끝났을 때는 함께 끝내지 않고 계속해서 나를 갈구하는 것이었어요. 내가 30분을 끌면 그 여자는 그보다 더 오래 끌었소. 내가 절정에 도달하고 나면 그 여자는 그제야 자기를 위해서 몸을 움직이기 시작하는 거요. 그러면 나는 그 여자가 꿈틀거리고 소리를 지르며 끝날 때까지 그녀 속에서 버티고 있어야 했소. 그때 그 여자는 어쩔 줄 몰라 하며 황홀해 하더군요. 그리고 나서야 '아, 참 좋았어요!' 하는 것이오.

나는 차츰 싫증이 나고 진절머리가 났소. 그 여자의 버릇은 점점 더 심해져 가고, 말하자면 하기가 더욱 어려워졌지요. 그리고 마치 주둥이로 쪼듯이 그녀의 그것은 나를 쪼았습니다. 정말이지 여자는 그 아래가 무화과처럼 보드랍다고 생각하시겠죠. 하지만 천만에요! 옛날 탕녀들은 다리 사이에 새 주둥이 같은 것이 있어 아플 때까지 마구 쪼고 찌르고 했다더군요. 그 여자가 그랬소. 쪼고 찌르고 부르짖고 말입니다. 남자는 이기주의자라고들 하지만, 여자가 일단 그렇게 되었을 때 여자의 그런 맹목적인 욕정에 비할 수가 있을까요? 옛날의 늙은 창녀처럼 말입니다. 그 여자는 어쩔 수 없더군요. 나는 사실대로 얼마나 그런 걸 싫어하는지 말해 주었소. 그랬더니 다시는 안 그러겠노라고 하더군요. 그래서 다시 해보기로 했죠. 내가 움직일 때 가만히 있게 하고 다시 해봤지만 소용이 없었습니다. 그 여자는 내가 움직이는 것으로 아무런 감각도 못 느낀다는 거지요. 자기가 직접 해야 한다는 거죠.

그래서 예전의 상태로 되돌아가고 말았습니다. 그리고 없으면 미칠 것 같은 필요물처럼, 내가 그녀에게 되돌아오면 그녀는 미치고 날뛰며 마치 비비고 쪼는 제일 바깥 주둥이 꼭대기 이외에 아무 감각도 없는 듯 쪼고 비비는 겁니다. 남자들의 이야기에 의하면, 그것은 나이 든 매음부와 마찬가지라는 거요. 그것은 그녀 속에 있는 저열한 자아의 의지, 광포한 자아의 의지며, 술 마시는 여자에게서나 볼 수 있는 그런 것이었소. 나는 끝내 참을 수가 없었습니다. 그래서 우리는 따로따로 자기로 했소. 그녀가 언젠가 발작을 일으켰을 때, 내가 하는 방법이 귀찮다면서 따로따로 자자고 그녀가 먼저 말을 꺼냈습니다. 그래서 그 여자는 자기의 방을 갖게 되었고, 나는 곧 내 방에 그 여자를 못 들어오게 했습니다. 나는 절대로 그녀를 들어오게 하지 않았소. 나는 그것이 싫어졌습니다. 그리고 그 여자는 나를 미워했소. 정말 아이를 낳기 전에는 그 여자가 나를 얼마나 미워했는지! 그 여자는 증오로 아이를 밴 거라고 나는 곧잘 생각했소. 아무튼 아이가 태어난 뒤로는 난 그 여자에게 접근하지 않았습니다. 그러다가 전쟁이 시작되었고, 나는 군에 지원 입대했소. 그리고 그 여자가 스택스 게이트에서 지금의 남자와 함께 산다는 말을 들을 때까지 나는 돌아오지 않았던 겁니다."

멜러즈는 창백한 얼굴이 되어 말을 끊었다.

"그런데 스택스 게이트의 남자란 어떤 사람인가요?"

코니가 물었다.

"못된 소리만 지껄이기 좋아하는 큰 어린애 같은 사내지요. 그 여자는 그 남자를 못 살게 하는가 봅니다. 둘 다 주정뱅이요."

"그녀가 여기로 돌아온다면?"

"정말 큰일이오! 나는 집을 나가서 다시 어디로든지 가버리고 말겠소."

잠시 침묵이 흘렀다. 불 속의 두터운 종이는 이미 하얀 재가 되어 있었다.

"그럼 당신을 요구하는 여자를 만나긴 했지만, 이번에는 너무 심한 여자를 만난 셈이군요."

코니가 말했다.

"네! 그런 것 같습니다. 나는 소년 시절의 순진한 연인이나 독을 풍기는 듯한 백합 같은 여자나 그 밖의 여자들, '안 돼요 안 돼요!' 하는 여자보다는 버사 편이 훨씬 나았다고 생각하오."

"그 밖의 여자들이라니요?"

코니가 물었다.

"그 밖의? 이젠 없소. 다만 내 경험으로는 대부분의 여자들이 그런 것 같습니다. 즉, 그녀들은 대부분 남자를 요구하지만 섹스는 바라지 않고 다만 거래의 일부분으로서 참고 있을 뿐입니다. 좀 더 구식 여자들은 그저 가만히 누워서 남자가 먼저 일을 끝내도록 내버려두죠. 자기들은 나중에 해도 되는 거요. 그렇게 남자를 좋아할 따름이죠. 행위 자체는 그 여자들에게는 다소 점잖지 못하다는 것 외에 아무것도 아닙니다. 그리고 대개의 남자는 그것으로 만족하지요. 난 그것이 싫습니다. 그러나 그런 여자라도 좀 꾀가 있는 여자는 그렇지 않은 듯한 표정을 짓죠. 그녀들은 아주 감동해서 기쁨을 맛보고 있는 체합니다. 그러나 그것은 거짓말이오. 그런 체할 뿐이오. 그리고 자연스러운 형태 이외의 온갖 행위, 온갖 감정이나 포옹이나 성적 황홀감을 맛보기를 좋아하는 여자가 있소. 그녀들은 정당한 장소가 아닌 곳에서만 그러고 싶어 하죠. 다음엔 좀 더 심한 여자가 있소. 그녀들은 내 아내처럼 어떻게든지 끝내고 싶어 하고, 더욱이 자기 스스로 끝내려 하죠. 자기가 적극적인 쪽이 되지 않으면 불만인 거요. 그리고 또 다른 종류가 있소. 그건 그 속이 죽어 있는 사람들이오. 완전히 죽은 거나 같지요. 자신도 그걸 알고 있소. 그리고 또 한 가지는 남자가 완전히 끝내기도 전에 남자더러 빼내게 하고, 남자의 넓적다리 위에 자기의 허리를 비벼대면서 기쁨을 얻는 여자죠. 그것은 대개 동성애형입니다. 여자란 의식하건 안 하건 어쨌든 놀란 만큼 동성애의 경향이 있습니다. 여자는 거의 모두 동성애형이라고 해도 좋을 정도요."

"그게 걱정스러운가요?"

코니가 물었다.

"죽이고 싶을 정도요. 진짜 동성애형의 여자를 만나면 여자를 죽이고 싶은 충동이 솟아오릅니다."

"그럼 당신은 어떻게 해요?"

"될 수 있는 대로 빨리 달아날 뿐이죠."

"그렇지만 동성애적인 여자가 동성애적인 남자보다 더 나쁘다고 생각하시나요?"

"그렇습니다! 왜냐하면 나는 그런 여자에게 시달려 왔으니까요.

이론적인 의견은 아무것도 없지만 동성애형의 여자를 만나면 여자가 알든 모르든 간에 나는 화가 납니다. 그래서 나는 어떤 여자하고도 관계를 갖지 않으려 했지요. 혼자가 되고 싶었소. 그리고 자신의 외로움과 품위를 지키려 했었소."

멜러즈는 창백하게 얼굴이 흐려졌다.

"그럼 나를 만났을 때 당신은 곤란했겠군요."

코니가 물었다.

"곤란하기도 했지만 기쁘기도 했소."

"지금은 어때요?"

"나는 외부의 일을 생각하면 괴롭습니다. 여러 가지 귀찮은 관계니 추문이니 반소(反訴)니 하는 따위가 조만간 닥쳐올 거요. 그런 생각은 기운이 없고 마음이 약해졌을 때요. 그러나 기분이 좋을 때는 나는 기쁘오. 승리한 듯 의기양양해지죠. 정말 나는 비참한 마음이 될 뻔했으니까요. 나는 진정한 섹스는 남아 있지 않다고 생각했지요. 남자와 자연스럽게 동시에 끝낼 수 있는 여자는 흑인 여자뿐이라고 생각했소. 그런데 우리는 백인 아닙니까? 게다가 흑인 여자란 진흙 같으니 말입니다."

"그래서 당신은 나를 만나게 되어 기쁜가요?"

"그렇습니다. 다른 일들을 잊을 수 있을 때는 기쁘죠. 그러나 다른 일들을 잊을 수 없을 때에는 나는 테이블 밑에 기어 들어가서 죽고 싶습니다."

"왜 하필 테이블 밑에 들어가죠?"

"왜라니! 어린애처럼 거기 숨는 거지요."

멜러즈는 웃으며 말했다.

"당신은 끔찍한 여자를 경험해 온 모양이군요."

"물론 나는 나 자신을 속일 수가 없었지요. 대부분의 남자들은 요령껏 하더군요. 한 가지 태도를 결정하고 거짓을 받아들이죠. 나는 절대로 나 자신을 속일 수가 없습니다. 나는 자신이 무엇을 요구하는가를 알고 있으므로 그것을 얻지 못했을 때에는 얻었다고 할 수 없었던 거요."

"그럼 지금은 그것을 얻었나요?"

"그런 것 같군요."

"그렇다면 어째서 그처럼 창백하고 우울한 표정을 하고 있죠?"

"추억이 가슴에 꽉 차 있기 때문입니다. 그리고 아마 나 자신이 무서운 모양입니다."

코니는 잠자코 앉아 있었다. 밤이 꽤 깊었다.

"당신은 남자와 여자와의 관계를 중대하게 생각하나요?"

다시 코니가 물었다.

"내겐 그렇습니다. 만약 여성과 올바른 관계를 가지고 있다면 그것이 내 생활의 중심을 이루는 겁니다."

"만약 그것이 없었을 땐?"

"그럴 땐 없는 대로 있을 수밖에."

코니는 다시 생각에 잠겼으나 곧 물었다.

"그래서 당신은 언제나 여자에 대해서 정당했다고 생각하나요?"

"절대로 그렇진 않습니다. 내 아내가 그렇게 된 것은 내가 시킨 거나 다름없습니다. 나도 나빴죠. 내가 그녀를 망쳤습니다. 나는 의심이 많아요. 이걸 아셔야겠는데요, 나는 한 사람을 마음으로 신뢰하기까지에는 오랜 시간이 걸려요. 말하자면, 나 역시 거짓이 많은 인간이죠. 나는 불신자요. 하지만 다정한 인간인 건 사실입니다."

"당신은 열정에 불탔을 때에도 자신의 몸을 믿지 못하나요? 그것을 믿지 못하지는 않겠죠?"

"슬픈 일이지만 믿을 수 없습니다! 때문에 여러 가지 곤란한 문제를 일으키는 겁니다. 그래서 그 때문에 내 마음이 모든 것을 안 믿는 것입니다."

"마음 같은 건 믿지 않아도 되잖아요. 그게 무슨 상관이 있어요?"

개는 매트 위에서 불만스럽게 숨을 쉬고 있었고, 불은 재에 파묻혀 꺼져 가고 있었다.

"우린 둘 다 싸움에서 진 전사군요."

코니가 말했다.

"당신도 싸움에서 졌습니까? 그런데 지금 또 싸우려 하고 있군요."

멜러즈가 웃으며 말했다.

"그래요. 정말 무서웠어요."

"그렇습니다!"

자리에서 일어난 멜러즈는 그녀 구두의 습기를 말리고 자기 구두를 닦아서 난롯가에 놓았다. 아침에 약칠을 하리라 생각했다. 그는 두터운 종이에 재를 불 속에서 잘 가려내며 "타도 더럽군." 하고 중얼거렸다. 그는 아침에 쓸 장작을 가지고 와서 난로 옆 철책에 올려놓았다. 그러고는 개를 데리고 밖으로 나갔다.

멜러즈가 돌아오자 코니가 말했다.

"나도 잠깐 밖에 나갔다 오겠어요."

코니는 혼자 어두움 속으로 나갔다. 머리 위에는 무수한 별이 빛나고 밤공기 속에 꽃향기가 감돌고 있었다. 구두가 다시 축축해 오는 것 같았다. 그녀는 그에게서 또한 모든 인간들에게서 떠나버리고 싶은 충동을 느꼈다.

추웠다. 코니는 부르르 몸을 떨며 집으로 돌아왔다. 멜러즈는 꺼져 가는 불 앞에 앉아 있었다.

"오오! 추워!"

코니는 몸을 떨었다.

멜러즈는 장작을 다 집어넣고 좀 더 가져왔다. 곧 불길이 굴뚝까지 솟아올랐다. 물결치며 달리는 듯한 노란 불꽃이 그들의 영혼과 얼굴을 따뜻하게 녹여 주고 행복에 잠기게 했다.

"걱정하지 말아요!"

코니는 말없이 앉아 있는 그의 손을 잡고 말했다.

"할 수 있는 데까지 해보는 거예요."

"그렇습니다."

멜러즈는 일그러진 미소를 띠고 한숨을 쉬었다. 코니는 불 앞에 물끄러미 앉아 있는 그에게 기대며 가슴에 안겼다.

"잊어버리세요! 잊어야 해요!"

코니는 속삭였다. 따뜻한 불기운이 충만한 가운데 그는 그녀를 좀 더 가까이 했다. 불꽃 그 자체가 망각인 듯 보였다. 그리고 그녀의 부드럽고 따뜻한 무르익은 몸의 무게! 그의 피는 천천히 밀려왔다가 곧 물러가서 그것이 다시금 힘과 자신 있는 용기가 되었다.

"그렇지만 그 여자들은 그렇게 당신을 정말로 사랑하고 싶었던 거예요. 그런데 그렇게 할 수가 없었던 거죠. 그것이 모두 그 여자들 탓만은 아니었을 거예요."

"나도 그건 압니다. 나 자신도 짓밟혀서 뼈가 부러진 뱀처럼 얼마나 싫었는지 모를 정도요!"

코니는 갑자기 그에게 매달렸다. 그녀는 또다시 이런 얘기를 꺼내고 싶지 않았던 것이다. 그러나 무언가 심술궂은 기분에서 그녀는 말을 꺼냈던 것이다.

"그렇지만 지금의 당신은 그렇지 않아요. 지금의 당신은 짓밟혀서 뼈가 부러진 뱀이 아니에요."

"나 자신이 뭔지 나도 모르겠소. 앞으로도 암담할 때가 오겠지요."

"그럴 리 없어요! 왜죠? 어째서예요?"

코니는 그의 말을 부인했다.

"불행한 날은 우리에게 올지 누구에게 올지 모르는 거요."

멜러즈는 예언자처럼 우울하게 되풀이했다.

"그렇지 않아요! 그런 말하지 말아요!"

이내 멜러즈는 아무 말도 하지 않았다. 그러나 그의 마음속에 절망의 시커먼 공허가 도사리고 있다는 것을 그녀는 알았다. 거기에서는 온갖 욕망과 온갖 사랑이 사멸해 버리는 것이다. 그것은 인간의 내부에 있는 어두운 동굴이며, 모든 용기를 잃게 하는 절망인 것이다.

"그런데 당신은 성에 대해서 무척 냉혹하게 말씀하시는군요. 자신의 기쁨과 만족만을 요구하는 것처럼 말이에요."

코니는 그가 말한 데 대해 신경질적으로 항의했다.

"아닙니다. 나는 나 자신의 기쁨과 만족을 여자에게서 얻으려고 했지만 한 번도 얻지 못했소. 왜냐하면 나는 여자가 나한테서도 동시에 기쁨을 얻지 못하면 나 자신도 기쁨과 만족을 얻을 수 없으니까. 그리고 그것은 한 번도 일어나지 않았소. 양쪽 다 기쁨이 필요한 거지요."

"당신은 어떤 여자도 믿지 않았던 거예요. 나도 안 믿으시는걸요."

"여자를 믿는다는 게 어떤 의미인지 나도 모르겠는데요."

"그게 무엇보다도 나쁜 거예요!"

코니는 아직 그의 무릎 위에 몸을 웅크리고 있었다. 그러나 그의 마음은 잿빛으로 텅 비어 있어서 그녀의 마음은 반영되지 않았다. 그리고 그녀가 무슨 말을 하면 할수록 그의 마음은 더욱 더 멀어져만 갔다.

"그렇다면 당신은 무엇을 믿나요?"

코니가 따져 물었다.

"모르겠습니다."

"그럼 내가 알던 남자들처럼 아무것도 안 믿는군요."

두 사람은 잠시 입을 다물었다.

"아니, 나는 무엇인가를 믿죠. 나는 따뜻한 마음을 믿습니다. 특히 사랑에서 생기는 따뜻한 마음, 그런 따뜻한 마음으로 교섭하고 여자가 그것을 따뜻한 마음으로 받아들인다면 모든 것이 잘 되리라고 믿습니다. 차디찬 마음으로 교섭하는 것은 다만 죽음과 어리석은 행위밖에 낳지 못하게 되죠."

"하지만 당신은 냉정한 마음으로 나를 안지는 않아요."

코니가 항의조로 말했다.

"나는 당신을 전혀 안으려고 하지 않습니다. 지금의 내 마음은 차디찬 감자만큼의 열도 없습니다."

"어머나!"

코니는 놀리듯 그에게 키스하며 말했다.

"그렇다면 그것을 버리기로 해요."

멜러즈는 웃으며 몸을 똑바로 했다.

"사실입니다. 조금이라도 따뜻한 마음이 있으면 그것이 모든 것을 해결하오. 그러나 여자는 그걸 좋아하지 않소. 당신도 정말은 좋아하지 않소. 당신네들은 훌륭하고, 날카롭고, 꿰뚫는 듯한 차디찬 마음의 교섭을 좋아하지요. 그것을 거짓으로 감미로운 체하는 거요. 당신은 고양이가 개를 의심하듯 나를 의심하고 있습니다. 말해 두지만, 부드러운 따뜻한 마음을 가지려면 두 사람이 있어야 합니다. 당신은 교섭하기를 매우 좋아하지만 당신은 교섭이 자부심을 만족시키는 무언가 신비스러운 것이 되기를 바라고 있지요. 당신의 자부심이란 어떤 사나이와 함께 되는 것보다도 오십 배나 더 소중하다고 생각합니다."

"그러나 그것은 내가 하고 싶은 말이에요. 당신에게야말로 자신의 자부심이 무엇보다도 소중하신 거죠!"

"아아, 좋습니다, 그렇다면!"

멜러즈는 일어나고 싶은 듯 몸을 움직이며 말을 이었다.

"그럼 우리 헤어집시다. 나는 차디찬 마음으로 교섭한다면 죽는 편이 낫습니다."

코니는 몸을 빼자 그는 일어섰다.

"그렇다면 당신은 내가 그것을 바라고 있다고 생각하나요?"

코니가 말했다.

"그렇지 않기를 바랍니다. 그러나 어쨌든 당신은 2층에서 주무십시오. 난 여기서 잘 테니까요."

코니는 그를 바라보았다. 창백하고 음울하게 눈썹을 찌푸리고 있었다. 차디찬 북극과 같은 머나먼 곳에 쓸쓸히 서 있는 것처럼 보였다. 남자란 모두 마찬가지였다.

"아침까지 집에 갈 수 없어요."

코니가 말했다.

"그렇군요! 2층에서 주무십시오. 벌써 4시 15분 전입니다."

"난 싫어요."

멜러즈는 걸어가서 자기 구두를 집었다.

"그럼 내가 나가죠!"

멜러즈는 구두를 신기 시작했다. 그녀는 그를 지켜보았다.

"잠깐만! 기…… 기다려요! 우린 어떻게 된 거예요?"

코니가 더듬거리며 말했지만 그는 구두끈을 매면서 허리를 굽힌 채 대답하지 않았다.

한순간이 지났다. 코니는 정신을 잃을 것 같은 멍한 기분을 느꼈다. 모든 의식이 사라지고 눈을 뜬 채 아무 생각도 없이 아무것도 모르고 우뚝 서서 그를 바라보고 있었다.

너무 조용하여 그는 얼굴을 들고 쳐다보았다. 눈을 뜬 채 정신을 잃어가고 있는 그녀를 보았다. 그는 바람에 밀린 듯 한쪽 구두만을 신은 채 절름거리면서 그녀에게로 다가와, 쓰러지려고 하는 그녀를 꼭 안아 자기 몸으로 끌어당겼다. 그러자 그녀의 기분이 언짢은 것을 알았다. 그는 그녀를 꼭 껴안았다. 그녀는 꼼짝도 하지 않았다.

이윽고 그의 손이 맹목적으로 그녀의 몸을 따라 내려갔다. 그리고 옷 밑에서 그녀의 매끄럽고 따뜻한 곳을 만졌다.

"왜 그래? 이봐요."

멜러즈가 소곤거리며 말을 이었다.

"왜 그러지? 이제 싸우지 맙시다! 절대로 싸우지 않겠소! 나는 당신을 사랑하고 있소. 나하고 말다툼하면 안 되오! 아니, 아니, 함께 삽시다!"

코니는 얼굴을 들어 그를 바라보았다.

"놀라지 말아요."

코니는 차분하게 말을 이었다.

"놀랄 것 없어요. 놀라지 말아요. 당신은 정말 나와 함께 되고 싶나요?"

코니는 또렷한 눈길로 그의 얼굴을 바라보았다. 그는 움직이기를 멈추고 갑자기 조용해지더니 얼굴을 돌렸다. 그의 온몸이 완전히 조용해졌다. 그러나 그는 몸을 떼지 않았다.

멜러즈는 고개를 들고 기묘하면서 희미한 웃음을 띠고 그녀의 눈을 들여다보면서 말했다.

"정말이오! 언제까지나 함께 있읍시다."

"정말인가요?"

코니는 눈에 눈물을 가득히 글썽이면서 말했다.

"정말이오! 몸도 마음도 그것도 전부."

아직도 희미한 미소로 그녀를 내려다보는 그의 눈빛에는 괴로운 듯한 가벼운 비웃음이 섞여 있었다.

코니는 소리 없이 울고 있었다. 그는 그녀와 나란히 누웠다. 난로 앞 탄자 위에서 그는 그녀의 속으로 들어갔고, 그들은 어느 정도의 평온함을 얻었다. 그런 다음 그들은 재빨리 침대로 옮겨갔다. 밤공기가 추웠기 때문이다. 그들은 모두 피로했다. 그녀는 자기가 조그맣게 감싸인 듯 느끼면서 그의 품에 안겼다. 그들은 이내 깊은 잠에 빠졌다. 그대로 잠든 채 한 번도 깨지 않았다.

드디어 아침 해는 숲 위로 떠오르고 새로운 하루가 시작되었다. 멜러즈는 눈을 뜨고 햇살을 보았다. 커튼은 열려 있었다. 지빠귀의 드높은 울음소리가 숲 속에서 요란하게 들렸다. 맑게 개인 날인 듯싶었다. 언제나 일어나는 시각인 5시 30분이었다. 이토록 깊이 잠들었던 것이다! 말할 수 없이 기막힌 아침이었다. 여자는 아직도 몸을 동그랗게 하고 깊이 잠들어 있었다. 그의 손이 여자의 육체를 만지자 그녀는 놀란 듯이 파란 눈을 뜨고 자기도 모르게 그의 얼굴을 보고 미소 지었다.

"벌써 일어났어요?"

코니가 말했다. 그는 그녀의 눈 속을 들여다보았다. 그는 미소를 지으며 그녀에게 키스했다.

코니는 갑자기 일어나 앉았다.

"어머나, 내가 여기 있었군요!"

코니는 경사진 천정에 흰 커튼이 걸려 있는 박공 창문의 새하얗고 조그만 침실을 보았다. 방 안에는 조그맣고 노랗게 칠한 옷장과 의자 하나와 그녀가 그와 자고 있던 작고 흰 침대 외에 아무것도 없었다.

"어쩜, 여기에 있었군요!"

코니가 그를 내려다보며 말했다. 멜러즈는 누운 채로 그녀의 엷은 잠옷 속의 젖가슴을 어루만졌다. 그가 다정하고 조용하게 있으니까 젊고 잘생겨 보였다. 눈도 매우 다정하게 보였다. 그리고 그녀는 마치 한 송이의 꽃처럼 싱싱하고 젊었다.

"이걸 벗기고 싶은 걸!"

멜러즈는 엷은 무명 잠옷을 한데 모아 그녀의 머리 위로 잡아당기면서 말했다. 그녀는 어깨와 황금빛에 빛나는 젖가슴을 드러낸 채 앉아 있었다. 사랑에 불타 그는 그녀의 유방을 종처럼 가만히 흔들었다.

"당신도 잠옷을 벗어요."

"싫소!"

"안 돼요! 벗으세요!"

코니는 명령하듯 말했다. 이내 그는 낡은 무명 잠옷과 바지도 벗어 버렸다. 그의 손과 손목과 얼굴과 목을 제외하고 그야말로 발달된 근육에 우유처럼 하얀 살결이었다. 코니는 전날 오후 목욕을 하는 그를 보았을 때처럼 마음을 찌르는 듯한 아름다움이 느껴졌다.

황금빛 햇살이 닫힌 흰 커튼에 비쳤다. 그녀는 햇살이 방안으로 들어오고 싶어 한다고 느꼈다.

"오! 커튼을 좀 걷으세요! 새들이 어쩌면 저렇게도 지저귀죠? 햇빛을 들어오게 해요."

멜러즈는 그녀에게 등을 보인 채 침대에서 내려갔다. 벌거벗은 흰 살에 늘씬한 몸매였다. 창가로 걸어간 그는 발돋움을 하여 커튼을 걷고 잠시 밖을 내다보았다. 그의 등은 희고 부드러웠으며, 엉덩이도 멋있고 남자답게 섬세하고 아름다웠다. 그리고 목덜미는 불그스레하고 튼튼해 보였다. 그 섬세하고 아름다운 몸매에는 외적 힘이라기보다 내적 힘이 넘쳐 있었다.

"당신 참 아름답군요! 어쩌면 그렇게도 순결하고 훌륭하죠? 이리 오세요!"

코니는 두 팔을 벌렸다. 하지만 멜러즈는 돌아서기가 멋쩍었다. 알몸인 것을 의식했기 때문이다. 그는 바닥에서 셔츠를 집어들고 앞을 가리면서 그녀에게로 왔다.

"그러면 싫어요!"

코니는 아름다고 늘씬한 팔을 젖가슴 쪽에서 내밀며 말했다.

"어디 보여주세요."

멜러즈는 셔츠를 떨어뜨리고 그녀 쪽을 바라보며 가만히 서 있었다. 나지막한 창문으로 들어온 햇살은 한줄기 빛이 되어 그의 넓적다리와 날씬한 복부와 선명하게 붉은 털 속에 거무스름하게 일어나 뜨겁게 보이는 남근을 훤히 비췄다. 그녀는 놀라고 무서워졌다.

"참 신기하기도 하군요!"

코니는 천천히 말했다.

"거기 그렇게 서 있는 게 신기하기도 해요. 저렇게 크고 저렇게 검고 자신만만하다니! 언제나 그래요?"

멜러즈는 자신의 호리호리한 흰 몸 앞쪽을 내려다보며 웃었다. 보잘것없는 앞가슴에 난 가슴의 털은 거무스름했다. 그러나 복부 및 그것이 굵게 일어선 부분은 조그만 구름을 이루어 붉은 황금빛을 띠고 있었다.

"참으로 자랑스럽군요!"

코니는 불안한 듯이 계속해서 중얼거렸다.

"그리고 참으로 위엄이 있군요. 어쩌면! 이제야 알겠어요, 왜 남자들이 그처럼 도도하게 구는가를! 어떻든 정말 귀엽군요. 좀 무섭기도 하지만 정말 귀여워요! 그리고 내게로 오다니!"

코니는 두려움과 흥분에 싸인 채 아랫입술을 지그시 깨물었다.

멜러즈는 아무 말도 하지 않고, 조금도 달라지지 않고 긴장해 있는 그것을 내려다보았다.

"아, 이 녀석아. 이젠 됐어, 고개를 들어!"

멜러즈는 조그만 소리로 말했다.

"어머나! 괴롭히지 말아요."

그러면서 코니는 침대 위를 무릎걸음으로 그를 향해 다가갔다. 그녀는 그의 희고 날씬한 허리에 팔을 감아 끌어당겼다. 그러자 그녀의 늘어진 유방이 흔들리며 곤두선 남근 끝에 닿아 물 같은 것이 한 방울 묻었다. 그녀는 그를 꼭 껴안았다.

"누워요! 어서 누워요!"

멜러즈는 서두르고 있었다.

그 후 그들이 조용해졌을 때 여자는 다시 남자의 덮개를 벗겨 그 신비로운 것을 좀 더 보고 싶어 했다.

"이젠 작아졌군요. 생명의 작은 싹처럼 보드랍군요!"

코니는 조그맣게 말랑말랑해진 남근을 어루만지며 말을 이었다.

"어쨌든 귀엽군요! 그리고 너무 의젓하고 너무 이상해요! 그러면서도 순박해 보이는군요! 이것이 내 몸에 그렇게 깊숙이 들어오다니! 당신은 이걸 모욕해선 안 돼요! 이건 내 것이기도 하니까요. 당신 것만이 아니라 내 것이기도 하단 말예요. 어쩌면 이렇게도 귀엽고 순결할까?"

코니는 페니스를 가만히 손에 쥐었다.

"우리의 마음을 이렇게 사랑으로 묶어 놓은 유대(紐帶)에 축복 있으라!"

멜러즈가 웃으면서 말했다.

"물론이죠. 보드랍게 작아질 때에도 내 마음은 거기에 얽매여 있는 것 같아요. 그리고 여기 서 있는 털은 참으로 아름답군요! 정말 달라요!"

"그건 존 토머스의 털이지 내 것이 아니오!"

코니는 "존 토머스! 존 토머스." 하면서 재빨리 부드러운 페니스에 키스했다. 그러자 그것은 다시 일어나기 시작했다.

"아아!"

남자는 괴로운 듯 몸을 펴며 말했다.

"그놈은 내 영혼 속에 뿌리박고 있소! 그래서 때로는 어떻게 처리해야 할지 모를 때도 있지요. 이놈은 자기대로의 의지를 가지고 있어서 만족하게 해주기가 어렵소. 그렇다고 죽이고 싶지는 않고."

"남자들이 그것을 늘 두려워하는 것도 무리가 아니군요. 참으로 대단한걸요.”

전율이 사나이의 몸을 휩쓸어 갔다. 의식의 흐름이 방향을 바꾸어 아래를 향했다. 그러자 페니스는 서서히 부드럽게 파동치며 점점 굵어지면서 단단하고 오만하고 기운차게 일어섰다. 그로서도 어쩔 수가 없었다.

“자, 가져가시오. 당신 거니까.”

사나이가 말했다.

그것을 지켜보던 코니는 몸을 떨었다. 그녀의 마음은 녹아버렸다. 그가 자기의 몸 안에 들어오자 날카롭고 부드러운, 형용할 수 없는 쾌감의 파도가 그녀의 온몸을 휩쓸고 말았다. 이때부터 이상한 녹아 없어지는 듯한 전율은 이것이 마침내 마지막 극도의 발작을 일으키게끔 그녀를 몰고 갈 때까지 자꾸만 온몸에 퍼져 가서 넋을 잃고 말았다.

멀리스 스택스 게이트의 기적이 7시를 알렸다. 월요일 아침이었다. 그는 가볍게 몸서리를 쳤다. 그리고 그녀의 젖무덤 사이에 놓은 자기 얼굴을 좀 더 세게 눌러서 자신의 귀를 막았다.

코니는 기적 소리도 듣지 못한 채 영혼이 씻겨서 투명해진 기분으로 조용하게 누워 있었다.

“가야 하지 않겠소?”

멜러즈가 중얼거렸다.

“몇 시인가요?”

코니의 입에서 빛깔 없는 목소리가 흘러나왔다.

“7시 기적이 막 울렸소.”

“그럼 가야겠군요.”

이렇게 강요당할 때면 코니는 언제나 화가 났다.

멜러즈는 앉아서 우두커니 창밖을 내다보고 있었다.

“당신, 나를 사랑하죠?”

코니가 조용히 물었다.

"당신도 잘 알지 않소? 무엇 때문에 그런 걸 묻소?"

멜러즈는 다소 화가 나는 듯 말했다.

"날 가게 하지 말고 붙들어 주었으면 해서요."

그의 눈에는 아무것도 생각할 수 없는 따뜻하고 조용한 어두움이 넘치고 있었다.

"언제? 지금?"

"지금 당신한테. 그리고 당장에라도 여기 와서 함께 살고 싶어요."

그는 아무것도 생각할 수 없어 고개를 떨군 채 알몸으로 침대 위에 앉아 있었다.

"당신은 그러고 싶지 않나요?"

코니가 물었다.

"그야 그러고 싶고말고!"

그러자 다른 의식의 불꽃이 일어나 그의 눈은 다시 어두워져서 거의 잠들고 있는 듯 그녀를 바라보았다.

"지금은 내게 아무것도 요구하지 말아주오."

멜러즈는 말을 이었다.

"이대로 내버려둬요. 나는 당신이 좋소. 거기 누워 있을 때의 당신을 사랑하고. 당신을 말이오. 당신의 자태를, 당신의 다리를, 당신의 여자다운 점을 말이오. 진심으로 사랑하오. 그러나 지금은 아무것도 요구하지 말아주오. 아무 말도 시키지 말아요. 지금은 될 수 있는 한 가만히 있게 해주시오. 나중엔 무슨 말을 물어도 좋소. 그러나 지금은 이대로 내버려두시오."

멜러즈는 부드럽게 그녀의 비너스 봉우리에, 그 갈색의 보드라운 털에 손을 얹었다. 그리고 자신은 가만히 침대 위에 앉아 있었다. 그의 얼굴은 마치 상(像)과도 같은 모습으로 육체적인 방심 상태에서 조금도 움직이지 않았다. 그리고 눈에 보이지 않는 다른 의식의 불길 속에서 그녀 위에 손을 올려놓은 채 기분전환이 되기를 기다렸다.

조금 뒤 멜러즈는 손을 뻗어 셔츠를 집어들어 입었다. 아무 말 없이 재빨리 옷을 차려입고 마치 침대 위에 선 글루아 드 디종로즈처럼 벌거벗은 채 희미한 황금빛을 띠고 가만히 누워 있는 그녀를 한동안 물끄러미 내려다보고는 밖으로 나갔다.

코니는 아래층에서 그가 문 여는 소리를 들었다. 그녀는 여전히 생각에 잠긴 채 누워 있었다. 그에게서, 그의 집에서 떠나기가 몹시 괴로웠다.

아래층에서 멜러즈가 외쳤다.

"7시 30분이오!"

코니는 한숨을 쉬고 침대에서 몸을 일으켰다. 아무런 장식도 없는 조그마한 방! 조그만 옷장과 작은 침대뿐인 방! 그러나 마룻바닥은 깨끗하게 청소되어 있었다. 그리고 창가의 구석에 있는 선반에는 몇 권의 책이 있고, 순회도서관에서 빌려 온 책도 몇 권 있었다. 그녀는 그것을 살펴보았다. 러시아에 관한 책과 여행기가 몇 권 있고, 원자와 전자에 관한 책이 한 권, 지각의 구성과 지진의 원인에 관한 책이 한 권, 그리고 몇 권의 소설과 인도에 관한 책이 세 권 있었다. 요컨대 그는 독서가인 듯했다.

박공 창문으로 햇살이 그녀에게 쏟아지고 있었다. 밖에서는 플로시가 돌아다니고 있었다. 개암나무의 숲은 녹색으로 흔들리고 있고 그 밑바닥에는 암녹색의 산쪽풀이 나 있었다. 새들이 날고 재재거리는 맑게 갠 아침이었다. 여기에 머물 수만 있다면! 철과 연기가 자욱한 저 불쾌한 바깥 세계가 없다면! 만약 '그'만으로 그녀의 세계가 만들어져 있다면!

코니는 좁은 나무계단을 걸어 아래층으로 내려왔다. 만약 이 조그만 집만으로 세계를 이루고 있다면 이 집만으로도 만족하련만.

그는 세수를 하여 상쾌하게 보였다. 난롯불은 벌써 타고 있었다.

"뭘 좀 먹겠소?"

"아뇨! 빗 좀 빌려주세요."

코니는 그를 따라 부엌으로 들어가 뒷문께에 있는 조그마한 거울 앞에서 머리를 빗었다. 이제 그녀는 떠나기로 했다. 그녀는 조그만 앞뜰에 서서 이슬에 젖은 꽃을 바라보았다. 잿빛 석죽 꽃은 벌써 봉오리 져 있었다.

"다른 세계가 다 사라져 버렸으면……. 그리고 여기서 당신과 함께 살았으면……."

코니가 말했다.

"사라질 리는 없을 거요."

멜러즈가 대답했다.

두 사람은 아름답게 이슬에 젖은 숲 속을 잠자코 걸어갔다. 그들의 마음은 자기들만의 세계에 꼭 붙어 있었다.

"난 당장에라도 와서 같이 살고 싶어요."

코니는 헤어질 때 말했다. 멜러즈는 대답 대신 말없이 미소를 지었다.

코니는 아무도 눈치채지 않게 조용히 들어가서 자기 방으로 올라갔다.

제15장

힐더에게서 온 편지가 아침 식탁 위에 놓여 있었다.

'아버지께서는 다음 주에 런던으로 가실 예정이란다. 나는 이번 목요일 6월 17일에 너를 찾아갈 생각이야. 그러니까 우리가 곧 출발할 수 있도록 준비해 주기 바란다. 라그비 저택에서 시간을 낭비하고 싶지 않구나. 그것을 좋아하지 않으니까. 나는 레트퍼드의 콜먼 댁에서 묵게 될 거야. 목요일에 우리 점심식사를 함께 하자꾸나. 그리고 우린 차 마시는 시간에 출발해서 그랜섬에 머무르게 될 것 같아. 클리퍼드와 하룻밤을 지낸다는 건 쓸데없는 일이야. 네가 떠나는 걸 좋아하지 않을 거야. 그분에겐 아무런 즐거움도 되지 않을 테니까 말야.'

그렇다! 또다시 코니는 장기판 위에서 이리저리 끌려다니는 말과도 같았다.

클리퍼드는 그녀가 가는 것을 못마땅하게 여겼다. 그러나 그것은 다만 그녀가 집을 비우면 안정감을 잃기 때문이었다. 그녀가 있으면 왠지 차분할 수가 있었고, 손대고 있는 여러 가지 일을 마음대로 할 수 있었기 때문이다.

그는 탄광에 열중했다. 가장 경제적인 방법으로 석탄을 캐내어 판다는 거의 가망성 없는 문제에 골머리를 앓고 있었다. 그는 석탄의 '사용법'이나 '전환법'을 발견해야 한다고 생각했다. 그렇게 되면 그것을 팔 필요도 없고 팔지 못해서 걱정할 일도 없는 것이다. 그러나 전력화한들 그것이 팔리거나 이용될 수 있겠는가? 또한 액화(液化)한다 하더라도 비용이 너무 비싸고 공이 들었다. 사업에 활기를 넣어 주려면 미친 사람처럼 애써야 한다.

그것은 광기며 또한 그것을 성취하려면 광인(狂人)이 필요했다. 코니는 정말로 그가 다소 미쳤다고 생각했다. 탄광 문제에 있어 그의 열정과 총명은 그녀가 볼 때 광기의 표현처럼 생각되었다. 그의 두뇌 활동은 정신착란 바로 그것이었다.

그는 모든 중대한 계획에 대해 그녀와 상의했다. 그녀는 일종의 놀라움에서 그의 이야기에 귀를 기울였다. 그러자 곧 그의 유창한 이야기는 멎고 이번에는 라디오 확성기로 향하는 것이었다. 그래도 분명히 그의 계획은 꿈처럼 머릿속에서 소용돌이치는 모양이지만 얼핏 보기에 그는 멍청해 보이는 것이었다.

요즘 그는 매일 밤 볼턴 부인과 6펜스씩을 걸고 영국 병사들이 하는 카드놀이인 폰툰을 즐겼다. 그는 내기라면 어떤 것이라도 일종의 무의식 상태 혹은 허탈된 도취 상태에 빠져 있었다. 코니는 그런 그를 볼 수가 없었다. 그러나 그녀가 잠자리에 들면 그나 볼턴 부인은 유유히 새벽 2~3시까지 이상한 욕심에 사로잡혀 내기를 계속하는 것이었다. 볼턴 부인도 클리퍼드도 똑같은 욕심에 사로잡혔다. 번번이 그녀는 지게 마련이었기에 점점 그렇게 되는 것이었다.

어느 날 그녀는 코니에게 말했다.

"어젯밤엔 클리퍼드 나리께 23실링을 잃었어요."

"그래, 그분은 당신한테서 돈을 받던가요?"

코니는 어처구니가 없어서 물었다.

"네, 물론이죠, 마님! 명예로운 빚인 걸요."[65]

코니는 심하게 꾸짖고 두 사람에게 화를 냈다. 그러자 클리퍼드는 볼턴 부인의 급료를 일년에 백 파운드나 올려주었고, 그녀는 그것으로 내기를 걸 수 있었다. 아무튼 코니에게는 클리퍼드가 점점 나빠져 가는 것처럼 여겨졌다.

드디어 코니는 17일에 출발할 것을 클리퍼드에게 알렸다.

"17일? 언제 돌아오겠소?"

클리퍼드가 물었다.

"늦어도 7월 20일까지는 돌아올 거예요."

"좋소! 7월 20일."

물끄러미 그녀를 바라보는 클리퍼드는 어린아이처럼 멍해 보였지만 노인이 지니는 얼띤 교활함이 깃들어 있었다.

"당신, 날 실망시키지는 않겠지?"

"왜요?"

"당신이 없다는 것으로 말이오. 틀림없이 돌아오는 거겠지?"

"무슨 일이 있어도 꼭 돌아오겠어요."

"그래, 좋소! 7월 20일이오."

사실 클리퍼드는 그녀가 가주면 좋겠다고 생각했다. 그것은 야릇한 상태였다. 그녀가 잠시 다른 남자와 연애라도 해서 임신하고 돌아오면 좋겠다고 분명히 바라고 있었던 것이다. 하지만 동시에 그녀가 떠나는 것을 두려워했다.

코니는 떨리는 마음으로 그와 완전히 헤어지게 될 기회를 기다렸다. 그리고 그녀 자신에게나 그 자신에게도 그 기회가 무르익기를 기다렸다.

코니는 산지기에게 가서 외국 여행에 대해 이야기했다.

"내가 돌아오면 클리퍼드에게 헤어지자고 이야기하겠어요. 그러

65) 이 시기에는 내기 빚을 갚는다는 것을 명예롭게 생각하고 있다 – 옮긴이

면 당신과 함께 나갈 수가 있어요. 아무도 상대가 당신이라는 걸 몰라요. 우리는 외국에 갈 수 있겠죠? 아프리카나 오스트레일리아로 말예요."

코니는 자기의 계획에 완전히 흥분된 상태였다.

"당신, 식민지에 갔던 일은 없지요?"

멜러즈가 물었다.

"네, 당신은?"

"난 인도, 남아프리카, 이집트도 가 보았소."

"우린 남아프리카에 가도 좋지 않을까요?"

"가려고만 하면 갈 수 있소."

멜러즈는 천천히 말했다.

"아니면 어디에도 가는 게 싫은가요?"

"나는 상관없소. 어떻게 하든 난 상관없어요."

"그렇게 하면 행복해지지 않는다는 걸까요? 왜 그럴까요? 우린 가난하지 않을 거예요. 내게는 약 6백 파운드의 수입이 있어요. 나는 편지로 물어봤어요. 많지는 않지만 충분하겠죠?"

"내가 보기엔 큰 재산이오."

"아아, 얼마나 즐거울까요!"

"그러나 나는 이혼해야 합니다. 당신도 그렇고. 그렇지 않으면 귀찮은 일이 일어날 테니까."

생각할 문제가 한두 가지가 아니었다.

그런 일이 있은 후 어느 날 코니는 그에 대한 것을 여러 가지로 물었다. 그들은 오두막에 있었다. 밖은 뇌우가 퍼붓고 있었다.

"당신은 중위며 장교인 신사였을 때도 행복하지 않았나요?"

"행복? 네, 행복했지요. 나는 그 대령이 좋았소."

"당신은 그 사람을 사랑했나요?"

"네, 사랑했소."

"그분도 당신을 사랑했나요?"
"어떤 의미로 나는 사랑해 주었지요."
"그분 얘기를 좀 해주세요."
"무슨 얘기가 좋겠소? 대령은 병졸서부터 출세한 사람이었지요. 그는 군대를 사랑했소. 결혼하지 않은 독신자였지요. 나보다도 스무 살이나 위였소. 매우 교양 있는 사람이었고, 그런 사람에게 흔히 그렇듯 군대에서도 외톨이였고, 매우 정열적인 데다 영리한 장교였어요. 그분과 함께 있는 동안 나는 완전히 그분에게 끌려들어가고 말았지요. 그분의 뜻에 따라 생활한 거죠. 그러나 절대로 그것을 후회한 적이 없소."
"그 사람이 죽었을 때 타격을 받았나요?"
"꼭 내가 죽은 것 같았지요. 제정신이 들었을 때 역시 내 일부분은 실제로 죽어버렸었소. 그러나 이와 같은 사랑을 끝내게 하는 건 죽음뿐이라는 걸 전부터 알고 있었소. 모든 것이 그러니까요."
코니는 앉아서 생각에 잠겼다. 밖에서는 천둥소리가 요란해서 마치 노아의 홍수 때의 방주에 타고 있는 듯했다.
"당신은 여태까지 많은 경험을 쌓았군요."
"그럴까요? 나는 이미 한두 번 죽었던 것 같아요. 그런데도 나는 지금 여기 있소. 부지런히 일하면서 살다가 다시금 커다란 난관에 부딪친 거요."
코니는 열심히 생각하고 있었다, 여전히 비바람 소리를 들으면서.
"그 대령이 죽었을 때 당신은 장교로서 그리고 신사로서 행복하지 않았던가요?"
"그랬지요, 하찮은 사람들뿐이었으니까."
멜러즈는 갑자기 웃기 시작했다.
"대령은 언제나 이렇게 말했지요. '이봐, 영국의 중산 계급 사람들은 한 입마다 서른 번은 씹어야 하는 사람들뿐이야. 왜냐하면 그들의 창자는 몹시 가늘어서 콩알만하게 씹으면 변비가 오기 때문이야. 그들은 세상에서 처음 보는 인색하고 허약한 도요새 같은 인간들이야. 자만심에 가득 차서 구두끈이 조금만 비뚤어져 있어도 놀라지. 썩은 냄새를 풍기는 새처럼 악취를 풍기지. 그리고 언제나 버젓이 구실을 갖고 있어. 난 그게 질색이야. 굽실굽실 머리를 숙이고 혓바닥이 깔깔해질 때까지 남의 엉덩이를 핥고 돌아다니지. 언제나 구실을 갖고 있고 코끝에 자만심을 매달고 있어 잘난 체하는 놈들뿐이야! 전부 여자같이 잘난 체하는 놈들뿐이고 불알도 절반밖엔 없어.' 라고 말이오."

코니는 웃었다. 비는 억수같이 퍼붓고 있었다.

"그분은 사람들을 미워했나 보군요!"

"아니, 그는 귀찮아하지는 않았지요, 좋아하지도 않았지만. 대수롭지 않은 차이지만 말이오. 왜냐하면 그가 말한 대로 영국군인 전체가 잘난 체하고 불알이 반쪽이고 창자가 가늘어져 있으니까. 그러나 그렇게 되는 것은 모두 인류의 경향이니까."

"하층민도 노동자도 말인가요?"

"전부요. 그들은 기운이 없어졌어요. 자동차, 비행기가 그들의 마지막 생기를 빨아먹는 셈이죠. 정말 한 세대마다 한층 더 토끼처럼 된 다음 세대를 낳아 가는 거지요. 고무관처럼 된 창자와 양철 다리에 양철 얼굴을 한 인간들이죠! 그건 모두 인간의 것을 말살하고 기계만을 숭배하는 철저한 과격주의의 일단이오. 돈, 돈, 돈! 모든 현대의 인간적인 감정을 인간에게서 빼앗고, 인간의 참다운 저항력을 말살해 버리고, 옛날의 아담과 이브를 잘게 저민 회로 만들고 말아요. 그들은 모두 똑같아요. 세계도 모두 마찬가지지요. 인간의 본체를 말살해 버리고 포피 한 장에 1파운드, 불알 한 쌍에 2파운드씩 지불하는 셈이죠. 기계적인 성교가 있을 뿐 진정한 교섭은 없습니다. 모두 마찬가지지요. 세계의 남근을 모두 잘라버리고 그것에 돈을 지불하는 거죠. 돈, 돈, 돈을 지불하여 인류의 생기를 빼앗고 인간을 모두 조그맣고 소심하고 옹졸한 기계로 만들어 버린단 말입니다."

오두막에 앉아 있는 멜러즈의 얼굴에는 비웃는 듯한 조소적인 표정이 떠올랐다. 그러나 퍼붓는 비바람 소리에 귀를 기울이고 있었다. 그것은 그에게 몹시도 고독을 느끼게 했다.

"그렇지만, 그것이 끝날 수는 없을까요?"

코니가 말했다.

"아니, 끝날 겁니다. 그 자신이 자기 구제를 이루겠죠. 마지막 참다운 인간이 죽고 모든 인간이 뼈 없는 사람이 되면 백인이고 흑인이고 황색인이고 모든 인종이 굴복했을 때, 그때야 말로 모두 미쳐 버리게 될 겁니다. 왜냐하면 올바른 정신의 근본은 고환이니까. 그래서 모두 미치게 되면 성대한 아우토다페[66]를 하게 될 겁니다. 아우토다페를 아시겠지요? 이교도들의 화형 말이오. 네, 그들은 모두 자기 손으로 성대하고 비겁한 화형을 하는 것이오. 서로를 신에게 바치면서 말입니다."

"서로 죽인다는 말인가요?"

"바로 그렇지요! 만약 현재의 상태로 계속해 간다면 백 년 이내에 이 섬에는 만 명의 인간도 남지 않을 겁니다. 아니, 더 적을지도 모르죠. 깨끗이 서로를 멸망케 하고 말 겁니다."

천둥은 무서운 소리를 내면서 멀어져 갔다.

"좋겠군요!"

코니가 말했다.

"참 좋죠! 인류가 멸절되고 다른 생물이 나타날 때까지의 긴 공백을 생각하면 어떤 것을 생각하는 것보다도 더 냉정해지지요. 그래서 지식인이고 예술가고 지배자고 실업가고 노동자고 간에 모두가 미치게 되어 마지막 귀중한 인간의 감정과 직관력의 마지막 한 조각과

---

66) 스페인 종교재판소 앞에서 판결을 낭독하던 공적인 의식이다 – 옮긴이

최후의 건전한 본능마저 계속 죽여 간다면, 그리고 만약 이것이 오늘처럼 기하급수적으로 계속되어 간다면 그때야말로 인류는 마지막이오! '잘 있게, 친애하는 인류여!'겠죠. 그 뱀은 자기 자신을 삼켜 버리고 엉망진창이 된 공허를 남기지만 전혀 절망적이라곤 할 수 없죠. 그러나 조금도 상관없습니다! 사나운 들개가 라그비 저택 안에서 짖어대고 들에서 마주 자란 탄광의 말이 테버셜의 폐광된 산을 짓밟을 그때야말로 '우리의 신을 찬양할지어다!'일 겁니다."

코니는 웃었다. 그러나 행복한 것 같지는 않았다.

"그럼 당신은 그들이 모두 과격주의자인 것을 기뻐해야겠군요. 그들이 그 종말로 치닫는 것을 기뻐해야겠군요."

"네, 기뻐하지요. 난 그들을 막지 않아요. 막고 싶어도 어쩔 수 없으니 말이오."

"그런데 왜 그렇게 우울하죠?"

"아니, 난 우울하지 않아요! 난 조금도 상관없소."

"하지만 만약에 당신의 아이가 태어난다면?"

멜러즈는 한동안 고개를 떨구었다가 이윽고 말했다.

"아무래도 이 세상에 아이를 낳는다는 건 잘못된 괴로운 것이라고 생각하오."

"아니에요, 그런 말 하지 말아요. 제발 하지 말아요!"

코니는 말을 이었다.

"나, 아이가 생긴 것 같아요. 기쁘다고 말해 줘요."

코니는 자기의 손을 그의 손에 얹었다.

"당신이 기쁘다면 나도 기쁘오. 하지만 난 태어날 아이에게 심한 배신을 하고 있는 것 같소."

"아아! 안 돼요!"

코니는 소스라치게 놀라며 말을 이었다.

"그렇다면 당신은 정말로 나를 원할 수 없어요! 그렇게 생각한다면 당신은 나를 원할 수 없어요!"

멜러즈는 다시 입을 다물고 얼굴을 찌푸렸다. 밖에서는 비가 퍼붓고 있었다.

"그건 거짓말이죠! 그건 거짓말예요. 무언가 다른 진짜 일이 있을 거예요."

코니는 자기가 그와 헤어져 일부러 베네치아로 가기 때문에 좀 우울해진 거라고 생각했다. 그러자 이런 일이 절반쯤 그녀를 기쁘게 했다. 그녀는 그의 옷을 벗겨 배를 드러나게 하고 배꼽에 키스했다. 그러고 나서 그의 배에 볼을 비벼대고 그의 따뜻한 허리에 팔을 둘러 껴안았다. 홍수 속의 외로운 두 남녀.

"얘기해 줘요, 네? 당신도 어린아이가 있기를 원하죠? 그렇다고 해줘요, 네?"

코니는 자신의 얼굴을 그의 배에 대면서 소곤거렸다.

"그래, 맞아!"

마침내 멜러즈가 입을 열었다. 그녀는 그의 의식이 변화해 가는 데 따라 기묘한 전율과 이완이 그의 몸에 고루 퍼지는 것을 느꼈다.

"그래, 나도 아이가 있었으면 하고 가끔 생각해 본 적이 있지. 이곳 탄광부들 속에서라도! 그들은 심한 일을 하고 있지만 돈을 많이 받지는 못하오. 만약 누군가가 그들에게 '돈보다 다른 것을 생각하라, 어떤 일이 있더라도 돈은 우리에게 조금밖에 필요치 않은 거다, 돈 때문에 살지 말자'고 한다면 말이지요."

코니는 부드럽게 그의 배에 뺨을 비볐다. 그는 말을 이었다.

"뭐든지 다른 것을 위해서 살도록 하자, 우리 자신을 위해서나 다른 누군가를 위해서나 돈벌이를 위해서 살지는 말자, 지금 우리는 강요되고 있다, 우리 자신을 위해서 적은 돈을, 그러면서도 고용주를 위해서는 많은 돈을 만들도록 강요당하고 있다! 이런 생활은 차차로 그만두기로 하자! 미치광이처럼 돌아다닐 필요는 없다, 공업적인 생활을 그만두고 옛날로 돌아가자, 얼마 되지 않는 돈으로 족하다, 모든 사람이 그렇다, 나도 당신도 고용주도 주인도 아주 적은 돈으로 만족하자, 다들 그렇게 결심하라, 그렇게 하면 혼란을 피할 수가 있다, 라고 말입니다."

멜러즈는 잠시 사이를 두었다가 계속해서 말했다.

"그래서 나는 그들에게 말하겠소. '보라, 조를 보라! 그는 활발하게 일하고 있다! 저놈이 얼마나 기운차고 기분 좋게 일하고 있는가를 보라. 그는 아름답다! 그러나 조나를 보라! 그는 볼꼴사납고 추악하다. 그는 결코 자진해서 자신의 몸을 움직이려 하지 않기 때문이다. 나는 그들에게 말하겠소. 보라! 네 몸을 보라! 한쪽 어깨는 다른 어깨보다 높고, 다리는 꼬이고 발은 무거워 보인다. 그토록 저주받은 일을 하고서도 도대체 너 자신을 위해 유익했었는가? 너 자신을 망치면서까지 그렇게 일할 필요는 없는 거다. 옷을 벗고 네 몸을 보라. 너는 발랄하고 아름다워야 하는 것이다. 추하고 반쯤 죽은 몸이어서는 안 된다.'고 나는 말하겠소.

그리고 나는 그들에게 색다른 옷을 입히겠소. 이를테면 몸에 잘 맞는 새빨간 바지와 작고 짧은 흰 재킷을 입히는 거요. 만약 남자의 다리가 빨갛고 아름다운 것이라면 다만 그것만으로 그들을 한 달 만에 바꾸게 될 테니까. 그들은 다시 인간다워질 거요. 인간답게! 그리고 여자는 자기 맘대로 옷을 입을 수가 있소. 왜냐하면 만약 남자가 잘 맞는 새빨간 아름다운 바지를 입고, 흰 재킷 아래로 아름다운 엉덩이 모양을 보이고 돌아다니게 된다면 그때는 여자도 여자다워질 거요. 여자가 남성적이 되었느니 하는 것은 남자가 남자답지 않기 때문이오. 그리고 머지않아 이런 테버셜 마을을 버리고 아름다운 건물을 세우는 것이오. 거기서 우리 모두가 살게 되오. 그리하여 이 지방을 다시 아름답게 하는 거지요. 아이는 그다지 많이 필요하지 않소, 인구 과잉이니까.

그러나 나는 사람들에게 설교하고 싶진 않소. 다만 그들을 발가벗겨놓고 말할 뿐이오. '네 몸을 보라! 돈만을 위해서 일하기 때문이다! 그대 자신의 진정한 마음의 소리를 들어 보라! 돈을 위해 일하고 있는 거다! 여태까지 돈만을 위해 일해 왔다. 테버셜 마을을 보라! 끔찍하지 않는가? 그대가 돈을 위해 일하는 동안 세워진 것이다. 마을의 처녀들을 보라! 그녀들은 그대를 전혀 아랑곳하지 않는다. 그대들도 그녀들에게 아랑곳하지 않는다. 그것은 그대들이 일만을 하고 돈에 마음을 빼앗기고 있기 때문이다. 그대들은 얘기를 할 수도 움직일 수도 살 수도 없다. 그대는 살아 있는 것이 아니다. 그대 자신을 보라!' 하고 말이오."

이내 문밖은 조용해지고 다소 추워진 듯했다. 코니는 반쯤 귀를 기울이고 있었다. 그리고 오두막으로 오는 길에 꺾어 들고 온 물망초 몇 송이를 그의 배 밑 털에 꽂았다.

"당신은 네 가지의 털을 갖고 있군요. 당신 가슴에는 거무스름한 털이 있고, 머리카락은 검지 않은데 당신의 수염은 빳빳하고 불그스름하며, 그리고 여기에 있는 이 털은, 아아! 당신의 사랑스런 털은 밝은 황금빛이 감도는 붉은 겨우살이풀의 조그만 숲 같군요. 이게 제일 아름다워요."

멜러즈는 사타구니 털 속의 우윳빛 물망초를 내려다보았다.

"아! 거기가 바로 물망초를 놓을 장소로군요. 하지만 장래에 대해서 걱정스럽지 않소?"

코니는 그를 쳐다보았다.

"그야, 걱정돼요!"

코니가 말했다.

"인간 세계는 그것 자체의 지독한 잔인성 때문에 현재와 같은 운명이 되고 말았다고 생각하면 식민지로 간다 하더라도 안전하지 않다고 생각하오. 설사 달세계로 간다 해도 되돌아보면 더럽혀지고 잔인하고 불쾌한 지구가 별들 사이에 보이기 때문이오. 그럴 때 나는 담즙을 마신 것처럼 속이 메슥거려서 어디로도 달아날 수 없을 것 같소. 그러나 간혹 까맣게 잊을 때도 있죠. 지난 3백 년 동안 인간은 어떻게 되어 왔겠소? 정말 부끄러운 일이오. 인간은 일만 하는 일벌레일 뿐 아무것도 아니었소. 인간다운 정도 없고 진정한 생활조차 없어진 것이오. 나는 다시 한 번 기계를 지구 표면에서 깨끗이 없애 버리고 싶소. 그리고 완전히 공업시대에 종지부를 찍고 싶소. 극단적인 잘못이 있었다고 하고 말이오. 그러나 그것은 나에게도 또한 누구에게도 가능하지 못한 일이라 차라리 내 평화를 좀 더 훌륭하게 지키고 싶을 뿐이오. 그리고 나 자신의 생활을 지키고 싶은 거요. 살아가기만 한다면 말이오. 그것도 실은 의심하고 있지만."

사납게 치던 우뢰가 멎은 듯했다. 그러나 그때까지 멎었던 비가 갑자기 퍼붓기 시작했다, 사라져 가는 폭풍의 투덜거림과 번갯불의 마지막 섬광을 동반하고.

코니는 불안했다. 그는 지금 오랜 시간 얘기를 하고 있다. 그러나 그녀에게가 아니라 자기 자신에게 한 것이었다. 절망감이 그를 완전히 싸버린 듯싶었다. 그녀는 행복을 느끼고 있었다. 절망하기는 싫었다. 그녀는 자신이 그의 곁을 떠나가려고 하는 것을 알고 있었다. 그것을 그는 다만 마음속으로 의식하고 있을 뿐이었으나 그것이 이런 기분으로 그를 끌어들이고 만 것이다. 그녀는 다소 우월감을 느꼈다.

코니는 문을 열고 쏟아지는 비를 바라보았다. 비는 마치 강철로 만든 휘장 같았다. 그녀는 갑자기 빗속으로 뛰쳐나가 마구 달리고 싶어졌다. 그녀는 일어서서 양말을 벗기 시작했다. 옷과 속옷도 벗기 시작했다.

멜러즈는 숨을 죽이고 그녀를 바라보았다. 그녀의 날카롭고 뾰족한 야성적인 유방은 몸이 움직일 때마다 흔들거렸다. 주위의 푸른 불빛 아래에 서 있는 그녀의 몸은 상앗빛을 띠었다. 그녀는 신을 신고 웃으면서 밖으로 뛰쳐나갔다. 앞가슴에 억수같이 퍼붓는 비를 맞으면서 두 팔을 활짝 벌려 치켜들고 지난날 드레스덴에서 배웠던 체조의 동작을 하듯 움직이며 빗속을 마구 뛰어다녔다. 몸을 올렸다 내렸다 굽혔다 폈다 하며 온 허리에 비를 맞아 번쩍이기도 하고, 다시 몸을 쳐들어 빗속에 배를 쑥 내미는가 하면, 다시 앞으로 몸을 구부려 풍만한 허리와 엉덩이만을 그대에게 드리는 존경의 뜻인 양 거친 인사를 되풀이해서 내밀기도 하여 이상야릇한 느낌을 주었다.

멜러즈는 씁쓸한 웃음을 지으며 옷을 벗어 던졌다. 더 이상 참을 수가 없었다. 벌거숭이가 되어 밖으로 뛰쳐나갔다. 몸을 약간 움츠리면서 비스듬히 퍼붓는 빗속으로 달려갔다. 풀로씨도 미친 듯이 짖어대며 그의 앞으로 뛰어나갔다.

머리카락이 흠뻑 젖어 얼굴에 내리 덮인 그녀는 상기된 얼굴로 그를 돌아보았다. 그녀의 푸른 눈은 흥분으로 뜨겁게 타고 있었다. 그러자 이내 돌아서서 이상하게 공격하는 동작으로 빈터를 지나 길 아래로 쏜살같이 달려갔다. 비에 젖은 나뭇가지가 몸을 스쳤다. 그의 눈에는 비에 흠뻑 젖은 둥근 머리와 앞으로 기운 젖은 잔등과 번질거리는 둥근 엉덩이밖에 보이지 않았다. 몸을 쪼그리고 도망가는 멋진 여자의 나체…….

넓은 길에 이르렀을 때 그는 따라가서 젖은 팔로 그녀의 비에 젖은 허리를 감싸 안았다. 그녀는 소리를 지르면서 몸을 반듯하게 일으켰다. 그녀의 보드랍고 싸늘한 살결이 그의 몸에 닿았다. 그는 미친 듯이 세차게 그녀를 끌어안았다. 부드럽고 싸늘한 그녀의 살은 그에게 닿자 불꽃을 일으킨 양 순식간에 따뜻해졌다. 비는 사정없이 그들 위에 내리 퍼부었다. 그는 그녀의 묵직하고 탐스러운 엉덩이를 두 손으로 떠받쳐 빗속에서 몸을 떨며 미친 듯이 끌어당겼다. 그리고 갑자기 그녀를 쓰러뜨리고 자기도 길 위에 쓰러졌다. 내리 퍼붓는 빗속의 고요 속에서 그는 그녀를 끌어안고 짧고 날카롭게 짐승처럼 끝마쳐 버렸다.

눈으로 흘러드는 빗물을 닦아내며 그는 이내 일어났다.

"돌아갑시다."

두 사람은 오두막을 향해 달리기 시작했다. 비를 좋아하지 않는 멜러즈는 오두막을 향했 곧바로 달렸다. 그러나 코니는 물망초와 패랭이꽃과 히아신스를 꺾으며 몇 발짝 떨어져 마치 자기에게서 도망치듯 달리는 그를 바라보며 걸었다.

꽃을 들고 오두막에 들어서자 그는 벌써 불을 피워 놓고 있었다. 나뭇가지가 소리를 내며 타는 중이었다. 뾰족한 유방이 올라갔다 내려갔다 하고 머리는 비에 젖어 착 달라붙었고 얼굴은 홍조를 띠어 발그레했다. 그녀의 몸은 번쩍거리며 빗물이 뚝뚝 떨어지고 있었다. 눈을 크게 뜨고 숨을 헐떡이며 비에 젖은 조그마한 머리와, 빗물이 떨어지는 풍만하고도 순결해 보이는 엉덩이는 흡사 그녀를 생소한 딴 사람처럼 보이게 했다.

멜러즈가 낡은 시트로 몸을 닦아주자 그녀는 어린아이처럼 가만히 서 있었다. 이내 자기 몸도 닦은 그는 오두막의 문을 닫았다. 난롯불은 기운차게 타올랐다. 그녀는 시트 한쪽 자락에 머리를 파묻고 젖은 머리카락을 비볐다.

"수건 하나로 둘이 닦다간 싸우겠는걸!"

코니는 머리카락이 뒤엉킨 채 흘끗 그를 쳐다보았다.

"아니에요! 수건이 아니라 시트예요."

코니는 눈을 크게 뜨고 말했다. 그리고 계속해서 머리를 닦았다.

한바탕 강렬한 활동을 끝낸 뒤인지라 아직도 그들은 숨을 헐떡이며 제각기 군대용 담요에 몸을 감싸고, 몸 앞은 난롯불로 향해 드러낸 채 통나무 위에 아무 말 없이 나란히 앉아 있었다. 코니는 살결에 닿는 담요의 감촉이 싫었다.

이내 코니는 담요를 벗어 던지고 난롯가에 무릎을 꿇고 머리를 불 위로 내밀어 머리카락을 흔들었다. 멜러즈는 그녀의 곡선을 이룬 허리 부분을 주시했다. 그것이 오늘은 그를 매혹하게 했던 것이다. 묵직하고 둥근 엉덩이로 뻗어 내려간 풍만한 곡선! 그리고 그 사이에 비밀의 따뜻함에 감싸여 있는 신비의 입구! 그는 그녀의 깊고 곱다란 곡선을 이룬 둥그런 엉덩이를 어루만졌다.

"당신은 참으로 탐스러운 엉덩이를 가졌구려."

멜러즈는 그녀의 엉덩이를 애무하며 사투리를 섞어 목멘 소리로 말을 이었다.

"당신의 엉덩이는 누구 못지않게 훌륭해. 이보다 더 탐스러운 것은 없을 거요! 그야말로 여성답소. 어느 모로 보나 여자다움을 충분히 갖추고 있소. 사내아이들의 것이나 다름없는 다른 여자들의 엉덩이와는 달라. 당신이야말로 남자들이 진정으로 좋아하는 부드러운 곡선을 가지고 있소. 이것은 온 세계를 추켜들 수 있는 엉덩이요."

멜러즈는 말을 하는 동안에도 줄곧 둥그런 엉덩이를 부드럽게 쓰다듬었다. 그러자 걷잡을 수 없는 불꽃이 거세게 손안으로 번져 오는 것을 느꼈다. 그의 손가락 끝은 조그마한 불길의 솔처럼 부드럽게 그녀의 비밀의 두 문을 어루만졌다.

"만일 여기서 똥을 누고 오줌을 눈다 해도 나는 기쁘오. 똥도 오줌도 못 누는 여자는 필요치 않아."

코니는 갑자기 놀란 듯한 웃음을 터뜨렸다. 그러나 그는 조금도 아랑곳하지 않고 계속해서 쓰다듬었다.

"당신은 정말 진짜요! 당신이야말로 암캐답다고 할 만큼 진짜요. 여기로 똥을 누건 오줌을 누건 나는 손을 떼지 않겠소. 당신을 사랑하기 때문이오. 당신은 그야말로 알맞고 여자다운, 그리고 자랑스러운 엉덩이를 갖고 있소. 조금도 부끄러울 것이 없는 엉덩이요."

멜러즈는 다가가서 인사라도 하듯 그녀의 비밀의 문을 힘 있게 손으로 덮었다.

“이게 좋아. 비록 단 10분 동안을 사는 한이 있더라도 이렇게 당신의 엉덩이를 쓰다듬고 그것을 알게 된다면 난 그것으로 한평생을 산 것이라고 생각하겠소. 알겠소? 산업주의적 제도가 있건 없건 말이오! 여기에 내 생활이 있는 거요.”

코니는 몸을 돌려 그의 무릎 위로 기어 올라가서 매달렸다.

“키스해 줘요.”

코니는 속삭였다. 그리고 이별이라는 생각이 아직도 마음속에 도사리고 있다는 것을 알았다. 그녀는 서글퍼졌다.

머리를 그의 가슴팍에 파묻은 코니는 상아처럼 윤이 나는 두 다리를 벌린 채 그의 넓적다리에 올라앉았다. 난롯불은 고르지 않게 그들 위를 비추고 있었다. 머리를 숙이고 앉아 있던 그는 불빛이 밝혀주는 그들의 겹쳐진 몸을 보면서 그녀의 넓적다리 사이에 이르기까지 늘어선 부드러운 갈색 털을 바라보고 있었다.

멜러즈는 뒤에 있는 테이블에 손을 뻗쳐 그녀가 꺾어 온 꽃다발을 집어들었다. 꽃송이는 아직 채 마르지 않아 그녀의 몸 위로 물방울이 떨어졌다.

“꽃은 비가 오나 안 오나 밖에서만 지내야 하는군. 꽃에겐 이런 오두막도 없으니까.”

“그래요. 오두막도 없죠.”

멜러즈는 물망초 몇 송이를 그녀의 아름다운 갈색 털 속에 꽂아 놓고는 환호성을 질렀다.

“오호! 자, 봐요. 물망초가 제자리를 찾은 거야!”

코니는 자기의 몸 아래쪽 갈색 털 속에 꽂힌 우윳빛의 조그마한 꽃을 보았다.

“참 아름답군요!”

“생명처럼 아름다워!”

멜러즈는 핑크빛 히아신스의 꽃봉오리를 털 속에 끼워놓았다.

"자, 이건 나요. 이젠 나를 잊지 않을 거요. 이것은 갈대 속의 모세란 말이오."

"그럼 내가 간다고 해도 걱정하지 않겠죠?"

코니는 그의 얼굴을 쳐다보며 깊은 생각에 잠겨 말했다. 짙은 눈썹을 한 그의 얼굴은 헤아릴 수 없이 불가사의했다. 그는 얼빠진 멍청한 표정을 짓고 있었다.

"당신 좋을 대로 해요."

멜러즈는 훌륭한 영어로 말했다.

"하지만 당신이 정 싫다면 난 안 가겠어요."

코니는 그에게 매달리면서 말했다.

둘 다 한동안 말없이 잠자코 있었다. 그는 몸을 굽혀 나뭇조각을 난로에 지폈다. 불꽃은 그의 말없는 무표정한 얼굴을 비추었다. 코니는 기다리고 있었다. 그러나 그는 아무 말도 하지 않았다.

코니는 말을 계속했다.

"나는 클리퍼드와 헤어지는 계기로 그것이 좋은 방법이라고 생각했어요. 난 어린아이가 갖고 싶어요. 그것은 내게 있어서 좋은 기회가 될 거예요. 저어……."

"사람들을 조금 속이기 위해서 말이오?"

멜러즈가 물었다.

"네, 다른 여러 가지 일도 있지만요. 당신은 그 사람들이 사실대로 알아주기를 바라나요?"

"그들이 어떻게 생각하건 난 상관없는 일이오."

"난 싫어요! 라그비 저택에 있는 동안만은 모두가 불쾌하고 차디찬 마음으로 나를 대하는 것이 싫어요, 내가 나가 버린 뒤에 저마다 좋을 대로 생각해도 상관없지만."

멜러즈는 잠자코 있었다.

"클리퍼드 경은 당신이 당연히 돌아올 걸로 생각하나요?"
"네. 그리고 돌아와야 해요."
다시 침묵이 흘렀다.
"그러면 당신은 라그비 저택에서 아이를 낳겠소?"
코니는 두 팔로 그의 목을 끌어안았다.
"당신이 나를 어디로든지 데리고 가주지 않으면 나로서는 그렇게 할 수밖에 없겠죠."
"어디로 데려간단 말이오?"
"어디라도 데려가 줘요! 라그비 저택만 아니라면 아무 데라도."
"언제?"
"어머, 내가 돌아왔을 때죠."
"그러나 한번 나가면 그만이지 다시 돌아와서 같은 짓을 두 번 되풀이할 필요가 어디 있겠소?"
"난 돌아와야 해요. 약속했는걸요. 그것도 진정으로 약속했어요. 사실은 당신에게로 돌아오는 거예요."
"당신 남편의 고용인인 산지기에게로?"
"그런 것은 문제가 되지 않아요."
"그래요?"
한참 동안 말없이 생각에 잠겼다가 멜러즈는 말을 이었다.
"그 뒤 언제 다시 깨끗하게 나가 버릴 작정인가요? 정확하게 언제지요?"
"그건 모르겠어요. 베네치아에서 돌아온 다음에 모든 것을 준비하도록 해요."
"어떻게 준비하지요?"
"클리퍼드에게 얘기하겠어요. 말하지 않으면 안 돼요."
"그렇소?"
멜러즈는 는 침묵을 지켰다. 그녀는 두 팔로 그의 목에 걸었다.

"이 일을 어렵게 만들지 말아요."

코니는 애원조로 말했다.

"어렵게 하다니, 무엇을?"

"내가 베네치아에 가서 여러 가지 준비하는 걸 말예요."

멜러즈의 얼굴에 미소가 떠오르고 절반은 쓴웃음이 되어 스쳤다.

"어렵게 하진 않겠소. 당신이 하는 일이 무엇인가를 알고 싶을 뿐이오. 그런데 당신은 진정한 자기 자신을 알지 못하오. 당신은 시간의 여유를 바라고 있소. 떠나서 천천히 생각해 보려 하고 있소. 나는 당신을 책망하지 않겠소. 당신은 현명한 것 같소. 당신은 라그비 저택의 부인으로서 머물길 바라는지도 모르오. 아무것도 나무라지 않겠소. 내게는 라그비 저택에 견줄 만한 것이 아무것도 없소. 당신은 내게서 무엇을 끌어낼 수 있을지를 알 거요. 아니, 아니, 당신이 옳은 것 같소. 정말 그렇소! 그러나 당신과 생활하게 되고, 당신의 도움을 받겠다고는 생각지 않소. 이것도 또한 문제지만……."

코니는 어쩐지 그가 말을 맞받아 쏘고 있는 것처럼 느껴졌다.

"하지만 당신은 나를 원하고 계시죠?"

"당신은 나를 원하오?"

"내가 그렇다는 것을 알고 있잖아요. 명백한 일인 걸요."

"정말이오! 그래, '언제' 당신은 내가 필요하지요?"

"내가 돌아올 때쯤엔 완전히 그 준비를 다 마칠 수가 있어요. 지금 난 당신하고 이런 얘기하는 것이 괴로워요. 조용히 좀 더 신중해야 해요."

"정말 그렇소! 조용히 신중히 해야 하지요."

코니는 다소 마음이 언짢았다.

"그렇지만 믿어 주시겠죠?"

코니가 물었다.

"네, 완전히!"

코니는 그의 말에 조롱하는 말투가 섞여 있는 것을 알았다.

"그럼 말해 주세요. 베네치아에 가지 않는 게 좋다고 생각하시나요?"

코니는 분명하게 말했다.

"가는 게 좋소."

멜러즈는 차갑게 조롱하는 투로 대답했다.

"다음 주 목요일인 거 아시나요?"

"알아요!"

코니는 잠시 생각에 잠겼다.

"돌아오면 우리의 입장을 좀 더 잘 알게 되겠지요."

드디어 그녀는 입을 열었다.

"네, 그렇죠!"

기묘한 침묵의 심연이 그들 사이에 가로놓여졌다.

"난 이혼 관계로 변호사한테 갔다 왔소."

멜러즈는 약간 자신을 누르는 듯한 어조로 말했다.

코니는 가볍게 몸을 떨었다.

"당신이? 그래, 뭐라고 하던가요?"

"좀 더 빨리 끝냈어야 할 일이라고 하더군요. 지금은 귀찮게 될지도 모른다고요. 그러나 내가 군대에 있었다는 이유로 모든 것이 잘 될지도 모른다고 변호사는 생각하는 모양입니다. 이것으로 내가 그 여자의 책임을 지지 않아도 된다면 좋겠는데."

"그 여자는 통지를 받겠죠?"

"벌써 통지를 받았대요. 그 여자와 함께 사는 사내, 즉 공동 피고도 받았답니다."

"끝까지 완전히 끝내려니 정말 싫은 일을 하게 되는군요. 나는 클리퍼드를 상대로 그렇게 해야 되겠군요."

침묵이 흘렀다.

"물론 그렇죠. 그 때문에 6개월이나 8개월 동안 착실한 생활을 할 수밖엔 없군요. 당신이 베네치아에 가면 적어도 한두 주일은 유혹에서 멀어질 테니까."

"내가 유혹한다고요?"

코니는 그의 얼굴을 애무하며 말을 계속했다.

"내가 유혹하다니, 기쁘군요! 그건 생각 않기로 해요! 당신이 생각하기 시작하면 난 무서워져요. 당신은 나를 납작하게 만들어 버리는 걸요. 그건 생각 않기로 해요. 떨어져 있으면 얼마든지 생각할 수 있을 테니까요. 그것이 중대한 점이에요! 떠나기 전에 다시 한 번 올까 생각하고 있어요. 한번 이 집에 와야 할 것 같아요. 목요일 밤에 와도 괜찮겠죠?"

"그날은 언니께서 오시는 날 아니오?"

"네, 그렇지만 언니는 차 마시는 시간에 떠나겠다고 했어요. 우린 그때 떠날 거예요. 하지만 언니는 다른 곳에서 머물 거고 난 당신과 잘 수 있어요."

"하지만 언니에게 다 털어놓고 얘기를 해야 할 것 아니겠소?"

"얘기하겠어요. 조금은 얘기해 두었는데 이번에는 모두 다 얘기하겠어요. 언니는 큰 힘이 되어 줄 거예요. 이해심이 많으니까요."

멜러즈는 그녀의 계획을 생각해 보았다.

"그래, 당신은 차 마시는 시간에 라그비 저택을 떠난단 말이죠. 런던으로 가는 체하고 어느 길로 가겠소?"

"노팅엄과 그랜섬을 지나갈 거예요."

"그래, 도중에 내려서 걷든가 타든가 해서 여기로 오겠다는 건가요? 위험하다고 생각하는데."

"그럴까요? 그럼 언니한테 데려다 달라고 하겠어요. 언니는 맨스필드에서 묵게 될 테니까. 그러니까 밤에 여기에 와서 아침에 다시 데리고 가 달라고 하죠. 아주 쉬운 일이에요."

"그러다가 누가 당신을 보기라도 하면?"

"난 보안용 안경을 쓰고 베일을 쓰겠어요."

멜러즈는 한동안 생각했다.

"좋겠죠! 언제나처럼 당신 마음대로 하구려."

"당신 맘에 안 들어요?"

"아니, 맘에 꼭 들었소! 기회는 놓치지 않겠소."

멜러즈는 조금 음울하게 말했다.

"내가 뭘 생각하고 있었는지 알겠어요?"

코니가 갑자기 물었다.

"……."

"문득 이런 생각이 떠올랐어요. 당신은 '불타는 절굿공이의 기사(騎士)'라고요!"

"그러면 당신은? 당신은 '빨갛게 달아오른 절구통의 귀부인'이군요?"

"그래요, 당신은 절굿공이 경(卿)이고 나는 절구통 부인이에요."

"됐소, 나는 기사 작위를 받은 셈이구려. 존 토머스는 당신의 제인에 대해서 존 경이 되겠군요."

"그래요! 존 토머스는 기사 작위를 받았어요. 나는 '사랑하는 귀부인의 처녀 털'이에요. 그러니까 당신은 이 꽃을 달아야 해요."

코니는 두 송이의 핑크빛 히아신스를 그의 페니스 위 불그스레한 황금빛 숲 속에 꽂았다.

"자, 보세요. 얼마나 매력적이에요, 존 경!"

코니는 조그만 물망초를 그의 가슴팍 검은 털 속에 밀어 넣었다.

"자, 여기 꽂혀 있으면 날 잊지 않을 테죠?"

코니는 그의 앞가슴에 키스한 다음 두 송이의 물망초를 젖꼭지에 꽂고 다시 키스했다.

"나를 달력으로 만들구려!"

멜러즈가 웃자 꽃이 가슴에서 흔들렸다.
"잠깐!"
자리에서 일어난 멜러즈는 오두막 문을 열었다. 현관에 누워 있던 풀로시가 벌떡 일어나 그를 쳐다보았다.
"나야!"
비는 멎었지만 비에 젖은 음침하고 향기로운 정적이 덮여 있었다. 저녁때가 다가오고 있었다.
밖으로 나간 멜러즈는 숲 속의 길과는 반대쪽에 나 있는 오솔길을 따라 내려갔다. 코니는 그의 여위고 흰 뒷모습을 지켜보았다. 흡사 유령이 사라져 가는 것처럼 느껴졌다. 그의 뒷모습이 보이지 않자 코니의 가슴은 덜컥 내려앉는 듯했다. 그녀는 담요로 몸을 감싼 채 오두막 입구에 서서 축축하고 고요한 밖을 내다보았다.
멜러즈는 빠른 걸음으로 꽃을 한아름 안고 되돌아왔다. 그녀는 그가 좀 무서워졌다. 정말 사람같이 보이지 않았다. 그는 가까이 다가오더니 그녀의 눈을 빤히 들여다보았다. 그녀는 그 뜻을 알 수가 없었다.
멜러즈는 매발톱꽃, 히아신스 그리고 갓 베어놓은 꼴풀과 조그만 싹이 트기 시작한 인동덩굴과 가시나무를 안고 왔다. 그는 그녀의 젖가슴 위에 솜털로 덮인 어린 가시나무 가지를 걸쳐놓고 히아신스와 패랭이꽃을 끼워 놓았다. 그리고 그녀의 배꼽에는 핑크색 히아신스를, 털 속에는 물망초와 선갈퀴를 꽂았다.
"영광에 싸인 그대의 모습이여!"
멜러즈는 계속해서 말했다.
"존 토머스와 결혼하는 제인 부인이여!"
멜러즈도 자신의 털에 꽃을 꽂고 페니스 주위엔 약간의 좀가지풀의 덩굴을 감고, 배꼽에는 히아신스꽃 하나를 붙여 놓았다.
코니는 이상스럽게 열중하고 있는 그를 재미있다는 듯 지켜보았다. 그리고 패랭이꽃 하나를 그의 콧수염 속에 끼워 놓았다. 꽃은 그의 코밑에서 달랑거렸다.

"이건 존 토머스가 제인 부인에게 장가드는 거요. 우린 콘스탄스와 올리버를 자기의 갈 길로 보내야 하오. 아마……."

멜러즈는 손을 벌리고 몸짓을 하다 재채기를 하고 말았다. 그 바람에 코밑과 배꼽에 붙어 있던 꽃이 떨어졌다. 그는 다시 재채기를 했다.

"아마라니, 뭐예요?"

코니는 그가 말을 계속하기를 기다리면서 물었다. 멜러즈는 다소 어리둥절하여 그녀를 쳐다보았다.

"응?"

"뭐예요? 끝까지 말해 보세요."

"글쎄, 내가 뭘 말하려 했지?"

멜러즈는 무슨 말을 하려는지 잊어버리고 말았던 것이다. 이야기를 끝맺지 않는 것에 코니는 실망했다.

노란 햇빛이 나무 위를 비추고 있었다.

"벌써 햇빛이 비치는구려. 자, 당신이 갈 시간이오. 귀부인, 시간이 되었군요. 시간이! 날개가 없는데도 날아가는 건 뭐겠소? 그건 시간이오, 시간!"

멜러즈는 손을 뻗어 셔츠를 집어들었다.

"존 토머스에게 '안녕!' 하고 인사나 하시오."

멜러즈는 페니스를 내려다보며 말했다.

"이놈은 좀가지풀의 덩굴에 안겨 있으면 무사하죠. 지금은 그다지 불타는 절굿공이가 아니니까."

멜러즈는 플란넬 셔츠를 머리 위로 뒤집어썼다.

"남자가 가장 위험한 순간은……."

멜러즈는 머리를 내밀면서 말했다.

"셔츠를 입을 때요. 그땐 머리를 자루 속에 집어넣어야 하니까. 그래서 나는 재킷처럼 입을 수 있는 미국식 셔츠를 더 좋아하죠."

코니는 여전히 그를 가만히 지켜보며 서 있었다.

멜러즈는 짧은 바지를 입고 단추를 채웠다.

"제인을 보라!"

멜러즈는 계속해서 말했다.

"연애에 열중한 제인을! 내년에는 누가 당신에게 꽃 치장을 해줄까? 내가? 혹은 다른 누가? '나의 히아신스여, 안녕히! 그대여 안녕히!' 나는 이 노래를 싫어하오. 전쟁 초에 나왔던 노래지."

멜러즈는 말하면서 앉은 채 양말을 신기 시작했다. 그녀는 여전히 꼼짝도 않고 서 있었다.

이내 멜러즈는 그녀의 비스듬한 허리에 손을 얹었다.

"귀여운 제인 부인! 아마 베네치아에서는 당신의 털에 재스민꽃을, 그리고 당신의 배꼽에 석류를 꽂아줄 남자가 있을지도 모르지. 오오, 불쌍한 제인 부인!"

"그런 말하지 말아요! 그런 말을 하면 내 마음이 아파요."

멜러즈는 고개를 떨구었다. 그리고 심한 사투리로 뇌까렸다.

"아, 그럴지도 모르죠. 그럴 거요. 그런 말은 더 이상 안 할 겁니다. 이젠 그만하겠소. 그러니 옷을 입고, 그 웅장하고 당당한 당신의 영국 집으로 돌아가시오. 시간이 되었소! 존 경과 제인 부인을 위한 시간은 지났소. 속옷을 입으시오, 채털리 부인! 옷도 없이 꽃 누더기를 걸치고 있는 당신은 어떤 여자로도 변할 수 있겠죠. 자, 그럼 내가 옷을 벗겨 드리죠. 그대, 꽁지 잘린 귀여운 새여!"

멜러즈는 그녀의 머리칼에서 나뭇잎을 떼어내고 축축한 머리칼에 키스하고, 그녀의 앞가슴에서 꽃을 떼어내고 그녀의 젖무덤에 키스하고, 배꼽과 꽃을 꽂아 두었던 털에다 키스했다.

"자, 당신은 다시 알몸이 되었소. 벌거벗은 여인이 되었소. 옷을 입어요, 갈 시간이 되었으니까. 안 그러면 채털리 부인께서 저녁 시간에 늦으시겠소. 어디 갔다 왔느냐고 물으면 어쩌겠소?"

코니는 그가 사투리로 지껄여댈 때는 뭐라고 대답해야 할지 몰랐다. 이내 그녀는 옷을 입고 라그비 저택으로, '조그마한 수치스러운 집'으로 갈 채비를 했다. 그녀는 그 저택을 조그마한 수치스러운 집이라고 느꼈던 것이다.

멜러즈는 넓은 숲 속의 길까지 데려다 주겠다고 했다. 그가 키운 어린 꿩들은 정연하게 지붕 밑에 들어가 있었다.

두 사람이 숲 속의 길로 나오자 창백한 볼턴 부인이 비틀거리며 걸어왔다.

"어머나, 마님! 무슨 일이 생긴 줄 알았어요."

"아뇨, 아무 일도 없었어요."

볼턴 부인은 사나이의 얼굴을 유심히 보았다. 그 얼굴은 사랑으로 윤기가 흐르고 싱싱해 보였다. 눈의 절반은 웃고 절반은 조롱하는 듯했다. 당황하면 언제나 그는 웃음을 던졌다. 그는 그녀를 부드러운 시선으로 바라보았다.

"안녕하시오, 볼턴 부인! 마님께세는 이젠 염려 없으실 테니까 난 그만 실례하겠소. 안녕히 주무십시오, 마님! 안녕히 주무시오, 볼턴 부인."

멜러즈는 인사를 하고 물러갔다.

제16장

집으로 돌아간 코니는 엄한 질문의 화살을 받았다. 클리퍼드는 차 마시는 시간에 나갔다가 비바람이 불기 전에 돌아왔던 것이다. 그러나 코니는 어디에 있는지 아무도 알지 못했다. 볼턴 부인만이 코니가 숲으로 산책 나갔을 거라고 했다.

"이런 비바람 속에 숲으로!"

클리퍼드는 몹시 화를 냈다. 그는 번개가 번쩍일 때마다 놀라고 천둥이 울릴 때마다 쩔쩔맸다. 그는 이 세상의 종말인 양 차디찬 뇌우를 바라보고 있었다.

점점 더 격분되어 가는 그를 볼턴 부인은 달래려고 했다.

"마님께서는 비바람이 그칠 때까지 오두막에서 계실 겁니다. 걱정하지 마세요, 염려 없으실 테니까요."

"이런 폭풍우 속에 숲으로 가다니, 그게 못마땅하단 말이야! 정말 숲으로 가는 게 싫단 말이야. 벌써 두 시간 이상이나 되잖아! 언제 나갔던가요?"

"나리께서 돌아오시기 전이었습니다."

"정원에서는 만나지 않았어. 도무지 어디 있는지, 무슨 일이 생겼는지 아무도 알 수가 없잖아."

"아무 일도 없을 겁니다. 비가 멎으면 곧 돌아오시겠지요."

그러나 비가 멎어도 코니는 돌아오지 않았다. 시간은 훨씬 지나 태양은 마지막 노란 빛을 보이고 있었다. 해가 저물고 어두워지기 시작하며 저녁을 알리는 첫 종이 울렸다.

"이제 기다려도 소용없어!"

클리퍼드는 미친 듯이 외쳤다.

"필드와 베츠를 보내서 코니를 찾아오도록 해야겠어."

"어머나, 그러시면 안 됩니다!"

볼턴 부인이 외쳤다.

"그러시면 다른 사람들이 자살이나 무슨 소동이 생겼다고 생각할 겁니다. 안 됩니다. 소문을 퍼뜨릴 그런 행동일랑 하시지 마세요. 제가 오두막으로 가 보겠습니다. 마님께서 그곳에 계신지 알아보고 오겠습니다. 틀림없이 마님을 찾아낼 수 있을 겁니다."

한동안 설득한 끝에야 클리퍼드는 허락했다. 볼턴 부인은 혼자 새파랗게 질려서 헤매고 있는 코니를 숲 속 길에서 만났던 것이다.

"마님, 마님을 찾으러 왔습니다만 너무 마음 쓰지 마세요. 그렇지만 나리께서는 지금 몹시 화를 내고 계십니다. 마님께서 벼락에 맞으셨는지 아니면 쓰러지는 나무에 깔렸는지도 모른다고 생각하세요. 마님을 찾기 위해 필드와 베츠를 보내려고까지 하셨답니다. 그래서 전 하인들 간에 떠들썩하게 소문을 내는 것보다는 제가 나서는 편이 낫겠다고 생각한 겁니다."

볼턴 부인은 초조한 목소리로 말했다. 코니가 꿈꾸는 듯한 평온한 정열을 얼굴에 담고 있는 모습을 본 그녀는 더욱 초조함을 느꼈다.

"그랬었군!"

코니는 더 이상 아무 말도 하지 않았다.

두 여인은 젖은 숲 속을 잠자코 걸어갔다. 커다란 물방울이 숲 속에서 튀는 듯 사방으로 흩어졌다.

정원에 이르자 코니는 앞장서서 걸었다. 볼턴 부인은 약간 숨을 헐떡였다. 그녀는 요즈음 몸이 불었던 것이다.

"야단법석을 떨다니, 클리퍼드는 참 못나기도 하지!"

화가 난 코니는 소리 내어 혼자 중얼거렸다.

"그래요, 남자란 아시는 그대로예요! 대번에 흥분하거든요. 그렇지만 마님을 보면 나리의 화도 가라앉으실 겁니다."

코니는 볼턴 부인이 자기의 비밀을 눈치챈 데 화가 났다. 분명히 그녀는 알고 있는 것이다.

갑자기 길 한복판에서 코니는 걸음을 멈추었다.

"내 뒤를 밟다니, 정말 지독하군 그래."

코니는 눈을 번뜩이며 말했다.

"어머, 마님! 그런 말씀을! 주인님께서는 두 하인을 시켜 마님을 찾으러 보낼 뻔했답니다. 그랬다면 곧장 오두막으로 갔을 거예요. 오두막이 어디에 있는지 저는 정말로 몰랐습니다."

코니는 다시 불끈 화가 치밀어올라 얼굴이 새빨개졌다. 더욱이 정열에 사로잡혀 있는 동안 그녀는 거짓말을 할 수가 없었다. 자기와 산지기와의 사이에 아무 일도 없었던 것처럼 보이게 할 수는 없었던 것이다. 그녀는 볼턴 부인을 바라보았다. 그녀는 얄밉게도 고개를 숙이고 있었다. 그러나 같은 여성의 입장에서 그녀의 편이었다.

"그래…… 그래, 그럼 됐어. 난 아무렇지도 않아요!"

"어머, 마님께서는 아무 잘못도 없어요. 다만 오두막에서 비를 피하고 계셨을 뿐이시죠. 정말 아무것도 아니죠."

두 여인은 다시 집을 향해 걸었다. 집에 도착한 코니는 클리퍼드의 방으로 갔다. 코니는 그의 창백하고 흥분한 얼굴과 튀어나온 눈을 대하자 화가 치밀었다.

"분명히 말해야겠어요. 당신은 하인들에게 내 뒤를 밟게 할 필요는 없다고 생각해요."

코니는 소리를 질렀고, 클리퍼드는 분통을 터뜨리며 물었다.

"아니, 어디에 갔었소? 몇 시간이나 집을 비우고, 더욱이 이런 폭풍우 속에! 도대체 무엇 때문에 숲 속에 갔소? 뭣 때문에 갔느냐 말이오? 비가 멎은 지 여러 시간이 지났소, 여러 시간! 지금 몇 신지 아오? 당신은 사람을 미치게 하고 있어! 어디 갔다 왔지? 정말 뭣을 했느냐 말이오?"

"내가 얘기하지 않는다면 어쩌실 작정인가요?"

코니는 모자를 벗고 머리를 흔들었다. 클리퍼드는 튀어나온 눈의 흰자위가 노랗게 보일 정도로 화난 눈으로 그녀를 쳐다보았다. 이렇게 화를 내는 것은 좋지 않은 일이었다. 볼턴 부인은 그 뒤 며칠 동안 그를 위해서 근심스럽게 지냈다.

코니는 갑자기 불안을 느꼈다.

"그렇지만 정말은……."

코니의 어투는 부드러웠다.

"내가 자신도 알지 못하는 데 갔으리라고 아무도 생각 못할 거예요! 나는 비바람이 몰아치는 동안 줄곧 오두막에 있었어요. 그리고 불을 쬐었어요. 유쾌하더군요."

그제야 코니는 차분하게 이야기할 수 있었다. 이 이상 그를 흥분시킬 필요가 있겠는가?

"당신 머리를 보구려. 당신 꼴을 좀 보란 말이오!"

의심스러운 듯 그녀를 바라보며 클리퍼드가 말했다.

"네, 그래요! 난 옷을 입지 않고 빗속에 뛰쳐나갔으니까요."

코니는 아무렇지도 않게 대답했다. 그는 말없이 그녀를 응시했다.

"당신 미쳤군, 정말!"

"왜요? 비로 샤워를 즐기는 게 미쳤나요?"

"어떻게 몸을 말렸소?"

"헌 수건하고 난롯불에 말렸어요."

클리퍼드는 여전히 어처구니없이 코니를 지켜보고 있었다.

"그때 만약 누가 온다면?"

"오긴 누가 와요?"

"누구라도 말이야! 게다가 멜러즈, 그 사내는 왔었겠지? 저녁때는 그 자가 거기에 가니까."

"네, 왔어요, 훨씬 나중에. 비가 개었을 때 꿩에게 모이를 주러 왔더군요."

코니는 놀랄 만큼 태연하게 말했다. 옆방에서 귀를 기울이고 있던 볼턴 부인은 진정으로 경탄하며 엿듣고 있었다.

'저렇게 자연스럽게 해치울 수 있는 여자가 또 있을까?'

"그러나 빗속에서 미친 사람처럼 아무것도 입지 않고 뛰어다닐 때 왔다면?"

"그랬으면 그 사람은 기겁을 하고 재빨리 달아났겠죠."

클리퍼드는 망연해서 아직도 그녀를 쳐다보았다. 그의 의식 밑에서 생각하고 있는 것을 자신도 알지 못했다. 그리고 깨어 있으면서도 너무나 놀랐기 때문에 생각을 충분히 종합할 수 없었다. 그는 다만 허탈한 상태에서 그녀가 말한 것을 단순하게 받아들일 뿐이었다. 게다가 그는 그녀를 존경하지 않을 수 없었다. 그녀는 참으로 발랄하고 아름답고 윤기가 흘러 보였다. 그것은 사랑의 윤기였다.

"적어도……."

클리퍼드는 침착성을 되찾으며 말했다.

"심한 감기나 들지 않았으면 좋겠소."

그날 밤 클리퍼드는 그녀와 화해하고 싶었다. 그는 최근의 과학적인 종교 서적을 읽고 있었다. 마음속에 한 가닥 종교적인 면을 지니고 있던 그는 자기 에고(자아)의 미래에 대해 자기 본위적인 마음을 쓰고 있었다. 클리퍼드는 때로 어떤 책을 두고 코니와 토론하는 것을 습관으로 삼았다.

"그래, 여기에 대해선 어떻게 생각하오?"

클리퍼드는 책을 집어들면서 말했다.

"좀 더 시대가 진화하면 당신이 빗속을 뛰어다니면서 열에 뜬 몸을 식힐 필요는 없을 거야. 아, 여기 있군! '우주는 두 가지 양상을 나타내고 있다. 한 면은 물질적으로 소모되어 가고 다른 한 면은 정신적으로 상승해 가고 있다.' "

코니는 다음 말을 기대하며 듣고 있었다. 그러나 클리퍼드는 대답을 기다리고 있었다. 그녀는 깜짝 놀라 그를 바라보았다.

"만약 정신적으로 상승한다면 그 아래쪽 뿌리 있는 데에는 무엇이 대신 생겨나죠?"

"아아! 저자가 말하는 점을 생각해 봐. 상승한다는 것은 소모한다는 것의 반대 개념이라고 봐."

"이를테면, 정신적으로 꺼져버렸다는 건가요?"

"농담은 말고, 진정으로 그것은 무슨 의미가 있다고 생각하오?"

"물질적으로 소모한다는 건가요?"

코니가 계속 말을 이었다.

"당신은 점점 몸이 불어 가고, 나도 자신을 소모하고 있지는 않아요. 당신은 태양이 전보다 작아졌다고 생각하나요? 나에게는 그렇게 보이지 않아요. 난 이렇게 생각해요. 아담이 이브에게 준 사과도 우리가 먹는 사과보다 그렇게 크지 않았을 거라고 말이에요."

"글쎄, 그다음을 들어보구려. '그리하여 서서히 우리의 시간관념으로는 상상도 못할 만큼 천천히 새로운 창조적인 상태로 옮겨가고 있다. 그 상태에 들어가면 현재 우리가 알고 있는 물질세계는 겨우 존재하지 않는 것과 구별될 정도의 잔물결로 나타날 뿐일 것이다.' "

코니는 기쁨에 활기를 띠고 있었다. 온갖 제멋대로의 일들이 그녀의 가슴에 떠올랐다. 그러나 그녀는 다만 이렇게 말했다.

"정말 어리석은 거짓말이군요! 그 사람의 보잘것없는 조그만 자만심으로 지금 서서히 일어나고 있는 것들을 알고 있다고 생각하다니! 그 사람은 이 세상에서 물질적 파산자라고밖에 볼 수 없군요. 그래서 전 우주를 물질적 파산자로 만들고 싶은 거예요. 오만하고 좀 주제넘어요."

"글쎄, 좀 들어봐요! 위대한 인간의 말을 그렇게 농담으로 혼란하게 해서는 안 돼! '세계의 질서에 대한 현재의 형(型)은 까마득한 과거에서 시작된 것이다. 그래서 그 무덤은 상상도 할 수 없을 만큼 먼 미래에 발견할 수 없는 영역이 아직 남아 있다. 그리고 그것 자체의 창조물로 새로 결정되는 변화하기 쉬운 성질을 지닌 창조 작용과, 그 슬기로운 지혜가 질서의 모든 형식의 밑바탕을 이루는 신(神)이 두 가지 함께 남는 것이다.' 이렇게 그는 결론짓고 있소!"

코니는 경멸하는 기분으로 듣고 있었다.

"그 사람은 정신적으로 잘못되어 있어요."

계속해서 코니는 말을 이었다.

"무슨 잠꼬대 같은 말이에요! 상상할 수 없다느니, 질서적인 형의 무덤이라느니, 추상적인 형식의 영역이라느니, 변화하기 쉬운 성질의 창조 작용이라느니 그리고 신이 질서의 형식과 관계가 있다느니, 이 무슨 어리석은 말이냐고요!"

"그것은 확실히 막연한 결합물이지. 이른 바 기체의 혼합물처럼. 그러나 우주가 물질적으로 소모되어 정신적으로 상승하고 있다는 사상에는 무언가 있다고 생각해."

"그렇게 생각하세요? 그럼 좀 더 훨씬 높게 정신을 상승시키는 것이 좋겠군요. 나는 아래쪽에서 물질적으로 지극히 안전하게 살겠어요."

"당신은 육체라는 게 마음에 드오?"

"사랑하고 있어요!"

"그건 좀 이상한 이야기요. 왜냐하면 그것이 방해물인 것만은 부정할 수 없으니까 말이야. 그렇다면 여자란 정신적인 생활에 한없이 기쁨을 느끼지 않는 모양이군."

"한없는 기쁨?"

코니는 그를 올려다보면서 말했다.

"그런 어이없는 것이 정신생활의 한없는 기쁨일까요? 천만에요! 저에게 육체를 주세요. 확실히 육체 생활은 정신 생활보다도 더 위대한 현실이라고 생각해요. 육체가 정말로 생활에 눈떴을 때 말이에요. 그렇지만 유명한 당신의 사람들은 거짓말하는 기계처럼 정신의 시체에 붙들어 매고 있을 뿐이에요."

클리퍼드는 놀란 눈으로 그녀를 바라보았다.

"육체 생활은 동물적인 생활이야."

"그건 거짓말이에요! 학자인 체하는 주검과도 마찬가지인 생활보다는 훨씬 나아요. 인간의 육체는 참다운 생명에 가까이 다가오고 있어요. 그리스도인에게 육체는 사랑스러운 빛을 주었어요. 그런데 플라톤이나 아리스토텔레스가 육체를 죽이고 그리스도가 끝맺음을 한 거예요. 그래도 지금 육체는 정말로 생명이 가까이 다가오고 있어요. 정말로 무덤에서 일어나고 있다는 말이에요. 그래서 인간의 육체 생활은 아름다운 우주 속에서 그야말로 즐거운 생활을 하게 되는 거예요."

"아, 당신은 마치 육체를 전부 맞아들이기라도 하는 말투구려! 하기야 이제부터 휴가를 즐기려는 참이니까. 그러나 그런 걸 너무 아무렇게나 뽐내지는 말아요. 나를 믿어요. 아무튼 신이 어떠한 것이든 간에 신은 단순한 인간을 보다 더 높은, 좀 더 정신적인 것으로 진화하기 위해서 내장이나 소화기관을 인간에게서 조금씩 제거해 가고 있는 거요."

"클리퍼드, 난 간신히 신이 당신의 이른 바 내장을 내 몸속에서 눈뜨게 하고 새벽처럼 행복하게 소리를 내어 떠들게 하고 있다고 느끼는 참이에요. 어떻게 이런 내가 당신의 말을 믿을 수가 있겠어요? 어떻게 내가 당신 말을 믿어야 하죠? 전혀 정반대로 생각하는데 말이에요."

"아아, 정말! 도대체 무엇이 당신을 그렇게 변하게 했을까? 빗속을 알몸으로 뛰어나가게 하고, 바쿠스의 여사제 흉내를 내게 하고 말이오! 그것은 감동하고 싶은 마음인가 아니면 베네치아에 가는 것을 즐거움으로 기다리는 마음이 그랬을까?"

"양쪽 다예요!"

"그렇게 노골적으로 보이는 것은 싫은데……."

"그럼 감추어두겠어요."

"아아, 괜찮아! 당신의 기쁨이 내게까지 전해지는 것 같아. 마치 내가 떠난다고 생각될 정도야."

"그럼 왜 함께 가지 않죠?"

"그 문제는 충분히 생각해 보았소. 그래서 실제 문제로서 당신이 그처럼 기뻐하는 것은 잠시나마 이런 데서 떠날 수 있다는 데서 오는 거라고 생각해. 당분간이나마 헤어진다는 것만큼 기쁜 일은 없을 거야. 그러나 헤어진다는 것은 모두 다시 어디서 만난다는 것을 의미하고 있어. 그리고 만난다는 것은 새로운 속박이고."

"난 새로운 속박을 만들 생각은 없어요."

"큰 소리치지 말아요. 신께서 듣고 계시지 않소."

코니는 꾹 참고 있었다.

"아뇨! 큰 소리 같은 건 치지 않아요."

그런데도 떠난다는 것이 기뻤다. 속박의 굴레가 툭 끊어지는 것을 느꼈다. 코니는 그 기분을 억누를 수가 없었다.

잠을 이룰 수 없는 클리퍼드는 볼턴 부인과 밤새도록 노름을 했다. 너무나 졸린 나머지 그녀는 죽을 지경이었다.

힐더가 올 날이 되었다. 코니는 함께 밤을 지낼 계획이 뜻대로 잘 되면 창문에 녹색 숄을 걸 것을 멜러즈와 약속했었다. 만약 실패하면 빨간 숄을 걸기로 했다.

볼턴 부인은 코니를 도와 짐을 꾸렸다.

"마님께서 전지 여행을 떠나시는 것은 좋은 일입니다."

"나도 그렇게 생각해요. 얼마 동안 당신에게만 클리퍼드를 떠맡겨도 괜찮을까요?"

"네, 괜찮고말고요! 나리께서 불편해하지 않으시도록 시중을 들 수 있습니다. 나리께서 바라시는 일은 무엇이든지 다 할 수 있습니다. 전보다 좋아지시지 않았어요?"

"정말이에요! 당신은 기적 같은 일을 그분에게 했어요."

"그렇지도 않아요. 하지만 남자분들은 모두 마찬가지예요. 마치 어린아이 같죠. 기분을 맞추어 주고, 어르고, 하고 싶은 대로 하게 내버려둬야 하죠. 그렇게 생각하지 않으세요, 마님?"

"글쎄, 난 도무지 경험이 모자라서. 당신의 남편에게도 시중을 들어주고 어린애처럼 달래고 했나요?"

코니는 일손을 멈추고 볼턴 부인을 쳐다보면서 물었다. 볼턴 부인도 손을 멈추었다.

"네! 조금은 시중도 들어주고 어린애처럼 달래거나 해야 했죠. 그렇지만 그이는 제가 무슨 일을 하려는지 알고 있었답니다. 정말이에요. 그래서 그이는 대개 내게 양보했답니다."

"그럼 까다로운 사람이 아니었나요?"

"까다롭지는 않았어요. 하지만 이따금 그이 눈에 그런 빛이 보이기는 했답니다. 그런 때에는 제가 따르도록 했습니다. 그러나 언제나 그이가 내게 양보했죠. 정말 까다로운 남편은 아니었습니다. 그리고 저도 까다롭지 않았고요. 그이가 도저히 화해할 수 없을 것 같은 때는 제가 양보했습니다. 이따금 괴로운 일도 있었습니다만."

"만약 끝까지 고집을 부린다면 어떡하죠?"

"글쎄요, 모르겠습니다. 전 한 번도 고집을 부리지 않았으니까요. 그이가 잘못했을 때도 우기면 전 양보했어요. 우리 사이가 나빠지는 게 싫었답니다. 만약 정말로 남자에게 거스르게 되면 그것으로 끝나고 맙니다. 만약 그 남자가 좋다면 그리고 그이가 정말로 굳게 결심하고 있을 때는 양보해야 합니다. 자기가 옳건 그렇지 않건 간에 따라야 합니다. 테드는 가끔 제게 양보했답니다. 제가 무언가를 결심한 때에는 말이죠. 더욱이 제가 잘못했을 때일지라도 말예요. 양쪽이 모두 같다고 생각합니다."

"환자들에게도 그렇게 대하나요?"

"그건 다릅니다. 그런 마음은 조금도 쓰지 않는답니다. 전 환자에게 어떻게 하면 좋은지, 무엇이 도움이 되는지를 알고 있어요. 그래서 그 사람들에게 좋도록 머리를 써서 시중을 들지요. 그렇지만 정말로 좋아하는 사람에 대해서 하는 것과는 전혀 다르지요. 한번 어떤 사람을 좋아했던 경험이 있는 사람이라면 다른 사람이 굳이 자기를 필요로 할 때 거의 누구에게도 친절할 수가 있습니다. 그렇지만 진짜 애정은 아니죠. 정말로 사랑했던 일이 있는 사람은 다시 다른 사람을 진정으로 대할 수 없다고 봅니다."

"사람은 단 한 번밖에 사랑할 수 없다고 생각하나요?"

코니는 깜짝 놀란 표정으로 말했다.

"그렇지요, 단 한 번이죠. 대개의 여자는 사랑하지 않고 사랑하려고도 하지 않습니다. 그것이 어떤 의미인지도 모르죠. 남자도 그래요. 그렇지만 진정으로 사랑하는 여자를 보면 나는 그 사람을 위해서 진심으로 그녀 편이 되어 버립니다."

"남자는 화를 잘 낸다고 생각하나요?"

"자존심을 상하게 하면 말이죠. 그렇지만 여자도 마찬가지 아닐까요? 물론 자존심에도 약간 차이는 있지만."

코니는 곰곰히 생각했다. 자신이 그 사람을 무시하고 있는 것은 아닐까? 이상하게 그가 빈정거리고 하는 것도 그 이유 때문일 것이다. 그녀는 다시 떠날 것을 망설이기 시작했다.

그렇다! 인간 생존은 외적 환경이라는 기구로 다분히 제한되고 있다. 그녀는 이 기구에 좌우되고 있는 것이다. 그녀는 단 오 분 동안도 벗어날 수가 없었다. 그녀는 그것을 바라지도 않았다.

힐더는 목요일 아침 일찍 2인승 자동차를 몰고 왔다. 슈트케이스가 자동차 뒤꽁무니에 단단히 매어져 있었다. 그녀는 언제나처럼 냉담했고 조심스러웠지만 확고한 의지를 갖고 있었다. 그녀의 남편도 잘 알 듯 그것은 끈질긴 의지였다. 그녀는 현재 남편과 이혼을 고려중이었다. 애인이나 남자와의 관계는 없었고, 두 아이의 어머니로서 지내는 것에 매우 만족하고 있었다. 그리고 아이들에게 떳떳한 교육을 시킬 작정이었다.

코니는 슈트케이스만 들고 나섰다. 트렁크는 기차로 가는 아버지에게 미리 보내놓았다. 베네치아까지 자동차를 몰고 간다는 것은 무리고 게다가 이탈리아의 7월은 너무 더워 자동차 여행을 할 수 없다는 아버지의 의견이 있었다. 그래서 아버지는 기차로 편안하게 가기로 했다. 그는 방금 스코틀랜드에서 내려온 참이었다.

힐더는 성실하고 익숙한 사령관처럼 여행에 필요한 것을 챙겨주었다. 그녀와 코니는 웃고 이야기하면서 2층 방에 앉아 있었다.

"하지만 언니!"

코니는 약간 주저하며 말했다.

"오늘밤엔 이 근처에서 머물고 싶어요. 여기가 아니라 여기 가까이에서!"

힐더는 잿빛의 이상한 눈초리로 동생을 바라보았다. 그녀는 매우 냉정하게 보였으나 가끔 화를 내는 일이 있었다.

"여기 가까이라니, 어디?"

힐더는 상냥하게 물었다.

"내가 어떤 사람을 사랑한다는 것, 알고 있죠?"

"그래, 짐작은 했었어."

"네, 그 사람이 이 근처에 살고 있어요. 난 마지막 밤을 그와 함께 지내고 싶어요. 약속했는걸요."

코니는 강한 어조로 말했다. 힐더는 미네르바 식으로 빗어올린 머리를 말없이 숙였다. 그런 다음 얼굴을 들었다.

"누군지 말해 줄 수 있겠니?"

"우리 집 산지기예요."

코니는 더듬거리면서 말했다. 그리고 부끄러운 어린아이처럼 얼굴을 붉혔다.

"코니!"

힐더는 코를 약간 추켜들고 혐오감을 나타내며 말했다. 어머니에게서 이어받은 몸짓이었다.

"알아요. 하지만 좋은 사람이에요. 부드러움을 정말 이해하고 있어요."

코니는 그를 두둔했다. 힐더는 혈색이 좋으며 윤기가 흐르는 미네르바 여신[67]처럼 고개를 숙이고 생각에 잠겼다. 그녀는 몹시 노하고 있었으나 겉으로는 나타내지 않았다. 아버지의 기질을 이어받은 코니는 막무가내가 되면 도저히 다루기가 힘들기 때문이었다.

힐더가 클리퍼드를 싫어하는 것은 사실이었다. 마치 자기 혼자 위대하다는 양 냉정한 태도를 보이는 것이 싫었다. 그는 코니를 욕되게 할 정도로 뻔뻔스럽게 이용하고 있다고 그녀는 생각했다. 그녀는 동생이 그와 헤어지기를 바라고 있었다. 그러나 엄격한 스코틀랜드의 중산 계급으로서 가족의 불명예가 되는 일은 싫어했던 것이다.

---

67) 로마 신화에 나오는 지혜의 여신이다. 그리스 신화에서는 아테네 여신이라고 한다 – 옮긴이

마침내 힐더가 얼굴을 들었다.

"후회할 거야."

"후회하지 않아요."

코니는 얼굴을 붉히며 말을 이었다.

"그이는 정말 특이한 사람이에요. 난 진정으로 그를 사랑해요. 애인으로서 조금도 흠잡을 데가 없는 사람이에요."

힐더는 여전히 생각에 잠긴 표정이었다.

"이내 싫어지고 그 사람하고 사는 너 자신이 부끄러워질 거야."

"아뇨, 난 아이를 낳았으면 해요."

"코니!"

힐더가 큰 소리로 외쳤다. 망치로 내리치듯 머리가 멍하고, 그녀의 얼굴은 노여움으로 새파래졌다.

"낳을 것 같아요. 아이를 낳으면 맘껏 자랑할 수 있을 것 같아요."

더 이상 이야기해 봐야 소용없다고 힐더는 생각했다.

"클리퍼드는 의심하지 않니?"

"아뇨! 왜요?"

"넌 의심받을 짓을 많이 했을 것 같은데."

"전혀 그런 일 없어요."

"오늘밤 일 같은 건 정말 말도 되지 않는 어리석은 짓이야. 대체 그 사람은 어디에 살지?"

"숲 저쪽 가에 있는 오두막에."

"독신이야?"

"아뇨! 아내하고 헤어져 살고 있어요."

"몇 살이지?"

"몰라요. 나보다는 위예요."

힐더는 대답을 들을수록 점점 화가 치밀었다. 그녀의 어머니가 그랬듯이 일종의 병적인 발작이었다. 그러나 그녀는 아직 그것을 감추고 있었다.

“만약 내가 너라면 오늘밤의 장난은 그만두겠어.”

힐더는 조용한 목소리로 충고했다.

“단념할 수가 없어요! 오늘밤 꼭 같이 있어야 해요. 그렇지 않으면 베네치아에 갈 수 없어요. 정말 못 가요!”

힐더는 다시 아버지의 말투를 듣는 것 같았다. 코니는 단순한 술책으로 한 말이었지만 그 말에 지고 말았다. 힐더는 맨스필드에 가서 저녁식사를 하고 어두워진 뒤에 길이 갈라지는 곳까지 코니를 데려다 줄 것을 승낙했다. 그리고 다음 날 아침에 코니를 데리러 가기 위해 자동차로 30분 정도 걸리는 맨스필드에 머물기로 했다. 그러나 힐더는 잔뜩 화가 나 있었다. 그녀는 자신의 여행 계획이 코니로 인해 차질이 생긴 것을 언짢아했다.

코니는 창가에 짙은 녹색의 숄을 내걸었다.

힐더는 분개한 나머지 오히려 클리퍼드에게 부드러운 마음을 품게 되었다. 결국 그는 정신적인 사람이었다. 그리고 그가 남성으로서의 기능을 잃고 있다 하더라도 그것만으로 족했다. 그만큼 귀찮은 것이 적다는 것이다. 힐더는 성에 관한 것을 더 이상 생각하지 않으려 했다. 그 때문에 남자는 천해지고 자기 본위의 무서운 존재가 된다. 코니는 자신이 모르는 탓이라고 하지만, 정말은 보통 여자보다도 괴로운 꼴을 당하지는 않았다고 그녀는 생각했다.

클리퍼드는 힐더를 결국 지적(知的)인 여자라고 단정했다. 이를테면 정치를 하는 남자에게 가장 훌륭한 내조자가 될 거라고 생각했다. 정말 그녀에게는 코니 같은 어리석은 점이 없었다. 코니는 어린애다운 데가 많았다. 게다가 그녀는 혼자서 독립할 수 있는 처지도 아니었기에 좀 더 너그럽게 봐주어야 했다.

홀에서는 예상보다 빨리 차가 나왔다. 활짝 열려 있는 문으로 햇살이 비쳐 들고 있었다. 모두들 너나없이 약간 들떠 있는 것 같았다.

"안녕, 코니! 무사히 다녀오구려."
"안녕, 클리퍼드! 오래 머물지 않을 거예요."
코니는 상냥하다고 할 정도였다.
"안녕히, 힐더! 저 사람을 잘 부탁합니다."
"염려 마세요, 함부로 밖에 내보내지 않을 거예요."
"약속했습니다!"
"안녕, 볼턴 부인. 클리퍼드를 잘 보살펴줘요."
"염려 마세요."
"무슨 소식이라도 생기면 알려줘요, 클리퍼드의 소식을."
"알겠습니다. 잘 다녀오십시오. 돌아오셔서 우리를 기쁘게 해주세요."
모두들 인사를 마치자 자동차는 달리기 시작했다. 코니는 뒤를 돌아보았다. 클리퍼드가 휠체어를 타고 계단 위에 나와서 보고 있었다. 뭐니 뭐니 해도 그는 역시 그녀의 남편이다. 라그비 저택은 그녀의 가정이다. 환경이 그렇게 만든 것이다.
체임버스 부인이 문을 열었다. 그리고 부인께 즐거운 여행이 되시기를 바란다고 했다. 자동차는 정원을 뒤덮고 있는 어슴푸레한 잡목숲을 빠져나와 큰 길 쪽으로 달렸다. 광부들 여러 명이 집으로 돌아가고 있었다.
힐더는 차를 크로스힐로 돌렸다. 큰 길은 아니었지만 맨스필드로 나가는 길이었다. 코니는 보안용 안경을 썼다. 그들이 지나는 길 아래쪽의 철도는 공사 중인 관계로 다리를 통해 철길을 건넜다.
"저기가 오두막으로 가는 길이에요!"
코니가 말했다. 힐더는 초조한 듯 그 길을 흘끗 바라보았다.
"곧장 떠날 수 없다니 정말 속상하구나! 9시까지는 펠멜에 갈 수 있는데 말이야."
"언니, 미안해요."

두 사람은 맨스필드에 도착했다. 예전에는 낭만적인 도시였지만 지금은 속을 언짢게 하는 탄광 도시로 변해 있었다.

힐더는 자동차 안내판에 쓰여 있던 호텔로 가서 차를 세웠다. 그리고 방을 잡았다. 온갖 것이 무미건조했다. 힐더는 화가 나서 말도 하지 않았다. 그러나 코니는 그 남자의 경력에 대해 이야기해야만 했다.

"그 사람, 네가 '그이'라고 하는 그 사람 이름이 뭐지? 넌 언제나 그이라고 하더구나."

힐더가 말했다.

"난 이름을 불러본 적이 없어요. 그이도 그래요. 언니가 그런 걸 물어보다니 이상하군요. 우린 제인 부인이니 존 토머스니 하고 불러요. 그이의 이름은 올리버 멜러즈라 해요."

"그런데 어째서 채털리 부인을 그만두고 올리버 멜러즈 부인이 되고 싶은 거지?"

"그게 좋으니까요."

코니에 대해서는 어쩔 도리가 없었다. 아무튼 그 사나이는 4, 5년 동안 인도에서 군대의 중위였다니까 그다지 부끄럽지 않을 사람일 것이다. 분명히 인격을 지닌 사람일 것이다. 이렇게 생각하자 힐더는 다소 마음이 풀리기 시작했다.

"하지만 이내 그 사람이 싫어질 거야. 그때가 되면 그 사람과 관계한 것을 부끄럽게 생각하게 될 거야. 노동자 계급과 관계할 수는 없는 거야."

"그렇지만 언니는 사회주의자여서 항상 노동자 편이었잖아요?"

"정치적 위기가 닥쳤을 때는 그들 편이었는지 몰라도, 막상 편을 들고 보니 그 사람들과 생활을 함께 한다는 것이 불가능하다는 것을 알았어. 잘난 체해서가 아니라 전체의 음조가 다르기 때문이야."

힐더는 실제로 정치 방면의 지식인들 사이에서 살아왔다. 그러니까 그녀의 말에는 반문하기를 허용치 않는 불행한 적확성(的確性)이 있었다.

호텔에서의 지루한 저녁이 되었다. 자매는 말없이 저녁식사를 했다. 그런 다음 코니는 조그마한 비단 주머니에 약간의 일용품을 넣고 다시 한 번 머리를 매만졌다.

"언니, 결국 연애란 놀라운 거에요. 그것에 살고, 창조의 한복판에 있다고 느낄 때면 말이에요."

코니는 마치 자기 자랑을 하는 듯했다.

"모기조차도 그쯤은 느끼리라고 생각해."

힐더가 대꾸했다.

"그렇게 생각해요? 그럼 됐어요."

황혼은 맑게 개어서 조그마한 도시는 언제까지나 빛이 감돌고 있었다. 밤새도록 어슴푸레한 빛을 남길 것 같았다. 화가 나서 가면(假面) 같은 표정을 한 힐더는 다시 차를 몰았다. 자매는 아까와는 다른 불소버를 지나는 길을 급히 되돌아갔다.

보안용 안경과 모자로 변장을 한 코니는 잠자코 앉아 있었다. 힐더가 반대했기 때문에 그녀는 한층 더 그 사람 편이 되었다. 그녀는 언제까지나 그를 지킬 생각이었다.

크로스힐을 지날 무렵 헤드라이트를 켰다. 산기슭을 뚫어 만든 철길을 달리는 열차가 조그마한 전등을 켜고 있어 정말 밤이 되었음을 느끼게 했다.

힐더가 다리 옆에서 좁은 길로 차를 꺾으려고 약간 속력을 늦추어 도로에서 벗어났다. 헤드라이트가 풀이 무성한 좁은 길을 하얗게 비추었다.

코니는 밖을 내다보았다. 그녀는 사람의 그림자를 발견하고 얼른 문을 열었다.

"왔어요."

코니가 나지막하게 말했다. 힐더는 헤드라이트를 끄고 차를 돌리기 위해 후진하는 데 정신을 집중하고 있었다.

"다리 부근은 염려 없나요?"

힐더가 짤막하게 물었다.

"염려 없습니다."

사나이의 목소리였다.

힐더는 다리까지 차를 후진시킨 다음 풀과 양치류를 짓밟으며 몇 야드를 달려 다시 느릅나무 밑 좁은 길로 되돌아갔다.

차가 멈추자 코니는 차에서 내렸다. 사나이는 나무 아래에 서 있었다.

"오래 기다렸나요?"

코니가 물었다.

"아뇨, 별로."

두 사람은 힐더가 나오기를 기다렸으나 그녀는 차의 문을 닫고 그대로 앉아 있었다.

"제 언니 힐더예요. 이리 오셔서 인사를 나누세요. 언니! 멜러즈예요."

산지기는 모자를 벗었으나 차에는 가까이 다가가지 않았다.

"언니, 오두막까지 같이 가지 않을래요? 여기서 멀지 않아요."

코니가 애원했다.

"차는 어쩌지?"

힐더가 말했다.

"사람들은 손대지 않을 겁니다. 열쇠는 갖고 계시지요."

멜러즈가 말하자, 힐더는 잠시 생각했다. 그러고 나서 좁은 길을 돌아보았다.

"저 풀숲을 돌 수 있을까요?"

힐더가 산지기에게 물었다.

"네, 돌 수 있습니다."

그녀는 천천히 풀숲을 돌아 길에서 보이지 않는 곳에 차를 멈추고 문을 잠근 다음 내렸다. 밤이었지만 어슴푸레했다.

사람이 다니지 않는 좁은 길에 생울타리가 높게 이어져 있어서 어두컴컴했다. 공기는 맑고 상쾌한 향기가 감돌았다. 멜러즈가 앞장을 서고 코니와 힐더가 뒤따랐다.

세 사람은 묵묵히 걸음을 옮겼다. 잠깐 잠깐 위험한 곳이 나타나자 멜러즈가 회중전등을 밝혀주었다. 부엉이가 떡갈나무 위에서 울고 있었다. 플로시도 조용히 뒤따랐다. 아무도 입을 열지 않았다. 할 말이 없었다.

마침내 노란 불빛을 발견한 코니의 가슴은 두근거렸다. 세 사람은 한 줄로 서서 걸음을 재촉했다.

오두막에 도착하자 멜러즈는 문을 열고 아무런 장식도 없는 조그마한 방으로 그녀들을 안내했다. 불은 약하게 타고 있었지만 따뜻했고 받침쇠는 벌겋게 달아 있었다. 식탁에는 하얀 새 식탁보가 씌워져 있었고 접시 두 개와 컵 두 개가 놓여 있었다.

힐더는 고개를 흔들며 장식 없는 살풍경한 방안을 둘러보았다. 그런 다음 용기를 내서 사나이를 바라보았다. 중키인 그는 좀 말랐지만 훌륭한 남자라고 생각되었다. 그는 조용히 자신을 지키고 있었다. 그리고 전혀 이야기하기를 싫어하는 듯했다.

"앉아요, 힐더 언니."

"앉으시지요."

멜러즈가 자리를 권하고 말을 이었다.

"차를 드릴까요 아니면 맥주를 드시겠습니까? 아주 차갑습니다."

"저는 맥주."

코니가 말했다.

"저도 맥주로 주세요!"

힐더가 부끄러운 듯 장난스런 어투로 말했다. 힐끗 그녀를 바라본 멜러즈는 눈을 껌벅인 다음 파란 주전자를 들고 부엌으로 갔다. 맥주를 가지고 돌아왔을 때의 표정은 어쩐지 좀 전과는 다른 듯했다.

코니는 문 옆에 앉아 있었다. 힐더는 창문 구석 벽에 등을 기대고 멜러즈가 언제나 앉는 의자에 앉았다.

"그건 저이의 의자예요."

코니가 부드러운 목소리로 말하자 힐더는 의자에서 후다닥 일어섰다.

"앉으십시오, 앉으세요! 여기에 아무도 예의범절을 따지는 사람은 없으니까요. 앉고 싶으신 의자에 앉으십시오."

멜러즈는 태연하게 말했다. 그런 다음 컵을 들어 파란 주전자의 맥주를 힐더에게 먼저 따라주었다.

"담배는 가지고 있지 않습니다만, 두 분께서는 가지고 계시겠지요? 전 담배를 피우지 않아서요. 뭘 좀 드시겠습니까?"

멜러즈는 똑바로 코니 쪽을 돌아보았다.

"뭘 좀 가져오면 드시겠소? 당신은 언제나 뭐든 조금만 드시니까."

멜러즈는 이상하게 차분한 확신을 갖고 사투리로 말했다. 마치 여관집 주인 같았다.

"뭐가 있는데요?"

코니가 얼굴을 붉히면서 물었다.

"다양하지는 않지만 볶은 햄, 치즈, 절인 호두는 있지요."

"그래요? 언니는 어때요?"

코니가 힐더 쪽을 바라보며 물었다.

"왜 요크셔 사투리로 말씀하시죠?"

힐더가 그를 쳐다보며 조용하게 말했다.

"이건! 이건 요크셔 사투리가 아니고 더비 말입니다."

멜러즈는 엷은 웃음을 띠고 그녀를 돌아다보았다.

"더비? 그럼 왜 더비 사투리를 쓰시나요? 처음에는 보통영어를 쓰시던데."

"그랬던가요? 그러나 그렇게 하고 싶으면 바꾸어도 괜찮지 않을까요? 아니, 제겐 그것이 편하니까 더비 말로 하도록 해주십시오, 싫지만 않으시다면."

"좀 부자연스러워요."

"아마 그럴 겁니다! 그러나 테버셜 마을에서는 댁들의 말이 더 부자연스럽게 들릴 겁니다."

그는 '그렇소, 대체 당신은 뭐요?' 하는 듯이 머리를 젖히고 묘하게 거리감을 나타내며 힐더를 바라보았다. 이내 그는 먹을 것을 가지러 다시 부엌으로 갔고, 두 자매는 잠자코 있었다. 그는 접시 하나와 나이프와 포크를 가져왔다.

"미안합니다만 웃옷을 좀 벗겠습니다."

멜러즈는 옷을 벗어 못에 걸고 셔츠 바람으로 식탁에 앉았다. 엷은 크림빛의 플란넬 셔츠였다.

"드십시오. 어서 드십시오."

멜러즈는 빵을 잘라서 놓고 가만히 앉아 있었다. 힐더는, 코니가 한때 느꼈던 것처럼 그의 침묵과 멀리 떨어져 있는 듯한 태도에서 어떤 힘을 느꼈다. 그녀는 식탁에 올려놓은 작고 예민해 보이는 그의 손을 보았다. 그는 단순한 노동자는 아니었다. 그는 연극을 하고 있는 것이다, 연극을!

"그렇지만 사투리가 아니라 보통영어로 말씀해 주시면 좀 더 자연스럽겠군요."

힐더는 조그만 치즈를 집어들며 말했다. 멜러즈는 그녀의 완고한 고집을 느끼고 그녀를 바라보았다.

"동생과 두 번 다시 만나지 말고 내가 죽어버렸으면 좋겠다고 댁이 말씀하시고, 저 또한 그 비슷한 불쾌한 대답을 댁에게 던지는 것

이외에는 무엇이 있겠습니까? 그 이외에 무엇이 자연스러울까요?"

멜러즈가 이번에는 보통영어로 말했다.

"그럼 있지요. 올바른 예의범절이 정말 자연스럽지요."

"이른 바 제2의 자연스러움이군요!"

멜러즈는 이내 웃기 시작했다.

"아니, 난 예의에는 싫증이 났습니다. 그냥 내버려두십시오!"

힐더는 말이 막혀버린 것이 몹시 분했다. 결국 그가 그녀로부터 존경받고 있음을 알고 있다는 것을 나타내어도 좋았었던 것이다. 그런데도 그는 연극과 거만한 태도로 존경하는 편이 오히려 자기라고 생각하고 있는 것처럼 행동하고 있는 것이다. 뻔뻔스럽게! 불쌍한 코니는 이 사나이의 손아귀에 단단히 잡히고 만 것이다!

세 사람은 아무 말없이 음식을 먹었다. 힐더는 그의 식사 태도를 눈여겨보았다. 그녀는 그가 천성적으로 자신보다 훨씬 민감하고 고상함을 지니고 있다는 것을 깨달았다. 그녀에게는 스코틀랜드 사람 특유의 서투른 데가 있었다. 그런데 그는 잉글랜드인 특유의 조용하면서도 확신 있는 태도를 지니고 조금의 틈도 없었다. 그보다 더 훌륭하게 행동하기란 어려운 일이었다. 더욱이 그는 더 훌륭하게 행동하려고 들지 않았다.

"그래, 정말로 당신께서는 이런 모험을 할 만한 가치가 있다고 생각하시나요?"

힐더는 약간 부드럽게 말했다.

"어떤 모험의 어떤 가치 말입니까?"

"동생과의 이런 교제 말이에요."

멜러즈는 짓궂게 엷은 웃음을 띠었다.

"동생께 물으시지요."

멜러즈는 코니를 보며 말을 이었다.

"당신이 자진해서 한 일이지 내가 강요한 건 아니잖소?"

코니는 힐더를 보며 말했다.

"너무 책망하지 말아요, 언니."

"물론 나도 그러고 싶지는 않아. 그렇지만 사람은 누구든 자기 생활의 연관성을 깨뜨려서는 안 되는 거야. 도리에 어긋난 짓을 하면 못써."

잠깐 동안 침묵이 흘렀다.

"흠, 연관성이라고요? 그게 뭐라는 겁니까? 당신은 생활에 무슨 연관성을 가지고 계십니까? 당신이 이혼하려 하신다는 걸 알고 있습니다. 그것은 무엇과의 연관성이지요? 당신 고집과의 연관성이겠죠. 잘 압니다. 그게 무슨 소용입니까? 당신은 더 늙기 전에 자기의 연관성에 지긋지긋해질 겁니다. 고집스러운 여자와 그 아집, 그거라면 단단히 연관성이 이어질 겁니다. 당신과 교섭할 사람이 내가 아니라는 것이 참 다행스럽군요!"

멜러즈가 침묵을 깨뜨렸다.

"그런 말을 할 권리가 있나요?"

힐더가 반문했다.

"권리라고요? 당신이야말로 남을 댁의 연관성에 붙들어 맬 권리가 있습니까? 각자의 연관성에 맡겨두십시오!"

"그럼 내가 당신의 일에 마음을 쓰고 있다고 생각하시나요?"

힐더가 조용히 말했다.

"그렇습니다. 당신은 어쨌든 다소는 나의 처형입니다."

"아직 그렇게까지는 되어 있지 않아요, 분명히."

"아뇨, 그다지 멀지 않았습니다. 정말로 당신처럼 내게도 어느 의미의 연관성은 있습니다. 그것은 당신의 경우와 같은 겁니다. 그러니까 동생께서 조금이나마 사랑과 다정함을 바라고 내게 온 이상 스스로 무엇을 바라고 있는지 알고 있을 겁니다. 동생은 전에도 내 집에서 머무른 일이 있습니다. 고맙게도 그것은 당신의 연관성과는 관계가 없었습니다."

잠시 동안 죽음과도 같은 침묵이 흘렀다. 이번에도 멜러즈가 그 침묵을 깨뜨렸다.

"만약 다행한 결과가 된다면 나는 운명에 감사하겠습니다. 나는 이분에게서 많은 보물을 얻고 있습니다. 그 기쁨은 어떤 남자가 당신에게서 받는 것보다도 훨씬 많은 것일 겁니다. 당신께서도 아름다운 야생의 사과가 아닌 맛있는 사과가 될 수 있을 텐데 유감입니다. 당신 같은 부인에겐 적당한 접목(接木)이 필요합니다."

멜러즈는 기묘한 미소를 띠면서 그녀를 바라보았다. 그것은 육감적이고 감상적인 웃음이었다.

"당신 같은 사람은 따로 격리시켜야 해요. 자신의 비천함과 이기적인 정욕을 함부로 정당화하는 사람은 말이에요."

힐더가 말했다.

"네, 부인, 나 같은 남자가 아직 있다는 것은 얼마나 다행한 일인지 모릅니다. 그러나 당신에게는 지금의 상태가 어울리는 분입니다. 몹시 고독한 독신 말입니다."

자리에서 벌떡 일어난 힐더는 문께로 갔다. 그도 일어나서 못에 걸린 웃옷을 벗겼다.

"혼자서도 갈 수 있어요."

힐더가 말했다.

"못 가실 겁니다."

멜러즈가 허물없이 대답했다.

두 사람은 다시 기묘하게 줄을 짓고 좁은 길을 묵묵히 걸었다. 부엉이가 아직도 울고 있었다. 그는 총으로 쏘아야겠다고 생각했다.

자동차는 이슬에 젖은 채 그대로 있었다. 힐더는 자동차에 올라 시동을 걸었다. 두 사람은 밖에서 기다리고 있었다.

"내가 말하는 것은 당신들 가운데 누구든지 나중에 이런 짓을 할 가치가 있었는지 의심하게 되지 않을까 하는 점이에요."

힐더가 차 안에서 말했다.

"한 인간에게 살이 되는 것은 다른 인간에게는 독이 되지요. 그러나 내게는 이것이 빵이며 동시에 음료수입니다."

어둠 속에서 멜러즈의 목소리가 들려왔다. 동시에 헤드라이트가 환하게 켜졌다.

"코니, 아침에 나를 기다리게 하지 말아줘."

"네, 알았어요. 안녕!"

자동차는 천천히 큰 길로 나가 밤의 침묵만 뒤로 남긴 채 이내 경쾌하게 달려가 버렸다.

코니는 겁을 먹고 머뭇거리며 그의 팔을 잡았다. 그리고 좁은 길을 걸어갔다. 그는 아무 말도 하지 않았다.

마침내 코니는 그의 걸음을 멈추게 했다.

"키스!"

코니가 소곤거렸다.

"아니, 기다려요! 마음을 좀 가라앉히고."

멜러즈가 말했다. 그것이 그녀를 즐겁게 했다.

코니는 말없이 그의 팔을 잡고 서둘러 좁은 길을 걸었다. 그녀는 지금 그와 단둘이 있는 것이 무척이나 기뻤다. '힐더가 자기를 억지로 데리고 갔다면……' 하고 생각하자 몸서리가 쳐졌다. 그는 이상할 만큼 잠자코 있었다.

다시 오두막으로 돌아왔을 때 코니는 언니에게서 자유롭게 빠져나온 것을 기뻐하고 있었다.

"그렇지만 언니에게 너무 심한 말을 했어요."

코니가 말했다.

"그분은 좀 무시해 주어도 괜찮소."

"왜요? 언니는 좋은 사람이에요."

멜러즈는 대꾸하지 않았다. 그는 어쩔 수 없다는 동작으로 조용히 식탁을 치우면서 돌아다녔다. 얼핏 보기에는 화를 내고 있는 듯도 했다. 그러나 자기에 대해서는 아니라고 코니는 느꼈다. 화를 냄으로써 오히려 이상한 아름다움과 내면성의 빛이 보이고 있었다. 그것은 그녀에게 흥분을 느끼게 했다.

멜러즈는 그런 코니를 눈치채지 못했다. 마침내 그가 앉아서 구두를 벗기 시작했다. 그리고 이맛살을 찌푸리며 그녀를 쳐다보았다. 그 얼굴에는 여전히 노여움이 남아 있었다.

"2층으로 올라가시구려. 거기에 초가 있소."

멜러즈는 식탁 위에서 타고 있는 초를 가볍게 고개로 가리켰다. 코니는 얌전히 초를 잡고 2층으로 걸음을 옮겼다. 그는 2층으로 올라가는 그녀의 풍만한 엉덩이 곡선을 지켜보고 있었다.

육감적인 정열의 밤이었다. 코니는 다소 두렵고 내키지 않는 마음마저 들었다. 부드러움에서 오는 기쁨과는 다른 좀 더 날카롭고 무서운 그러나 순간마다 더 바라고 싶은 듯한 욕망을 불러일으키는 밤이었다. 조금 겁은 났지만 그가 하자는 대로 몸을 내맡겼다. 그러자 무모하고도 부끄러움 없는 육감이 그녀를 송두리째 뒤흔들어 놓았으며, 완전히 벌거벗겨 놓아 전과는 전혀 다른 여성으로 만들어 놓았다. 그것은 사랑이나 욕정이 아니었다. 그것은 불꽃처럼 날카롭고 영혼을 맹렬히 불태우는 정감이었다.

누구의 눈에도 띄지 않는 비밀스러운 곳에 자리 잡고 있는 깊고도 오래된 부끄러움을 불태워 버렸다. 그의 의지에 따라 그가 하는 대로 내버려두기에는 노력이 필요했다. 그녀는 노예처럼 수동적으로 응하는 존재가 되어야 했다, 그것도 육체의 노예처럼. 그러나 정열의 불꽃이 깨끗이 태워버리고 육감적인 불꽃이 창자와 가슴을 뚫고 짓누르자 그녀는 정말 죽은 것처럼 느껴졌다. 뼈에 사무친 놀라운 죽음이었다.

'아벨라르가 엘로이즈를 사랑했을 때 수난의 온갖 단계와 정화(精華)를 겪었다고 말했던 뜻이 무엇일까?'

아아, 천 년 전이던 만 년 전이던 같은 것이다! 정열의 정화, 정욕의 방종! 그렇다, 그릇된 부끄러움을 태워버리고, 육체의 가장 무수한 광석을 찾아내어 순결화하는 것이 영원히 필요하다.

완전한 육감의 불꽃과 더불어 짧은 여름밤에 그녀는 많은 것을 배웠다. 예전 같았으면 여자는 부끄러워서 죽었을 거라고 생각했다. 그런데 죽은 것은 오히려 부끄러움이었다. 공포감이 뒤섞인 수치, 기관 깊숙이 파고든 수치, 우리 육체의 뿌리 깊이 웅크리고 있으며, 육감적인 불꽃에 의해서만 쫓아낼 수 있는 이 수치가 마침내 한 남성의 페니스에 의해 일깨워지고 추방될 수 있었다.

코니는 이제 자신이 핵심의 중심부에까지 이른 것을 느끼자 본질적인 부끄러움을 느끼지 않았다. 그녀는 부끄러움 없는 적나라한 정욕의 자아로 돌아가 있었다. 그리고 그녀는 승리감을, 자랑스러움을 느끼기까지 했다.

그렇다, 바로 그것이다! 이것이 바로 인생인 것이다! 이것이 인간 본연의 자태인 것이다! 속일 것도 부끄러울 것도 아무것도 없다. 그녀는 완전한 나체를 다른 존재인 한 남성과 함께 나누었다.

남자란 얼마나 무모한 악마인가! 진정 악마 같았다. 그것을 견디기 위해서는 강해야 했다. 육체의 밀림의 핵심, 즉 기관의 수치의 마지막 깊고 깊은 구석에까지 이르기에는 어느 정도의 힘이 필요했다. 그곳은 오로지 남근만이 답사할 수 있다. 그리고 그것은 이루 말할 수 없이 억센 힘으로 밀어댔던 것이다.

공포 때문에 그것을 얼마나 미워했던가! 그러면서도 얼마나 갈망했던가! 이제야 깨달았다. 그녀의 영혼 밑바닥에서는 남근의 침입을 필요로 했었고, 한편 남몰래 욕구했던 것이다. 그리고 그것을 얻으리라고 결코 믿지 않았던 것이다. 그런데 지금 갑자기 이루어진 것이다. 그녀는 한 남성과 마지막 벌거숭이 사랑을 나누었고, 부끄러움을 모르게 되었다.

시인이나 그 밖의 모든 사람들은 다 거짓말쟁이였다! 인간이 최고로 욕구하는 것이 바로 이 깊은 애정의 감동과 불태우는 듯한, 그러면서도 오히려 무서운 정욕인데도 인간은 감상을 욕구한다고 생각하게 했으니 말이다. 부끄러움도 죄악감도 궁극적인 불안감도 느끼지 않고 이를 과감히 감행하는 남자를 발견하다니! 만약 그가 끝난 뒤에 부끄러워하거나 남에게도 부끄러움을 준다면 얼마나 끔찍한 일일까! 대부분의 남자들이 클리퍼드처럼 개 같고 창피스러워서야 얼마나 딱한 일일까! 마이클리스도 그러했다! 둘 다 감각적으로는 개처럼 천하고 굴욕적이었다. 정신적인 지고한 기쁨이라고? 그것이 여성에게 대체 무엇이란 말인가? 진정 남성에게도 무슨 의미가 있다는 말인가? 심지어 정신면에서도 오직 추하고 천해질 뿐이 아니겠는가! 정신을 순화하고 활기를 주는 데도 필요한 것은 순수한 정욕이다. 순수한 불같은 정욕인 것이다.

아아, 신이여! 남자란 참으로 희귀한 물건이다! 남자란 누구나 없이 돌아다니다 냄새를 맡고 교미하는 개와 같다. 조금도 무서워하거나 부끄러워하지 않는 남자를 발견했다니! 그녀는 아득히 먼 꿈나라로 떠나가서 잠들어 있는, 그야말로 야생의 동물처럼 잠자고 있는 그를 물끄러미 바라보았다. 그녀는 그에게서 떨어지지 않으려고 그의 가슴속으로 파고 들어갔다.

그의 몸이 움직이자 그녀는 완전히 잠에서 깨어났다. 그는 침대에 앉아 그녀를 내려다보고 있었다. 그녀는 자신의 벌거벗은 몸이 그의 눈에 비치고 있다는 것, 자기 자체가 고스란히 비치고 있다는 것을 알았다. 그리고 그녀의 모든 것을 알고 있는 남성의 인식이 그 눈빛에서 빛어 나와 그녀를 관능적으로 휩싸 버렸다. 오오, 반쯤 잠든 수족과 육체를 갖고 말할 수 없는 정욕을 불러일으킨다는 건 한없이 즐거운 일이었다.

"일어날 시간인가요?"

"6시 30분."

8시에는 좁은 길 끝에 가 있어야 했다.

'언제나, 언제나 이렇게 우리는 강요당하고 있다니!'

"아침식사를 여기로 가져올까? 어떻소?"

"네."

플로시는 얌전하게 낑낑거리고 있었다. 그는 일어나 잠옷을 벗고 수건으로 몸을 문질렀다.

'인간이 용기와 생기에 가득 차 있을 때는 어쩌면 이다지도 아름답단 말인가!'

코니는 가만히 그를 지켜보면서 생각했다.

"커튼을 걷어주세요."

태양은 이미 아침의 초록빛 풀을 부드럽게 비추고 있었다. 숲은 푸릇푸릇 신선한 모습으로 가까이 서 있었다. 그녀는 벌거벗은 팔과 유방을 드러내놓고 꿈꾸듯 지붕 밑 창문으로 밖을 내다보고 있었다. 멜러즈는 옷을 입고 있었다. 그녀는 생활을, 진정한 생활을 꿈꾸고 있었다. 그는 그녀의 위험한, 웅크리고 있는 벌거숭이에서 도망쳐 가고 있었다.

"내 잠옷 어디 갔어요?"

멜러즈는 침대 속에 손을 넣어 엷은 비단 조각을 끌어냈다.

"발목에 걸렸기에 알았지."

잠옷은 둘로 찢겨져 있었다.

"괜찮아요. 이 방의 것이니까 여기 두고 가겠어요."

"그러시오. 밤에는 다리 사이에 끼고 자겠소. 거기에는 이름이나 무슨 표시 같은 게 붙어 있지 않겠지?"

코니는 찢어진 잠옷을 걸치고 앉아서 꿈꾸듯 창밖을 내다보았다.

아침의 맑은 공기가 지저귀는 새소리와 함께 들어왔다. 새들은 끊임없이 날고 있었다. 플로시가 뛰어나갔다. 정말 아침이었다.

아래층에서 그가 불을 피우고 물을 길고 뒷문으로 나가는 소리가 들렸다. 이내 베이컨의 구수한 냄새가 풍겨 왔다. 그는 가까스로 문을 빠져나올 수 있을 만한 커다란 검은 쟁반을 들고 올라왔다. 그는 쟁반을 내려놓고 차를 따랐다.

코니는 찢어진 잠옷을 입은 채 허기진 듯 먹어댔다. 그는 의자에 앉아서 무릎에 접시를 올려놓았다.

"참 좋아요! 이렇게 함께 아침을 먹다니 말이에요."

코니가 입을 열었지만 그는 잠자코 먹는 데 열중했다. 덧없이 빨리 가는 시간이 그의 마음을 무겁게 했다. 그 생각이 그녀에게도 전해졌다.

"정말 우리가 여기서 함께 살고 라그비 저택이 한없이 먼 데 있으면 좋겠어요! 내가 진정 떠나는 것은 라그비 저택으로부터예요! 아시겠죠?"

"그럼."

"우리 함께 살며 생활한다고 약속하셨죠! 그렇죠? 약속해 주실 거죠?"

"그것이 가능할 때."

"네, 그래요! 우리 그렇게 해요! 꼭요. 알았죠?"

코니는 몸을 앞으로 기울여 차가 엎질러지는 것도 개의치 않고 그의 손목을 잡았다.

"아!"

멜러즈는 차를 바로 놓으면서 말했다.

"우리가 지금은 함께 살 수 없겠죠?"

코니는 호소하듯이 말했다.

"물론이죠! 이제 25분만 지나면 당신은 떠나야 해요."

"벌써?"

코니가 외쳤다. 그때 갑자기 그가 손가락을 쳐들고 경계의 신호를 보이며 의자에서 일어섰다. 플로시가 짧게 짖었다. 그런 다음 경계하듯 크고 날카롭게 세 번을 짖어댔다.

멜러즈는 쟁반에 접시를 조용히 내려놓고 아래층으로 내려갔다. 정원 쪽으로 내려가는 소리가 들렸다. 자전거의 찌르릉 하는 벨소리가 울렸다.

"안녕하시오, 멜러즈? 등기우편이오!"

"그래요! 연필 갖고 있소?"

"여기 있습니다."

잠시 시간이 흘렀다.

"캐나다로군!"

낯선 사람의 목소리가 들려왔다.

"네, 영국령 컬럼비아에 있는 친구에게서 왔소. 등기우편을 보내다니 모르겠는걸."

"돈이라도 보내온 모양이죠."

"뭔가 아쉬운 게 있는가 보지."

다시 잠시 시간이 흘렀다.

"그럼 안녕히 계시오!"

"고맙소."

"안녕히!"

"안녕히!"

조금 뒤에 멜러즈가 2층으로 올라왔다. 약간 화가 난 것 같았다.

"우편배달부야."

"이른 시간에 왔군요."

"지방 배달이거든. 대개 7시까지는 여기에 오죠."

"친구분이 좋은 거라도 보내왔나요?"

"아뇨! 영국령 컬럼비아의 사진과 신문이오."

"당신, 그곳으로 갈 작정인가요?"

"갈 수 있다면."

"아아, 그래요! 아주 좋아요."

멜러즈는 배달부가 온 것을 염려하고 있었다.

"저 자전거는 알아차리기도 전에 갑자기 왔는데, 아무것도 눈치 채지 않았으면 좋겠는데."

"무슨 눈치를 챘겠어요?"

"자, 일어나서 준비해요. 나는 잠깐 밖을 둘러보고 올 테니까."

멜러즈는 총을 들고 플로시와 함께 좁은 길을 살피러 나갔다. 코니는 아래층으로 내려가 세수를 했고, 그가 돌아왔을 때에는 모든 준비가 다 되어 있었다. 소지품은 비단 주머니에 든 약간의 물건이었다.

멜러즈는 문을 잠갔다. 두 사람은 좁은 길로 가지 않고 숲 속을 걸어갔다. 그는 매우 조심스러워져 있었다.

"어젯밤의 우리처럼 모두 서로 사랑하기 위해서 살고 있다고 생각지 않나요?"

코니가 입을 열었다.

"그렇죠! 그러나 그 일을 깊이 생각해야 할 시간도 있어야죠."

멜러즈는 다소 무뚝뚝하게 대답했다.

두 사람은 초목이 우거진 길에 다다랐고, 그는 앞장선 채 잠자코 있었다.

"우리 함께 살아요, 네?"

코니가 애원했다.

"그럽시다!"

멜러즈는 돌아다보지도 않고 발을 옮기며 대답했다.

"그때가 오면! 그러나 지금 당신은 베네치아인지 어딘지로 가려고 하고 있지 않소?"

코니는 잠자코 그의 뒤를 따라갔다. 마음은 착 가라앉아 있었다.

'아아, 그렇구나! 지금 떠나가는 거다!'

드디어 멜러즈가 걸음을 멈추었다.

"잠깐 여기를 건너가 보고 오겠소."

멜러즈는 오른쪽을 가리키면서 말했다. 그러나 코니는 그의 목에 두 팔을 감으며 매달렸다.

"당신은 나를 다정하게 생각해 주시겠죠? 어젯밤 당신을 사랑했어요. 부드럽게 나를 사랑해 주시겠죠?"

코니는 계속해서 소곤댔다. 멜러즈는 그녀에게 키스하고 잠시 가만히 끌어안고 나서 한숨을 쉬었다. 그리고 또 한 번 키스했다.

"차가 와 있는지 가보고 오겠소."

멜러즈는 양치류 속에 발자국을 남기며 낮은 찔레꽃과 고사리 덤불을 넘어 갔다. 그가 잠깐 동안 보이지 않더니 이내 성큼성큼 돌아왔다.

"아직 차는 안 왔소. 빵집 이륜마차가 길에 있지만."

멜러즈는 걱정스럽고 불안한 듯이 보였다.

"쉿!"

두 사람은 차가 가까이 다가와 가볍게 경적을 울리는 것을 들었다. 다리에 이르자 차는 속력을 늦추었다.

갑자기 심한 슬픔에 사로잡힌 코니는 양치류를 헤치며 그의 뒤를 따랐다. 두 사람은 높은 호랑가시나무의 울타리가 있는 곳에 다다랐다. 멜러즈는 그녀의 뒤에 서 있었다.

"자! 저기로 빠져나가요. 난 나가지 않겠소."

멜러즈가 울타리 틈새를 가리키며 말했다. 코니는 절망에 빠진 표정으로 그를 바라보았다. 두 사람은 키스를 나누고 떨어졌다. 호랑가시나무와 나무 울타리를 빠져나간 코니는 괴로운 기분에 잠겨 걸음을 옮겼다. 그녀는 조그마한 도랑에 빠졌다가 겨우 좁은 길로 나왔다.

힐더가 초조하게 막 차에서 내려와 있었다.

"어머, 거기 있었니? 그 사람은 어디에?"

"안 왔어요."

조그만 가방을 들고 차에 올랐을 때 코니의 얼굴은 눈물로 젖어 있었다. 힐더는 모양 없는 보안용 안경이 달린 운전 모자를 집어들었다.

"이걸 쓰렴."

힐더가 말했다. 보안용 안경을 쓴 모습은 인간답지 않은 알 수 없는 생물이었다. 힐더는 사무적인 동작으로 차를 몰았다.

차는 벌써 좁은 길을 벗어나 큰 길로 들어서고 있었다. 코니는 주위를 둘러보았다. 그러나 아무 데도 그는 보이지 않았다. 헤어져 버린 것이다! 헤어지고 만 것이다! 그녀는 울었다. 이별이 이처럼 갑자기 닥쳐오다니! 그것은 죽음과도 같은 것이었다.

"잠시나마 그 사람에게서 떨어진 건 다행스러운 일이야!"

힐더는 크로스힐 마을을 피해 차를 돌리며 말했다.

제17장

"힐더 언니."

점심식사 후 코니가 힐더를 불렀다. 자매는 런던 가까이 다가가고 있었다.

"언니는 진정한 애정도 진정한 욕망도 모르는군요. 한 사나이에게서 이 두 가지를 다 알게 된다면 큰 변화를 일으킬 거예요."

"제발 부탁이니 네 경험을 자랑하지 마라!"

힐더는 계속해서 말했다.

"여자와 진정으로 친밀하고 여자에게 자신을 바치는 사나이를 난 만난 적이 없어. 내가 바란 것은 그런 남자였어. 난 남자들의 자기만족의 정애(情愛)니 욕망에는 이끌릴 수가 없어. 나는 어떤 남자의 노리갯감도 쾌락의 육체도 되고 싶지 않아. 나는 진정한 친밀성을 바랐지만 얻을 수 없더구나. 난 그걸로 충분해."

코니는 힐더가 말한 '진정한 친밀성'에 대해 생각했다. 그녀는 그것이 자신에게 관계 있는 모든 것을 상대편에게 알리는 것을 의미하고 있다고 생각했다. 남자도 그에 관한 모든 것을 알리는 것을 의미한다고 생각했다. 그러나 그것은 귀찮은 일이었다. 모든 남자와 여자 사이에는 싫증나는 자의식이 있다! 그것은 일종의 병적인 게 아닌가!

"언니는 누구하고 있더라도 항상 지나치게 자의식을 의식하는 것 같아요."

"적어도 노예근성을 갖고 싶지 않은 거야."

"그렇지만 언니에게도 그런 게 있는 것 같아요! 적어도 자신에 대한 자기 생각의 노예가 되어 있는 거예요."

힐더는 건방진 소녀 같은 코니에게서 일찍이 들어본 일이 없는 오만불손한 말을 들은 뒤에도 한동안 잠자코 자동차를 몰았다.

"적어도 난 자신에 대한 다른 누구의 생각의 노예도 아냐. 그 누군가가 남편의 하인이라도 말이야."

힐더는 매우 노해서 대꾸했다.

"아니에요, 그렇지 않아요."

코니는 언제나 언니에게 지배를 받아왔었다. 그러나 이제 그녀는 마음 한구석에 슬픔을 지니고 있었지만 '다른 여자들'의 지배는 받고 있지 않았다. 아아! 그것은 새로운 생명이 주어진 듯한 구원이었다, '다른 여자들'의 기묘한 지배와 고집으로부터 자유로워진 것은. 여자란 얼마나 무서운 존재인가?

코니는 아버지와 함께 있게 된다는 사실이 기뻤다. 그녀는 언제나 아버지의 마음에 들었었다. 자매는 펠멜 근처의 작은 호텔에 머물렀고, 아버지 맬컴 경은 클럽에 머무르고 있었다. 아버지는 저녁에 딸들을 데리고 나갔고 자매도 아버지와 함께 나가기를 좋아했다.

맬컴 경은 주위에 나타난 새로운 세대에 다소 겁을 먹고 있었지만 아직도 풍채가 좋았고 정정했다. 그는 스코틀랜드에서 새로운 아내를 맞았다. 그보다도 젊고 부자였다. 그러나 첫 번째 아내의 경우와 마찬가지로 될 수 있는 한 그녀 곁을 떠나서 오랜 휴일을 즐겼다.

코니는 아버지와 나란히 앉아 오페라를 구경하고 있었다. 그는 알맞게 살이 찐 넓적다리를 갖고 있었다. 그것은 아직도 튼튼하고 억세었다. 유쾌하게 생활해 온 건강한 사람이 갖는 넓적다리였다. 아버지의 기분 좋은 자기 본위주의, 남에게 의지하지 않는 독립심, 후회하는 일이 없는 욕망, 그런 것들을 코니는 아버지의 튼튼한 곧은 넓적다리에서 볼 수 있는 것 같았다. 그야말로 남자다웠다! 그러나 슬프게도 노인이 되어 가고 있다. 강하고 굵은 남자다운 다리에는 이제 팽팽하게 긴장된 감수성도 없고, 한 번 태어나면 사멸되는 일이 없는 청춘의 진수라고 할 부드러운 힘도 없었다.

코니는 다리의 존재에 눈떠 있었다. 그녀에게는 다리가 그다지 진실해 보이지 않는 얼굴보다 더 중대하게 생각되었다. 활발하고 민첩한 다리를 가진 사람은 드물었다. 그녀는 특별석에 앉아 사람들을 바라보았다. 검고 헐렁헐렁한 옷을 입은 힘없이 굵은 다리, 검은 장례식 천을 걸친 말라빠진 지팡이 같은 다리, 육감적인 것도 부드러운 것도 민첩한 것도 없는 아무런 의미도 없이 그저 늘씬하기만 한 젊은 다리, 그저 뛰어다니기만 하는 평범한 다리도 있었다. 그녀의 아버지 다리만 한 육감도 없는 것이다. 그들은 길들여진 아무 의미도 없는 인간이었다.

그러나 여자는 길들여지지 않았다. 마치 공장 기둥과도 같은 무시무시한 다리! 살인을 하고 싶어지는 것도 정당할 것 같은 다리였다. 그렇지 않으면 가련하게도 말라빠진 다리! 혹은 생명이라곤 조금도 없어 보이는 비단양말에 싸인 예쁘장한 날씬한 다리! 끔찍하게도 숱한, 의미도 없는 다리가 무의미하게 여기저기 나다니고 있다!

코니는 런던에서 행복하지 않았다. 사람들은 모두 창백하고 유령처럼 보였다. 그들은 발랄하고 아름답기는 했지만 활기 있는 행복은 지니고 있지 않았다. 모두 메마른 느낌이었다. 그런데 코니는 행복을 확보하고 싶은 여자의 본능으로 행복을 갈망하고 있는 것이었다.

파리에서는 아직 약간의 육감을 느낄 수 있다고 그녀는 생각했다. 그러나 얼마나 지루하고 지치고 닳아버린 육감이란 말인가! 정애의 결핍으로 닳아빠진 것이다. 아아, 파리는 슬픈 곳, 가장 슬픈 도시 중의 하나였다. 현대의 기계적인 육감에 지치고 돈, 돈, 돈을 위한 흥분에 지치고 울분과 기만에도 지치고 있다. 죽음과 같은 피로였다. 그렇다고 해서 요란한 기계의 소음 속에서 지루함을 감출 만큼 충분하게 아메리카화도 런던화도 되어 있지 않다. 아! 이 도시의 남자다운 남자들도, 빈둥거리는 놈팽이들도, 추파를 던지는 사람도, 호화로운 식사를 하는 사람도 모두 너무 지쳐 있었다. 주고받는 사소한 정애가 모자라기 때문에 싫증을 느끼고 지쳐서 초라해져 버린 것이다.

활발하고 매력 있는 이 도시의 여자들은 육감적인 사실에 대해 조금은 알고 있었다. 그 점에서 그녀들은 영리하지 못한 이 영국인 자매들보다는 나았다. 그러나 그녀들은 정애에 대해서 거의 알지 못했다. 끊임없는 의지의 메마른 흥분 때문에 정감을 잃은 그녀들 또한 지쳐버린 것이다.

인간 세계는 바야흐로 닳아 없어져 버리고 있다. 틀림없이 머지않아 급격하게 붕괴해 버리고 말 것이다. 일종의 무정부 상태다! 클리퍼드 식의 보수적 무정부 상태인 것이다! 아마도 이 이상 보수적 상태는 계속되지 않을 것이다. 아마 급격한 무질서 상태로 진전될 것이다.

코니는 자기가 세상을 두려워하고 겁내고 있음을 알았다. 그녀는 불바르니 뤽상부르 공원에 있을 동안은 조금 행복했었다. 그러나 파리는 미국인이나 영국인으로 가득 차 있었다. 그것은 기묘한 옷차림의 미국인이나 절망해서 건너온, 외국에서는 역겨워 볼 수가 없는, 언제나 무료한 영국인들이었다.

코니는 드라이브를 하는 것이 즐거웠다. 갑자기 날씨가 무더워지자 힐더는 스위스를 지나 브렌네르 고개를 넘었다. 그런 다음 돌로미티 산맥을 넘어 베네치아로 내려갔다. 힐더는 모든 일을 처리하고 운전하며 자신이 앞장서서 시중들기를 좋아했다. 코니는 아무것도 하지 않는 데에 만족하고 있었다.

여행은 즐거웠다. 그러나 코니는 마음속으로 중얼거렸다.

"어째서 여행이 마음에 들지 않는 것일까? 어째서 정말로 기쁘지 않을까? 이젠 경치도 싫어졌으니 정말 큰일 났어. 열중할 수가 없어. 야단이야. 산도 푸른 물도 보지 않고 루체른 호(湖)를 배로 건넜다는 성 베르나르 같아. 정말로 이젠 경치고 뭐고 싫어. 무엇 때문에 그런 것을 봐야 하나? 어째서일까? 나는 싫다."

코니는 프랑스에서도 스위스에서도 티롤에서도 이탈리아에서도 생명 있는 것이라곤 전혀 찾아보지 못했다. 그녀는 차에 실린 채 여기저기를 지나갔을 뿐이었다. 라그비 저택보다 공허했다. 그 끔찍한 라그비 저택보다도! 그녀는 두 번 다시 프랑스, 스위스, 이탈리아를 보지 않아도 좋다고 생각했다, 정말로. 라그비 저택이 훨씬 더 현실적이었다.

인간은 다소 차이는 있지만 모두 마찬가지였다. 그들은 모두 돈을 잡으려 노리고 있다. 여행자의 경우에는 억지로 쾌락을 얻으려 하고 있다, 마치 돌에서 피를 짜내려는 듯. 불쌍한 산들! 삭막한 풍경! 흥분이나 기쁨을 주기 위해 모든 것이 몇 번이고 짜내지는 것이다.

"아니……!"

코니는 중얼거렸다. 오히려 라그비 저택에 있는 편이 더 나았다. 그곳은 이리저리 돌아다닐 수 있고 가만히 있을 수도 있다. 그리고 아무것도 보지 않아도 되고, 어떤 연극도 하지 않아도 된다. 즐기려는 여행자의 연극은 너무나도 절망적이고 부끄러운 일이다. 한마디로 여행은 실패였던 것이다.

코니는 라그비 저택으로 심지어 클리퍼드에게 돌아가고 싶었다. 그는 휴가를 즐기려는 이 많은 사람들처럼 어리석지는 않았다.

그러나 마음속으로 그녀는 끊임없이 한 남자와 붙어 있었다. 그와의 관계를 잃어서는 안 된다. 그래, 잃어서는 안 되었다. 그렇지 않으면 이 잡동사니 같은 돈 많은 사람들이나 쾌락주의자들 사이에서 자기를 잃고 마는 것이다. 오, 향락주의자! 오, 관광 유람! 이것이 색다른 현대병의 하나이다.

자매는 메스트레에서 차를 차고에 맡긴 다음 정기 여객선을 타고 베네치아로 갔다. 쾌적한 여름날 오후였다. 얕은 초호(礁湖)에는 잔물결이 일고 있었다. 수면 저편에 그 등을 보이고 있는 베네치아는 넘치는 햇살로 희미하게 보였다.

자매는 부두에서 뱃사공에게 그들이 갈 주소를 일러주고 곤돌라를 바꿔 탔다. 희고 파란 긴 옷을 입은 평범한 사공이었다. 그다지 다듬어진 얼굴도 아니고 조금도 인상적이 아니었다.

"네! 에스메랄다 별장 말씀입죠! 네, 알고 있습니다! 거기서 한때 어떤 분의 사공 노릇을 했었는데, 꽤 멀죠!"

사공은 조금 어린애 같은 성급한 사나이였다. 게다가 일부러 그러듯이 성급하게 노를 저었다. 불결한 푸른색 벽 건물 사이에 낀 몹시 어두운 운하를 지나갔다. 그 운하는 더욱 더 초라한 거리로 흘러갔다. 세탁물이 줄에 걸려 있고 시궁창 냄새가 이따금씩 강하게 또는 약하게 코를 찔렀다.

드디어 양쪽에 포장도로가 있는 넓은 운하로 나왔다. 거기엔 큰 운하와 직각으로 달아 올렸다 내렸다 하는 다리가 걸려 있었다. 두 여자는 조그만 차일 밑에 있었고, 사공은 뒤쪽 높은 곳에 서 있었다.

"아가씨들께선 에스메랄다에 오래 묵으십니까?"

사공이 시원스럽게 노를 저으며 물었다. 그는 희고 푸른 손수건으로 얼굴에 흐르는 땀을 닦았다.

"한 20일 정도요. 우린 둘 다 기혼이에요."

힐더가 묘하고 부드러운 목소리로 말했다. 그 때문에 그녀의 이탈리아어는 매우 외국식으로 들렸다.

"네에, 20일입니까?"

잠시 후에 사공이 다시 물었다.

"그럼 부인들께선 20일 동안 사공이 필요하겠군요. 에스메랄다 별장에 묵으시는 동안 말입니다. 그렇지 않으면 하루나 일주일 쓰시기로 하시렵니까?"

자매는 생각했다. 육지에서 자기 자동차를 가지고 있는 것이 편하듯이 베네치아에서는 언제나 자기의 곤돌라를 갖는 게 편했다.

"별장에는 어떤 배가 있나요?"

"모터보트도 있고 곤돌라도 있습니다요. 그러나……."

'그러나'에 뜻이 담겨 있었다. 그 배들은 그녀들의 것이 아니라는 것이었다.

"얼마면 되죠?"

하루에 약 30실링, 일주일에 10파운드였다.

"그건 공정가격인가요?"

힐더가 물었다.

"공정가격은 그보다 싸죠, 부인."

자매는 생각했다.

"그럼 내일 아침에 와봐요. 그때 결정하겠어요. 아저씨 이름은 뭐죠?"

힐더가 물었다. 그의 이름은 조반니라고 했다. 그는 몇 시에 가면 좋겠는지 그리고 누구를 찾으면 되는지 물었다. 힐더는 명함을 갖고 있지 않았다. 그래서 코니가 자기 명함을 주었다. 그는 남국적인 열띤 푸른 눈으로 재빨리 그것을 훑어보았다. 그리고 다시 한 번 쳐다보았다.

"아아, 영국 귀부인이시군요!"

사공은 밝은 얼굴로 말했다.

"콘스탄차 부인."

코니가 말했다. 그러자 그는 머리를 끄덕이며 "콘스탄차 부인!" 하고 되풀이하며 명함을 조심스레 웃옷 속에 집어넣었다.

에스메랄다 별장은 꽤 멀리, 바다를 향해 쑥 튀어나온 초호 끝에 서 있었다. 키오자[68] 항이 보이는 근처였다. 무척 오래된 별장의 아래쪽에 울창한 나무가 있는 커다란 정원이 있고, 초호와의 사이에는 벽이 둘러싸여 있었다.

별장 주인은 육중하면서 다소 거친 스코틀랜드인이었다. 그는 전쟁 전에 이탈리아로 가 한밑천 벌고 전쟁 중에는 극단적인 애국주의로 기사의 작위를 받았다. 그의 아내는 여위고 창백하며 신경질적인 여자로, 자기 재산이라곤 없는 데다 남편의 추잡한 호색을 감시해야 한다는 불행을 짊어지고 있었다. 그는 하인들에게 귀찮게 굴었다. 그러나 겨울에 가벼운 뇌출혈로 쓰러지고 나서 지금은 다소 다루기가 수월해졌다.

별장은 만원이었다. 맬컴 경과 두 딸 외에 일곱 명의 손님이 더 있었다. 역시 두 딸을 데리고 온 스코틀랜드인 부부와 젊은 이탈리아의 백작 미망인과 그루지야 국의 젊은 공작, 그리고 폐렴을 앓고 난 뒤 건강 때문에 알렉산더 경의 교회사(敎誨師)를 하고 있는 젊은 영국인 목사였다. 무일푼에 잘생긴 공작은 몰염치한 점으로 봐서 운전수가 되면 아주 잘 어울릴 것 같은 인물이었다. 백작 미망인은 어디엔가 정부라도 가지고 있을 듯한 조용하고 몸집이 작은 여자였다. 목사는 버킹엄 주의 교구지(敎區地)에서 온 소박한 사나이였다. 다행스럽게도 그는 아내와 두 아이를 집에 두고 왔다. 그리고 네 식구인 거스리 집안 사람들은 상당한 재산이 있는 에든버러의 중류 계급으로 여러 가지를 견실한 방법으로 즐기고, 아무런 위험을 일으키는 일 없이 온갖 일들을 대담하게 즐기고 있는 사람들이었다.

코니와 힐더는 이내 공작을 무시해 버렸다. 거스리 집안 사람들은

68) Chioggia. 베네치아 섬 남쪽에 있는 항구이다 – 옮긴이

견실해서 다소 그녀들과 비슷한 점도 있었지만 너무 지루했다. 그 처녀들은 남편을 가지고 싶어 했다. 목사는 나쁜 사람은 아니었지만 너무 겸손하기만 했다. 가벼운 중풍에 걸린 뒤로 지나친 농담을 즐기게 된 알렉산더 경은 젊고 아름다운 부인들이 많은 것을 기뻐하고 있었다. 쿠퍼 부인은 조용하면서도 질투심이 많은 여자였다. 의심이 많아진 그녀는 이미 습성처럼 되어 버린 싸늘하고 경계하는 듯한 눈길로 다른 여자들을 보며 때로는 냉혹하고도 상스럽고 하찮은 말을 하곤 했다. 이것은 그녀가 모든 인간성에 대해 얼마나 저속한 의견밖에 갖고 있지 않는가를 나타내는 것이었다. 그녀는 눈에 띄지 않는 방법으로 하인들에 대해 지독할 정도로 거만했다. 코니는 그것을 알아차렸다. 부인은 얼핏 보기에 그를 호인으로 보이게끔 하는 불룩한 배를 내밀고 지루한 농담을 지껄여대는 알렉산더 경에게, 그가 이 별장의 군주이며 지배자로 보이게끔 하도록 교묘하게 꾀고 있었다. 힐더는 그의 지루한 농담을 '그의 소탈하고 우스운 짓'이라고 말하고 있었다.

맬컴 경은 그림을 그리고 있었다. 자기의 스코틀랜드 풍경화와 대조시켜 베네치아의 초호의 경치를 그리고 싶어진 그는 아침마다 커다란 캔버스를 들고 배를 저어 언제나 같은 위치에 자리를 잡았다. 그러고 나서 조금 있으면 쿠퍼 부인이 스케치용 화판과 그림물감을 갖고 도심지로 저어 나가는 것이다. 그녀는 고답적인 수채화가여서 집에는 장밋빛 궁전이니 어두운 운하니 도개교(跳開橋)니 중세풍의 집 정면 등의 그림이 가득히 있었다. 그런 뒤 조금 있으면 거스리 집안 사람들과 공작, 백작 부인, 알렉산더 경, 이따금 목사인 린드 씨까지 리도 섬[69]으로 나가는 것이다. 그곳에서 그들은 해수욕을 하고 한 시 반경 늦은 점심을 먹으러 돌아오는 것이었다.

이따금 열리는 파티는 판에 박은 듯 지루했지만 자매를 괴롭히지

69) the Lido. 베네치아 초호에 있는 모래섬으로, 해수욕장으로 유명하다 – 옮긴이

는 않았다. 그녀들은 늘 밖에 나가 있었다. 맬컴 경은 지루한 그림이 주욱 늘어서 있는 전람회에 자매를 데리고 가기도 했고, 루카 별장의 친구에게 데리고 가기도 했다. 그들은 따뜻한 저녁나절에는 함께 네거리 광장에 앉아 있기도 하고 플로리안에서 식사를 하거나 극장에 가거나 골도니의 연극을 보러 갔다. 조명 장치가 돼 있는 수중(水中) 연회가 있었고 무도회가 있기도 했다. 그야말로 휴양지였다.

햇볕에 그을은 혹은 파자마 바람의 사람들로 가득 찬 리도 섬은 짝을 찾아오는 바다표범의 끊임없는 무리로 가득 찬 바닷가와도 같았다. 광장에서 웅성거리는 무리, 리도에 들끓고 있는 인간의 손발과 몸뚱어리, 수많은 곤돌라, 모터보트, 기선, 비둘기, 얼음, 칵테일, 팁을 기다리는 급사들, 마구 지껄여대는 여러 나라의 말, 쨍쨍 내리쬐는 태양, 베네치아 특유의 냄새, 대량의 딸기, 비단 숄, 매점마다 놓인 커다란 쇠고기 덩어리 같은 수박 등 그곳에는 지나친 향락, 혼란의 향락이 있다!

코니와 힐더는 원피스 차림으로 돌아다녔다. 그녀들은 아는 사람이 많았다. 많은 사람이 또한 그녀들을 알고 있었다.

그때 뜻밖에도 마이클리스가 불쑥 나타났다.

"여기, 어디에 묵으십니까? 아이스크림이나 뭘 좀 드시겠습니까? 곤돌라를 타고 어디 좀 가 보시겠습니까?"

마이클리스는 볕에 꽤 그을린 모습이었다. 태양으로 요리되었다는 말이 그의 겉보기와 더욱 어울리는 말이었다.

어떤 점에서는 유쾌했다. 거의 '향락' 그 자체였다. 칵테일을 마시고, 따뜻한 물속에 잠기고, 뜨거운 태양 볕에 누워 더운 모래사장에서 일광욕을 하고, 후끈하게 무더운 밤에 사나이의 가슴에 기대어 재즈 춤을 추다가 얼음으로 몸을 식혔다. 그야말로 마취제였다. 담배, 칵테일, 얼음, 베르무트, 모든 것이 마약이었다. 마취제에 취하는 것이다! 향락! 향락이었다.

힐더는 이 약에 취하는 것을 좋아했다. 또한 부인들을 두루 둘러보고 그들에 대해 이리저리 추리하는 것을 좋아했다. 여자란 같은 여자에게 흥미를 가지는 법이다. 저 여자는 어떤 여자일까? 어떤 남자를 매혹하게 했을까? 그녀는 그것을 얼마나 재미있어 했을까? 남자는 흰 플란넬 바지를 입은 커다란 개와도 같다. 가볍게 쓰다듬어 주기를 기다리고, 엎치락뒤치락하고 싶어 하고, 재즈에 맞추어서 자기의 몸을 여자의 육체에 비벼대고 싶어 한다.

힐더는 재즈를 좋아했다. 남자의 몸에 자기 몸을 기대게 하여 이리저리 춤추며 자신의 움직임을 남자에게 맡길 수 있기 때문이었다. 그리고 거기서 빠져나가기만 하면 이 '동물'을 무시할 수도 있었다. 남자는 단순히 이용된 것에 지나지 않았다. 불쌍하게도 코니는 불행했다. 그녀는 재즈를 추고 싶지 않았다. 어떤 '동물'의 배에도 기댈 수가 없었기 때문이다. 그녀는 거의 벌거벗은 육체 덩어리를 이룬 군중들을 싫어했다. 그 군중이 한꺼번에 해수욕을 하기에는 물도 모자랄 지경이었다. 그녀는 알렉산더 경이나 쿠퍼 부인을 싫어했다. 더욱이 그녀는 뒤를 따라다니는 마이클리스가 누구보다 싫었다.

코니는 힐더와 함께 초호 저쪽으로 갈 때 가장 행복했다. 아득히 멀리 쓸쓸한 자갈밭으로 간 두 사람은 곤돌라를 모래밭 안쪽에 대어 놓고 해수욕을 즐겼다.

그곳은 매우 먼 곳이고 태양이 내리쬐어 땀을 많이 흘렸기 때문에 조반니는 다른 사공의 도움을 청해야 했다. 조반니는 매우 좋은 남자였다. 이탈리아 사람들이 그렇듯 친절하면서도 매우 냉정한 데가 있었다. 그들은 쉽게 감동하고 애정이 깊기도 했다. 그러나 그들은 극히 드물게밖에 정열을 오래 지속시킬 수가 없었다.

조반니는 과거에 귀부인들에게 봉사했던 것처럼 자매들에게도 깍듯이 봉사하고 있었다. 만약 그녀들이 원하기만 했다면 그는 언제라도 선뜻 자기 몸을 팔았을 것이다. 그는 은근히 그녀들이 그것을 원하기를 바라고 있었다. 자매는 그에게 많은 선물을 주었다. 머지않아 결혼하기로 되어 있는 그에게는 매우 고마운 일이었다. 그는 자기의 결혼에 대해서 이야기했다. 그녀들은 거기에 어울리는 적당한 흥미를 나타냈다.

조반니는 초호 너머 쓸쓸한 둑으로 가는 이 소풍에 무슨 속셈이 있을 것이라고 생각했다. 속셈이란 '사랑'을 뜻했다. 그가 도와줄 남자를 한 사람 더 쓴 것은 거리가 먼 때문이기도 하지만 무엇보다 여자가 둘이었기 때문이었다. 두 부인에 두 마리의 짐승! 훌륭한 계산이 아니겠는가! 게다가 아름다운 귀부인이다. 그는 그녀들이 자랑거리였다. 그리고 그에게 돈을 주고 명령하는 것은 나이가 위인 부인이었지만, 자기를 애인으로 선택할 여자는 젊은 부인이었으면 하고 바랐다. 그녀는 돈도 더 줄 것이다.

조반니가 데리고 온 동료는 다니엘레라고 했다. 그는 원래 곤돌라 사공이 아니라 산돌라 노잡이였다. 산돌라란 섬에서 과일이나 생산물을 나르는 커다란 보트를 말한다.

다니엘레는 큰 키에 균형 잡힌 몸매의 소유자로, 곱실곱실한 숱이 많은 우아한 금발의 사자를 조금 닮은 잘생긴 얼굴이었다. 그리고 먼 곳을 바라보는 듯한 푸른 눈을 갖고 있었다. 그는 조반니처럼 충동적지 않았고, 말도 많지 않고 술을 좋아하지도 않았다. 그는 마치 혼자 물 위에 떠 있는 듯 가볍게 노를 저었다. 귀부인은 그저 귀부인일 뿐 그는 별로 마음을 쓰지 않았다.

조반니가 술을 너무 마시고 서툴게 노를 저을 때에는 커다란 노를 크게 흔들며 화를 냈다. 멜러즈가 남자인 것처럼 그 또한 남자였다. 그러나 자기를 팔지는 않았다.

코니는 쉽게 감정이 흔들리는 조반니의 아내가 될 여자를 불쌍히 여겼다. 그러나 다니엘레의 아내는 지금도 도시의 미로 같은 수로의 둑 위에서 볼 수 있는 온순한 베네치아 여인의 한 사람일 것이다. 겸손하고 꽃 같은 여자일 것이다.

아아, 남자가 먼저 여자에게 몸을 팔게 하고 다음에는 여자가 남자에게 몸을 팔게 하다니, 이 얼마나 슬픈 일인가? 조반니는 자기 스스로 몸을 팔려고 개처럼 침을 질질 흘리면서 여자에게 자신을 제공하기를 갈망하고 있다. 그것도 돈 때문에!

코니는 아늑히 먼 베네치아를 바라보았다. 그곳은 낮게 장밋빛으로 물 위에 서 있었다. 돈으로 세워지고 돈으로 꽃피고 돈으로 죽어 가고 있다. 그야말로 돈으로 죽어 가고 있다! 돈, 돈, 돈, 매음과 죽음, 그것뿐이다!

다니엘레는 자유로운 권리를 가질 수 있는 사나이였다. 사공들이 입는 긴 웃옷도 입지 않았고 그저 푸른 털로 짠 셔츠만을 입고 있었다. 그는 약간 거칠고 품위가 없고 무뚝뚝하며 자존심이 강했다. 더욱이 그는 두 여자가 고용한 다소 건달인 조반니에게 고용된 사람이었다. 그렇다! 예수가 악마의 돈을 거절했을 때 악마로 하여금 유태인의 은행가가 되게 하고 현세의 모든 지배자가 되게 했던 것이다.

코니는 초호의 타는 듯한 빛 때문에 허탈한 기분을 안고 별장으로으로 돌아왔다. 별장에는 편지가 와 있었다. 클리퍼드는 빈틈없이 어기지 않고 편지를 써 보냈다. 그의 편지는 훌륭해서 전부 책으로 만들어도 좋을 정도였다. 그 때문에 편지는 코니에게 그다지 흥미가 없는 것이었다.

그녀는 초호의 빛, 해안에 물결치는 소금 냄새 풍기는 짠 물, 공간, 공허, 그리고 허무 때문에 거의 마비 상태에 놓여 있었다. 그러나 건강했다. 그것은 건강의 도취였고, 매우 흐뭇한 일이었다. 그녀는 아무것도 돌아보지 않고 그 속에 잠겨 있었다. 게다가 그녀는 임신했다는 사실을 확실하게 알 수 있었다. 햇빛, 초호의 소금기, 해수욕, 자갈 위에 눕는 일, 조개를 줍는 일, 곤돌라를 타고 떠도는 일 등으로 황홀해 하는 기분은 임신으로 느끼는 흐뭇하고 황홀한 또 하나의 만족한 건강을 완전하게 하는 것이었다.

베네치아에 온 지 두 주일이 지났다. 앞으로도 열흘 아니면 두 주일가량 더 머무를 작정이었다. 햇빛은 끊임없이 타고 있었다. 육체의 건강은 넘쳐서 무슨 일이고 모조리 잊어버리게 했다. 그녀는 일종의 행복감에서 오는 허탈 상태에 빠졌다. 클리퍼드의 편지는 그러한 그녀의 눈을 뜨게 했다.

이곳에 한가하고 평화로운 시골다운 사건이 있었소. 산지기 멜러즈의 게으름뱅이 여편네가 그의 오두막으로 찾아왔는데 도무지 환영받지 못했다는 것이오. 산지기는 여편네를 내쫓고 문을 잠가버렸다는구려. 그러나 그가 숲에서 돌아와 보니, 이제는 아름답지도 않은 그 여자가 벌거벗고 멜러즈의 침대에 들어가 있더라는 거요. 벌거벗지 않았다고 하는 사람도 있습디다만, 그 여자가 창문을 부수고 들어가서 그렇게 했다는구려.

멜러즈는 이 사나운 비너스를 침대에서 쫓아버릴 수도 없어 체념하고 테버셜의 어머니 집으로 물러갔답니다. 아무튼 스택스 게이트의 이 비너스는 숲의 오두막에 버티고 앉았고, 그것을 그녀는 자기 집이라고 주장한다오. 아폴로는 우선 테버셜에 거처를 정했다는구려.

멜러즈 자신이 직접 내게 와서 말하지 않으므로 나는 그저 소문을 들은 대로 되풀이하는 거요. 나는 집에 있는 추문조(醜聞鳥) 여사를 통해서 이 지방의 특제(特製)인 추문을 들은 거요. 따오기라고나 할까? 썩은 고기를 먹어 치우는 독수리인 볼턴 부인을 말하는 거라오. 만일 그 여자가 와 있다면, '마님께선 이젠 숲에 가지 않을 겁니다.' 하고 그녀가 말하지 않았다면, 나는 이 소문을 되풀이해서 말하지 않았을 거요.

백발을 날리고 붉은 살결을 빛내면서 바다로 나가는 맬컴 경을 그린 당신의 그림은 참 좋았소. 태양을 쪼이는 당신이 부럽구려. 여기는 지금 비가 내리고 있소. 그러나 나는 맬컴 경의 완고하고도 맹렬한 정욕은 부럽지 않소. 하나 그분의 나이에는 어울릴 거요. 사람은 나이가 들수록 정욕적이 되고 죽음에 다가가는 것이오. 다만 청춘만이 불멸의 맛을 지니고 있는 것이오.

이 소식은 반 도취된 행복 상태에 있던 코니를 뒤흔들었고, 당황하여 홍분에 이르도록 커다란 충격을 주었다. 지금 그녀가 야수적인 여자의 출현으로 괴로움을 당해야 하다니! 그녀는 한편 놀라며 초조해서 어쩔 줄 몰랐다. 멜러즈는 편지를 쓰지 않기로 했던 것이다. 그러나 지금 그녀는 그에게 직접 이야기를 듣고 싶었다. 그는 머지않아 태어날 아이의 아버지인 것이다. 그에게서 직접 들어야 한다!

이 무슨 끔찍한 일이란 말인가! 어쩌면 모든 것이 이렇게 혼란스러워졌단 말인가! 그 저속한 사람들은 어쩌면 그렇게도 끔찍하단 말인가! 그러나 영국 중부지방에 있는 음울하기 짝이 없는 혼란에 비하면 이곳은 햇빛을 받고 한적하게 살고 있으니 얼마나 즐거운가! 인생에 있어서 맑게 갠 하늘이야말로 무엇보다 중요한 것이다.

코니는 임신한 사실을 입 밖에 내지 않았다. 힐더에게도 말하지 않았다. 그녀는 볼턴 부인에게 좀 더 정확한 소식을 알려달라고 편지를 썼다.

덩컨 포브스는 그녀들의 친구로 미술가였다. 그는 로마에서 에스메랄다 별장으로 온 것이다. 이제 그는 두 사람의 곤돌라에 세 번째 승객으로 끼어들어 그녀들과 초호 건너에서 해수욕을 즐겼다. 그는 그녀들의 호위였다. 거의 말이 없는 조용한 청년으로 그림 솜씨가 탁월했다.

코니는 볼턴 부인에게서 온 편지를 받았다

마님, 클리퍼드 나리를 만나시게 되면 분명히 기뻐하실 겁니다. 정말 건강해지시고 열심히 일하고 계십니다. 그리고 희망에 차 계십니다. 물론 나리께서는 마님께서 다시 우리 곁으로 돌아오실 날을 고대하고 계십니다. 마님께서 계시지 않으니 집안이 쓸쓸하여 도무지 재미가 없습니다. 우리는 마님께서 돌아오시기를 정말 손꼽아 기다리고 있습니다.

멜러즈 씨에 대해서 클리퍼드 나리께서 어느 정도까지 쓰셨는지는 모르겠습니다. 어느 날 오후 그의 아내가 느닷없이 돌아온 모양입니다. 그리고 그가 숲에서 돌아왔을 때 그 여자가 문 옆에 앉아 있는 것을 본 겁니다. 그 여자는 자기가 본처이고, 이혼할 생각이 없어 그에게로 돌아와 다시 함께 살고 싶다고 했답니다. 그가 이혼하려고 했기 때문이죠. 그러나 그는 다시는 그녀와 관계를 맺으려고 하지 않았으며, 집 안에 들여놓지도 않았습니다. 그는 들어가지 않고 문을 열지도 않은 채 숲으로 되돌아갔습니다.

그러나 그가 어두워진 후에 돌아와 보니 누군가 집에 들어간 흔적이 느껴졌습니다. 그래서 그 여자가 무슨 짓을 했나 하고 2층으로 올라가 보았더니 그 여자가 벌거벗은 채 누워 있더랍니다. 그는 돈을 주려고 했지만 여자는 자기가 그의 본처니까 도로 데려다 놓아야 한다고 했답니다. 그 뒤 어떤 소동이 벌어졌는지는 모르겠습니다.

그의 어머니가 제게 얘기해 주었습니다. 몹시 정신이 뒤집힌 것 같았습니다. 그는 그 여자와 사느니 차라리 죽는 편이 낫다고 말했답니다. 그리고 자기 소지품을 들고 테버셜 마을의 어머니에게로 곧장 가버렸답니다. 그는 그날 밤엔 거기서 자고 다음 날 아침에 정원을 빠져서 숲으로 왔습니다. 그렇지만 오두막 근처는 얼씬도 하지 않고 그 여자도 만나지 않은 모양입니다.

그러나 그다음 날, 그녀는 베걸리에 있는 자기의 오라비인 댄의 집으로 가서 욕설을 퍼붓고 떠들며, 자기가 그 사람의 본처인데도 그가 집에 다른 여자를 끌어들였다고 야단법석을 했답니다. 그 증거로 그의 서랍에서 향수병과 재떨이 속에서 금빛 물뿌리 달린 담배꽁초를 발견했다는 겁니다. 저는 어떤 영문인지 전혀 알 수가 없습니다. 그리고 우편배달부 프레드 커크가 말하기를, 어느 날 아침 일찍 멜러즈 씨의 침실에서 누군가의 얘기 소리가 들렸고, 좁은 길에 자동차가 서 있더라는 겁니다.

멜러즈 씨는 그 뒤 내내 어머니와 함께 있습니다. 그리고 정원을 지나 숲으로 가곤 합니다. 그녀가 아직도 오두막에 있는 것 같기 때문입니다.

정말 이 이야기는 쉽게 끝날 것 같지가 않습니다. 끝내 멜러즈 씨는 톰 필립스와 함께 오두막으로 가서 가구며 침구를 대부분 다 가져갔답니다. 그리고 펌프의 손잡이도 빼버렸기 때문에 그녀는 하는 수 없이 나갔습니다. 그러나 스택스 게이트로 돌아가지 않고 베걸리의 스웨덴 부인 댁에 가 있답니다. 그것은 그녀의 오라비인 단의 아내가 그녀를 받아들이지 않았기 때문입니다.

그래서 그녀는 멜러즈를 붙잡으려고 멜러즈 어머니의 집으로 계속 찾아가곤 합니다. 그가 오두막에서 자기와 함께 살게 될 거라는 둥 큰 소리를 친답니다. 그리고 그에게서 위자료를 받아내겠다고 변호사한테 갔답니다. 그녀는 전보다도 뚱뚱해졌으며, 전보다 더 천해지고, 황소처럼 억세어졌답니다.

또 그 여자는 그에 대해 끔찍한 말을 지껄이고 다닌답니다. 오두막에서 여자를 어떻게 했다느니, 그들이 결혼했을 당시 그가 자기를 어떻게 다루었다느니 합니다만, 저는 그게 무슨 말인지 전혀 알 수가 없더군요. 어쨌든 여자가 한 번 입을 뗐다 하면 그만인 것입니다.

여자가 스스로 저지르는 악독함이란 지독한 겁니다. 그래서 여자가 아무리 천하더라도 그 말을 믿는 사람이 있고, 가치 없는 사람들이 그 편을 들게 마련입니다. 분명히 멜러즈 씨가 여자에 대해 그런 저속하고 짐승 같은 사람이었다는 그 여자의 말은 사람들을 깜작 놀라게 하고 있습니다. 그리고 세상 사람들은 누구에 대해 나쁜 말을 하면 기꺼이 그것을 믿으려 하지요. 특히 이런 일에 대해서는 더더욱 그렇습니다.

그녀는 그가 살아 있는 한 절대로 그를 놓지 않겠다고 선언했답니다. 그렇지만 제가 말씀드리고 싶은 것은 만약 그가 정말로 그 여자에 대해서 그런 짐승 같은 짓을 한 사람이었다면 왜 그 사람한테로 돌아오고 싶어 그렇게 정신없는 짓을 하는 걸까요? 물론 그 여자는 인생 전환기가 될 나이가 다가온 겁니다. 그녀 편이 훨씬 나이가 많으니까요. 그래서 저런 천하고 난폭한 여자란 그런 상태가 가까워 오면 다소 정신에 이상이 생기는 거겠지요.

이 소식은 코니에게 있어서 커다란 충격이었다. 분명히 비열함과 오욕을 나누어 받은 셈이었다. 그가 버사 쿠츠와 깨끗이 이혼하지 않은 것에 화가 났다. 아니, 그녀와 결혼했다는 사실조차 화가 치밀었다. 아마도 그는 야비한 것을 좋아하는 버릇을 지니고 있음에 틀림없다. 코니는 그와 함께 지낸 마지막 밤을 생각해 내고는 몸서리를 쳤다. 그는 모든 육감을 버사 쿠츠와도 나누었던 것이다. 정말로 싫은 일이었다. 그와 헤어져서 깨끗하게 인연을 끊어버리는 게 나을 것이다. 그는 정말로 저속하고 야비한 사나이일지도 모른다.

코니는 사건 전체에 대해서 갑자기 마음이 변해 왔다. 그리고 거스리 씨 딸들의 얼빠진 경험 없는 행동이며 미숙한 처녀다운 데가 부러울 지경이었다. 사람들이 그녀와 산지기에 관한 사실을 알고 있을 것이라 생각하니 두려워졌다. 이 무슨 참을 수 없는 굴욕이란 말인가!

모든 것이 싫어지고 무서워졌지만 코니는 어떤 일이 있어도 체면은 지키고 싶다고 진심으로 원했다. 거스리 씨의 딸들이 지니고 있는 속되고 생기 없는 체면이라도 세우기를 바랐다. 만약 클리퍼드가 그녀의 사건을 안다면 얼마나 참기 어려운 굴욕이겠는가! 그녀는 세상과 씻을 수도 없는 욕지거리가 두려워 몸서리를 쳤다. 그녀는 '아이가 태어나지 말았으면' 하고 생각했다. 그리고 아주 깨끗이 해결이 되었으면 했다. 결국 그녀는 겁 많은 여자가 되어 버린 것이다.

향수병에 대해서도 사실은 그녀의 어리석음 때문에 벌어진 일이었다. 그녀는 어린애 같은 기분에서 서랍 속의 그의 손수건이며 셔츠에 향수를 뿌려주었다. 그리고 코티산 제비꽃 향수를 조그마한 병에 절반쯤 남겨 그의 옷 사이에 넣어두었던 것이다. 그녀는 향수로 자기를 생각나게 하고 싶었던 것이다. 담배꽁초는 힐더의 것이었다.

코니는 덩컨 포브스에게 얘기의 일부라도 털어놓지 않을 수 없었다. 그녀는 자기가 산지기의 애인이라는 말은 하지 않았다. 다만 그 남자가 자기를 좋아한다는 것과 그 남자의 이력을 말했을 뿐이었다.

포브스가 말했다.

"그래요. 그들은 그 사나이를 끌어다 쓰러뜨리고 파멸시킬 때까지 절대로 그만두지 않을 겁니다. 만약 기회가 있어도 그가 중류 계급으로 출세하기를 거절하거나 혹은 자신의 섹스를 옹호하기 위해 공공연히 일어서려고 하는 사나이라면 세상은 틀림없이 그를 파멸시켜 버릴 겁니다. 그들은 성에 대해서 만큼은 솔직하고 아무 거리낌 없는 것을 용서하지 않습니다. 누구나 멋대로 더러운 짓을 할 수는 있습니다. 사실, 사람이 성에 대해서 더럽게 하면 할수록 세상 사람들은 더욱 재미있어 합니다. 그러나 만약 자신의 성을 좋다고 믿고 계속해서 그것을 지키려 한다면 그들은 그 사람을 때려눕혀 버릴 겁니다. 성을 자연스러운 활기 있는 사물로 생각한다는 것은 과거로부터 내려오는 하나의 몰상식한 금기로 여겨집니다. 세상은 거기에 대한 올바른 생각을 갖고 있지 않습니다. 그리고 그들은 그런 생각을 가진 사람을 죽여버립니다. 알겠습니까? 그들은 그 사나이를 쫓아가서 죽이고 맙니다. 그러나 결국 그 남자가 어쨌다는 겁니까? 만약 그 남자가 그의 아내와 여러 가지 방법으로 사랑했다 하더라도 그에게는 그렇게 할 권리가 있는 겁니다. 그녀가 그것을 자랑해도 좋은 겁니다. 그러나 비열한 창부 같은 여자는 그에게 반항합니다. 그리고 그를 끌어다 쓰러뜨리기 위해 성에 대한 우둔한 군중들의 잔혹한 본능을 사용합니다. 인간은 성에 대해서는 반드시 흐느껴 울거나 죄 많은 것, 혹은 두렵게 느끼도록 강요되고 있습니다. 아, 그들은 불쌍한 그 남자를 때려눕히고 말 겁니다."

코니는 전혀 반대 방향으로 돌변해 갔다. 결국 그가 무엇을 했다는 건가? 코니에게 어쨌다는 말인가? 다만 진정한 기쁨과 자유와 생명의 의식을 그녀에게 주었을 뿐이 아니겠는가? 그는 그녀의 따뜻하고 자연스러운 성의 흐름을 개방시켜 주었던 것이다. 그런데 그 때문에 그들은 그를 몰아세우려고 하는 것이다.

코니는 앞뒤 생각 없이 행동했다. 그녀는 아이비 볼턴에게 편지를 썼다. 그리고 산지기에게 보내는 편지를 동봉해서 그것을 그에게 전해 줄 것을 부탁했다.

당신 부인이 당신을 괴롭힌다는 말을 듣고 가슴 아프게 여기고 있어요. 그렇지만 너무 근심하지 마세요. 일종의 발작에 지나지 않아요. 갑자기 시작된 것처럼 갑자기 끝나게 될 거예요. 그러나 몹시 섭섭하군요. 하지만 너무 걱정하지 마세요. 결국은 염려할 가치조차 없게 될 거예요. 그녀는 당신을 해치고 싶어 하는 발작적인 여자에 지나지 않아요. 열흘 뒤에 전 돌아가겠어요. 모든 것이 잘 되기를 바랄게요.

며칠 뒤 클리퍼드에게서 편지가 왔다. 그는 혼란한 상태인 듯했다.

16일에 베네치아에서 출발한다니 기쁘오. 그러나 당신이 그곳에서 즐겁게 지내고 있다면 서둘러 돌아오지 않아도 괜찮소. 라그비 저택 사람들은 당신이 없어 쓸쓸하오. 그러나 당신은 햇빛을 충분히 얻는 것이 필요하오. 리도의 광고에도 씌어 있듯이 햇빛과 파자마를 말이오. 만일 당신이 그것을 기뻐하고, 그것이 이곳의 끔찍스러운 겨울에 대한 준비가 되는 거라면 부디 조금 더 머물러 있으시오. 오늘도 여기는 비가 오고 있소.

볼턴 부인이 정말 감탄할 정도로 내 시중을 들어주고 있소. 그녀는 이상한 여자요. 살아가면 살아갈수록 인간은 더욱더 이상한 것이라 깨닫게 되오. 인간은 차라리 지네처럼 백 개의 발을 갖거나 새우처럼 여섯 개의 발을 갖는 편이 훨씬 어울릴 거라 생각되오. 나 자신과 같은 인간으로서 기대했던 인간다운 견실성과 위엄 같은 것은 전혀 존재하지 않는 것 같소. 그것은 자기 자신의 속에서 놀랄 만큼 많이 존재하지는 않는 것 같소.

산지기의 추문은 아직도 계속되어 마치 눈덩이처럼 점점 커가고 있소. 그에 관한 모든 소식을 볼턴 부인이 내게 알려준다오. 그녀는 흡사 말은 못하나 그러한 추문이 계속되는 한 아가미를 통해 조용히 호흡하는 물고기를 연상케 한다오. 모든 것이 그녀의 아가미를 통해 가고, 그녀는 어떤 일에도 놀라지 않소. 마치 다른 사람들의 생활의 사건이 그녀 자신에게는 필요한 산소 같소.

그녀는 멜러즈의 추문에 열중해 있소. 그녀가 이야기하는 대로 내버려두면 바닥도 알 수 없는 깊은 곳으로 나를 데리고 간다오. 그녀의 격분은, 그것도 연극을 하는 여배우의 격분과 흡사한 것이지만, 멜러즈의 여편네에게 향한 것이오. 그녀는 그 여편네를 버사 쿠츠라고밖에는 부르지 않소. 나는 버사 쿠츠라는 여자의 진흙투성이의 생활 속에까지 끌려 들어갔소. 그리고 이 추문의 흐름에서 해방되어 비로소 서서히 다시 표면으로 떠올라 와서 이상한 마음으로 언제나 있는 변함없는 햇빛을 보았소.

모든 사물의 표면이라고 우리에게 생각되는 이 세상이 사실은 깊은 대양의 밑바닥이며, 그것은 정말 사실이라고 생각되오. 모든 이 지상의 나무들은 바다 밑에서 자라고 있는 것이오. 그리고 우리는 작은 새우 같은 조그마한 것을 먹고 살고 있는, 괴상한 비늘이 돋은 옷을 입은 동물이오. 다만 이따금 영혼만은 우리가 살고 있는 바닥을 알 수 없는 깊은 곳에서 공기가 있는 하늘의 표면 아득한 곳에 올라오는 것이오. 우리가 보통 숨 쉬고 있는 공기는 물의 일종이고, 남자도 여자도 물고기의 일종이라고 확신하오.

그러나 이따금 영혼은 깊은 바다 밑에서 먹이를 먹은 뒤에 위로 떠올라 갈매기처럼 빛 속을 날아가는 거요. 인류라는 바다 밑의 풀숲 속에서 우리가 인간의 유령 같은 물속의 동료들의 목숨을 먹이로 삼는다는 것은 슬픈 운명이라고 생각하오. 그러나 일단 헤엄쳐 다니는 포획물을 삼키자마자 대양의 표면에서 참다운 빛 속으로 뛰쳐나가서 빛나는 공기 속으로 다시 돌아가는 것이 우리의 불멸의 운명이오. 그때에 인간은 자신의 영원한 성질을 깨닫게 되는 것이오.

볼턴 부인의 이야기를 들을 때면 나는 인간의 비밀이라는 물고기가 꿈틀거리며 헤엄치고 있는 물의 밑바닥에까지 가라앉아 가는 것처럼 느끼오. 현세적인 식욕이 우리에게 한 입 가득한 먹이를 잡게 하오. 그리고 다시 물속에서 하늘로, 젖은 곳에서 마른 곳을 향해 올라가는 것이오. 당신에게만은 그 전 과정을 이야기할 수 있소. 그러나 나는 볼턴 부인과 함께 있으면 바다 깊은 곳의 해초나 시퍼런 괴물들 사이로 무섭게 아래로 잠겨 들어가는 것을 느낄 뿐이오.

나는 우리의 산지기를 잃게 되는 게 아닌가 생각하오. 그 흉포한 여자의 추문은 가라앉기는커녕 점점 더 크게 울리고 있소. 이루 다 말할 수 없는 일이 그의 탓으로 돌아가고 있고, 아주 이상한 것은 불쾌한 물고기 떼 같은 광부의 아낙네들을 자기의 뒷방패로 손에 넣으려 한다는 일이오. 그래, 마을은 지금 그 이야기로 마구 썩어 가고 있다오.

이 버사 쿠츠는 숲 속의 오두막을 습격한 뒤 그의 어머니의 집에서 멜러즈를 습격했다고 합디다. 그런 뒤 어느 날 학교에서 돌아오는 자기 딸을 붙든 모양이오. 그런데 조그마한 아이는, 사랑하는 어머니 손에 키스는커녕 달려들어 물었기 때문에 하마터면 아이가 비틀거리며 도랑에 빠질 만큼 세게 자기 어머니에게 따귀를 얻어맞았다는 거요. 아이는 화가 치밀어 어쩔 줄 몰라 하는 할머니가 구해 냈다는구려.

그 여자는 놀랄 만큼 유독 가스를 뿌렸다고 하오. 그녀는 기혼 부부 사이에서는, '결혼의 침묵' 이라는 가장 깊은 무덤 속에 묻혀 있을 부부 생활의 온갖 일을 극히 자세하게 들추어내어 퍼뜨리고 다녔다오. 매장된 지 10년이 된 오늘날 일부러 그것들을 파 들추어 기묘한 싸움을 시작한 거요.

이런 자질구레한 일들은 린리와 의사에게서 들은 것으로, 그는 몹시 재미있어 하오. 물론 그런 것은 아무것도 아닌 거요. 인류는 예로부터 이상한 성교에 대해서는 기묘한 호기심을 가져왔소. 그러니까 벤베누토 첼리니[70]가 말했듯이, 어떤 남자가 이탈리아식으로 그의 아내를 다루었다 하더라도 그것은 단순한 취미 문제요. 그러나 나는 우리 집 산지기가 그런 방법을 여러 가지 알고 있는 줄은 짐작하지 못했던 거요. 분명히 버사 쿠츠가 그에게 그것을 가르쳤을 것이오.

아무튼 그것은 그들 자신의 개인적인 추행이고 다른 사람이 관여할 성질은 못 되오. 그러나 이런 이야기는 나 자신이 귀를 기울이듯 누구나 다 듣기 좋아하는 거요. 12년 전이라면 일반의 예의가 이런 것을 감춰주었을 것이오. 그러나 오늘날 일반적인 예의는 이미 존재하지 않소. 갱부의 아낙네들은 모두 전투적으로 조금의 부끄러움도 없이 떠들어대고 있소.

과거 50년 동안 테버셜의 모든 아이들은 깨끗한 생각을 가지고 있었소. 우리의 비국교도(非國敎徒) 여자들은 모두 빛나는 잔 다르크였다고 생각할 수도 있었을 거요. 우리의 저 훌륭한 산지기에게 다소 라

---

70) Benvenuto Cellini(1500~1571). 이탈리아 르네상스 시대의 조각가이자 금속공예가이다. 그는《벤베누토 첼리니 회고록》에서 항문 성교에 관해 언급했다 – 옮긴이

블레[71]적인 데가 있었기 때문에 크리픈[72] 같은 살인범보다 더한 괴물인 양 모두를 깜짝 놀라게 한 것은 그 때문이라고 생각되오. 그러나 테버셜의 이와 같은 사람도 만약 이 이야기 전부를 믿는다면 어지간히 돼먹잖은 녀석들이라고 할 수밖에 없을 거요.

그러나 곤란한 것은 저 끔찍스런 버사 쿠츠가 그녀 자신의 경험이나 재난만을 말하는 데에만 그치지 않았다는 것이오. 그녀는 남편이 집에 여자를 끌어들였다고 절규하며 제멋대로 몇몇 여자의 이름을 댔다오. 이는 점잖은 사람의 이름을 진탕 속에 끌어넣는 결과가 되고 말았고, 뜻하지 않은 곳까지 파급된 거요. 그 때문에 그 여자는 금지령을 받고 말았소.

숲에서 그 여자를 멀리할 수 없을 것 같아 나는 이 일로 해서 하는 수 없이 멜러즈를 만났소.

그는 언제나처럼 '디의 방앗간 주인'[73] 같은 모습으로 다니고 있소. '나는 아무도 상관하지 않아. 그러니까 내버려뒀으면 좋겠어.' 하는 것 같았소. 그래, 나는 그가 양철 깡통을 꼬리에 붙들어 맨 개처럼 느껴진다오. 그러나 그는 양철 깡통 같은 것은 달지 않은 듯 매우 잘 꾸미고 있다오. 그러나 마을을 지나갈 때면 마치 그가 사드 후작[74]이기나 한 듯 여자들은 아이들을 불러들이는 모양이오. 그는 일종의 철면피가 되어 있으나 나는 양철 깡통이 단단히 그의 꼬리에 붙들어 매어졌다고 생각하오. 그리고 그는 마음속으로는 스페인 가요 중 돈 로드리고처럼 '죄를 범한 곳이 아프기도 하구나' 하고 되풀이하고 있다

---

71) Francois Rabelais(1483~1533). 프랑스의 풍자작가로, 기상천외한 내용을 담은 《가르강튀아와 팡타그뤼엘》의 작품이 있다 – 옮긴이

72) Dr. Hawley Harvey Crippen(1862~1910). 미국 미시간 주에서 태어난 그는 아내를 독살해서 지하실에 암매장한 죄로 교수형에 처해졌다 – 옮긴이

73) 아일랜드 극작가인 아이작 비커스태프(Isaac Bickerstaffe, 1735~1812)의 민요풍 오페라인 〈어느 마을의 사랑〉에 나오는 민요로 위와 같은 후렴구가 있다 – 옮긴이

74) Donatien-Alphonse-François, Comte de Sade(1740~1814). 사디즘이라는 말을 낳게 한 가학(加虐) 소설을 많이 쓴 프랑스의 작가 사드 후작을 말한다 – 옮긴이

고 생각되오.[75]

나는 그에게 숲의 일을 할 수 있는지 물었소. 그는, 자기가 일을 게을리했다고는 생각지 않는다고 대답했소. 그래서 나는, 그렇게 여자가 버티고 있는 것은 좀 성가신 일이라고 말했소. 그러자 자기는 그녀를 체포할 권리가 없다는 것이오. 나는 부득이 추문과 불쾌한 소문의 경과를 넌지시 말해 주었소. 그랬더니 그는 얼마간 괴로운 듯 이렇게 말했소.

"그 사람들도 자신들의 정사가 시작되면 남의 일에 대한 엉터리없는 말을 들으려고 하지 않게 될 겁니다."

사실 이 말은 진정한 진리의 싹을 내포하고 있는 말이오. 그러나 그 말을 하는 그의 태도는 점잖지도 정중하지도 않았소. 나는 그 점을 그에게 암시했소. 그러자 그의 양철 깡통이 다시 울리기 시작하는 것을 들었소. 그는 이렇게 말합디다.

"내가 두 다리 사이에 남근을 가지고 있는 것을 힐책한다는 것은 클리퍼드 경, 당신에게 어울리지 않습니다."

끊임없이 이런 말을 분별없게 지껄인 것은 그에게 불리했소. 목사도 린리도 버로스도 그가 여기서 떠나는 게 좋다고 생각하고 있소. 그리고 그가 귀부인을 집에서 접대했다는 소문이 정말이냐고 물었소. 그러자 그는 "하지만 도대체 그것이 당신께 어떻다는 겁니까?" 하고 말할 뿐이었소. 나는 내 영토 안에서는 풍기를 지키고 싶다고 했소. 이에 대해 그는 "그렇다면 여자들 입에 단추를 채워두어야겠군요." 하고 대답합디다. 오두막에서의 그의 생활 습관을 묻자 그는 "분명히 당신께서는 나와 암캐인 플로시 사이에도 무슨 추문이 있다고 말씀하시겠군요. 그렇게 말씀드리면 어떠십니까?" 하는 것 아니겠소. 사실 말이지,

75) 록하트(J.G.Lockhard)가 1823년에 출간한 〈스페인의 옛 민요〉 중 〈돈 로드리고의 참회〉에 나오는 구절이다. 돈 로드리고(Don Rodrigo)는 정사가 있은 후에 참회하기 위해서 머리 둘 달린 뱀이 그의 성기와 심장을 물어뜯는 곳에 가만히 누워 있어야 했다 – 옮긴이

이 이상 무례한 말을 할 수 있는 사람은 아무도 없을 거요.

나는 그에게 다른 일거리를 찾기가 쉽겠는가 물었소. 그러자 그는, "당신께서 이 일에서 나를 떼 놓고 싶다고 은근히 비치시기만 하면 그것은 극히 쉬운 일입니다." 합디다. 그래서 그는 다음 주말에 별로 귀찮은 일 없이 떠나기로 되었소. 조 체임버스라는 젊은이가 대신 들어오게 되어서 그는 지금 그에게 여러 가지 기술상의 일을 가르쳐주고 있소.

그가 떠날 때 나는 한 달 분의 급료를 더 주겠다고 했소. 그러나 그는 그만두라고 합디다. 내가 내 도의심을 달랠 기회를 주지 않으려는 거요. 나는 그에게 어떤 의미냐고 물어보았소. 그러자 그는 "당신은 내게서 필요 이상 받은 게 없습니다. 그러니까 내게도 필요 이상 주지 않아도 좋습니다. 만약 제 셔츠가 삐어져 나왔다고 생각하신다면 그것만을 말씀해 주십시오." 하더란 말이오. 그래서 우선 이것으로 일단락 지어졌소.

여자는 어디론가 가버렸소. 만약 테버셜에 나타나면 체포되는 거요. 그녀는 극단적으로 감옥을 몹시 무서워한다고 들었소. 그녀는 당연히 그렇게 될 만한 짓을 했기 때문이오.

멜러즈는 다음 주 토요일에 이곳을 떠날 거요. 그러면 이 마을도 곧 다시 평상시대로 잠잠해질 거요.

어쨌든 코니, 만약 당신이 9월 초까지 베네치아와 스위스에 머물러 유쾌하게 즐기고 싶다면, 다시는 이 불쾌한 소문을 듣지 않게 되리라 생각하며 즐겁게 지내시오. 그 소문도 아마 이달 말까지는 깨끗이 없어질 거요.

그러니 우리는 깊은 바다 속의 괴물이란 말이오. 새우가 흙탕 속을 걸을 때에는 주위에 그 흙탕을 튀기게 마련이오. 우리는 별 수 없이 철학적으로 그것을 받아들여야 하는 것이오.

초조감에 들뜨고 어느 모로도 동정심을 갖지 않은 클리퍼드의 편지는 코니의 마음에 심한 타격을 주었다. 그러나 그녀는 멜러즈로부터 다음과 같은 편지를 받았을 때 이해할 수 있었다.

고양이가 여러 새끼 고양이와 함께 주머니에서 나왔소. 당신은 아내 버사가 사랑하지도 않는 나한테로 돌아와서 집에 돌아와 앉은 것을 알 줄 압니다. 여기서 솔직히 말하면, 그녀는 조그만 코티 향수병에서 쥐 냄새를 맡아낸 거죠. 적어도 며칠 동안 그녀는 다른 증거를 발견하지 못했소. 그러자 태워버린 사진을 갖고 마구 떠들어대기 시작했소. 그녀는 액자 유리와 뒤판을 침실에서 발견했소. 불행하게도 뒤판에는 누군가가 조그만 스케치를 그려놨던 겁니다. 그것은 머리글자로 C. S. R.이라고 여러 번 쓴 것이었소.

그러나 이것은 아무런 단서도 되지 않았소. 드디어 그녀는 오두막에까지 침입했소. 그리고 당신 책인 여배우 주디스의 자서전을 발견했소. 그 첫 장에 콘스탄스 스튜어트 리드라고 당신의 이름이 적혀 있었소. 그 뒤 며칠 동안 그녀는 내 정부가 바로 채털리 부인임에 틀림없다고 외치며 돌아다닌 거요. 소문은 드디어 목사인 버로스에게 그리고 클리퍼드 경께도 들어갔소. 그래서 그들은 충실한 나의 아내를 고소할 법적 수단을 취하기 시작한 거요. 그녀는 자취를 감추어 버렸소. 경찰이라면 치명적인 공포를 품고 있는 여자였으니까요.

클리퍼드 경께서 만나고 싶다고 하기에 만나보았습니다. 그분은 여러 가지 이야기를 꺼내면서 내 일로 마음 쓰는 것 같았소. 그리고 부인의 이름까지 사람들의 입에 오르내리고 있는 것을 아느냐고 묻더군요. 나는 그런 추문 따위에는 귀를 기울이지 않으며, 클리퍼드 경 자신의 입에서 이런 말을 듣게 되다니 놀랄 뿐이라고 했소. 그분은, 물론 그것은 심한 모욕이라고 했습니다. 그래서 나는 부엌에 걸려 있는 달력에도 메리 왕비의 그림이 있는데, 왕비 역시 내 정부라고 말할지 알게 뭐냐고 해주었소. 그러나 그분은 그런 야유를 좋아하지 않았소. 그분은 내게 말했소. "자네는 단추를 채우지도 않고 돌아다닐 만큼 파렴치한 사나이군 그래."라고요. 그래서 나도 "당신에게 열어 보일 만한 것이 없지 않소?"라고 말했소. 그랬더니 나를 해고하더군요.

다음 주 토요일 나는 이곳을 떠나오. 이제는 이곳에 다시 나타나지 않을 거요. 런던으로 가겠소. 옛 하숙집 여주인 잉거 부인이 – 코버그 거리 17번지요 – 내게 방을 빌려주든가 구해 주든가 할 거요.

"진정, 그대의 죄로부터 벗어날 수 없으리라. 특히 그대에게 아내가 있고 그 아내의 이름이 버사라면……."

코니에 대해서는 한마디도 언급되어 있지 않았고, 어떻게 하라는 말조차 없었다. 그녀는 매우 섭섭했다. 위로의 말이나 안심시키는 말 정도는 해주어도 좋았을 텐데…….

하지만 그녀가 라그비 저택의 클리퍼드에게 돌아가는 것은 마음대로라는 태도를 취하고 있는 것을 그녀는 알고 있었다. 그것 역시 섭섭했다. 그렇게 자신을 속이면서까지 기사인 체하지 않아도 좋지 않겠는가. 그녀는 멜러즈가 클리퍼드에게 "네, 그 여자는 내 애인이자 아내요. 나는 그것을 자랑스럽게 여기고 있소!"라고 했으면 싶었다. 그러나 그에게 그럴 용기까지는 없었을 것이다. 그래도 그녀의 이름은 테버셜에서는 그와 묶여 있는 것이다! 난처한 일이지만 머지않아 가라앉을 것이다.

코니는 착잡하고도 혼란스러운 노여움으로 기운을 잃고 있었다. 어떻게 하면 좋을지, 어떻게 말하면 좋을지 몰랐다. 그녀는 그저 가만히 있었다. 그녀는 여느 때와 다름없이 베네치아에서 덩컨 포브스와 곤돌라를 젓기도 하고 해수욕을 하면서 시간을 보냈다. 10년 전에 그녀에게 사랑을, 몹시 우울한 사랑을 했던 일이 있는 덩컨은 다시 그녀를 사랑하고 있었다. 그러나 코니는 말했다.

"난 남자에게 단 한 가지밖에 바라지 않아요. 그것은 나를 혼자 있게 해달라는 거예요."

덩컨은 그녀를 혼자 있게 했다. 그녀에게 그렇게 해주는 것이 참으로 기분 좋았다. 그러면서도 그는 기묘한, 도착(倒錯)된 부드러운 사랑의 흐름을 그녀에게 바치고 있었다. 그는 그녀와 함께 있고 싶어 했다.

어느 날 그는 말했다.

"당신은 지금까지 생각해 본 적이 있습니까? 인간과 인간의 유대가 얼마나 이루어지기 어려운가를 말입니다. 다니엘레를 보십시오! 그는 태양의 아들로 손색이 없을 만큼 매력이 있습니다. 그러나 그의 매력에도 어쩐지 쓸쓸함이 엿보입니다. 그는 아내와 아이들이 있어 그들에게서 빠져나올 수 없는 인간이라고 나는 생각합니다."

"그 사람에게 물어보세요."

코니가 말했다.

다니엘레는 이미 결혼해서 일곱 살과 아홉 살짜리 사내아이가 있다고 했다. 그러나 그 자신은 그런 사실에 대해서 아무런 감동도 보이지 않았다.

"정말 이성과 함께 있을 수 있는 사람만이 정말로 외톨이인 사람으로 보이는 거예요. 다른 사람들은 어떤 점착성(粘着性)을 가지고 있어서 인간의 무리에 눌어붙어 있는 거죠, 조반니처럼. 그리고……."

말을 하던 코니는 혼자서 생각했다.

'덩컨, 당신처럼.'

제18장

코니는 어떻게 할지 마음을 정해야 했다. 멜러즈가 라그비 저택을 떠나게 될 토요일에 그녀는 베네치아를 떠나기로 했다. 엿새 동안의 사이가 있었다. 다음 월요일에는 런던에 닿으리라. 그때 그를 만날 수 있으리라. 그녀는 런던 주소로 그에게 편지를 보내서 하틀랜드 호텔로 편지를 보내달라고 부탁하고 월요일 밤 7시에 자기를 찾아주도록 부탁했다.

마음속에는 이상스럽고 착잡한 분노가 치밀고 있는데도 반응이 조금도 나타나지 않았다. 그녀는 힐더에게 마음을 털어놓으려 하지 않았기 때문에 힐더는 동생의 굳은 침묵에 마음이 상해 네덜란드인 부인과 친하게 지내고 있었다. 코니는 여자끼리의 숨 막힐 듯한 친밀을 싫어했지만 힐더는 언제나 답답하게 여러 사람들과 친하게 어울리곤 했다.

맬컴 경은 코니와 함께 여행하기로 하고 덩컨은 힐더와 함께 가기로 했다. 이 늙은 예술가는 언제나 사치스럽게 굴었다. 그는 코니가 사치스러운 기차를 싫어하는데도 동양 급행의 침대를 잡았다. 차 안의 불규칙한 저속함이 그녀는 싫었다. 그러나 파리까지의 여행을 단축시켜 줄 것이다.

맬컴 경은 아내에게로 돌아갈 때는 늘 불안해했다. 그것은 첫 아내 이래로 그의 습관이었다. 그는 불평가인 아내를 위해서 연회를 열어주리라 생각하고 앞으로 잘 되기를 원했다.

한편 햇볕에 적당히 타서 아름다워진 코니는 경치를 보는 것도 잊은 양 잠자코 앉아 있었다.

"라그비 저택으로 돌아가기가 싫으냐?"

딸의 기분이 언짢은 것을 알아차린 맬컴 경이 물었다.

"라그비로 돌아갈지 어떨지 모르겠어요."

코니는 놀라게 하듯 커다랗고 파란 눈으로 당돌하게 아버지의 눈을 들여다보며 말했다. 그의 크고 푸른 눈은 마치 겁에 질린 듯한 눈초리였다.

"그럼 잠시 파리에 머무르겠니?"

"아뇨, 이젠 라그비 저택에 절대로 돌아가지 않을 거예요."

맬컴 경은 자신의 작은 근심거리에 괴로워하고 있었기 때문에 딸이 걱정거리를 더해 주지 않기를 진정으로 바라고 있었다.

"갑자기 왜 그러느냐?"

"아이를 가졌어요."

코니가 이런 말을 한 것은 처음이었다. 이 고백은 확실하게 그녀의 생활에 하나의 균열을 만들어준 것같이 생각되었다.

"어떻게 알았지?"

맬컴 경이 묻자 그녀는 방긋 웃었다.

"어떻게 알았느냐고요?"

"물론 클리퍼드의 아이는 아닐 테지?"

"네, 딴 사람의 아이예요."

코니는 아버지를 괴롭히는 것이 오히려 유쾌했다.

"나도 아는 남자냐?"

맬컴 경이 물었다.

"아뇨, 아직 만나신 적이 없어요."

오랜 침묵이 흘렀다.

"그래, 어쩔 셈이지?"

"모르겠어요. 그래서 난처한 거예요."

"클리퍼드와 화해할 마음은 없는 거냐?"

"클리퍼드는 아이를 인정할 거예요. 아버지께서 언젠가 그이와 말씀하신 뒤에, 만약 내게 아이가 생기더라도 내가 신중히 일을 처리하기만 하면 괜찮다고 했어요."

"그의 사정으로는 그럴 수밖에 없지. 그러면 괜찮은 거 아니냐?"

"어떻게요?"

코니는 아버지의 눈을 들여다보며 물었다. 때로는 어린아이처럼 불안이 담기고 때로는 자기 멋대로인 이기주의도 나타났지만 평소에는 호인이면서도 빈틈없이 자상한 눈길이었다.

"그렇다면 너는 클리퍼드에게 채털리 집안의 후계자를 만들어주고, 라그비 저택에 또 하나의 준남작을 만든 셈이 아니겠니?"

맬컴 경은 육감적인 미소를 지었다.

"그렇지만 그렇게 하고 싶지 않아요."

"왜? 상대편 남자에게 마음이 끌리는 것 같으냐? 네게 진정으로 말한다면 이렇다. 세상은 이어져 가는 것, 라그비 저택은 의연히 존재해 가는 거란다. 세상이란 어느 정도까지는 결정되어 있는 거야. 그리고 인간은 외면적으로 거기에 순응해 가야 하고 말이다. 내 의견으로는 그렇구나. 우린 향락할 수도 있어. 그러나 감정은 변해 가는 거지. 올해는 이 남자가 좋을지 모르지만 내년에는 다른 남자를 좋아할지도 모른단다. 하지만 라그비 저택은 여전히 존재하지. 그러니까 라그비가 너를 놓지 않는 한 라그비를 떠나서는 안 된다. 그리고 스스로 즐기면 되는 거야. 갈라져봐야 얻는 것이 없을 게다. 하지만 무슨 일이 있어도 갈라지고 싶다면 그렇게 해도 될 거다. 너는 자신의 수입을 가지고 있고, 그 수입은 너를 망하게 하지 않는 유일한 것이니 말이다. 그러나 그것만으로는 얻는 게 그다지 없을 거다. 라그비의 작은 준남작, 그것은 상당한 것이란 말이다."

자세를 고쳐앉은 맬컴 경은 미소를 지었다.

"나는 네가 진정한 남자와 만났기를 바란단다."

"그래서 난처한 거예요. 그런 사람은 흔하지 않으니까요."

"그렇지, 흔하지 않겠지."

잠시 생각에 잠겼던 맬컴 경이 말을 이었다.

"뭐 괜찮겠지. 네 얼굴을 보니 그 사람은 행운아로구나. 틀림없이 네게 걱정은 안 끼치겠지."

"네, 정말 저를 소중히 생각해 주는 사람이에요."

"그래, 진정한 남자라면 그렇겠지."

맬컴 경은 기뻐했다. 코니는 마음에 드는 딸이었다. 그는 언제나 딸의 여자다움을 좋아했다. 그녀는 힐더만큼 어머니를 닮지 않았다. 게다가 그는 클리퍼드가 싫었다. 그런 이유로 맬컴 경은 다정하게 해주었다, 아직 태어나지 않은 아이를 마치 자신의 아이인 양 느끼면서.

맬컴 경은 코니와 하틀랜드 호텔로 갔다. 코니가 여장을 푸는 것을 보고 나서 그는 클럽으로 향했다. 코니는 그날 밤 아버지를 따라나서기를 거절했다.

그녀는 멜러즈로부터 온 편지를 읽었다.

> 당신 호텔에는 가지 않겠소. 그러나 7시에 애덤 거리의 골든 콕 밖에서 기다리겠소.

멜러즈는 그 장소에 서 있었다. 날씬한 키에 얇고 검은 양복을 입고 있는 그는 전혀 딴 사람으로 보였다. 원래 색다른 데가 좀 있었지만 그녀 계급의 인간들처럼 판에 박은 듯한 모습은 아니었다. 코니는 그가 어디를 가든 조금도 부끄럽지 않게 행세할 수 있는 사람인 것을 첫눈에 알았다. 그는 판에 박은 평범한 상류사회 사람들보다 더 나은, 본래부터의 미점(美點)을 지니고 있었다.

"아, 왔군요! 건강해졌군요!"

멜러즈가 말했다.

"네, 그렇지만 당신은 기운이 없으시군요."

코니는 여위어서 광대뼈가 드러난 그의 얼굴을 불안스럽게 바라보았다. 그의 눈은 그녀를 보고 웃고 있었다.

'아아, 이젠…….'

코니는 긴장이 사라지자 마음이 가벼워지고 행복과 아늑함을 느꼈다.

'난 이 사람만 있으면 행복해!'

베네치아의 뜨거운 태양도 이런 넓고 그윽한 마음과 따뜻함을 그녀에게 줄 수는 없었다.

"당신 혼나셨죠?"

식탁에 마주 앉자 코니가 물었다.

그는 너무도 야위어 있었다. 그의 손은 잠든 동물의 손처럼 마치 무언가를 잊어버린 듯 힘없이 내려져 있었다. 그녀는 그 손에 키스하고 싶었지만 용기가 나지 않았다.

"세상은 언제나 무섭지요."

멜러즈가 말했다.

"당신 몹시 걱정했나요?"

"걱정했죠, 언제나. 앞으로도 그럴 겁니다. 그러나 그런 걸 걱정하는 건 어리석다고 생각하고 있소."

"당신은 꼬리에 양철 깡통을 맨 개와 같다고 느꼈었나요? 클리퍼드가 그렇게 말하더군요."

멜러즈는 그녀를 바라보았다. 이 순간 그녀의 행동은 참으로 잔혹했다. 그의 긍지가 상처를 입은 것이다.

"아마 그런 느낌이었을 거요."

코니는 멜러즈가 모욕에 대해 화를 낸 날카로운 마음의 고통을 느끼지 못했다.

"내가 없어서 섭섭했나요?"

오랜 침묵이 흐른 뒤 코니가 먼저 입을 열었다.

"당신이 소동에서 빠져나가길 잘했다고 생각했었소."

"하지만 그 사람들은 당신하고 나와의 관계를 정말로 믿고 있을까요?"

"난 그렇게 생각하지 않소."

"클리퍼드는요?"

"안 믿을 거요. 그는 조금도 그렇게 생각지 않고, 그것을 피하고 있었소. 때문에 나와 만나지 않으려 한 모양이오."

"저어, 아이를 가졌어요."

순간 그의 얼굴과 몸 전체에서 일시에 표정이 사라진 듯했다. 그는 어두워진 눈빛으로 그녀를 쳐다보았다. 코니는 그의 표정을 이해할 수 없었다. 마치 검은 정령이 자신을 응시하고 있는 것 같았다.

"기쁘다고 말해 줘요."

코니는 그의 손을 더듬으며 말했다.

"그것은 아직 장래의 일이오."

멜러즈가 말했다.

"그렇지만 기쁘지 않나요?"

코니가 조르듯이 물었다.

"나는 미래라는 것을 철저하게 믿지 않아요."

"하지만 책임 같은 건 걱정할 필요가 없어요. 클리퍼드는 자기 아들로 받아들일 거예요. 그이는 기뻐하겠죠."

일순 멜러즈의 얼굴에서 핏기가 사라졌다.

"클리퍼드에게 돌아가 라그비 저택에 작은 준남작을 내줄까요?"

코니가 물었다. 멜러즈는 창백한 표정으로 멍하니 그녀를 바라보았다. 그의 얼굴에 희미하게 잔학한 냉소가 스쳐갔다.

"당신은 아이의 아버지가 누구인지 클리퍼드에게 말하지 않아도 괜찮을 테죠?"

"네, 하지만 말하더라도 승낙할 거예요. 내가 부탁하기만 하면 말이에요."

"그렇겠죠. 받아주겠죠."

잠시 생각에 잠겼던 멜러즈가 혼잣말처럼 말했다. 다시 침묵이 흘렀다. 마치 커다란 심연이 그들 사이에 가로놓여 있는 것 같았다.

"그렇지만 당신은 나를 클리퍼드에게로 보내고 싶지는 않겠죠?"

"당신은 어떻게 하고 싶소?"

"난 당신과 함께 살고 싶어요."

코니의 대답을 듣는 순간 멜러즈는 조그마한 불꽃이 배 속을 달리는 느낌을 받았다. 그는 열에 들뜬 사람 같은 눈으로 그녀를 쳐다보았다.

"당신에게 어울릴 만한 가치가 있다면 나는 아무것도 갖고 있지 않아요."

멜러즈가 말했다.

"당신은 보통사람보다 더 갖고 있어요. 당신도 아시잖아요?"

"어떤 점에서는 나도 알지만……."

멜러즈는 무엇을 생각하는 듯 잠시 침묵에 잠겼다가 말을 이었다.

"나에게 여성적인 면이 너무 많다고들 하지만 사실은 조금도 그렇지 않아요. 새를 쏘는 게 싫고 돈을 벌거나 출세를 바라지 않지만, 그렇다고 여자답다는 말은 할 수 없지요. 나는 군에서 용케 잘 견뎌냈지만 군대도 마음에 들지 않았습니다. 사병들과 잘 어울리기는 했소. 모두 나를 좋아하기도 했소. 그러나 내가 화를 내면 그들은 어쩐지 내게 두려움을 느꼈어요. 정말 바보 같고 기계 같은 고관들 때문에 군대는 완전히 사물이 되어 있었소. 난 사람을 좋아합니다. 그리고 모두 날 사랑해 주었소. 하지만 교활하게 뛰어다니는 거짓말쟁이인 뻔뻔스러운 사람에게는 참을 수 없소. 그것이 내가 세상을 힘들게 살아가는 이유요. 나는 금전의 몰염치를 증오하는 동시에 계급의 뻔뻔스러움도 밉습니다. 이런 세상에 살면서 내가 여성에게 줄 무엇을 가지고 있겠소?"

"왜 무언가를 줘야 한다는 거죠? 주고받는 게 아니겠어요? 우리가 서로 사랑하고 있다는 것 그것뿐이잖아요?"

"아니, 그런 것뿐이 아니지요. 사는 것은 움직이는 것이며, 앞으로 움직여 나가는 것이죠. 그런데 도무지 내 생활이 거기에 잘 들어맞지 않는 겁니다. 그러니까 못쓰게 된 차표와도 같은 인간이지요. 내면적만이라도 무언가를 행하고 있고 어딘가에 달하고 있지 않은 이상 내 생활 속에 여성을 데려올 자격이 없습니다. 남성은 여성에게 무언가 자기 생애의 의의를 주어야 하오. 만약 그 생활이 세상에서 동떨어진 것이 되고 또한 그 여성이 참다운 여성이라면 말이오. 난 당신의 남자 첩이라는 것이 될 수 없단 말이오."

"왜 그렇죠?"

"왜라니? 그럴 수가 없기 때문이지. 게다가 당신도 곧 그걸 싫어하게 될 거요. 마치 당신이 나를 믿을 수 없다는 것처럼."

멜러즈의 얼굴에 엷은 미소가 스치고 지나갔다.

"돈도 당신 것이고 신분도 당신 것이며 결정권도 당신 손에 있게 될 것이오. 어찌됐든 나는 귀부인의 연인이 될 수 없소."

"그게 아니면 당신은 뭔가요?"

"당신이 그렇게 묻는 것도 당연한 일이오. 그건 분명코 눈에 보이는 것이 아니오. 하지만 난 적어도 나 자신에게는 중요한 존재요. 나

나는 나 자신의 존재의 의미를 알 수 있소. 물론 나 말고는 아무도 알지 못한다는 것도 난 충분히 이해할 수 있지만 말이오."

"그럼 당신이 나와 함께 살면 당신의 존재의 의미가 빛을 잃는다는 건가요?"

한동안 잠자코 있던 멜러즈가 대답했다.

"그럴지도 모르오."

코니도 이 문제에 대해 잠시 생각했다.

"그럼 당신 존재의 의미가 도대체 무엇이죠?"

"정말 그것은 눈에 보이지 않기 때문에 명확히 말할 수가 없소. 나는 세상을 믿지 않소. 돈도 진보도 우리 문명의 미래도 믿지 않소. 만약 인류에게 미래가 있어야 한다면 지금의 상태와는 아주 크게 달라져야 한다고 생각할 뿐이오."

"그럼 그 진정한 미래라는 것은 어떤 모습이어야 하나요?"

"그걸 누가 알겠소? 엄청난 노여움과 뒤섞여 있기는 하지만 마음속으로는 느끼고 있소. 그러나 그것이 어떤 것인지 정말 나도 모르겠소."

"내가 가르쳐 드릴까요?"

코니는 그의 얼굴을 들여다보며 말을 이었다.

"다른 사람은 갖고 있지 않지만 당신만이 갖고 있는 것, 그리고 미래를 이루어낼 힘이 될 것이 무엇인지 가르쳐 드릴까요?"

"그럼, 가르쳐 주구려."

"그것은 당신이 가진 부드러움의 용기예요. 당신이 내 엉덩이를 손으로 만지며 멋진 엉덩이를 가졌다고 말할 때와 같은 그런 용기 말예요."

멜러즈의 얼굴에 히죽거리는 미소가 번졌다.

"그거요!"

이내 멜러즈는 앉은 채 잠시 생각에 잠겨 있다가 입을 열었다.

"맞소! 당신 말이 옳아요. 정말 바로 그것이오. 처음부터 끝까지 그게 진정한 것이었소. 나는 병사들과의 관계에서 그것을 알았소. 나는 신체적으로 그들과 접촉해야만 했고 그 점을 저버려서는 안 되었소. 그들의 존재를 몸으로 인식하고 또 내가 그들에게 지옥 같은 고생을 시킬 경우에도 어느 정도 부드럽게 그들을 대해야만 했소. 부처가 말한 것처럼 그것은 인식의 문제요. 그러나 부처조차도 신체적인 인식이나 그 자연스러운 육체적 부드러움은 피했는데, 사실은 남자다운 방식으로 제대로 행해지기만 하면 남자들 사이에서도 그것은 가장 바람직한 것이오. 그것이야말로 사내들을 원숭이가 아닌 진정한 사내로 만들어주는 것이오. 그렇소! 그것은 부드러움이오. 정말 그것은 다만 성교의 인식인 거요. 섹스는 모든 접촉 가운데서도 가장 친밀한 접촉일 뿐이오. 그리고 우리가 두려워하는 것은 바로 이 접촉이오. 우리는 반쪽 의식밖에 없고 또한 반쪽만 살아 있소. 하지만 우리는 온전히 살아나야만 하고 깨어나야만 하오. 특히 영국인들은 서로서로 접촉해야만 하오. 조금은 섬세하면서도 약간은 부드러운 접촉 말이오. 그것이 우리들에게 가장 필요한 일이오."

코니는 그를 바라보았다.

"그런데 왜 당신은 나를 두려워하시는 거죠?"

멜러즈는 대답하기 전에 그녀를 한번 쳐다보았다.

"그건 돈 때문이오! 그리고 지위 때문이오. 당신 속에 있는 세상 말이오."

"그러나 내 속에는 부드러움이 없나요?"

코니는 수심에 잠긴 표정으로 말했다. 멜러즈는 어둡고 멍한 눈으로 그녀를 바라보았다.

"있소. 하지만 그것은 나타났다 사라졌다 하고 있소. 내 경우처럼 말이오."

"하지만 나와 당신 사이에서는 그것을 믿을 수 없는 건가요?"

코니는 애타는 마음으로 그의 얼굴을 쳐다보며 말했다. 이내 그의 얼굴에서 경계심이 사라지고 부드럽게 누그러지는 것이 보였다.

"될 수 있을 거요!"

두 사람은 잠시 침묵에 잠겼다.

"당신 품에 안기고 싶어요. 우리가 아이를 갖게 되어 기쁘다고 말해 주세요."

코니가 너무나 사랑스럽고 따뜻한 동경에 차 보였기에 그의 육체의 내부는 그녀를 향해 꿈틀거렸다.

"내가 묵고 있는 방으로 가시겠소? 이번에도 추문거리가 되겠지만 말이오."

다시 세상을 잊어버린 듯 그의 표정이 예전처럼 부드러워지고, 순수하고 다정한 정열에 불타고 있음을 그녀는 알았다.

두 사람은 좀 멀리 돌아가는 길을 걸어 코버그 광장까지 걸어갔다. 멜러즈는 이곳의 어느 집 맨 위층 방을 빌려 가스풍로에다 손수 음식을 만들어 먹으며 지내고 있었다. 다락방은 작았지만 아늑하고 깨끗했다.

코니는 옷을 벗고 그도 그렇게 하도록 했다. 임신 초기의 부드러운 부풀음을 간직한 그녀의 자태는 매우 아름다웠다.

"당신을 가까이 하는 것은 피해야겠군요."

"싫어요. 사랑해 주세요! 그리고 내 곁에 있겠다고 말해 주세요. 나를 보내지 않는다고 말해 주세요! 누구에게도 어디에도 보내지 않겠다고 말해 주세요!"

코니는 그에게 바싹 몸을 붙이고 – 그녀가 이제껏 알았던 단 하나의 안식처인 – 여위었지만 강한 그의 알몸에 꼭 매달렸다.

"당신이 원한다면 당신 곁에 있겠소."

멜러즈는 그녀를 힘껏 끌어안았다.

"그리고 아이를 갖게 되어 기쁘다고 말해 줘요."

코니가 덧붙였다.

“아이에게 키스 좀 해줘요. 내 배에 키스하고 그곳에 아이가 있다는 사실을 기뻐해 주세요.”

하지만 멜러즈에게 이것은 더욱 어려운 일이었다.

“아이가 세상에 나오는 건 무서운 일이라고 생각하오. 아이의 장래를 생각하면 매우 무섭소.”

“하지만 당신이 내 속에 잉태시킨 아이예요. 아이에게 부드럽게 대해 주면 그것만으로도 벌써 아이의 미래가 될 거예요. 아이에게 키스해 줘요!”

멜러즈의 몸이 떨려왔다. 그녀의 말이 사실이었기 때문이다.

‘아이에게 부드럽게 대해 주면, 그것만으로도 아이에게는 미래가 생기는 것이다.’

그 순간 멜러즈는 코니에 대한 순수한 애정이 샘솟는 것을 깨달았다. 그는 그녀의 배에 그리고 비너스 언덕에 키스했다. 자궁과 그 속에 있는 생명에게 가까이 키스하기 위해서.

“오, 당신은 나를 사랑하는군요! 날 사랑해요!”

코니는 맹목적이고 꾸밈 없는 사랑의 비명을 지를 때처럼 낮은 목소리로 부르짖었다. 멜러즈는 두 사람 사이에 불붙어 타오르는 감동을 느끼면서 그녀 속으로 조용히 들어갔다. 그녀 속으로 들어갈 때 그는 한 남자로서의 자랑과 위엄과 청렴함을 잃지 않으면서 부드러운 접촉 속으로 들어가는 것이야말로 자기가 마땅히 해야 할 일이라는 것을 깨달았다. 결국 그녀에게 재산이 있고 자기는 무일푼이라 해도 그 때문에 그녀에 대한 부드러움을 그만두는 일은 그의 자존심과 명예가 허락하지 않을 것이다.

‘나는 인간들 사이의 육체적 자각을 위한 접촉과 부드러운 접촉을 굳게 지켜 나가야 한다.’

멜러즈는 자신에게 조용히 타일렀다.

'그리고 이 여자는 나의 반려자다. 이것은 돈과 기계 그리고 세상의 생명 없이 비정하고 원숭이 같은 무자각한 세계에 대한 싸움이다. 이 싸움에서 그녀는 내 방패가 되어 주리라. 고맙게도 나에게는 한 여자가 있다! 나와 함께 있고, 부드러운 마음을 갖고, 나를 이해해 주는 여성을 얻었다는 것은 얼마나 고마운 일인가! 그녀는 사람을 못살게 하거나 바보 같은 여자가 아니다. 그녀는 부드럽고이해할 줄 아니 더욱 고마운 일이다.'

코니는 이제 그와 절대로 헤어질 수 없다고 마음을 정했다. 하지만 그 수단과 방법은 이제부터 생각해야 한다.

"당신은 버사 쿠츠를 싫어했나요?"

코니가 물었다.

"그 여자 이야기는 하지 말아요."

"아뇨! 말하지 않으면 안 돼요. 왜냐하면 당신은 한때 그 여자를 좋아했으니까요. 그리고 당신이 지금 나에게 대해 주듯 한때 그녀와 친했으니까요. 그러니 말해 주어야 해요. 예전에 그렇게 다정하게 지냈던 사람을 지금은 그토록 미워하게 되었다니, 정말 끔찍한 일 아니겠어요? 왜 그런 거죠?"

"나도 모르겠소. 아무튼 그 여자는 언제나 자기의 의지를 세워 나와 싸울 준비를 하고 있었소. 그 소름끼치는 여자의 의지, 그녀의 자유를 말이오! 결국에는 가장 짐승 같은 협박으로 귀결되고 마는 한 여자의 소름끼치는 자유 말이오! 그 여자는 마치 내 얼굴에다 황산을 끼얹듯이 언제나 나에게 맞서 자신의 자유를 내세웠소."

"하지만 그녀는 아직도 당신을 떠나지 못하고 있잖아요. 지금도 당신을 사랑하는 건가요?"

"천만에! 그렇지 않소. 그녀가 나를 쫓아다니는 것은 그녀가 미친 듯한 분노를 갖고 있어서 어떻게든 나를 괴롭히지 않고는 직성이 풀리지 않기 때문이오."

"하지만 그녀는 분명 당신을 사랑했던 게 확실해요."

"아니오! 하긴 그런 점도 조금 있기는 했소. 그녀가 내게 끌려 있었던 건 사실이오. 하지만 그런 것마저도 그녀는 스스로 미워하고 있었지요. 그 여자가 나를 사랑했던 순간들이 있기는 했소. 그러나 그것은 정말 순간뿐이었소. 그녀의 가장 큰 욕망은 나를 괴롭히는 것이었소. 그 점만은 언제까지나 고칠 수가 없었지요. 그녀의 의지는 처음부터 잘못된 것이었소."

"하지만 그녀는 당신이 진정으로 자기를 사랑하지 않는다는 걸 알고 있었기 때문에 당신 마음을 고쳐보려고 싶었는지도 모르죠."

"세상에, 그것은 정말 지독한 방법이었소."

"그럼 당신은 진정으로 그녀를 사랑하지 않았다는 말이군요? 당신이 그녀에게 잘못한 것이 바로 그거예요."

"어떻게 내가 그 여자를 사랑할 수 있었겠소? 물론 처음에는 사랑했었소. 그러나 어떻게 된 일인지 그녀는 반드시 귀찮은 말을 하곤 했소. 아니, 이제 그 이야기는 그만둡시다. 그것은 정말 숙명이었소. 그녀도 숙명적인 여자였던 거요. 지난번에는 정말 – 만약 허락을 얻을 수만 있다면 – 담비를 쏘아 죽이듯 그 여자를 쏘아 죽이려고 생각했을 정도였소. 여자의 탈을 쓴 그 재수 없는 미치광이를 말이오. 그 여자를 쏘아 죽여서 이 모든 불행을 끝장내 버릴 수만 있었더라면! 한 여자가 자기 자신의 의지에 완전히 사로잡혀서 그 의지가 모든 것을 강요하게 되면 그것은 무서운 일이오. 그럴 때는 결국 쏘아 죽일 수밖에 도리가 없는 거요."

"그럼 남자들이 자기 의지에 사로잡혀 있을 때 결국은 그들도 쏘아 죽여야 하지 않겠어요?"

"그렇소! 마찬가지요! 어쨌든 나는 그녀에게서 벗어나야만 하오. 그렇지 않으면 또다시 내게 덤벼들 거요. 이런 말을 당신에게 하고 싶었소. 할 수만 있다면 어떻게든 이혼할 작정이오. 그러니 우리는 조심스럽게 행동해야만 하오. 나와 당신이 함께 있는 것을 보여서는 안 된다는 거요. 만약 그 여자가 나와 당신에게 덤벼든다면 나는 절대로, 절대로 참지 못할 거요."

코니는 이 문제를 곰곰히 생각해 보았다.

"그러면 우리는 함께 있을 수 없는 건가요?"

"6개월 정도는 그래야 할 거요. 내 이혼 문제는 9월에 해결될 거라 보고 있소. 그럴 경우에는 3월까지는 따로 떨어져 있어야 할 거요."

"하지만 아이는 2월 말쯤에 낳게 될 텐데요?"

멜러즈는 잠시 침묵을 지켰다.

"클리퍼드나 버사 따위는 모두 없어졌으면 좋겠소."

"그건 그 사람들에 대한 동정심을 갖지 않은 언사로군요."

"당신은 그들에게 동정심을 가진다는 거요? 그런 인간들에게는 죽음을 주는 편이 가장 동정심을 베푸는 일이오. 그들은 살아서는 안 될 인간들이오. 다른 사람들의 삶을 방해할 뿐이니까요. 그들이 가지고 있는 영혼은 썩은 거요. 죽음만이 그들에게 달콤한 것이오. 내게는 그들을 쏘아 죽일 권리가 있어야 마땅하오."

"당신이 그런 짓을 하지는 않을 거예요."

"할 거요! 족제비를 쏘아 죽이는 것보다 양심의 가책을 덜 받으면서 말이오. 족제비에게는 그래도 귀엽고 외로운 고독이라도 있소. 하지만 저런 인간들은 무수히 많으니까 말이오. 아, 정말 그런 인간들을 쏴 죽이고 싶소!"

"그런 사람들이 무수히 많다면 아마 당신이 죽이려 노력해도 소용없는 일일 거예요."

"그렇겠지."

코니는 생각할 일이 너무 많았다. 그가 버사 쿠츠와 인연을 끊고 싶어 하는 건 명백했다. 그리고 그의 방법이 정당하다는 것도 수긍할 수 있었다. 최근에 당한 일은 그에게 너무 심한 것이었다.

그렇다면 코니는 봄까지 혼자 지내야 했다. 아마도 그녀는 클리퍼드와 이혼할 수 있을지 모른다. 하지만 어떻게? 만약 멜러즈의 이름이 거명된다면 그는 이혼해 줄 리가 없다. 정말 난처한 일이었다. 세상 어느 끝에라도 도망쳐 이런 모든 것에서부터 자유롭게 해방될 수 없을까?

그것은 불가능했다. 오늘날에는 세상의 끝이라도 채링 크로스[76]에서 채 5분도 걸리지 않는다. 다호메이[77]의 추장이나 티베트의 라마승도 뉴욕이나 런던의 방송을 듣고 있는 것이다.

인내! 인내다! 세계는 메커니즘의 거대한 마술같이 착잡하게 얽혀 있다. 그 기계에 휩쓸려 산산조각이 되지 않도록 주의해야 한다.

코니는 모든 사정을 아버지에게 털어놓았다.

"아버지, 그이는 클리퍼드의 산지기였어요. 하지만 인도에서 장교로 복무했어요. 다만 그 사람은 스스로 원해서 다시 사병이 되었던 C. E. 플로렌스 대령[78]처럼 자진해서 하층 계급이 되기로 했던 거예요."

그러나 맬컴 경은 그 유명한 C. E. 플로렌스 대령의 납득할 수 없고 이상하기 짝이 없는 행동에 아무런 공감을 느끼지 못했다. 온갖 겸손한 행위의 배후에 너무나 많은 자기 선전이 있다고 생각한 것이다. 그런 것은 이 기사(騎士)가 가장 싫어하는 종류의 비열한 위선인 것처럼 보였다.

"그 산지기는 어디 출신이냐?"

맬컴 경은 짜증스러운 어투로 물었다.

"테버셜 마을의 탄광부 아들이에요. 하지만 그 사람은 어디 내놓

---

76) Charing Cross. 런던 중심부에 있는 기차 및 지하철역을 말한다 – 옮긴이
77) Dahomey. 프랑스 식민지였던 서아프리카의 베냉 공화국의 옛 이름이다 – 옮긴이
78) 〈아라비아 로렌스〉로 널리 알려진 T. E. 로렌스(T. E. Lawrence : 1888~1935) 대령을 지칭한다 – 옮긴이

아도 부끄럽지 않을 사람이에요."

기사 작위를 받은 미술가는 더욱 화가 났다.

"내가 보기에는 금광을 파는 노다지꾼처럼 생각되는구나. 그리고 너는 채굴하기 쉬운 금광 같고 말이야."

"아니에요, 아버지. 그런 사람이 아니에요. 한번 만나 보시면 아실 거예요. 훌륭한 남자예요. 클리퍼드는 그이가 겸손하지 않다고 언제나 싫어했어요."

"클리퍼드도 그 점만은 직감이 훌륭했던 모양이군."

맬컴 경이 견딜 수 없는 것은 딸의 정사 상대가 산지기라는 사실이 불러일으킬 추문 때문이었다. 정사에 대해서는 염려하지 않았다. 그가 신경이 쓰이는 것은 추문이었다.

"그 친구에 대해서는 문제 삼지 않겠다. 그는 분명히 너를 보기 좋게 속일 수 있는 사람일 테니 말이다. 그러나 세상의 소문을 생각해 보거라. 그리고 새어머니를 좀 생각해 보렴. 과연 이 일을 어떻게 받아들일지 말이야!"

"저도 알아요. 소문은 무서운 거예요. 특히 사교계 사람에게는 더욱 그래요. 그래서 그이도 어떻게든 이혼하려 하고 있어요. 전 아이의 아버지는 다른 사람으로 하고 멜러즈의 이름은 전혀 꺼내지 않으려고 해요."

"다른 남자라니! 어떤 남자 말이냐?"

"덩컨 포브스쯤 말예요. 그는 오랜 친구였으니까요. 또 화가로도 이름이 알려져 있고, 저를 좋아해요."

"오, 맙소사! 가여운 덩컨 같으니라고! 그렇다면 그가 얻을 수 있는 게 뭐지?"

"모르겠어요. 하지만 그는 오히려 그걸 더 좋아할지 몰라요."

"그럴까? 만약 그런 일을 한다면 그 친구도 웃기는 친구로구나. 그런데 너는 그 친구와는 한 번도 연애를 한 적이 없었니?"

"없었어요! 그 사람은 그런 것을 바라지 않았어요. 그저 저를 곁에 두기를 바랄 뿐 육체적으로 접촉하는 것은 는 바라지 않았어요."

"오, 맙소사! 놀라운 세대로군!"

"그 사람이 무엇보다도 바라던 것은 저를 모델로 그림을 그리고 싶어 해요. 다만 저는 그러고 싶지 않았던 거죠."

"가엾은 친구 같으니! 하지만 그 친구는 그야말로 짓밟힐 대로 짓밟힌 게 아니냐?"

"하지만 그 사람하고 관계를 가졌다는 소문이 난다면 크게 개의치 않으실 거죠?"

"맙소사, 코니. 그건 너무 지독한 계략이 아니겠느냐?"

"저도 알아요! 정말 역겨운 일이에요! 하지만 달리 무슨 수가 있겠어요?"

"배반! 속임수다! 배반이야! 아무래도 내가 세상을 너무 오래 산 것 같구나."

"오, 아버지! 아버지도 젊은 시절에 여러 가지 속임수나 묵인을 해 오셨으면서도 그런 말씀을 하시다니……."

"하지만 이것과는 경우가 달랐다, 정말로."

"경우야 언제나 다르죠."

때마침 힐더가 도착했다. 그녀 또한 이야기가 이렇게 진전된 것을 알자 펄펄 뛰었다. 그녀 역시 동생과 산지기와의 추문이 세상에 퍼질 생각을 하니 너무 수치스러워 참을 수가 없었다.

"그럼, 우리가 따로따로 영국령 컬럼비아로 빠져나가서 추문이 나지 않도록 할까요?"

코니가 말했다. 하지만 그것은 아무 소용없는 일이었다. 추문은 대번에 뒤쫓아올 게 뻔했다. 그리고 만약 코니가 남자와 도망칠 정도라면 차라리 결혼하도록 하는 편이 나았다. 그것이 힐더의 의견이었다. 맬컴 경은 확신이 서지 않았다. 이 사건은 그런대로 잘 수습될지도 몰랐다.

"아버지께서 그 사람을 만나보시겠어요?"

맬컴 경은 조금도 그러고 싶지 않았다. 멜러즈에게도 딱한 일이었다. 그는 더더욱 그런 것을 원치 않는 것이었다. 하지만 만남은 이루어졌다. 클럽의 밀실에서 서로의 위아래를 훑어보며 단둘이 식사를 하게 되었다. 맬컴 경은 위스키를 꽤 많이 마셨고, 멜러즈도 마셨다. 그리고 두 사람은 멜러즈가 잘 알고 있는 인도에 대해 얘기를 주고받았다. 식사하는 동안 내내 그런 이야기가 계속되었다.

커피가 나오고 급사가 물러갔을 때에야 비로소 맬컴 경은 잎담배에 불을 붙이고 친숙한 태도로 말했다.

"이보게, 젊은이. 내 딸을 어쩔 셈인가?"

멜러즈의 얼굴에 엷은 웃음이 떠올랐다.

"따님께서 어떻게 되었습니까?"

"그 애가 자네 아이를 가진 모양일세."

"명예로운 일입니다!"

멜러즈가 미소를 지었다.

"명예롭다고?"

맬컴 경은 짧게 웃음을 터뜨리고 스코틀랜드인다운 감각적인 표정을 지으며 말했다.

"명예로운가? 그래, 어땠나? 내 딸애가 어떻든가 말이야?"

"아주 훌륭합니다."

"그럴 걸세. 하하하! 그 애는 어엿한 혈통을 타고났으니까! 난 도무지 멋진 접촉을 못해 봤지만. 그 애 엄마는…… 오오, 신이여!"

맬컴 경은 하늘을 향하여 눈을 치켜떴다.

"그래, 자네는 그 애를 따뜻하게 해줬겠군. 그걸 확실히 알겠어. 하하하! 그 애에겐 내 피가 흐르고 있네! 자네는 그 애의 짚더미에 불을 붙인 걸세. 하하하! 정말 내가 기뻐한다는 걸 알아주게. 그 애에겐 그게 필요했어. 그 아이 좋은 애일세. 정말 좋은 애지. 만약 어느 남자든지 그 애에게 불을 잘 붙일 수만 있다면 그 애는 훌륭한 여자가 될 거야! 하하하! 자네, 산지기라고 했나? 정말 훌륭한 밀렵자로군 그래. 하하하! 그러나 여보게, 이제 진지하게 말해 보세. 이 일을 어떻게 하면 좋겠나?"

진지한 이야기가 시작되자 둘 사이에 그다지 말이 없었다. 멜러즈는 약간 취하긴 했지만 맬컴 경보다 정신이 더 맑은 편이었다. 그는 될 수 있는 대로 이야기를 조리 있게 해나가려고 했는데, 그것은 이야기를 많이 하지 않는다는 것이었다.

"그래, 자넨 사냥감을 감시하는 산지기였단 말이지? 그래, 됐어! 그런 사냥감은 한 남자가 모든 걸 바칠 만한 가치가 있을 걸세. 그런데 어떤가? 여자의 가치는 조금만 만져보기만 해도 알 수 있지. 엉덩이만 만져봐도 어떤 사냥감인지 대뜸 짐작할 수 있지? 하하! 자네가 부럽네. 그런데 자네 몇 살인가?"

"서른아홉입니다."

맬컴 경은 눈썹을 치켜올렸다.

"그런가? 내가 보기엔 아직 20년은 문제없겠네. 산지기든 아니든 자넨 멋있는 남자야. 한쪽 눈을 감고도 그쯤은 알 수 있지. 시원찮은 클리퍼드와는 아주 달라. 그는 여자를 꼼짝 못하게 할 수 없지. 한 번도 해보지 못한 겁쟁이일세. 나는 자네가 마음에 드네. 자네는 훌륭한 물건을 갖고 있을 게 틀림없네. 투사일세. 산지기여! 내 사냥감은 절대로 자네에게 맡기진 않겠네! 그런데 말일세. 진지한 이야기네만, 도대체 이를 어떻게 하면 좋겠나? 세상에는 말 많은 여자들이 많으니 말일세."

그러나 진지한 이야기에 대해 두 사람은 조금도 말하지 않았다. 다만 남자끼리 통하는 관능적인 이해를 나눔으로써 육감적 화제의 비밀 결사를 만들었을 뿐이었다.

"여보게, 내가 자네에게 말해 줄 수 있는 건 나를 믿으라는 것뿐일세. 자네 산지기라고 했지? 훌륭해! 마음에 들었네. 마음에 들었어! 그 애도 보통내기가 아닌데. 자네도 알다시피 그 애에게는 자기의 수입이 있네. 대단하진 않지만 굶을 정도는 아니야. 그리고 내 것도 남겨줄 작정이네. 정말일세. 그 애가 낡아 빠진 여자들 사이에서 용기를 보여줬으니 정말 그렇게 해줄 만한 가치가 있네. 나는 칠십 평생을 그런 고리타분한 여자들의 치마폭에서 벗어나려고 애를 써왔네만 아직도 성공하지 못했네. 그러나 자네라면 할 수 있다는 걸 느낄 수 있네. 자네는 진짜 남자이니까. 난 잘 아네."

"그렇게 생각해 주시니 기쁩니다. 세상 사람들은 저를 원숭이라고 욕을 합니다만."

"그럴 거야! 고리타분한 여자들의 눈에는 자네가 원숭이로밖에 안 보일 걸세."

두 사람은 화기애애한 분위기 속에서 헤어졌다. 그리고 멜러즈는 그날 내내 웃음이 떠나지 않았다.

다음 날, 멜러즈는 남의 눈에 띄지 않는 곳에서 코니와 힐더와 함께 점심식사를 했다.

"어디를 가나 답답한 얘기뿐이니 참 유감이에요."

힐더가 말했다.

"나는 이번 일들이 재미있었습니다."

멜러즈가 말했다.

"두 사람이 자유롭게 결혼하고 그때 아이를 가져도 좋을 텐데 말이에요."

"하느님께서 좀 일찍 불꽃을 튀기신 모양입니다."

"하느님이 이 일과 무슨 관계가 있어요? 물론 코니에게 두 사람을 먹여 살리기에 충분한 돈이 있지만, 주위의 상황은 도저히 견딜 수가 없군요."

"하지만 당신이 견뎌야 할 부분은 조금밖에 되지 않을 텐데요?"

"만약 당신이 우리와 같은 계급이었다면……."

"혹은 내가 동물원 우리 속에 갇혀 있었더라면 좋았겠죠?"

잠시 침묵이 흘렀다.

"난 이렇게 생각해요. 코니가 정을 통한 상대로 전혀 다른 남자의 이름을 대고, 당신은 이 문제에 전혀 관계없는 것으로 하는 편이 좋을 것 같아요."

"나는 당사자로서 떳떳이 끼일 작정이었습니다."

"내 말은 이혼 수속을 말하는 거예요."

멜러즈는 의아한 눈으로 힐더를 쳐다보았다. 코니는 덩컨을 이용하려는 계획을 그에게 좀처럼 털어놓지 못하고 있었다.

"무슨 말인지 모르겠군요."

멜러즈가 말했다.

"정을 통한 상대로 자기 이름을 빌려주겠다는 친구가 한 사람 있어요. 그러니까 당신의 이름은 꺼내지 않아도 되는 거죠."

힐더가 말했다.

"남자겠지요?"

"물론이죠!"

"다른 남자가 또 있는 건 아니겠죠?"

멜러즈는 의심스러운 눈길로 코니를 바라보았다.

"아뇨, 아니에요! 그저 옛날부터 친구 사이일 뿐이에요. 극히 단순한 친구였지 사랑하는 사이는 아니었어요."

그녀는 서둘러 말했다.

"당신과 아무 일이 없다면 그 친구가 어째서 그런 명예롭지 못한 역할을 맡는단 말이오?"

"여자에게서 무엇인가를 전혀 바라지 않는 의협심 있는 남자도 간혹 있는 법이에요!"

힐더가 말했다.

"참 드문 얘기군요. 대체 누굽니까?"

"스코틀랜드에서 어린 시절부터 알고 지내고 지금까지 친구로 지내오는 미술가예요."

"덩컨 포브스로군요."

멜러즈가 대뜸 말했다. 전에 코니한테서 그의 이야기를 들은 적이 있기 때문이었다.

"하지만 그분에게 어떤 식으로 오명을 씌운다는 겁니까?"

"두 사람이 어떤 호텔에 같이 투숙해 있었다든가 아니면 그의 아파트에서 코니가 머물고 있었다고 해도 좋겠죠."

"내가 보기에는 쓸데없는 소란인 것 같은데요."

멜러즈가 말했다.

"그럼 무슨 좋은 생각이라도 있나요? 만약 당신 이름이 밝혀지면 당신은 부인과 이혼할 수 없을 거예요. 당신 부인은 도저히 상대할 수 없는 사람 같으니까요."

"맞소!"

멜러즈의 음성은 매몰찼다.

"우리는 도망칠 수가 있습니다."

오랜 침묵이 흐른 뒤에야 멜러즈가 말했다.

"코니는 도망칠 수 없어요. 그러기에는 클리퍼드의 이름이 너무 많이 알려져 있어요."

또다시 절망의 침묵이 흘렀다.

"세상은 지금 있는 그대로예요. 만약 두 사람이 박해를 받지 않고 함께 살고 싶다면 우선 결혼해야 해요. 물론 결혼을 하기 위해서는 두 사람 모두 이혼을 해야겠죠. 문제는 두 사람이 그걸 어떻게 해결하느냐 하는 거예요."

멜러즈는 오랫동안 말이 없었다.

"당신은 우리를 위해 어떻게 해주실 작정입니까?"

이내 멜러즈가 침묵을 깨뜨렸다.

"우선 덩컨이 공동피고인 역할을 해줄지 확인해 보려고 해요. 그러고 나서 클리퍼드로 하여금 코니와 이혼해 주도록 만들어야죠. 그리고 당신도 부인과의 이혼을 진행해야 하고, 둘 다 자유로운 몸이 될 때까지 떨어져 있어야 해요."

"마치 정신병원 같군요."

"그럴지도 모르죠! 세상은 두 사람을 미친 사람이나 아니면 좀 더 심한 사람으로 바라볼 거예요."

"좀 더 심한 사람이란 뭡니까?"

"죄인이겠죠."

"그러나 우린 두서너 번 더 만나고 싶습니다."

멜러즈가 웃으면서 말했다. 이내 침묵으로 돌아간 그는 화가 나 있는 듯했다.

"그렇다면……."

마침내 멜러즈가 입을 열었다.

"좋을 대로 하시죠. 세상은 그야말로 미친 사람 천지입니다만, 퇴치할 수는 없겠죠. 아무튼 나는 최선의 노력을 기울이겠습니다. 당신 말씀이 옳습니다. 우리는 될 수 있는 대로 자신을 소중하게 간직해야 합니다."

멜러즈는 굴복과 분노와 비참한 표정으로 코니를 바라보았다.

"온 세상이 당신의 발목을 잡을 거요."

멜러즈가 말했다.

"우리가 그러지 못하게 해야죠."

그녀는 세상에 몸을 굽히는 것을 조금도 개의치 않았다.

덩컨에게 그간의 얘기를 꺼내자 그는 자신을 내세우는 일을 반대하는 산지기와 한번 만나고 싶다고 했다. 네 사람은 그의 아파트에서 함께 저녁식사를 했다. 덩컨은 키가 작고 좀 뚱뚱한 데다 검은 피부에 곧고 검은 머리칼을 가진 햄릿 같은 맛을 풍기는 사람으로, 켈트족으로서의 묘한 자부심을 갖고 있었다. 그의 그림은 온통 관(管)이나 밸브 또는 나선형과 기묘한 색깔로 가득 찬 초현대적인 것이었다. 더욱이 그림에는 어떤 힘이 넘치고, 형식과 톤에는 어떤 순수성마저 깃들어 있었다. 멜러즈는 그것이 잔인한 반감을 불러일으킨다고 생각했지만 입 밖에 내지는 않았다. 덩컨은 자기 예술에 관한 한 거의 광적인 태도를 가지고 있었기 때문이었다. 그의 예술은 그에게 있어 개인적 숭배의 대상이자 개인적 종교나 마찬가지였던 것이다.

일행이 화실의 그림을 보고 있는 동안 덩컨은 작은 갈색 눈으로 멜러즈를 관찰하고 있었다. 그는 이 산지기가 무슨 말을 할지 듣고 싶었다. 코니와 힐더의 의견은 이미 들어서 알고 있었다.

"이것은 일종의 살인과 같은 일이군요."

마침내 멜러즈가 입을 열었다. 덩컨이 산지기 따위의 입에서 듣게 되리라고는 전혀 예상하지 못한 말이었다.

"그래, 누가 살해된다는 건가요?"

힐더가 차갑고도 심술궂게 물었다.

"바로 납니다! 이것은 한 인간의 뱃속에 지니고 있는 동정심을 모조리 다 살해하고 있습니다."

순수한 증오심이 화가에게서 흘러나왔다. 멜러즈는 남자의 목소리에서 혐오와 경멸의 어조를 들었다. 그는 '뱃속에 지니고 있는 동정심' 이라는 말에 구역질이 났다. 병적인 감상!

여위고 키가 큰 멜러즈는 약간 지친 듯한 표정으로 마치 날아다니는 모기처럼 깜박이는 눈길로 동떨어진 그림들을 응시하고 있었다.

"아마 우둔함이 살해 당하는 것이겠지. 감상적인 우둔함 말이오."

화가가 조롱 섞인 소리로 말했다.

"그렇게 생각하십니까? 저는 이런 관들과 밸브와 물결 모양의 진동이야말로 어리석은 짓이고 매우 감상적인 것 같은데요. 그것들은 심한 자기 연민이고 신경질적인 완고함을 나타내고 있는 것같이 생각됩니다."

또다시 새로운 증오심이 치솟은 화가의 얼굴빛이 약간 노랗게 변한 듯했다. 그러나 그는 일종의 오만한 침묵을 지키며 그 그림을 벽 쪽으로 돌려버렸다.

"식당으로 가는 게 좋을 것 같군요."

이내 모두들 침울한 표정으로 그를 따라 걸음을 옮겼다.

커피를 마신 후에 덩컨이 입을 열었다.

"나는 코니의 아이 아버지 역할을 맡는 데 별 이의가 없습니다. 그러나 단 한 가지, 코니가 내 모델이 되어 준다는 조건에서만 그렇게 하겠습니다. 그 부탁을 몇 년 전부터 했지만 언제나 거절당했었죠."

그는 아우토다페를 선고하는 심문관 같은 어두운 말투로 단호히 말했다.

"아하, 그러니까 당신은 조건이 성립되어야만 그 일을 해주겠다는 말이군요?"

멜러즈가 말했다.

"그렇소! 그런 조건으로만 일을 해주겠소."

화가는 상대편 남자에 대한 최대의 경멸을 담아 말을 하려고 노력했다. 그것은 도가 지나칠 정도였다.

"그럼 나도 함께 모델로 써주시죠. 우리 두 사람을 군상(群像)으로 하여 '예술의 그물에 잡힌 불카누스[79]와 비너스'를 만들면 어떻겠소? 나는 산지기가 되기 전에는 대장장이였으니까 말이오."

---

79) 로마 신화에서 불과 대장장이의 신인 불카누스는 그의 아내 비너스와 전쟁의 신인 마르스와의 간통 현장을 붙잡아 두 사람에게 그물을 던져 씌웠다 – 옮긴이

"고맙지만 불카누스의 모습은 그다지 흥미가 없소."

"관 모양으로 멋지게 치장을 해도 말이오?"

아무런 대꾸가 없었다. 그 이상 대답하기에는 화가의 자존심이 허락하지 않았다.

우울한 만남이었다. 화가는 그 이후로 남자의 존재를 완전히 무시해 버렸다. 그리고 음울하고 엄숙한 심연 속으로부터 토해내듯 여자들과 짤막한 이야기를 나눌 뿐이었다.

"그 사람이 마음에 들지 않았던 모양이군요. 하지만 누구보다도 좋은 사람이에요. 정말 친절한 사람이에요."

일행이 화가와 작별하고 나왔을 때 코니가 설명을 해주었다.

"그 친구는 주름투성이의 전염병에 걸린 검은 개에 불과하오."

멜러즈가 말했다.

"아니에요. 오늘은 그의 기분이 좋지 않았나 봐요."

"그럼 당신은 그의 모델이 되어 줄 생각이오?"

"글쎄요. 난 아무래도 상관없어요. 그 사람은 내게 손도 대지 않을 거예요. 그러니까 만약 그것이 우리의 생활을 잘 되게 하는 것이라면 구태여 신경 쓰지 않을 작정이에요."

"하지만 그는 똥칠을 하듯 당신을 캔버스 위에 그려놓을 거요."

"상관없어요. 그는 나에 대한 느낌을 그려낼 뿐이에요. 괜찮아요. 어떤 일이 있더라도 내 몸에는 손도 대지 못하게 할 테니까요. 하지만 그가 부엉이 같은 눈길로 예술가적 견지에서 무엇을 보려 한다면 그렇게 하라죠. 그 사람은 자기 좋을 대로 텅 빈 밸브나 물결 모양으로 나를 그려내겠죠. 그것은 그 사람 마음이에요. 당신이 그 사람 그림을 감상적이고 완고하다고 했기 때문에 당신을 싫어하는 거예요. 물론 맞는 말이지만 말예요."

제19장

클리퍼드, 잘 지내고 있죠? 유감스럽게도 당신이 예견했던 일이 현실로 된 것 같아요. 나는 진정으로 다른 남자를 사랑하게 되었고, 부디 당신이 이혼해 주시기를 바라고 있어요. 나는 지금 덩컨의 아파트에 머무르고 있어요. 그가 우리와 함께 베네치아에 있었다는 말은 이미 했었죠.

당신 생각을 하면 나는 정말 슬퍼요. 하지만 마음을 가라앉히고 들어 주세요. 당신은 이제 나를 더 이상 필요로 하지 않고, 나 역시 라그비 저택에 돌아갈 마음이 나지 않아요. 정말 가슴이 아파 뭐라 말씀드릴 수가 없네요. 하지만 나를 용서하고 이혼해 주세요. 그리고 나보다 더 훌륭한 사람을 찾아보도록 하세요.

나는 정말로 당신에게 어울리지 않는 여자입니다. 너무 참을성이 없는 데다 이기적이지요. 그러니 이제 나는 돌아가서 당신과 함께 생활할 수가 없어요. 당신 생각을 하면 이 모든 일에 대해 너무나 미안한 마음이 들어요. 그러나 냉정히 생각한다면 그다지 마음 쓸 필요가 없다는 것을 깨달을 거예요. 나에 대해 당신은 정말 그다지 마음 쓰지 않았잖아요. 그러니 부디 용서하고 나와의 인연을 끊어주기 바랄게요.

편지를 받은 클리퍼드는 그렇게 놀라지 않았다. 마음속으로 훨씬 전부터 그녀가 언젠가는 자기에게서 떠날 것을 알고 있었기 때문이다. 그러나 겉으로는 절대 인정하려고 하지 않았다. 따라서 외적으로 이 일은 끔찍한 타격과 충격이었다. 그는 표면적으로 그녀에 대한 신뢰감을 견지해 왔던 것이다.

인간이란 이런 것이다. 의지의 힘에 의해서 우리는 외부 의식으로부터 내면의 직관적 인식을 차단시켜 버린다. 그 때문에 공포 또는 불안의 상태를 초래함으로써 오히려 이것이 닥쳐오는 충격을 열 배나 더 악화시키는 것이다.

클리퍼드는 마치 히스테리에 빠진 어린아이와 같았다. 창백한 얼굴로 멍한 상태에 빠진 채 침대에 앉아 있는 그의 모습을 본 볼턴 부인은 소스라치게 놀랐다.

"어머나, 나리! 왜 그러십니까?"

아무 대답이 없었다! 그녀는 급히 다가와 그의 얼굴을 만져보고 맥박을 짚어보았다.

"어디가 아프세요? 어디가 아프신지 말씀해 보세요. 제발!"

역시 대답이 없었다!

"이를 어째! 그러면 셰필드의 캐링턴 박사에게 전화를 할게요. 렉키 박사도 곧 와주실 거예요."

볼턴 부인이 문 쪽으로 나가려 할 때 공허한 목소리가 들렸다.

"안 돼!"

볼턴 부인은 걸음을 멈추고 그를 응시했다. 노랗고 공허한 그의 얼굴은 마치 바보와도 같았다.

"의사를 부르지 않아도 된다는 말씀인가요?"

"그래! 의사는 필요 없어!"

그의 목소리는 마치 무덤에서 들려오는 듯했다.

"하지만 나리, 나리는 지금 몸이 안 좋으신 겁니다. 저로서는 알 수가 없어요. 의사를 불러야겠어요. 그렇지 않으면 제 실수가 되고 말 테니까요."

이번에도 대답이 없었다. 이윽고 텅 빈 목소리가 들렸다.

"난 아프지 않아……. 아내가 돌아오지 않겠다는군."

그 목소리는 마치 죽은 혼령이 말하는 것 같았다.

"마님께서 돌아오시지 않는다고요? 마님께서 말씀입니까?"

볼턴 부인은 침대로 좀 더 가까이 다가서면서 말을 이었다.

"오, 그런 소리는 믿지 마세요. 마님께서는 틀림없이 돌아오실 테니까요."

침대에 그림자처럼 앉아 있던 클리퍼드는 이불 위에 편지 한 장을 내놓았다.

"읽어 봐요."

다시 죽은 혼령 같은 목소리가 울렸다.

"어머, 마님의 편지군요. 하지만 나리께 보내신 편지를 제가 보는 것은 옳지 않아요. 정 원하신다면 마님께서 뭐라고 하셨는지 제게 말씀해 주시면 되지 않겠어요?"

푸른 눈을 한 곳에 고정시킨 클리퍼드의 표정은 조금도 변하지 않았다.

"읽어 보래도!"

"꼭 그래야 한다면, 읽겠습니다, 나리."

볼턴 부인은 편지를 읽어내려 갔다.

"어머나, 마님께서 그러시다니 놀랐습니다! 돌아오시겠다고 철석같이 약속하셨는데……."

침대에 앉아 있는 클리퍼드의 얼굴에는 격렬한 듯하면서도 아무런 미동도 없는 착잡한 표정이 더욱 짙어지는 듯했다.

볼턴 부인은 걱정이 되었다. 그녀는 지금 자기가 직면하고 있는 것이 무엇인지 깨달았던 것이다. 그것은 남자의 히스테리였다. 그녀는 군인들을 간호하면서 이 불쾌한 병에 대해 알게 되었던 것이다.

볼턴 부인은 클리퍼드 경에게 약간의 환멸을 느꼈다. 다소 분별력 있는 남자라면 자기의 아내가 누군가를 사랑하여 자기 곁을 떠나려 하고 있다는 것쯤은 이미 알았어야 할 일이었다. 물론 클리퍼드 경도 마음속으로는 그런 사실을 알고 있었을 터였다. 다만 그것을 스스로에게 인정하고 싶지 않는 것이라고 믿었다. 만약 그가 그것을 인정하고 그에 대한 준비를 미리 해놓았거나 아니면 그것에 맞서 적극적으로 자기 아내와 싸움을 벌였더라면, 그것은 남자다운 행동이라고 할 수 있겠다. 하지만 그렇지가 않았다! 그는 그런 사실을 알고 있으면서도 늘 그렇지 않다고 자신에게 타이르려고 했던 것이다. 그는 악마에게 꼬리를 잡혔다고 생각하면서도 한편으로는 천사가 자기에게 웃음을 던진 것처럼 꾸몄던 것이다. 이런 상태가 지금 기만과 혼란 그리고 일종의 광기인 히스테리를 가져온 것이다.

볼턴 부인은 클리퍼드 경에 대해 약간 혐오를 느끼며 생각했다.

'이렇게 될 줄 알았어. 이분은 언제나 자기의 일만을 생각하고 있었기 때문이야. 자신의 불멸의 자아 속에 틀어박혀 있어서 충격을 받게 되자 마치 헝겊에 돌돌 말린 미라처럼 되고 만 거야. 저 꼬락서니를 좀 보라니까!'

그러나 히스테리는 위험했다. 그런 상태에서 그를 끌어내는 것이 간호사인 그녀의 의무였다. 그에게 남자다움과 자존심을 갖게 하는 것은 그를 더욱 악화시킬 뿐이다. 그의 속에 있는 남성은 최종적은 아니더라도 지금은 죽어 있기 때문이다. 그는 다만 벌레처럼 가만히 꿈틀거리고 있을 뿐 한층 더 착란되어 가고 있다.

유일한 방법은 그를 자기 연민 속에 맡겨두는 일이다. 테니슨의 시에 나오는 귀부인처럼 그는 실컷 울거나 아니면 죽든지 해야 했다.[80)]

---

80) 19세기 영국 시인 앨프레드 테니슨(Alfred Tennyson, 1809~1892)의 〈공주(The Princess)〉에 나오는 구절이다 – 옮긴이

그래서 볼턴 부인은 자기가 먼저 울기 시작했다. 그녀는 두 손으로 얼굴을 감싸고 격한 흐느낌을 터뜨렸다.

"마님께서 그러시다니, 정말 믿을 수 없는 일이에요. 정말로!"

볼턴 부인은 재빨리 지난날의 온갖 슬픔과 비애를 상기해 내고 자신의 슬픔 속으로 빠져들어 눈물을 흘렸다. 한번 울기 시작하자 그녀의 눈물은 이제 진심에서 나오는 것이 돼버렸다. 그녀에게 울음을 자아낼 만한 이유는 얼마든지 있었기 때문이었다.

클리퍼드는 코니라는 여자에게 배신당한 과정을 생각했다. 그러자 슬픔이 전염되어 그의 눈을 가득 채운 눈물이 뺨을 따라 흘러내리기 시작했다. 그는 자신을 위해 울고 있었다. 볼턴 부인은 그의 창백한 얼굴에 눈물이 흘러내리는 것을 보자 조그마한 손수건을 꺼내어 자기의 젖은 뺨을 닦고 그에게로 다가갔다.

"너무 상심하지 마세요."

볼턴 부인은 넘치는 듯한 감동을 담아 말했다.

"너무 상심 마세요. 몸에 해롭습니다!"

말없이 흐느낌 속에 숨을 들이쉬던 클리퍼드의 몸이 갑자기 부르르 떨렸다. 그러자 눈물은 더욱 빠르게 그의 뺨을 타고 흘러내렸다.

클리퍼드의 팔에 손을 얹은 볼턴 부인도 눈물을 흘렸다. 마치 경련과도 같은 전율이 또 한 번 그의 몸을 지나갔다. 그녀는 팔로 그의 어깨를 감싸 안았다.

"자, 자, 너무 근심 마세요. 제발! 근심하지 마세요!"

볼턴 부인은 신음하듯 말하면서도 빗발 같은 눈물을 흘렸다. 그리고 그를 끌어당겨 큼직한 어깨를 안아주었다. 클리퍼드는 그녀의 가슴에 머리를 파묻고 커다란 어깨를 들먹이며 한없이 흐느껴 울었다.

볼턴 부인은 그의 짙은 금발을 부드럽게 어루만지며 달랬다.

"자아, 자, 이젠 그만두세요! 너무 염려 마세요!"

클리퍼드는 어린아이처럼 그녀에게 매달린 채, 그녀의 풀 먹인 흰 앞치마와 엷고 파란 무명옷을 눈물로 적셨다. 그는 마음이 후련해질 때까지 울었다.

볼턴 부인은 그에게 키스해 주고 가슴으로 감싸 흔들어 주면서 마음속으로 말했다.

'아아, 클리퍼드 나리! 고귀한 채털리 나리! 당신네는 끝내 이렇게 몰락해 버리셨군요!'

마침내 클리퍼드는 어린아이처럼 잠이 들었다. 지칠 대로 지친 볼턴 부인은 자기 방으로 돌아와 자기도 히스테리에 빠져 웃기도 하고 울기도 했다. 너무나 웃기는 일이었다. 이토록 비참한 몰락이라니! 정말 수치스러운 일이 아닐 수 없었다. 너무나도 황당스러웠다.

이런 일이 있고 난 뒤, 클리퍼드는 볼턴 부인을 대할 때면 정말 어린아이처럼 굴었다. 그녀의 손을 잡으면서 가슴에 머리를 파묻기도 하고, 그녀가 가볍게 키스해 주면 "좀 더, 좀 더 키스해 줘." 하는 것이었다. 커다란 흰 몸을 그녀가 스펀지로 씻어줄 때에도 그는 키스해 주기를 바랐다. 그러면 그녀는 장난삼아 그의 몸 어디라도 가볍게 키스해 주었다.

그러면 그는 어린아이처럼 공허한 얼굴로 순진함을 보이고 누워 있는 것이었다. 그리고는 마치 성모마리아를 숭배하는 것처럼 축 늘어진 채 어린애 같은 커다란 눈길로 그녀를 바라보는 것이었다. 그럴 때 그의 모습은 어른스러움이나 남자다움을 모두 잃어바리고 어린아이의 입장으로 돌아가 정말로 마음을 푹 놓아버리는 것이었다. 그러고 나서 그녀의 가슴속에 손을 넣어 젖가슴을 만지며 황홀감에 젖어 어린아이로 되돌아간 듯한 도착(倒錯)된 마음으로 거기에 키스했다.

볼턴 부인은 짜릿한 홍분과 부끄러움을 동시에 느꼈다. 그녀는 그것이 좋기도 하고 싫기도 했던 것이다. 하지만 그녀는 결코 그를 거절하거나 비난하지 않았다. 이렇게 두 사람은 육체적으로 더욱 친밀해져 갔다. 그것은 일종의 도착된 친밀감으로 클리퍼드는 솔직함과 놀라움에 찬 어린아이가 돼버리는 것이었다. 그 모습은 거의 종교적으로 고양된 기쁨처럼 보였다. '너희가 돌이켜 어린아이와 같이 되지 아니하면'[81]이라는 말을 도착적인 동시에 글자 그대로 연출해낸 모습이었다. 한편 볼턴 부인은 힘과 권능으로 충만한 '위대한 어머니'[82]였으며, 이 커다란 금발의 애어른을 그녀의 의지와 어루만지는 손길 아래 완전히 지배하고 있었다.

이상한 일은 – 몇 년 전부터 진행되어 오다가 지금은 완전히 애어른이 된 클리퍼드가 바깥에 나설 때면 – 이전의 진짜 어른일 때보다도 훨씬 더 날카롭고 예리하게 된다는 점이었다.

이 도착된 애어른은 이제 진정한 사업가가 되었다. 사업에 관한 한 그는 전적으로 사내 중의 사내로서 바늘처럼 날카롭고 강철처럼 냉정했다. 그가 다른 사람들 사이에 섞여 자신의 목적을 추구하고 탄광을 개선하려고 할 때 그는 소름끼칠 정도의 예민함과 강인성 그리고 단도직입적인 간파력을 보여주었다. 그것은 마치 '위대한 어머니'에게 복종하고 몸을 바친 대가로 그에게 물질적인 사업상에 대한 통찰력이 주어지고, 놀랄 만한 초인간적인 힘을 준 듯싶었다. 사적인 감정에 탐닉하고 남자다운 자아를 완전히 포기해 버린 것이 그에게 오히려 냉혹하고, 투시력을 지닌 듯하며, 사업적 수완이 있는 제2의 천성을 부여하는 것 같았다. 사업에 있어 그는 정말 비인간적이었다.

이 점에 대해 볼턴 부인은 의기양양해하며 승리감 같은 기분을 품었다.

'그가 얼마나 훌륭한 수완가가 되었는가!'

볼턴 부인은 자랑스럽게 혼자 중얼거리곤 했다.

---

81) 〈마태복음〉 18:3 – 옮긴이

82) Magna Mater. 농작물의 재생산을 가능하게 하는 여신을 말한다 – 옮긴이

'이게 모두 내가 한 일이라고! 채털리 부인하고 있었다면 결코 그는 이렇게 해낼 수 없었을 거야. 그녀는 남자를 앞으로 나가게 밀어주는 여자는 아니었어. 그녀는 자기 자신을 위해 너무 많은 것을 원했어.'

그와 동시에 여성으로서의 불가사의한 영혼 어딘가의 한쪽 구석에서 그녀는 얼마나 그를 경멸하고 증오했던가! 그녀에게 있어 그는 맥을 추지 못하는 짐승이나 벌레처럼 꿈틀거리며 기어다니는 괴물에 불과했다. 할 수 있는 한 힘껏 그를 가르치고 부추기는 했지만 그 옛날 건전한 여성으로서의 마음 밑바닥에서는 한없이 경멸감을 품고 그를 멸시하고 있었다. 하찮은 방랑자도 그보다는 나을 것이다.

코니에 대한 클리퍼드의 태도는 참으로 묘했다. 그는 어떻게든 다시 한 번 그녀를 만나겠다고 고집했다. 게다가 그는 라그비 저택으로 그녀가 오기를 바랐다. 이 점에 있어 그의 결심은 요지부동이었다. 코니는 라그비 저택으로 꼭 돌아오겠다고 진심으로 약속했다는 것이었다.

"하지만 그게 무슨 소용이 있겠어요?"

볼턴 부인은 말을 이었다.

"마님을 놓아주고 청산해 버릴 수는 없나요?"

"안 돼! 그녀는 돌아오겠다고 말했고, 그러니 일단 돌아와야 해!"

볼턴 부인은 더 이상 반대하지 않았다. 그녀는 자신이 어떤 존재를 상대하고 있는지 잘 알고 있었던 것이다.

클리퍼드는 런던에 있는 코니에게 편지를 썼다.

당신 편지가 내게 어떤 영향을 끼쳤는지 알릴 필요는 없을 거요. 물론 당신은 내 사정을 생각해 볼 마음도 없을 테지만, 만약 생각해 보려고만 한다면 잘 알 거라고 생각하오.

내 대답은 한 마디뿐이오. 어떤 조치를 취하려면 그 전에 무슨 일이 있어도 라그비 저택에서 당신을 직접 봐야만 하겠다는 거요. 당신은 라그비로 돌아오겠다고 진심으로 맹세했고, 난 당신이 그 약속을 지키게 할 작정이오. 이곳에서 여느 때와 같은 상태로 당신을 직접 보기 전까지 나는 어떤 것도 믿지 않고 아무것도 이해하지 않겠소.

이곳에서는 당신에 대해 아무도 의심하는 사람은 없으니 당신이 돌아오는 것도 지극히 당연한 것임은 말할 필요도 없을 거요. 우리가 서로 의논한 끝에도 마음을 돌릴 수 없는 일이라면, 그때는 어떻게든 결말이 나리라고 생각하오.

코니는 클리퍼드에게서 온 편지를 멜러즈에게 보였다.

"그는 당신에게 복수를 하고 싶은 거요."

멜러즈가 편지를 돌려주면서 말했지만 코니는 대답하지 않았다. 그녀는 자기가 클리퍼드를 다소 두려워하고 있다는 사실을 알고 좀 놀랐다. 그가 마치 사악하고 위험한 사람인 것처럼 가까이 가는 것이 두려웠다.

"어떻게 하면 좋을까요?"

코니가 물었다.

"당신이 아무것도 하고 싶지 않다면 그냥 내버려두면 되오."

코니는 면담을 좀 연기해 주었으면 좋겠다고 클리퍼드에게 답장을 보냈다. 그러자 그에게서 회답이 왔다.

지금 라그비 저택으로 돌아오지 않겠다고 해도 언젠가는 돌아올 것으로 생각하겠소. 그리고 그에 따라 행동하겠소. 지금까지와 마찬가지로 나는 여기서 당신을 기다리겠소, 설사 50년이 걸릴지라도.

코니는 무서워졌다. 이것은 참으로 음험한 위협이었다. 클리퍼드는 자신이 말한 대로 행동할 것이라고 그녀는 생각했다. 그는 절대로 이혼을 해주지 않을 것이다. 또한 태어날 아이가 사생아임을 입증할 만한 방안을 강구하지 못한다면 아이는 그의 자식이 되고 말 것이다.

한동안 근심과 괴로움으로 방황하던 코니는 결국 힐더와 함께 라그비 저택으로 가기로 결심했다. 이런 사실을 클리퍼드에게 편지로 알리자 그에게서 답장이 왔다.

> 나는 당신 언니를 환영하진 않겠지만 그렇다고 문을 걸어 잠그지는 않겠소. 당신이 자신의 의무와 책임을 포기하는 데 당신 언니도 묵인했으리라 생각하오. 그러니 내가 그녀를 만나도 별로 반가워할 이유가 없다는 것은 알아주기 바라오.

두 자매는 라그비 저택으로 갔다. 그녀들이 도착했을 때 클리퍼드는 외출 중이었고 볼턴 부인이 그녀들을 맞았다.

"어머나, 마님! 저희가 기다렸던 행복한 귀향은 아니시군요?"

"그래요?"

코니가 말했다. 그러니까 이 여자는 알고 있는 것이다! 다른 하인들은 어느 정도 알고 있고, 어디까지 의심하고 있는 것일까?

코니는 몸속의 세포조차도 싫어하는 집으로 들어갔다. 크고 모양 없는 집은 여전히 그녀에게 거추장스럽고 협박받는 것 같은 기분을 주었다. 그녀는 이제 더 이상 이 집의 안주인이 아니라 희생자에 지나지 않았다.

"난 도저히 이곳에 오래 있지 못하겠어."

코니는 겁먹은 목소리로 힐더에게 속삭였다. 그리고 아무 일도 없었던 양 예전의 자기 소유였던 침실로 들어가는 것은 고역이었다. 라그비 저택에서 지내는 일 분 일 분이 괴로웠다.

저녁식사를 위해 아래층으로 내려가서야 두 사람은 클리퍼드를 만날 수 있었다. 단정하게 예복을 입고 검은 넥타이를 맨 그는 매우 진지하고 훌륭한 신사의 모습이었다. 식사하는 동안에도 그는 깍듯이 예의를 지키고 품위 있게 대화를 이끌어나갔다. 하지만 그런 모든 행동에 어쩐지 광기가 서려 있는 듯했다.

"하인들은 어느 정도 알고 있나요?"

하녀가 방을 나가자 코니가 물었다.

"당신 생각에 대해서 말이오? 전혀 모르고 있소."

"볼턴 부인은 알고 있어요."

일순 클리퍼드의 낯빛이 변했다.

"볼턴 부인은 엄밀히 말하면 하인이 아니오."

"어느 쪽이든 상관없어요."

커피를 마실 때까지 긴장된 분위기가 계속 흘렀다. 그때 힐더가 방으로 올라가겠다고 자리에서 일어났다.

힐더가 나가고 나서도 클리퍼드와 코니는 잠자코 앉아 있었다. 두 사람 중 누구도 입을 열려 하지 않았다. 그가 감정에 흐르지 않고 있는 것을 코니는 기뻐했다. 그녀는 될 수 있는 한 그에게 자존심을 지니고 있도록 했다. 그녀는 가만히 앉아서 자기 손을 내려다보고 있었다.

"당신은 자기가 한 약속을 어기고도 조금도 후회하지 않는 것 같구려."

드디어 클리퍼드가 입을 열었다.

"그럴 수밖에 없었어요."

코니가 나직하게 말했다.

"당신이 그럴 수밖에 없다면 누가 할 수 있단 말이오?"

"아무도 할 수 없다고 생각해요."

클리퍼드는 묘하고 차가운 노여움으로 코니를 바라보았다. 그는 그녀의 행동에 익숙해 있었다. 그녀는 흡사 그의 의지 속에 파묻혀 있었던 것이다. 그런데 어떻게 감히 그녀가 이제 와서 그와의 약속을 어기고 그의 일상생활의 바탕을 허물어뜨릴 수 있단 말인가? 어떻게 감히 그의 인격을 산산이 깨뜨려버리려 한단 말인가?

"당신은 도대체 무엇 때문에 모든 걸 저버리겠다는 거요?"

"사랑을 위해서예요!"

코니가 대답했다. 진부한 투로 나가는 것이 최상이었다.

"덩컨 포브스에 대한 사랑이오? 하지만 당신이 나를 만났을 때는 그가 그럴 만한 가치가 있는 남자라고 여기지 않았었소. 그런데 지금 당신은 인생의 다른 무엇보다도 그를 사랑한다는 거요?"

"사람은 변하게 마련이에요."

"그럴지도 모르지! 아마도 일시적인 변덕이 일어날지도 모르지. 하지만 당신은 그런 변화의 중요성에 관해 나를 이해시켜 주지 않으면 곤란하오. 당신의 덩컨 포브스에 대한 사랑을 나는 도저히 믿을 수가 없소."

"당신이 왜 그걸 꼭 믿어야만 하죠? 당신은 그저 나와 이혼해 주면 되는 것이고, 내 감정을 믿거나 하실 필요는 없어요."

"어째서 내가 이혼을 해야 한단 말이오?"

"내가 여기에서 더 이상 살아갈 생각이 없기 때문이에요. 게다가 당신에게는 정말로 내가 필요하지 않아요."

"잠깐! 난 달라지지 않았소. 당신이 내 아내인 이상 내 집에서 점잖은 품위를 지키고 조용히 살아주기를 원하고 있소. 개인적인 감정은 차치해놓고서라도 말이오. 단언하지만, 나로서는 대단한 희생을 하는 거요. 당신 마음이 변했기 때문에 라그비 저택에서의 질서를 파괴하고, 올바른 일상생활을 그르쳐 버린 것은 나로서는 죽음처럼 괴로운 일이오."

두 사람 사이에 잠시 침묵이 흘렀다.

"어쩔 수 없어요. 나는 가야만 해요. 아이가 태어날 테니까요."

클리퍼드도 한동안 침묵을 지켰다.

"그럼 당신은 아이 때문에 떠나려는 거요?"

마침내 클리퍼드가 물었다. 코니는 고개를 끄덕였다.

"어째서요? 덩컨 포브스가 아이에게 그렇게 집착하오?"

"확실히 당신 이상으로 집착하고 있어요."

"그게 사실이오? 나는 내 아내가 필요해서 아내를 놓치고 싶지 않은 거요. 만약 내 집에서 아이를 낳아준다면, 나는 아내도 아이도 기꺼이 받아들이겠소. 다만 생활의 품위와 질서가 유지되기만 한다면 말이오. 덩컨 포브스가 나보다 더 강하게 당신에게 집착한다는 말이오? 난 도무지 믿어지지 않소."

잠시 두 사람 사이에 대화가 끊어졌다.

"그렇지만 당신은 아실 거예요, 나는 당신과 헤어져서 내가 사랑하는 사람과 살아야 한다는 것을."

코니가 말했다.

"아니, 난 모르겠소! 나는 당신의 사랑이나 당신이 사랑하는 남자에 대해서 아무런 가치도 인정하지 않소. 그런 꾸민 것 같은 말을 나는 믿지 않소."

"하지만 전 믿고 있는걸요."

"당신이 믿는다고? 아니 코니, 당신 스스로 덩컨 포브스를 사랑하기에는 너무 총명한 머리를 가지고 있소. 내 말을 믿어요. 지금도 당신은 그보다는 내게 더 관심을 갖고 있소. 그런데 왜 내가 그런 허튼 소리에 굴복해야 하냔 말이오."

이 점에 있어 클리퍼드가 보는 눈은 정확하다고 코니는 생각했다. 그녀는 더 이상 침묵을 지킬 수는 없다고 느꼈다.

"정말로 내가 사랑하는 사람은 덩컨이 아니에요."

코니는 그를 쳐다보면서 말했다.

"당신 마음을 상하게 하지 않으려고 덩컨이라고 했을 뿐이에요."

"내 감정을 상하지 않게 하기 위해서?"

"그래요! 내가 사랑하는 사람은 – 당신이 나를 증오하겠지만 – 이곳의 산지기였던 멜러즈예요."

몸만 허락했다면 클리퍼드는 의자에서 뛰어올랐을 것이다. 그의 얼굴은 노랗게 변했고, 큰 재앙에 직면한 사람처럼 눈알이 튀어나올 만큼 뚫어지게 코니를 응시했다. 이내 그는 숨을 헐떡이며 의자 뒤로 털썩 물러앉아 천정을 올려다보았다.

클리퍼드는 간신히 몸을 세우고 다시 고쳐 앉았다.

"지금 한 말이 정말이오?"

무서운 표정으로 클리퍼드가 물었다.

"네, 정말이에요."

"그런데 언제부터 그와의 관계가 시작되었소?"

"봄부터……."

클리퍼드는 덫에 걸린 짐승처럼 입을 꽉 다물었다.

"그럼 산지기의 오두막에 있었다는 여자가 바로 당신이었소?"

사실 그는 마음속으로는 훨씬 전부터 그것을 알고 있었던 것이다.

"그래요!"

클리퍼드는 의자 앞으로 몸을 굽힌 채 마치 궁지에 몰린 짐승 같은 눈초리로 그녀를 응시했다.

"아아, 당신 같은 인간은 파멸돼야 해."

"왜요?"

코니는 조용히 중얼거렸다. 하지만 클리퍼드에게는 들리지 않았던 모양이었다.

"저 하층민 놈이! 건방진 시골 놈이! 저 비열한 무뢰한이! 그럼 그자가 내 집의 하인이었을 때 관계했단 말이오? 세상에! 맙소사! 정말 여자의 더러운 타락에는 끝이 없다는 말인가!"

코니가 예상했던 대로 자제력을 잃은 클리퍼드는 제정신이 아니었다.

"그러니까 당신은 지금 그 무뢰한의 아이를 낳겠다는 말이오?"

"네, 그럴 작정이에요."

"낳을 거라고? 그러니까 임신이 확실하다는 말이로군. 언제부터 확실히 알았소?"

"6월이에요."

클리퍼드는 더 이상 할 말이 없는 것 같았다. 그의 표정은 어린아이처럼 묘하고 멍했다.

"그런 놈과 똑같은 놈이 이 세상에 태어나다니, 참으로 놀랍군!"

마침내 클리퍼드가 말했다.

"그런 놈이라뇨?"

코니는 물었다. 그는 대답하지 않고 착잡한 표정으로 그녀를 바라보았다. 멜러즈 같은 존재가 어떤 형태로든 자신의 삶과 연관성을 가진다는 것을 그는 도저히 받아들일 수가 없었다. 그것은 말로 다 할 수 없는, 어떻게도 할 수 없는 증오 덩어리였다.

"그래, 당신은 그자와 결혼해서 그자의 천한 성을 붙이고 다니겠다는 거요?"

"네, 그렇게 하려고 해요."

또다시 그는 목을 졸리는 듯한 표정을 지었다.

"그렇군. 언제나 당신에게는 정상적이 아닌 데가 있고, 상식을 벗어난 데가 있다고 생각했는데 그게 정말이었군. 당신은 타락을 추구하지 않을 수 없는 오욕에 대한 동경을 가진 썩어 빠진 반미치광이 여자야!"

갑자기 그는 자신을 열렬한 도덕적인 인간이라고 느꼈다. 자신은 정의의 화신이며, 멜러즈와 코니는 악과 오욕의 화신이라고 생각했다. 클리퍼드는 달빛 같은 후광에 싸여 점점 멍청해지는 것 같았다.

"그러니까 당신은 나와 이혼하고 다 끝내버리는 것이 낫겠다고 생각하지 않나요?"

"천만에! 당신 좋을 대로 어디든지 가도 좋지만 절대로 이혼은 해 주지 않겠어."

클리퍼드는 단호한 표정으로 말했다.

"왜죠?"

그는 어리석은 완미(頑迷)함 속에 틀어박혀서 입을 꽉 다물었다.

"그렇다면 당신은 이 아이가 법률상 당신의 아이가 되고 당신의 후계자가 되어도 상관없다는 건가요?"

"아이 같은 건 아무래도 좋아."

"하지만 만약 사내아이라면 법적으로 당신 아들이 되고, 당신의 작위와 라그비 저택을 이어받게 돼요!"

"그런 건 아무래도 좋다니까!"

"그러나 당신은 관심을 가져야 해요! 할 수 있는 한 난 이 아이가 법적으로 당신 아이가 되지 않도록 하겠어요. 만약 멜러즈의 아이가 될 수 없다면 차라리 사생아로 만들어 내 자식으로 삼고 말겠어요."

"마음대로 해."

클리퍼드는 요지부동이었다.

"그럼 나와 이혼해 주지 않겠다는 건가요?"

코니는 말을 이었다.

"덩컨을 구실로 삼으면 돼요! 멜러즈의 이름을 거론할 필요도 없을 거예요. 덩컨은 승낙했으니까요."

"난 절대로 이혼하지 않겠어!"

못이라도 박듯이 클리퍼드는 단호하게 말했다.

"하지만 왜죠? 내가 이혼을 원하기 때문인가요?"

"이건 내 의향에 따라 하는 일이오. 그리고 난 이혼할 마음이 없기 때문이오."

더 이상 어쩔 수가 없었다. 코니는 2층으로 올라가서 힐더에게 자초지종을 이야기했다.

"내일 바로 떠나는 게 좋겠다. 그리고 클리퍼드의 마음이 가라앉기를 기다리는 거야."

코니는 그날 밤 늦게까지 사적이고 개인적인 소지품과 살림들을 꾸렸다.

다음 날 아침, 코니는 클리퍼드에게 아무 말도 하지 않고 그 짐을 역으로 보냈다. 그녀는 점심식사를 하기 전에 그를 만나 작별인사를 해야겠다고 마음먹었다. 하지만 볼턴 부인에게는 이야기했다.

"볼턴 부인, 작별인사를 해야겠군요. 이유는 알고 있겠지만 당신이 그걸 떠벌리고 다니지는 않으리라 믿어요."

"오, 절 믿으셔도 됩니다. 하지만 여기 남아 있는 우리에게는 슬픈 일입니다. 부디 다른 분과 행복하게 지내세요."

"다른 분이라뇨! 그 사람은 멜러즈예요. 난 그이를 사랑해요. 클리퍼드도 알고 있어요. 하지만 다른 누구한테도 말하지 말아줘요. 그리고 클리퍼드가 이혼해도 좋다는 생각을 갖게 되면 내게 알려주세요. 나는 사랑하는 사람과 정식으로 결혼을 하고 싶어요."

"그러시겠지요. 마님, 저를 믿으세요. 저는 클리퍼드 나리를 충실히 섬기고, 마님께도 신의를 지킬 겁니다. 두 분 다 나름대로 옳은 길을 가고 있다고 생각하니까요."

"고마워요! 이건 내가 당신에게 주는 거예요. 자아, 받아요."

코니는 힐더와 함께 라그비 저택을 떠나 스코틀랜드로 갔다.

멜러즈는 시골로 가서 어느 농장에 일자리를 하나 얻었다. 그는 - 코니가 이혼을 하든 못하든 - 일단 자기라도 이혼을 해야 한다고 생각했다. 그리고 반 년 정도 농장에서 일한 다음, 그동안 모은 돈으로 코니와 함께 그들 소유의 자그마한 농장을 하나 마련하여 전력을 다해 경영할 수 있는 준비를 하기로 했다. 비록 힘든 일이라도 그는 뭔가 하는 일이 있어야만 하며, 설사 코니의 자본으로 일을 시작하더라도 자신의 생활만은 스스로 꾸려나가고 싶었기 때문이었다.

두 사람은 봄이 오고, 아기가 태어나고, 초여름이 다시 올 때까지 기다려야만 했다.

9월 29일

올드 히너의 그랜지 농장에서

손을 조금 써서 이곳에서 일할 수 있게 되었다오. 군대에 있었을 때 이 농장을 소유한 회사의 기술자인 리처드를 알았기 때문이오. 이곳은 개인 경영이 아니라 버틀러 앤드 스미섬 탄광회사 소속의 농장으로, 탄광의 망아지를 사육할 건초와 귀리를 재배하고 있는 곳이오. 하지만 이곳은 소와 돼지는 물론 다른 여러 가축도 기르고 있소. 나는 노동자로서 일주일에 30실링의 보수를 받고 있소. 농장주 롤리는 내년 부활제까지 모든 일을 익히도록 여러 가지 일을 내게 맡겨준다오. 버사에 관해서는 아무 소식도 듣지 못했소. 그녀가 이혼 재판 때 왜 모습을 나타내지 않았는지, 지금 어디에서 무슨 짓을 꾸미고 있는지 도통 모르겠소. 그러나 3월까지만 꾹 참고 있으면 모두 다 해결되리라 생각하오. 당신도 클리퍼드 경의 일로 너무 마음 쓰지 않았으면 좋겠소. 머지않아 그는 이혼을 해줄 거요. 그가 당신을 가만히 내버려두는 것만도 다행이라고 생각해야 하오.

나는 엔진 마을에 낡은 집이지만 꽤 좋은 방을 얻고 있소. 집주인은 하이 파크의 철도기관사로, 키가 크고 턱수염이 있으며 완고한 비국교파(非國教派)라오. 그의 아내는 고상한 물건이라면 뭐든 좋아하고, 말씨에 무던히 신경을 쓰며, 항상 "죄송합니다."라는 말을 입에 달고 다니는 여자라오. 그러나 외아들을 전장에서 잃었기 때문에 가정은 구멍이 뚫린 것처럼 쓸쓸하다오. 학교 선생이 되려고 공부하는 약간 둔한 키다리 딸이 하나 있는데, 이따금 내가 공부를 좀 도와주고 있어서 우리는 가족이나 다름없이 지내고 있소. 이들은 모두 좋은 사람들이어서 내게 매우 친절하게 대해 준다오. 아무래도 당신보다 내가 더 차분하게 자리를 잡은 것 같구려.

농장 일은 마음에 드오. 신이 날 정도는 아니지만 사실 그런 것을 바라지도 않소. 말이나 소와도 익숙해졌소. 암소는 매우 여성적이어서 내 마음을 부드럽게 해주오. 암소 곁에 앉아서 젖을 짜노라면 정말 위로를 느낀다오. 헤리퍼드종(種)의 훌륭한 젖소가 여섯 마리나 있소. 마침 보리타작이 끝났소. 손이 거칠어지고 게다가 비가 많이 와서 좀 어려웠지만 유쾌한 일이었소. 다른 사람들에게는 그다지 신경 쓰지 않지만 별 문제 없이 어울리고 있소. 대부분의 일에 대해서는 그냥 모르는 체하고 있다오.

탄광은 경기가 그리 좋은 편은 아닌 것 같소. 여기도 테버셜과 같은 탄광지대이지만 조금 더 깨끗해 보이오. 나는 이따금 웰링턴이라는 술집에 가서 광부들과 이야기를 주고받는다오. 이들은 모두 불평을 늘어놓지만, 그렇다고 어떻게 한다는 것은 아닌 듯하오. 모두가 말하듯이 노팅엄 주나 더비 주의 광부들은 그래도 심장만은 제자리에 붙어 있는 것 같지만 그 밖의 조직은 그들에게 아무 소용도 없는 엉뚱한 곳에 붙어 있는 것 같소. 난 그들이 좋지만 그들을 보면 그다지 유쾌하지는 않소. 예전의 투쟁 정신이 사라지고 만 거요.

그들은 국영주의(國營主義)에 대해 많은 이야기를 하오. 광산 사용료의 국영화라든가, 산업 전체의 국영화를 떠들어댄다오. 그러나 광산만을 국유화하고 다른 산업을 지금 상태대로 내버려둘 수는 없는 일이오. 그 밖에 현재 클리퍼드 경이 시도하고 있는 석탄의 새로운 용도에 대해서도 이야기하고 있소. 한두 곳에서는 가능할지 모르겠지만 일반화되지는 않을 거라고 생각하오.

아무튼 어떤 물건이든 일단 만들어내면 그것을 팔아야 하오. 광부들은 매우 무신경하오. 석탄업이 멸망할 위기에 임박해 있다는 것을 모두가 느끼고 있소. 나도 그렇게 느끼오. 따라서 그들 모두 멸망에 처해 있는 셈이오. 몇몇 젊은 친구들은 소비에트에 대해 떠벌리고 다니지만, 그렇다고 무슨 신념이 있는 건 아니오. 모든 것에 확신이란 없는 거요. 다만 혼란과 궁핍이 있을 뿐이오. 소비에트 체제하에서도 석탄은 팔아야 하오. 바로 그 점이 어려운 거요.

우리는 커다란 산업 인구가 있고, 그들을 모두 먹여 살려야 하오. 때문에 이 큰 조직을 어떻게 하든지 계속 유지해 나가야 하는 것이오. 최근에는 여자들이 남자보다 더 떠들고 있소. 그리고 여자들이 더 자신감에 차 있는 듯싶소. 남자들은 맥이 풀려 어딘지 모르게 파국적 운명의 느낌을 간직한 채 마치 해야 할 일이 아무것도 없는 듯 그저 돌아다닐 뿐이오.

아무튼 말들은 많이 하지만 무엇을 어떻게 해야 할지 아는 사람은 아무도 없소. 젊은이들은 돈을 쓰지 못해서 미친 것 같소. 그들의 삶은 전부 돈을 쓰는 것에 의존하고 있는데 그 돈이 조금도 손에 들어오지 않는 거요. 이것이 바로 우리의 문명과 교육의 실체라오. 즉, 돈을 쓰는 데에만 완전히 의존하도록 대중을 가르치고 길러냈지만, 돈은 다 떨어져버리는 것이오. 탄광은 매주 하루밖에 작업을 하지 못하오. 곧 겨울이 닥쳐올 텐데 호전될 가망은 보이지 않소. 그렇다면 한 가족이 일주일에 25실링이나 30실링으로 살아간다는 셈이오. 가장 미칠 지경인 것은 여자들이오. 하지만 돈을 쓰고 싶어 미칠 지경인 것도 바로 여자들이오.

생활과 소비는 같은 것이 아니라고 저들에게 말해 주었으면 싶소. 하지만 소용없는 일이오. 만약에 벌어들인 돈을 쓰는 게 아니라 '생활'하기를 가르쳤다면 25실링으로도 매우 행복하게 생활할 수 있을 것이오. 언젠가 내가 말했듯이, 남자들이 새빨간 바지를 입고 다닌다면 그처럼 돈에 대해 많은 생각을 하지는 않을 거요. 그들이 춤추고 깡총깡총 뛰며 노래하고 뽐내면서 걸어다니며 멋진 모습으로 살 수 있다면 극히 적은 돈으로도 족하오. 그리고 남자들과 여자들이 서로를 즐겁게 해줄 수 있을 텐데. 사람들은 알몸으로 멋지게 사는 법을 배우고, 모두 함께 노래하고, 예로부터 내려온 그룹댄스를 추고, 자기가 앉을 의자를 만들고, 자기의 문장(紋章)에 수를 놓는 법을 배워야 하오. 그렇게 되면 돈은 필요 없게 되오. 이것이 산업 문제를 해결하는 유일한 방법이오. 인간을 생활할 수 있도록 가르치는 것, 그리고 금전을 낭비하지 않고서도 아름다운 생활을 할 수 있도록 하는 거요.

그러나 이것을 실행하기란 불가능하오. 오늘날 사람들은 단 한 가지 형식에만 사로잡혀 있소. 게다가 대중은 생각한다는 것이 불가능하므로 대중에게 생각하게 할 수는 없소. 그들은 활기 있게 생기에 넘쳐흐르고, 저 위대한 판 신[83]을 받아들이면 되는 것이오. 그만이 대중을 위한 유일하고 영원한 신이오. 소수의 사람들은 좀 더 높은 종교를 가져도 좋지만, 대중은 판을 숭배하는 이교도로서 영원히 남게 해야 하는 거요.

하지만 광부들은 이교도와는 거리가 멀어요. 그들은 불쌍한 인간이고, 여성에게서도 생활에서도 죽어버린 인간들이오. 젊은이들은 아가씨들을 오토바이에 태우고 돌아다니며, 기회가 있으면 연애도 하오. 하지만 그들 역시 멸망한 거요. 게다가 그런 일에는 돈이 필요하오. 돈은 있으면 독이 되고, 없으면 사람을 굶주리게 만드는 것이오.

당신은 이런 이야기에 싫증이 날 거요. 그러나 내 이야기만 되뇌이고 싶지 않고, 내게 새로운 일도 생기지 않아서 그러는 것이오. 역시 당신에 대해서도 머릿속에서 그다지 생각하고 싶지 않소. 그것은 우리 둘을 괴롭게 할 뿐이니까 말이오. 물론 내가 지금 살아가는 것은 당신과 함께 생활하기 위해서요. 사실 나는 몹시 두렵소. 주위에 악마가 들끓어서 우리에게 덤벼들려고 하는 것 같아 견딜 수가 없소. 그것은 악

83) Pan. 그리스 신화의 목양(牧羊)과 산야(山野)의 신을 말한다. 염소의 뿔과 귀와 다리를 가지고 있고 피리를 부는 것으로 묘사되는데, 풍요를 가져다준다고 믿었다 - 옮긴이

마가 아니라 마몬[84]인지도 모르오. 그것은 결국 돈을 원하고 삶을 증오하는 사람들의 집단적 의지일 뿐이오. 아무튼 나를 붙잡으려는 커다란 하연 손이 허공에 있어, 돈을 초월해서 생활하려는 자의 목을 조르고 생명을 앗아가려고 노리는 것 같소. 무서운 일이 시작되고 있소. 무서운 일이 시작되고 있단 말이오! 만약 세상이 지금처럼 계속된다면 이들 산업 대중의 미래에는 오직 죽음과 멸망만이 있을 뿐이오.

나는 이따금 내 정신이 물처럼 다 녹아버리는 것처럼 느껴질 때가 있소. 그런데도 당신은 지금 내 아이를 낳으려 하고 있소. 하지만 그다지 걱정하지 마시오. 이제까지 있었던 여러 사악한 시대에도 크로커스 꽃이나 여성의 사랑을 시들게 할 수 없었소. 그러니 어떤 일이 있어도 당신을 요구하는 내 마음을 사라지게 할 수도 없을 것이며, 당신과 나 사이에 있는 조그만 불꽃을 꺼뜨릴 수도 없을 것이오.

내년에는 우리가 함께 살 수 있소. 두려움을 느끼고 있지만 당신이 나와 함께 있게 될 것을 믿고 있소. 힘이 닿는 데까지 준비하고 손질한 다음에는 자기를 초월할 무언가를 믿을 수밖에 없소. 자기의 가장 좋은 부분과 그것을 초월한 곳에 있는 어떤 힘을 진정으로 믿는 것 말고는 미래에 대한 대비책은 없는 것이오. 그래서 나는 우리 사이에 타오르고 있는 조그마한 불꽃을 믿소. 지금 나에게 있어 그것은 이 세상에서 유일한 것이니까 말이오.

내게는 내면적인 친구가 없소. 오직 당신뿐이오. 그리고 지금의 내 인생에서 가장 소중한 것은 그 조그마한 불꽃이오. 아이가 있기는 하지만 그것은 부차적인 문제요. 당신과 나 사이에서 타오르는 갈라진 불꽃은 나의 오순절[85]이오. 이 조그마한 불꽃은 제대로 된 것이오! 클리퍼드나 버사, 탄광회사나 정부, 그리고 돈에 사로잡힌 대중 같은 저

84) Mammon. 돈과 탐욕의 신을 말한다 – 옮긴이

85) 유대교에서 유월절 이후 제50일째 되는 축제일을 말한다. 후에 기독교에 와서 성령강림절(오순절)이 되었는데, 부활절 이후 제50일째 되는 날로 예수의 사도들에게 성령이 '마치 불꽃처럼 갈라진 혀로' 내려왔다는 날을 기념하는 날이다 – 옮긴이

모든 것들에도 불구하고, 나는 그것을 지키고 앞으로도 그것을 지키며 살아갈 작정이오.

이런 이유 때문에 나는 당신에 대해서 생각하고 싶지 않은 것이오. 그것은 나를 괴롭힐 뿐이고 당신에게도 아무 도움이 되지 않으니 말이오. 나는 당신이 나와 떨어진 곳에 있기를 원하지 않소. 그러나 초조하기 시작하면 오히려 무언가를 그르치게 될 뿐이오. 언제나 참고 또 참아야 하오.

이 겨울이 지나면 나는 마흔 살이 되오. 지금까지 지나간 숱한 세월은 어쩔 수가 없지만 이번 겨울만은 내 조그마한 오순절 불꽃에 몸을 가까이하고 평화롭게 지낼 작정이오. 그리고 사람들이 그것을 불어꺼버리지 못하도록 할 것이오.

나는 보다 높은 신비를 믿소. 크로커스 꽃조차도 사라지지 않게 하는 신비 말이오. 당신이 스코틀랜드에 있고 내가 중부 잉글랜드에 있어서 당신을 껴안지 못하고 감싸줄 수 없다 하더라도 당신의 존재 일부는 이곳에 나와 함께 있소. 내 영혼은 오순절의 조그마한 불꽃으로 당신과 함께 부드럽게 날개치고 있소. 우리는 그 불꽃을 불타는 접촉에서 만들어냈소. 꽃들도 태양과 대지의 접촉에 의해 태어나는 것이오. 하지만 그것은 꽃과는 다른 미묘한 존재이므로 인내와 오랜 휴식이 필요한 거요.

그래서 나는 순결을 사랑하오. 그것은 접촉에 의해 생기는 평화이기 때문이오. 나는 지금 순결을 지키고 있는 것을 기쁘게 생각하오. 갈란투스 꽃[86]이 눈을 사랑하듯 나는 이 순결을 사랑하오. 그것은 갈라진 하얀 불꽃 모양의 갈란투스처럼 우리 두 사람 사이의 접촉의 평화로운 휴식이기 때문이오. 그리고 정말로 봄이 돌아와 우리 두 사람이 함께 살게 되면, 그때 우리는 이 조그마한 불꽃을 빛나는 백열로 타오르게 할 수가 있소.

---

86) Galanthus. 아네모네의 일종으로, 이른 봄에 순백의 꽃이 핀다 – 옮긴이

하지만 아직은 때가 아니오! 지금은 순결을 지키고 있어야 할 때요. 내 영혼 속에 흐르는 시원한 강물처럼 지금은 우리 두 사람 사이에 흐르고 있는 이 깨끗함이 좋소. 그것은 신선한 물이나 비와 같은 것이오. 어째서 남자들은 사랑을 찾기 위하여 피곤하게 여자 뒤꽁무니를 쫓아다니고 싶어 하는지 모르겠소. 돈 후안[87] 같은 사람은 얼마나 비참하오? 접촉을 통해 평화로움과 타오르는 조그마한 불꽃에 이르지 못한다는 것이 말이오. 그리고 이따금씩 강물에 몸을 담그는 깨끗함을 맛볼 수 없다는 것이 말이오.

당신을 만날 수 없기 때문에 여러 가지 말을 늘어놓았구려. 만약 당신을 안고 잠들 수만 있다면 잉크는 필요 없을 거요. 우리는 사랑할 수 있도록 순결을 지킬 수 있을 것이오. 하지만 우리는 얼마 동안 떨어져 살아야 하고, 또 그 편이 현명한 방법이라고 생각되오. 다만 확신만 가질 수 있다면 말이오.

아무 걱정 말아요. 그리고 전전긍긍하지 맙시다. 우리는 진정 이 조그마한 불꽃과 그 불꽃이 꺼지지 않게 지켜주는 이름 모를 신을 믿고 있소. 정말 너무나도 많은 당신의 자취가 여기 나와 함께 있기 때문에 당신의 전부가 나와 함께 없는 것이 유감이오.

클리퍼드 경에 대해서는 걱정하지 마시오. 그에게서 아무 소식이 없더라도 걱정 말아요. 그는 당신에게 무슨 일도 할 수 없소. 기다리고 있으면 그는 끝내 당신과 이혼하려고 할 거요. 만약 그가 그렇게 하지 않으면 우리는 그에게 가까이 가지 않으면 될 뿐이오. 하지만 그는 반드시 이혼할 것이 틀림없소. 결국에 그는 언짢은 물건처럼 당신을 토해내고 싶어질 게 뻔하오.

어쩐지 편지를 끝내기가 쉽지 않구려.

87) Don Juan. 중세 민간전설에 나오는 바람둥이 귀족의 이름. 여자를 유혹하였다가 버리고 죽이는 엽색 행위를 거듭하다가 성직자에게 처형을 당하였다고 한다 – 옮긴이

그러나 우리의 많은 부분이 함께 있으니 우리는 그것을 따르면서 곧 다시 만나는 날을 향해 헤쳐 나아갈 수밖에 없소. 하루 속히 재회할 수 있도록 합시다. 존 토머스가 – 축 처져 있기는 하지만 가슴에는 희망을 품고서 – 제인 부인에게 잘 자라고 인사를 하고 있소.

1885년 노팅엄 시 근처 탄광촌의 이스트우드에서 태어난 D. H. 로렌스(David Herbert Lawrence, 1885~1930)는 현대 영국 작가 중에서 가장 뛰어난 소설가이자 시인으로 손꼽힌다.

그의 아버지는 광부로 술주정뱅이인 데다 교양이 없고 화를 잘 내는 거친 성격의 소유자인 데 반해 어머니는 초등학교 교사를 지낸 바 있는 교양 있고 문학을 좋아하는 청교도였다. 남편이 본능적이고 낙천주의자라면 어머니 쪽은 자의식이 강했다.

불우한 가정환경 속에서도 노팅엄 대학 사범부를 장학생으로 졸업한 로렌스는 런던 근교에 있는 한 초등학교에서 교편생활을 시작했다. 교직에 몸을 담고 있으면서도 작품 활동을 계속한 그는 1911년 첫 장편 〈하얀 공작〉을 출간하면서부터 왕성한 작품 활동을 시작하게 된다.

로렌스는 원래 강렬한 관념의 소유자였다. 그의 이러한 예리한 성품은 프로테스탄트계 청교도에서 기인한다고 할 수 있다. 오스트레일리아와 뉴멕시코를 여행하면서 그의 추상적이던 사상을 한층 무르익게 만드는 원시적인 생의 이미지를 확고히 하고 돌아온 로렌스는 이민족의 생활과 자연을 보고 듣고 느낀 경험을 바탕으로, 객혈과 말라리아열에 시달리면서도 1928년 초 〈채털리 부인의 연인〉 제3고를 완성했다.

노골적인 성 묘사의 이 소설은 영국과 다른 나라에서 큰 반향을 일으켜 순식간에 해적판이 나돌 정도였다. 그 당시로서는 이 책의 성애 묘사가 너무 노골적이고 자극적이며 표현 또한 문제가 되었던 것이다. 그래서 이 작품이 외설 시비로 금서가 되는 등 논쟁이 분분하기도 했지만, 로렌스의 철학을 이해하면 이 작품이 단순히 성적 흥분을 유발시키는 포르노 문학과는 거리가 먼 것임을 알 수 있다.

로렌스는 산업주의라는 서구의 백색문화를 혐오했다. 현대 문명이 초래한 기계화와 물질만능주의로 인해 인간성이 파괴되는 것에 저항하기 위한 가장 적절한 상징이 성(性)이라고 그는 파악했다. 즉 건강한 원시성으로 복귀하는 '고상한 미개인' 만이 절망에 빠진 인류를 구원할 수 있다고 믿었던 것이다. 위선적인 청교도주의와 기계 문명에 의해 왜곡된 성 윤리에 생명력과 부드러움을 불어넣고, 터부시되고 억압받던 성을 해방시키려는 것이 그의 작업이었다.

이런 노력의 하나로 선택한 것이 불경스럽고 상스러운 단어를 구어체 형식으로 뒤섞어놓는 수법이었다. 이는 굴절되고 비속화된 이런 단어들을 고유의 순수성과 원시성으로 복원시키려는 시도였다.

로렌스가 생각한 성은 인간적인 따스한 접촉이다. 사람은 누구나 그 인간적 접촉에 의해 애인과 가족이라는 울타리를 만들고 인간 생존의 핵심을 형성한다는 것이다. 그런데 유럽에서는 '연애' 를 지나치게 관념적으로 미화시켜 놓았기 때문에 성이 그 생존을 잃어버렸다고 그는 주장한다. 즉 성을 정신적 도구로 하고, 모르는 척하면서 은밀하게 즐기고, 연애라는 공전된 관념에 사로잡혀 있는 현대인들에게서 로렌스는 커다란 모순을 발견했던 것이다.

지식인이며 정서적으로 마비된 코니의 남편 클리퍼드는 자본주의적 생활방식을 대변하는 인물로 볼 수 있다. 클리퍼드의 육체적 장애는 진정한 인간적 접촉을 상실한 기계 문명에 대한 비유로 볼 수 있다. 그는 공허한 지성과 화석화된 의지로 건강한 육체의 코니를 고사시키는 남성적 이기심으로 둘러싸인 사람이다.

이에 비해 양성(兩性)간의 부드러운 육체적 접촉으로 인해 자연적인 존재로의 회복에 믿음을 두고 있는 사람이 멜러즈이다. 그는 서로 사랑하는 남녀의 건강한 육체적 교류만이 산업화로 파괴된 인간을 치유할 수 있다고 주장한다.

이 작품에서 주목해야 할 것은 산업화의 병리적 현상에 대한 로렌스의 값진 통찰이다. 로렌스 사상의 핵심인 부드럽고 경건하기까지 한 성 관계와 그것을 설득력 있게 제시하는 대가다운 감각적이고 리얼한 문제는 음미해 볼 만한 충분한 가치가 있을 것이다.

로렌스는 이 작품에서 중산층 사람들의 위선과 하층민들의 비애를 묘사하는 동시에 현대 문명과 일상성 속에 묻혀 버린 '사랑' 의 원초적인 의미를 회복하려고 했다. 대담한 성 행위 묘사로 지나치게 외설적이라는 시비에 말려들기도 했으나 1959년, 1960년 재판에 승소하여 무삭제 결정판이 나오기도 했다.

채털리 부인의 연인

초판 1쇄 인쇄일 | 2010년 05월 10일
초판 1쇄 발행일 | 2010년 05월 15일

지은이 | 데이비드 허버트 로렌스
옮긴이 | 이은경
발행처 | 현대문화센타
발행인 | 양장목
출판등록 | 1992년 11월 19일
등록번호 | 제3-448호
주소 | 경기도 고양시 일산동구 백석동 1309
대표전화 | 031-907-9690~1 팩시밀리 | 031-813-0695
이메일 | hdpub@hanmail.net
ISBN 978-89-7428-371-1 (04840)

브론테 자매 컬렉션

현대문화센타에서만 만나실 수 있습니다

빌레트(전 2권)

샬럿 브론테 지음/ 안진이 옮김

19세기의 사회적 제약 속에서 '여자가 한 남자의 아내로 살아가며 자유로운 삶을 추구하는 것이 가능한가?'
라는 시대를 앞선 문제의식을 던지는 〈빌레트〉는, 샬럿 브론테의 자전적 소설인 동시에
탄탄한 줄거리와 탁월한 심리묘사로 독자들을 매료시키는 최후의 걸작이다.

폭풍의 언덕

에밀리 브론테 지음/ 안진이 옮김

여성 특유의 섬세함과 돋보이는 서정성으로 셰익스피어의 리어 왕과 비교되는 폭풍의 언덕
음산하고 황량한 요크셔의 황야를 배경으로 악마적이라고 할 정도로 난폭한 인간의 애증을,
3대에 걸친 특이한 성격의 일가족이 펼치는 사랑과 증오와 복수를 강력한 필치로 묘사하고 있다.
고전(古典) 중의 3대 비극으로도 일컬어진다.

제인 에어(전 2권)

샬럿 브론테 지음/ 서유진 옮김

태어나자마자 부모를 잃게 된 제인 에어. 반항적인 기질을 타고난 그녀는 온갖 구박을 당하는 어린 시절을 보낸 뒤,
불우한 소녀들을 교육하는 로우드 기숙학교에 보내진다.
열여덟 살의 숙녀로 성장한 제인은 가정교사로 첫 걸음을 내딛게 되고,
그곳에서 저택의 주인이며 추남이지만 폭풍 같은 열정의 소유자인 로체스터를 만나게 된다.

아그네스 그레이

앤 브론테 지음/ 문희경 옮김

일인칭 화자의 목소리를 통해 위선적인 인간군상을 명쾌하면서도 익살스럽게 기록함으로써
빅토리아 시대의 여성과 계층문제를 사실적으로 다루고 있다.
특히 교육수준이 높아 자존심이 강하지만 하녀와 다를 바 없는 처우를 받아야 했던
가정교사의 고뇌가 이 작품 속에 고스란히 담겨 있다.

제인 오스틴 컬렉션

영국 BBC의 '지난 천 년간 최고의 문학가' 조사에서 셰익스피어에 이어 2위를 차지했던 제인 오스틴.
현대문화센타는 오스틴의 모든 작품을 만날 수 있습니다.

오만과 편견

사랑이 시작될 때 남자들은 '오만'에 빠지기 쉽고 여자들은 '편견에' 곧잘 빠진다는데……
아름답고 총명한 엘리자베스와 무뚝뚝해 보이지만 내면은 섬세하고 자상한 성격의 다아시,
그들의 오만과 편견 그리고 사랑의 행보는 어떻게 될 것인가.

엠마

엠마는 자신이 주변 사람들을 엮어주는데 천부적인 소질이 있다고 믿는다. 천진난만한 그녀는 친구와 이웃들의 삶에 감 놔라 배 놔라 사사건건 참견하면서
정작 자신이 사랑에 빠졌다는 사실은 깨닫지 못한다. 〈엠마〉는 사랑과 결혼에 관한 한 편의 놀라운 희극으로 평가받는 작품이다.

이성과 감성

거센 폭풍우에도 흔들리지 않는 지성의 표상 엘리너. 사랑하는 사람을 통째로 삼켜버려야만 직성이 풀리는 정열의 화신 메리앤.
서로 다른 삶의 방식을 통해 진실한 사랑을 찾아가는, 이성과 감성에 관한 두 자매의 고도의 역전 드라마가 펼쳐진다.

설득

한 번 헤어졌던 연인들이 8년 후 다시 만나면서 겪게 되는 복잡다단한 감정의 곡선을, 얽히고 설킨 남녀의 미묘한 감정선의 파장을
꼼꼼하면서도 무척 클래식하게 잘 그려내고 있다. 제인 오스틴의 여섯 작품 중에서 마지막 작품이다.

노생거 사원

그녀 특유의 아이러니와 유머, 그 시대 문학가들에 대한 풍자가 곁들여진 〈노생거 사원〉은 사랑과 결혼, 재산을 추구하는 젊은이들에 대한
흥미로운 주제를 담고 있다. 원제는 〈수잔〉인데, 완성된 지 13년 동안 방치되어 있다가, 후에 〈노생거 사원〉으로 개작되어 출간되었다.

맨스필드 파크(전 2권)

가난하지만 예리한 지성이 넘치는 여주인공 패니는 맨스필드의 부유한 친척 집에서 지내고 있다.
어느 날 매력적인 크로퍼드 남매가 등장해 곧 삼각관계를 형성하고, 한편 맨스필드 파크는 간통과 배반의 소용돌이에 휘말리게 된다.